J.D. Salinger

サリンジャー

生涯91年の真実

ケネス・スラウェンスキー
田中啓史 訳

晶文社

First published in the United Kingdom in 2010 by Pomona Books.
Published in Japan, 2013 by Shobun-sha Publisher, Tokyo.
Japanese translation rights arranged with Pomona Books,
through erzähl: perspektive Literary Agency, Munich,
Germany (www.erzaehlperspektive.de)
and TOHAN CORPORATION, Tokyo.

サリンジャー——生涯91年の真実

目次

ブックデザイン　藤田知子

サリンジャー

――生涯91年の真実

まれた年には、その古い世界とのつながりはほとんどなくなっていた。サニーの父親は意志強固で意欲にあふれ、自分の道を行くのだと決意していた。移民の息子らしく、両親の血統や過去の世界とは縁を切って、自分を解放することにしていた。当時のソロモンは知らなかったが、彼の反骨精神は一家の伝統だった。サリンジャー家は何世代にもわたって自分の道を進み、過去をふりかえることなく、一歩ずつ裕福になってきたのだ。ある日のサニーの回想によると、彼の祖先は「途方もなく高いところから小さな水槽めがけて跳び降りて」、必ず成功する、という驚くべき技の持ち主だったという[1]。

サニーの曾祖父、ハイマン・ジョーゼフ・サリンジャーは名家に婿入りするため、スダルガス村から豊かなタウラゲという町に移り住んだ。J・D・サリンジャーはのちに著作をつうじてこの曾祖父を道化師ゾゾとして創作し、一家の家父長としての栄誉をささげるいっぽうで、じつけつねに曾祖父の霊が自分を見守っている気がする、と語っている。ハイマン・ジョーゼフは終生ロシアにとどまり、この曾孫《ひまご》が生まれる9年まえに死んだ。サリンジャーは彼を写真でしか知らなかったが、その姿は別世界を垣間みせてくれた。そこには、背筋を伸ばし、黒くて長いガウンを着た気品あふれる年配の農夫が白いひげをなびかせ、巨大な鼻を自慢げにみせていて、サリンジャーは見ていて身震いするほどだった、と語っている[2]。

サニーの祖父、サイモン・F・サリンジャーも野心的な男だった。飢饉になった1881年（タウラゲでは飢饉ではなかったが）、彼は故郷と家族をあとにしてアメリカに移住した。サイモンはアメリカに着くとまもなく、ペンシルヴェニア州ウィルクス・バーでファニー・コップランドと結婚した。彼女もリトアニアからの移民だった。彼ら夫婦はオハイオ州クリーヴランド市へ移住した。そして市内にたくさんあった移民居住地区のひとつにアパートをみつけ、そこで1887年3月16日、ファニーはサニーの父となるソロモンを産んだ。生き残った5人の子供の2番目だった。[3]

1893年にはサリンジャー家はケンタッキー州ルイヴィルに住んでいて、サイモンは医学校にかよった。彼はロシアで宗教的な訓練を受けていて、そのおかげでラビ（ユダヤ教教師）になって学費を稼ぐことができた。[4] サイモンは医者の資格をとるとラビをやめ、しばらくペンシルヴェニア州にもどったあと、一家は最終目的地シカゴの中心街に移り住んだ。そこのクック郡病院からさほど遠くないところで、総合病院を開業した。[5]『キャッチャー・イン・ザ・ライ』の読者ならご存知だろうが、サニーもこの祖父をよく知っていた。ドクター・サリンジャーは息子に会いによくニューヨークに来ていて、ホールデン・コールフィールドの祖父のモデルになった。バスに乗っているあいだ、窓から見える通りの名前を大声で読みあげてホールデンを困惑させる、愛すべき人物だ。サイモン・サリンジャーは1960年、もうちょっとで100歳の誕生日というときに死んだ。

『キャッチャー・イン・ザ・ライ』の冒頭で、ホールデン・コールフィールドは両親の過去を読者に語ることを拒否し、「僕が生まれるまえに両親は何をしていたかとか、その手のデイヴィッド・カッパーフィールド的なしょうもないあれこれ」の話を馬鹿にする。ホールデンが言うには、「僕がもしそういう家庭の内情みたいなのをちらっとでも持ち出したら、うちの両親はきっとそろって二度ずつ脳溢血を起こしちゃうと思う」。このように、ホールデンの両親のことがよくわからないのは、まさにサリンジャー自身の両親の姿勢からきている。ソル（父親ソロモンの愛称）とミリアムはめったに過去を語らなかったし、とくに子供たちにはそうだった。ふたりのそんな姿勢は秘密めいた雰囲気を生み出し、それがサリンジャー家に浸透して、ドリスとサニーは世間にきわめて閉鎖的な人間に育った。

サリンジャー家がプライヴァシーに固執するため、噂も呼んだ。ミリアムとソルの身の上は長年にわたって、くりかえし粉飾されてきた。そもそものはじまりは1963年、文芸評論家のウォレン・フレンチがライフ誌上で、ミリアムはスコットランド系アイルランド人だとの主張をくりかえしたことだった。やがて、「スコットランド系アイルランド人」という言葉がすりかわって、サリンジャーの母親はアイルランドのコーク郡で生まれたという説になってしまった。これが、サリンジャーの両親に関する、おそらくもっとも人口に膾炙《かいしゃ》したお話につながっていった。そのお話とは、ミリアムの両親はアイリッシュ・カトリック教徒らしく、ユダヤ教徒ソルと娘の結婚に断固反対したので、若いふたりは駆け落ちするしかなかった。そして、娘の反抗を知った両親は二度と娘と口を利かなかった、というものである。

この話はまったく事実に基づく話ではないのだが、サリンジャーの姉のドリスでさえ2001年に死ぬまで、母親はアイルランドで生まれ、自分と弟のサニーは意図的に祖父母との関わりを禁じられていた、と信じこんでいた。

ミリアムの家族と彼女のソルとの結婚をとりまく状況は、噂による粉飾がなくてもじゅうぶん痛ましいものだった。しかし、サリンジャーの両親が自分たちの過去を子供たちに隠すことによって、その痛ましさをさらに悪化させたのだ。そして、自分たちの過去に作り話を取り入れただけでなく、子供たちの頭を混乱させたのである。ドリスとサニーの自然な好奇心を抑えようとして、ミリアムとソルは一生ついてまわる捏造された過去を、事実上信じこませてしまったのだ。

サリンジャーの母は中西部アイオワ州アトランティックという小さな町で、1891年5月11日マリー・ジリックとして生まれた。[6] 彼女の両親、ジョージ・レスター・ジリック・ジュニアとネリーは彼女が生まれたとき、それぞれ24歳と20歳、記録によれば、彼女は生き残った6人の子供のうちの2番目だった。[7] マリーの祖父母、ジョージ・レスター・シニアとメアリ・ジェーン・ベネットはアイオワ州に定住した最初のジリック家の人間となった。ドイツ系移民の孫であるジョージ・シニアはマサチューセッツ州からオハイオ州へ来て、そこで妻に出会って結婚した。彼は第192連隊の一員としてしばらく南北戦争に従軍した。1865年、彼が故郷にもどったあと、メアリ・ジェーンはマリーの父親を産んだ。ジョージ・シニアはやがて穀物商人として成功するが、1891年にはジリック一族の頭領として確固たる地位にいた。息子のジョージ・ジュニアとフランクは彼のあとを継いでいた。

マリーはのちに、母親のネリーは1871年カンザス州生まれで、アイルランド移民の娘だと主張していたが、4回の国勢調査（1900年、1910年、1920年、1930年）によれば、アイオワ州出身の可能性が高い。家族に伝わる話では、マリーは1910年のはじめごろにジリック農場のちかくでひらかれた農産品祭りで（そんな農場は実在しないので、疑わしい）、ソロモンに出会ったという。シカゴで映画館の支配人をしていたソロモンは家族からはソリー、友人たちからはソルと呼ばれていた。身長183センチ、大都市の洗練された雰囲気を漂わせていて、マリーにはたまらなく魅力的だった。17歳になったばかりのマリーは人目を引く美人で、その白い肌に長くて赤い髪は、ソルの黄味がかった褐色の肌と対照的だった。ふたりのロマンスはスピードとエネルギーに満ちていて、ソルは最初からマリーと結婚する気だった。

その年のうちにいろいろなことがあわただしく起こり、なかには悲しいこともあったが、1910年の春にマリーとソルは結婚することになった。サリンジャー家では、サイモンがアメリカに来ていらい、家運は着実に上昇しつづけていたが、ジリック家では不意の災難に見舞われていた。マリーの父親が前年に死んでしまったのだ。[8] 家族を支えられなくなった母親は末っ子ひとりを連れてミシガン州へ移り住み、のちに再婚した。マリーは自分の年齢とソルとの関係を考えて、母親に同行しなかった。サニーが生まれる1919年までに母のネリー・ジリックも死んで、マリーが身寄りをすべて失ったこと考えてみれば、ソルとのすばやいロマンスと結婚は彼女にとって幸運だった。[9] 両親をともに失ったことが、マリーが子供たちにも親のことを話したがらなかった原因だろう。彼女は過去にこだわらず、結婚したばかりの夫との新生活を選んだのだ。自分にとって家族はサリンジャー家だけとなった彼女は、ユダヤ教に改宗し、モーゼの姉に因んで名前もミリアムと変えて、この一家に受け入れられようとしたのだ。

サイモンとファニーはマリーの乳白色の肌と赤っぽい髪を見て、「かわいいアイルランド人」みたいだと思った。[10] 息子の嫁にふさわしいユダヤ娘がいくらでもいるこの都市で、ソリーがアイオワ出身の赤毛の異教徒を連れてくるとは、夢にも思わなかったのだ。しかし、サリンジャー家はミリアムを新しい義理の娘として受け入れ、彼女はすぐにシカゴの家に越してきた。

ミリアムは映画館でソルの仕事を手伝って、入場券や場内売店の品物を売ったりした。ふたりの協力の甲斐もなく映画館はうまくいかず、閉館に追いこまれて、花婿は仕事を探すはめになった。彼はまもなくJ・S・ホフマン株式会社に職をみつけた。ヨーロッパのチーズと肉の輸入会社で、ホフコの商標でとおっていた。映画館で失敗したあと、ソルは二度と仕事で失敗するまいと誓い、新しい会社の業務に熱心にいそしんだ。この努力は報われ、1912年にドリスが生まれたあと、彼はホフマン社のニューヨーク支社長に抜擢された。ソル本人のクールな言葉によれば、「チーズ工場の工場長」になったのだ。[11]

ソルは新しい職場に移り、サリンジャー家はニューヨークに引っ越すことになって、113丁目西500番地の快適なアパートに落ち着いた。コロンビア大学や聖ヨハネ寺院のちかくだった。ソルはチーズだけでなくハム（あきらかにユダヤ教の律法に反する食物）なども販売する仕事についていたが、彼は前の世代より前進するというサリンジャー家の伝統を継続することに邁進した。そしてそれを成し遂げたことを、ことのほか誇りにしていた。しかし、仕事、仕事、仕事の毎日となり、1917年の30歳の誕生日には、ソロモン・サリンジャーの髪は完全に「鉄灰色」になっていた。[12]

1920年代は空前の繁栄を誇った時代だが、なかでもニューヨークがいちばん輝いていた。南北アメリカ大陸の、いや、おそらく全世界の経済的、文化的、知的な首都だった。そのすばらしさは

サリンジャーは13歳までアッパー・ウエストサイドの公立学校に通った。このクラス写真は第166公立学校の石段で1929年ごろ撮られたもの。(©P.S.166 photo)

ラジオをつうじて大陸全体に発信され、出版をつうじて何百万もの人びとに取り入れられた。ニューヨークの大通りが世界の経済力を牛耳り、その広告と市場が世代の欲望と嗜好を決定した。このような絶好の場と時を得て、サリンジャー家は繁栄したのである。

サニーが生まれた1919年から1928年のあいだに、ソルとミリアムは3回住所を移したが、そのたびにマンハッタンのより裕福な一角へ引っ越した。サニーが生まれたときは、ノース・ハーレムのブロードウェイ3681番地にあるアパートに住んでいた。その年の木には、ニューヨークで最初に住んでいた地域の113丁目511番地にもどっていた。さらに野心的な引っ越しをしたのは1928年で、一家はセントラルパークからわずか数ブロックの82丁目西215番地にアパートを借りた。この住居には使用人用の部屋が完備しており、ソルとミリアムはさっそくジェニー・バーネットというイギリス人女性を住み込みのメイドとして雇い入れた。サニーは両親の大甘な愛情と高まる社会的地位によって保護された、快適さが増すばかりの安全世界で育っていったのである。

1920年代、社会的地位が高くなるほど、宗教と民族性が重要になった。とくにニューヨークでは、由緒ある血統とプロテスタントであることが、社会的地位を得るための必須条件だった。サリンジャー家が社会の階段を昇り、山の手へ移り住むにつれて、そこは次第に居心地のわるい堅苦しい世界になっていった。

それに対応して、ソルとミリアムはサニーとドリスを育てるのに、宗教や民族の伝統についてはきびしくしなかった。子供たちに教会やシナゴーグへ通うことを強制しなかったし、クリスマスと過ぎ越しの祭りの両方を祝った。のちの作家生活で、サリンジャーは登場人物を同様な育ち方をした人間にしている。グラス家もタンネンバウム家も半クリスチャン、半ユダヤの伝統をたやすく認めているし、ホールデンも父親は「カトリックだったけど、やめた」と述べている。

ミリアムは息子を溺愛した。彼が難産で生まれたからなのか、自分が若いときに親に見捨てられたと感じているせいなのか、息子を甘やかした。サニーは悪いことはできなかった。このため、ソロモンは息子をしつけようとするいっぽうで、怒ると手のつけられない妻を刺激しないよう気をつかうという、中途半端な立場にあった。大方の見るところ、一家にことが起こると、たいていミリアムの判断が優先され、サニーは自由放任のままだった。

サリンジャーは母の庇護のもとで成長し、終生母と親密な関係を保ち、『キャッチャー・イン・ザ・ライ』を「母に」と献辞をささげているほどだ。母は息子が偉大な人物になる運命にあると信じつづけ、息子もおなじ思いを抱くようになった。その結果、理解しあう母子の絆はまれにみるかたいものとなった。サリンジャーは成人してからも母親と手紙で噂話を交わし、楽しそうに自分の知人について辛辣な意見を伝えたりしている。ミリアムは戦争中も映画雑誌の記事を切り抜いて、余白に自分のコメントを書いたものを息子に送るのを楽しみにしていた。サリンジャーは大戦中の前線で、母親が送ってくれた切抜きを読んでは、ハリウッドや家族のことを夢みていた。ミリアムとジェロームはこうして母子の絆をつよめ、ユーモアのセンスや離れがたい思いをともに持つようになって、他人がはいりこむ余地がないほどだった。母親がよく理解してくれ、自分の才能を心から信じてくれるので、彼は他人からもおなじ反応を期待するようになって、自分を信じてくれなかったり、おなじ見方をしない人には我慢や思いやりが欠けることが多くなった。

そんなふうに自分を信じてくれない人たちのひとりが父親だった。ソルは社会的地位が上がるにつれて、ほとんどが裕福な実業家や株式仲買人という隣人たちの世界と一体化し、ユダヤ系移民の息子という自分の民族的背景を、前面に押し出さなくなっていった。1920年の国勢調査では、「チーズ工場」の工場長と名乗り、両親はロシアの生まれだと認めていたが、1930年には彼の姿勢が変わって、自分は農産物関係の仲買人で、両親はオハイオ州の生まれだと、国勢調査員に語った。ソロモンは成功への過程として、アメリカにとけこむことをなんら恥じることはなかった。このことを、息子が受け継ぐことになるフィクションの才能のしるしとみるむきもあるが、ソルは息子が軽蔑する価値観、サリンジャーがやがて描く登場人物たちをインチキ、妥協、強欲として非難する特性を象徴する人間になったのである。

さらにまずいことに、ソルは息子の志望が理解できないようで、なぜサニーがもっと現実的になれないのかと思っていた。サリンジャーは早くから俳優になりたいと言っていたが、ソルは妻が暗黙の了解をあたえているにもかかわらず、息子の考えに戸惑っていた。のちに作家になるという意思を表明されたときには、ソルはまたあざわらった。当然ながら、サリンジャーは父親を近視眼的で鈍感な人間だと考えて成長し、ふたりの関係はギクシャクしたものになった。後年、サニーの親友ハーバート・カウフマンは10代のころサリンジャー家で夕食をともにしたとき、サニーとソルがけんかをはじめた話をしてくれた。彼は「ソルはただ息子に作家になってもらいたくなかっただけだ」と言い、息子もよく父親にひどい口をきいていた、とつけ加えた。

おそらくソルの意向だろうが、サニーは毎夏、ニューヨークから遠くはなれたメイン州の山奥にあるキャンプ・ウィグワムに行かされた。しかし、サニーがキャンプ経験によって協同精神を学ぶだろうというのがソルの希望だったとすれば、彼はまちがっていた。１９１０年に設立されたキャンプ・ウィグワムは、体育と芸術に等しく重きをおく、多様性教育の模範だった。サニーはこの環境で活躍した。キャンプの記録によれば、彼はスポーツや団体活動に秀でていたが、とくにキャンプの演劇プログラムに興味を持っていたという。１９３０年11歳のとき、ジェローム（サリンジャーはキャンプでは「サニー」とも「ジェローム」とも呼ばれていた）はたくさんの芝居に出演し、2つに1つは主演して、「キャンプの人気俳優」に選出された。[13] この栄誉を受けたせいで、彼は演劇に魅せられるようになり、その熱はその後ずっとつづくのである。サリンジャーは肉体的にも目立っていた。ほかの子供たちより背が高く、1930年のキャンプでの集合写真では、みんなのなかで頭ひとつ抜きん出ていて、ターザンを真似て破いたシャツを着てふざけている。

サリンジャーはみんなの注目を浴びたキャンプ・ウィグワムを楽しみ、森のなかで過ごした少年時代の夏の想い出は、いつまでも生き生きとした幸せなものとして胸に残った。後年、彼はこの想い出に触発されて同様の状況に脱出し、作品をつうじてそこに帰還して、次つぎと登場人物をキャンプに送りこむことになる。*1

1930年、大恐慌がアメリカを襲った。ニューヨーク市はもはやチャンスをつかむ場所ではなかっ

*1　キャンプ・ウィグワムは設立後およそ1世紀を経た現在も、サリンジャーが参加した当時とほとんどおなじように営業している。そこには「ハプワース16、1924（"Hapworth 16, 1924"）」で少年シーモア・グラスが看護婦への想いをつのらせた診療所がいまもある。また、短編「ボウリングボールでいっぱいの海（"The Ocean Full of Bowling Balls"）」でホールデン・コールフィールドがひどく文句を言っていた、家から「おこづかい」を送ってもらうというキャンプの方針もそのままである。

謝辞

ここに掲げる団体および個人の方々には、
その親切なご協力とありがたいご援助にたいし、ふかく感謝したい。

プリンストン大学ファイアストーン図書館稀覯本特別資料部
　ストーリー誌およびストーリー出版関係書類
　ハロルド・オーバー・アソシエイツ関係書類
　イアン・ハミルトン氏関係書類
　アーネスト・ヘミングウェイ・コレクション

ニューヨーク・パブリック・ライブラリー　原稿・記録文書部
　ニューヨーカー誌記録文書
　チャールズ・ハンソン・タウン氏関係書類　1891―1948

テキサス大学ヒューストン校ハリー・ランサム・人文科学研究所
　J・D・サリンジャー・コレクション

モルガン・ライブラリー・ミュージアム
　J・D・サリンジャー＝E・マイケル・ミッチェル往復書簡

ブリンマー・カレッジ図書館特別コレクション
キャサリン・サージャン・ホワイト氏関係書類
ニューヨーク・タイムズ紙
サンディエゴ歴史協会

わが家族
マイケル・アネロ
ジョーゼフ・アルファンダーおよびその家族
ブリン・フリーゼン
W・P・キンセラ
グジェゴーシュ・ミュージアル
ジア・コール

アンディ・ホリス

この本の執筆をすすめてくれた編集者マーク・ホジキンソンには長いあいだ苦労をかけた。

ここに格別の感謝の意を表する。

母に

序章

私は7年間「死せるコールフィールド家」というウェブサイトをやっている。これはそのタイトルでわかるように、「J・D・サリンジャーの生涯と作品」に関するものだ。このサイトは時がたつにつれて大きくなって、受信するのもそれ相応の通信量になっているが、一日あたりのEメールはほんのわずかである。だから、2010年1月28日木曜日にメールをチェックしたとき、そこに2つや3つではなく、57もメッセージが来ているのを発見した私の驚きはわかってもらえるだろう。私にはすぐにそれらのメッセージを開く勇気がなく、きちんと対面するのに何時間もかかったほどだ。最初のメールをひと目見ただけでなにが起こったのかはっきりとわかった。そして、その日が忘れられない日になるだろうと思った。寒ざむとした不快な言葉が画面から私の目に飛びこんできた。いわく、「J・D・サリンジャーよ、やすらかに」。まさに、「万事休す」であった。

ここで少し説明をしたほうがいいだろう。サリンジャーのサイトをはじめていらい、私はずっとこの本を書きつづけていて、いつの日か公平で感傷的でない真実の伝記を、それも作品の正しい評価を織り込んだものにして世に問いたいと思っていた。その仕事も7年かけてようやく完成しようとしていた。じっさい、最終章の完成原稿を1週間まえに送ったばかりだった。7年ものあいだ、私はサリンジャーとその著作、彼の思想、人生の細かな事実に浸りきっていた。サリンジャーはいつも私の傍らにいた。その彼がいなくなってしまったのだ。

Eメールはしばらく放っておけただろうが、ウェブサイトのほうは無視できなかった。古いものは3週間もたっていて、この作家の91歳の誕生日を祝い、さらなる長寿を願っていたが、いまとなっては忌まわしいメッセージになってしまった。サリンジャーが死んだことになんとか集中して、ない知恵をしぼって彼の死を悼む言葉をひねり出そうとした。そんな言葉はとっくに用意できているはずなのだが、考えることすらできなかった。この人にたいしてふさわしい感情を表わそうと考えてみた。それは墓碑に刻する詩文ではない。私は、弟のアリーの墓に花束を供えていた連中が、雨が降りだしたとたんに逃げだしたインチキぶりを嫌悪していたホールデン・コールフィールドを思い出した。サリンジャー自身は死を信じていなかったし、私もそのことを知っていた。私がささげるべきは敬礼であり、悲しみではなく感謝を要請することだった。サリンジャーにふさわしいのは肯定であり、みんなも私とおなじ気持ちになってほしいと思ったのだ。

私は自分の言葉のいたらなさを思う。これまで語られてきた、サリンジャーを讃える数々のすばらしい言葉のまえでは色あせてみえるのだ。それでも心からの、正直な言葉だと自負している。死者を悼んでいるのではない。敬礼を要請しているのだ。J・D・サリンジャーの想い出への敬礼ではなく、サリンジャーの本質への敬礼であり、いま、そしてこれから先、つねにこの作家を讃えていたいと願うすべての人に同意してもらいたいのだ。

読みたまえ。探検したまえ。はじめてだろうが、20回目だろうが『キャッチャー・イン・ザ・ライ』を。『ナイン・ストーリーズ』、『フラニーとゾーイー』、『大工よ、屋根の梁を高く上げよ　シーモア――序章』

を読みたまえ。自作の世界とかたく一体化した作家を讃えて、サリンジャーの作品世界を再体験したまえ。サリンジャーその人はいなくなった――それゆえ、この世界はむなしい。しかし、彼は自分が創った本のなかに生きつづける。そして、彼がニューヨークの大通りを歩いたり、ニューハンプシャーの森を散策していたときとおなじように、今日も明日も、彼は作品をとおして生命力に満ちあふれた存在でありつづけるのだ。

ケネス・スラウェンスキー
ニュージャージー州
2010年3月

坊《サニー》や

第一次世界大戦はすべてを変えていた。1919年の新年が明けたとき、人びとのまえにはまったく新しい世界がひらけていた。それは将来への希望に満ちた世界だったが、不たしかな世界でもあった。それまで何十年も当たり前とされてきた古い生き方や信条、論理が疑問に思われたり、捨て去られたりするようになった。ほんの数週間まえまでは銃声が轟いていたのにである。旧世界は廃墟となっていた。代わってリーダーの重責を果たすべく、新しい国家が登場した。その国では、その任に当たる意欲も資格も、ニューヨークにまさるところはなかった。

ミリアム・ジリック・サリンジャーが息子を産んだのは、平和になった最初の年の最初の日だった。姉のドリスは6年まえに生まれていた。ドリスの誕生いらい、ミリアムはなんども流産していた。この子もあやうく失うところだった。だから、息子をこの世へ迎え入れたミリアムとソロモンのサリンジャー夫妻の気持ちには、よろこびと安堵が入り混じっていた。ふたりはその息子をジェローム・デイヴィッドと命名した。しかし、生まれた最初の日から、彼をサニー（坊や）と呼んだ。

サニーが生まれたのは中流のユダヤ系家族だったが、型にはまらず野心的な家風だった。サリンジャー家の血統をさかのぼると、ロシア帝国のポーランドとリトアニア国境あたりのスダルガスという小さなユダヤ系の村にたどりつく。記録によれば、一家は少なくとも1831年からそこに住んでいたという。しかし、サリンジャー家はユダヤ教の伝統や郷愁などにとらわれなかった。サニーが生た。輝かしい商業と楽天主義の光景は、パンを求める行列と絶望にとって代わられた。ソルとミリアムの上流社会への前進がここ10年めざましいものだったとすれば、それはいまや驚嘆すべきものといえた。この都市におしよせた貧困の波に逆らって、サリンジャー家は一家の富を増やし、社会的地位を向上させつづけたのだ。1932年、サリンジャー家はこれで最後となる引っ越しをした。セントラルパークを横断して、マンハッタンのアッパーイーストサイドという高級住宅街に移ったのだ。ソルと一家の新しい住居は、91丁目パークアヴェニュー1133番地のカーネギーヒル地区にある豪奢なアパートだった。住宅地域間の格差があるこの都市では、住所が自尊心を満たすかどうかの決定要素であり、サリンジャー家の新居は成功の代名詞といえた。名門といわれる豪華で快適なこの地域は、セントラルパークを一望に収め、パーク内の動物園やメトロポリタン美術館が徒歩圏内にあった。サリンジャー家はこの新居が自慢だったので、一家の名前を入れずパークアヴェニューという住所だけを入れた専用の便箋を、長いあいだ使っていた。

サリンジャー家が1133番地に引っ越すまで、サニーはウェストサイドのパブリック（つまり公立）スクールに通っていた。しかし、パークアヴェニューに住む成功した実業家の息子は、公立学校などへ通うものではなかった。このあたりに住む子供は私立の学校へ、たいていは家庭から遠くはなれた名門の寄宿学校へやらされるのだった。サリンジャー家でも息子におなじようなことをさせたいと考えたのだが、遠くに手放すのは気がすすまなかった。そこで選んだのがなじみのあるウェストサイドの学校で、ウェスト63丁目にあるマクバーニー・スクールへ転校させた。

マクバーニー校への転校は、たしかに公立学校からのステップアップではあった。しかし、サリン

パークアヴェニュー1133番地。サリンジャーは13歳からマンハッタンのアッパーイーストサイドという裕福な地域のこのアパートで育ち、28歳までその快適な環境を楽しんだ。『フラニーとゾーイー』に登場するグラス家の住居のモデルともなったこのアパートは、1974年に両親が亡くなるまでサリンジャー家の自宅であった。（©UES apartment photo）

ジャー家の新しい隣人たちの子弟が通う、堂々たる有名進学高校《プレップスクール》とは雲泥の差だった。しかも、この学校の経営母体はすぐそばのYMCAであり、このことは当時13歳のサニーがバルミッヴァ（ユダヤ教の13歳男子の成人式）からそのままキリスト教青年会に直行することを意味した。

マクバーニー校でサニーは2つの校内劇に出演するなど、演劇への興味を深めていった。彼はまたフェンシング部のキャプテンをつとめ、のちに用具を地下鉄で紛失したと報告した。文章も書きはじめた彼は、学校新聞『マクバーニアン』に寄稿した。勉強には身がはいらなかったようで、授業が退屈でいちにち窓からセントラルパークをながめていたり、ちかくの自然史博物館を訪ねたりした。その結果、成績は合格すれすれで、クラスのビリにちかかった。1932年から1933年にかけての学年度では、彼の成績は代数66点、生物77点、英語80点、ラテン語66点だった。1933年から1934年の年度ではさらに下がって、英語72点、地理68点、ドイツ語70点、ラテン語71点だった。[14]公立学校ならサニーもこの点数でなんとかなったが、GPA（学業平均値）がそのまま授業料、奨学金に反映される私立学校では、この成績は許されなかった。平均点を上げようと、マンハセット・スクールの夏期講習を受けてみたものの、マクバーニー校の理事会は1934年度の彼の学籍登録を認めないと通達した。

マクバーニー校からの退学でYMCAとのつながりも切れることになり、これで正式な宗教組織とのかかわりは少年時代最後となった。両親の社会的地位が上がるにつれて、ドリスとサニー姉弟の家庭教育は宗教からはなれ、1930年代半ばには一家は宗教的な儀式を一切しなくなった。1935年5月、ドリスの結婚式がサリンジャー家の居間で行なわれたとき、式を取り仕切ったのはラビでも牧師でもなく、ニューヨーク倫理協会運動のリーダーの人道主義改革者ジョン・ラヴジョイ・エリオット博士だった。

1934年9月、サニーは16歳になろうとしていた。両親は息子が重大な岐路にさしかかっていると感じていた。息子には家庭よりもっと規律正しい雰囲気が必要なことを認めざるをえなかった。甘やかし放題の母親と妻の強硬姿勢に屈する父親がいる状況では、サニーを寄宿学校に行かせるしかないのはあきらかだった。サニー自身は演劇を学びたかったのだが、ソルが拒否した。依然として大恐慌の暗雲がたれこめているとき、自分の息子が俳優になるなどとんでもない。サニーは全寮制の軍学校へ行くのだ。

サニーがマクバーニーを追い出されたことへの一種の罰として、ソルが息子を遠くへやるというのは理解しやすい。しかし、サリンジャー家は一家の総意として、ヴァレーフォージ軍学校を選んだのだ。また、サニーも、ホールデン・コールフィールドの性格から連想するような反抗もすねた態度もみせず、ヴァレーフォージへの転校に同意したと思われる。どうしてそう考えられるか、理由は簡単だ。ミリアムが息子の希望に反することを強制するはずがない、ソルがあえてミリアムに逆らうわけがない、からである。

学校と連絡をとったソルは、入学まえの面接を受ける息子に同行しないことにした。彼が同行しなかったことは、これまで父と子の関係が悪化していた証拠だとされてきた。しかし、ソルの不在にはもっと微妙な理由もあった。大恐慌はアメリカのユダヤ系の人たちの立場にいやな影響をおよぼしていた。1930年代は合衆国でも反ユダヤ主義の時代だった。アメリカ人の多くは経済崩壊を強欲な銀行のせいにし、その分野で活躍するユダヤ人を嫌悪の目で見ていた。この敵対感情は深く浸透し、ユダヤ人はいろいろな分野で社会の端へ、あるいは外へ、追いやられていた。教育も例外ではなかった。ほとんどの大学や私立学校はユダヤ系の入学者を最低限に抑えるために、入学者割り当て制を採用した。ソルはまちがいなく、この方針を意識していた。ヴァレーフォージでのサニーの面接の日、ソルは家に残った。代わりに、白い肌と赤褐色の髪をした妻を行かせた。ソルが自分の宗教を否定しようとしたことはないようだ。しかしこのときだけは、彼は息子のチャンスを台なしにしかねないきびしい審査には、身をさらすまいと決めたのだ。いろいろ問題の多いこの親子関係だが、この日のソルの不在ほど、息子への父の愛を雄弁に語ってくれるものはあるまい。

9月18日火曜日、サニーが姉と母とともにヴァレーフォージ軍学校に着いたとき、彼らはつとめて行儀よくしていた。入学を土曜日にひかえ、よい印象をあたえることが大切だった。とくに、マクバーニー校からサリンジャーの人物評価を付した成績報告書が学校に送られていたからだ。報告書によれば、彼は「注意力散漫」で、成績はクラスで18人中15番だった。マクバーニー校ではサニーのＩＱは111と測定され、能力はあるが「勤勉」という言葉を知らない、と評されていた。そして、当校における最終学期は「思春期の大きな挫折になった」と結ばれていた。

幸運なことに、ヴァレーフォージはまだ創立から日の浅い学校で、財政の豊かな高級な学校と競い合っていた。志願者が「注意力散漫」であろうとなかろうと、授業料を払ってくれる新入生を断る気にはなれなかった。サニーの入学は許可された。２日後、安堵したソル・サリンジャーはマンハッタンのフランクリン・ストリートのオフィスから50ドルの入学金を学校宛てに送り、面接官の心遣いに感謝する旨の手紙を添えた。マクバーニー校の報告が気になっていた彼はまた、軍学校の役員のチャップリン・ウォルデマー・イヴァン・ルータンに宛てた１９３４年9月20日付の手紙で、「ジェロームはまじめにやって、……すばらしい愛校心を発揮するでしょう」と請け合った。

1934年、ジェロームはヴァレーフォージ軍学校に入学して、教練、軍務、きびしい日課を課せられる学内連隊の生徒350名の一員となった。生徒は午前6時に起床し、編隊、学課、弁論、果てしない行進とつづく一日がはじまるのだ。すべては団体行動で、厳密な予定表に従っていた。生徒は相部屋で寝起きし、食堂で食事をし、日曜には礼拝に参加することが義務づけられていた。消灯ラッパが10時きっかりに響きわたり、一日が終る。これらの儀式はすべてきびしく管理され、義務、名誉、服従を重んずる軍隊的な雰囲気に包まれていた。規則違反はきびしく罰せられた。ヴァレーフォージは規則だらけだった。生徒の私物はきちんと整理しておくこと。制服は常に着用し、清潔にしておくこと。制服を着用せずに学外に出ることは重大な規則違反。学内に女性は立ち入り禁止。喫煙は両親の書状による許可がある場合にのみ許されるが、宿舎内では禁止となっていた。

母親に甘やかされ、勉強に身を入れることはせず、課せられたわずかな規則も守らないという生活を楽しんできた彼にとって、このきびしい軍隊的な訓練の世界は大きなショックだった。また、ヴァレーフォージの生徒の大半が彼のことを嫌っているという事実が、この転校をさらに困難なものにした。サリンジャーは細くやせこけた少年（学校の写真ではぶかぶかの正装用の制服を着て、いつもうしろの列にいる）で、その様子をニューヨークっ子を鼻にかけた態度ととる生徒もいた。また、彼が大半の生徒より2年遅れてヴァレーフォージに入学したことを、新入生シゴキを逃れていると嫌う生徒もいた。ひとりぼっちで、しかもはじめて家族の支えもなくなったサニーは、皮肉と超然としているよう装うことに逃げこんだが、その態度で好かれることはなかった。

彼はすぐに順応した。サニーという呼び名をやめ、ジェロームと呼ばれることも拒否した。そして、ジェリー・サリンジャーと名乗り、辛口の気の利いた話ですこしだが生徒たちをまわりに集めるようになった。なかにはやがて親友となる者もいた。ウィリアム・フェゾンやハーバート・カウフマンなど年長の生徒とは、しだいに親しくなって卒業後もながくつき合った。サリンジャーのルームメイトのリチャード・ゴンダーとウィリアム・ディックスは、ふたりとも彼の親友になった。何十年もたったのち、サリンジャーはディックスを「いちばんやさしくて親切」だったと回想し[15]、ゴンダーはサリンジャーといっしょに敢行した冒険を楽しく思い出して、ジェリーは「ちょっと気どってるけど情がある」と評している[16]。

サリンジャーが『キャッチャー・イン・ザ・ライ（*The Catcher in the Rye*）』を書いたとき、ヴァレーフォージをホールデンが通うプレップスクールのモデルにしたことはあきらかで、読者はサリンジャーの少年時代にホールデンの個性を探るカギを求めてきた。自分たちの学校のインチキさや、決まり文句を連発するうぬぼれ屋をあざわらうところなど、ジェリーとホールデンに共通する特質は多い。ホールデンとおなじように、サリンジャーも2、3時間学校を抜け出すとか、寄宿舎でタバコをすうとか、規則破りを楽しんだ。ふたりとも物まね、さりげないユーモア、皮肉が好きだった。ヴァレーフォージでホールデンみたいなことをいろいろしたが、また自分がのちに創作した主人公とは大いに異なるところもみせた。

サリンジャーはときどき英語の先生の家に招かれて、午後のお茶をごちそうになった。これが『キャッチャー・イン・ザ・ライ』のなかで、ホールデンがスペンサー先生宅を訪ねる場面のもとになったことはまちがいないが、人生や古代エジプト人の作文についてお説教されることはなかった。

サリンジャーがヴァレーフォージに在学した当時、アクリーという名の生徒がいたのは事実だ。この小説が出版されてかなりたったころ、アクリーの親友が決然と彼の弁護に立ち、自分の友人はこの本のような人物では断じてない、と怒りをこめて語ったという。

ジェームズ・キャッスルという不運な人物のことも事実に基づいているようだ。サリンジャーのクラスメイトの話では、サリンジャーが入学するちょっとまえに、学校の窓から転落して死んだ生徒がいたという。その転落死には疑惑があったようで、この悲劇はすぐに学校の伝説になった。ヴァレーフォージの創立者ベイカー大佐と彼に相当するペンシー校の校長サーマーは、似ている点が多い。ふたりとも資金集めに熱心で、日曜日など父母にいいところをみせようとした。糊の利きすぎたシャツや宝石を飾った軍服で盛装したベイカー大佐は、ジェリーの痛烈なひやかしの絶好の的だっただろう。それでも、後年サリンジャーはしばしばベイカーに援助やアドバイスを求めた。また、ベイカーがサリンジャーの人物を推薦した言葉は、いつもほかの人の意見より好意的だった。

サリンジャーはヴァレーフォージではよくやった。学校の権威にたいする彼の内なる反乱がどんなものであったにせよ、順応するために必要な訓練はたしかにあたえられたのである。成績は飛躍的に向上した。親しい友人たちの小さな輪もできた。学内活動にも参加して、校内スポーツをやり、彼らしくもなくグリークラブにもはいった。サリンジャーがヴァレーフォージで参加したクラブや団体は、

JEROME DAVID SALINGER

CORPORAL "B" COMPANY

January 1, 1919 New York, N. Y.

Activities

Private, '34; Intramural Athletics; Mask and Spur, '34, '35; Glee Club, '34, '35; Plebe Detail, '35; Aviation Club; French Club; Non-Commissioned Officers' Club; Literary Editor, 1936 CROSSED SABRES.

NINETY-SIX

ヴァレーフォージ軍学校の1936年度版年鑑に掲載された学生士官サリンジャー。サリンジャーは『キャッチャー・イン・ザ・ライ』を書くにあたって、自分の寄宿学校をホールデン・コールフィールドの通うペンシー高校のモデルにした。ホールデンとはちがって、サリンジャーはヴァレーフォージで成績優秀だった。(©VFMA photo)

その後の彼に役立っただろう。フランス語クラブ、下士官クラブ、新入生選抜隊（士官学生グループ）、航空クラブ、および2年間務めたROTC（予備役将校訓練部隊）など、すべて第二次世界大戦に従軍したさい役立っただろうし、本人は認めたくないだろうが、その苦難の年月を生きのびる助けともなったことだろう。

　サリンジャーは生徒に求められる必要条件はすべて満たしたが[*2]、彼のほんとうの興味は演劇と文学にあった。生徒として求められる活動とはべつに2つの団体にはいったが、それは彼にとってはほかのどれより重要だった。演劇クラブ「仮面と拍車《マスクアンドスパー》」と学校の年鑑『交差したサーベル《クロストセイバー》（Crossed Sabres）』の編集委員会である。

　マクバーニー校で芝居に出演すると、

ほかの点では彼を嫌っていた教師たちがしぶしぶながら彼を認めてくれた経験から、ヴァレーフォージに追放されていらい、演じることはサリンジャーの快感となり、演技をつづけたいと切望した。そこで、ほかのクラブはほとんど義務感から入部したかもしれないが、「仮面と拍車」へは自分の信念から入部した。クラブのほかの18人の新米俳優に、ジェリーより才能のある者はいなかったので、彼は上演されるすべての芝居に参加した。人気があろうとなかろうと、サリンジャーが適役なのは衆目の一致するところだった。クラスメイトは、彼は舞台に立っていないときも、「シェイクスピアのセリフを暗唱するみたいに、気どったしゃべりかたをしていた」と、想い出を語ってくれた。学校の年鑑には、衣装をつけて得意満面のサリンジャーが、にこやかにカメラに向かってポーズをとる派手な写真がある。

自分はヴァレーフォージで作家になった、とサリンジャーはよく言っていた。友人たちは、消灯後もずっと毛布の下で懐中電灯をたよりに書いていた彼の姿を覚えているという。彼は在学した2年とも年鑑の編集長をつとめ、年鑑に派手に登場した。じじつ、年鑑『交差したサーベル』の1935、1936年度版は、どのページをめくってもジェリー・サリンジャーに出くわすほどだ。彼はほとんどすべてのクラブ、すべての芝居の写真に、そしてもちろん、年鑑のスタッフとしても写真に登場した。1936年度版の彼の写真は大判でページの半分を占めている。ジェリーは年鑑のレイアウトにも関

＊2　1936年春、サリンジャーは当校の精神と教科ともに基準を満たしたとして、卒業にあたって学生大佐に昇進した。

わっていた、とみる者もいる。年鑑は『キャッチャー・イン・ザ・ライ』の図解つき付録として通用しそうなほどだ。そこには礼拝堂、フットボールの試合で応援する生徒たち、疾走する馬に乗る若者などの写真が掲載されている。しかし、『交差したサーベル』にたいするサリンジャーの最大の貢献は、彼の文章によるものだ。ほとんどどのページからも、皮肉で観察眼のするどい、それでいてあたたかい機知にあふれた彼の肉声が聞こえてくる。サリンジャーは「同級生の未来」という欄では、ある生徒が「将来マハトミ・ガンディー（原文のまま）とストリップ・ポーカー（負けるたび服をぬぐポーカー）をやっているだろう」と書いたかと思うと、自分はすごい芝居を書く、と予言している。[17]

1936年に、建設的な2年を過ごしたヴァレーフォージ軍学校を卒業したとき、サリンジャーは自分の進むべき道をみつけたようだ。この学校に入学するにあたってどんな考えがあったにせよ、彼はニューヨークにいては考えられなかったほどに自分の才能を磨いたのだ。ジェリーは早熟で辛辣な文章で、学校にたいする愛情を示した。卒業にあたって、『交差したサーベル』のなかに学校への贈り物を遺したのだ。それは彼が当校にもたらした精神をよく表わしていて、ほんもののやさしさとオブラートにつつまれた皮肉に満ちている。サリンジャーは1936年度卒業生のクラスソングを書いたのだ。それは今日までヴァレーフォージで歌い継がれている。

この最後の日には涙を隠すな
君の悲しみは恥ではない
もはや灰色の隊列を組んで行進することも

スポーツに興じることもない
4年はよろこびのうちに過ぎ去った
君はこの歳月を愛しく想うか
それならこの過ぎゆく日々を大切にしたまえ
君に残されたわずかな日々を

最後の閲兵式　われらが心は沈む
目に映るは新しき生徒たち
まもなく彼らの時代が訪れる
いまは遠くにみえても
終わりの日はそれほど先のことではない
彼らの日々もまた短いのだ
やがて彼らも悟るだろう
最後の閲兵になぜわれらの目が曇るのかを

ともし火の光はうすれ　ラッパが響く
その調べをわれらは忘れない
さあ微笑む若者たちよ

われらは別れを惜しむ
さよならは言った　さあ前進だ
功名を求めて
われらが身体はヴァレーフォージを去るが
われらが心はあとに残して

1936年の秋、サリンジャーはニューヨーク大学ワシントンスクエア校に入学登録して、文学士号の取得を目指した。ワシントンスクエアはグリニッチヴィレッジにあったので、サリンジャーはパークアヴェニューの自宅にもどった。そんな環境を避けるためにヴァレーフォージに行かされたのだったが、もとの木阿弥だった。軍学校の訓練から開放された彼は、すぐに倦怠と安逸の日々にもどったのだ。

一見したところ、ワシントンスクエアはサリンジャーにとって理想的な環境のようだった。NYU（ニューヨーク大学）の本校であるこの大学は、前衛的な嗜好や流行で知られ、その学問と芸術の融合した精神で有名だった。どうみてもサリンジャーにピッタリの場であるはずだったし、彼もそのつもりだったようだ。しかし、ヴィレッジのキャンパスの自由奔放な雰囲気は、サリンジャーに才能を生かすチャンスより、関心を分散させる効果を生んだのだろう。劇場、映画館、カフェなどにとり囲まれた大学近辺は、サリンジャーにとって教室よりはるかに魅力的だった。彼が登録した授業のうち、じっさい受講したのがいくつあったのか不明である。２学期に中間成績をもらって合格できないことが判明し、ジェリーはそのまま大学を去った。

　サリンジャーがニューヨーク大学を退学してから、父親は彼に進むべき方向を指示しようとした。ソルは現実的な人間で、自分をこれまでにしてくれたチーズや肉類の輸入業に息子を引き入れたいと考えた。もちろん息子のほうは父親のあとを継ぐ気などなかったので、ソルは半ば甘い、半ばごまかしの提案をした。ソルは息子に、「おまえの正規の学校教育は正式に終わった」と告げ、[18]「単刀直入に」*3ヨーロッパに行ってみないか、フランス語やドイツ語に磨きをかけられるし、という口実をつけて提案した。ヨーロッパに滞在しているうちに、息子が輸入業に興味を持ってくれるのではと期待して、ソルは息子をホフコ社の取り引き相手の通訳として、ポーランドとオーストリアへ行かせる手はずを整えた。その取引相手とは、おそらくオスカー・ロビンソンというハムの輸出業者で、ポーランド随一の富豪、「ベーコン王」としてヨーロッパ全土にその名を知られた男だった。サリンジャーは承知した。じつのところ、彼に選択の余地はなかった。この件に関してどんな選択をしても、大学の単位が取れていないことですべて否定されたのだ。そしてサリンジャーは１９３７年４月のはじめ、ヨーロッパに旅立ち、そこで翌年を過ごすことになる。

＊３　サリンジャーは、父は私がポーランドに行くことまでは口にしなかったが、そこまで聞いていたら、私にも一考の余地があったからだろう、と推測している。

彼はロンドンとパリに立ち寄ったあと、ウィーンに到着した。そして、その街のユダヤ人地区で、ある一家と10ヶ月過ごした。すぐにその一家の人たちが気に入った彼は、その娘とはじめての真剣な恋を経験する。オーストリアにおけるサリンジャーの「家族」についてはほとんどわかっていない。ただわかっているのは、サリンジャーがこの家族を理想化し、彼らを生涯にわたって純真と高潔さのシンボルとみなしたことだけだ。サリンジャーはよく彼らのことを思い出し、この家族との生活をウィーンで経験した至福の家族生活として、理想化の度合いを深めていったという。のちにヘミングウェイへの手紙で、この一家の娘の無垢な美しさについて想い出を語っている。彼は戦後の失意のなかでオーストリアにもどって、彼女を探したがむなしかった。1947年、彼は「想い出の少女（"A Girl I Knew"）」という短編を書いて、彼女とその家族を永遠の存在にした。

サリンジャーがオーストリアでロマンスを追い求めているうちに、ポーランドのスポンサーであるオスカー・ロビンソンが心臓麻痺で死んだ。ウィーンのカジノのルーレットで勝ちつづけている最中のことだったらしい。サリンジャーはポーランドの町ビドゴシチに北上し、肉を包装出荷するロビンソンの工場のゲスト用アパートに住むことになって、父の輸入業のさらに基本的な部分を体験した。[*4] たとえば、朝は夜明けまえに起床し、町の屠殺場で小作農といっしょに汗を流す、といったことだ。毎朝、サリンジャーは重い足をひきずって、「ピクニック用ハムの缶詰」としてアメリカ市場に送られる運命にある豚を殺しに行くのだった。彼の相棒は「屠殺職人」長で、ブーブー鳴きわめく豚の頭上の電球や、自分の通り道を横切る小鳥に銃をぶっぱなすのが好きだった。肉類輸出業がどんなものか、豚がその大半を占めるということが、サリンジャーにもすぐわかってきた。サリンジャーがポーランドでなにか学んだことがあったとすれば、それは自分が父親の仕事には向いていないということだった。

サリンジャーはこののち1944年になって、両親は一家の仕事の見習いをさせようとして、あのときポーランドで「豚を殺すために」自分を「無理やり引っ張り出した」のだ、と語った。[19] 1951年、ニューヨーカー誌の編集者ウィリアム・マックスウェルは、サリンジャーは父の問題解決策がいやだったろうが、「快適だろうとなかろうと、小説家にとって価値のない経験などないのだ」[20]と結論づけた。さらにいえば、サリンジャーがヨーロッパで過ごした1年を、時代の流れと無関係に考えることはできない。サリンジャーが住んでいたオーストリアやポーランドでは、戦争の脅威がひしひしと感じられ、この意欲あふれる若き作家に深大な影響をあたえたのはたしかで、この土地にたいする彼の大切な想い出を悲しみでいろどることになるのだ。

サリンジャーが滞在したのは歴史上の危機的な時期だった。1938年はヨーロッパが第二次世界大戦にまっさかさまに突入していく年だった。彼がウィーンにいたころ、オーストリアのナチスは権力への道を暴走し、刑務所から解き放たれたナチスの暗殺団が勝手気ままにウィーンの街を弾圧して

*4　ポーランドはこのサリンジャーとのつながりを誇りにしている。ビドゴシチでは毎年サリンジャー祭りを挙行し、現在はショッピングセンターになっている、彼がかつて働いていた場所には銅像を建てて彼を讃えようという計画が進行中だ。地元の新聞クラコー・ポスト紙によれば、2009年にそのデザインが決定し、サリンジャーの像がライ麦の生えた一角に立つことになるという。

いた。ユダヤ系とみなされた通行人は、排水溝の掃除を強要されて見物人たちの嘲笑を浴び、ユダヤ人の家や会社は暴徒に略奪される始末だった。こんな悪夢を目撃したサリンジャーだが、自分の個人的な危機より、自分を受け入れてくれたウィーンのホストファミリーの安否のほうが気がかりだった。彼自身はいつでもこの危険な地域を出ることはできたのだが、ホストファミリーには行くあてがなかった。サリンジャーがニューヨークに帰還するまえに、ドイツはウィーンに侵攻して、オーストリアは国家として消滅した。オーストリアにおけるサリンジャーの家族は、1945年までに全員ホロコーストで虐殺されたのだった。

サリンジャーがオーストリアを出てポーランドに入国したとき、ポーランドという国家はかつてのオーストリアとおなじ危機に陥っていた。敵国に囲まれたポーランドには暗雲がたれこめていたが、彼にはどうすることもできなかった。しかし、オーストリアの現実を目撃した彼には痛感させられることがあった。豚を屠殺しているときに知り合った人たちのなかで、そのあとの2、3年を生き延びた者はほとんどいなかったのだ。

1938年3月9日、サリンジャーは合衆国に帰国するため、イギリスのサザンプトンでイル・ド・フランス号に乗船した。ヨーロッパでの緊張から解放され、パークアヴェニューの両親のアパートにもどった彼は、自宅にいられるだけで幸せだった。しかし、マックスウェルがのちに述べた言葉には、たしかな真実がある。ヨーロッパはサリンジャーの生き方に、父親が期待したような影響をあたえなかったかもしれない。彼はアメリカを出たときよりは多少なりとも目標を定めて帰国した、ということもなかったかもしれない。しかし、それまでの自分の生活とまったく異なる状況に生きる人たち、日々が常に闘いであり危機である人たちに混じって生活したことから、それまでほとんど共通点のない人たちの価値を認められるようになったのだ。この先、サリンジャーがドイツで第二次世界大戦を戦うときに、このような彼の姿勢の変化はさらに顕著になる。１９３７年から１９３８年にかけてヨーロッパに滞在したサリンジャーは、ドイツの文化を受け入れ、ドイツ語やドイツ人を受け入れるようになった。そして、讃えるべきドイツ人と、そのなかに存在するナチスを区別するようになったのだ。

その年の秋、サリンジャーはヴァレーフォージ軍学校からさほど離れてない、ペンシルヴェニア州の田舎にあるアーサイナス大学に入学した。サリンジャーにとってなじみのある地域だということを除けば、この大学はうまくいきそうにない選択だった。アーサイナスはドイツ改革派教会が後援する大学で、サリンジャーの校友たちはペンシルヴェニア・ダッチ（ドイツ系ペンシルヴェニア人）が多かった。アーサイナスの学生はキャンパスでは名札をつけ、おたがい挨拶を交わすことになっていた。アーサイナスは孤立した小さな大学で、サリンジャーが育ったマンハッタンのアッパーイーストサイドという雑多な環境とはかけ離れた世界だった。

ニューヨーク出身のユダヤ系お坊っちゃんが、この辺境の大学にいること自体が特別なことだっただろう。アーサイナスのクラスメイトたちには、彼のことはほとんど記憶にないと言う者がいるいっぽうで、言葉少ないながらいやな奴だったと言う者もいる。そんなことを言うクラスメイトは、たいていい男性だった。ジェリーが好きだったという想い出を語るのは、きまって女性だ（アーサイナスの男子学生の反感もこれで説明がつくだろう）。アーサイナスで授業を受けはじめたころには、サリンジャーはもう20歳になろうとしていて、ひとくせありそうな笑みをみせるハンサムな青年になっていた。188センチの長身で細身の彼は、みんなのなかで目立つ存在だった。彼の手の指は、ニコチン焼けして爪を噛んだあとがあっても、ほっそりしていた。顔はオリーブ色で髪は黒かった。しかし、最も忘れがたいのは彼の眼だったようだ。深くするどく、そして暗い眼だった。つまるところ、1938年当時のアーサイナスにとっては別世界の風貌で、女性たちはそれを愛したのだ。47年後、アーサイナスのある卒業生はこう語った。

ジェリーはちょっと忘れがたい人物でした。ハンサムで物腰のやわらかい、洗練されたニューヨークっ子で、黒のチェスターフィールド・コートを着てました……そんなもの、あたしたち見たことがなかったんです。彼の痛烈でするどいユーモアにも魅せられました……ほとんどの女の子たちはすぐに彼に夢中になりました。[21]

サリンジャーは女性たちを惑わせるだけでなく、熱心に追い求める新たな興味の対象をみつけていた。登録した8つの講座のうち、4つが言語と創作に関するものだった。英文学、フランス語、英作文の講座が2つだ。大学新聞『アーサイナス・ウィークリー』のクラブにはいって、すぐに自分のコラムを持った。はじめは「社会科2年生の黙想——省略された卒業証書」というタイトルだったが、やがて「J・D・Sの省略された卒業証書」と変えられた。このコラムは、大学生活の軽口の宣伝から長文の辛口演劇批評まで、さまざまな学内の話題についてジェリーがコメントするものだった。このころすでに、小説を批判するときにきまって「インチキ《フォーニー》」という言葉を使っていた。あるときなど、作家マーガレット・ミッチェルを批判して、「ハリウッドのためには、『風と共に去りぬ』の女流作家はおなじ作品をもう一度書いて、スカーレット・オハラの片目をちょっと斜視に、1本の歯を出っ歯に、そして片方の靴をサイズ9にすればいいだろう」と書いた[22]。またべつの「書評」欄では、のちに友人となるアーネスト・ヘミングウェイも同様に否定して、「ヘミングウェイははじめて標準的長さの芝居を完成させた。彼らしいりっぱな作品だといいのだが。アーネストは『日はまた昇る』、『殺人者たち』、『武器よさらば』いらい、仕事の質は低下し、言動だけ派手になってる、という感じ」と引導を渡した。

　サリンジャーの「省略された卒業証書」は文学と呼べるような代物ではないが、このコラムははじめて印刷され公になったもので、いまでもファンに読まれている。ただ、失望の念と寛大な気持ちの入り混じった感想が多いのだが。「省略された卒業証書」のなかに、かすかながらも当時のサリンジャーの状況を、少なくともアーサイナスで学ぼうという彼の決意をうかがわせるものがあるとすれば、1938年10月10日付で「ストーリー」と題された、ごく初期の論評だろう。「あるところに、ヒゲを生やすことに飽きてしまった青年がいた。この男はパパのために、あるいはわけのわからないほかのどんな男のためにも、働きにいきたくなかった。そこで、青年は大学にもどった」。

「パパ」のために働く気があろうがなかろうが、サリンジャーがアーサイナスにいたのは1学期だけで、彼はニューヨークの自宅にもどった。アーサイナスでの成績はふるわなかったものの、彼はそこでの経験を大いに楽しみ、この大学とそこで過ごした時間を高く評価している。それはそれとして、彼はここで人生のはっきりとした方針をみつけた。職業作家になりたいという希望である。その決意には自信と確信が必要だった。そしてまた、ほかの人たちの支えも必要になるだろう。アーサイナスを去ったあと、サリンジャーは自分が決めた道を親に認めてもらおうとはしなかった。ただ、作家になるという決意を表明して、既成事実を示しただけだった。母親はもちろん大賛成だったが、ソルは気乗りがしなかった。1938年になって、合衆国はかろうじて大恐慌から脱出しようとしていた。ソルはこの9年間、周囲をとりまく貧困や絶望からきちんと家族を護ってきた。彼はりっぱな実業家が不安定な時代に負けて崩壊するのを見てきた。そして、人生に保証はないことを知っていた。ソルには、サニーの決意は無謀で危険なものに思えた。父と息子のあいだに断絶があったとすれば、それはいま、たしかに広がっていた。のちに、サリンジャーは自分に先見性と信頼性が欠けている、と父がみなしたことにたいして、いまでも許しがたいと語った。

サリンジャーは両親より客観的な立場から支持を得た。彼はヴァレーフォージ軍学校で、スタテン・アイランド出身でウィリアム・フェゾンという年長の生徒と親しくなっていた。サリンジャーが卒業するころ、フェゾンは彼を姉のエリザベス・マレーに紹介した。彼女は夫と10歳の娘と住んでいたスコットランドから、帰国したばかりだった。30歳くらいで洗練され、教養があり見聞も広いマレーと気が合ったサリンジャーは、すぐにほかのだれより彼女の意見を尊重するようになった。その信頼に応えて、エリザベスもサリンジャーを完璧に支えた。1938年、ふたりはしばしば会って、グリニッチヴィレッジのレストランやカフェで長い夜をともにし、文学や将来の夢について語り合った。彼は自作の短編を彼女に読んできかせ、彼女はアドバイスをした。エリザベスの提案で、サリンジャーはF・スコット・フィッツジェラルドの作品を読みはじめた。彼はフィッツジェラルドのなかに、自分の手本としての作家だけでなく、自分と同類の精神を見出した。エリザベス・マレーは、サリンジャーがなにより激励を必要としていたとき、彼の人生に登場したのだ。彼女には感謝という大きな借りができた。ふたりは以後ながく友人であり、相談相手でありつづけた。

1938年が暮れようとしているころ、サリンジャーは作家になるのだという、つよい決意をかためていた。片方しか自分の夢を支持してくれない両親に妥協して、また学校にもどることを承知したが、こんどは創作を学ぶためだった。

お断り

本章と8章において「屠殺」という語を使用しているが、文脈から他の語、例えば「屠畜」や「食肉処理」などに置き換えられないと訳者が判断したためである。読者諸氏にはご了解願いたい。

2 抱いた夢

1939年1月、サリンジャーはコロンビア大学に入学した。受講登録をしたのはストーリー誌の編集者でもあるウィット・バーネットの教える短編小説創作の授業と、詩人で劇作家のチャールズ・ハンソン・タウンの詩の授業だった。サリンジャーは生業として作家になると決めてはいたが、まだどの分野にするのかはっきりしていなかった。演じることに興味があったので、映画の脚本を書くことを考えていたが、短編小説を書くことにも興味があった。そこで、はっきりさせるために両方の授業をとったのだ。ふたりとも有名なプロだし、その方法論、文体ともおたがいかなり異なっていた。ウィット・バーネットは冒険家だった。彼と当時の妻マーサ・フォーリーは、深刻な恐慌のさなかの1931年に、ウィーンでストーリー誌を創刊した。1933年、夫妻は活動の拠点をニューヨークに移し、4番街にオフィスを構えた。バーネットの方針で、ストーリー誌は、一般的な大衆雑誌からは断られてきた、有望な新人作家の作品を掲載していた。バーネットの美的な直感はたしかなもので、やがてテネシー・ウィリアムズ、ノーマン・メイラー、トルーマン・カポーティなどの作家を世に送り出した。1939年の販売部数は2万1000部とささやかなものだが、つねに赤字を出さないよう企業努力を怠らず、ストーリー誌は文壇で高い敬意をはらわれ、時代の先端をいくとみられていた。

バーネットとは対照的に、チャールズ・ハンソン・タウンのやり方は伝統的な手法の典型だった。サリンジャーがやってきたときタウンは62歳で、文学のほとんどの分野で活躍していた。編集のプロでもあり、コスモポリタン誌、マクルアズ誌、ハーパーズ・バザール誌など多くの人気雑誌を成功させていた。タウンは編集の仕事をこなしながら、時間をみつけて自身の創作もしていた。タウンの創作の幅の広さは、「多作」とか「多様」という言葉にはおさまりきらない。彼は数多くの芝居を書き、小説や歌の歌詞を書き、エチケットの指南書まで書いた。しかし、タウンがいちばん愛したのは詩だった。彼の詩は、ほかの分野のものと同様、読者の期待に添うので成功するのだった。彼の詩は韻律が美しく、同時代の読者が期待するような華やかな語句を用いた。タウンらしい典型的な詩が１９１９年に発表された詩、「自死せし人」である。

彼がこけつまろびつ神のもとへと帰ってゆきしとき、
彼の歌は書きかけ、仕事もやりかけ、
彼の傷つける両の足はいかなる道を踏みしめしか、
彼がきわめしは安らぎの丘か　悲嘆の山か

我は願う　神がほほえみ　彼の手をとられしことを
そして仰せられしことを　「哀れなる怠け者、情熱あふる愚か者」と、
人生の書物は解しがたきもの
なにゆえ学び舎に留まれずや

サリンジャーがこんな詩からなにを学びたいと思っていたか、はっきりしないが、彼はタウンの詩人としての評判より、劇作家としての名声に惹かれていたのだろう。しかし、タウンはコロンビア大学では詩を教えていて、サリンジャーがまともに興味さえ示さない文学の様式の学習をしいた。

サリンジャーのコロンビア入学は、彼にとって3度目の大学挑戦であり、大きな賭けだった。アーサイナスでは、いつか偉大なアメリカ小説を書いてやる、とクラスメイトに豪語したことがあった。両親には、創作クラスの授業を受けたいのは、自分の潜在能力を発揮するためだと主張した。しかし、学期がはじまってみると、サリンジャーはあいかわらずぼんやりして、集中できなかった。バーネットの授業では、積極的に発言することはめったになく、ほとんどなにも書けなかった。バーネットがよく話していたのは、サリンジャーがうしろの席にすわって、じっと窓の外を見つめていたことだ。[1]

バーネットの授業での無気力な態度とは対照的に、サリンジャーは詩の授業ではもっとまじめだった。ウィット・バーネットよりチャールズ・ハンソン・タウンのほうが自分と共通点が多い、とサリンジャーが感じていたのはまちがいない。タウンは作家としてバーネットより成功していたし、演技や劇作への関心もサリンジャーと一致していた。サリンジャーは本格的に詩への関心を深め、上流階級への激しい嫌悪感を表現する韻文を試作した。彼の短編の課題作品は失われているが、コロンビアで書いた詩はわずかながら残っている。チャールズ・ハンソン・タウンの関係書類のなかに、コロンビアの1939年度の学生たちの手になる、厖大な課題作品があって、「メソメソと群がれ、あわれな落ち葉よ……」ではじまる「ジェリー・サリンジャー」作の「セントラルパークの初秋」という詩が含まれている。[2]

コロンビア大学での1学期のおわりに、サリンジャーは才能ではないにしても、勤勉さを認められ、詩集『四月の歌（An April Song）』を贈られた。タウンの詩の授業を受けたほかの9人の学生も、詩集をもらったことは考えられる。しかし、サリンジャーがもらったものは署名入りだった。

ジェローム・サリンジャーへ
1939年春季講座におけるたゆみなき勤勉さにたいして
コロンビア大学にて
チャールズ・ハンソン・タウンより
ニューヨーク、1939年5月24日

コロンビア大学で、彼を自己満足から抜け出させる重大な事件があった。それが起きたのは、ジェリーが期待していたタウンの詩の授業ではなく、バーネットの授業でのことだった。この一件は微妙なことだが、サリンジャーを永遠に変えてしまったのだ。ある日、ウィット・バーネットは生徒たちに、フォークナーの「あの夕陽（"That Evening Sun"）」を読んできかせることにした。バーネットは感情をおさえた調子で読んだ。「ぼくたちは自分なりのフォークナー作品を直接そのまま、なんの仲介者もなく、自分のものにした」とサリンジャーは回想している。「バーネットはいちどたりとも、作者と愛する沈黙の読者のあいだに立ち入ることはなかった」[3]。この授業はサリンジャーに、作品を重視することと読者を尊重することとの境界を教えてくれた。彼は作家として、生涯このバーネットの教訓を忘れず、作者は背後にひかえていること、読者と物語に干渉しないこと、読者と登場人物の関係にじかに参加しようとする自分のエゴを覆い隠すこと、を肝に銘じた。

サリンジャーの話では、バーネットは教室に遅れてきて、授業を終えるのも早めのことが多かったが、教え方は押しつけがましくなく、明快だったという。彼は、教室を占拠している「短編小説」というものに情熱を抱いていて、その短編という形式にたいする愛が、それ自体、最高の教師だった。彼は学生たちにいろいろなレベルの、あらゆるタイプの作家を読ませ、それぞれの作品について自分の意見を言わず、いい作品を書くことの大切さだけでなく、いい読み方にたいする敬愛をも教えた。

そこで、最後に定着するのはウィット・バーネットの感動だった。その結果、サリンジャーはついには勉強にうちこむようになった。そして教室外でも、ひとり自宅で書きはじめた。窓の外をながめたり、となりの席の学生に皮肉をとばしたりして、最初の学期をだらだら過ごしたあと、サリンジャーはまたバーネットの授業をとって、再挑戦した。

9月になると、ジェリーは再び月曜夜のバーネットの教室に姿を現し、静かにうしろの席にすわっていた。彼の内部でなにかが変わったようなそぶりをみせまいとしながらも、それまで学校でみせていた横柄な、皮肉な態度も少なくなっていった。11月にはバーネットに手紙を書いて、それまでの怠惰とつよすぎた自負を悔いた。[4] ついには真剣に、勇気をふりしぼって教師に相対し、自分の書いたいろいろなものをみせるようになった。その原稿を一読してバーネットは驚嘆した。教室のうしろにすわっている、気のなさそうなこの青年にひそむ、ほんものの才能を発見したからだ。「なかにはタイプライターから瞬時に飛び出してきた、と思えるような短編もいくつかあった。そのほとんどはのち

1939年コロンビア大学にて休暇中のサリンジャー。友人ドロシー・ノールマン撮影。1年後には処女短編が発表され、彼の作家人生がスタートする。（©Dorothy Nollman ／ Peter Imbres）

に出版された」、彼は後年になっても驚きを隠さず、そう語っている。[5]

その学期のおわりには、ウィット・バーネットはサリンジャーの指導者となり、彼がアドバイスと激励を求める父親のような存在になった。サリンジャーはなんとか彼をよろこばせようと努力した。当時の手紙はまさに純真な少年といった感じをうかがわせ、自分の無知を認める言葉や、たっぷりのお世辞にあふれている。バーネットへの感謝の気持ちはつよく、あるときなど彼のためなら殺人以外なんでもやると、編集者に断言したほどだ。[6]

1939年の終りごろ、サリンジャーは「若者たち（"The Young Folks"）」という短編を完成させ、バーネットの講評を請うた。バーネットはその短編が気に入って、コリヤーズ誌に出してみたらと勧めた。コリヤーズ誌は雑多な広告のあいだに短編小説をはさみこんだ、人気雑誌だった。このほかサタデー・イヴニング・ポスト誌、ハーパーズ誌やいろいろな女性雑誌は「豪華雑誌《スリック》」と呼ばれ、1930、1940年代に短編小説の発表の場として定着していた。*1

11月21日の朝、サリンジャーは自作の短編を持って中心街に出かけ、コリヤーズ誌の事務所に原稿を手渡した。サリンジャーも危惧していたとおり、原稿は拒絶された。[7] しかし、これはジェリーがプロの作家として、はじめて経験した紆余曲折のひとつであり、彼は冷静に自作の価値を受け入れた。

バーネットは弟子がスリック雑誌から受けた教訓はもうじゅうぶんだと考え、「若者たち」を自分に返してもらい、ストーリー出版に持ちこんだ。彼がそれをストーリー誌で掲載するかどうか自問自答しているあいだ、原稿は事務所に数週間おかれたままだった。バーネットからはなんの約束もなかったので、じっと待つのは永遠にも思えたにちがいない。

ウィット・バーネットはサリンジャーを甘やかさなかった。月曜日のクラスのうしろのほうにすわっている男に、文学的天才を見出して名声をあたえてやろうとはしなかった。それより、サリンジャーをバーネット自身の成功のために利用した。バーネットは指導者として、弟子を売り出すことに意をそそいでもよかったはずだが、そのまえに、教師として自分の学生にほかの選択肢をすべて捨てることを要求した。「若者たち」が自分の雑誌以外の雑誌に拒絶されたあとで、やっとバーネットは救済に乗り出して、その作品を自分の手にした。

1940年1月、21歳の誕生日のすぐあとに、サリンジャーはストーリー誌から「若者たち」が採用され、つぎの号に掲載されるとの報せを受けとった。彼はウィット・バーネットへの手紙に、「感激した」し、またすこしホッとした、と書いた。「しめた!」と彼は思い、級友たちが「彼はたしかにすごい作品を書くと言ってたよ」などと言う姿を想像した。[8] この快挙に気持ちが高揚し、職業作家として自立したいと考えたサリンジャーは、コロンビア大学に再登録はしないことにした。彼の学生時代は終わったのだ。

いまや、文学的成功への王道を歩み出したと確信したサリンジャーは、「若者たち」を自分の新生児のようにあつかった。2月5日にストーリー誌から、作品の掲載と作者の文壇への登場を告げる挨

*1 この「スリック」という呼び名は、この種の雑誌に使用された紙が「スリックな(光沢のある)」ものだったことに由来する。この語は文学関係者からは軽蔑的に使われ、内容が浅薄ということを暗示していた。

挨拶状を郵送する、と知らせてきた。サリンジャーはよろこんで挨拶状の送り先のリストを渡して、最新号の前売り版を受けとった。

この雑誌の出版を待つ毎日はクリスマスイヴみたいだった、とサリンジャーは語っている。落ち着かない彼は、お祝いにどこかへ出かけようかとも思ったが、両親がジェリーをひとり家に残して出かけたため、レコードをかけたり、ビールを飲んだり、タイプライターを部屋から部屋へ持ち歩いたり、だれもいない家で朗読したりして日々を過ごした。[9] 興奮しすぎたサリンジャーが、忘れずにきちんと雑誌に感謝の意を伝えたのは、「若者」が採用になって6週間ちかくもたった2月24日のことだった。サリンジャーの熱狂ぶりにたいするバーネットの反応は父親のようだった。彼はサリンジャーに、掲載作品の体裁が君の「お眼鏡」にかなうといいがと言い、5月に開催される作家クラブ恒例の夕食会に招待した。サリンジャーはよろこんで招待を受けた。[10]

ストーリー誌の春号によって、ついにサリンジャーの著作は世に紹介された。その赤と白の表紙の下に、彼の5ページの短編が収まっていた。作者はおくればせながら、25ドルの原稿料を受けとった。物語は作者自身や彼の知人たちによく似た人びとを風刺していて、そこでは上流階級の大学生たちが、底の浅い日常生活の些事にとらわれている。それは当時の風潮で、F・スコット・フィッツジェラルドの作品につよい影響を受けていた。

「若者たち」はおもに、パーティで出会ったふたりの若者、エドナ・フィリップスという人気のない女の子と、ウィリアム・ジェイムソン・ジュニアという爪をかむ癖があり、ウィスキーを飲む、サリンジャー自身を思わせる男の子の会話で成り立っている。エドナは強引にジェイムソンの気を惹こうとするが、会話はぎくしゃくしてしまう。彼はとなりの部屋でとりまきにチヤホヤされている、ブロンドのおバカさんのほうが気になっている。

のちの作品の登場人物とおなじように、仲間はずれのこの若者たちは気晴らしにひっきりなしにタバコをすう。そこからサリンジャーは、物語を支える重要な小道具を生み出している。つまり、エドナはラインストーンをはめこんだシガレットケースから、最後の1本をすう。ジェイムソンがやっとエドナから離れていくと、彼女は階段をあがって、自分や若者たちには立ち入り禁止になっている一角にはいりこむ。20分もたって、彼女は下にもどってくる。部屋では魅力的なブロンドが楽しそうに青年たちにとり巻かれている。そのなかに、片手にウィスキーのグラスを持ち、もういっぽうの手の爪をかんでいる男の子がいる。エドナはラインストーンのはめこまれた、小さな黒いケースをあけて、1ダースほどもあるタバコのなかから1本ぬきだすと、パーティを楽しんでいる連中に、音楽を変えてくれと呼びかける。エドナ・フィリップスは踊りたいのだ。

大恐慌がつづくなか、人びとは金持ちの幸運な人生の話を読みたがっていた。しかし、「若者たち」は豊かな若者の生活を羨むべきものとして描くのではなく、上流社会の魅力のない真実にスポットライトをあてた。甘ったれた暮らしをしている連中の、むなしくて冷えびえとした現実をあばいたのだ。このサリンジャーの処女作の登場人物たちは活力に欠け、ねばりがない。彼らの浅はかな社交技術には、とっくの昔に自省とか共感を呼ぶ力は失われ、かけらも残っていなかった。

「若者たち」にたいする、過剰な歓喜の熱がさめてくると、サリンジャーはつぎの作品が売れないことに気がついた。8ヶ月ものあいだ、原稿をいろいろな雑誌にもちこむのだが、返ってくるのは不採用の通知だけだった。外見は冷静なふりをして、ものごとは過程が大切ということがわかったと言い、ウィット・バーネットには、やっとこの新しい職業になれてきたと伝えたりしていた。しかし、心のなかではしだいに弱気になって、あらためて俳優や劇作家になることも考えていた。

1940年3月、サリンジャーはつぎの試作「生き残った者たち（"The Survivors"）」という作品をバーネットに提出した。それは前年に書きはじめていたものだった。この作品はサリンジャーの才能を裏づけるものだったが、バーネットは結末が曖昧だと考え、書きなおしを命じた。翌月、サリンジャーはこの編集長にべつの作品を出してきた。「エディに会いにいけ（"Go See Eddie"）」という、小気味のよい会話の生きた短編で、自分の退屈をまぎらしてくれるとり巻きの男たちを破滅させる、魅力的だが自分勝手な魔性の女《ファムファタール》の物語だ。バーネットはこれも不採用としたが、言葉やさしく、自分としては好きな作品なのだが、当誌には割りこませる余地がないと伝えた。ストーリー出版のよく使う手だった。[11] 4月16日、バーネットはサリンジャーに手紙を書いて、原稿をエスクワイア誌にみせてみたらと提案し、エスクワイア誌の編集者アーノルド・ギングリッチへの推薦状を同封してくれた。翌日、サリンジャーは失望をかくして、バーネットに作品を認めてくれたことへの感謝を伝えた。「僕としては満足といってもいいくらい」と言葉は曖昧だったが、「エディに会いにいけ」が、バーネットの推薦でエスクワイア誌への掲載の話がすすんでいるものと思っていたようだ。[12] 2、3週間後、そんなサリンジャーの希望的観測はあやしくなってきた。エスクワイア誌は「エディに会いにいけ」を不採用としたので、そのほかの原稿も同様の運命をたどったらしいことがわかってきたのだ。

ところがその5月に、ハロルド・オーバー社というマディソン街随一といってもいい著作権代理業者《エージェンシー》が、サリンジャーと契約したのだ。社は2年まえに入社したドロシー・オールディングをサリンジャー作品担当の代理人《エージェント》に指定した。30歳になったばかりのオールディングだったが、すでにこの世界では実績をあげていて、パール・バックやアガサ・クリスティーも顧客に名をつらねていた。しかし、サリンジャーを感激させたのはオールディングではなかった。ハロルド・オーバー社は彼の憧れのF・スコット・フィッツジェラルドのエージェンシーだったのだ。それでも、この新しいエージェントが自分の作品を雑誌に売りこんでくれると、サリンジャーが思っていたとしたら、それは見こみちがいだった。彼はオーバー社と契約してすぐ、ハーパーズ・バザール誌に提出ずみの原稿があると連絡した。サリンジャーの短編がハーパーズ誌に登場するのは1949年になってからで、この作品への言及はどこにも見当らない。8月にはウィット・バーネットにまたべつの原稿がとどいたが、この短編も不採用となった。

サリンジャーは、スコット・フィッツジェラルドにも原稿不採用がつづく、同様の時期があったことを知って、自分の不安をなんとかやわらげることができた。じじつ、ほんの1ブロックも歩けば、作品が売れなくてフィッツジェラルドが沈みこんでいたアパートを見あげることができた。フィッツジェラルドがはじめてマンハッタンに住むようになったのは、サリンジャーが生まれてわずか6週間後のことで、サリンジャーがいま住んでいるパークアヴェニューちかくの、92丁目レキシントン街1

395だった。
オーバー社も彼の作品を売りこむことができそうにないので、サリンジャーは不安になり、また劇作家への転身を口にするようになった。「若者たち」を脚本に書きなおして、自分が主役を演じる話まであった。彼はいくつかラジオドラマを書いて、ストーリー出版が製作するラジオ番組に協力したこともあった。[13]全般的にみて脚本を書くのはほとんど失敗で、そもそも作家になること自体をあきらめようと、本気で考えたりした。[14]彼は、「21歳でもう過去の人になってしまうのか」と嘆いた。

1940年の晩夏、彼は1ヶ月かけてニューイングランドからカナダを旅して、自分の進路をじっくり考えた。孤独と周囲の環境がよかったのか、彼は元気をとりもどして、ホテルのロビーにいる人たちを題材に、長い作品を書きだした。彼はケベックからバーネットに出した手紙で、「ここには物語があふれている」とうれしそうに報告している。気力が充実してくると、サリンジャーは、自分がなによりも短編作家になる宿命にあることを自覚し、その後、創作の才能が枯渇したような気がすると、このカナダ滞在で得た活力を再現しようとした。

ニューヨークにもどったサリンジャーはそれまでになく楽天的だったが、現実のまえに彼の自信は揺らいだ。9月4日、ストーリー誌はまた彼の原稿を不採用とした。おなじ日、カナダで書きはじめていたホテルものの短編が完成し、その年の3月にバーネットから紹介されていた、ジャック・シャンブランという無名のエージェントに送った。[15]サリンジャーによると、その原稿をサタデー・イヴニング・ポスト誌に出すようシャンブランに指示した、という。[16]この作品について、そしてシャンブランについても、その後なんの言及もないところをみると、不採用になったのはたしかだろう。それでもサリンジャーはくじけず、「生き残った者たち」という旧作を、いわゆる「引き出しの奥」から取り出して、書きなおした。そして、作品の質がすこし低いが、という弱気のメモをつけて、ふたたびストーリー誌に送った。予想どおり、バーネットはまた不採用とした。この作品も失われてしまった。

このような挫折にもめげず、ジェリーは平静を保っていた。自信を失うどころか、9月にはウィット・バーネットとエリザベス・マレーに向かって、自伝的小説を書くつもりだと宣言した。「これまでにないもの」になる、と断言したのだ。[17] 彼の人生で、人びとが金を払ってまで読みたいほど魅力的なことがなんなのか、はっきりしなかったが、バーネットは大賛成だった。サリンジャーの最近の作品にたいしてやや冷淡だったバーネットが、これほど関心をもつのはふしぎだが、サリンジャーはまだ若くて単純だった。もっとも、サリンジャーにはべつの考えがあったのかもしれない。しかし、この編集長が長編小説に惹きつけられて、ほかの短編小説も魅力的に思ってくれるのでは、と期待していたとしたら、サリンジャーはまちがっていた。バーネットの関心はすぐに強要に変わって、ストーリー誌からの不採用があいかわらずつづくだけでなく、同時に長編小説を要求されるようになったのだ。

サリンジャーはつよく自分の未来を信じているいっぽうで、深い挫折感を表明して自己を卑下することでわかるように、深い自己不信におちいることがあった。それでも、サリンジャーは作家としてすばらしい忍耐力をそなえていた、あるいは、自分で獲得していたが、生涯その姿勢をくずさなかった。彼は自己不信におちいっても、そのせいで夢を捨てることはなかった。これほど価値のある特質はない。

作家としてのサリンジャーを、とくに若い時期のことを考えるとき、夢と自信を区別することが重要である。たしかにサリンジャーは自信にあふれていたが、その自信がぐらついたときに、彼を支えたのは夢だった。1940年、彼の夢は評価されることと文学的成功へ向けられた。この先、彼の目標は変わるが、夢をみようとする本能そのものはなくならないのだ。

サリンジャーがこの時期に忍耐力を失わなかったことを示す、もうひとつのエピソードがある。彼の短編「エディに会いにいけ」はやっとのことで雑誌掲載となった。高姿勢な雑誌はどこも採用しなかったが、最後に採用されたことで、作者には自分の正当性が認められたとみえたにちがいない。

1940年も暮れようとしていたとき、「エディに会いにいけ」は部数のかぎられた学術誌、『カンザス市立大学紀要』に掲載されたのだ。そのいっぽうで、サリンジャーはやがて『キャッチャー・イン・ザ・ライ(*The Catcher in the Rye*)』となる小説の概要を探りはじめていた。「エディに会いにいけ」が掲載され、サリンジャーが自信をとりもどしていた、まさにそのときに、F・スコット・フィッツジェラルドがハリウッドで亡くなった。享年44歳であった。

1941年、サリンジャーは新進作家として、見識をそなえているうえ市場価値もある作家としての地位をかためていた。[*2] あたえられた課題は作家としての方向だった。サリンジャーは年内に、ひとつは大衆向け、もうひとつは読者に自省をうながす、というまったく異なるタイプの短編を書くようになる。この年も月日が流れ、円熟さを増し、評判が高まるにつれ、サリンジャーはしだいにふたつに分裂していった。

この年が浮ついた遊び気分で明け、せまりくる戦争で暮れるという、対照的な年の初めと終わりほど、その矛盾を的確に示したものはない。「エディに会いにいけ」が売れて力づけられはしたが、1941年が明けて金はなく仕事もないので、サリンジャーとヴァレーフォージ校の上級生だった親友、ハーバート・カウフマンは、スウェーデン・アメリカ航路の会社が経営する最新流行の豪華巡航船クングショルム号の娯楽係の職を得た。[18]

2月15日、船は厳寒のニューヨーク港を出発した。19日間のカリブ海クルーズで、途中プエルトリコ、キューバ、ベネズエラ、パナマに停泊した。ジェリー・サリンジャーは、戦争のことを忘れて南洋の地を楽しみたいという旅客たちといっしょに、働きながらも陽光のもと女の子と遊んだり、友人とくつろいだりと、ゆったりとヴァケーションを楽しもうとした。

サリンジャーは娯楽係の一員として、芝居に出演し、裕福な乗客の娘たちのダンスの相手をした。

*2　しかし、この年も不採用がなかったわけではない。6月にドロシー・オールディングが、ニューヨーカー誌に拒絶されたことのある「三人でランチ」という短編を、ストーリー誌に提出したが、ふたたび拒絶された。

また、甲板でやるスポーツを企画、実行した。サリンジャーがクングショルム号に乗船している写真を見ると、楽しそうに完璧な服装を着こなし、まさにその場にぴったりという感じである。クングショルム号での生活が気に入ったようだ。のちに暗い現実から逃避したくなると、いつもこの船旅を思い出して、プエルトリコの太陽かがやく海岸や、ハバナの月に照らされた港を思い描くのだった。

クングショルム号で過ごした時期は、この若い作家にとってだけでなく、アメリカ国民にとっても純真な少年期を終えようとしていた時期だった。第二次世界大戦は1年以上もまえにヨーロッパではじまっていて、合衆国はなんとか争いに巻きこまれまいとしていたが、戦争はアメリカ人の生活のあらゆる面に影を落していた。1940年に起きたドイツのフランス侵攻にはすぐに反応し、国会は選抜徴兵法を制定して、アメリカの歴史上はじめての平時徴兵制を確立した。

クングショルム号の船上でも、戦争がいつも会話の話題だった。サリンジャーは、軍隊に好意的な短編小説を読みたいという大衆の欲求を察知して、3月6日に船をおりた。いまこそ、原稿料のいい商業誌に売りこむ絶好のチャンスとみて、「そのうちなんとか（"The Hang of It"）」という軍隊生活の美点を描いた型どおりの短編を一気に書きあげた。より広範な読者層にアピールするため、この作品では、上流階級の青年たちの弱点をあばくといった、それまでサリンジャーが開拓してきた新生面が捨てられ、心理的な深みはかけらもない。O・ヘンリー式結末[*3]の単純な物語である「そのうちなんとか」は、読者をほほえませて売れることを意図した作品だった。

この物語の主人公を真似たのか、23年まえに入隊したスコット・フィッツジェラルドの向こうを張ったのか、サリンジャーは「そのうちなんとか」を書きあげると、1940年の夏に抱いた望みを果たすため、入隊しようと決心した。彼はいささか素朴に、自分が兵隊として小説を書く姿を思い描いていたのだ。

サリンジャーはそれまで大げさな愛国心をみせたことがなかっただけに、この決心は不可解にみえるかもしれない。ただ、いまだに両親と同居している身では、作家をつづけることがむずかしくなってきた、と感じていたのではないだろうか。彼の年齢と抱いている夢を考えれば、たしかに状況はいいとはいえなかった。「若者たち」の原稿料は25ドルだったし、なんとか毎月ひとつ作品が売れたとしても、とても独立できそうになかった。息子を手放したくない母親との関係を考えれば、サリンジャーが頼んでも、両親が息子にアパートをあたえてひとり立ちさせてくれるとは思えなかった。彼を軍隊にはいりたいという気にさせたのは、ヨーロッパの戦争への思いよりも、おそらくこんな状況だった。いまにして思えば驚くべきことだが、軍隊にはいれば小説を書くひまができると、彼は考えていたのだ。

サリンジャーは徴兵登録所に行ったが、不合格にされたのはショックだった。自分でも知らなかったのだが、身体検査で軽い心臓疾患が見つかったのだ。[19] 当時の合衆国軍隊では、新兵志願者を最適格から最不適格まで、1-Aから4-Fの段階に分類していた。サリンジャーの心臓は1-Bとされ、心臓疾患として深刻ではないが、入隊を禁ずるにはじゅうぶんであった。この検査結果はつらいもの

＊3　O・ヘンリーはアメリカの作家ウィリアム・シドニー・ポーター（1862年9月11日―1910年6月5日）のペンネーム。彼の短編は意外性のある結末で知られた。

だった。1948年の短編「対エスキモー戦争の前夜（"Just Before the War with Eskimos"）」のフランクリンや、そのほか大勢の登場人物たちが「ちょっとした心臓のトラブル」のせいで苦しんでいて、作者がこのときの苦痛を忘れがたいことがわかる。[20]

軍は作家を失格としたが、その作品はよろこんで合格とした。1942、1943の両年、「そのうちなんとか」は『兵隊読本（*The Kit Book for Soldiers, Sailors, Marines*）』という、兵隊が戦場にもっていく物語やマンガの作品集に収録されたのだ。その結果、「そのうちなんとか」はサリンジャーがはじめて単行本に登場した作品となり、おびただしい数の兵隊が戦場にもちこんだ。

「そのうちなんとか」はこの読本に登場するまえの7月12日に、イラストつきの全ページ見開きという体裁で、コリヤーズ誌に掲載された。サリンジャーはこれを、ある面では当惑ぎみに受けとめ、友人たちには読まないように忠告した。しかしそのいっぽうで、世俗的成功やプロとしての技術的進歩という面からみれば、このコリヤーズ誌デビューは大成功だと考えた。テレビのない時代、読書は気軽な娯楽の中心であり、コリヤーズ誌は、作品が掲載されれば作者はすぐに全国的に名前が売れるという、アメリカ屈指の人気雑誌だった。原稿料もよかった。そこで、サリンジャーは作品に深い内容がないことに不満ながらも、その商業的価値にたいする報酬にわくわくしたのだ。そのうえ、さらに人気のある作家としての地位を確立してしまえば、もっと痛烈で危険な作品でも受け入れられるようになるだろう、という計算もあった。[21]

1941年の夏、ヴァレーフォージ校時代からの友人で、エリザベス・マレーの弟のウィリアム・フェゾンとヴァケーションに出かけるときは、最近の自分の知名度を楽しむ余裕が生まれていた。ふたりはその夏を、ニュージャージー州の豊かな海辺の町、ブリールにあるマレーの家で過ごした。マレーにはサリンジャーが「ゴールデンガール」というニックネームをつけていたが、彼女は彼の最近の成功を自慢に思い、自分の友人たち、つまり、最上流社交界にデビューする娘をもつ親たちの仲間に会わせたがった。そして1941年7月、サリンジャーは、いつも新聞のゴシップ欄をにぎわすような、裕福で美しい娘たちに囲まれていた。自分の著作のなかで辛辣に批判してきたタイプだった。そんななかに、作家のウィリアム・サローヤンの恋人キャロル・マーカス、かの有名な「金はあっても不幸な娘《プアリトルリッチガール》」ことグロリア・ヴァンダービルト、劇作家ユージン・オニールの娘ウーナ・オニールの仲良し3人組がいた。

ウーナ・オニールは溌剌として魅惑的な娘で、その美しさは「頭からはなれない」とか「神秘的」と評されていた。本人の魅力にくわえて、父親はアメリカ随一の劇作家であり、そのせいで彼女がサリンジャーにはいっそうすばらしくみえたことはたしかだ。ウーナの美貌をほめちぎる人は多かったが、彼女に人間的な深みがあるという人はほとんどいなかった。彼女は浅薄で、うぬぼれのつよい金持ち娘にみえた。それは父親のせいだ、と言う者もいた。ユージン・オニールは、ウーナが2歳になるかならないかというとき家族を捨て、それいらい娘の教育を怠ってきた。そのため娘は周囲の注目を浴びたがる性格になり、その浅薄さは、マーカスやヴァンダービルトと行動をともにすることで、さらに助長されたのだ。エリザベス・マレーの娘がウーナを評して、「あの娘はカラッポよ」と言った言葉がいちばん的を射ているだろう。マレーはそれにつづけて、「でも、瞠目すべき美しさよ」と言っている。[22]ウーナ・オニールはまさにサリンジャーがずっと軽蔑してきたタイプの女だった。理解できないことだが、だからこそ彼は彼女と深い恋におちたのだろう。

サリンジャーが救われたのは、ウーナも彼に興味をもってくれたことだ。はじめは彼がウィット・バーネットの知り合いだったからで、バーネットは彼女の父とは仕事上の関係があったのだ（ウーナは父親をたいそう恋しがっており、父の顔を忘れないようにと父の写真などを集めたスクラップブックを大切にしていたという）。彼女の新しい求愛者より6つ年下で16歳の彼女は、彼の大人びたところと作品が出版されている作家だということに、興味をそそられたのだろう。彼の言葉や手紙からみると、彼女に深みがないこと、あるいはふたりの関係の不公平さについて、彼が幻想を抱いていたとは考えられない。「ウーナちゃんは、どうしようもなく、かわいいウーナに恋している」と彼は嘆いていた。[23]それでも、彼女への気持ちはゆるがず、ニューヨークにもどるとふたりのロマンスがはじまった。作家はその後ながく、この恋をひきずることになる。

サリンジャーは8月にニューヨークにもどったが、パークアヴェニューの自宅にはいなかった。両親のアパートで仕事をするのは無理だと思ったのか、2週間ほど、ロックフェラー・センターからちかい、37丁目のビークマン・タワーズ・ホテルに引きこもったのだ。ビークマンではあまり仕事がはかどらなかった、とサリンジャー自身は言っているが、彼が「テーブル6の鈍感な美少女（"The Lovely Dead Girl at Table Six"）」と呼んだ短編小説が生まれた。こんにち「マディソン街はずれのささやかな反乱（"Slight Rebellion off Madison"）」として知られる、サリンジャー初のコールフィールド家もので、この1年書いてきた小説の一部を成すものだ。[24]

サリンジャーはビークマンを出ると、その原稿を代理人のオーバー社に送った。かえってきたのは、あまり熱のこもらない反応だった。「少々テンポが緩慢だが、雰囲気や子供の視点はいい」。[25]

1941年5月には、つぎの掲載作品となる「未完成ラブストーリーの真相（"The Heart of a Broken Story"）」も完成させていた。この短編が、商業雑誌が奨励しているタイプの物語を風刺したものだ、とわかる者は少なかった。それは短編の恋愛小説の方法論だけでなく、当時人気のあったギャング映画をもじった、しゃれた作品だった。そこには暗く深刻な裏が隠れていて、作品の質を求めるか、売れることを優先するか、というサリンジャー自身が直面していたジレンマが見てとれる。物語は典型的な少年と少女の出会いの物語らしくはじまる。主役のジャスティン・ホーゲンシュレーグとシャーリー・レスターはおなじ3番街のバスに乗って、職場に向かっている。ホーゲンシュレーグはシャーリーにひと目ぼれ、どうしても彼女とデートしたくなる。ここでサリンジャーは語りを中断して、計画どおりには（意図したとおりには、とコリヤーズ誌には伝えた）物語をつづけられないと、読者に説明する。自分がイメージしていたとおりの筋にするには、登場人物たちが平凡すぎて、「うまいぐあいに結びつける」ことができない、というのだ。[26] 不運なホーゲンシュレーグが刑務所に入れられるなど、紆余曲折をへたユーモラスな筋書きで読者を引っ張りまわしたあげく、サリンジャーはラブストーリーをつくりあげること自体を放棄する。そこで、物語の現場にもどる。シャーリーとホーゲンシュレーグはひとことも言葉を交わさず、ふたりが3番街のバスをおりて、またそれぞれべつの、愛のない平凡な生活をつづける、というところで物語は終わる。

「未完成ラブストーリーの真相」の発表から、サリンジャーは登場人物をわざとらしく創るのをやめ、ことさらロマンティックに、英雄的にしないようになる。商業的な要求も「文学的にまじめな」要求も無視して、作品が読者に自分で判断せよと挑んでくるのだ。「未完成ラブストーリーの真相」は、はたして「ある失恋の物語」なのだろうか。読者はこれからも人気雑誌が売りまくる、ありきたりのハッピーエンドをよろこぶのか、それとも多少暗くても現実味のあるものが読みたいのだろうか。作者の判断は迷いがなかった。「未完成ラブストーリーの真相」の読者がハッピーエンドを期待していたとしたら、おおいに失望しただろう。


1941年9月、「未完成ラブストーリーの真相」はサリンジャーが期待していたコリヤーズ誌ではなく、男性向けのするどい切り口の雑誌エスクワイア誌に掲載された。作品にユーモアはみられるものの、その懐疑的な結末はサリンジャーが純文学を捨ててはいないことを示していた。それでも、彼は自活する必要性を自覚していた。そこで、自分の著作を、自己を見つめる陰影のある作品と、てっとり早く金のかせげる商業的作品とに、意識的に区分けすることにした。

サリンジャーは「そのうちなんとか」のような、文学的な質は低くても、人気雑誌には売れる作品を自嘲的に評していた。しかし、彼にはほかのどの雑誌よりその雑誌に認められたいと願う雑誌があった。その雑誌には、結果はどうであれ、つまらない作品は出さないようにした。その雑誌こそ、作家が望むかぎりの文学的、経済的地位を保証するニューヨーカー誌だった。

いまや職業作家となったサリンジャーは、しだいに落ち着かなくなっていた。日常生活は作家としての成功にみあうものとはいえないうえ、たしかに「やったんだ」という達成感を裏づけるものも思い浮かばなかった。あいかわらず両親と同居している状況は、ますます耐えがたいものになっていた。ウーナ・オニールとのロマンスも中途半端で、ほとんど彼女のペースだった。おまけに、作品の掲載雑誌の発行部数や掲載のとりあつかいにも不満で、自信作は部数のかぎられた雑誌に、いっぽうではとるにたりない作品が大部数の雑誌に掲載されるというありさまだった。サリンジャーは、こんな問題をすべて解決してくれるのがニューヨーカー誌だと考えていた。切れ味するどい、良質の作品をこの雑誌に発表できれば、自分にふさわしい社会的地位を得られ、ウーナも感心してくれるようになって、ふだんの状況もよくなるだろう。

「未完成ラブストーリーの真相」が発表されたときには、サリンジャーのもっとも暗い作品といえる「ロイス・タゲットやっとのデビュー（"The Long Debut of Lois Tagget"）」は完成していた。社交界にデビューした娘が、紆余曲折をへてほんとうの人間性にめざめるという、この陰気な物語はまたもや上流階級の若者たちをめぐって展開する。そこでは、しゃれた最新流行のものを追い求める風潮が、インチキでなんの価値もないとみなされている。ロイスは終始きびしい現実に向きあおうとし、すこしずつだが他人に共感を持てるようになっていく。彼女はまず、精神異常の夫に悩まされ、再婚して愛のない生活をおくり、子供がベビーベッドで死ぬ、という試練をへて、やっと自分の見栄を捨てることができる。
この作品には奇妙なところが多い(たとえば、ロイスの夫は色物の靴下にアレルギーがあるという奇病)が、サリンジャーはこれでニューヨーカー誌への突破口がひらけると確信していた。[27] そこで、作品が完成するとすぐ、ドロシー・オールディングに原稿をニューヨーカー誌に送るよう指示した。

1941年後半、サリンジャーは次つぎに作品を書いていった。いずれも独自の作風をみつけ、しかも多様な雑誌に売れることを意図した、実験的作品だった。残念なことに、「ロイス・タゲットやっとのデビュー」はニューヨーカー誌には不採用になったので、サリンジャーはそれをマドモアゼル誌にまわした。これはあきらかに成功への熱意の減退を示している。[28] じじつ、1941年にニューヨーカー誌は「ロイス・タゲット」だけでなく、ぜんぶでサリンジャーの7作品を却下している。「そのうちなんとか」は3月、「未完成ラブストーリーの真相」は7月、「ロイス・タゲットやっとのデビュー」は夏の終わりまでに返却されている。それだけではない。「釣り人("The Fisherman")」、「水っぽいハイボールにひとりごと("Monologue for a Watery Highball")」、「ぼくはアドルフ・ヒトラーと学校へかよった("I Went to School with Adolf Hitler")」などの作品は、当誌に拒絶されただけでなく、いまでは失われてしまっている。[29] サリンジャーは連戦連敗で、どんな形でも救世主が欲しくてたまらなかっただろうが、そんな不採用のなかにひとつだけ救いを見出した。ニューヨーカー誌はまたもや

『三人でランチ（"Lunch for Three"）』という、いまでは失われた短編を不採用としたのだが、編集者のジョン・モッシャーがドロシー・オールディングにメモを送って、「この作品にはどこかピリッと冴えたところがある」と、肯定的な感想を書いてくれたのだ。しかし、この雑誌はもっと型どおりの短編を求めていたのだ。[30]

いっぽう、サリンジャーの私生活は、作家生活とおなじく多難だった。ニュージャージー州の海岸からもどって、なんどかマンハッタンでウーナとデートをした。そこには彼女が通うブリアリー・スクール（訳注：幼稚園から高校まで一貫性の名門女子校）があり、サリンジャーの自宅のちかくだった。ウーナのはなやかな趣味に合わせた服装で、5番街をならんで歩き、無理して高級レストランで食事をし、ストーククラブで優雅にカクテルをすすって夜を過ごしたが、思わず小さくなってしまう雰囲気のなかで、映画スターや社交界の名士とつきあった。「ただ、彼女に夢中だったんだ」と、彼はエリザベス・マレーに打ち明けた。しかし、10月にはだんだん彼女と会う機会が減って、かろうじて手紙でロマンスを持続せざるをえなくなっていった。[31]

ウーナ・オニールとの関係が冷えていくにつれて、サリンジャーとしては、ニューヨーカー誌に作品を載せることが、ぜひとも必要になってきた。派手に売り出して世間の注目を浴びれば、ウーナも関心を寄せてくれるだろうし、彼女がほめそやす、ストーククラブの得意満面な連中に、自分も近づけるだろう。

1941年10月、サリンジャーはニューヨーカー誌から採用の通知を受けとった。それはビークマン・タワーズ・ホテルで書きなおした、長編小説の一部となるもので、8月に代理人に渡してあった。

彼はそのタイトルを「マディソン街はずれのささやかな反乱」と変え、「クリスマス休暇に起こるプレップスクール生のちょっと悲しい喜劇」と説明した。[32] それは精神的な自伝だ、と彼も認める、ホールデン・モリシー・コールフィールドという不満だらけの若きニューヨーカーが主人公の物語だった(サリンジャーはモリシーのスペルを通常のMorrisseyではなく、sがひとつのMorriseyと綴っている)。

クリスマスという物語の設定に合わせて、ニューヨーカー誌は12月号に掲載することにした。熱望してきた地位をやっと獲得できたと信じて、サリンジャーはもう有頂天だった。採用の通知を受けとったとき、彼は「ヒンチャー夫人("Mrs. Hincher")」という作品を書きあげたところだった。それは、自分の最初で最後のホラーストーリーだ、と彼は説明した。*4 彼はいまやホールデン・コールフィールドの物語に集中していた。

コールフィールド家を中心にすえた9作品の最初となる「ささやかな反乱」は彼の人生を一変させる、創作への道を切り拓いたのだ。「ささやかな反乱」は、サリンジャーの作家人生が『キャッチャー・イン・ザ・ライ』に結実するまでの、大道を敷いてくれたのだ。エリザベス・マレーに、ちかくニューヨーカー誌にデビューすると宣言したサリンジャーは、さらにホールデン・コールフィールドものをもっと書いてくれと頼まれたと自慢した。じつは、もうひとつコールフィールドものの原稿が手許にあるんだが、様子を見てべつの原稿を渡すことにした、とも語った。[33]

「ささやかな反乱」にはながい因縁がつきまとうことになり、よろこびも苦しみもともに生み出した。サリンジャーはなんどか書きなおし、タイトルまで変えた。1943年になってもまだこの作品と取り組み、行き詰まりを皮肉まじりに表現して、作品を「壁に頭を打ちつけますか?("Are You Banging Your Head Against the Wall?")」と呼んだ。不幸なことに、サリンジャーがどんなに「ささやかな反乱」を、少なくとも技術的には、完成させたいと望んでも、うまくいかなかった。この作品にとりつかれたようになっても、完全に満足することはなかった。[34] サリンジャーが作品のなかで、これほど自分自身の人格を深く掘り下げるのははじめてのことだ。それまでの人物描写は他人の欠点に向けられてきたが、「ささやかな反乱」では自分自身をホールデン・コールフィールドに近づけ、この主人公のなかに自己の魂をこめようとしている。個人的な問題には距離をおかず、そんな問題を登場人物と読者を結びつける手段として受けとめ、自身の問題でもあるために、より人間的な特質として提示する境地に近づいたのだ。

クリスマス休暇でペンシー高校から自宅にもどったホールデン・コールフィールドは、ガールフレンドのサリー・ヘイズをデートに誘い、まずは芝居に、そしてラジオシティのアイススケートに連れていく。アイススケート場で、ホールデンは飲みはじめ、熱弁をふるって、彼の学校、芝居、ニュース映画、マディソン街のバスまで、次つぎに攻撃する。きまりきった生活をやめて、いっしょにニューイングランドに逃げ出そうと、サリーに提案する。「小川が流れたりしてるようなとこにふたりで住んで、そのあとで結婚とかすりゃいい」と話す。サリーに断られて、ホールデンはバーに行って酔っ

＊4　不完全ながらこの作品の原稿がテキサス大学オースティン校に存在する。自分が自分自身の産んだ子供だと信じる女の物語だ。サリンジャー作品ではもっとも奇怪な物語で、ヒンチャー夫人の夫が妻の部屋に押し入ると、妻は自分を赤ん坊だと思いこんで、ベビーベッドにまるくなっている。サリンジャーはこれが完成すると、「ポーラ」とタイトルを改めてスタッグ誌に送ったが、そのままになってしまった。作品は掲載されず、当誌は1961年になって、原稿は行方不明と発表した。

ぱらい、トイレですねていると、バーのピアノ弾きに会う。「家に帰ったらどうだい、坊や」とピアノ弾きが言うと、ホールデンは「いやだよ、いやだね」とつぶやく。[35]

現在の読者が「マディソン街はずれのささやかな反乱」を読むと、かたづけたくなるかもしれない。それは『キャッチャー・イン・ザ・ライ』の一部分の章で、洗練されてもいないと、その文体や雰囲気は異質だ。『キャッチャー』のホールデンと「ささやかな反乱」のホールデンは、それぞれ異なる行動原理によって動いており、そのちがいは登場人物だけでなく、作品の根本思想をも変えている。文体の面からみると「ささやかな反乱」は生硬で、人物はことさらに無表情だ。そのホールデンは読者から遠くはなれた第三者的な話し方で、よそよそしい。サリンジャーが深い思想性と商業性のあいだで揺れていた時期の作品であるため、その中間あたりに位置し、『キャッチャー』とも「若者たち」とも相通じるところがある。

作品の原動力は、のちに小説でもくりかえされる、ホールデンがいろいろなものを嫌いだと断言する言葉、いわば酔っぱらいのゴタクだが、その激しさや自嘲のていどは短編のほうがつよい。「ささやかな反乱」のホールデンは、上流中産階級の少年ならやりそうな、ふつうのことをやる裕福なティーンエイジャーの典型にみえる。少女たちが街でショッピングしている彼を見かけた、と思ったら、じつは他人だった、ということを指摘して、サリンジャーはその平凡さを強調している。しかし、その平凡な外見の陰で、ホールデンは不満をくすぶらせ、自分がはまりこんでいるワナのような世界から、逃れたいと願っているのだ。ホールデンの不満と期待される自分像にたいする反抗を描くことによって、サリンジャーは、現実の世界で個人がひそかにたぎらせている激情を露わにしている。『キャッチャー』に登場するのちのホールデンのように、「ささやかな反乱」のホールデンも、期待に応えようとする自分と反抗する自分の、正反対の方向に分裂している。目新しいことのないサリー・ヘイズの世界では、クリスマスツリーの飾りつけほどありふれたことはない。ホールデンは画一的なことに反抗しながら、飾りつけを手伝ってというサリーの頼みに、くりかえし気をとられている。彼は画一的ではあっても、その儀式に心地よさを感じて惹かれている。平凡な生活を軽蔑すると同時に、そこに受け入れられたい気持ちもつよいのだ。

物語の結末はよくできた皮肉なひねりがきいている。寒くて酔っぱらったホールデンは、あれほど嫌っているマディソン街のバスを待っているのだ。この物語に自伝的な主張があるとすれば、この最後の場面で、ホールデンがあきらかに自分の嫌いな、そのものを切望していることだ。「ささやかな反乱」は自嘲的な要素をもちながら、個人が自分の経験の限界というワナにはまるさまを描いている。ホールデンは、その作者とおなじように、俗世間的なことを軽蔑しているが、それが自分の知るすべてなのだ。じじつ、それこそまさに彼の本質である。サリー・ヘイズはウーナ・オニールに似た人物で、浅薄で上流階級のしきたりにしか関心がない。彼女は快適に生きている。そのいっぽうでホールデンは、心は内省的でいりくんでおり、世界をなんの疑問もなく受け入れることなどできない。この物語の結末のかなしさは、ホールデンが自分の軽蔑する、まさにそのものになってしまったことを、われわれ読者が認識することだろう。ホールデンは通常性の象徴たるバスを憎みながらも、それに頼っているのだ。

サリンジャーはマンハッタンの上流社会のむなしさを露わにし、風刺することに力をそそいできたかもしれないが、サリンジャーの知る世界はそこだけなのだ。そこが彼を育んできたのだし、きびしく批判しても、彼はその一部になってしまっているのだ。

そこで、「ささやかな反乱」はひとつの告白であり、当時自分が経験していた挫折を説明したものだといえよう。彼が進むべき仕事の方向に関して分裂していたように、私生活でもおなじような矛盾を感じていた。ホールデンが流行を追う社会のインチキを非難しているいっぽうで、その作者はストーククラブに陣取って、みせかけの生活を楽しみ、自分が著作のなかで悪口を言っている、まさにそんなものを欲しがっているのだ。

3 迷い

1941年12月7日（日本時間では12月8日）、日本軍が真珠湾《パールハーバー》を爆撃し、合衆国は戦争に突入した。4日後、ジェリー・サリンジャーはパークアヴェニューの自宅で机について、圧倒されそうな怒りの感情と愛国心を、なんとかなだめようとしていた。[1] 男たちが入隊登録しようと押しかけるのを横目に、彼はいらだつ気持ちをつのらせていた。戦争に貢献したいと願うあまり、ウィットト・バーネットに自分の1-B評価のせいで無力感にとらわれるばかりだが、その悲しみも「ささやかな反乱」がニューヨーカー誌の次号に掲載されるという期待でやわらぐ、と訴えた。[2]

2日後、合衆国政府はクングショルム号を徴発した。軍隊輸送船として軍用に供された豪華客船から、船室のしゃれた家具は取り払われ、埠頭に放棄された。サリンジャーの愛する短編もおなじような運命をたどった。ニューヨーカー誌は真珠湾攻撃後の国民感情を再検討して、「ささやかな反乱」の次号への掲載を中止し、無期延期とした。国民はいまや、上流階級の若者の軽薄な泣き言など読む気にはなれなかったのだ。

サリンジャーは「ささやかな反乱」のことを知って、意気消沈した。しかし、彼には意地もあり、ただちに「ロイス・タゲットやっとのデビュー」をストーリー誌に送るよう、ドロシー・オールディングに指示した。そして、ニューヨーカー誌の無礼なあつかいにもめげず、肥満少年とその姉妹たちを描いた新作を送りつけた。[3] おそらくそれは「ライリーのキスもない気楽な生活（"The Kissless Life of Reilly")」で、1月2日付の手紙で言及されている。ニューヨーカー誌はそれを拒否した（ストーリー誌も拒否）。「ささやかな反乱」の掲載を中止しておきながら、同誌はホールデン・コールフィールドものを期待していたのに、というのだった。ニューヨーカー誌の編集者ウィリアム・マックスウェルは原稿を返送するさい、ドロシー・オールディングに、「サリンジャー氏が巧妙な作品を目指さないほうが、当誌としてはよかったのだが」と伝えた。[4]

それでもサリンジャーは、ニューヨーカー誌に進出するという決意をつよくした。彼は徐々に高姿勢をあらためため、ついには当誌が求めるホールデン・コールフィールドもの、「ささやかな反乱」の続編とでもいうべき「バスに乗ったホールデン（"Holden on the Bus"）」を書いた。[5] この作品も拒否された。今回ニューヨーカー誌はホールデンという人物を、「礼儀をわきまえず、饒舌すぎる」し、皮肉なもの言いがきつい、と批判した。[6]「ライリー」も「バスに乗ったホールデン」も原稿は失われたままである。

サリンジャーは気恥ずかしい思いで、ウーナ・オニールの反応も怖かっただろう。世間はもっぱら戦争のことばかりで、それ以外のことは口にできない雰囲気だった。ラジオ、映画、新聞、雑誌がこぞってその狂乱状態をあおった。知人のほとんどが入隊したのに、彼は23歳にもなって両親のアパートに住みつづけ、戦争という非常時にささいな心臓疾患で義務を果たせないでいるのだ。事態をさらに悪化させたのは、彼の選んだ職業が自分の立場を危うくする結果を生んでいたことだ。「マディソン街はずれのささやかな反乱」がすぐにでも掲載される、とみんなに吹聴してまわったのに、その件に関してニューヨーカー誌からはなんの音沙汰もなかったのだ。

ほかに頼る人もないので、彼はヴァレーフォージ校の創設者ミルトン・G・ベイカー大佐に仲介を依頼した。[7] この依頼は結果として不要だった。軍が身体検査の基準をゆるめたため、サリンジャーはめでたく入隊に適格とされたからだ。１９４２年4月、徴兵委員会からの通知がとどいた。

サリンジャーは委員会からの調査票の項目を楽しく埋めていった。彼の入隊登録の公式文書には、ユニークなユーモアが散見される。サリンジャーは、「一般市民」としては、鉄道車両を製造する大工だと主張している。学歴を問われて、小学校と同等の「グラマースクール」卒としている。[8] 徴兵にさいしては不運だったものの、軍務につくことができて、サリンジャーはホッとしたのだ。

それでも、いよいよ我が家を離れ、小説を書くのではなく、戦争で戦うことになるという現実が身にしみて、自分の気持ちをいろいろと整理するようになった。最初、入隊を考えたのは、家を離れようとしたからで、仕事がうまくいかなかったのがおもな原因だった。真珠湾のあとは愛国心が大きかった。息子を戦争に送り出す両親の苦悩を目の当たりにして、自分の義務、責任という問題に直面した。入隊することで自分がバラバラになってしまった、というのはいいすぎだろう。それまで口にしたこともない、家庭や家族との絆を発見したのは、自分でも驚きだった。それまでは距離をおこうとしてきたが、家族を結びつけている単純なものを大切にし、家族組織というありふれた、それでいて複雑な力学を考えるようになった。

サリンジャーのなかに、自分は二度ともどって来られない世界から去っていこうとしているのではないか、という恐怖がわきあがってきた。たんなる死への恐怖ではなく、家庭という世界と美そのものの世界、そんな世界がまた奪われる恐怖なのだ。この時期すでに、サリンジャーのなかのなにかが、急速に純真さを失っていく世界を感じとっていた。

「最後で最高のピーターパン（"The Last and Best of the Peter Pans"）」は、サリンジャーが入隊と家族と離れることへの、自身の複雑な感情を検証した作品である。それと同時に、この作品で自身の家族の代用として、ホールデン・コールフィールドの家族を創りあげた。「最後で最高のピーターパン」は出版されず、ストーリー出版の記録文書《アーカイヴ》として保管され、1965年、プリンストン大学に寄贈された。これは濃密に個人的な作品で、サリンジャーのおそらくもっともちかいと思われる人間関係、つまり母親との関係を検証している。「最後で最高のピーターパン」はやはり、母親ミリアム・サリンジャーの強烈な個性、息子との保護者的な結びつき、およびそれにたいする息子の相反する感情を、深く洞察した作品だといえる。

サリンジャーは「ピーターパン」の語り手でホールデンの兄、ヴィンセント・コールフィールドと、完全におなじ立場に立っている。ホールデンの名前は出てくるが、本人は登場しない。「最後で最高のピーターパン」はヴィンセントと母親メアリ・モリアリティの会話がかなりの部分を占めている。ヴィンセントはまず、相手をつつみこむような母親の魅力と鮮やかな赤い髪について語る。ある日、彼は母親が自分のところへ来た徴兵委員会からの調査票を、郵便物のなかから抜きとって台所の引き出しに隠したことを知る。怒ったヴィンセントは母と対決する。調査票と軍隊をめぐって、ふたりのあいだに長い議論がつづく。メアリは自分の行為を弁護し、ヴィンセントが軍隊では幸せになれない、と主張する。家族と暮らすよろこびと戦争の危険性を強調しようとして、母は、新調した青いコートを着て外で遊んでいる妹のフィービーに、ヴィンセントの注意を向けさせる。ヴィンセントは愛《いと》しさで胸をえぐられるようだが、無理やり向きなおる。ヴィンセントが妹から目を背けると、メアリは息子に弟ケネスの死を思い出させる。ヴィンセントはケネスの死にはうしろめたい思いがあり、メアリはおそるおそるだが決然とした態度である。「彼女はその話題にふれるのを、すこし恐れているようにみえた。しかし、彼女はいつものように、そこにふみこむ準備ができていた」と、ヴィンセントは語る。[9] 最後の段落で、ヴィンセントは感情が混乱してしまい、母が自分で意識していない偽善をしてしまっていると責める。たとえば、目のみえない人に時間を尋ねるとか、脚の不自由な人に、崖からすべり落ちそうな子供をつかまえてくれと頼むとか。自分の部屋に引きあげたヴィンセントは、ケネスが死んで間もないのに、また息子を失いたくない母の気持ちを理解したのだろう、自分の長寿より子供たちの生を望む母を、「最後で最高のピーターパン」と呼ぶのだ。最後には彼が出征することがあきらかだが、彼は自分のなかの対立する感情を口にしない。これから先の作品で、彼は苦悩におちいって、感情を露わにできない象徴的存在となるのだ。

兵卒ジェローム・デイヴィッド・サリンジャー、軍籍番号32325200は、1942年4月27日、ニュージャージー州ディクス駐屯地に現役勤務のため出頭した。[10] 彼はただちに、ディクス駐屯地からニュージャージー州モンマス駐屯地にある、合衆国第一通信大隊のA中隊に配属された。通信大隊は通信業務を担当し、その内容はレーダーの配置から伝書鳩の動員にまでおよんでいた。この部署でなにより重視されるのは技術的な能力で、この新兵にはいちじるしく不足している技能だった。モンマス駐屯地の場所はサンディフックやニュージャージー州の海岸にちかく、サリンジャーには理想的だった。休暇にはかんたんに我が家に帰れるし、ウーナが母親と住む家のあるポイント・プレザントの街へは、短時間のドライブで行けるのだ。

モンマス駐屯地は海岸の湿原、入江、林などに囲まれた軍の基地だ。魅力的とはいえないが、その地形は訓練には絶好の環境で、とくに軍隊には実用的だ。サリンジャーが来たときは、戦時の施設拡張の最中で、いたるところで建設工事が行なわれていた。基地はまるで鼓動するように、出征する部隊や入隊する新兵たちが出入りし、騒乱という生命体のような雰囲気だった。新来の部隊を収容するために、木造の兵舎があらたに建設されているいっぽうで、サリンジャーは中央閲兵場に面した、おなじ形の大きなテントがいくつもならぶなかのひとつで、夜を過ごした。そこでは、各地からやってきた兵隊たちがいっしょに詰めこまれていた。テントの男たちが「いつもオレンジを食ったり、クイズ番組を聞いたりしてばかり」と文句を言いながら、彼はとてもここでは書けないと思った[11]。

こんにちのサリンジャーのイメージからは、彼の軍隊生活が幸せだったとは想像しにくい。サリンジャーといえば、いわば「反抗」と同義語で、そのパークアヴェニュー式のあかぬけたお坊ちゃん、というイメージもあって、軍隊の兵舎とは場ちがいなのだ。軍隊生活における考え方もこの作家のものと正反対に思えるし、孤独と個人主義が彼という人間像を明確にしてきた。しかし、サリンジャーには秩序を尊ぶ気持ちがあり、一見気まぐれな催しの裏に意味を見出そうとする気質があった。さらに、冷淡だという若者らしい評判もあったが、作家として訓練を積み、頑固な面も出てきて、その資質が義務感と決断力を要する軍隊生活に合うよう変換されたのだ。

軍隊は結果的に、サリンジャーの作品に深い影響をあたえることになる。アメリカ深南部出身の兵隊、貧しいスラム街の安アパートの住人などが入り混じる、騒然たる社会の現実のまっただ中に放りこまれて、彼は自分の態度をみんなに合わせざるをえなくなった。彼の人間観は新しい個人に出逢うたびに変わり、文学的感受性に本質的な影響をおよぼした。ヴァレーフォージで受けた教育のおかげで、ほかの連中よりは軍隊の日課に苦痛を感じないし、一般市民としてはつきあうこともないような人たちと、仲よくできるようになった。

サリンジャーの入隊当初の快適さは、彼の執筆活動に冷却効果をもたらした。彼は新兵訓練基地に着いてまもなく、ウィット・バーネットに手紙を書いて、「あの小さなタイプライターがものすごく恋しいが、じつのところ、執筆をちょっと休むのも楽しみだ、と伝えている。じじつ、サリンジャーは1942年にはほとんど書いていない。そのかわり、彼は軍隊内で昇進して将校になることに精力をそそいだ。

サリンジャーの作家から兵隊への転換は、バーネットとのあいだに微妙な亀裂をもたらした。彼は軍学校での教育やROTC(予備役将校訓練部隊)の経験などを引き合いに出して、兵卒のままではなく、将校に昇進するのは当然だと思っていた。6月になって、彼はOCS(幹部候補生学校)に志願した。昇進を確実にするため、サリンジャーはバーネットと、ヴァレーフォージの校長であるミルトン・ベイカー大佐に、推薦状を書いてくれるよう連絡した。ベイカーの返事は熱のこもったものだった。

小生の意見では、サリンジャーは軍隊において優秀な士官たるに必要なあらゆる特性、人格をそなえている。兵卒サリンジャーの人柄は魅力があり、頭脳はするどく、運動能力は平均を上まわっている。勤勉で忠実、信頼にたる。……彼こそは真に我が国の誉れとなる人物なりと信ずる。[12]

それとは対照的に、バーネットの推薦状はもうすこし慎重だった。

ジェリー・サリンジャーはコロンビア大学でわたしのもとで勉強していたので、彼を知って3年になる。想像力と知性に富み、すばやい、断固たる行動をとる能力がある。彼は責任感のある人物で、その方面に精神を傾けるならば、士官の地位を辱めることはないだろう。[13]

サリンジャーがバーネットの推薦状の最後の部分に、なにかかわりきれないものを感じとったとしても、口には出さなかった。この編集者は気がすすまなかったのだ、ということは理解しただろう。サリンジャーは推薦を頼む手紙のなかで、入隊してから書くことをやめていることを認めていた。バーネットの心のこもらない推薦状には、「ロイス・タゲットやっとのデビュー」を受けとって、とても気にいった、とのメモがついていた。バーネットはサリンジャーを作家の世界に引きとめようと、アメとムチを微妙に使い分けていたようだ。

「ロイス・タゲット」はストーリー誌に掲載されることになって、忘れられてしまわずにすんだし、サリンジャーもよろこんだ。しかし、サリンジャーはOCS（幹部候補生学校）に落ちて、これはバーネットがよろこんだ。サリンジャーがこのOCS失敗でバーネットを恨んだとしても、感情は隠していた。バーネットに宛てた7月12日付の手紙で、「推薦状、原稿の採用などバーネット式の手続き全般」に感謝を述べたが、最後に陸軍航空士官候補生になった、と宣言している。この昇進を果たすには、ニュージャージー州から、週末のパークアヴェニューから、そしてストーリー出版のオフィスから、はるか遠くへ旅立つ必要があったのだ。

夏も終わろうとしていたころ、サリンジャーは輸送列車に乗って、アメリカの深南部へ向かっていた。彼はモンマス駐屯地から1000マイル（1600キロ）離れた、ジョージア州ウェイクロスで乗り換え西へ向かった。ヴァルドサの町をぬけて、目的地ジョージア州ベインブリッジにある合衆国陸空軍基地に着いた。これから9ヶ月のあいだ滞在するところだ。

ベインブリッジはいろいろな点でモンマス駐屯地に似ていた。ベインブリッジには建設作業の騒音の代わりに、いつも飛行機の轟音が聞こえていた。巨大な給水塔が基地に長い影を落としていた。兵舎は木造だったがガタガタで、屋根にはベトベトする黒いタール紙が貼られていた（おそらく、しきりに襲ってくる蚊の大群をつかまえるためだ）。基地は湿地帯に建設されていたが、ベインブリッジの空気はホコリっぽくて、息がつまるほど暑かった。休暇をとると、兵隊たちはそこから逃れて川を渡り、ディケーター郡の中心である、ベインブリッジの繁華街にくり出すのだった。繁華街は退屈なところで、町の広場、派手な裁判所の建物、南北戦争の記念碑などがそろっていた。町はレースで飾った見晴台が自慢だった。この町の過ぎ去った時代へもどるようで、旅人には古風でおもしろかったかもしれない。しかしサリンジャーは、セントヘレナ島へ流されたナポレオンの気分だった。数十年後、この町の想い出を尋ねられて、彼は皮肉な調子で「ベインブリッジはまさしくタラ（訳注：『風と共に去りぬ』の舞台であるジョージア州のプランテーション）の町というわけではなかった」と答えた。[14]

サリンジャーはバーネットに手紙を書いて、この基地のあるところは、フォークナーやコールドウェルなら文学的ピクニックに来た気分になれるだろうが、ニューヨークから来た青年なら離れたくなる、と苦情を言った。サリンジャーは生まれてはじめてホームシックになり、「1000マイルほど」北のほうがいいのにと嘆いた。しかし、ベインブリッジはサリンジャーに、ヴァレーフォージで得たようなチャンスをあたえてくれた。毎日の凡々たる日課のせいで、彼に書く時間ができたのだ。サリンジャーは当地では多作だった。ジョージアでのんびり過ごしたおかげで、気持ちが安定し、おそらくはじめて、他人をじっくり観察する余裕ができた。これは彼の書くものにもあらわれる。彼は川向こうの眠ったような町で、ロマンスにまでめぐり会うのだ。

サリンジャーは通信隊の将校、曹長、教官たちのなかで、航空教官に昇進していた。ベインブリッジは彼が教える、合衆国陸空軍航空学校の本拠地だった。彼は幹部候補生学校から落とされたあとも、任官を求めてはいたのだが、じっさいに辞令が来たのにはすこし驚いた。機械によわい彼が、他人に飛行機の操縦と修理を教えることになったのだ。

日中は新兵を鍛え、操縦士の訓練をするいっぽう、夜は自由なので執筆にもどった。入隊いらいほとんど書いていなかったが、軍隊経験を積んだせいで自分の著作を考えなおすようになった。環境の変化、さまざまな境遇の兵隊たちとのつきあいが、いままでにない創作的洞察をもたらした。サリンジャーは「ロイス・タゲットやっとのデビュー」を前年に完成していらい、その出版を待ち望んでいたが、それがやっとストーリー誌の9・10月合併号に掲載されると、それが「退屈だ」と思えた[15]。

バーネットはサリンジャーが執筆活動にもどったことに安堵したが、それでもこの有望な書き手が、軍隊生活のなかに埋もれてしまうのではないかと恐れていた。それで、さらに創作をすすめるよう圧力をかけた。彼はサリンジャーの代理人ドロシー・オールディングにもしばしば連絡をとり、彼に「長編小説について打診する」よう求めた。「私はサリンジャーが長編小説に手をつけてくれないかと、大いに関心をもっている。彼に時間があればの話だが」とバーネットは書いた[16]。

バーネットもオールディングも、サリンジャーがホールデン・コールフィールドの長編を書きつづけることを熱望したが、サリンジャーはふたりの要求に応える保証はできなかった。1942年おそく、彼はふたりに連絡して、執筆を再開したが軍務があるので、いまの状況より時間を要する長編は再開できない、と伝えた。将来できる機会があれば、長編をつづけることも考える、と約束した[17]。じじつ、ベインブリッジに落ち着くと、サリンジャーは精力的に書きだした。バーネットとオールディングに長編について返事をしたとき、彼は少なくとも4編の短編を同時に書いていた。

9月、彼がベインブリッジに来たことを悔やみ、ホームシックになっていたころ、気持ちはウーナ・オニールに向かっていた。サリンジャーは、おそらくジョージアで過ごす最初の夜にウーナに手紙を書いて、どんなに彼女を愛しているか、会えなくてどんなにさみしいか、よくわかったと訴えた。これがベインブリッジから彼女にぞくぞくと出す手紙の最初だった。サリンジャーのラブレターはそれ自体、中編小説ともいえる代物で（なかには長さ15ページのものも）、ほとんど毎日書かれ、ロマンティックな雰囲気と皮肉に満ちていた。ウーナは自尊心と好奇心をくすぐられ、友人たちに、とくにキャロル・マーカスとグロリア・ヴァンダービルトのふたりにみせびらかした。ふたりの感想はサリンジャー個人にたいするものと彼の手紙にたいするものではちがっていた。「ウーナのこのジェリーって子」は感傷的なのにあつかましい二重人格だ、というのがふたりの人物診断だった。

トルーマン・カポーティは彼の未完の小説『叶えられた祈り（Answered Prayers）』のなかで、サリンジャーの手紙にたいするウーナの友人たちの反応について語っている。カポーティのゴシップふうの記述によると、キャロル・マーカスは「ラブレター・エッセーみたいで、とてもやさしい、神さまよりやさしい、ちょっとやさしすぎるくらい」の手紙だと考えた。こんなことはサリンジャーも気にしなかっただろう。マーカスやヴァンダービルトなんて、頭のわるい変人だと思っていたからだ。

キャロル・マーカスの婚約は、サリンジャーの手紙（と彼女の図々しさ）のせいで、もうすこしでだめになるところだった。サリンジャーがベインブリッジに駐屯していたころ、マーカスはサリンジャーの敬愛する作家、ウィリアム・サローヤンと婚約していた。サローヤンは入隊したばかりだったので、キャロルは自分たちの関係を維持するために、有名作家に手紙を書かなくてはならない、という困難な状況にあった。マーカスはこう言った、「あたしウーナに言ったの。ビル（サローヤン）に手紙を書いたら、彼、あたしのこと、なんてバカなんだって思うわ。あたしと結婚なんかしないと言いだすかも。だから、ジェリーの手紙の頭のよさそうなところを抜きだして、自分が書いたみたいに、あたしのビルへの手紙に使わせてよ」[18]。サローヤンと再会したマーカスは、彼が自分との結婚に迷っていると知ってうろたえた。キャロルにたいする彼の考えは、彼女が送った「うわべだけが調子のいい手紙」を読んで、すっかり変わっていた。マーカスは大あわてで盗作を認め、彼の許しを得て、1

943年2月にサローヤンと結婚した。[*1] サリンジャーはたくさんの作品に工夫をくわえながら、知名度を保つことにも熱心だった。そのために、すみやかに商業誌に売れることをねらって、定番の売れる書き方に手なおしして、彼がほんの数ヶ月まえには非難していた、受けそうな低俗作品の牙城であるコリヤーズ誌に原稿を送った。1942年12月12日、コリヤーズ誌は「ある歩兵についての個人的メモ（"Personal Notes of an Infantryman"）」を掲載した。

サリンジャーが「歩兵」を発表したのは、そうするのがただ自分に都合よかったからなのはあきらかだ。「歩兵」は「そのうちなんとか」とおなじ単純な形式を用いてあり、本質的にはおなじ物語だといえる。両作品ともコリヤーズ誌に採用されたのは当然だった。サリンジャーはどの雑誌がどんな作品を好むか、しだいにわかるようになっていた。「ある歩兵についての個人的メモ」も「そのうちなんとか」と同様に、O・ヘンリー式の手際よく結末を予測させるやり方を用いてあり、軍隊への共感と愛国心に満ちている。

両作品の類似性にもかかわらず、「そのうちなんとか」と「ある歩兵についての個人的メモ」は作家としてのサリンジャーには別べつの足跡を残した。1941年7月、「そのうちなんとか」がコリヤーズ誌に掲載されたとき、サリンジャーはそれを出版界への突破口と考えてワクワクした。ウーナを感

*1 キャロル・マーカスはサローヤンと1943年と1951年の2回結婚している。彼女は1959年には俳優のウォルター・マッソーと結婚した。マーカスは、トルーマン・カポーティの『ティファニーで朝食を（*Breakfast at Tiffany's*）』の主人公、ホリー・ゴライトリーのモデルだった。2003年7月死亡。

心させたのもこの作品だった。それとは対照的に、「歩兵」は文学的に不調の時期とするどい作品を完成させる時期のあいだの隙間を埋めるだけの、まにあわせにすぎなかった。サリンジャーが自慢したい作品などではなかった。「そのうちなんとか」のときほど、ウーナの関心を惹くこともできなかった。「歩兵」がコリヤーズ誌に掲載されたとき、ウーナ・オニールはロサンジェルスにいて、母親のアグネス・ボウルトンが娘を映画スターにしたがっていた。

1943年はじめ、サリンジャーは「歩兵」のような売れる作品の量産を考え、商業的な作品を次つぎと生み出した。彼は自分の作品を、コリヤーズ誌向きの単純な作品と、ニューヨーカー誌を標的とする良質の作品に分けていた[19]。本人は認めないだろうが、彼は作品をハリウッドに売ってウーナの気を惹き、戦後に彼女と親しくなれれば、とさえ考えはじめていた。

1943年はじめに、サリンジャーが商業的作品に転向したのはべつに驚くことではなかった。そんな作品は書くのが楽だったし、軍務に費やす多大な時間を考えれば、それは必然のなりゆきだった。豪華雑誌《スリック》は原稿料がよかったし、1943年の書簡からは金もうけに熱心なことがうかがわれる。それでも彼は、まじめな作品を放棄したわけではなかった。

1942年末から1943年にかけて、サリンジャーは風刺的な2作品をニューヨーカー誌に送った。最初のものは「ヘミングウェイぬきの男たち("Men Without Hemingway")」というタイトルで、この戦争から生まれると彼が考えた、壮大な戦争小説を風刺している。もうひとつは「海をこえて行こうぜ、20世紀フォックス（"Over the Sea Let's Go, Twentieth Century Fox"）」という変なタイトルで、当時ハリウッドがまき散らしていた、思想宣伝《プロパガンダ》映画の風刺だ。[20] ニューヨーカー誌はふたつともボツにした。2月にはサリンジャーは「崩壊した子供たち（"The Broken Children"）」という短編をニューヨーカー誌に送った。彼が入隊いらい最高の出来だと考えていた作品だった。[21]「崩壊した子供たち」はニューヨーカー誌だけでなく、ストーリー誌にも拒絶された。次つぎに拒絶された結果、これらの作品は残っていない。1943年という年に、サリンジャーがニューヨーカー誌に敵意を深めていったのはもっともなことだ。「マディソン街はずれのささやかな反乱」がこの雑誌に採用されて、もう2年ちかくたっていた。サリンジャーはそれが活字になるのを見られるかどうかさえ、疑いはじめていた。ニューヨーカー誌は、（彼が言うところの）「小型のヘミングウェイたち」という自分たちの派閥にしか興味がないのだ、と彼は憤慨した。[22] ニューヨーカー誌からのけ者にされた思いで失望した彼は、ほかの雑誌に目を向けた。

4月になって、彼の代理人《エージェント》が「ヴァリオーニ兄弟（"Varioni Brothers"）」をサタデー・イヴニング・ポスト誌に売ったが、これはスコット・フィッツジェラルドがチャンスをものにした雑誌だった。ノーマン・ロックウェルによるイラストが印象的な表紙もあって、ポスト誌は1940年代のアメリカを代表する雑誌になっていた。コリヤーズ誌より人気も格も上で、おまけに全国で400万の部数を誇るこの雑誌は、サリンジャーの作品に相当の原稿料を払ってくれた。それでもサリンジャーはこの雑誌を軽蔑し、当誌が自分から買いとった作品をけなした。

「ヴァリオーニ兄弟」という作品を考えてみれば、サリンジャーが自作をけなすのはちょっと腑に落ちない。ハリウッドを意識して書いたので、と弁解して、この作品はていどが低いとやたらに謝っていた。[*2] しかし、彼の説明はちょっと不まじめにみえる。たしかにうわべは映画的だが、「ヴァリオーニ兄弟」はその底で、真の芸術的霊感を破壊する成功の暴力を検証しており、作者自身をたしかな目で分析している。一種の高級寓話であって、ハリウッドには理解できなかっただろう。

「ヴァリオーニ兄弟」は、世俗的成功を求める音楽家と芸術的特質を求める作家という、ふたりの兄弟の生きかたをたどる物語だ。音楽家は自分の名声への野心で、繊細な弱い作家を支配し、彼が紙マッチの裏に書きつづけてきた小説をあきらめさせ、自分の歌の歌詞を書くことを強要する。歌はヒットし、ふたりは一躍富と名声を手にする。「ヴァリオーニ兄弟」を読んですぐわかるのは、兄弟はふたりともサリンジャー自身が基盤にあることだ。ヴァリオーニ兄弟を生み出すため、作者は自身をふたつの面に分け、自分のまえにひらける芸術家としてのふたつの道を用意している。サリンジャーはジョー・ヴァリオーニを、小さな大学で教えながら小説を書いている作家として創作した。ジョーの書くものは、無秩序ではあっても真剣であり、この物語でサリンジャーは、それを「芸術」の域にまで高めている。有力なジョーの恩師、バーネットみたいな学者は、彼を「詩人」と呼びさえする。ジョー・ヴァリオーニは、サリンジャー自身がまさになりたいと思っていたひたむきな作家であり、作品をニューヨーカー誌に送らないのがおかしいくらいだ。そのいっぽう、ジョーの弟は才能があるのに、関心があるのは富と名声だけだ。彼は音楽を芸術としてではなく、商品として書く。そのことは彼の、自分の創る「音楽が聞こえない」という嘆きに表現されている。[23] 彼は怠惰で、厚かましく、ときに悪意もある。読者が作者の意を汲みとれない場合にそなえて、サリンジャーはこの男を、若き日の自分の呼び名をとって、サニーと名づけている。コリヤーズ誌に音楽部門があったら、サニー・ヴァリオーニは社の玄関前に押しかけて、泊まりこみを決行するだろう。

「ヴァリオーニ兄弟」は受けねらいの、一種の教訓劇《モラリティプレイ》で、サニーの強欲は必然的に彼の兄を破滅させてしまう。ある夜、ふたりのために催されたパーティに有名人が集まっていたが、ジョーはサニーとまちがえられて、ギャングに射殺されてしまう。そのとき、ジョーはめずらしくピアノの前にすわっていて、「あの曲が聴きたい」という曲を弾いていた。ここでもまた、サリンジャーのねらいはあきらかだ。自分の商業的な成功が純粋な想像力を押しつぶしてしまうのではないか、というおそれを表明しているのだ。「未完成ラブストーリーの真相」とは異なり、もはやここには曖昧な姿勢はみられない。「ヴァリオーニ兄弟」では商業主義を真性の悪として提示し、サリンジャー自身がそこに中途半端に惹かれていることを、死に等しいとみなしている。

＊2　サリンジャーはバーネットに「ヴァリオーニ兄弟」の価値を否定する話をした（専門家としての告白）だけでなく、親しい友人たちにもこの作品をばかにしたり、この作品を褒める人を冷やかしたりした。

サリンジャーは、「ヴァリオーニ兄弟」をポスト誌やほかの雑誌の紙面をとおして、大衆にとどけようという意図はなかった。ジェリーは、『キャッチャー・イン・ザ・ライ』を含め彼の著作では映画を軽蔑しているが、じっさいはずっと映画が大好きで、スクリーンに自分の名前が出るのを夢みていたのだ。「ヴァリオーニ兄弟」がポスト誌に売れるまえに、サリンジャーはそれをほかのいくつかの作品といっしょに、有名な著作権代理人のマックス・ウィルキンソンに売りこんだ。ウィルキンソンはこの作品をハリウッドに持ちこんで、映画化をねらった。[24] ハリウッドもいくらか関心を示したのだが、その関心は長つづきせず、サリンジャーとウィルキンソンのつきあいがうすれるにつれ、映画化の可能性もなくなった。結局のところ、彼の映画界進出の試みは、多くの作品をハリウッド用に水増ししただけで、のちには自分でも恥ずかしく思うほどだった。[25]

サリンジャーがハリウッドに作品を売りこもうとしたことが、本人の著作と矛盾しているようにみえるとすれば、おそらくそれは自暴自棄の変形した行為だったのではないだろうか。1942年の秋にウーナ・オニールがロサンジェルスに引っ越していらい、ふたりの関係は急速に崩壊していった。ウーナには長文の手紙をたくさん書いたが、彼女がニューヨークを去ってからは、ほとんど便りは来なかった。1月末ごろには、自分の恋人と伝説的俳優チャーリー・チャップリンにまつわる、ゴシップ記事を目にするようになった。

ウーナがチャップリンとかかわっていたのは事実だった。彼女が母親とカリフォルニアに着いたとき、チャップリンは『影と実体（Shadow and Substance）』という映画の配役の作業をしていて、ウーナはまにあわせの演技のレッスンをちょっとしてもらっただけで、主役のオーディションを受けた。

チャップリンはこの映画の製作を中止し、ウーナのハリウッド・スターという夢はスタートさえしなかった。それでも彼女は、チャップリンが36歳年うえだという事実を無視して、彼を追いかけた。チャップリンが若い娘好きなのは有名な話で、今回もウーナの攻勢に屈したのだった。ふたりのロマンスはマスコミに物議をかもした。それはおりしも、チャップリンが女優ジョーン・バリーの子供の父親ではないか、というスキャンダルに巻きこまれている最中のことで、この女優も彼より31歳若いことが、火に油をそそぐこととなった。この父親認知訴訟は1943年いっぱいかかり、新聞には絶好のネタだった。そのことが、ウーナとのロマンスのセンセーショナルな背景となった。マスコミがこの一件をかぎつけると、チャップリンは不道徳な変質者で、「反アメリカ的」のレッテルをはられた。マスコミはキャンペーンをくりひろげて、彼の映画をボイコットした。[*3]

ウーナがサリンジャーと別れ、チャップリンと結ばれたことは、ジェリーの人生における大恋愛悲劇だった。そして、だれもこの話題を避けてとおることはできなかった。新聞は一面に写真を載せて、父親認知訴訟に関する一件をあつかい、べつの記事ではアメリカ人の大好きな劇作家の、若く「無垢な」娘を、邪悪な行為によって「白い奴隷」におとしめた、とこの俳優を糾弾した。この男はサリン

*3 この一件はチャップリンが母国のイギリスにもどったあとも、しばしば彼を悩ませた。1956年、イギリス王室はチャップリンに爵位を授与することを検討した。イギリス外務省によれば、1943年の父親認知訴訟（チャップリンは敗訴したが、のちに血液型判定で彼が父親ではないことが判明した）と、同時期のウーナ・オニールとの関係が議論になり、爵位授与は延期された。彼は1975年にやっと爵位を授与された。

ジャーの「かわいい娘」、理想化して結婚したいと思ってきた女性を奪ったのだ。[26] この事件はみんなの知るところとなり、サリンジャーには屈辱的だった。彼の知人たちはみんな、ウーナにたいする彼の気持ちを知っていた。ウーナの写真を自慢げにみせられていた軍隊の同僚は、いまや同情の目で彼を見ていた。

一連の出来事はサリンジャーを悩ませたが、彼はプライドと芯のつよさをみせて、人前で泣き言はいわなかった。自分の境遇を無視するか、無理にでも無関心をよそおった。1月11日、このロマンスの事情をよく知っているエリザベス・マレーに手紙を書いて、ウーナへの熱はもう冷めた、一種の恋愛記憶喪失症になったと訴えた。ふたりの関係が破綻したことについては、ウーナやチャップリンを非難するより、ウーナの母親を責めていた。[27] じじつ、このところの体調不良（アレルギー症状や歯痛）を訴えたり、気分が落ち着かなかったりするほかは、恨みがましい感情を露わにすることはなかった。しかし7月になると、ついにチャップリンにたいする嫌悪感を認めるのだ。[28]

サリンジャーが自分の傷心にふれられたくなかったのは、ベインブリッジで書かれた「ある兵士の死（"Death of a Dogface"）」という短編の、ちょっとわかりにくい場面を読めば推察できるかもしれない。これはコリヤーズ誌かポスト誌に売りこむつもりで書いた、商業的な物語だが、当時サリンジャーがどんな環境で生きていたかを考えれば、興味ぶかい作品で、軍隊、戦争、愛について力づよく語っている。

主人公は醜男だが心やさしいバーク軍曹で、新兵のフィリー・バーンズを保護し、彼に不可欠な自信をもたせる、という物語だ。サリンジャーが同僚兵士たちとの連帯感をつよめていたことが、はっきりとわかる。しかし、軍曹が真珠湾攻撃で新兵たちを助けて死ぬ、という結末を迎えると、サリンジャーはそれを残虐で孤独な、恥ずべき死だと非難する。当時の物語の傾向はほとんどこれと正反対だった。「ある兵士の死」にはたくまざる皮肉もあって、サリンジャー自身の人生に直接かかわっている。バーク軍曹は自分がひそかに愛している女性が映画館にいることを知って、フィリーをチャーリー・チャップリンの映画『独裁者』を観につれていく。当時の読者はチャップリンがちょっと出てくるだけなので、ほとんどなにも感じないだろう。しかし、サリンジャーの私生活を考慮すれば、そのなにげない、共感をもっているような語り口は際立っている。

「どうしたんですか、バークさん？ チャーリー・チャップリンは好きじゃないんですか？」……バークさんは言った、「いや、チャップリンはいいんだ。ただな、オレはおかしなチビがデッカイやつに追いかけられてばっかりってのがいやなんだ。女にはフラれっぱなしでさ。死ぬまでずうっとそのまんまみたいにな」[29]

しかし、チャーリー・チャップリンは「女にフラれっぱなし」どころか、1943年6月16日にウーナ・オニールと結婚した。ふたりは1977年にチャップリンが死ぬまで生涯添いとげ、8人の子供を生《な》した。*4

軍隊にいるあいだに、サリンジャーは自分のエネルギーをべつの方向に向けることによって、逆境に立ち向かう力をつけていった。愛が報いられないと、次のロマンスを求めるか、執筆に身を入れるかした。執筆がうまくいかなければ、軍務に没頭した。軍で昇進が認められないと、さらに決意をかためた。サリンジャーの夢を追う意欲は、痛ましい出来事にもすぐに正しく対処させてくれた。彼にエネルギーの方向を変えさせる、そのおなじ力のせいで、自分自身の不安感、傷心、喪失感となると、うまく処理できなかった。このために、サリンジャーは現実の出来事から生じた感情を、口頭でも文章でも、否定するか、少なくとも、回避することが多かった。不安定な1943年のあいだ、サリンジャーの手紙はそんな回避、逃げの言葉で満ちている。彼は文面でことの重大さを認めるにしても、文中に何気なく肝腎の話題を入れると、すぐにそこから離れるというごまかしをしてしまう。その結果、1943年の手紙は、故意にだまそうとしているわけではないにしても、誤解を招きやすいし、その年の出来事や彼のほんとうの気持ちを、じゅうぶんに伝えきれていない。この傾向は、彼の私的な手紙から著作にまでおよんでいる。彼はこのことについて、1959年の作品「シーモア――序章("Seymour: An Introduction")」でこう述べている。「いつでも、公然と告白する人間から聞くべきものは、彼が告白していないことなのだ[30]」。

1943年という年には、サリンジャーの「告白」のごまかしの実例が、大きなもので3つある。まず第一に、ウーナに関する一連の出来事を認めなかったこと。ジェリーはこの件でなんどか発言しているが、ほんの数ヶ月まえ情熱的に公言していた恋愛感情を否定した[31]。ふたつ目は「ヴァリオーニ兄弟」に関するへたな弁明だ。この作品は彼がひそかに気にいっていて、自分で認めるよりはるかに個人的な、心の訴えがこめられている。最後はサリンジャー作品のなかで、「ちょっとツいてすぐ逃げる《ヒットエンドラン》」タイプの好例、「ジョージアのカワイコちゃん（"Geogia Peach"）」の一件だ。

その年の春、サリンジャーはウーナ・オニールとの失恋を忘れたかのように、以前恋人だった、フィンチ短期大学の学生でニューヨーク出身の女性とよりをもどして、結婚したいとくりかえし書いている。フィンチ短大の女性についてそれ以上は不明で、サリンジャーが電話を使いたがらないせいで、ふたりの関係は終わったようだ。その年の6月、ウーナがチャップリンと結婚しようとしていたころ、サリンジャーはウィット・バーネットに手紙を書いて、自分が独身なのはウーナに去られたせいではなく、気が向かなかったせいで、仕事と新しい女漁りをつづけたために落ち着けないのだ、と述べた。たとえば、ジェリーはベインブリッジの基地にある売店にはいって、いきなりそこで働いている女性に惚れこんでしまう、という筋書きを描いてみせた[32]。彼はその場面を、真実を隠すために、仮定のこ

＊4　この結婚が長つづきすると思ったひとは少なかった。サリンジャーも結婚の夜のふたりをからかった手紙を書いて、友人たちに配った。ユージン・オニールはこの結婚に愕然とし、以後娘と口をきかなかった。彼の怒りは激しく、娘に遺産はなにひとつ渡さないと遺書に明記したほどだった。１９５４年にチャップリンがアメリカを去ると、ウーナは夫のためにアメリカの市民権を放棄した。１９７７年のチャップリン死亡以後、ウーナは魂のぬけがらだったという。彼女は１９９１年に死んだ。

ととして書いた。サリンジャーのこの筋書きを読んだバーネットが、それが現実にあったことだとわかったとは思われない。彼の作品の多くがそうであるように、ここでもほんとうに言いたいことは、見のがされやすい、声高ではない静かな文面に隠れている。

ローリーン・パウェルが1942年の秋、はじめて兵卒サリンジャーに会ったとき、彼女は17歳だった。彼女はベインブリッジ陸空軍基地の売店で働いていて、魅力的で知的な娘だった。彼女の家族はいまでも、彼女が昔ふうの南部美人、いわゆる、ほんものの「ジョージアのカワイコちゃん」だったと語っている。ベインブリッジで生まれ育ったローリーンは、戦争になってとつぜん兵隊たちが大勢やってきたことに、まちがいなく心惹かれただろう。眠ったような南部の町で生きてきた娘にとって、こんな男たちにいきなり自分の姿をさらすことは、目を見張るような体験だったにちがいない。ローリーンは、サリンジャーの美貌とニューヨークふうの洗練されたふるまいに、彼のほうは、彼女の美しさと「底知れぬ深み」に惹かれた。[33] サリンジャーの気が変わりやすかったり、彼女に言い寄る男がたくさんいたりしたが、ふたりの関係は少なくとも6ヶ月はつづいた。

サリンジャーにとって、これ以上のタイミングはなかった。ローリーンといると、ウーナ・オニールにふられた日々の苦しみが、たしかにうすらぐのを感じた。エリザベス・マレーへの1月の手紙で、ウーナへの愛情はなくなった、と宣言したのもうなずける。そして、恋愛へのエネルギーを向ける相手が見つかったのだ。ローリーンは、サリンジャーがプロポーズをしてくれた、と想い出を語る。そんなプロポーズがほんとうにされたのかどうか、異論の多いところだが、彼女の想い出の時期が、サリンジャーが結婚するつもりだという手紙を書いた時期と一致するのだ。彼はふたりの関係には真剣で、ニューヨークから母と姉を連れてきて、彼女に会わせようとしたほどだ。[*5]
どのていど本気だったかはべつとして、この交際は双方とも望んだことだった。しかし、ローリーンの母クリータは、ニューヨーク出身のこのしゃれた青年を、ひと目見て警戒した。この恋愛にあまり乗り気ではなかったのだ。1943年の早春のある夜、ローリーンとジェリーは、ベインブリッジにあるパウェル家の居間に立っていた。身を隠したクリータが食堂のドアからのぞいていて、鏡に映ったふたりの姿を見張っていた。ローリーンの話では、サリンジャーが彼女にかがみこんで、キスをしようとしたとき、いきなりドアが開くとママが飛びこんできて、彼に、すぐに出ていって、もう顔も見たくない、とどなった。面と向かって人と対決することなど、ほとんどないジェリーはすぐに出ていき、ローリーンは泣きながら自分の部屋に走っていったという。このロマンスはそこで終わった。5月には、このジョージアのカワイコちゃんは無難なニューヨーカーと婚約した。陸軍航空隊の中尉で、サリンジャーも知っている、大嫌いな男だった。
後年になって、サリンジャーが彼女の母を説得できていたら、つきあいをつづけていたかと訊かれたローリーンは、「はい、でもベインブリッジでは、17歳の女の子はいつも母親の言いつけに従うものでした」と答えた。[34] サリンジャー自身は、ふたりの関係のとつぜんの終了にとまどったままだった

＊5　次のようなことの詳細から、この話には信憑性がある。当時の南部の慣例では、女性は求婚者の父親に紹介されるべきであった。ここに父ソルがいないこと、母ミリアムにくわえて（とくに）姉ドリスまでいることは、サリンジャー家の典型的な特徴であって、ローリーンにはとうてい理解できなかっただろう。

のか、詳しく語りたがらなかった。サリンジャーが個人的なエピソードを作品のなかに滑りこませ、説明させられそうになると逃げ出す、絶好の例として、「ふたりの孤独な男（"Two Lonely Men"）」の語り手が主人公の陸軍基地での生活を語るところに、あきらかにローリーン・パウェルと思われる女性への言及がある。

ときどき――どっちにしても、はじめのころだが――やつは基地の売店で働いてたかわいいブルネットの女の子とデートしてた。でもどうかしちゃったんだなあ――オレもよくは知らないんだが……[35]

この別れのあと、サタデー・イヴニング・ポスト誌は1944年2月から7月のあいだに、サリンジャーの作品を3つ掲載した。これらの作品は彼がベインブリッジに駐留しているあいだに書かれたか、少なくとも、書きはじめられたものだ。4つ目は1945年3月に掲載された。

ローリーンはポスト誌の作品を読みたいと、何ヶ月も母親に頼んだあげく、やっとクリータの許可が出て、1冊手に入れた。彼女は登場人物に自身の姿を認めたので、いまでもその印象はつよく胸に残っているという。彼女が読んだのは「当事者双方（"Both Parties Concerned"）」の可能性が高い。これはサリンジャーが最初、「雷がなったら起こしなよ（"Wake Me When It Thunders"）」と題したものだ。もしそうであるとすれば、この作品はよく気のまわる女の子としての、ローリーンのイメージをうかがわせてくれるだけでなく、サリンジャー作品が思いきった方向転換をしたことを、説明してくれるかもしれない。ルーシーという人物は、サリンジャー作品ではじめて完全に共感をもって描かれた女性だ。サリンジャーがとつぜん女性の登場人物に思いやりを向けるようになったことで、読者が感謝すべき人がいるとすれば、それはローリーン・パウェルだといっていいだろう。「当事者双方」は結婚と出産で生じたさまざまな責任と取り組む、若い夫婦の物語だ。現代の読者は、ありきたりの展開に気をそがれるかもしれないが、1940年代の読者には、まさに時宜を得た、当時の生活を親しみやすく映したものだった。ビリーとルーシー・ヴァルマーは赤ん坊が生まれたばかりで、ルーシーの母親が反対したのに、結婚を急ぎすぎたことを認めている。状況が変わったのに、ビリーは青春時代の生活スタイルを変える気はなく、毎晩ルーシーを「ジェイクの店」という土地のナイトクラブに連れ出す。それとは対照的に、そしてビリーは気づいていないらしいが、ルーシーは結婚して母親になったことで、夫を飛び越えて成熟している。彼女は町のナイトクラブで踊って飲んだりするより、家でビリーや赤ん坊と静かな夜を過ごしたいのだ。どちらを優先するかケンカになって、ある夜ビリーが帰宅してみると、ルーシーは荷物をまとめ、赤ん坊をつれて実家に帰ってしまっていた。ウィッカーバーのホールデン・コールフィールドを思わせるような場面で、ビリーはバーボンのボトルをもってすねてみせ、映画の『カサブランカ』に出てくるピアノ弾きのサムの真似をする。ルーシーの母親は困惑するのだが、ルーシーと赤ん坊はビリーのもとにもどってくる。この経験で、彼は自分の身勝手さを知り、妻と妻のやさしさのありがたさを知るようになる。ビリーは自分がやっと成長して、夫としての責任を受け入れたことを読者に示すために、夜に雷が鳴ってこわくなったら、自分を起こすように言うのだった。その夜、雷が鳴りだしてビリーが起きてみると、ルーシーはベッドにいない。サリンジャーが要点をたくみに隠す、みごとな例だ。妻を探すビリーは、妻が台所にいるのを見て驚く。彼は妻がいつものように、クローゼットでふるえあがっていると思いこんでいたのだ。ビリーはまあなんという思慮のたりない夫なのだろうか。妻がクローゼットでちぢこまっているあいだ、嵐のなか眠っていられる夫がいるだろうか。敏感なルーシーは、夫のそばでは得られない安全を求めて、いつまで恐怖にかられていなければならないのか。このエピソードは、ビリーの責任感のなさとルーシーの敏感さをじゅうぶん表現していて、重要である。[36]

1944年2月に発表されると、この作品は人気が出た。登場人物はすぐにそれとわかるタイプだった。物語を読んだ人は、ビリーとルーシーがどんな人物かそのままわかるし、このふたりみたいな人たちを知っていた。アメリカが戦争になって、もう2年ほどになる。何百万という男たちが故郷から、家族から引き離されていた。妻や恋人は男たちがもどってこないのではないか、という恐怖のなかで生きていた。多くの男たちは、妻の顔を思い出そうと必死だった。自分の子供の顔さえ見たことがない者もいた。だから、彼らは「当事者双方」を読んで、自分の身内を見る思いがしただけでなく、羨望も感じたのだ。彼らは登場人物としっくりなじんだだけでなく、自分たちだったらどうするか、じゅうぶんわかっていて、その場にいたいと願ったのだ。

ビリーとルーシーは単純な人物だが、その単純さが彼らに信憑性をあたえている。さまざまな事態にたいするふたりの反応は、ごくありふれているが、そのせいで読者が登場人物に近づきやすくなっている。この物語でいちばんうまくいっているのは、ビリーが、家出の理由を書いたルーシーの手紙をみつける場面だ。気落ちしたビリーはその手紙をくりかえし読んでいるうち、そらで言えるようになり、ついにはうしろから逆に暗記してしまう。バカげた行為だが、それだけにつよく訴えてきて、読者がなじみやすいのだ。ルーシーの手紙をさかさまに暗唱するビリーの姿は、読者の胸ふかく達してくるので、我われの日常に似たような瞬間があっても、それはいいことだと思わせてくれる。このように、自己のイメージを読者に伝えるサリンジャーの能力は、彼の著作を支える源だ。

1943年5月下旬、サリンジャーはベインブリッジから、テネシー州ナッシュヴィルにある陸空軍種別判定センターに転属となった。これはこの先8ヶ月もつづく転任、転属のはじまりだった。種別判定センターでは、彼は操縦士、爆撃手、航空士のいずれが適正かを判定する一連のテストを受けた。しかし、サリンジャーはこの選択肢に落胆し、ふたたびOCS（幹部候補生学校）に志願した。こんどは合格したが、なんの連絡もないまま数週間が過ぎ、いったんは安堵したのがイライラに変わっていった。彼はワシントンDCに出かけていき、当局者に仲介してもらおうと試みた。今回もヴァレーフォージ校のベイカー大佐に手紙を書いて、将校辞令をもらえるようOCSに圧力をかけてもらいたいと頼んだ。ナッシュヴィルのテスト結果がもどってきて、彼は曹長代理に昇進したが、この地位はさらに彼を悩ませるだけだった。将校の地位を得るためにできることはすべてやった結果、やっとたどり着いたのがこの地位だった。「ぼくはものすごく将校になりたかった。それなのに、ならせてくれないんだ」と彼は嘆いた。[37]

ナッシュヴィルに赴任して、彼は気落ちした。自分の任務と地位にたいする不満は、すぐに軍隊生活全般にたいする批判となった。ただの下士官であることを憎み、日常の任務には気力が萎える思いだった。[38]そしてなによりも、彼は孤独だった。いまとなっては懐かしいベインブリッジには、わずかながら親しい友人がいた。ナッシュヴィルにはひとりもいなかった。彼は、ナッシュヴィルの兵士たちは好きだ、と言っていたが、彼らとは距離を感じていた。しだいに疲れて怒りっぽくなり、自分自身とも距離を感じるようになった。故郷に帰りたくなっていた。[39]

7月になって、サリンジャーはまた転属になった。こんどはオハイオ州フェアフィールドにあるパターソン駐屯地で、2等軍曹として塹壕掘りを担当することになった。いうまでもないが、この任務も彼の気分を軽くすることはなかった。だらだらと書類をめくるほかは、新兵たちをどなりつけ、恐怖でなければ、少なくとも服従をたたきこもうと、日々を過ごした。このため、彼は無理に威嚇する態度をとって、兵士たちには自分の文学的な志向も隠さざるをえなかった。彼らが自分のこんな面を知ったら、服従しそうにもなかったからだ。

日中の新兵訓練が終わると、夜は静かに執筆することにした。ナッシュヴィルでは「パリ（"Paris"）」という奇怪な物語を書いてみたが、アドルフ・ヒトラーをトランクに閉じこめて誘拐するフランス人の話で、そんな筋書きではどこの出版社も手を出しそうになかった。[40]「ヴァリオーニ兄弟」が7月17日のサタデー・イヴニング・ポスト誌に登場したことに舞い上がった彼は、ただちにもう2編を送ったが、ふたつとも拒絶され、いまでは失われてしまった。ひとつは「火星のレックス・パサード（"Rex Passard on the Planet Mars"）」で、ポスト誌に拒絶されたあと、ストーリー誌に送ったが、結果は同

1943年、陸軍航空隊で新兵訓練中の写真。航空司令部の広報を担当していたが、
1年後にはヨーロッパ戦線で実戦に参加することになる。(©Air Corps photo)

様だった。もうひとつの「ビッツィ（"Bitsy"）」はサリンジャーお気に入りのひとつだ。彼はそれを、テーブルの下で手をのばしてほかの人の手をさわる少女の話、といっているが、サリンジャーの自作説明は不完全なことが多く、誤解をまねくこともある。「ビッツィ」はポスト誌が拒絶したあとストーリー誌に送られたが、アルコール中毒が登場するというので、ここでも断られた。

この年、サリンジャーの文学的興味の幅が広がっていった。休暇になると、孤独を求めてちかくのデイトンへ行って、ホテル・ギボンズにこもることが多かった。そこでは、同胞のアメリカ人作家、リング・ラードナーやシャーウッド・アンダソンより複雑な文学へ目を向け、ドストエフスキーやトルストイの作品を読みあさった。

しかし、なんといってもサリンジャーの心を占めていたのは、自分の長編小説だった。ホールデン・コールフィールドものの短編をいくつも書いたあとで、それらをまとめてひとつの作品にするのか、それとも別べつのままで短編集にするのか、迷っていたのだ。サリンジャーは、1943年の夏までには決めたようだ。彼は「ぼくはいま書いている少年のことをよく知っている。彼は長編小説にするに値する」とバーネットに宣言した。この決定にバーネットがよろこんだのはいうまでもない。

サリンジャーが1943年前半に短編をいくつか書いたあと、ふたたび芸術志向の作品を書きだしたが、その最高の見本が、おそらく初夏ごろに書きはじめた「イレイン（"Elaine"）」という作品だ。サリンジャーはこれをポスト誌に載せられる商業的な作品にしようとしたのだが、たちまち一行一行に苦悩し、細部まで書きなおすはめになった。「イレイン」が完成すると、当然ながら彼は、それをこれまでで自分最高の作品と自認し、自慢に思うようになった。この作品はサリンジャーの無垢《イノセンス》なるものの探求のさらなる展開を示していて、夜の読書時間の友であるロシアの文豪たちの影響を受けていることはたしかだ。

「イレイン」はすこし知能のおくれた美少女の物語で、彼女は自分を呑みこもうとする世界で、ひとりさまよう。気立てがよく、やさしくてすぐ人を信用するイレイン・クーニーは知的ハンデがあって、小学校を卒業するのに9年以上かかった。卒業後、イレインは大人の社会に送りこまれるが、そこで頼りにするのは彼女の母と祖母だけなのだ。しかし、この保護者たちは映画という幻想の世界に夢中で、イレインの欠点や彼女に迫りくる危険に気がつかない。それどころか、この女たちはいくつも映画館をハシゴする、映画館巡りにとりつかれている。そんなとき、ある映画館でイレインはテディという案内係に出会う。彼は疑うことを知らないこの少女を海岸へ誘い、当然ながらそこでは彼がリードする。1ヶ月後、ふたりは結婚する。結婚パーティは、イレインの新しい義母とクーニー夫人とのケンカで台なしになる。イレインの母と祖母はそこでとつぜん、自分たちのこの新婦への愛を悟り、この娘なしには生きていけないと感じて、彼女をテディや客たちの手から奪い去るのだ。[41]

「イレイン」をサリンジャーのそれ以前の作品よりすぐれたものにしているのは、イレインはもはや純真な幻想の世界にはもどれない、いったん汚れたら、彼女の純真さは色あせていくことを示唆していることだ。彼女の母はとつぜん感情をほとばしらせたが、それもイレインが必要とするほどつよいものではなく、やがて母親自身のハリウッド幻想に呑みこまれてしまうだろう。イレインはふたたび、テディがきっかけを作った崩壊を、最後まで押しすすめる世界にとり残されてしまうのだ。

しかし、イレインも映画という幻想の世界に、慰めを見いだすのかもしれない。語り手はイレインの限界を考慮して、彼女なりの現実感を認めてやろうとしている。それは、我われが子供の無邪気さを考慮して、子供なりの現実感を認めるようなものだ。

サリンジャー軍曹はこのような文学的探求を、塹壕を掘る兵士たちから隠そうとしていたが、その探求が、自分がいやになっていた日常の軍務から彼を救うことになった。サタデー・イヴニング・ポスト誌に出た「ヴァリオーニ兄弟」と『兵隊読本』に出た「そのうちなんとか」は、それほどの成功というわけではなかったが、フェアフィールドの上官は、彼にASC（航空司令部）の広報での勤務を命じた。サリンジャーがバーネットに宛てた1943年7月の手紙によると、そこは「タイプライターがたくさんおいてある、バカでかいオフィス」だった。それはジェリーが望んだ任務ではなかったが、少なくとも心地よかった。陸軍航空隊の広報を書く仕事が気に入ったわけではなかったが、タイプライターを打つことは気に入った。

デイトンのASC(航空司令部)本部で、報道機関用の発表原稿を書いていないときは、サリンジャーはワシントンDCやニューヨークに足を運んだ。[42] 9月には、ライフ誌のカメラマンといっしょにカナダの荒地へ飛んで、ASCの広報記事をコリヤーズ誌向けに書く予定だった。[43] ところが、サリンジャーの広報の任務はとつぜん終了となり、カナダ行きは中止された。

7月には、政府はサリンジャーの政治的な信頼性を調査しはじめていた。係官たちがマクバーニー校やヴァレーフォージ校を訪れ、情報を収集した。サリンジャーのほうでも、陸軍の防諜部隊に志願して、調査を歓迎した。陸軍省はウィット・バーネットたちに質問状を送った。

対象：ジェローム・デイヴィッド・サリンジャー

ご面倒ながら、この人物に関して、その行動規範、性格、誠実さ、わが国およびその体制への忠誠度をどうお考えになるか、当局までお知らせ願いたい。彼が、わが国の立憲政治の転覆を標榜する団体の一員であるとの情報はお持ちでしょうか。あるいは合衆国への忠誠を疑わせるなんらかの理由はありましょうか。

航空隊大尉ジェイムズ・H・ガードナー[44]

サリンジャーがガードナー大尉の質問状の内容を知ったら、きっと笑っただろう。[*6] 堅実な行動とか忠誠心という特質は彼には認められない、と軍は考えはじめていた。徴兵いらい18ヶ月、軍には彼の能力が見きわめられなかった。彼は任務や任地を次つぎに変更されてきた。昇進がおそいことに失望した彼は、軍隊内では希望を失い、また意欲を執筆に向けた。サリンジャーが失望し、侮辱と感じた任務をあたえたあと、軍はやっと彼に注目しはじめた。

*6　サリンジャーは詮索好きなガードナーを覚えていたのだろう。1年もしないうちに、彼の名前は「魔法のタコツボ（"The Magic Foxhole"）」の不運な主人公の名前に採用された。

軍が注目したのは、サリンジャーの作家としての才能ではなかった。彼が受けた軍隊式の教育でもなければ、それまでの軍務経験でもなかった。軍は彼の語学力、とくにドイツ語とフランス語に興味をもったのだ。軍はまた、彼が現在のドイツ占領地区で1年を過ごしたこと、オーストリアの政治的併合をその開始時期に目撃していること、などに興味をもった。入隊いらい18ヶ月にして、軍はやっと彼にふさわしい職務をみつけたのだ。それは士官や広報関係ではなく、CIC（防諜部隊）の情報部員だった。

CIC部員は本質的にはスパイだが、従来の意味でのスパイではなかった。それまでは、彼らは部隊に潜入して、自国の軍隊への愛国的な信頼性を監視するのが任務だった。第二次世界大戦の勃発は、彼らの目的をまったく変えてしまった。1943年の末には、いまかいまかと思われていた、連合軍の占領されたヨーロッパへの侵攻がまぢかに迫っていた。参加を予定される部隊には、それぞれ2名のCIC部員からなる分遣隊が配属され、現地の人びとと接触して、そのなかに潜むナチの悪党どもをみつけ出す役割を担わされていた。サリンジャーは戦争終了まで防諜部員として部隊に組み入れられ、兵士たちとともに戦闘に参加するかたわら、自分の才能を駆使して、現地人のなかで脅威となりそうな分子を尋問し、逮捕することによって、進軍の安全をはかることを期待されていた。

この新しい任務にそなえて、サリンジャーはボルティモア近郊の陸軍基地、マリーランド州のホラバード駐屯地に転属になった。[*7] そこで、彼は伍長と階級が変わり、防諜の訓練がはじまった。10月3日にバーネットへ転属を報告したときには、海外に出兵してヨーロッパ侵攻の予定、と打ち明けている。それでも、彼が気やすめを求めるのはバーネットだった。「ぼくはあの小説のことは忘れていません」と言って安心させた[45]。

2年ちかくの準備期間をへて戦争という現実がさらに迫ってくると、サリンジャーはそのときには当たり前になっていた、書くことでそれに対処した。「最後の休暇の最後の日（"Last Day of the Last Furlough"）」は作家として、そして個人としての人生を決定する瞬間を描いている。当初は「休暇」の作品としての質に自信がなく、めずらしく中立的な見方をしている[46]。当時は将来の著作にどんな影響があるか、彼には知るすべがなかったのだ。じじつ、サリンジャーが「休暇」を書いたときは、そもそも自分に将来があるかさえわからなかった。イアン・ハミルトンは「最後の休暇の最後の日」を、自分が戦闘中に死んだ場合にそなえて、故郷の家族に書いた手紙だ、と解釈した。作品は重要な意味をもった、感動的な物語となっている。

これはコールフィールド家ものとしては3つ目の作品で、「最後で最高のピーターパン」にはじめて登場したテーマや感情的な葛藤を、さらに広げている。多くの点で「ピーターパン」の続編ともいえ、戦争中のヴィンセント・コールフィールドと友人の二等軍曹ジョン・「ベーブ」・グラドウォーラーを追った連作の第2作だ。ここではヴィンセント・コールフィールドが主役だが、ベーブはサリンジャーが自分自身の一部を付与したような人物だ。物語の冒頭で、ベーブは軍籍番号32325200とされているが、これはサリンジャー自身の軍籍番号なのだ。

＊7　ホラバード駐屯地は海外出兵用の軍用ジープの集積所で、つねに数千台のジープを所蔵していた。サリンジャーはこの地でジープに惚れこみ、老齢になるまで好みは変わらなかった。

サリンジャーはできるだけ多くの音色を出そうとして、「休暇」を5つの場面に分け、場面ごとにそれぞれの「主張」をしている。最初の場面では、大人と子供のはざまに立ちつくすベーブが描かれる。24歳の兵士が一時的に少年時代を示す小道具に囲まれている。物語の冒頭では、軍の休暇で帰省しているベーブが、自分の部屋で本に囲まれている。作者とおなじように、ベーブはドストエフスキー、トルストイ、フィッツジェラルド、リング・ラードナーなどを読んできた。いっぽう、ベーブの母はいましがた息子にチョコレートケーキとミルクをあたえ、静かに部屋のすみにすわって、息子の顔を愛しげに見つめている。つぎの場面では、ベーブは自分の子供時代のそりを持って、小学校の前で妹のマティを出迎える。この場面は短くて、どうということもないようにみえる。しかし、サリンジャーはここでも、平凡な事象にふかい意味をこめる能力を発揮していて、この場面は責任、妥協、そして人のつながりから生まれるつよさとはなにか、をしっかりと語ってくれる。ベーブは妹をそりに乗せて、スプリング通りの絶好の傾斜をすべりおりたいと思うが、マティはこわがる。彼女はスプリング通りは危険で、年長の口ぎたない男の子しかすべったりしない、と思っている。ベーブは彼女を安心させようとして、「ぼくといっしょなら大丈夫だよ」と励ます。ふたりがスプリング通りの坂の上でそりに乗りこむと、マティはうしろからベーブにしっかりとしがみつく。ベーブは彼女がふるえているのがわかって、すまないと感じる。彼はもっと安全な坂をすべろう、と妹に言う。しかし、マティは兄を信頼していて、兄のためにスプリング通りをすべりおりたい、と言う。彼女は、兄が責任をもってくれているので、信頼している。そしてそのお返しに、彼女の信頼がベーブに妥協を選ばせるつよさを生むのだ。

この場面のサリンジャーの主張は、T・S・エリオットの1922年の詩、『荒地（The Waste Land）』に書かれた子供時代の記憶とは、くっきりとした対照をなしている。エリオットは自分のその場面を、サリンジャーの場合と似たような、世界大戦という時代の転換期におき、子供時代の無垢な心を示す最後の儀式としてだけでなく、迫りくる深淵への転落をも提示した。エリオットのそり遊びは、失われたままとりもどせない世界を求める叫びだ。それとは対照的に、サリンジャーの場面は力をあたえてくれる。兄へのマティの信頼は一種の相乗作用を生んで、恐怖を克服する絆をつくりだすのだ。不安はあっても、希望あふれる場面だ。書かれた時期がたしかではないので、そり遊びがエリオットの詩のように、最後の儀式とはならないですむ、とサリンジャーは確約してないが、この場面にはエリオットにはなかった力づよさがこめられていて、スプリング通りを克服したからには、戦争が終わってから、またそり遊びができるだろうということを示唆している。

「休暇」の第3の場面では、ベーブの友人ヴィンセント・コールフィールドの来訪、そして友情とやがてくる別れが描かれる。この場面では、作者はふたりの登場人物に自分の心情を吐露させており、おそらくサリンジャー本人の心にもっともちかい場面だろう。ベーブは軍隊と、故郷を去ることへの気持ちを、ヴィンセントは作家としての自分と、戦争が著作にあたえうる影響について語る。ベーブはあきらかに、サリンジャーの主張を代弁する役に選ばれた人物だが、ヴィンセントは作者の個人的な特徴を多く共有している。彼は魅力的でまじめ、するどいウィットの持ち主とされ、サリンジャー自身に似てなくもない。この場面では、ヴィンセントが書いているのはラジオのメロドラマだが、いちおう作家だと知らされる。29歳のヴィンセント・コールフィールドは、あきらかに兄らしい人物として登場し、この場面の大半は友情と兵士どうしの仲間意識についての対話である。

この場面のもっとも有名な部分は、ヴィンセントの19歳の弟、ホールデンへの言及だ。ホールデンが戦闘中行方不明と通達があった、とヴィンセントはベーブに話す。彼はなんどもその話をくりかえし、しだいに弟の失踪が頭から離れなくなる。ヴィンセントがホールデンのことを話すのはごく短い言葉で、この場面以外ではくりかえされないが、サリンジャーはヴィンセントのこの喪失感を掘り下げて、のちの「マヨネーズぬきのサンドイッチ（"This Sandwich Has No Mayonnasise"）」に書くことになる。

第4の場面では、サリンジャーの戦争観が述べられる。おもな登場人物たちが夕食のテーブルについていると、ベーブと軍隊経験者の父親が議論をはじめる。グラドウォーラー氏が第一次世界大戦での経験について想い出話をしだすと、ベーブはそれをさえぎって、戦争讃美とそれを助長する懐旧の情を批判する。そして戦争を美化したことが歴史にもたらした結果を考えよう、と言う。それは格調たかい演説で、ベーブは人前を意識して堂々と述べる。その心情は、わずか1年まえ熱心な一兵卒だったときの、軍隊のすべてを受け入れていたサリンジャー自身とは、対照的だった。その演説の最後にベーブは、戦争が終わったら二度と戦争の話はしない、と誓うのだった。


戦争が終わったら戦争についてはロをとじて、ぜったいになにも語らないってことが、こんどの戦争に参加した人、これから参加する人たちの義務だって信じてるよ。死者を英雄にまつりあげるのはもうやめたほうがいいよ。そうしなきゃだめなんだ、ぜったい。[47]

これはよく引用される有名な文章で、一種の誓いであり、サリンジャー自身が破ったことのない誓いである。「最後の休暇の最後の日」の最後の場面は、いまではなじみのあるものとなっている。ここでは、瞑想の瞬間が描かれており、それは子供のかたわらで起こる、ほとんど啓示ともいえる出来事である。深夜になっても、ベーブは眠れないでいる。彼は自分の部屋にひとりすわって、妹マティのことを考えている。彼はもう会えないかもしれない妹への訴えを、ひとりで口にしている。それは妹に子供のころの純真さがうつろいやすいことを心に銘じておくようにと述べる、すばらしい独白だ。そこには、彼女が成長してもその若さの美徳を失わないようにという、祈りがこめられている。自分の少年時代にたいするベーブのつよい懐旧の情が、マティのために彼が祈る言葉にうかがえる。「なにか、きみのなかにある最善のものにしたがって生きようとつとめてね」と、彼は自分に話しかけるように、妹に懇願するのだ。今夜はベーブが海外へ出征するまえの、最後の夜なのだ。彼はもういちど妹の姿を見なくてはならない。彼は妹の美しさ、自身の無垢な心の痕跡、あとに遺していきたくない美徳に、最後にもういちどだけふれたいのだ。彼はマティの部屋にしのんでいって、彼女にキスする。そしてベーブは自分に誓いの言葉を述べる。それは、崖っぷちから落ちそうな気まぐれな幼子を守ろうとする、ホールデンを思わせる。ベーブが銃を用いてでも妹を守ると誓うのは、それがやさしい言葉であっても、戦争の正当化だ。しかしこの誓いは、妹をつうじて見えた魂の場所として、家庭を定義した言葉でもある。やさしくマティとその無垢な心を抱きしめると、ベーブは自身の少年時代とふたたびつながって、とっくに失ったと思っていた純粋さをとりもどすのだ。将来の作品では、このつながりがさらにふかくなるのだが、「休暇」では、それが責任感と、もう故郷にはもどれないのではという不安感に抑制されているのだ。

「最後の休暇の最後の日」はとくに、サリンジャーが戦闘で義務を果たそうという、やむなく行なった宣言といえる。「休暇」をつうじて、彼は自分の大切な人たちを守る責任を認めたのだ。しかし、作者について知らなくても、この作品のよさはわかる。なぜなら、「休暇」は戦争に行こうとする兵士が感じる感傷や不安を、忠実に描いているからだ。「最後の休暇の最後の日」が1944年7月に発表されると、たいへんな評判になった。

「休暇」という作品が、1944年当時の読者に魅力的にみえた状況を、こんにちの読者が理解するのはたいへんでも、それがのちの作品にみられる見識を予見させることは理解できるはずだ。コールフィールド家もののほとんどの作品がそうであるように、「休暇」はその登場人物とテーマの両方で、小説『キャッチャー・イン・ザ・ライ』に向かっている。ヴィンセントがホールデンの戦闘中行方不明について語るとき、それはもろに『キャッチャー』という小説にかかわっている。「休暇」という短編ぜんたいを覆っているのは、自分はまもなく戦争で死ぬのではないかというサリンジャー自身の恐怖だ。いつ海外出征の命がくだるとも知れぬなか、彼はこれを最後の作品として書いたのだ。そして、彼がヨーロッパで死んでいたら、ホールデンも彼とともに死んだだろう。

「休暇」と『キャッチャー』の最大の共通点は両作品の結末にあり、無垢な心の美しさとその保持の意義が認識されるのだ。妹のベッドわきでベーブが感情を表出させるイメージは、フィービーのベッドわきで、「ライ麦畑でつかまえる人」になりたいという夢を語るホールデンを、いやおうなく思い出させる。ホールデンが告白するのはまだ何年も先のことだが、その声ははっきりと、マティの無垢な心を願うベーブの祈りのなかに聞こえている。

　きみが大きくなったら、頭のいいおとなになるよ。でももしきみが、頭がいいだけじゃなくて、心もすてきな女性になれないなら、きみがおとなになるのなんて見たくない。心のすてき《スウェル》な女性になるんだ、マット。

ベーブがマティに「心のすてきな（swell）」女性になるように勧めるとき、彼は「ほんものの」という意味で用いている。これはホールデン・コールフィールドの「インチキ《フォーニー》」と正反対の言葉で、サリンジャーはすでにこの概念をより高度な、登場人物がそれをめざし、周到に保持していくべき人間の本質にまで高めていた。すでに「家庭」の概念を、マティの子供らしい純真さとのつながりをつうじて定義したあとでは、もどってきたいという彼の希望は二重の意味を帯びてしまう。ベーブは幕切れでこう言うのだ、「もどってくるのはすてき《スウェル》だろうな」と。[48]

「休暇」という作品が言わんとするところはわかりやすいが、力づよい。死に直面してなお、妹の無垢な心の美を認識できるベーブの力こそは、希望をあたえ、人生に意味をもたせる美なのだ。

　この作品は、ナッシュヴィルでみじめなスランプがつづくなか、さし迫る実戦への不安に呼応して、10月までにフェアフィールドで完成したが、どこにも否定的な態度はみられない。つらい気がかりや落胆のかげに隠れている、人生の美しさを確認するサリンジャー自身の力が、彼の人間的な忍耐力だけでなく、文学的思想の進化を証明している。その思想は読者にだけ差し出されているのではない。この作品において、サリンジャーはあきらかに著作を癒しとして、自身の恐怖を癒す手段として用いている。「最後の休暇の最後の日」をつうじて、サリンジャーの作品は主として観察力をみせてくれるものから、希望をあたえてくれるものへと進化したのだ。

4 旅立ち

1944年1月1日、サリンジャーはホラバード駐屯地で25歳の誕生日を祝った。当初はそこで6週間ほど待機する予定だったが、海外への配属を待っているあいだに3ヶ月たってしまった。占領されたヨーロッパの奪還への準備は進行中で、ホラバードでは、侵攻はこの春にも開始されるだろう、との噂でもちきりだった。[1]

出発を待っているあいだ、サリンジャーは防諜部隊の勉強をしながら、書くこともつづけていた。ヨーロッパでどんな運命が待っているかわからないので、作家という本業に専念していたが、次つぎに原稿を送っては拒絶の返事を受けとっていた。1943年10月から1944年2月初旬のあいだに、ストーリー誌だけで5作を拒絶された。ストーリー誌が、サリンジャーの原稿を引き受ける最後の頼みの綱になっていたことを考えると、じっさいに拒絶された原稿はその倍以上かもしれない。

ストーリー誌による却下はたしかに正当なものだったが、当時の状況を考えれば、なかには冷たいと思われる反応もみられた。たとえば、大統領選挙直後の1943年12月9日、ウィット・バーネットはハロルド・オーバーへの手紙で、サリンジャーの新作は「得票が伸びないね」とコメントした。そのあとすぐ、「薪小屋のカーティスに何がとりついた?（"What Got into Curtis in the Woodshed?"）」を却下したときは、おおっぴらに嘲笑した。「バカなガキが魚つりの旅行に連れていかれる。ただそれだけで、なんにもない」と書いたのだ。[2]

これらの原稿の採用拒否のほとんどは、そのうらに、サリンジャーの長編小説への要求があった。「この作品をうちの雑誌に載せるには、時期がよくない。私は1冊の本ぐらいの長編におおいに興味がある」とか「サリンジャーの新作をみせてもらってありがたいが……もっと長いものが見たい」とバーネットは言った。[3] また、「サリンジャーのこの作品はかなり気にいってる。しかし、似たようなやつを採用したことがある。そのうち、長編小説が来ないか楽しみなんだが」と注文をつけたりした。[4]

正直なところ、バーネットは仕事が第一で、指導は二の次の人だった。ふたりがつき合った5年間で、彼の雑誌に掲載されたのはたった2作なのに、バーネットはなんの負い目も感じていなかった。カーティスが登場する、好奇心をそそるタイトルのものも含めて、1943年から1944年にかけての冬に、バーネットが拒絶した5作ぜんぶが失われてしまったので、この掲載拒否が正しかったのかどうか、いまとなっては判断がむずかしい。

失望のつづくなか、サリンジャーはなんとか、作家としてそれまでで最高といえる成功をおさめることができた。1月の第2週、ドロシー・オールディングから、短編3作がサタデー・イヴニング・ポスト誌に売れた、と知らせてきたのだ。編集長のスチュワート・ローズが、「ある兵士の死」、「雷が鳴ったら起こしなよ」、「最後の休暇の最後の日」の3作を、相当な金額で購入したのだ。よろこんで、そして安堵もしたサリンジャーは、さっそくバーネットに知らせた。もうすぐ海外に出ると、こちらの編集長におとなしく切りだしたあと、ポスト誌に採用されたと、有頂天ともいえるほど熱っぽく宣言した。彼は叫んだ、「なんということだ！　何百万という人が読むんだぜ。想像できる？」。[5]

サリンジャーがこれで名誉挽回できて満足に思ったのか、それとも興奮しすぎか、それは解釈の仕方しだいだ。どちらにしても、バーネットはサリンジャーに新たな後援者が現れたという報せに、胸の痛みを感じないわけにはいかなかった。ストーリー誌が不採用の通知を山ほど送りつけたあとで、ポスト誌は1作ではなく、3作もサリンジャーの作品を買い上げたのだ。しかも、ストーリー誌が払う1作あたり25ドルより、かなり高額の原稿料でだ。さらにまずいことに、ポスト誌のものになった3作のうちのひとつには、バーネットが手に入れたがっている小説の主人公、ホールデン・コールフィールドが言及されていたのだ。

じっさいのところ、サリンジャーの作家としての地位は、ストーリー誌とポスト誌の実績の中間あたりだった。サリンジャーは自信あふれる手紙をバーネットに書いたすぐあとで、ニューヨーカー誌の小説部門担当の編集者としてガス・ロブラーノの代行をしていた、ウォルコット・ギブスにも同様の手紙を送った。ポスト誌での成功を自慢し、ニューヨーカー誌も小説の概念を広げたら、と忠告したあとで、代理人が「イレイン」を送るから採用してくれるようにと、ギブスに伝えた。この作品には契約条件がついていて、原稿にはいっさい手をくわえてはならなかった。ニューヨーカー誌が「イレイン」を掲載したければ、手をふれてはならないのだ。一語たりとも変更したり、編集したり、削ったりしてはならなかった。[6]

ギブスはこの注文をあつかましいと思ったが、サリンジャーは寛大な態度をとっているつもりだった。彼は、1941年にニューヨーカー誌が「マディソン街はずれのささやかな反乱」の採用を取り消したことを、まだ怒っていたのだ。さらに侮辱的なのは、ニューヨーカー誌は1943年の夏に連絡してきて、つぎのクリスマス号に載せると伝えた。ところがこんどは、長すぎるのでいくらかカットする必要があると注文がきた。サリンジャーは激怒したが、あきらめてカットに応じた。[7]それでも、ニューヨーカー誌の12月号が発売になると、「ささやかな反乱」はどのページにも見当たらなかった。ポスト誌での成功で強気になっていて、「イレイン」の作品としての質にも自信があったサリンジャーは、ニューヨーカー誌に自作を大々的に取り上げさせるまえに、条件をつけるのになんの遠慮もなかった。ニューヨーカー誌のほうはそんな要求をバカにして、サリンジャーのあつかましさを懲らしめてやろうとした。翌週「イレイン」がギブスのもとに届くと、ただちに却下された。編集者のウィリアム・マックスウェルはドロシー・オールディングに同誌の決定をはっきり伝えた。「このJ・D・サリンジャーという男は当誌向きではないようです[8]」。

「イレイン」がニューヨーカー誌に向かって運ばれていたころ、サリンジャーはヨーロッパに向かっていた。1月18日の火曜日、彼はイギリス行きの軍隊輸送船である米国艦船ジョージ・ワシントン号に乗りこんだ。そこで、侵攻作戦にそなえた防諜業務の訓練の仕上げをやる予定だった。ついに乗船の日がきたとき、サリンジャーは思っていたよりおだやかな気持ちだった。輸送船はつごうよくニューヨークに停泊していたので、ベーブ・グラドウォーラーが家族とした最後の別れを、彼もできるチャンスはあった。「最後の休暇の最後の日」でベーブが考えたように、サリンジャーも見送りのときの感傷は避けたいと思って、家族、とくに母親には埠頭での見送りを禁じていた。彼が船に向かって行進していると、とつぜん母親の姿が目にはいった。彼女は街灯の柱の陰に隠れて、できるだけ見られないようにしながら、息子と平行して急ぎ足で歩いていた。[9]乗船すると、サリンジャーはベッドに横になったが、周囲の兵士たちは不安を隠そうと、冗談を言ったり笑ったりしていた。

サリンジャーは、母親が彼の言いつけにそむいて見送りにきたことには、驚かなかったはずだ。現実の旅立ちは、「休暇」を書いていたときには予測できなかった感情を生み出した。そこで彼は、兵士の最後の別れを描くつぎの短編で、その感情を確認しようとした。彼はこの次作をおそらく船で書きはじめただろう。それは「週一回くらいどうってことないよ("Once a Week Won't Kill You")」という短編で、入隊するために家を出ようとする兵士と、彼の伯母への気遣いが描かれている。ここでも騒がしい見送りはなく、死へ向かう若者たちを先導する派手なパレードも楽隊もない。それでも、サリンジャーがすでに失おうとしている、ふたたび見ることもないかもしれない世界への郷愁が、この物語に色どりをそえている。

輸送船は1944年1月29日にリヴァプールに入港し、そこで占領されたヨーロッパへの侵攻をめざす数万の軍勢と合流した。そこからまっすぐロンドンに行くと、正式に第4歩兵師団の第12歩兵連隊に組み入れられ、防諜部隊士官にして2等軍曹となった。サリンジャーは終戦までこの部隊の所属となるのである。

1944年2月以後、イギリス滞在中はサリンジャーの私信はすべて軍の検閲を受け、任務の詳細が確認できないよう工作された。彼の手紙から、第4師団の本部があったデヴォン州の町ティヴァトン、ダービーシャー、ロンドンなどでCIC(防諜部隊)の訓練を受けたことがわかっている。侵攻作戦が近づいてくると、プリマスとダートマスのあいだのスラプトン海岸の南部で、そしてフランス海岸に似ているとの理由で連合軍が選んだウルカム湾の北岸で、上陸作戦の実戦訓練に参加した。

ティヴァトンは、1950年発表の短編「エズメに――愛と汚れをこめて（"For Esmé—with Love and Squalor"）」に登場する町によく似た町だ。小さく魅力的な町で、アメリカの兵隊たちが「侵入」してくるまえは、人口1万人ほどだった。デヴォン州のなだらかな山やまに囲まれたティヴァトンは、玉石が敷かれた狭い道が町の周囲まで曲がりくねってつづく、風変わりな町だ。その道をサリンジャーは好んで散策し、1杯飲みにパブにふらりと寄ったり、合唱の練習中の教会に忍びこんだりした。

第4歩兵師団はティヴァトン内外の大きな建物を、数多く接収していた。師団の本部はコリプリースト邸という郊外の巨大な屋敷におかれた。サリンジャーはここで郵便を受けとり、指令の報告をしたり、「エズメに」に書かれているように、「侵攻作戦に先立つ事前の特殊訓練」[10]を受けたりした。この訓練でサリンジャーが学んだのは戦闘中のスパイ活動、破壊工作と転覆活動、兵士への安全教育、陥落した町の探索、占領地域における市民および敵兵の尋問などである。

物思いにふけってティヴァトンの町をさまようJ・D・サリンジャーの姿は、イギリス滞在中の彼を呑みこんだ瞑想気分をよく示している。侵攻作戦の訓練を受けているあいだ、サリンジャーは自分の著作と人生にたいする姿勢を、考えなおしはじめた。彼は他人だけではなく、登場人物にたいしても、この先もっとおだやかに、もっとやさしくなろうと、なんども意識して決意したのだという。[11]

軍隊は彼を変えていた。入隊いらい、若いころよりがさつになり、上品さもあまり感じられなくなった。個人的な手紙にも下品な言葉がみられ、母親が読めば赤面しそうなものもあった。それに、サリンジャーは酒を飲みだした。イギリスに赴任したころの彼の手紙には、アルコールの問題にふれた文が見られるようになった。いやみを言う癖は、酒を飲めばいったんは治まるが、その後よけいにひどくなって同僚の兵士たちとひと悶着おこしたりした。イギリスでは飲酒をひかえようとした。そして、どうしても飲むときは、心して他人を怒らせないようにした[12]。

自分の立場がよわいと感じたときは、本能的に皮肉にたよるのが常だった。ところが、行く先に不安を感じて神経質になっている兵士たちに囲まれている現状では、そんな本能は彼に不利に働くので、自分の忍耐と友情をみんなに示すことが大切ということを学んだ。それでも、サリンジャーの自己評価は誠実なものだったのではないだろうか。サリンジャーはほぼ毎日、戦争で荒《すさ》んでしまったイギリスの兵士や市民たちとふれ合った。そんな生活や意見の調査を受け入れようとしないイギリス人は、よほど冷酷な人間だけだろう。

サリンジャーがイギリスで書いた「子供たちの部隊（"The Children's Echelon"）」という作品の根底には、戦争にたいする心理的な変化がある[13]。どんなにその短編に精進しても、作品の質には自信が持てなかった。イギリスでの著作は、その多くが芸術的にも出版の面でも失敗だったが、この作品はおそらく最低だった。これは、毎日の日記を紹介する、リング・ラードナーの「息もできない（"I Can't Breathe"）」をヒントにしたものだ。サリンジャーはほんらいこの形式が嫌いだった。そこで、自分なりの作品を書きはじめたときは、三人称で書いた。その出来に不満だった彼は、なんども書きなおした結果、どうしようもなくラードナーそっくりの文体になってしまった。完成した作品は、26ページ、6000語という、これまでとびぬけて最長のものになった。

日々の日記はバーニス・ハーンドンという、外の世界ではおとなにみせようと必死な、未熟な女性の生活を追っている。背景には激化する戦争があって、彼女は自分が口にするひとつひとつのこと、友人、家族、そして戦争について、打算的に意見を変えていく。しかし、その変更はうわべだけのものだ。物語が進行していくと、戦争で夫を亡くしていく友人たちの過酷な運命と自分が無縁だと信じているバーニスは、心のなかでひそかに、ロイス・ディッテンハウアーという魅力のない兵卒と結婚するのだが、それは自分が成熟した女だと感じたいから、という理由によるのだ。

なんとなく煮えきらないバーニスの人生観が、この物語のもっとも興味深い場面で披露される。バーニスはなにもかも「すてき」と言いながら、セントラルパークを散歩しているが、メリーゴーラウンドに行くと「かわいい」子供たちを見つめる。すると、青いスーツを着てベレー帽をかぶり、回転木馬に乗っている少年が目にはいる。この部分はのちの『キャッチャー・イン・ザ・ライ』の場面を思いおこさせ、ちょっと見るとそっくりそのままみたいだ。しかし、この場の設定はおなじだが、バーニス・ハーンドンはホールデン・コールフィールドとは正反対だ。ホールデンは子供たちが回転木馬から落ちそうな予感を受け入れ、それが彼のほんものの変化という意味をもつのだが、バーニスは少年が落ちそうになると、大きな悲鳴をあげそうになるのだ。[14]

「子供たちの部隊」がバーネットの審査を受けに送られてくると、サリンジャーの作品としては最大の酷評が下された。バーネットはこれを、「バカな女の子がおなじような男の子に恋する」話と一蹴したが、「ややありきたりだけど、わるくない」とつけくわえた。さらに、ストーリー誌のほかのスタッフは、これほどバカな女の子がいるなんて、だれも信じないだろうと述べた。ストーリー誌の決定はきびしいもので、「こんな時期にこの作品を印刷するのは、紙のむだづかいだ」、と断言した。[15]
この作品は1946年にサリンジャー作品コレクションに寄贈されて、かろうじて残っているが、出版はされなかった。「子供たちの部隊」はそこで終わったわけではなかった。サリンジャーは1947年、これをたっぷりと利用して「開戦直前の腰のくびれなんてない娘("A Girl in 1941 with No Waist at All")」を書いたのだ。そこでは、バーニス・ハーンドンが自分の考えを改めたていどに、ごくひかえめに部分的な変更がなされている。

Dデー（訳注：ノルマンディー上陸作戦決行の日）にそなえている時期、サタデー・イヴニング・ポスト誌に掲載されたサリンジャーの作品が店頭にならびはじめた。それが彼の手元にくるのに2週間かかったが、着いたものを見てあきれてしまった。2つの作品のタイトルが変更されていたからだ。2月20日に「雷が鳴ったら起こしなよ("Wake Me When It Thunders")」は「当事者双方("Both Parties Concerned")」のタイトルで、4月15日には「ある兵士の死("Death of a Dogface")」が「ソフトボイルドな軍曹("Soft-Boiled Sergeant")」とタイトルを変えて発表された。サリンジャーは、自分が海外にいることにつけこんで、ポスト誌が許可なしに作品に手をくわえたと考え、裏切られ、利用されたと感じた。自分の作品の載った雑誌をぱらぱらとめくってみて、彼はさらに激怒した。どぎついカラーの広告が作品を取り囲んで、圧倒しているではないか。彼が読者に考えさせようとした作品は、映画スターのおすすめ商品やカロックス歯磨き粉などの、声高な宣伝に沈黙させられていた。サリンジャーは怒り狂った。豪華雑誌《スリック》とは、どんなに原稿料がよくても、もうつき合わないと誓ったのだ。「無名の文無しになろうじゃないか」そう言って、彼は身を退いた。[16]

ポスト誌のしたことで、ニューヨーカー誌に「イレイン」を一語たりとも変えないよう指示したのは正しかったと、あらためて思えるようになり、その作品をニューヨーカー誌に却下された落胆もいくらか軽くなった。彼はまた、「イレイン」がいまはウィット・バーネットの手にあり、4月14日に採用になっていたことを知って、救われたことだろう。[17] 少なくともバーネットは、なんの相談もなしに作品に手をくわえることはしない。それでもなお、「ささやかな反乱」の屈辱のあとのこの経験は、編集者やその思惑への不信感を助長しただけだった。

サリンジャーはこのポスト誌へのいらだちが、もっとやさしく親切になろうという、自分の姿勢に影響しないようにつとめた。彼はバーネットに200ドル寄贈した。それは「ほかの作家たちへの激励」として、ストーリー誌が主催する短編小説コンテストに使われた。サリンジャーの気前のよさに感激して、それが先例になればと願ったバーネットは、こんな寄付をしてくれた作家はサリンジャーだけだ、と同誌に書いた。

この寛大な精神がサリンジャーの作品にも浸透してきた。彼の作品はずっとごくふつうのことをとりあげ、その深い意味は単純な行為のなかに見出されてきた。ベーブ・グラドウォーラーやバーク軍曹などの人物をとおして、身のまわりにある、忠誠、友情、義務など、よくある特性、単純な行為をとりあげ、それらを昇華させて、だれでも気高い人間になれる可能性を讃美した。1944年のサリンジャーにとって、単純な行為に高貴さを認めることが、意識的な哲学となり、作品の力となっていったのだ。[18]

なんら試されることなくとも、りっぱな人間はりっぱだ、というのはサリンジャーの意見ではなかった。初期の作品には、どうしようもない欠陥をもった人物もいた。しかしそんな作品では、その登場人物が自分を上昇させる手段をあたえられることは、ほとんどなかった。それが軍隊にはいってからは、上昇できるか否かを試す場があたえられるようになった。いまやサリンジャーは、軍隊という背景にてらして登場人物の倫理観を試し、控えめな英雄か冷淡な策士いずれかになる機会をあたえていた。中世の教訓劇の伝統にならって、サリンジャーは読者に見本として、両極の結果を描いてみせた。英雄になった人物は読者に感動をあたえ、堕落した人物は教訓をあたえるのだ。

「ふたりの孤独な男（"Two Lonely Men"）」はベインブリッジによく似た、陸軍航空隊の基地の喜劇的な描写からはじまる。名前のない語り手が、チャールズ・メイディー1等曹長とハギンズ大尉という、ふたりのおちこぼれの兵士のことを語る。ふたりは毎晩基地でジンラミーというカードゲームをやって、友情を育んでいる。物語では語り手がどうでもいいようなことを、こと細かに語るだけなのだが、読者は不安になってくる。メイディーは休暇で故郷のサンフランシスコに帰り、ひとりで過ごす。彼がまだ休暇中のとき、ハギンズはサンフランシスコに姿を現すのだが、葉書を出すだけだ。どうも、彼は友人たちを訪ねるのに忙しくて、ジンラミーの相棒に会いにいけないのだ。基地にもどって、ハギンズとメイディーはボトル5分の1のスコッチを賭けて、ジンラミーのトーナメントをやる。スコッチの所有者であるハギンズが負けるが、ボトルを渡さない。そして、この件はその後、口にされることはない。この物語の転機は、ハギンズがメイディーに勧められて、妻をちかくのホテルに泊めることだ。メイディーはこの友人の妻に会ってくれと招待されることがない。それどころか、ハギンズは航空学校に来るのをやめ、この友ともほとんど会わなくなる。カードゲームもやらなくなり、メイディーはまた孤独でみじめな身となる。ある夜、メイディーが航空学校で本を読んでいると、ハギンズが現れるが、取り乱していて、言うこともつじつまが合わない。彼の妻になにかあったようだ。彼女は操縦士と浮気をしていて、その愛人と結婚するためハギンズに離婚をせまっているという。メイディーはなんとか友人の離婚の危機を脱する方法をみつけてやり、自分も自信をとりもどす。しかし、彼はそのために1週間半ひとりでハギンズの妻と会わなければならない。物語の最後に、メイディーは兵舎に酔ってやってきて、語り手に海外への転属を志願したと伝える。理由を訊かれたメイディーは、ハギンズを見ていられない、と力なく答える。[19] もちろん、ハギンズはこの友にだまされていたのだ。回顧調の語りにはナゾを解くカギがたくさんある、――何気ない、些細なことが不可解なまま、解答も説明もないままにされている。ハギンズの妻と浮気をした操縦士など存在しない。容疑者ははじめからずっとメイディーだったのだ。彼はふたりの友情を守りたくて、ハギンズを妻と別れさせたかった。さらにひどいことに、操縦士を装ってハギンズの妻と浮気したのだ。

ちょっとみると、サリンジャーはこのふたりのそれぞれの欠点、ハギンズは利己的なところ、メイディーは裏切りを、きびしく罰しているようにみえる。しかし、物語が結末を迎えても、ふたりの状況は最初よりわるくなっているわけではない。ハギンズはあいかわらずバカで、信用できないままの妻に不貞をはたらかれている。メイディーも卑劣漢のままで、真の友情から得られる教訓を学んでいない。ふたりとも、最初とおなじく孤独だ。そしてそれがふたりの罪の結果なのだ。ふたりとも自分たちが築いた絆をとおして、互いを思いあう気持ちを伸ばしていく機会があったはずだ。ふたりを破滅に導いたのは、小さなことでも、やるべきことをやらなかったことだ。約束を守ること、誠意をもって招待すること、友を訪問すること、などである。つまりは、メイディーとハギンズは、ただやるべきことをやらなかっただけなのだ。「ふたりの孤独な男」において、サリンジャーはふたりを破滅させる裏切りの根が、こんなちいさな怠慢にあると指摘している。メイディーとハギンズは、いわゆる「ふつうの英雄」ではないが、それはそんな資質がないからではなくて、そうなろうとしないからだ。英雄になれるチャンスがあっても、彼らはエゴに屈して、そのチャンスを逃してしまったのだ。

4月28日の朝、スラプトン海岸で惨事が起こった。ノルマンディー上陸作戦の完全装甲演習として、「タイガー作戦」と呼ばれる大演習が行なわれる予定だった。サリンジャーはライム湾で海軍の護衛艦に乗りこんで、海岸襲撃演習の順番を待っていた。兵士たちを激しい砲撃に慣らすため、作戦の指揮官は船でほんものの爆薬を使用することにし、兵士たちにもほんものの弾薬を持たせた。

この作戦にドイツの魚雷艇9艇が気づき、緊急発進して艦隊を攻撃してきた。艦隊は爆薬を積み、兵士たちを満載しているため、とくに攻撃によわく、攻撃されると大爆発を起こしてしまった。結果は大惨事で749名の兵士が命を落とした。死体は海峡から引きあげられたが、海に流されたものもあった。[*1]

陸軍はただちにこの一件のもみ消しをはかり、全員に口外を禁じた。サリンジャーはこの経験についてしゃべらなかったが、彼がそこにいたことはわかっている。上陸作戦にかかわる者は、全員がこの演習に参加するよう命令されていたし、例外は許されなかったからだ。[20]

サリンジャーは自分自身が口外しないだけでなく、ほかの兵士たちに沈黙を守らせる責任も負っていた。スラプトン海岸の惨事をきっかけに、防諜部隊の任務は以前のように、アメリカ人の同僚兵士を監視することにもどっていた。4月28日の朝、防諜部隊はそれぞれの病院に派遣されて、タイガー作戦の死傷者数を調べ、負傷者と病院スタッフのあいだでよけいな話をさせないよう命じられた。医師や看護婦たちが沈黙をしいられたなかで命を救おうと右往左往しているうしろに、防諜部隊員たちがライフルの打ち金を起こしたまま、威圧的な態度でつきまとっていた。[21]

これはサリンジャーにとってはひどい立場で、彼がやっと抱くようになった連帯意識に反するものだった。その状況はDデー（上陸作戦決行の日）までつづいた。決行がわずか数週間後にせまると、全兵士はデヴォンの南海岸の偽装された編隊地区に集められた。そこでは一般市民が立ち退かされていた。兵士たちは外界との接触を絶たれ、反逆のどんな小さなしるしも見のがすまいと目を光らす防諜部隊員たちに、かたく護られていた。[22]

ウィット・バーネットは1940年の第1週から、サリンジャーに、やがて『キャッチャー・イン・ザ・ライ』となる長編小説を書くよう、つよくせまっていた。サリンジャーはその小説は軍隊で書きます、と即答して安心させた。サリンジャーの入隊いらい、バーネットは小説を書きあげるよう、少なくともちゃんと進展させるよう、ますますせっつくようになった。彼の催促は1943年から1944年にかけて、容赦のないものだった。サリンジャー本人に催促しないときは、オーバー社にこの顧客を説教するよう依頼した。

サリンジャーは多くの手紙のなかで、ストーリー出版とこの小説は、いわば婚約したようなものだと述べて、この企画についてはバーネットを安心させていた。サリンジャーはこの本はバーネットのために書いていると言い、作者のものであると同時に、ストーリー誌のものでもある、とくりかえし請け合った。そのかん、ストーリー誌はストーリー出版単独ではできない価格で本を作れるよう、財政状態のよいリッピンコット出版と提携した。この契約は両者にとって理想的なものだった。ストーリー誌は革新的で著名な作家たちを抱えていて才能を提供するいっぽう、リッピンコットは資本を提

＊1　スラプトン海岸の一件については、だれも公式に責任をとらなかったが、担当の海軍大将が自殺した。小型艦隊を察知できなかった英国沿岸警備隊、および総司令官ウィリアム・ダグラスが責任を負うべきという意見もある。

供するというわけだ。リッピンコットの後援を得たバーネットは、ベストセラーを書ける作家を探しだして、ストーリー誌の財政状態と評判を高めたいと考えるようになった。そして、サリンジャーならそんな小説が書けると信じていた。

それでも、バーネットが不安になるのにはわけがあった。サリンジャーは短編作家で、長いものを書くのは得意ではないのだ。12ページていどの短編を書きなれている彼が、「子供たちの部隊」で苦労したのは、ひとつには、それが25ページを超す長さだったからだ。サリンジャーはその作品の失敗を、長さのせいにさえしたほどだ。[23]

バーネットはこのことを意識して、サリンジャーが長編小説に取り組むことを心配した。サリンジャーはしっかり請け合ってはくれないのだ。サリンジャーは長さという苦手を克服するために、長編を区分けして書くことにした。一連の短編を書いていって、それらをつなげて長編に仕上げるのだ。1944年3月には、このやり方で6章を書きあげたが、バーネットにはみせなかった。ひとつの長編にするか、各章をそれぞれ独立した短編として発表するか、どちらにもできるだけの題材がそろってみると、サリンジャーはどちらにするか迷ってしまった。Dデーが近づき、サリンジャーの不安は増すばかりの状況に、バーネットはなんとか短編をばらばらに発表させないで、長編小説を完成させる方策を探っていた。

4月14日、バーネットは選集《アンソロジー》として短編集を出版してはどうかと提案してきた。本のタイトルはサリンジャーの最初の短編にちなんで『若者たち（The Young Folks）』とし、全体を3部に分け、「第1部を戦争前夜の、第2部を戦争中および軍隊の若者たちの物語にして、第3部を戦争終結時の短編をひとつかふたつ」にするというものだった。[24]「短編をひとつかふたつ」という部分にとくに意図があって、短編集に入れる作品は大半をサリンジャーがまえに書いたもの、すでに発表ずみのものにする、というのがバーネットの意向だった。こうすればつごうよく、ホールデン・コールフィールドの語る作品のはいる余地がなくなるのだ。バーネットはこんな提案をしながら、この短編集が失敗したら、サリンジャーの作家としての経歴も台なしになるだろう、と警告した。しかし、ここでバーネットのねらいがはっきりする。「だけどもういっぽうでは、これがうまくいけば、きみの長編が完成するまでの隙間が埋まるだろう」と遠慮がちに言ったのだ。[25]

サリンジャーの返事は慎重だった。短編集をという提案にはひどく驚いた、と応じた。自分の作品の質については謙虚なつもりだし、失敗したときの危惧もわかる。自分はどちらかといえば無名だし、はじめての本が失敗する危険をおかすのは、作家としての自殺行為ともなりうる。そう言いながらも、彼は提案を拒絶もしなかった。そして、短編集にいれてもいいと思われる8作品をあげた。*2 バーネットが選集を提案したとき、その気持ちに相反するものがまじっていたとしたら、サリンジャーの気持ちもおなじく曖昧だった。ホールデン・コールフィールドの長編に関するサリンジャーの言葉は、もっとはっきりしていた。彼はバーネットに、その長編の執筆は中断したと警告したが、これまでに書い

*2　サリンジャーがそれまでのベストとしてあげた8作品は以下のとおり。「若者たち」、「ロイス・タゲットやっとのデビュー」、「イレイン」、「最後の休暇の最後の日」、「ある兵士の死」（ポスト誌では「ソフトボイルドな軍曹」）、「雷が鳴ったら起こしなよ」（ポスト誌では「当事者双方」）、「週一回くらいどうってことないよ」、「ビッツィ」。

たホールデン・コールフィールドの短編6作は、すべて自分の手にあり、代理人には1作たりとも渡していない、と断言した。「ぼくにはそれらの作品が必要なんだ」と彼は明言した。[26]

1944年4月に所有していたホールデン・コールフィールドものの6つの短編（サリンジャーの気分しだいで、あるいは6つの章）のなかに、「ぼくはイカレてる（"I'm Crazy"）」があった。この作品の来歴はとくにおもしろい。サリンジャーはこの作品を、1944年に選集『若者たち』が提案されたとき、バーネットの熱意をはかる目安として使おうとした。翌年それをコリヤーズ誌に寄稿すると、1945年12月に掲載された。しかし結局のところ、この作品は意図されたところにおさまり、ホールデンがスペンサー先生を訪ね、ペンシー高校を出ていく、『キャッチャー・イン・ザ・ライ』のなかの章として組み入れられた。「ぼくはイカレてる」はあまり手をくわえられず、『キャッチャー・イン・ザ・ライ』でそのほとんどが読めるので、その筋は多くの読者が知っている。しかし、この短編は長編が出版される6年まえに書かれており、2作の対照の妙や長編への進化を見とおさせる力がある。また、この作品は、はじめてホールデンが登場した「マディソン街はずれのささやかな反乱」と、彼が最後に信条を表明する『キャッチャー・イン・ザ・ライ』のあいだに発表されたもので、その両作品の要素を併せもち、これに先行する「最後の休暇の最後の日」に似たクライマックスをもつ作品とみなすべきである。

サリンジャーは「マディソン街」では、そっけない三人称の語り口でホールデンの物語を語った。「ぼくはイカレてる」は、一人称でホールデン・コールフィールド自身の声を用いており、前者よりはるかにのびのびしている。しかし、「ぼくはイカレてる」の物語は意識の流れとしては伝わらず、そのホールデンの声は『キャッチャー』の彼の声の域には達していない。「マディソン街」の自意識過剰な会話よりはるかにのびのびしているが、まだかんぜんに無意識とはいえない。「ぼくはイカレてる」の語りは『キャッチャー』より意識的で、はっきりしている。あるところでは、より正確で詩的でさえある。

文体のちがいはべつにして、「ぼくはイカレてる」と『キャッチャー・イン・ザ・ライ』の大きなちがいは、その結末にある。『キャッチャー』ではクライマックスがセントラルパークの回転木馬の場面にくるが、「ぼくはイカレてる」ではホールデンの妹のベッドわきの場面で、それはベーブ・グラドウォーラーの場合とおなじだ。ホールデンは両親のお説教をおとなしく聞いた（『キャッチャー』では見られないこと）あとで、妹たちの眠る部屋に忍びこむ。彼はフィービーのベッドの横で、しばらく立ちどまる。しかし、そこでホールデンの関心を惹いて彼の悟りの源になるのは、もうひとりの妹ヴァイオラだ。ヴァイオラは自分のベビーベッドで、おもちゃのドナルドダックと寝ている。彼女は最近、カクテルのなかのオリーヴ（彼女は「オヴィル」と呼ぶ）が妙に好きになって、ホールデンがいくつか持ってきてやっている。彼はそれをベビーベッドの手すりの横にひとつずつならべる。彼は語る、「そのうちのひとつが床に落ちてしまった。それを拾ったらほこりっぽかったので、上着のポケットに入れた。そして部屋を出た」[27]。これはありふれた、どうということもない些細な行為だが、象徴的な解釈もできる。ホールデンが汚れたオリーヴをあたえず自分でとっておくのは、妹の純粋さを守りたいという願いをあらわし、彼がヴァイオラの無垢な心を認識したしるしだ。それは、彼が自分自身への権利を放棄すると同時に到達する認識なのだ。自分の部屋にもどったホールデンは、読者に自分が譲歩することを話す。彼はこの物語を、のちの長編では見られない、きっぱりとした言葉でしめくくる。「みんなの言うとおりで、ぼくがまちがっていることはわかっていた」と、彼は非を認めるのだ。サリンジャーのコールフィールド家ものの第4作「ぼくはイカレてる」は、「最後の休暇」の最後の日」ではじめて取り組んだテーマを、さらにていねいに描いている。「ぼくはイカレてる」は「休暇」という作品とそのなかのベーブの美の認識を超えている。「休暇」の場面にはなかった、妹とのほとんど魂の合体ともいえる経験が、ホールデンにくわわったのだ。「休暇」では、読者を説得する必要があるかのように、ベーブはマティと結びつく理由を長ながと説明する。「ぼくはイカレてる」では、そんな必要はないので、説明はない。読者はホールデンとヴァイオラの結びつきを、説得されなくても本能的に感じとるのだ。ここでサリンジャーは、登場人物をそのまま読者に結びつける才能をみせている。そしてそれは、『キャッチャー・イン・ザ・ライ』の成功にぜひとも必要な要素なのだ。「ぼくはイカレてる」は心やさしく、生の息吹を感じさせ、結末も思慮深い作品だが、『キャッチャー』が人をひきつけずにはおかない、魂の力といったものが欠けている。ホールデンがヴァイオラのベビーベッドのそばで美を認識する場面はおだやかで深いが、魂のひらめきには達していない。『キャッチャー・イン・ザ・ライ』でホールデンをフィービーやアリーと結びつけ、将来の大勢の登場人物たちをかたく結びつける絆は、まだじゅうぶんに生み出されてはいない。そのまえに、作者自身のなかで魂の変身が、啓示が必要だったのだろう。

5 地獄

虎よ、虎よ、輝き燃える
夜の森のなかで、
いかなる不滅の手、あるいは眼が
汝の恐ろしい均整を形作り得たのか。
星たちがその槍を投げ下ろし、
その涙で天をぬらしたとき、
彼はおのれの作品を見て微笑したか。
子羊をつくった彼が汝をもつくったのか。

ウィリアム・ブレイク『虎』

1944年6月6日はサリンジャーの人生の大きな転機だった。Dデー（ノルマンディー上陸作戦決行の日）の衝撃とその後11ヶ月にわたる戦闘のことは、どんなに強調してもしすぎることはない。戦争、その恐怖、苦痛、そして教訓は、人間としてのサリンジャーのあらゆる面に焼きついて、作品のなかで鳴り響いている。サリンジャーはノルマンディー上陸の話をよくしたが、彼の娘がのちに語るように、「まるでこのわたしがその言葉にこめられた言外の意味を、言葉にならない言葉の意味を、理解しているかのように[1]」、詳細はいっさい語らなかった。彼が「語らない」ので、研究者たちは何十年も苦労してきた。サリンジャーの口がかたいのは、戦争中に秘密主義の諜報部という任務についていたせいもある（任務上、いつでも我われの知らない場所へ行っていた可能性がある）。そのため伝記作者は、きちんと記録が残っている時期を調べるまえに、彼が従軍していた時期を臨床的に考えてみたり、無機的な統計の数字や地名を引き合いに出したくなるのだ。直接サリンジャーの話が聞けなくとも、彼と経験をともにした可能性のある周囲の人たちの証言を聞けば、それを軽視するよりはいい。

1944年5月末には、連合軍は侵攻作戦の軍勢を、人類史上、かつてないほどの規模に増強していた。この軍勢は3つのグループに分けられ、それぞれ上陸予定地を示す頭文字がつけられていた。サリンジャーの所属する第4歩兵師団は機動部隊U（訳注：Uはユタ・ビーチを指す。ユタ・ビーチは現実の地名ではなく、海岸の上陸予定地に連合軍がつけたコード・ネーム）と命名され、第8、12、22の3つの歩兵連隊から構成されていて、Dデーには第359、第70戦車大隊と合流することになっていた。これらの部隊は英仏海峡を渡って、海岸に波状攻撃をかけるため、それぞれ12の船団に分乗するのだ。

サリンジャーは、デヴォン州のブリクサムと思われる港にドック入りした輸送船に閉じこめられ、ノルマンディーへの出発を待つ日々を過ごした。毎日あらたな出撃の噂が飛びかい、そのたびに上陸の好条件がそろわなくて、噂はデマとなるのだった。どうなるのか予測するしかない日々、ただ待つのはつらかった。そしてついに6月5日の夜、夕食にステーキが出た。おそらく兵士たちの士気を高めようというつもりだ。そして、サリンジャーの船は静かに港を出て、フランスの海岸へ向かった。

第4師団の兵士たちは海峡のかなたに待ちかまえる敵に怯え、「タイガー作戦」の記憶も生なましかったので、出撃の瞬間から敵の攻撃を恐れていた。ノルマンディー海岸から20キロの海上で、輸送船のエンジンが静かになり、いまでは遠くに砲弾のとどろきが聞こえるなか、兵士たちは不安な気持ちで日の出を、そして戦闘開始の合図を待った。

命令が下ると、サリンジャーは30人の兵士たちと上陸用船艇にもぐりこんだ。激しい波にもまれて、彼らの姿はあたりの情景のなかで小さく見えた。まわりでは巨大な戦艦が大砲を発射し、朝空は燃えあがって、雷鳴がとどろいた。船艇がじりじりと前進すると、男たちには砲撃が砂浜に炸裂し、砂塵をまきあげるのが見えた。輸送船がゆっくりと停止すると、攻撃を合図する煙幕が張られた。小声で祈る者もいた。大声を出す者もいた。しかし、ほとんどの者は無言だった。とつぜん、上陸用スロープが開いて波に突きささると、兵士たちは水中を歩いて海岸へ向かった。

サリンジャーは防諜部隊第4分遣隊の一員として、午前6時30分に上陸第1波でユタ・ビーチに上陸する予定だった。しかし、目撃者の報告では、第2波で10分後に上陸したようだ。[2] これは幸運だった。海峡の潮流のせいで、上陸地点が2000メートルほど南にずれ、サリンジャーは、ドイツがもともかたい防衛線を張っていた地区の攻撃を避けることができたのだ。そこは地雷も少なく、工兵たちが発見して除去した。ノルマンディー上陸後1時間で、サリンジャーは敵の防御の手うすな内陸の道を移動して、西に向かっていた。最終的に第12歩兵連隊と合流するのだ。

第12連隊のほうはそう幸運でもなかった。彼らは5時間後に上陸したが、サリンジャーたちが出会わなかった障害に出くわした。海岸線のすぐ内側で、ドイツ軍は湿地帯に3キロほどの幅で意図的に水をあふれさせ、唯一通れる道に集中砲火を浴びせてきたのだ。第12連隊はその道を放棄して、敵の銃撃におびえながらも腰まで汚水につかって、行進せざるをえなかった。地面が急に低くなっているところが多く、兵士たちはいきなり水に潜ってしまうことがあった。第12連隊がこの冠水した湿地帯を抜けるのに3時間もかかり、この恐怖の経験は生涯にわたって兵士たちの胸に残った。[3] その日の暮れには、部隊は占領地区内部へ8キロちかく侵入し、ブズヴィル・オ・プレンの村に着いた。[*1] そこで部隊はあの悪名高きノルマンディーの低木地帯《ヘッジロウ》に遭遇した。この地形にたいする訓練はされていなかった。フランス人が「ボカージ」と呼ぶこの天然の生垣には手も足も出ず、部隊の兵士たちの目には、村にひそむドイツ兵の姿が見えなかった。兵士たちは目に見えない敵と戦うより、低木地帯のそばに塹壕を掘ることを選んだ。彼らは発砲することはできず、タバコもすえず、話すことさえはばかられて、眠れぬ長い夜を過ごした。第12連隊にとって、「もっとも長い日《ロンゲストデー》」（訳注：Dデーを描いたアメリカ映画のタイトル。邦題は『史上最大の作戦』）はまだ終わっていなかった。それどころか、サリンジャーにその後11ヶ月もつきまとう、生き地獄のはじまりだった。なんとかして（そして彼はそれをこの最初の夜に自覚したにちがいない）、生きのびる力をつけ、気持ちをしっかりもって抜け出さなくてはならないのだ。

　サリンジャーはその後何十年も、5つ星の勲章や大統領武勲部隊表彰状など、もっとも大切なものを入れる小箱を宝物にしている。[4] 防諜部隊員ではあっても、いったん戦場に出れば兵士たちの指揮官になり、中隊や小隊の安全と行動に責任を持つのだ。同僚兵士たちの命は彼が下す命令にかかっており、彼はその責任を断固たる使命感で果たした。

侵攻作戦を待ち望んでいた多くの兵士たちとはちがって、サリンジャーは戦争にたいして、単純素朴に賛成というわけではなかった。「ソフトボイルドな軍曹」や「最後の休暇の最後の日」などの作品で、戦闘にたいする偽りの理想主義への嫌悪を表明し、戦争は血なまぐさい、恥ずべきものだと説明しようとしてきた。しかし、論理や経験者からの知識で戦争の醜さを理解していても、来るべき事態への心構えがじゅうぶんにできるはずはなかった。

6月7日未明、ドイツ軍がブズヴィル・オ・プレンのすぐ西の地点に集結していたことが、第12連隊の男たちにあきらかになった。低木地帯があろうとなかろうと、この孤立地帯は彼らの前進をはばむため、なんとかしなければならなかった。午前6時に敵軍と戦闘を開始すると、攻撃にあわてたドイツ軍はついに陣地を放棄した。連隊は退却するドイツ軍を追って、北に進んだ。

サリンジャーとその連隊は北進して、港町シェルブールを占領するよう指令を受けていた。港を手に入れなければ、連合軍の侵攻作戦を支える、物資も兵士も陸揚げできない。シェルブールが占領できなければ、作戦ぜんたいが失敗するおそれさえあるのだ。それでも、第12連隊がこの主要任務を遂行するには、もっと長い時間が必要となると思われた。Dデーに8キロ進んだあとも、彼らはすばらしい速度で進軍をつづけたが、やがてその速度をキロ単位ではなく、メートル単位で測ることになろうとは、まだわからなかった。

第4歩兵師団所属の3連隊（第8、12、22連隊）はすべて敵軍を追って、コタンタン半島を横切る

＊1　Dデーにユタ・ビーチを急襲した部隊のなかで、第12歩兵連隊ほど敵地ふかく侵入した隊はなかった。

およそ7キロあまりの線までせまっていた。ドイツ軍はこの線沿いに砲列をしいていた。ここでドイツ軍は退却をやめ、追ってくる敵に立ち向かった。第12連隊はいきなり、エモンドヴィル村にある敵の拠点とアゼヴィル要塞の砲列のあいだという、恐ろしい地点にはいりこんでいた。[5] 連隊はこの地点に押しこめられて身動きもできず、はじめてほんものの戦闘を味わった。

第12連隊はエモンドヴィルから迫撃砲の、アゼヴィルからは重砲の攻撃にさらされながら、2昼夜にわたって戦った。師団の指揮官たちは戦況がきびしいことを知って、周辺にいる連隊をすべてアゼヴィル要塞に集結させて、第12連隊を側面から援護し、この連隊がエモンドヴィル攻撃に集中できるようにした。第12連隊は兵員数が敵の半分と劣るうえ、はげしい砲撃で身動きができなかったのだ。そこでは、ドイツ軍の陣地を攻撃しても、わずか1、2メートルしか進めず、多大の犠牲をはらっていた。急いで死傷者を回収してふたたび敵陣を襲撃したが、さらに多くの人命を失って、小さな地所を獲得しただけだった。しかし、第12連隊はその日なんども攻撃をくりかえしたため、ドイツ軍はついにひっそり退却し、エモンドヴィルは陥落した。[6] やっと攻撃が終わったとき、犠牲の大きさがあきらかになった。第12連隊は300名の兵士を失った。人口100名にも満たない村を占領するために、自軍の10人に1人を犠牲にしたのだ。この戦闘中のサリンジャーの所在はあきらかになっていないが、この経験は、彼とともに戦った男たちの心に焼きついた。

連隊がDデーの当初の目的地であるモンテブールの北東に着いたのは、6月11日のことだった。エモンドヴィルでの成果に勢いづいた第12連隊は、驚異的な速度で進軍した。結果的には、これが速すぎたのだ。彼らはいまや友軍の2キロちかくも先にいて、分断される危険があった。モンテブールが見えてきたとき、第8連隊が追いつくまで退却せよとの命令が下った。退却すると、砲台から退却していたドイツ軍が再編成されて、町を取り囲み、連隊があとにしたばかりの地域を占領した。[7] モンテブールを護っていたのはわずか200人のドイツ兵で、攻撃側の数分の一とみられている。そのすぐれた陣の配置で、第12、第8の両連隊の攻撃に、1週間以上も耐えぬいたのだ。第12連隊を最前線において、師団は6月19日の夜、街を奪還した。それはいったんは占領し、8日まえに確保するつもりだった地区を、やっと取り返したあとのことだった。

6月12日、サリンジャー軍曹はウィット・バーネットにわずか3つの文章の葉書を出したが、その文の書き方そのものが、当時彼が経験しつつあった心の傷を表していた。サリンジャーは、自分は大丈夫だと安心させたあとで、いまの状況では忙しくて長編はやってられない、と書いた。[8] 手書きの文字はひどくて、判読できないところが多かった。Dデーのわずか6日後のもので、おそらく心の動揺を抱えたまま、あわてて書いたのだろう。「busy（忙しい）」と書いたつもりが「bust（こわす）」と読めるのは、生なましいリアリティを感じさせ、この書きまちがいが文章ぜんたいよりなにかを伝えている。

ドイツ軍はいまやシェルブールまで撤退していて、そこは彼らが護るべき最後の一線だった。背後は海だった。防衛設備を強化し、護りの体勢をかためたシェルブールは、おそるべき要塞となった。モンテブールを占拠してシェルブールへの道を開いた連合軍は、この街を包囲しはじめた。守備隊が駐屯するこの港町へ、じりじりと侵入を果たすまで5日かかった。シェルブールの街そのものは砲撃で壊滅寸前だったが、たび重なる降伏要求も無視された。退却しようにもその場所がないため、ドイツ軍は戦いつづけるしかなかった。そして市街戦がはじまり、通りごとに、家ごとに戦闘があって、サリンジャーは身をひそめる敵の狙撃手の恐怖を知った。彼と連隊が、それまで攻撃できずにいた街の地区にはいったのは、やっと6月25日の夜のことだった。そこの荒廃ぶりはひどかったが、港が確保されたため、連合軍による占領されたヨーロッパへの侵攻が保証された[9]。

シェルブールの戦いは、第12連隊が終始主導権をとっていたことを象徴するものだった。ノルマンディーの戦いでは、第12連隊がつねに最前線に立っていたのだ。このことに師団司令部は敬服しながらも驚嘆し、しばしばその勢いを抑えなければならなかった。エモンドヴィルでは、ちかくの部隊を支援のため駆けつけさせる必要があった。彼らはエモンドヴィルでさんざんやられたあとだったが、こんどは敗走するドイツ軍をジョガンヴィル村まで追いつめて、猛烈な復讐を断行した。モンテブールでは、性急に師団の友軍に先行して進み、強固な護りのこの街自体に近づきすぎて、危険なほどだった。いちじ退却して防御の態勢をととのえるよう命じられたが、前日まで進軍してきたペースを維持したいと主張した。1944年6月における第12連隊の軍事行動を評価すれば、戦術のみならず、集団感情の研究にもなるようだ。6月6日の夜に、ブズヴィル・オ・プレンの低木地帯のわきで、おずおずと塹壕を掘っていたおなじ兵士たちが、エモンドヴィルの流血につづいて、9日には敵軍に猛烈に体当たりしていたのだ。エモンドヴィルのような戦闘は第12連隊に衝撃的な影響をあたえ、それはサリンジャーも例外ではなかった。そこでの殺戮は、彼らにとって、いわば火による洗礼だった。それには彼らに目的意識をあたえ、同胞として団結させる力があった。サリンジャーが戦ったのは、フランスを解放したり、民主主義をひろめるためではない。彼の連隊の兵士全員がそうであったように、彼は軍のためではなく、となりの兵士のために、純粋な献身の気持ちで戦ったのだ。

シェルブール包囲のような戦闘のさなか、サリンジャーの防諜部隊での任務は極限に達した。地元住民と敵兵捕虜の両方を尋問して、師団司令部に有用な情報を集めるのが彼の任務だった。シェルブールの戦いが進展するにつれて、ドイツ軍は自分たちが負けていることがわかってきて、ぞくぞくと降伏しはじめた。第12連隊だけでも6月24日には700名、翌日はさらに800名を捕虜とした。サリンジャーはだれを尋問するか、集めた情報をどう解釈するか決めなければならなかった。それは厖大な仕事で、しかも、本人が死なないよう戦うかたわら、遂行すべき任務だった。

7月1日、連隊はシェルブールから南下して、ユタ・ビーチとブズヴィル・オ・プレンにちかいグルブスヴィルに向かうよう指令を受けた。そこでやっと兵士たちは、疲れきった身体をやすめる3日間の休暇をあたえられた。サリンジャーは26日間の戦いからはじめて解放され、ちゃんと風呂にはいり着がえることもできた。師団はこの機会に戦況評価をした。その結果、6月6日にサリンジャーとともに上陸した連隊の兵士は3080名、そのうち生存者はわずか1130名だった。この数字があらわす損失の意味は、戦闘中ずっとこんな数字がこの部隊につきものだったことがわかれば、さらにひどいものになる。第二次世界大戦のヨーロッパ戦線に参加したアメリカの部隊のなかで、サリンジャーの部隊は最高の比率で死傷者を出した。[*2]

＊2　1944年6月だけで、第12歩兵連隊は将校の76パーセント、下士官の63パーセントを失った。

6月9日、サリンジャーがノルマンディーにいるころ、「イレイン」はストーリー誌に、「通常の原稿料25ドル」で採用された[10]。おなじ日、ウィット・バーネットはハロルド・オーバーへの手紙に、選集『若者たち』の出版は考えなおして、サリンジャーの長編を待つことを優先したい、と書いた[11]。連日生きのびることで必死なサリンジャーにとって、短編集や25ドルの原稿料のことなどどうでもよかった、とみえるかもしれないが、この時期ずっと、彼の意欲はおとろえていなかった。

ドロシー・オールディングはただちにサリンジャーに手紙を書いて、バーネットの心変わりを伝えた。サリンジャーはシェルブール陥落の2日後の6月28日に、その件について書いた。彼の反応は従順でおだやかだった。バーネットが短編集に消極的なことは理解できると述べ、戦争が終われば、ホールデン・コールフィールドの長編小説を書きつづける、と請け合った。その機会さえあればてぎわよく片づけて、6ヶ月以内で完成できると、彼は信じていた[12]。

バーネットはそんな反応にほっとしたにちがいないが、サリンジャーがどうしておだやかになったのか、いまひとつわからなかった。Dデーいらいサリンジャーという人物は、なにごとにも驚嘆し感謝する子供のような性格となり、それ以前の皮肉な感じとはあまりにも対照的だった。彼は、ちょっとした爆発音にもあわてて頭からどぶに跳びこむ自分の話をして、すり減った神経を笑ってみせた。自分が怖がっていること、戦闘体験はなにも書けないことを認めていた。そんなものは言葉にならなかった。1944年6月、サリンジャー軍曹は生きているだけで幸せだった。しかし、選集『若者たち』消滅のことは忘れなかった。

シェルブールの陥落で、ノルマンディーは連合軍が確保した。この街の港に何千という兵士と厖大な物資が運びこまれ、そのすべてが田舎道を南へ向かった。その道はやがて続ぞくと進む戦車隊や兵士の大群で埋まった。軍はいまやノルマンディーを出て、ヨーロッパの核心へ乗りこもうとしていた。

サン・ローの街はコタンタン半島の根もとの草原に、夢のように浮かびあがる古代の要塞で、モンテブールがシェルブールへの道をはばんだように、連合軍のノルマンディーからの脱出を阻止しようとしていた。モンテブール同様、サン・ローもいかなる犠牲をはらっても占領しなければならない。

サン・ローをめぐる戦いは遅々として進まず、死傷者も多かった。街はゲリラ戦におあつらえ向きの地域だった。あたりには、Dデーの夜にサリンジャーたちを苦しめた、あの低木地帯《ヘッジロウ》の容赦ない茂みが集まる草原が点々とつづいていた。こんな障害がサン・ローの街を、水のない谷間の迷路のようにとり囲み、木々は地面とからまって土を盛り上げ、天然の障壁をなしていた。切り開いて進むのは不可能だった。さらにまずいことに、そんな地形のせいで味方の爆撃機に敵軍が見えず、兵士たちは「友軍機の」爆撃、射撃を浴びる危険があった。おまけに戦車も通行できない始末だった。

茂みと草原が入り組んだ迷路のような状況で、第4師団は接近戦をしいられた。それぞれの戦場で別べつの戦闘がくり広げられた。死体を乗り越えて進むと、それまでの戦場とそっくりの、べつの戦場にいるということもあった。こんな錯乱状態にはいりこんだのは第12連隊が最初だが、それはいわば、エモンドヴィル激戦の大規模版というところだった。

現在、「ヘッジロウの戦い」として知られるこの戦いは、アメリカの兵士たちの士気をそいだ。一般の兵士たちはノルマンディーをすみやかにぬけて、広びろとしたフランスにはいり、すばやくドイツ軍を敗走させることを期待していた。上官たちも考えていなかった、しぶとい抵抗や状況に遭遇したのだ。それが、シェルブールの港に連合軍の戦車が何千と荷揚げされるのを見て、彼らは元気づけられていた。サン・ロー攻撃の合図として、市街地および郊外のじゅうたん爆撃がはじまると、彼らは自軍の力に自信が持てるようになっていた。ところが、爆撃機も戦車も役に立たず、まもなく古めかしい戦闘スタイルをとらざるをえなくなったのだ。7月18日にやっとサン・ローが陥落したとき、街にはなにも残っていなかった。そこは「廃墟の首都」と呼ばれるようになった。

サリンジャーは、絶え間ない闘いと死に瀕する恐怖から自分を切りはなして、なんとか逃れようとした。生き残るために、多くの者がそうするのだ。その結果、その場でものごとに対処せず、現実の出来事にふたをして、反応しなくなる。サリンジャーは自分がそんな現実との断絶を経験していることを意識していた。両親への手紙で、ノルマンディー上陸いらいのことはこまかく覚えているが、その時々の恐怖やパニックなどの感情は思い出せない、といっている。少なくとも当分のあいだは、そのほうがいいと感じていた[13]。

サリンジャーはそれにつづく2週間、サン・ロー南の田園地帯を進軍し、孤立した敵の部隊を一掃し、フランスの町々を徹底捜査する活動をしていた。ヴィレデュ・レ・ポエル、ブレセ、モルテンなどの小さな村がいきなり連絡網の大拠点になり、そこに連合軍のために地方の鉄道、ラジオ、電報局を確保すべく、防諜部隊が結集した。

隣接する第30歩兵師団が、ドイツの機甲師団と思われる部隊の強硬な抵抗に遭っているとき、サリンジャーたちはモルテンのすぐそばにいたようだ。8月7日の朝には、敵対する師団は4つになり、歩兵師団も参入したことが判明した。第30師団はいまや単独で、ヒトラー本人の命令を受けた大反攻に立ち向かっていた。ちかくにいた第12連隊はすぐに第30歩兵師団に合流すべく、現場に急行した。そこでは、ふたたび圧倒的多数の敵軍の両面攻撃にさらされることになった。*3 この闘いは「血まみれ《ブラディ》のモルテン」と呼ばれ、サリンジャーの部隊が敵を殲滅せんと、すさまじく銃を乱射したといわれている。[14] そこへ戦闘爆撃機が救援に来て、サン・ローとおなじくドイツ軍を爆撃し、血まみれのモルテンに終止符をうった。

ドイツ軍はモルテンでの敗北のあと、フランスから全面撤退した。第4歩兵師団は第12連隊を先頭にして、パリへの進軍の先陣をきった。当初、アメリカ軍の司令部は、この首都進攻を全面的に回避することにしていた。ノルマンディーを突破するのに、大量の戦死者を出したため、ドイツ軍は最後のひとりになるまでパリを護りぬくつもりなのではと恐れていたのだ。しかしフランス人にとって、パリをナチの占領から解放することは名誉の問題だったし、アメリカ軍の救援を働きかけて承諾を得

*3　第12連隊は8月13日に危機脱出がわかるまで、第30歩兵師団に合流したままだった。

ていた。第12連隊がパリまぢかにせまったとき、多くの命を救う出来事があった。8月18日、解放がちかいと感じたパリ市民は、ゼネストを指令した。その日、ストライキ参加者たちはバリケードを築き、翌日にはドイツ軍と戦闘をはじめた。8月24日、第12歩兵連隊は自由フランス第2装甲師団とともに、パリ南部に陣取った。

アメリカ軍が恐れていたとおり、ヒトラーはパリを最後のひとりになるまで護りぬくか、さもなくば完全に破壊するよう指令していた。この危機的なとき、救いは思いがけないところから現れた。パリ攻撃の指揮官であるデートリッヒ・フォン・コリッツ将軍がヒトラーに異を唱え、パリを護ることも破壊することも拒否したのだ（ヒトラーはフォン・コリッツに電話して、「パリは燃えているか？」と尋ねたといわれる）（訳注：『パリは燃えているか』というタイトルの映画がのちに作られた）。1944年8月25日正午、フォン・コリッツは1万7千人のドイツ兵とともに、パリをフランス人に明け渡した。

ドイツ軍がパリを明け渡しているころ、サリンジャーと第12連隊はすでに市内にはいっており、この首都に進攻した最初のアメリカ軍兵士となった。[15] ドイツの狙撃兵がまだあたりにいたが、サリンジャーも言うとおり、パリ市民は気にしていないようだった。彼らは大通りに大挙して集まり、自分たちを解放してくれた兵士たちを迎え、歓喜に身をまかせていた。

パリ解放を伝えるサリンジャーの筆はよろこびに満ちている。大通りをジープで行くと、おおぜいの市民が彼にうれしそうに群がってくる。着飾った女たちが赤ん坊にキスしてくれと差し出したり、自分がキスしてもらおうと押し寄せたりした。男たちはこぞってワインをふるまった。ユタ・ビーチ、サン・ロー、シェルブールなどで苦しい経験をしてきたサリンジャーは、そんな親切がことさらうれしかった。これでノルマンディー作戦の意義はあったと思えたほどだ、と彼は回想している。[16]

第12連隊は市南東部の地域から抵抗勢力を摘発し、市役所に連行するよう命じられた。サリンジャーはまた、フランス人のなかからナチ協力者を探し出す使命をおびていた。戦争中CIC（防諜部隊）でのサリンジャーの同僚で親友だったジョン・キーナンによれば、そんな協力者を彼らが捕らえたことがあって、ちかくの群衆が逮捕のうわさを聞きつけて集まってきた。群衆は逮捕された男をサリンジャーとキーナンからもぎとり、ふたりが群衆に発砲できないでいると、その男を殴り殺してしまったという。サリンジャーはただ見ているしかなかった。この一件は、本来ならサリンジャー生涯最良の日であったはずの日に、なんともいえない奇妙な影を落とした。しかし、自分の管理下にある人間が自分の目の前で殴り殺されても、解放のその日のよろこびは変わらなかったというのは、2等軍曹サリンジャーが1944年の夏までにいかに死に慣れてしまい、すべてに距離をおく感覚を身につけていたかを示している。

サリンジャーがパリに滞在したのはほんの数日だったが、彼が従軍中に経験したもっとも幸せな日々だった。その想い出は9月9日のウィット・バーネットへの手紙に書かれていて、彼にしてはもっとも幸福感のにじみでた手紙となっている。

サリンジャーは軍事的な勝利にくわえて、自分自身のもっと個人的な勝利も勝ちえた。なんと、パリでアーネスト・ヘミングウェイと会うことができたのだ。ヘミングウェイはコリヤーズ誌の従軍記者として、連合軍の解放に先立ってパリに潜入できたといわれている。このことを知ったサリンジャーは、彼を探し出そうとした。ヘミングウェイがどこにいるか、すぐに見当がついた。キーナンとジープに飛び乗ると、ホテル・リッツに直行した。ヘミングウェイはサリンジャーを旧友のように迎えてくれた。サリンジャーの書いたものはよく知っているし、エスクワイア誌の写真で顔もわかった、という。最近書いたものを持ってないかと訊かれたサリンジャーは、たまたま7月に出たばかりのサタデー・イヴニング・ポスト誌を持っていて、それには「最後の休暇の最後の日」が載っていた。ヘミングウェイは読んでから、なかなかいいと言った。ふたりの作家は飲みながら文学の話をした。文学的な会話に飢えていたサリンジャーには、心やすらぐひとときだった。ヘミングウェイが、サリンジャーの恐れていたような、もったいぶった、おおげさなマッチョふうの男ではなかったことにも、安心した。おだやかで浮ついていない、と思った。ぜんたいとして、「ほんとうに、いいやつ《グッドガイ》」だった。[17]

ちょっとみるとサリンジャーはただ、高名なヘミングウェイといられる栄誉に浴しているだけにみえるかもしれない。しかし、おそらく実態はもうすこし複雑だったろう。舞台設定のうまいサリンジャーはまちがいなく、自分がつくりあげた舞台の場面を意識していた。彼はそれまでヘミングウェイやその作品を、公然とほめたことはなかった。そのいっぽうで、シャーウッド・アンダソンやF・スコット・フィッツジェラルドを賞讃していた。この先輩作家たちは、何年もまえにパリのこのおなじ街で、まだ駆け出しの作家だったころのヘミングウェイの面倒をみたのだ。そのため、サリンジャーはアンダソンやフィッツジェラルドの精神は実感できたが、ヘミングウェイとの時間はそれほど楽しめなかった。さらに、サリンジャーはヘミングウェイと過ごす時間を、古い世代からのバトンタッチという感覚でとらえていて、ホテル・リッツへも敬意を表しにではなく、自分が受けつぐべきものを取りにいく、という気持ちだったらしい。

サリンジャーとヘミングウェイはその後もずっと、手紙のやりとりだけだが、交際をつづけることになる。このふたりの作家がどこかで再会したという証拠はないが、手紙の文面の親しさからみて、その可能性はある。そのことを語る唯一の証人はウォレン・フレンチで、彼は著書『サリンジャー研究』でふたりの出会いについて述べている。フレンチ自身この話には慎重な口ぶりだが、ヘミングウェイはサリンジャーに、アメリカ製45口径の拳銃よりドイツ製ルガーのほうが優秀だと力説した。それを実証するため、自分のルガーでちかくの鶏を撃って頭を吹き飛ばしてみせたという。サリンジャーはぞっとした。フレンチによると、サリンジャーはのちに「エズメに――愛と汚れをこめて」の、登場人物のクレーが猫を撃つ場面でこの一件を語っているという。頭が吹き飛んだ鶏の話はまゆつばものだが、サリンジャーが戦争中にヘミングウェイとのつきあいで力づけられていたことはたしかなようで、彼を「パパ」のニックネームで呼んでいた。ヘミングウェイ個人にたいするこのような尊敬も、かならずしも作品には向かわなかった。それはのちに『キャッチャー・イン・ザ・ライ』で、ホールデンが『武器よさらば』を酷評することでわかる。[*4] しかし戦争中は、ヘミングウェイの友情を

*4 サリンジャーは作家としてのヘミングウェイと個人としての人物を区別していた。エリザベス・マレーに語ったところでは、ヘミングウェイは根は親切なのだが、長年ポーズをとる生活をしてきて、いまではそれが自然になっているという。サリンジャーはヘミングウェイ作品の底に流れる思想に共感できなかった。彼は「ヘミングウェイが『ガッツ』と呼ばれる肉体的な勇気を、美徳として過剰に評価するのがいやだ。ぼくにそれがたりないからだろうけど」と言っている。

ありがたく思い、希望をもらったと感謝していた。[18]

サリンジャーは1944年9月には、短編「ぼくはイカレてる」をバーネットに提出している。バーネットは受けとって仰天したにちがいない。ホールデン・コールフィールドが語るはじめての短編で、サリンジャーがストーリー出版に約束していた長編のために書きあげた、6章のうちのひとつにちがいなかったからだ。バーネットは「ぼくはイカレてる」が独立した短編として提出されたのをみて、長編への希望がうすれてしまったと感じたにちがいない。サリンジャーのほうも彼のこんな反応を予測していた。そして、バーネットにはこの短編を採用できないこともわかっていたにちがいない。

サリンジャーがなぜこの時期に「ぼくはイカレてる」を提出したか、理由はふたつ考えられる。戦争で生き残れるかどうか確信がもてなかった彼は、それでもホールデンは言いたいことを言うのだ、と自分で信じたかったのかもしれない。また、バーネットが6月に作品選集『若者たち』の出版を撤回したことへの、サリンジャーなりの反発だったかもしれない。撤回するという選択権をもっているのはバーネットだけではなかった。サリンジャーこそが、ながく待ち望まれているホールデン・コールフィールドものの長編小説の生みの親であり、それをどうするか決定権をもっている本人なのだ。「ぼくはイカレてる」を提出して、長編の各章を別べつの独立した短編として発表するという意思を暗示すれば、バーネットは作品選集出版の件を考えなおさざるをえなくなるかもしれないのだ。

サリンジャーが9月9日の威勢のいい手紙で、ふたたび選集の一件にふれてきたとき、バーネットは「ぼくはイカレてる」を保留にしていた。サリンジャーにはこれがわからなかったので、選集にたいする態度がはっきりしなかったかもしれない。しかし、「ぼくはイカレてる」の原稿に3ページの追伸つきの熱烈な調子の手紙がそえられていることからみて、彼がバーネットに選集の出版を頼んでいるのはあきらかだった。戦争があろうとなかろうと執筆はつづけていて、4月14日からDデーまでのあいだに6作を仕上げたことを伝えた。*5 前線にいても、つぎの3作にとりかかっていた。これらの新作には、バーネットが選集を出版する気になったら、収録してもらえる自信があった。完成ずみの作品では以下の作品が選集の収録リストにはいっていた。「ロイス・タゲットやっとのデビュー」、「イレイン」、「若者たち」、「最後の休暇の最後の日」、「雷が鳴ったら起こしなよ」、「ある兵士の死」、「子供たちの部隊」、「週一回くらいどうってことないよ」、「テネシーに立つ少年("Boy Standing in Tennessee")」、「ビッツィ」、「ふたりの孤独な男」、「ぼくはイカレてる」。未完成の3作では「魔法のタコツボ("The Magic Foxhole")」だけがタイトルをあげられている。ふたつ目はタイトルを「ベーブが見たもの("What Babe Saw")」と「オー・ラ・ラ("Oh-La-La")」のどちらにするか迷っていた。

*5　1944年後半、サリンジャーは1月中旬に海外に来ていらい短編を8作、Dデー以後3作書いたと述べている。9月9日の手紙は、バーネットが作品集の提案をした4月14日以降の作品だけをいっている。とすると、1月中旬から4月中旬までに2作書いたことになる。サリンジャーの言うとおりだとすると、それは『キャッチャー・イン・ザ・ライ』の章だったかもしれないし、いまでは失われた作品かもしれない。また、この時期に失われた短編「偉大な故人の娘」を書いていたことも考えられる。

3つ目はタイトルがついてなくて、ただ「タイトル未定の作品」と記されていた。

数週間以内に、ウィット・バーネットは作品選集『若者たち』の出版をふたたび約束した。彼は「ぼくはイカレてる」を10月26日まで抑えていたが、サリンジャーは戦線にもどっていた。バーネットはハロルド・オーバーに送った短いメモで、「週一回くらいどうってことないよ」のストーリー誌掲載を報せたあと、保留している短編「ぼくはイカレてる」（訳注：原文は"I'M CRAZY"と大文字）は返却する旨伝えた。[19] 未完成の2作目は「ベーブが見たもの」とも「オー・ラ・ラ」とも題されず、1945年に「新兵フランスにて（"A Boy in France"）」として発表される。タイトル未定の3作目は「マヨネーズぬきのサンドイッチ（"This Sandwich Has No Mayonnaise"）」か、バーネットに断られて著者が保持していた未発表の「うぬぼれ屋の青年（"A Young Man in a Stuffed Shirt"）」だ。

未発表に終わったJ・D・サリンジャーの全作品のうち、もっともすばらしいのは「魔法のタコツボ」だろう。彼が前線で戦っているときに書いた最初の作品だ。サリンジャー自身のDデーおよびそれ以後の交戦の体験にもとづき、実戦を描いた唯一の作品である「魔法のタコツボ」は、怒りの物語であり、つよく戦争を非難している。これは一兵士にしか書けなかった物語である。[*6]

その主張はストレートで、1944年当時に一般的だった戦意高揚の風潮にさからい、反体制的ととられかねないものだった。サリンジャーは「魔法のタコツボ」を書きおえたあと、戦争時期を描いた自分の作品は何世代ものあいだ出版されないだろう、と予告した。[20] この作品が軍の検閲をくぐりぬけたとしても、あえて出版する勇気のある出版社があったとは考えられない。

「魔法のタコツボ」は、Dデーのあとの日々の描写からはじまる。おそらくシェルブールを目指している輸送車輌がのろのろと進んでいる。読者はヒッチハイク中に語り手の兵士ギャリティに拾われた無名の兵士という役どころだ。ギャリティは読者を「きみ《マック》」としか呼ばないが、Dデーの直後に自分の大隊が戦った戦闘について、その詳細を熱っぽく語る。話は隊の斥候兵ルイス・ガードナーと、彼が戦闘疲労におちいる経過に焦点が当てられる。

ギャリティとガードナーの大隊はDデーに海岸を急襲して上陸したが、ドイツ軍の要塞に出くわしただけだった。ドイツ軍はこちらの倍の兵力で、丘のうえの森にひそんでいた。敵軍とガードナーの大隊のあいだには、「未亡人づくりの沼」と呼ばれるおそろしい沼地が横たわっていた。ここでドイツ軍は大隊を2昼夜釘づけにし、ギャリティとガードナーの大隊は敵陣を占拠すべく戦った。くりかえし沼地を越えて敵陣まで攻め入ろうとするが、ドイツ軍の砲撃や迫撃砲の砲火を浴びてしまう。ちかくで砲弾が炸裂すれば急いでタコツボに逃げこむのだが、タコツボは数がわずかなうえにばらばらに離れていて、とても全員を収容できない。ガードナーは隊の斥候なので、ほかの兵士たちの前方15

＊6 「魔法のタコツボ」の署名は、サリンジャーがこの作品が出版されないだろうと了解していたことを示している。署名はふつう使っている職業作家としての「J・D・サリンジャー」ではなく、よわい感じの「ジェリー・サリンジャー」となっている（訳注：「ふたりの孤独な男」も「ジェリー・サリンジャー」と署名されている）。

メートルの位置を維持し、つねに自分のタコツボを確保している。ガードナーがタコツボにはいるたびに、彼はひとり保護されるので、魔法のようにみえるのだ。

この状況の無意味さや絶望を、実体験者ならではの迫真性をもって伝えている。読者には沼の悪臭がにおい、戦いの徒労のさまが目に見えるのだ。たしかな当てもなく、ただやみくもにドイツ軍の要塞に突撃していく、その描写に感嘆させられる。この戦いにはなんの栄光もなく、ただあるのは兵士たちの鋼鉄の意思と生き残ろうとする必死のあがきだけだ。

戦闘はつづき、ガードナーが次つぎに逃げこむタコツボを探しているうち、眼鏡をかけて未来的なヘルメットをかぶった、亡霊のような奇妙な兵士を見かけるようになる。彼はこの遭遇をギャリティに打ち明けるが、ギャリティは最初ガードナーが狂ってしまったと思う。なんどか亡霊のような兵士に出会ううち、ガードナーはその亡霊が、まだ生まれていない息子のアールだと知って愕然とする。この時点でガードナーの崩壊がはじまる。アールが未来の戦争に参加することになると考えた彼は、その戦争を阻止するため、息子を殺す決心をするのだ。

ガードナーの決心を聞いたギャリティは、危機感をおぼえる。そこで、ガードナーといっしょにタコツボに飛びこみ、ライフルの銃床でガードナーを殴りたおして、亡霊の息子を助けようと考える。しかし、ギャリティは背中を榴散弾で直撃されて、ガードナーといっしょにタコツボにはいることができない。

ギャリティは榴散弾による負傷の衝撃から正気にもどると、海岸に建つ病院にいた。そこにはガードナーもいたが、精神に異常をきたしていた。ガードナーは担架に乗せられるのを嫌がって、砂地に突き刺さった棒にみじめにしがみついている。彼の悲惨な状況の描写には、のちにニューコーカー誌に発表される短編で評判となる、質の高さがある。つまり、いくつかの入り混じった思いと感情を、ほんのすこしの単純な言葉で伝えることができているのだ。ガードナーは目に死の影を宿し、病院のパジャマを着て砂地に立っている。「しっかりしがみついている、まるでコニーアイランドのジェットコースターに乗って、しっかりしがみついてないと、ぶっ飛んで頭われちゃうぞ」[21]みたいに棒にしがみついている。

ギャリティの語りをさらにこまかく、回想の仕方など考察すれば、彼も友人ほどではないが、戦闘疲労におちいっていることがわかる。彼の話しぶりは気まぐれで短絡的、しかも思考の道筋がバラバラだ。彼は毎日苦しみながら海岸へ出かけ、ずたずたにされて手足のない、撤収された兵士たちをじっと見ているのが好きだという、病的な面を持っている。その症状はガードナーほどひどくはないが、そうなる日は目前にせまっている。

この作品ではサリンジャーの軍隊批判が強烈だ。軍隊が個性を抹殺することを非難していることとはべつに、負傷兵を精神が回復するまえに前線に送り返す、軍の方針に警鐘を鳴らしている。またこの物語には、兵士たちが大砲の弾として使い捨てされていることを示す、明言されてはいないがそうとれる描写がある。「魔法のタコツボ」では、軍隊は思いやりのない、冷酷で顔のない存在であり、部品を壊れてしまうまで再利用する、魂のない機械なのだ。個人としての兵士たちの忠誠心、不屈の精神はあきらかに賞讃されているが、結果を考えず兵士たちを戦闘へ追いやる軍の組織は、あきらかに愚弄されている。

この作品では怒りより悲しみがまさっている。サリンジャーの怒りは軍隊に向けられているが、無意味な戦争に向けられる彼の絶望のほうがつよい。このむなしさの感覚は戦闘場面にもみられるが、それがもっともよく伝わるのは物語の結末である。ギャリティはガードナーを探し出すが、彼の病状を知りたいのではなく、彼が亡霊の息子を殺したかどうかが知りたいのだ。ガードナーは殺してはいなかった。彼がアールを生かしたのは、息子が「ここにいたい」と言ったからだ。この台詞は意味深く、そのひとつひとつの言葉が、戦闘やアールの亡霊よりも深くガードナーの心に突き刺さって、戦闘疲労を生み出してしまう。ガードナーの未来の息子が、このまま戦場にいたいと言った言葉で、ルイス・ガードナーは自分の罪を悟る。さまざまな苦しみを体験したあとで、それがまたくりかえされる未来のために、彼はなにをしたのか、あるいはなにをしなかったのか。「未亡人づくりの沼」を経験したからには、息子に戦争の恐怖と無意味さを教えるのが、彼の義務だったのではないか。それができないこと、アールが「ここにいたい」と言った熱意を責めることができなかった自分をみて、ガードナーは狂気のただなかにほうりこまれるのだ。

サリンジャーはまた、アールの言葉を自分の世代の者たちへの呼びかけとして用い、子供たちに戦争のいつわりの栄誉ではなく、その悲惨なまでの愚かさを教えるよう訴えている。ギャリティが海岸で会った看護婦の話をはじめると、彼自身もそんな教訓を忘れてしまっていることに、読者は気づくのだ。話が終わると、彼はべつのヒッチハイク中の兵士に呼びかける、「ヘイ、あんちゃん、乗ってかないか。どこ行くんだ?」。これはサリンジャーが我われに問いかけているのだ。戦争がふたたび起こらないように、我われはなにをするのか? どの方向へ向かうのか? 自分の子供たちにどんな道を教えるのか？ 1944年の秋にはこのような思想は危険で、しかもそれが前線の現役軍曹が書いたという事実によって、よりいっそう扇動的なものとなっている。

「魔法のタコツボ」のもっとも力づよいところは、Dデーのノルマンディー上陸を描いた冒頭の部分だ。場面はサイレントのスローモーションで展開するが、情景があざやかに浮かび上がってくる。海岸には死体がごろごろ横たわり、ただひとり生きている男、従軍牧師が砂浜を狂ったように這いまわって眼鏡を探している。彼の輸送船が海岸に近づくと、語り手は超現実的な場面を驚きの目で凝視する。すると、その従軍牧師もバラバラに吹き飛んでしまい、すべての動きがストップする。このとき、そこにあるのは爆発の音だけだ。この部分は忘れられないほど心揺さぶられる場面だが、なによりもきわめて象徴的なのだ。戦闘のまっただなか、死体がごろごろしているなかに従軍牧師がひとり、という設定をサリンジャーが選んだのは意図的だ。死を運命づけられた牧師が、混沌としたなかで明るい視界をもたらす眼鏡を求めて必死になっているのも、作者の意図である。彼の運命は、自分が答を持っていると信じていたのに、その答がもっとも必要なとき、持っていないことがわかった者の姿を示している。それは絶望と失望のイメージ、苦悶の嘆きである。サリンジャーの描きかたに、神の到来の重大な瞬間がこめられている。サリンジャーはここではじめて、「神はいずこ？」の問いを発しているのだ。

パリ解放とそれにつづくドイツ軍の撤退のあと、アイゼンハワー将軍の参謀長は、この戦争は軍事的には終了した、と確信をもって宣言した。連合軍の将軍たちも同感だった。チャーチルやローズヴェルトでさえ10月中旬までには勝てると期待していた。ドイツ軍を追いつめて、さっさと降伏させるよう命令が下された。そのいっぽうで、ＰＸ（駐屯地の売店）は故郷からのクリスマスプレゼントを、兵士に配らないよう指示を受けていた。戦争はそれまでにけりがつく、と思われていたのだ。

ヒュルトゲンの森はドイツとベルギー、ルクセンブルクの国境地帯に、およそ１３０平方キロの広さを占めている。なにも知らない者には、ロマンティックなオペラから抜け出たような太古の森にみえるが、じつはドイツ最高司令部の作戦を支える現実の森、上り下りの激しい地形を利用して、攻め入ってくる敵軍を殺戮する場としての役割を担っていた。木々は30メートルの高さで、密集しているため日光がさえぎられる。天候の変化によっては深い霧がたちこめてあたりがかすみ、ほんの１メートル先も見えなくなるのだ。森のなかの丘にはトーチカが備えつけられ、それぞれが木の枝や葉で覆われて周囲にとけこみ、姿の見えない殺し屋になっていた。木々の茂る地面にも偽装爆弾が仕掛けられ、有刺鉄線がばらまかれ、あたりは「飛び跳ねベティ」と呼ばれる偽装地雷だらけだった。こんな気味の悪い地帯では、一歩まちがえば、あるいは石や枝にちょっとふれただけでも、死ぬかもしれないのだ。

国境と平行してヒュルトゲンの森の奥深くまで、ナチ党は防壁と防御施設を一列に建設していて、ジークフリート線と呼ばれた。ドイツ人たちはこの防壁を「西の壁」と呼び、じじつ、ジークフリート線には「龍の歯」と呼ばれるコンクリート製のバリケードを備えた壁のところもあった。またこの「線」には、はっきりわからないところもあって、意図的になんでもないように偽装してあるのだった。この線を越えて森にはいりこむと、曲がりくねった森林地帯の小道にジープや戦車は使えなくなり、兵士たちの姿が見えなくなって、空中援護機が無用になってしまう。

ドイツの早期降伏を推し進めるため、アイゼンハワーは2つの大戦術部隊、第1軍と第3軍を送って、ジークフリート線を突破し、ドイツ領内のルール川、ライン川を渡ろうとした。ルール川はヒュルトゲンの森の端に沿って流れているため、アメリカ軍の指揮官は、川をおさえるにはヒュルトゲンの森から敵の抵抗勢力を一掃すべし、と決断した。

しかし、ヒトラーは降伏する気などなかった。じじつ、ドイツ軍は大反攻作戦を計画していた。それがバルジの戦いだった。ヒトラーの計画は二重になっていた。ルール川に多大の影響力をもつヒュルトゲンの森のなかに、ダムが連なっている。まず彼は、反攻作戦の手はじめにそれらのダムを決壊させて、アメリカの第1軍がドイツへ攻め入る道を氾濫させる。第1軍がぬかるみに立ち往生しているうちに、全戦力を残る第3軍に投入することができる。100におよぶあらたな大隊が、ヒュルトゲンの森のなかや周囲をめぐるジークフリート線の要塞に配置された。彼らは反攻作戦の足並みがそろうまで連合軍のドイツ侵攻をくいとめ、作戦の成功に不可欠なダムを護るよう命令を受けた。

サリンジャーがパリ解放について語っていたとき、すでに彼はドイツ国境に向かっていた。彼の連隊が9月7日にルクセンブルクに、その2日後にベルギーに着いたときには、兵士たちは意気揚々としていた。彼らはこの大戦の最悪の日々はノルマンディーで終わったと信じていた。これから先、自分たちが演じるのは勝利の英雄の役なのだ。サリンジャーの師団はドイツに最初に入国する栄誉に浴することになっていた。ナチスの第三帝国にはいり、ジークフリート線を突破すると、つぎの指令はヒュルトゲンの森一帯から抵抗勢力を一掃し、侵攻する第1軍の側面を援護すべく陣を構えることだった。

軍の指令は前線から遠く離れたところからくるうえ、兵士の気がゆるんでいる状況で、サリンジャーの人生で最悪の暗黒の月日が幕を開けようとしていた。9月の前進命令のときからすでに前兆はあった。当初はなんとなく苛立っていどだったが、この先数ヶ月はとんでもないことになりそうな予感がした。たとえば、ドイツに突撃して1週間で石油が底をついた。それからタバコが不足し、兵士たちの士気にかなり影響した。最悪なのは、9月がずっと大雨だったため、兵士たちの支給品のブーツが水と泥を吸いこんでしまったことだった。オーバーシューズの支給を要請したが、無視された。サリンジャーの一隊は可能なかぎりの速度で進軍をつづけ、彼らが踏破してきたぬかるみの道は、後続の隊にはしだいに通れなくなって、自分たちの補給が追いつけなくなってきていた。彼らは進軍をつづけたが、9月には異例の寒さとなり、生涯もっとも過酷な冬の到来を予感させた。当然なことだが、クリスマスプレゼントの保留を命じた高官たちは、兵士たちの冬の装備やオーバーシューズへの配慮などしていなかった。

9月13日、第12歩兵連隊はドイツへ侵攻し、鬱蒼とした森林地帯にはいりこんだ。そこはヒュルトゲンの森を眼下に抱く、稜線の威容を誇るシュネー・アイフェル高地の陰に位置していた。深い谷間とゆるやかな起伏の美しい景色は、戦前はスキー客に人気の土地だったところだ。困難な地形にもかかわらず、師団の指揮官たちの期待どおり、第12連隊は抵抗に遭わなかった。兵士たちには知らされていなかったが、弾薬の供給が大幅に遅れていて、もし攻撃を受けていたらまともに戦えない状況だった。楽な進軍の状況に安堵して強気になった師団の司令官たちは、第12、22連隊にジークフリート線突破を命じた。

第4師団がジークフリート線を越えた9月14日午前1時は、霧雨が降っていた。[22] 森を覆う冷たい霧を利用して、彼と戦友たちはシュネー・アイフェル高地を登り、ひとりの敵兵に遭遇することもなくジークフリート線を突破した。師団の司令官たちは勢いづいて、第12連隊にその地区の幹線道路を確保して、アメリカ第1軍がドイツへ凱旋するときに使えるようにせよと命じた。連隊はその道路を見おろす丘を確保し、夜にそなえて塹壕を掘った。

翌朝、兵士たちが目ざめると、あたりは様相が一変していた。わずか1日まえにはだれもいなかった森は、敵兵だらけだった。放棄されたはずのトーチカつきの要塞には兵が配備され、砲撃してきた。いま目の前にいるのは、ヒトラー親衛隊第2機甲師団だった。ドイツ軍は、アメリカ軍がシュネー・アイフェルの起伏の激しい難所のジークフリート線を突破するとは予測できず、もっと可能性のある地域に兵力を集中していた。それで、第12、22連隊の前進命令を察知すると、ただちに作戦を変更し、一夜のうちにひそかに兵士たちを移動させたのだ。

連隊は苦境におちいった。日中は砲撃や狙撃にさらされながら、パトロールを実施して地雷撤去につとめた。夜はドイツ軍がトーチカからこっそり出てきて、撤去された地雷をまた仕掛けるのだった。シュネー・アイフェルでは、第12連隊はジークフリート線上の自分たちの防衛地域を確保するため、つぎからつぎに任務をこなした。幹線道路の支配権を失ったいま、その防衛地区にはなんの価値もなかった。

ヒュルトゲンの森の奥深くに、細長い原野と村々に囲まれて、カール川渓谷がある。渓谷といっても、川面から両側に険しい山腹がそそり立って絶壁となる峡谷だった。その峡谷の頂に沿ってカール・トレイルという、絶壁の端にあやうくしがみついているような危険な土の小道があった。その谷と周囲の原野は、いわば、ドイツ兵の射撃練習場といってよく、あたりの丘の上にすわりこんで敵を撃てるのだった。11月2日、連合軍司令部は第28歩兵師団を峡谷に派遣して、森を支配している陣地をもつ町々を奪取しようとした。

第28師団の攻撃は、最初はおどろくほどうまくいったようだった。師団はふたつの連隊に分かれ、町をひとつ、峡谷の一部、そして谷に接する深い茂みの地域をなんとか奪取した。第28師団がわかっていなかったのは、ドイツ軍があえてそうさせて師団を分断し、それぞれの連隊を包囲していたことだ。ドイツ軍はどちらの連隊にも山の要塞から、森の闇のなかから、砲撃しほうだいだったのだ。

第28師団は危険でどの方向へも動けず、とほうもなく弱い陣を2週間も必死で護らざるをえなかった。[*7] 彼らを救出しようと、連合軍司令部はカール・トレイルへ戦車隊を派遣したが、そこが泥だらけで倒木の多い沼地だということを知らなかった。そのため、あちこちで戦車の重みで道が崩落し、兵士たちが峡谷の底へ落ちていった。

戦車による第28師団の救出が失敗したため、11月6日、連合軍司令部は第12連隊を召集して、包囲されている第28師団所属とし、ヒュルトゲンの決戦へ向かわせた。焼け焦げた戦車や死体がころがるカール・トレイルの光景は、これからの数週間の恐ろしい前ぶれだった。それでも、連隊は忠実に森林地帯に陣を張り、全滅寸前の部隊の生存兵の救出にあたった。

第12連隊の当初の計画は、第28師団の生存兵の避難路を作り、それを維持することだった。しかし、いったん森にはいると、第28師団の指揮官たちは連隊に、いくつかの部隊に分かれていっせいに森林地帯からカール川渓谷まで攻めこめと命じた。自分たち第28師団を窮地におとしいれた、おなじあやまちを押しつけているのだった。その命令を受けた第12連隊の将校たちは抗議して、部隊を分断する愚を指摘した。その抗議は彼らの耳にはとどかなかった。分断された第12連隊はバラバラに前進し、兵士たちはやがて方向を失った。おたがいの連絡がつかず、ある隊はドイツ軍の前に全滅した。またある隊は森のなかで何日もさまよったあげく、糧食がつきて死体から食料をあさるありさまだった。兵力は4分の1、弾薬も不足とあって、兵士たちは絶望的な状況だった。「ああ、寒かった。俺たちは腹がへっているうえに寒かった」と生きのびた兵士は回想している。「その夜、俺たちはほんとうに祈った。朝になって、神が俺たちの祈りに応えてくれたことがわかった。夜のあいだに雪が降っ

＊7　第28歩兵師団はペンシルヴェニア州国防軍の兵士たちで構成され、州のシンボルである赤いかなめ石《キーストン》を袖章としてつけていたので、「キーストン師団」と呼ばれた。ドイツ軍にはこのかなめ石の形がバケツにみえた。カール・トレイルで第28師団の兵士がおおぜい死んだので、ドイツ軍は彼らを「血まみれのバケツ師団」と名づけ、栄誉を讃えた。

て、あたりは霧がたちこめていた——脱出には絶好のチャンスだ。補給ラインの道は死体だらけだった。俺といっしょに脱出した兵隊たちは、疲れはてて死体を踏んづけて歩いた。疲れすぎて死体をまたげなかったんだ」。[23]

第12連隊は5日たらずで500人以上の兵士を失っていたが、後方に撤退して、残り少ない兵士を再編成するよう命じられた。しかし、そこには「後方」などなかった。疲れはてた兵士たちが以前の野営地に着いてみると、自分たちのタコツボにはドイツ兵がいた。連隊の指揮官たちはもう耐えられなかった。修復不能なまでに兵力が激減した第12連隊は、11月11日に第28師団から切り離された。2日後、第28歩兵師団にはわずかな失意の負傷兵以外、なにも残っていなかった。

それでも、兵士たちはヒュルトゲンを去ることは許されなかった。第28師団全滅を受けて、第4歩兵師団の3連隊はすべて、その任務をひきつぐべく召集されたのだ。体力が消耗し、兵士の数も激減しているにもかかわらず、サリンジャーと同僚兵士たちは森に残って友軍をサポートし、なんとか攻撃もつづけるよう期待されていた。

サリンジャーがヒュルトゲンの森にはいったとき、彼は悪夢の世界へ足を踏みいれたのだ。第二次世界大戦の西部戦線における最悪の愚かな殺戮が、1944年の冬にヒュルトゲンで行なわれたのはほぼまちがいない。しかし、兵士たちを死の瀬戸際まで追いつめたのは、連日味わう森特有の恐怖だった。森の暗がりにはまりこむと、死はいつでも、どこからでも忍び寄る。ここでは敵の姿が見えないため、つねにアドレナリンを出していなければならないが、そんなことは不可能だった。狂気が泥のなかからしみ出てくる、あるいは降りつづく雨とともに舞いおりてくる、という感じだった。

ヒュルトゲンの殺戮はすさまじく、第12連隊は兵士をわずかながら補充して、かろうじて解散をまぬがれていた。ある不可思議な理屈で、指揮官たちは必要となるまえに兵士の補充を要求しておかねばならなかった。結果として、つねに兵士の数は不足し、サリンジャーのように早ばやと経験豊富な兵士になってしまった、生き残り組への負担が増してきた。新兵が補充されたとしても、訓練する時間がなかった。のちにそんな新兵が、第12連隊が行なった乱暴だが効果的な新兵訓練法について、生きいきと語っている。

俺たちは補充兵として送られてきた、まるっきりの新米だったんで、なにをするのかもわからなかった。俺たちは指定された場所まで歩いていって、兵隊の死体をまたがされた。死んでしばらくたった死体が3つか4つあったな。俺たちがそんな場面に慣れるようにしてたんだと思う。[24]

中隊の野営地さえ安全とはいえなかった。サリンジャーは、砲撃されたときは水平に飛んでくる砲弾の破片を避けるため、地面につっぷすよう教えられていた。ドイツ軍はヒュルトゲンでは樹裂弾を使用した。これは兵士の頭上で爆発するため、砲弾の破片が降りそそぎ、バラバラになった木の枝が無数の槍のように飛んでくる。ジェリーはいちはやく、爆発音が聞こえたらすぐ「木に抱きつく」こと、そしてタコツボをできるだけたくさんの木の枝で覆うことを学んだ。

第12歩兵連隊のヒュルトゲンでの犠牲者2517名の半数ちかくは、悪天候によるものだった。[25] 兵士たちはタコツボのなかで凍死したり、凍傷で手足を失った。不潔さは逃れようがなく、天候はびしょぬれか凍える寒さしかもたらさなかった。サリンジャーと同僚兵士たちはひと月以上も、泥まみれか凍える穴のなかで眠り、身体を洗うことも着がえることもできなかった。追加の毛布、ウールの下着とオーバーはなんとかもらえた。*8 しかし、オーバーシューズと寝袋は、師団が9月のはじめから要求していたのに、いまだに確保できなかった。[26]

兵士たちのはいていたブーツはスポンジのように雨を吸収した。こんな状況で、塹壕足（訳注：凍傷に似た症状）が兵士たちを痛めつけた。サリンジャーは幸運だった。どのように足を乾燥させておけたのか、のちに回想している。彼の母親は息子に毛糸の靴下を編んでやるのが習慣になっていた。毎週、故郷から小包がとどき、そこには靴下が1足はいっていた。そんな母親の親ばかぶりに、7月には彼も苦笑していたかもしれないが、11月には命を救われたのだ。[27]

ヒュルトゲンの悲劇は、それがまったく無意味だったことだ。連合軍司令部がそんな最悪の状況で、こんな無用の土地のために、なぜ戦いつづけることに固執したのか理解不能である。ドイツ軍がこの土地を確保したかったのは、主としてダムを支配するためであり、森を通りぬけるより周囲をまわったほうが楽だったからにすぎない。ダムの意味するところが連合軍の指揮官たちにようやくわかってきたときも、彼らは進路を変えようとせず、できるだけ直通する進路——まっすぐヒュルトゲンをぬけてカール川渓谷へ向かい、そこでドイツ軍のなすがままになった——を選んで、ダムを管理する小さな町を占拠したりしていたのだ。

このような理由によって、ヒュルトゲンは歴史家たちから軍事的失敗であり、人命の浪費だとみなされている。まさに、この大戦における、連合軍最大の失態のひとつだった。それでも、第4歩兵師団はこの森で大きな貢献をした。多大の犠牲をはらったが、ダムをヒトラーから取り上げたのだ。そんな成果はほとんど、現場の兵士たちの勇猛果敢な活躍によるものだ。1944年の長かった冬のあいだに、ヒュルトゲンの現場に足を踏みいれた師団の司令官、参謀はひとりもいなかった。

真っ黒なヒュルトゲンの森は、サリンジャーにつかの間の慰めもあたえてくれた。森の戦闘のあいだ、ヘミングウェイは従軍記者として働き、しばらくサリンジャーの野営地ちかくの第22連隊にいた。

戦闘が小康状態になったある夜、サリンジャーは、イギリスでの訓練で親しくなった第12連隊の通訳、ワーナー・クリーマンに声をかけた。「おい、行こうぜ。ヘミングウェイに会いに行こうぜ」、サリンジャーは熱心に誘った。[28] ふたりはいちばん重いコートを着て、銃や懐中電灯を持って森のなかを進んだ。2キロちかく行くと、小さな小屋に自家発電機でとびきり豪勢な明かりの灯った、ヘミングウェイの陣地に着いた。

この訪問は2、3時間だった。彼らはお祝いのシャンパンを、食堂から持ってきたアルミのカップで飲んだ。クリーマンは、サリンジャーとヘミングウェイの文学談義に耳を傾けていた。それはサリンジャーが元気づけられ、クリーマンは感激するという、森のなかの奇妙なひとときだった。サリンジャーは5ヶ月のちの手紙にこのことを書いて、いまでも思い出すと力が湧いてくる、と述べている。[29]

サリンジャーがこの訪問に同行する相手として彼を選んだのは、おそらく感謝を表したかったのだ

＊8 連隊は厚地のオーバーを支給されたが、それは雨がしみこんで身動きがとれなかった。ほとんどの兵士たちはそれを捨てたが、のちにそれで凍死した者もいた。

ろう。ヒュルトゲンの森の戦闘部隊に指揮官としてクリーマンがいて、「大酒飲み」で兵隊のあつかいは手荒い、といわれていた。この上官は、サリンジャーがじゅうぶんな補給を受けていないことを知って、凍りついたタコツボに一晩留まるよう命令した。気温が危険なレベルまで下がったとき、クリーマンはこの友人の生命が心配になった。こっそり行ってみると、サリンジャーはいまや雪をかぶった穴でふるえていた。クリーマンは、サリンジャーの命の綱の私物のなかから、ひそかにふたつの物を手渡した。それはシェルブールの戦いのあとでホテルからかっぱらってきた毛布と、どこにでも姿を現す、母親特製の毛糸の靴下だった。

ヒュルトゲンの経験はサリンジャーに甚大な影響をあたえたが、同様の経験をした者はみんなおなじだった。ヘミングウェイはしばらく第22連隊と同行し、サリンジャーの野営地からほんの1キロちょっとのところにいることもあったが、その彼でさえ、その後何年ものあいだ、そこでの経験について書くのはつらかったという。ヘミングウェイはヒュルトゲンのことを公然と非難したが、ほとんどの生存者は二度と口にしなかった。沈黙は究極の対応ではある。しかし、ヒュルトゲンの惨状と、サリンジャーが経験した苦しみを知っておくことは、のちの彼の作品の深い含意を理解するためにはぜひとも必要だ。「よそ者（"The Stranger"）」にみられるベーブの第12連隊への哀悼、「エズメに――愛と汚れをこめて」のなかでX軍曹が悪夢に苦しむさまも、その根源はすべてヒュルトゲンの森にある。

サリンジャーがヒュルトゲンで苦しんでいたころ、「週一回くらいどうってことないよ」はストーリー誌の11・12月合併号に掲載された。彼の当時の窮境から考えるとストーリーは平凡だが、この作品がこの時期に登場したことは皮肉に富んでいる。サリンジャーにしてみれば、この作品を書きつかけ、あるいは書くにいたった立場を思い出すことはむずかしかっただろう。ウィット・バーネットはストーリー誌の若手作家コンテストに200ドル寄付してくれたことに感謝していて、サリンジャーの寄付と彼が戦場にいることを宣伝するため、その号に作者の短い評伝を載せた。ヒュルトゲンの森の奥深くにいたサリンジャーは、かんたんな自伝的紹介文を書いて、ニューヨークへ送った。

本来ならこの短文は、とくに書かれた時期を考えれば、地味なものだ。落ち着いたユーモアのある自己紹介ではあるが、サリンジャーと登場人物ホールデン・コールフィールドとの相関関係を思いおこさせる。サリンジャーは次つぎと学校を退学になったこと、自然科学博物館のインディアン展示室でビー玉を床に落としたことを語っている。その文章の底に、戦時下の麻痺した感覚が感じられる。そこでは、サリンジャーが入隊いらい故郷の人びとや場所が思い出せなくなり、まるで戦前の人生がすこしずつ消えていって、ふつうの生活がどんどん遠く、かすんでいくように感じられると告白している。暗い出来事のつづく日常を紹介しているが、あきらかに彼の神経がすりへっていることを感じさせる。サリンジャーはヒュルトゲンにいても、「時間があるかぎり」、そして「だれもいないタコツボ」が見つかるかぎり、「書きつづけている」と、読者に宣言している。[30] サリンジャーはヒュルトゲンからエリザベス・マレーにも手紙を書いた。その手紙には、パリの楽しい想い出と森の重苦しい経験の両極端の気分があらわれているが、ヘミングウェイに出会ったことと、できるだけ書きつづけていることを伝えている。1月いらい短編を5作書き上げ、つぎの3作を仕上げているところだと述べている。後年、防諜部隊の同僚が、サリンジャーはいつもこっそりぬけ出しては書いていた、と語っている。彼らがひどい砲撃を受けたときのことを語る者もいる。全員が避難しはじめたが、そのとき兵士たちの目にはいったのは、テーブルの下でタイプをたたいているサリンジャーの姿で、彼の集中力はあたりの炸裂音にもなんら乱されてないようだったという。[31] サリンジャーがどうしても書かなくてはならない、と思っていたことの証左だろう。ヒュルトゲンでは以前の人生の記憶が消えていく、という思いをしたため、執筆という慣れ親しんだ行為によって、なんとかそんな事態をきりぬけて生きのびようとしていたのだ。

12月第1週には、第4歩兵師団の全3連隊は消耗しきっていた。第12歩兵連隊がふたたび戦闘で活躍するには、完全に再編成しなければならなかった。12月5日、サリンジャーほかの兵士たちはヒュルトゲンを出るとの通達を受けた。1ヶ月まえに森にはいった兵士たちで、生き残った者は少数だった。ヒュルトゲンにはいった連隊の兵士3080名のうち、生き残ったのはわずか563名だった。この兵士たちにとっては、生きて森から出ることが勝利そのものだった。

「新兵フランスにて（"A Boy in France"）」は、タコツボにつかのまの休息をもとめる、闘いに疲れた兵士の心の動きを描いた静かな物語だ。サリンジャーが1944年の終盤に前線で書いてまとめた

3作のうち2番目の短編だ。[*9] そこにコールフィールド家の一員への言及はないが、『キャッチャー・イン・ザ・ライ』やほかのコールフィールド家もの独自の調子や思想が反映されている。そのため、サリンジャー6作目のコールフィールド家ものと考えるべきだ。

批評家たちは無視してきたようだが、「新兵フランスにて」はサリンジャー作品が発展していくうえで、重要な段階を示している。直前の作「魔法のタコツボ」は神の存在とその本質について問うていた。「新兵フランスにて」はその問いに答えるように神の存在を確信している。この作品では、信念と作家たることがからみあっている。

作品の舞台はノルマンディーで、サリンジャーはここで書きはじめた。しかし、その内容はヒュルトゲンの経験がつよく反映されていて、おそらくそこで書きおえたのだろう。意識の流れ的な語りは、現実の兵士にしか書けない迫真性に満ちている。物語の幕があくと、読者には遠くに銃砲のとどろきが聞こえ、じめじめした冷たい土のにおいがする。この荒廃した地面にひとりで眠っているのは、疲れきった汚らしい兵士のかっこうをした青年だ。彼はフランスにいる青年なのだ。彼はその日の戦いの恐ろしい思い、「消えるはずのない」思いで目が覚める。[32] 疲れた心が彼をふるいたたせようとする。ここは安全ではないから、移動しなければならない。彼はヘルメットをかぶり、毛布の束をつかんで、安全な場所を求めてさまよいはじめる。出かけるときに、べつの兵士に「むこうに着いたら、人声で

*9 「新兵フランスにて」は1946年にランダムハウス社から出た『サタデー・イヴニング・ポスト1942年―1945年』に採録され、単行本に掲載されたサリンジャー2作目の短編となった。

知らせる」と呼びかける。しかし、どこへ行くのか、自分でもわからないのだ。

ついに体力もつきて、やっと青年は安全な休む場所をみつける。そこはからっぽのタコツボで、あるのは1枚の毛布(直前に死んだ兵士を包んでいたもの)と死の気配だけだ。最後の気力をふりしぼって、彼は「汚れたところを掘ってとり除こう」とするがうまくいかず、穴のなかに身を沈める。土のかたまりが墓穴のようなタコツボに転がりこんできて彼にかかるが、「彼は放っておいた」。青年は赤い蟻に足をかまれる。そいつを殺そうとして、その日の戦闘で生爪をはがしてしまったところが当たってしまう。彼はその傷ついた指を毛布の下において、すぐに戦争が終わるよう、故郷に帰れるよう、指の爪が奇跡的にもとどおり生えるようにと、願いを唱える。そこで、彼は現実世界を考えまいと誓う詩的な文句を唱える。純粋な詩とはいいがたいが、ここで彼が唱える文句は、サリンジャーの音楽的な美しい言葉が聞こえる瞬間を伝え、この物語をその陰鬱な舞台とは正反対の魅力で満たしてくれる。

サリンジャーは作家として、この時点で真剣に詩を書きはじめた、といえる。「新兵フランスにて」はすべて詩で、ただ形式と句読点のリズムが詩になりえていないだけだ。たとえば、青年のくりかえす言葉が流れにしたがってとぎれるとき、その文章には「ドアに鍵をかけるんだ」という言葉のくりかえしによってつながれた、7つの詩句が出現する。

青年が目をあけると、いまだに戦場にひとりズキズキ痛む指を抱えている。絶望してポケットに手をのばすと、そこに故郷との絆がとってあった。彼は目をかたく閉じて、これまではいつも効き目のあった、おまじないをゆっくり唱えて、戦争のない世界からやってきた、息もつかせぬ映画の紹介記事を読む。しかし、その空疎な言葉はここでは効き目がなく、青年はそれを投げ捨てる。しかし、彼はもっと信頼できる想い出の品を持っている。ぼろぼろにすりきれた故郷からの手紙だ。彼はそれをやさしくとりあげて、まるで祈りのように読みあげる。

読者はこの青年をすでに知っていることに気づく。彼はベーブ・グラドウォーラーで、手紙は妹のマティからのものだ。サリンジャーはこの兵士の正体を明かすのを、意図的に最後まで延ばしたのだ。「新兵フランスにて」の感動と真実は主人公の普遍性にある。ベーブは孤独で戦いに疲れはてた経験を持つ、すべての兵士を代表しているのだ。

マティの手紙はまず、ベーブがフランスにいることを知っていると告げる。さらにつづけて、このごろは男の子があまり海岸にいないこと、レスター・ブローガンが太平洋戦争で死んだことを伝える。ブローガン夫妻はいまでも海岸に行くけれど、黙ってすわっているだけで水にはいらないことも。マティはオリンガーさんが、見えない手にいきなり命をとられたみたいに、奇妙な死に方をしたことを話す。手紙はベーブにはやく帰ってきてね、という願いで終わる。それはごくありふれた言葉だが、彼を元気づける。彼は手紙を読みおえると、タコツボから立ちあがって、「ぼくはここにいるぞ」とちかくの兵士に大声で知らせる。それから自分に向かって、「早く帰ってきてね」とささやくと、幸せな眠りにつくのだ。

この物語が読者に伝えたいことは、ベーブがぜひ聞きたいと願う2編の詩にゆだねられている。ひとつはウィリアム・ブレイクの「子羊」で、もうひとつはエミリー・ディキンソンの「海図なし」だ。このふたつの詩は似たようなメッセージをもっている。ふたつをあわせて読むと、この物語の力づよい主張が伝わってくる。

子羊

子羊よ、だれがおまえをつくったの。
だれがおまえをつくったか知っているの。
おまえに生命をあたえ、川のそばや
牧場で、おまえに草を食べさせ、
よろこびの着物、ふわふわして輝く
いちばん柔らかな着物をあたえ、
どの谷間をもよろこびで満たす
そんなにやさしい声をおまえにくれた方を。
子羊よ、だれがおまえをつくったの。
だれがおまえをつくったか知っているの。

子羊よ、教えてあげよう、
子羊よ、教えてあげよう。
その方はおまえと同じ名前で呼ばれる、

その方は自分を子羊と言われたから。
その方は柔和でやさしい、
その方は小さい子どもになられた。
私は子ども、おまえは子羊、
私たちはその方と同じ名前で呼ばれる。
子羊よ、神さまのおめぐみあれ、
子羊よ、神さまのおめぐみあれ。

（松島正一編『ブレイク詩集』岩波文庫）

海図なし

わたしは荒野を見たことがない――
わたしは海を見たことがない――
でも知ってます、ヒースがどのように見えるかを
大波がどんなものであるかを。

わたしは神さまと話したことがない
天国を訪れたこともない――

でもちゃんと分かってます、その場所の
海図があたえられたみたいに

＊（章末に訳注・解説）

「新兵フランスにて」はサリンジャーが詩を魂と同等とみなした最初の作品であり、彼の魂の旅における重要な過程をしるしている。「魔法のタコツボ」では従軍牧師の場面で、神が存在するか、あるいは少なくとも神が人間の人生にかかわってくれるのかが問われているようだ。「新兵フランスにて」ではサリンジャーが神の存在を確信し、自分が魂の探求をしていること認めているのだ。

サリンジャーがこの時期に宗教的な経験をしたのは、べつに驚くべきことではない。戦いの前線が魂の覚醒の場になるのは、よくあることだ。しかし、１９４４年の段階での彼の神の認識は、すでに通過した観念のうえに築かれた抽象的なものだった。「最後の休暇の最後の日」において、ベーブは、人生が生きるに値し、戦うに値するのは、そこに美があるからだと結論づけた。「新兵フランスにて」でベーブは、神が美をつうじて姿を現しはじめたことを知った。墓穴のようなタコツボのなかで、彼は神秘的な亡霊を見るわけではなく、崇高な光に包まれるわけでもない。しかし、彼はたしかに神を見たのだ。それは妹の無垢な心の美をつうじてであり、その美と自分との絆を感じたとき、彼は自分が生きていることを、あらためて感得するのだ。

サリンジャーはヒュルトゲンの闇に落ちてから14年後、19世紀の日本の詩人、小林一茶の俳句を思いおこした。

これほどの
牡丹と仕かた
する子かな

（訳注：牡丹の花はこれくらいの大きさだよと、子供が手をひろげてみせる）

一茶は牡丹の花がそこにあると助言するだけでよかった、とサリンジャーは主張する。あとは読者しだいというわけだ。「我われ自身が一茶のいう大輪の牡丹を観にいくかどうかは別の問題なのだ」という。「一茶は警察のように我われを強制しないのだ」から、我われは自分から向きあおうとしなければならないのだ[33]。

サリンジャーが一茶の俳句を引用したのは、自分の作品との関わりからだった。「新兵フランスにて」の本質は、心だけが真に牡丹を見ることができるのとおなじく、心で体験するように感じとらなければならないのだ。「新兵フランスにて」の詩と散文には大きな意味が内包されている。ベーブが持つ新聞の切り抜きやマティの手紙には、作者の伝えたいことがこめられている。物語の最後の部分に結論が提示されてはいる。しかし、深遠な体験はディキンソンとブレイクの言葉のなかにあって、この作品を魂の高みにまで高揚させている。その高みに、サリンジャーは警察のように我われを強制はしない。我われが自分からそこへ向かって、その体験を実感しなければならないのだ。この先、これがサリンジャーの意欲作の大切な要素となる。1944年の冬、サリンジャーの牡丹が満開を迎えるには何年も早かったが、その種はそのとき、「血まみれのヒュルトゲン」という不似合いな場所に植えられたのだ。

サリンジャーは12月8日に新しい任地、ルクセンブルクの「疲れた兵士の楽園」といわれる地域に着いた。[34] 彼が配属されたのは、ドイツから流れるザウエル川向こうのエクテルナックという町のようだ。彼の部隊は数週間ぶりにほんもののベッドに寝て、まともな食事をし、シャワーを浴びて、気ままに服を着がえた。ベルギーやパリへ行くことを許可された者もいた。なかでも快適だったのは、この新しい任地が静かなことだった。この兵士たちを崩壊させかねない、激しい戦闘からは遠く離れていたのだ。

12月16日、比較的おだやかで静かな1週間がやっと過ぎたと思ったら、第12連隊はまだ再編成などほど遠いまま、いきなりドイツ軍に包囲された。エクテルナックとその周辺の町は明け方に砲火を浴びて、連隊は連絡網を遮断され、師団のほかの連隊から切り離されてしまった。朝の9時、2つのドイツ歩兵連隊がその兵士数、体調とも完璧な状態で、第12連隊に正面からぶつかってきた。兵士たちは仰天した。どの中隊も包囲され、どの小隊もバラバラになり孤立した。

これがヒトラーの大反攻作戦で、この日バルジの戦いがはじまったのだ。そして、敵の攻撃は最初はもっぱら第12歩兵連隊に向けられていた。第12連隊が必死で戦っているにもかかわらず、隣接している残りの連隊（第8と第12）は12月16日の敵の攻撃についてほとんど、あるいはまったく報告していなかった。[35]

バルジの戦いはアメリカの軍事史上もっとも犠牲の大きいものだった。サリンジャーやその同僚にとっては、ヒュルトゲンの延長に思えたにちがいない。また雪のなかで眠る夜がやってくる。また森のなかで、こんどはアルデンヌ高地で戦うのだ。それは、さらに疲労困憊と流血がつづくことを意味した。

そんな不利な状況にもかかわらず、第12連隊は奮闘した。エクテルナックでは12月16日に、連隊のE中隊が包囲され、帽子工場の廃墟に逃げこんでかろうじて生きのびた。3日間にわたって、この中隊は攻め入るドイツ軍と戦い、第12連隊の兵士たちが彼らを救出しようと奮戦した。12月19日、エクテルナックがドイツ軍に圧倒されているとき、装甲機動部隊が町に突入し、包囲されていた兵士たちを救出しようとした。機動部隊が驚いたことに、E中隊の指揮官は帽子工場を出ることを拒否し、残る現有兵力で護りぬくと主張した。連絡が途絶えていて、その指揮官は陣地を放棄せよという命令を受けとっていなかったのだ。中隊の退却を説得できないため、困惑した機動部隊は夜まで帽子工場にとどまったが、自軍の戦車を護るため引き上げざるをえなかった。彼らが引き上げるとき、敵兵が工場に殺到するのが見えた。E中隊が逃れる機会はなくなっていた。[36] 生きのびた者はいなかった。

事態は混沌としていた。連隊は分断され、せいぜい20名ていどの小隊単位で、独立した戦闘部隊として戦わざるをえなかった。エクテルナックはまもなく敵の手におちたが、第12連隊は周辺の町を無事護りとおし、ドイツ軍がルクセンブルクに進軍してくるのを阻止して、この国を救ったのだ。

最終的にはヒトラーの反攻は失敗した。それは作戦が悪かったからでも、連合軍の戦略がすぐれていたわけでもなく、ドイツ軍が消耗したからだった。1944年の冬、ドイツ軍は連合軍をあと一歩のところまで追いつめ、サリンジャーとその連隊はその手ひどいあおりをくらった。しかし、連合軍は戦死者を補充することができたため、なんとか失地を回復した。ドイツ軍は補充できなかった。エクテルナックやアルデンヌ高地で失われた兵士たちや装備は、反攻作戦を失敗に追いこみ、ドイツ第3帝国を滅亡の運命に追いやったことになるのだ。

12月27日、サリンジャーと兵士たちは、廃墟と化したエクテルナックにふたたびはいった。師団の報告によると、予想どおり、「人が住んでいる気配はなかった」。その廃墟で、サリンジャー軍曹はやっと故郷に手紙を書く機会を得た。家族や友人たちは、12月16日にこの戦闘がはじまっていらい、便りをもらっていなかった。*10 その日いらい、アメリカの新聞は反攻作戦のニュースで埋めつくされ、サリンジャーの友人や家族は最悪の事態を恐れはじめていた。

この戦闘のさいちゅうに、サリンジャーのアーサイナス大学時代の旧友、ベティ・ヨダーはウィット・バーネットに2回電報を打って、彼のことを尋ねた。彼女は12月31日には、「なにかジェリー・サリンジャーのこと」を教えて、という手紙もよこした。彼が「エクテルナックのちかく」にいることは知ってる、と言って、「彼は大切な友達だけど、こんな手紙を読んだら軽蔑されちゃう」とも打ち明けていた。

ミリアム・サリンジャーには、1月までは息子からひとことの便りもなかった。彼女からサリンジャーが無事だとの報せを聞いて、ウィット・バーネットは心から安堵し、ヨダーへの返事を書いた。「サリンジャー無事。母に12月27日付の手紙と写真、エージェントに原稿とどく[37]」。

第12歩兵連隊における数かずの行動や試練は、J・D・サリンジャーの人生と作品にとって、たんなる付け足しではない。それらは彼という人間の内部に、彼が創った作品の内部に、しみこんでいる。サリンジャーという人間と戦争での出来事は、作者とその作品が切り離せないように、不可分のものだ。おなじように、第1、第2大隊に起きた悲劇、あるいはC、F、E中隊に起きた悲劇は、サリンジャーの人生にも起きえたことを、たんなる例として示しているわけではない。彼がじっさいに体験した苦難の実例なのだ。第二次世界大戦中に第4歩兵師団が体験したことを知ることは、恐怖と勇気が、すべての兵士たちにとって日常の経験だった、ということを理解することなのだ。

バルジの戦いが1945年1月に終わったあと、アメリカ第82空挺師団は国境を越えてヒュルトゲンの森にはいり、ベルリンを目指した。森を通りぬけてカール川渓谷に至る道中、師団は徒歩での行軍をしいられた。雪がとけだして道がぬかるみとなり、ジープは走行不能になったのだ。兵士たちは行進していくうち、恐怖の場面に遭遇した。とけだした雪の下から、何千というアメリカ兵士の死体が現れ、その多くは、まるで祈っているかのように両手を空に向けたまま、凍りついて横たわってい

＊10　サリンジャーはおそらくバルジの戦いがはじまったときのことを忘れていたのだろう。12月16日には第1大隊と同行していたが、休暇で翌日までは軍務を免除されていく、故郷に手紙を書いた。

たのだ。

サリンジャーのコールフィールド家もの第5作、「マヨネーズぬきのサンドイッチ」には、喪失の悲しみが満ちている。これがいつ書かれたのか、正確な時期を知る資料はない。1945年10月にエスクワイア誌に掲載されたあとも、サリンジャーからオーバー社、あるいはストーリー出版への手紙に、このタイトルへの言及はいっさい見られない。[*11]「マヨネーズ」はおそらくサリンジャーが戦場で書いた3作目の短編で、1944年9月には執筆中でタイトルもつけていなかったものだろう。1944年に書いて、未発表のまま失われた「テネシーに立つ少年」のある部分が含まれているかもしれない。

「マヨネーズぬきのサンドイッチ」の幕開けはジョージア州の新兵訓練基地で、ヴィンセント・コールフィールド軍曹が33人の兵隊たちとトラックに乗っている。夜もおそく、豪雨が降っているにもかかわらず、この男たちは町のダンスパーティに出かけることになっている。しかし問題がある。ダンスパーティに行けるのは30人だけで、トラックに乗っている兵隊たちは4人多すぎるのだ。トラックはなかなか出発できず、男たちは特別部隊から中尉がやってきて、問題を解決してくれるのを待っている。中尉の到着を待ちながらみんなが雑談しているうち、ヴィンセントがこの男たちの指揮官で、ダンスに行けない4人を決める責任を負っていることがわかる。

意識の流れ的に孤独と郷愁が描かれていくうち、語りは、いまトラックで起きていることよりも、ヴィンセントの心のなかに集中していく。ヴィンセントの弟ホールデンは太平洋戦線で戦闘中行方不明と広報で伝えられ、おそらく死んでいる。ヴィンセントはその報せに傷ついて、ほかのことに気持ちが集中できないのだ。

トラックに乗った兵隊たちが故郷のこと、前任地のこと、兵隊になるまえはなにをやっていたかなど話しているうち、ヴィンセントの胸には過去のことが次つぎに甦ってくる。1939年の万国博覧会で、妹のフィービーとベル電話会社展示館を見にいったときの自分の姿が見える。展示館から出てくると、そこにホールデンが立っている。ホールデンはフィービーにサインしてくださいと言う。フィービーはふざけて兄のお腹をこづく。「会えてうれしかったのだ。ホールデンが兄であることがうれしかったのだ」[38]。トラックに乗った兵隊たちの雑談が聞こえるなかで、ヴィンセントの心は過去のホールデンのもとへ飛んでいったままだ。ペンティ高校*12のテニスコートで弟に会い、ケープ・コッ

*11 「マヨネーズぬきのサンドイッチ」は *The Armchair Esquire*, 1958 & 1960 (G. P. Putnam's Sons, New York. pp.187-197) に再録された。

*12 ホールデンの寄宿制の学校名は、この作品では1944年前半に書き上げた「ぼくはイカレてる」と同様、「ペンティ (Pentey)」と綴られている。「マディソン街はずれのささやかな反乱」では『キャッチャー・イン・ザ・ライ』と同様「ペンシー (Pencey)」となっている。しかし、「ささやかな反乱」は1946年に発表されるまで、いくつかの変更がされたことが知られていて、サリンジャーが最初にどんなスペリングを使ったかは不明である。その結果、ホールデンの高校名のスペリングは、この作品執筆の年を判定する決め手にはならない。

ドの別荘のベランダで弟に会う。どうしてホールデンが行方不明だなんてことがあるんだ？ヴィンセントは弟の行方不明を信じることを拒否する。

中尉が到着したとき、彼はあきらかに動揺している。状況を尋ねられたヴィンセントは、わからないふりをして人数を数えなおすが、心のなかでは中尉や兵隊たちをあざわらい、自分自身をもあざわらっている。彼は、ダンスを辞退する者は映画にしてはどうか、と勧める。やっと2人がそっと闇に消えるが、ヴィンセントにはまだ2人がよけいだ。ついに決心した彼は、左側の最後の2人にトラックから出るよう命令する。ひとりの兵隊がトラックから降りて立ち去る。残りの兵隊が明るいところに現れると、それはひとりの少年だった。みんなの目が彼にそそがれるなか、彼は雨にずぶぬれになりながら立っている。「自分はリストにはいっていました」、少年は泣きそうな声で言う。ヴィンセントはなにも言えない。最後には中尉が少年にトラックにもどるよう言い、そのはみ出した少年のために、パーティにもうひとり女性が来るようとりはからう。

物語りの幕切れでは、兵隊たちはダンスパーティに出かけ、ヴィンセントはまたホールデンへの思いにふけっている。うちひしがれた彼は、行方不明の弟に懇願する。「いいか、まっすぐだれかのところへ行くんだ。……そして、自分はここにいます、って言うんだ。行方不明でも、死んだのでもなく、ここにいるんだと」。

「マヨネーズぬきのサンドイッチ」の特徴は、ヴィンセントが自分自身や周囲との断絶を回復できないことだ。彼の断絶の原因は、事態を変えるために必要な手段を、さらにもうひとつ講じることを拒否していることにある。

少年の登場がこの物語のクライマックスだ。読者はそれまで、会話とさまざまな出来事が同時進行する混乱した状況に直面していた。少年が闇から姿を現したとき、はじめて読者の関心がひとりの人物に引きつけられる。背景の雑談が消えて、読者は雨のなか立ちつくす少年に気持ちを集中させるのだ。その瞬間は超現実的だ。サリンジャーは少年をゆっくり登場させることで、その感動をいっそう大きくしている。ヴィンセントの弟をめぐる心の旅路につき合ってきた読者が、この少年の姿に心うごかされるのは自然なことだ。闇から姿を現した少年は、弱よわしく苦しんでいて、だれか自分を導いてくれる者を求めている。少年はホールデン・コールフィールドの魂であり、兄ヴィンセントへの試練なのだ。ヴィンセントは少年を立ちなおらせるため、なにか手段を講じるべきだ。この少年と心をつないで、少年のなかの弟を理解してやるべきなのだ。自分の苦しみはさておき、まず単純だが象徴的なことをすべきだ。それはトラックのなかの自分の地位を捨てることだ。

彼は手をのばし、少年のレインコートの襟を立ててやるが、黙ったままなにもしない。そのあと、少年は場面から消え、ふたたびトラックに乗りこんだヴィンセントは、自分の喪失感に浸りきっている。彼は心のなかでホールデンに、口笛を吹くな、海岸にぼくのローブを着ていくな、ちゃんと背を伸ばしてテーブルに着け、としゃべりつづける。

この作品がじっさいに1944年の末ごろ、シュネー・アイフェル高地やヒュルトゲンにいた数週間に書かれたとしたら、「マヨネーズ」は作者にあらたな光をあてることになる。サリンジャーは死と取り組みながら、作家としての自分をヴィンセント・コールフィールドに託して、自分の感情を抑える姿勢と、自分が巻きこまれた現実を認める姿勢とに引き裂かれたままなのだ。

1945年元旦、ジェリー・サリンジャーは26歳になった。ちょうど1年まえ、彼はホラバード駐屯地で海外派兵をひかえて待機中だった。いまはルクセンブルクの基地にいて、眼前にはザウエル川とドイツがその向こうに見え、そのおなじ国境を3ヶ月半まえにヒュルトゲンに向かうとちゅうで越えたのだった。

2月4日、第4歩兵師団はジークフリート線を、1944年9月に越えたときとおなじ地点で越えた。ほとんどの兵士たちにとって、これはドイツに来てはじめてのお祭り騒ぎだった。しかし、最初の国境越えをなんとか生きのびてきたサリンジャーたちは、この地で倒れた戦友のことを思うと暗い気持ちだった。最初のときの惨状が忘れられず、サリンジャーは気が重くつらかった。彼の周囲で新兵たちが陽気に騒ぐさまが、ベーブが新聞切り抜きの浮ついた記事に感じたように、彼の耳にうとましく響いたにちがいない。

いまや師団には自動車が大幅に動員され、ドイツ進軍は速やかだった。ライン川へ進む道中で、プリーム、オースなど、サリンジャーがつい数ヶ月まえに戦ったおなじ町で、抵抗に遭った。しかし、ドイツは敗戦目前であり、敵の抵抗もヒュルトゲンでの猛烈さにはおよぶまいということが、あきらかになりつつあった。3月30日、サリンジャーと第4師団はライン川をボルムスで越え、その地点からビュルテンベルクを南東へバイエルンへ向かった。

そのいっぽうで、作家サリンジャーの声は故国に聞こえていた。ストーリー誌3・4月号が、無防備な美少女が踏みにじられる習作「イレイン」を中心にすえたのだ。3月31日には、「新兵フランスにて」がサタデー・イヴニング・ポスト誌に掲載され、ベーブの疲れはてた祈りが塹壕から聞こえてきた。

戦争も最終局面を迎え、第4師団はその目標を、しだいに戦闘から占領施策に変えていった。生き残りを賭けた日々の戦いから解放されて、サリンジャーは部隊が占領した町で、防諜作戦に従事するようになった。町にはいると、すべての公共建築、とくに通信、輸送にかかわる建物を調べるのだ。これらの建物は、だれも侵入あるいは脱出できないよう、閉鎖された。地元民と敵軍の連絡を断つため、ラジオ局、電報局、郵便局はただちに接収された。サリンジャーは記録文書を没収して吟味し、さらに分析するためその文書を師団本部へ送った。

サリンジャーのCIC(防諜部隊)としての役割、そして第12連隊にとっても重要なのは、地元民と彼らの言語で話せる彼の能力だった。たとえば、町にはいって市民に話しかけ、連隊の規則や規定を伝えるのはサリンジャーの役目だった。それから彼はできるだけ多くの住民を面接して、住民を選別して情報を収集し、味方の兵士たちへの脅威、すなわち、反抗計画や住民のなかに隠れたナチ党員を探り出すのだ。

サリンジャーの諜報活動でもっとも興味ぶかいのは、容疑者を逮捕し、囚人を尋問する彼の職権だろう。家から家へ走りまわり、悪漢を捕らえて、裸電球の下できびしく尋問するサリンジャーの姿など、こんにちの我われには馬鹿げて見えるだろう。しかし、それが実態だったのだ。だれに聞いても、彼はその任務を、著作にたいするときとおなじ誠実さで遂行した、という。[39]

サリンジャーのエージェントであるハロルド・オーバー社の記録文書には、作品選集として予定された『若者たち』に収録される可能性のある作品を19あげた、1945年4月付の文書がある。このリストには、サリンジャーが1944年9月にウィット・バーネットに提案した15作が、「ソフトボイルドな軍曹」以外はぜんぶはいっている。それにくわえて、はじめての2作品があげられている。「偉大な故人の娘（"Daughter of the Late and Great Man"）」と「ボウリングボールでいっぱいの海（"The Ocean full of Bowling Balls"）」だ。

「偉大な故人の娘」は発表されなかった作品だが、オーバー社の文書には「老人になった作家の娘」と説明されている。[*13] これはあきらかにウーナ・オニールとチャーリー・チャップリンの物語だ。

現存する新作「ボウリングボールでいっぱいの海」はサリンジャーが1948年まで保持していて、主婦の友《ウーマンズホームコンパニオン》誌に売却した。しかし、この雑誌では内容が暗いとされ、活字にならなかった。サリンジャーは原稿をとりもどし、1950年までにコリヤーズ誌に送った。コリヤーズ誌では、フィクション部門の編集者ノックス・バーガーが買いとった。運のわるいことに、主婦の友誌でこの作品を拒否した当の編集者がそのときコリヤーズ誌で働いていて、今回も掲載に反対した。時は1950年おわりか1951年はじめになっていて、『キャッチャー・イン・ザ・ライ』が出版を待っていた。サリンジャーは「ボウリング」を発表しないことにした。コリヤーズ誌に原稿料を返済し、作品をひっこめた。「ボウリングボールでいっぱいの海」はそれ以後、出版するために原稿が提出されることはなかった。

「シーモア――序章」のなかに、バディ・グラスが兄のシーモアとビー玉遊びをする場面がある。サリンジャーの語りによれば、シーモアはみごとに「バランスをとって」、手になめらかで均整のとれたビー玉を持って立っていた、弟に愛情のこもったまなざしを向けて。ここでシーモアは、完璧に心を結びつけることのできる場所をみつけるために、自分自身の意思を解放し、意識的な自己を解放することをバディに教えようとしている。[40] この場面は、「ボウリングボールでいっぱいの海」のケネス・コールフィールドと兄のヴィンセントとのやりとりに似ている。シーモアの場面が、読者にサリンジャー作品ぜんたいへの取り組み方を教えようとしているのにたいして、「ボウリング」を知っている読者は、この寓話がまさにその主眼であり、中心となる主張であることを理解するのだ。

「ボウリングボールでいっぱいの海」はサリンジャーのコールフィールド家もの7つ目の短編で、未発表作品のなかでは最良のものだ。物語は、この短編ではケネスという名になっている、アリー・コールフィールドの人生最後の日を描いている。読者は「ボウリング」のなかで、これまでこの作者が創った最高の人格をもった人物の誕生を目撃することになる。ケネス・コールフィールドこそは、サリンジャーの、悟りをひらいた最初の子供なのだ。

*13　この文書の下辺に、手書きで選集の概要と思われるものが書かれている。それは、戦争を中心に3部に分けるというバーネットの提案とは大きく異なっている。オーバーの提案は、「I 少女　II 少年　III ホールデンの物語」となっている。

「ボウリングボールでいっぱいの海」の舞台はケープ・コッドだ。語り手のヴィンセントは18歳だ。家のなかにはほかに、俳優である両親、12歳の弟ケネス、それにこの物語がはじまるすこしまえに生まれた妹のフィービーがいる。ヴィンセントの弟ホールデンはサマーキャンプに行っていて留守だ。

ヴィンセントはまず弟ケネスのことを語りはじめる。彼の描く弟は、思慮ぶかくてよく気がつく知的な少年で、いつも背をまげて地面にあるものを調べるので、靴が反りかえってしまうほど好奇心がつよい。ヴィンセントは弟の赤い髪を、明るく輝くので遠くからでも見える、と述べる。そして、自分がヘレン・ビーバーズとゴルフをしていて、弟が遠くから自分を見つめていることに気がついたときの話をする。

ケネスには大好きなものがふたつある。文学と野球だ。このふたつを結びつけるために、彼は自分の左利きのファーストミットに詩を書いておいて、守備のときそれが読めるようにしている。ホールデンはケネスのミットにロバート・ブラウニングの詩の引用をみつける。ヴィンセントはそのことをつぎのように伝える。

死がわたしの目を覆って耐え忍ばせ、わたしにそっと通りすぎるよう
命じたことを、わたしは憎むだろう。

7月のある土曜日の午後、苦闘する作家であるヴィンセントは自分の部屋を出て、ケネスがすわりこんで本を読んでいるベランダにやってくる。ヴィンセントは重おもしい雰囲気で、弟に本を読むの

をやめさせ、自分がいま書き上げた「ボウラー（"The Bowler"）」という短い物語の話をする。

「ボウラー」は、妻に自分のやりたいことをなにもさせてもらえない男の話だ。ラジオのスポーツ番組は聞かせてくれない、カウボーイものの雑誌も読ませてくれない、彼が興味あるものはなにひとつさせてくれないのだ。妻がさせてくれるのは、週に1回、水曜日の夜にボウリングにいくことだけだ。そこで、男は8年のあいだ毎週水曜日に、物置から特製のボウリングボールをとり出して、出かけていくのだった。ある日、男が死ぬ。彼の妻はきちんと毎週月曜日にお墓参りをして、グラジオラスの花を供える。あるとき、たまたま水曜日にお参りをすると、夫の墓に新しいスミレの花が供えてある。墓地の管理人を呼びつけて、だれがスミレを供えたのか尋ねる。管理人の話では、毎週水曜日におなじ女の人が供えていくので、たぶん死んだ男の妻だろうという。女は怒り狂って帰宅する。その夜、近所の人たちはガラスの割れる音を聞く。翌朝みんなの目にはいったのは、割れたガラスの破片が散らばる女の家の芝生の上に、堂どうと鎮座しているピカピカの新品みたいなボウリングボールだった。[41]

ヴィンセントの物語にたいするケネスの反応は、ヴィンセントが予期せぬものだった。結末に驚いたケネスは、いまや無防備な人物に復讐するのはひどいと、ヴィンセントを責めるのだ。弟の感傷的な反応に心うごかされたヴィンセントは、その物語を破棄する。

ケネスには「心臓の欠陥」があって、いまのひとつひとつの瞬間をじゅうぶんに生きようと、本能的に決意している少年として描かれている。彼は兄に蒸しハマグリを食べに「ラシターの店」に連れていくようせがむ。車で店に向かいながら、ふたりはヴィンセントのガールフレンドのヘレン・ビーバーズの話をする。ケネスはヴィンセントに、ヘレンにはめったにない美点がいくつもあるから、結婚するべきだと言う。そんな彼女の美点のなかに、チェスをするときキングを後列から動かさない、というのがある。さらにヴィンセントに、フィービーやホールデンへの愛について尋ねる。ケネスはベビーベッドで寝ている生まれたばかりの妹を見ていると、自分が彼女なんだと感じてしまう、と打ち明ける。彼はさらに、愛を表現するのに控えめなヴィンセントをたしなめるのだ。
ラシターの店で蒸しハマグリを食べたあと、ヴィンセントは本能的に、海岸のある場所に行かなければと感じる。そこはホールデンが「賢者の岩」と名づけた、海に突き出た大きな平たい岩で、岩から岩へ跳び移ってやっとたどり着けるところだ。その岩の上で、ふたりは海をながめ、その海をヴィンセントはおだやかだと言う。ケネスはその日ホールデンからとどいた手紙を読む。手紙はユーモラスで、スペリングのまちがいだらけだ。その手紙で、ホールデンはキャンプは「クサイ」し、「ゲス野郎」だらけだと文句を言っている。それから、キャンプのカウンセラーたちのインチキぶりを、愉快だが考えさせられる語り口で、次つぎに紹介するのだ。[*14]
そこでケネスは小石を拾いあげて、キズがないかしらべる。均整がとれているかじっくり見ながら、妥協できないホールデンはどうなるだろう、と声に出して心配する。ホールデンが妥協すれば、人生がもっとうまくいくことが、ケネスにはわかってはいるのだが。それからケネスは泳ぐことにする。これはヴィンセントの忠告に反することだ。空は暗く、海は荒れていたのだ。ヴィンセントはケネスが海にはいるのをなんとかやめさせようとするが、したいようにさせるしかない、という気になる。ヴィンセントのなかのなにかが、弟をとめてはならないことを実感し、彼は自分を抑えるのだ。泳ぎおえて水から上がろうとしたとき、ケネスは倒れて意識を失ってしまう。ヴィンセントは彼を海岸から抱えあげて家路を急ぐ。最初の1マイルはブレーキをかけたまま運転していたほど、あわてている。ケネスを抱えて家に着くと、ホールデンがトランクを持ってベランダにすわっている。ホールデンは弟をなんとか蘇生させようとするが、不器用でヴィンセントを怒らせてしまう。ふたりはケネスを家のなかに運びいれ、医者をよぶ。両親が芝居の稽古からもどったすぐあとに、医者が来る。その夜、8時10分にケネスは死んでしまう。

物語の最後に、ヴィンセントがこの話をした訳を説明する。彼は語りをつうじて、弟に安らきをあたえようとした、というのだ。ケネスは死んだあとも、彼とホールデンとともにいて、戦争のあいだじゅうふたりの兄たちにつきまとっている。ヴィンセントは、ケネスが「そこらをうろつく」のはもうやめるべきだ、と感じているのだ。

「ボウリングボールでいっぱいの海」には、サリンジャー作品の霊的側面の拡大を感じさせる。ふたつの文章がある。その文章は短くてさりげないが、愛による人間どうしの結びつきを自覚し、死を超越する絆の力を認めているのだ。

ケネスは真理を公開し教え導く瞬間として、ヴィンセントに問う。「フィービーが寝かされているベビーベッドを兄さんがのぞきこむとき、かわいくてたまらなくなるかい? 自分がこの子だって感じないかい?」。ヴィンセントはケネスの気持ちはわかると言うが、ケネスはさらにつづけて、自制

*14 ジャック・サブレットが1984年に出したサリンジャーの注釈つき書誌によると、コリヤーズ誌の編集者ノックス・バーガーは1948年に、「ボウリング」には「成人にしろ少年にしろ、キャンプから自分の家に書いたもっとも偉大な手紙がはいっている」と述べたという。

せず思い切り愛をみせるよう諭す。この部分は、ケネス・コールフィールドが幼児の妹が眠るベッドのそばで、悟りをひらいたことを示している。ケネスはフィービーへの愛だけではなく、彼女との一体性、同一性を感じると言っているのだ。この自覚は、ヴィンセントに愛を完璧に、遠慮なく表現することの大切さ、ヴィンセントに欠けている意識を教えている。この経験はケネスに、自分が死んだあとも兄弟のなかに生きつづけることを知って、自分の死を受け入れさせたのだ。これはベーブがマティといて体験した、「ぼくはイカレてる」のホールデンがヴァイオラのベビーベッドのそばで、そして『キャッチャー・イン・ザ・ライ』でフィービーといて体験したことを、詳しく説いたものだといえる。

ケネスはバランスの象徴である。彼は詩と散文、知性と感性、そして生と死さえも一体化した人物なのだ。彼が海岸で小石を拾ったとき、その石にキズがないことを願いながら、均整がとれているか調べた、とされている。この場面は、シーモアがバディにビー玉遊びのやり方を教える場面の先駆けである。石がビー玉と似ているのではなく、両方の場面が示すバランスと受容、つまり真の意味でつながるために快く放り投げるところが共通している。ケネスのこの世での時間は残り少なくなっていて、彼はホールデンのことを、ホールデンが妥協できない、つまりバランスに欠けていることを考える。自分がいなくなったら、ホールデンはどうなるのだろう、とケネスは心配するのだ。

ケネスは「賢者の岩」で海にはいったとき、自分がまもなく死ぬことを知っている。彼は勝ちほこって、死には自分を負かすほんとうの力がないと、死をあざわらっていた、とヴィンセントは語る。「もしぼくが死ぬかなんかしたら、どうするかわかる?」。ケネスはそう尋ねて、「このへんにいるよ、しばらくはこのへんにいるんだ」と言う。サリンジャーは「新兵フランスにて」で、ベーブの信念をブレイクとディキンソンの詩をとおして確信させたように、ここでもケネスの死の受容をブラウニングの詩をとおして補強している。彼が「このへんにいる」と宣言するのは、兄のホールデンがのちに「消えそうになる」恐怖を抱いて生きることと、きわめて対照的だ。

1945年の初期はドイツ国内での軍の活動が比較的おだやかだったため、サリンジャーはDデーいらい耐え忍んできたことに、取り組めるようになったのだろう。「ボウリングボールでいっぱいの海」は死の存在を、少なくとも死の力を否定するために、心の拠りどころをつかもうとする作者の姿勢を映している。そのときのサリンジャーが考えつかなかったのは、ほんとうの地獄はまだ先で、いまはほんの入り口にいるだけということだった。

サリンジャーにこの戦争の決定的な恐怖を知らせたのは、彼の諜報部の任務だった。防諜部隊は5ヶ月まえ、『ドイツ強制収容所』という機密文書を編纂し、防諜部員たちに配布していた。この文書はドイツ連邦内の14の大収容所とそれに関連した100の収容所の名前、状況、位置を示したものだった。防諜部隊の将校は、それらの収容所があると思われる地域にはいると、ただちに収容所に向かい、状況を調べて収容者を面接し、本部に報告書を提出するのが義務だった。また、防諜部隊と関係のない兵士がそんな場所に遭遇したときは、ちかくの防諜部員に連絡をとることになっていた。

4月22日、ロトベルクの町をめぐる驚くほど困難な戦いのあと、サリンジャーの師団はバイエルン地方の町、アウグスブルク、ランツベルク、ダッハウのあいだに位置する、一辺およそ30キロの三角地帯にはいった。この地域には123もの捕虜収容所があって、それらが集まってダッハウ強制収容所群を形成し、目撃者によれば、その悪臭は15キロ以上先からもにおったという。第12連隊は4月末にこの地になだれこみ、いやおうなくそれらの収容所に遭遇した。

4月23日の月曜日、サリンジャーと連隊は、合衆国ホロコースト博物館がダッハウの個別収容所があったと認定した、アーレンとエルヴァンゲンの村にいた。4月26日には、第12連隊はまたもやダッハウの個別収容所のあるホルガウにいた。4月27日には、さらにふたつの収容所のある、アウグスブルク市からレヒ川を渡った西岸にいた。

4月28日、アウグスブルクを通過したあと、サリンジャーは、師団と連隊、双方の本部があるボビンゲンにいたようだ。そこは悪名高きランツベルクとカウフェリンクⅣの収容所から、それぞれほんの20キロ、15キロ北だった。

4月30日はベルリンでヒトラーが自殺した日だが、第12連隊は、ランツベルクの町とダッハウの死の大収容所との中間に位置するヴィルデンラートで、アンパー川を渡った。このルートをとると、サリンジャーの連隊はハウンシュテッテン地区を通ることになった。そこにはドイツ全土で最大の個別収容所があり、奴隷労働で稼動しているメッサーシュミットの巨大な工場もあった。

そのとき、サリンジャーの同僚たちは、ほとんどの者が自分たちが目にしたことに当惑していた。この部隊は戦争をまぢかで感じてきて、すでに最悪の状況は見てしまったと確信していて、いまあたりに展開している残虐行為も自然に見えていた。毎日の連隊報告書の調子も懐疑的で、自分たちが解放しているのが、通常の戦犯ではないことにもなかなか気づかなかった。4月23日、師団本部の記録には、「第12歩兵連隊は、およそ350名を収容する連合軍戦犯の収容所を発見と報告」とある。5日後の4月28日には、「60名のフランス兵を収容するフランス人戦犯の収容所の件、第12連隊より報告」とある。

門がひらくと、我われはまず囚人たちを見た。その多くはユダヤ人だった。彼らは黒と白の縞模様の囚人服を着て、まるい帽子をかぶっていた。ボロボロの毛布を肩からかけている者が2、3人いた。……囚人たちは門があくと。やっと立ち上がった。彼らは足をひきずって構内から出ていった。骨と皮でまるで骸骨のようだった。[42]

1992年、第4歩兵師団は合衆国陸軍によって、ナチの強制収容所を解放した部隊として認められた。J・D・サリンジャーが、ダッハウ強制収容所群の犠牲者解放に参加するよう、要請されたことはあきらかである。戦争中にそんな場面に遭遇した多くの兵士がそうであるように、サリンジャーもこの経験をそのまま語ることはなかったので、これらの場所での諜報部の任務がどんなものだったのか、正確にはわからない。サリンジャーの師団が解放したダッハウの個別収容所は、ホルガウ・プファーゼ、アーレン、エルヴァンゲン、ハウンシュテッテン、トゥルケンファルト、ヴォルフラーハウゼンである。[43]

バイエルン滞在中、サリンジャーのか細い神経はいまにも切れそうだった。それと同時に、『キャッチャー・イン・ザ・ライ』のなかのアイススケートをする子供たちの場面、やわらかな青いドレスを着た少女たちの場面の、出来たてほやほやの原稿が彼の手許にあった。1945年の冷たい4月のあいだに、サリンジャーはすっかり変わってしまった。罪のない人びとの虐殺を目撃しただけでなく、彼が正気を保つために大切に守りつづけてきたすべてのものを断ち切られたのだ。それは、いったん胸にはいりこむと、消えることのない苦しみを焼きつける悪夢だった。「焼ける人肉のにおいは、一生かかっても鼻からはなれない」とサリンジャーは嘆いた。[44]

第二次世界大戦が1945年5月8日に終わったとき、J・D・サリンジャーが軍隊にはいって3年以上たっていた。1943年のなかばごろから、彼はずっとニューヨークの家に、そして一般市民の生活にもどりたいと訴えてきた。実戦を経験するまえでも、サリンジャーは戦争が終わるまでは幸せをあきらめた、この先、以前の生活がどれくらい残っているかわからない、と言っていた。[45]彼が入隊したのは、周囲の状況しだいで自由に書くひまができるだろうと考えて、みずから望んだことだった。しかし、3年たってみると、経験してきた現実にはうんざりし、きびしい見方をするようになっていた。負った傷は肉体的にも精神的にも、その後一生ついてまわった。とっさに身を投げ出したとき、鼻を折る負傷をしたが、そのときゆがんだ鼻を矯正することも拒否した。すさまじい爆発音のせいで聴力がかなり失われ、戦争が終わるころにはよく聞こえなくなっていた。絶えず戦闘状態にいたため、自分の感情を押し殺し、くぐりぬけてきた恐怖を処理する時間もなかった。そして、戦争にやっと先が見えてきたと思えたとき、また残酷な運命が待ちかまえていた。彼とともに戦いはじめた兵士たちは、戦場で倒れた者も多かったが、彼自身はDデーからVEデー（ヨーロッパ戦勝記念日）まで、なんとか生きのびてきた。サリンジャーは終始一貫、戦争のプロとして行動してきた。軍人としての勤務ぶりはりっぱだった。彼は部下たちを裏切らず、圧力に屈せず、いざというときは必ずやり遂げた。しかし、5月8日の終戦のときには、すべてを出しつくしていた。いまや精も根もつきはてた彼は、一日も早い除隊を切望していた。戦争は終わり、ついに帰国のときがやってきたのだ。

しかし、サリンジャーは帰国しなかった。5月10日、合衆国軍は防諜部隊の分遣隊970を創設し、連合軍の占領政策を補助し、ドイツの非ナチ化を推進する任務にあたらせた。サリンジャーは除隊になるどころか、さらに6ヶ月この分遣隊に再配属され、ほかの防諜部員たちとともに、ニュルンベルク市郊外のヴァイセンブルクまで移動することになった。彼はすでに故郷に手紙を出して、自分の戦争はもうしばらくつづきそうだと伝えてあった。[46] これは、1年以上も寝起きをともにしてきた第12連隊との別れを意味していた。いまや見知らぬ男たちに囲まれ、戦争にまつわるさまざまな出来事や思いが、「新兵フランスにて」でベーブが嘆いたように、「消えてくれればこのうえなくありがたい思いが、心に逆流してきた」のだ。第12連隊のほかの兵士たちが除隊になって、彼ひとり想い出を胸に取り残されると、サリンジャーは絶望の淵に沈んでいった。

5月13日、彼が再配属されたころだが、サリンジャーはエリザベス・マレーに手紙を書いた。手紙には彼の落胆や軍隊、戦争への嫌悪感があふれている。彼は経験してきた恐怖で心みだれ、死んだ戦友たちにとりつかれていた。サリンジャー自身が生きのびたことはほとんど奇跡といってもいいが、生きのびた者に特有の、うしろめたさがつきまとった。「メチャクチャだよ、エリザベス。君にわかるかなあ」、彼はマレーにそう語った。[47]

サリンジャーはこれまでなら、苦痛をやわらげ、日常生活では伝えにくい気持ちを表現するため、執筆に向かっていた。戦争のあいだ、散文で自分の気持ちを表現しにくいときは、詩に向かった。彼は1945年だけで、少なくとも15編の詩をニューヨーカー誌に送りつけ、その多さに編集者たちが音をあげたほどだ。[48] 方法のいかんを問わず、彼はつねに書くことであつかいにくい感情に対処してきた。そんな彼が自分の感情や経験を戦争小説に託すのは、ごく自然のなりゆきだと思われた。彼を知る多くの人たちは、なかでもウィット・バーネットはそんな小説を書くことを、少なからず期待していた。ところが、彼らは失望することになった。「魔法のタコツボ」や「新兵フランスにて」で戦闘場面を描いたあと、サリンジャーはもとどおり「最後の休暇の最後の日」におけるベーブの誓いを守って、「ふたたびその話はしない」ことにしたのだ。それでも彼は、そんな小説の必要性は認めていた。その年の10月、「マヨネーズぬきのサンドイッチ」を掲載したエスクワイア誌とのインタヴューで、自分はそんな小説を書く準備ができていないと述べている。

この大戦をあつかった小説を読んでみると、これまでのところ、批評家連中が求める迫力、成熟度、技術などは過大なくらいあるが、ときにためらい、最高の知性からもこぼれ落ちる輝かしい未完の魅力には欠けるものが多い。この大戦を経験した人たちには、当惑も悔いもなく奏でられる、心ゆさぶるメロディこそふさわしい。わたしはそんな小説を楽しみにしているよ。[19]

1945年の夏、ジェリー・サリンジャーの戦争体験、兵役の延長、突然の孤独、それでも苦しみを表現したくないことなどが重なって、彼に悲惨な結果をもたらした。週ごとに憂鬱は深まり、気力が萎えていった。彼はそれまで前線で、現在ではPTSD（心的外傷後ストレス障害）と呼ばれる戦争神経症の症例をたくさん見てきたが、自分のいまの精神状態にそのおそれがあることを認めざるをえなかった。7月、彼はみずからすすんでニュルンベルクの総合病院に入院して、治療を受けた。

サリンジャーの入院に関する情報の大半は、彼が7月27日にアーネスト・ヘミングウェイに書いた手紙によるものだ。「パパへ」と書きだされた手紙で、サリンジャーは自分が「ほとんどいつも意気消沈の状態」だと打ち明け、手に負えなくなるまえに、だれか専門家と話したいのだ、と述べている。入院中に、病院のスタッフは彼を質問ぜめにした。少年時代はどうだった？　セックスはどうなの？　軍隊は好きだった？　サリンジャーはどの質問にも皮肉な答えをした。ただ軍隊に関する質問だけには、はっきり「イエス」と答えた。そう答えたとき、ホールデン・コールフィールドの小説が念頭にあって、除隊して心理的に解放されると、それが小説の評判に悪影響をおよぼすのではと心配だったから、とヘミングウェイに説明している。

これはすばらしい手紙で、ホールデン・コールフィールド式のウィットが文面から跳び出してくる。「ぼくたちの分隊では、逮捕すべき連中はもうあまりいない。いまじゃ、10歳以下の子供でも、なまいきだったら捕まえてる」などと書いている。また、ニューヨークの街はぶっそうなので、24歳まで母親がぼくを学校へ送ってきていた、とも言っている。悲しい部分もあって、サリンジャーは、1937年にいっしょに暮らした家族を探しにウィーンに行きたい、という希望も伝えた。きっと賛同してもらいたかったのだ。嘆願するような調子のところもある。ヘミングウェイ、手紙をいただけませんか？　ぼくに会いにニューヨークまで来ていただけませんか？　ぼくになにか、してさしあげることはありませんか？　サリンジャーはいまにもつぶれそうな気持ちで、戦争体験と文学への傾倒を共有する友へ、手をのばしていたのだ。この地であなたと交わした会話が、「全部ひっくるめたなかで唯一、希望あふれるひとときだった」、とヘミングウェイに語っている。[50]

サリンジャーはヘミングウェイがなにか困っていて、助けがいるのではないかと思っていたようだ。彼はヘミングウェイがほんとうに小説を書いているのかと、まるで疑うような質問を2度もしたほどだ。自分については、短編をもうふたつばかりと、たくさんの詩、それにホールデン・コールフィールドの登場する芝居をすこし書いたと報告した。この手紙の奇妙なところは、サリンジャーの作品選集『若者たち』に関する部分だ。ヘミングウェイにたいして、この試みは「だめになった」と述べて、こんな状況でも自分は平気だと言いながら、じつはつらいのだと言いはじめる始末だった。

この手紙でサリンジャーのもっとも賢明な言葉は、F・スコット・フィッツジェラルドの話題にとっておいたようだ。サリンジャーはいつものように、批評家たちに対抗してフィッツジェラルドを擁護した。そして、フィッツジェラルドの著作の美しさは、彼の人間的な弱点にもっともよくあてはまる、と力説した。しかし、サリンジャーの意見では、フィッツジェラルドが死んだとき、彼の小説『最後の大君（The Last Tycoon）』をだめにするところだったという。だから、それを完成させなかったのがベストだったというのだ。サリンジャーのフィッツジェラルド批評としては、もっとも辛辣なものだろう。

サリンジャーが入院したとき、これまではいつも効き目があったおまじないを使って、すでにある種の自己治療を試みていた。その年の晩春か初夏、彼はコールフィールド家ものの最後で8作目の「よそ者（"The Stranger"）」を書いた。そこでは、作者の分身であるベーブ・グラドウォーラーは戦争が終わって帰国し、サリンジャーが経験していたおなじ症状で苦しんでいる。

「よそ者」の執筆時期を判定するのはかんたんだ。7月27日、サリンジャーはヘミングウェイに手紙を書いて、自分でふざけて「近親相姦的」と呼んだ短編を、少なくともさらに2編書いたと告げている。これが「よそ者」を指しているのはまちがいないだろう。ヘミングウェイはサリンジャーが書いたベーブとマティの出てくる最初の短編を読んでおり、その兄と妹の親しさをサリンジャーが自分で揶揄していると考えられるからだ。

「よそ者」は3人称の語りで書かれ、ヴィンセント・コールフィールドに代表される第12歩兵連隊の死者たちへの追悼の気持ちがこめられている。この物語の幕切れには、「新兵フランスにて」の思いやりと同様の救いがあり、コールフィールド家ものに共通する、無垢な心をつうじて美を感じとるという希望をあたえてくれる。また、「エズメに——愛と汚れをこめて」の強力な先駆者でもある。どちらの作品も人と人の絆によって青春をとりもどし、同様な状況のもとで同様な人物が同様な希望をあたえられるのだ。

サリンジャーは故郷のニューヨークにもどって、「よそ者」の悲しい側面を描こうとした。ほかの場所では書けなかったのだろう。この物語の主人公ベーブ・グラドウォーラーは、戦争体験のせいでふつうの市民生活に順応できないでいる。これは、フランスでうちのめされた、あのおなじベーブ・グラドウォーラーだ。あれいらい、彼はヒュルトゲンの森やバルジの戦いの苦しみから逃れられない。ベーブの友人ヴィンセントが戦死したのはヒュルトゲンだった。このことがこの物語の前提になっている。ベーブはヴィンセントが以前つきあっていたヘレン・ビーバーズのアパートへ行って、ヴィンセントが書いた詩を渡し、ヴィンセントが死んだ状況を伝える。この行為はベーブにとって一種の精神療法なのだが、苦しくてひとりではできない。心づよい精神的支えとして、妹のマティについてきてもらうのだ。

ふたりがヘレンのアパートに着いたとき、ベーブの目は充血してしょぼついているし、たえまなくクシャミをする。しかし、もっとも治療が必要なのは彼の精神状態だ。ベーブはニューヨークにもどったが、彼の変貌ぶりはひどくなるばかりだ。肉体は故郷にもどっても、心はいまだ死の地に閉じこめられたままなのだ。なにげない、ちょっとした行為がベーブを死んだ戦友たちの亡霊のもとへ連れもどし、「二度ともどらない日々、歴史に残ることもない、ささやかながらもすばらしかった日々、死んでしまった第12連隊の連中がまだ生きていて、戦死した戦友のダンスパートナーを取り合ったりして盛り上がっていたころの音楽が聞こえてきた。へたくそなダンスしか踊れなかった連中が、シェルブールやサン・ロー、ヒュルトゲンの森、ルクセンブルクなんて戦場の地名も聞いたことすらなかったころの音楽だ[51]」。

ベーブはヘレンにはじめて会って、その美しさにうたれるが、この訪問は彼の義務としての行為である。彼はヴィンセント・コールフィールドの死の詳細を、なんの省略もせず、美化することもなく伝えなければならない。ヴィンセントはベーブやほかの兵士たちと、ヒュルトゲンの森で焚き火をして身体を暖めていた。そのとき、とつぜん迫撃砲弾が彼らのまんなかに落ちてきた。砲弾はヴィンセントを直撃した。医療テントに運びこまれたが、直撃弾を受けて3分もしないうちに、最後の言葉も残さず、目を見ひらいたまま死んだ[*15]。

ベーブが死の状況を説明しに行くために、12歳の妹を連れていくのは不適切と思えるかもしれない。おもてむきは、マティとベーブは昼の芝居を観にいく途中ということになっているが、もっと直接的にマティがいることが、ベーブがしっかりしているために必要なのだ。ベーブのかたわらにいるマティは規範となる人物だ。ベーブがヴィンセントの死を迷うことなく、大人らしい美化をまじえず伝える

*15　ヴィンセントの無意味な死が、1948年の短編「コネティカットのひょこひょこおじさん（"Uncle Wiggily in Connecticut"）」におけるウォルト・グラスの死の基盤となったことはまちがいない。

ためには、マティのような子供らしい率直な知覚を思い出させてくれる、現実の人間が必要なのだ。

想い出の亡霊たちを追い払ったあと、ベーブとマティはセントラルパークへ向かって歩いていく。ベーブはヴィンセントの死を伝えたことで、重荷をおろしたのだが、悲しみが心の底にうずいている。マティは子供らしい直感で、兄に「おうちにもどれてうれしい？」と尋ねる。「もちろんさ」ベーブは答えて、「どうしてそんなこときくんだ？」と言う。そのときとつぜん、それまでぼんやりしていた人生の些細なことがはっきりと見えてきて、ベーブはその瞬間の美を実感する。マティが箸で食べることができる、と自慢しはじめると、ベーブは単純だが意味ぶかい反応をする。「へえ、たいしたもんだ。ぜひ見たいもんだね」と彼は言うのだ。この言葉はひとつの約束だ。ベーブはここではじめて前を向いた。この物語ではこの時点まで、ベーブの思いや言葉はすべて過去に向いていたのだ。

物語の幕切れで、マティは子供ならよくやることをするが、ベーブはそれをはじめて見るような思いで、すばらしいと感じ入る。彼女は両足で縁石から通りの地面へピョンとジャンプして、またもどった。この行為について、ベーブははじめて読者に問いかける、「この光景はどうしてこんなにも美しいのだろうか？」ベーブのこの問いへの答は、『キャッチャー・イン・ザ・ライ』の最後で読者が出遭う答とおなじだ。マティのジャンプは、ホールデンが回転木馬で叫んだときと同じ理由で、美しいのだ。消耗しきったベーブだったが、いまだに美を認識することができ、無垢な心を感じとることができる。彼の魂は死んでいないのだ。

第二次世界大戦中、数えきれないほどの兵士たちが、こんにちPTSD（心的外傷後ストレス障害）と呼ばれる症状に苦しんだ。しかし、1945年当時はまだ認められず、ほとんどの兵士たちは黙って苦しみに耐えることをしいられた。こんな兵士たちは戦争が終わって除隊になり、故郷に帰って人びとのなかにとけこみ、ひそかにこの悪霊と取り組むことになった。

そんな多くの帰還兵士とはちがって、サリンジャーは自分が目撃した恐怖やその影響に、なんとか対処することができた。彼は最後には書く力を再発見した。彼は、自分では表現する言葉を持たないすべての兵士たちについて、そしてそんなすべての兵士たちのために、書いたのだ。著作をつうじて、自分の戦争体験がつきつけた疑問、生と死の問題、神の問題、そして我われはおたがいにどういう存在なのかという問題への解答を追及しつづけたのだ。

ホールデンがセントラルパークの回転木馬で得た洞察は、サリンジャーの戦争への拒否反応を、ついにはやわらげてくれたものとおなじだ。このことを理解したホールデンとサリンジャーは沈黙して、ふたたびその話はしないのだ。だからこそ、『キャッチャー・イン・ザ・ライ』でホールデンの別れの言葉、「だから君も他人にやたら打ち明け話なんかしないほうがいいぜ。そんなことをしたらたぶん君だって、誰彼かまわず懐かしく思い出しちゃったりするだろうからさ」を読むとき、J・D・サリンジャーと第二次世界大戦のことを念頭におくべきなのだ。

そして、すべての死んだ兵士たちのことも。

＊187ページの詩「海図なし」についての訳注・解説

ここに引用されている詩「海図なし」は、1890年に出た『ディキンソン詩集』にあるもので、現在では最終行の「海図（chart）」は「切符（Checks）」が正しいとされている。本来、ディキンソンの詩にはタイトルはなく、「海図なし」というタイトルは最終行の「まるで海図があたえられたみたいに」から勝手につけられたものである。サリンジャーが本来の「切符（Checks）」ではなく、勝手に変更された「海図（chart）」の詩を読んでいたとしても、「まるで海図があたえられたみたい」を「海図がない」とするのは、おかしいのではないか。ディキンソンは「海図」の語を全1775作品のなかで3度しか使っていないが、「新兵フランスにて」でベーブの念頭にあるのはつぎの詩だと思われる。この詩なら「海図がない」というベーブの言葉に合う。

「作品249」

嵐の夜――嵐の夜！
あなたとともにいられれば
嵐の夜も
豪奢のきわみ！

気にならぬ――吹く嵐も――
港に入った心には――
海図もいらない！

エデンの園を漕ぐ思い――
ああ、海よ！
ただ錨をおろせたなら――今夜――

あなたの中に！

（亀井俊介編『ディキンソン詩集』岩波文庫）

この詩の「あなた」は恋人とも、神ともとれるが、この場面のベーブにはこちらの詩のほうがふさわしい。以上、江田孝臣氏のご教示による。因みに、サリンジャーの娘マーガレットも著書『我が父サリンジャー』の第1部第4章の冒頭で、ベーブの切望した詩としてこちらの詩を引用している。

贖罪

退院したサリンジャーは通常の生活と日常の快適さを求めた。終戦後もドイツに残らざるをえないなら、帰国していたらできたと思われる生活にできるだけちかい生活を手に入れるつもりだった。VEデー（訳注：ヨーロッパ戦勝記念日——1945年5月8日）のあとまもなく、サリンジャーは諜報部にウィーンへの転属を願い出た。[1]オーストリアにもどって、7年まえに同居した家族を探し出し、できればつき合いのあったその娘との時間をとりもどしたい、というのが彼の夢だった。その目論見は非現実的だったが、サリンジャーは戦争がすべてを変えてしまってもとにはもどらないという現実を無視して、どうしてもそうしたいと主張した。諜報部はサリンジャーの願い出を拒否し、ニュルンベルク地域へ配属した。しかし、彼はそれでもウィーンへ出かけていって、大切なオーストリア人一家を探し出したようだ。

サリンジャーがウィーンでどんなことに遭遇したか、詳細は不明だが、彼はすぐにドイツにもどってきた。彼の短編「想い出の少女（"A Girl I Knew"）」に描かれた状況が事実を映しているのではないか。そうだとすれば、サリンジャーはウィーンに行ったが、そこで知ったのは、一家全員が強制収容所で死に絶え、初恋の相手の少女も運命をともにした、という事実だった。この悲劇的な結末があまりにも過酷なので、「想い出の少女」は事実を伝えていると考えられる。つまり、一家にたいするサリンジャーの一途な思いからすると、彼がこんな運命をこの家族にたどらせたのが、創作とは考えられないからだ。

たしかに、オーストリアからもどったサリンジャーは動揺していた。美しい想い出として大切にしていた人たちの死によって、これまでの人生のひとつひとつが、戦争によって打ち砕かれてしまったことを思い知らされたのだ。自分が立ち去ったところとまったくおなじところへ「帰還する」という、「最後の休暇の最後の日」のなかのベーブの最後の願いが不可能なことを示す事実がなにかあるとすれば、それはサリンジャー自身のウィーンへの帰還だった。そんなことへの反動なのか、分別のある彼らしくもなく、彼は幸せに手がとどきそうにみえた最初のチャンスに手を出してしまった。

その年の9月、彼は結婚すると宣言して、家族や友人たちを驚かせた。シルヴィアという「フランス人」の女性と出会って魅了された、というのだった。サリンジャーは彼女のことを、「とてもセンシティブでりっぱな人」と評した。この曖昧な表現にはだれも納得しなかった。戦争結婚の無責任さをきびしく批判した「子供たちの部隊」のような作品を書いたあとだけに、彼の結婚宣言は家族に衝撃をあたえた。サリンジャーの母はとくに信じがたい思いだった。彼女は息子がもう帰国するものと思っていた。ところが、息子は海外に残るうえに、知り合ってまもない外国人の女と結婚するというのだ。

1945年12月にはサリンジャーはドイツで新生活をつくりあげていた。彼はシルヴィアと10月18日にパッペンハイムという村で結婚し、ニュルンベルクの南およそ40キロのグンゼンハウゼンという町の快適な一軒家に引っ越した。2人乗りの新車シュコダを買った。この牧歌的な雰囲気をさらに完璧にするため、黒いシュナウザー犬を家族の一員にくわえ、ベニーと名づけた。この新しい家は幸せで充実したクリスマスを迎え、丸まるとふとった七面鳥のごちそうを楽しんだ。彼とシルヴィアはベニーもいっしょに新車を駆って、「車のステップに乗ったままナチスをみつけ出して逮捕しに行く」ドライブを楽しんだ。[2] 要するにサリンジャーは、アメリカに帰国した無数の兵隊たちが経験している幸せな生活を、ドイツで築きあげていたのだ。それはまさにノーマン・ロックウェルの描くイラストの半ドイツ的戦後版といったところだった。そして、それは幻想だった。1年もしないうちに家はなくなり、車は売られ、結婚生活は終わりを告げたのだ。

サリンジャーはシルヴィアについて、とくに家族には、細かいことを話さなかった。友人たちは結婚のことを彼の母親から聞かされた者がほとんどだったが、サリンジャーは彼らにも口を閉ざした。彼らの記憶では、シルヴィアは精神科医か整骨医ではなかったか、という。ほかの人たちにもよくわからないらしい。サリンジャー自身は、彼女は郵便配達をやっていた、と言っているが、これはどうみても皮肉な冗談である。

シルヴィアは1919年4月19日、ドイツのフランクフルト・アム・マインでジルヴィア・ルイーゼ・ヴェルターとして生まれた[3]（訳注：シルヴィア［Sylvia］をドイツ語ではジルヴィアと発音する）。職業は眼科医で4ヶ国語を話し、大学を出たばかり、正規の教育という点ではあきらかに夫を越えていた。*1 身長165センチでミルク色の肌、茶色の髪と目のシルヴィア（訳注：ドイツ読みでジルヴィアだが、本書では以後もシルヴィアと表記する）は溌剌として魅力的だった。のちにサリンジャーが語ったところでは、彼女は彼を魅惑し、彼をとりこにしてしまう、なにか不思議な暗く官能的な力をもっていたという。[4] サリンジャーの著作にしみこんでいた神秘主義的な雰囲気とおなじようなものが、この最初の結婚にもはいりこんでいたように思われる。ふたりの結びつきはテレパシー的なものといってもいい、と彼は主張した。[5] たしかにふたりの関係は、性的にも感情的にも、熱のこもったものだった。しかし、彼女の国籍が障害になった。1945年当時、アメリカの軍人はドイツ国籍の人間とは結婚を禁じられていた。そこで、サリンジャーは婚約の贈り物として偽のパスポートをプレゼントし、偽のフランス国籍をあたえた。*2

謎めいたシルヴィアとの結婚だけでは、家族への衝撃が足りないとでもいうように、11月に除隊になったとき、彼はドイツに残ることにした。この選択は、またしてもそれまで公言していた帰国の希望に反するものだった。故郷を離れて3年半、そのうち2年は海外で過ごし、サリンジャーにやっとニューヨークにもどる機会が訪れたのだ。それは彼がずっと抱いていた夢のはずだった。しかし、その夢に手がとどきそうになったとき、彼はそれを無視したのだ。

安全と家族の愛のあるところへもどりたいというベーブ・グラドウォーラーの欲求は、作者自身のなかでは不安に変わっていた。エリザベス・マレーへの説明では、人生の見方が変わってしまって、

*1 記録によれば、シルヴィアはドイツ語、英語、フランス語、イタリア語に堪能だった。大学に提出した学位論文「アポモルヒネの直接循環作用」は現在でもフランクフルト・アム・マインの国立図書館で入手できる。1956年7月28日、彼女は合衆国に移住し、のちにオートメーション関係の有能な技師と結婚してミシガン州に定住。眼科医として長く医療に携わり、緑内障の研究にも熱心だった。1988年に夫が死ぬと、シルヴィアは残りの人生を高齢者のケアにささげ、2007年7月16日に自身が働いていた養護施設で死んだ。

*2 シルヴィアの「フランス国籍」のパスポートは死後、遺品のなかから発見された。同時に、夥しい数のサリンジャー関係の記事やジョイス・メイナード関係の切り抜きも見つかった。

いまでは世間の人びとを、戦争の苦痛を共有した者と「一般市民すぎる」者とに分けてみるようになったという。彼は軍隊に長くいすぎた、多くのものを見すぎた、そして完璧な軍人になりすぎたため、かつては憧れた市民生活のよろこびを味わえなくなったと自覚していた。[6]

サリンジャーが1945年には帰国する気になれなかったとしても、まだドイツでやるべき仕事があるという自負があれば納得できただろう。政府は活動をつづける気のある防諜部隊員に、有利な条件を出していた。シルヴィアのことも、彼をドイツにとどまらせる動機になった。また、彼は自分がやっている仕事につよい興味を持つようになっていたのかもしれない。重要な仕事として、彼の責任感につよく訴えるところがあったのではないだろうか。4月末にナチの死の収容所の惨状を目撃し、オーストリアの一家の殺害を知って悲嘆にくれ、サリンジャーが自分の「個人的な戦争」[7]だと認めていたものが、ほんとうにきわめて個人的なものになってしまったのではないだろうか。正式な兵役の期間が切れたとき、彼は国防省との契約にサインし、分遣隊970で一般市民として任務を継続した。

サリンジャーは、分遣隊970が発足した1945年5月から契約が切れる1946年4月まで、ほぼ1年間勤務した。この期間、彼の任務はアメリカの占領地域内で犯人の居場所をつきとめ、逮捕することだった。防諜部隊員たちは「自動的に逮捕」のリストに従って、もとナチの指導者、ゲシュタポ（秘密国家警察）の隊員、将校、そのほか戦争犯罪の疑いのある者を捜索した。戦争が終わったあとの10ヶ月間で、分遣隊970はドイツだけで1万2千人以上の容疑者を逮捕し、そのうちの1700人をダッハウを中心とする強制収容所での残虐行為で告発した。[8]

サリンジャーはチーム63に属し、担当は区域Ⅳだったが、そこにはニュルンベルク市が含まれていた。1945年11月に国際軍事裁判所が設立され、ナチの高官たちが法廷に立たされたのは、まさにこの地だった。サリンジャーがこの戦犯の裁判に関わったかどうかたしかではないが、ニュルンベルクでの任務が尋問および通訳であったことからすれば、関わった可能性はある。いずれにせよ、サリンジャーは連合軍総合管理部に直属していた。そこは彼の自宅のちかくで、そのなかの尋問センターにはナチのヒトラー親衛隊の主要メンバーが8000人以上収容されていた。

担当区域から戦犯を一掃し、もとゲシュタポの連中を尋問するほかに、サリンジャーは亡命者の本国送還に、少なくとも、犠牲者のふりをしたナチ党員とほんものの亡命者をより分けることには、関わっていたのではないだろうか。ニュルンベルク地域には大きな難民キャンプがいくつもあって、捕虜として収監されていた人、強制収容所の犠牲者、奴隷労働者、家を破壊された者、多数の孤児たちが収容されていた。サリンジャーはそんな仕事にはとくにうってつけだった。

やがてサリンジャーの結婚生活に、問題が生じるようになった。ふたりを結びつけていた情熱が、対立に変わってしまったのだ。この結婚は両極端の結びつきだった。ふたりは、楽しいときはとびきり楽しかった。しかし、意見が対立すると、相手への攻撃には毒がこもった。ふたりとも頑固で意地っ張りだった。ふたりが衝突するのに時間はかからなかった。サリンジャーは陰鬱な皮肉をとばし、シルヴィアはみるからに強情ときては、結婚生活の破綻は目に見えていた。

このころ、サリンジャーは孤立化の兆候をみせるようになり、長年の知人とも連絡をとらなくなった。彼は生涯よく手紙を書く人だったが、シルヴィアと結婚すると、とつぜん家族や友人と連絡しなくなった。たまに母親に短い便りをするほかは、故郷へ手紙を書かなくなり、受けとった手紙にも応答なしがふつうになった。彼の無関心ぶりはサリンジャー家ではいつも冗談のたねになったが、友人たちは彼になにかあったのではないかと思った。なかには死んだのではと心配する者もいた。ある友人はいくら手紙を出しても返事がこないので、サリンジャーが死んだものと思いこんで、絶望して母親に連絡した。母親のミリアムからグンゼンハウゼンの住所を教わったこの友人は、手紙で安心したと伝え、彼の結婚を祝福した。この手紙は研究者が読めるのだが、サリンジャーの返事は、そもそも彼が書いたにしても、手にはいらない。

サリンジャーの友人たちが、だれもこれほど幸運でうまくいくとはかぎらなかった。3月に、バジル・ダヴェンポート（のちに「ブック・オブ・ザ・マンス・クラブ」を編集した）は何ヶ月もかかってやっと連絡がとれて書いた手紙がこのありさまだ。

まあ、なんたって、君が少なくとも生きてるとわかっただけでいい。君は信じないかもしれないが、正直心配してたのはほんとだぜ。軍の住所に2、3通手紙を出したが返事はなかった。コリヤーズ誌で君の短編を見かけたので、その出版社気付で手紙を出したが、それでも音沙汰なしだったね。ニューヨークの電話帳に似たような名前をみつけたので、何回も問い合わせの電話をした。[9]

1946年4月、サリンジャーと防諜部隊との契約期間が終了した。パリで1週間過ごして、シルヴィアの入国書類を手にいれ、ふたりはブレストの港町に移動した。4月28日、そこからニューヨーク行きの海軍の米国艦船イーサン・アレン号に乗りこんだ。5月10日、サリンジャーは戦争をはさんで4年ぶりに、やっとパークアヴェニューの我が家へ、シルヴィアと愛犬ベニーとともに帰りついたのだ。[10]

彼が、両親のアパートで新婦とどう暮らしていけると考えていたのか、それは謎である。シルヴィアとミリアムはすぐに角を突き合わせるようになった。夫の世界になじめないシルヴィアは、ミリアムの横柄な態度にも耐えられず、7月半ばにはヨーロッパにもどって、すぐに離婚を請求した。ベニーは残った。サリンジャーの最初の妻の存在は、ミリアムの両親と曾祖父たちの話題とともに、サリンジャー家ではすぐさま禁句となった。その後、サリンジャーは折にふれて、彼女の厳格さをからかうにしろ、その魅力を語るにしろ、彼女を話題にすることはあった。しかし、ほかの者が勝手にその話題にふれることは許されなかった。

シルヴィアがヨーロッパに去ったとき、サリンジャーは家族の満足げな反応を見ないですむよう、賢明にもフロリダへ旅立った。7月13日、デイトナのシェラトン・プラザ・ホテルに滞在中、彼はエリザベス・マレーに手紙を書いて、結婚生活の崩壊について語った。自分とシルヴィアはお互いをみじめにしてしまったのだから、関係に終止符がうたれてホッとしたこと、また、ふたりがいっしょになって8ヶ月、作品は一語たりとも書けなかったことも告白した。

フロリダでは、1945年前半いらいはじめて短編を書き上げた。彼はこの作品を自分でもちょっと変わっていると思い、「男らしい別れ（"The Male Goodbye"）」と名づけた。現在では失われてしまった作品だが、「バナナフィッシュにうってつけの日（"A Perfect Day for Bananafish"）」の早い時期の原稿だったのではないかとみる研究者もいる。べつの可能性もあって、テキサス大学が「誕生日の青年（"Birthday Boy"）」という8ページのタイプ原稿を所蔵している。シルヴィアとの離別のあとまもなく書かれたもので、ともに破滅する運命にあるふたりを描いているが、この「誕生日の青年」のほうが「男らしい別れ」の早い段階の原稿だったのかもしれない。

「誕生日の青年」の舞台は病院で、レイという青年が[*3]ガールフレンドのエセルの見舞いを受ける。レイの22回目の誕生日なのだが、そのことをそのまえに来た父親は忘れていた。レイはかなりの期間入院していると思われるが、毎日ベッドで過ごしている。はじめのうちはエセルとレイのやりとりから入院の原因はわからないが、やがて彼がアルコール中毒のリハビリ中だということがわかる。エセルは軽く楽しい会話をし、ベッドの脇で本を読んでやったりするが、彼は興味を示さない。レイは皮肉のかたまりだ。エセルにふざけていちゃついて、性的に興味があるふりをしたあとで、香水のビンに酒を隠して、こっそり「1杯」もってくるよう、強要する。エセルが断ると、レイが本性をあらわして、医者の目の前で、「こんど来たら、殺すからな」と毒づく。[11]

エセルはやさしく、辛抱づよい性格の持ち主として描かれているが、レイは対照的に利己的な人物だ。口ぎたなく厚顔無恥で、アルコール中毒にかんぜんにおかされている。サリンジャーはこの物語では、読者にどちらかの肩を持つ余地を残していない。「誕生日の青年」には大輪の牡丹の花はないのだ。レイはもう手遅れのようだが、エセルも手遅れなのだ。エセルが病院のエレベーターに来ると、「風を切って降下していった。身体の湿っぽいところをどこもかも冷やしながら」。この時点で彼女の苦痛は頂点に達する。むりに明るくふるまってレイの病室を出たのだが、こらえきれず泣きじゃくる。それでも、読者はレイを責めざるをえない。エセルにも非はある。彼女がレイの病状を認めず、ふたりの関係にけりをつけないため、彼女も軽蔑すべき存在となる。エセルとレイはともに破滅する運命にあることがわかる。また、レイのアルコール中毒は孤立をもたらし、感覚麻痺を生んで周囲を巻きこんできたことを、我われは知るのだ。エセルがこのような事実を否定し、自分の幻想にしがみつくかぎり、彼女を待っているのは転落だ。レイが警告したにもかかわらず、彼女は翌日もまたもどってくることを、読者は疑うまい。

「誕生日の青年」はきわめて短く、きちんと仕上げられていない。そこにはなんの啓示も贖《あがな》いもない。ただただ苦しさが表現され、希望のない怒りがまき散らされているだけだ。しかし、登場人物を自伝的に読みとるのは危険だろう。エセルがシルヴィアに想を得ているとすれば、レイの人物像はサリンジャーに基づいていることになる。そうなると、この作品はサリンジャーらしくない自己嫌悪と、ありそうもないシルヴィアへの共感を示していることになる。

＊3　サリンジャーは、これから3作つづけてレイという名前を主要人物に採用する。「誕生日の青年」のレイのつぎは、「開戦直前の腰のくびれなんてない娘」のレイ・キンセフ、つづいて「倒錯の森」のレイモンド・フォードである。これらの人物はいずれもアルコール中毒とされている。これはサリンジャーの著作における興味ある傾向だが、その意味するところははっきりしない。

おそらく「誕生日の青年」は、きちんとした作品に仕上げようと意図されたものではない。戦争のストレスと8ヶ月の沈黙のせいで、ただ書くだけで一種の達成感があったのだ。サリンジャーには以前の文学的水準がなかなか見きわめにくく、つぎの1年半は自分の調子をとりもどそうと苦労することになる。皮肉なことにサリンジャーの問題は、「誕生日の青年」のエセル同様、なにもかも否定することだった。彼の内部ではいまだに戦争が荒れ狂っていたが、そのことを書こうとはしなかった。サリンジャーは戦争が残したさまざまな傷跡に取り組む自信ができるまでは、作家としてそこへ進もうとはしなかった。

前年の7月、サリンジャーは短編集を出す計画が挫折したことを、あるていど苛立ちをまじえてだが、あきらかにしていた。この挫折の状況ははっきりしないが、作品選集《アンソロジー》の件に紆余曲折があったことを考えれば、つぎの話は驚くほどのことではない。1945年12月にはこの本の出版の話はもとにもどり、バーネットはふたたび選集の出版に手をつけていたのだ。

1945年の7月から11月のあいだに、サリンジャーはふたたびコールフィールド家ものの「ぼくはイカレてる」をひっぱり出して、出版するよう提出した。こんどはコリヤーズ誌に送ったが、ただちに採用され、12月22日に出版された。同誌がタイトルを替えた「よそ者」を出版した3週間あとのことだった。サリンジャーが「ぼくはイカレてる」をコリヤーズ誌に送った意図も、バーネットの反応も推測するしかないが、コリヤーズ誌がこの短編を採用した時期に、ふたりが選集『若者たち』出版に再同意したのは偶然の一致ではあるまい。さらにストーリー出版の記録によれば、サリンジャーは1946年の早い時期に新しい契約をかわしており、前渡し金《アドヴァンス》1000ドルを受けとったという。

ストーリー出版の記録文書には、選集に所収される可能性のある作品として、サリンジャーとバーネットが合意した19作品のリストがある。[*4]ストーリー誌のリストには1946年とあるが、そこに「J・D・サリンジャーは2作品の掲載が決まったばかりで、1作をエージェントが売りこみ中」とあることから、サリンジャーがまだドイツに住んでいた1945年の後半に作成されたものとみられる。その2作品とは「ぼくはイカレてる」と「よそ者」にまちがいなく、ともに1945年12月、コリヤーズ誌に掲載された。

バーネットは販売促進のために推薦文をつける計画を、このリストの下端に手書きで書きくわえている。その推薦文はバーネット本人のほか、編集者仲間であるコリヤーズ誌のジェシー・スチュアート、ニューヨーカー誌のウィリアム・マックスウェル、サタデー・イヴニング・ポスト誌のスチュアート・ローズに書いてもらい、サリンジャーの才能をウィリアム・サローヤンやヘミングウェイといっ

*4　作品名をあげると、「偉大な故人の娘」、「イレイン」、「最後で最高のピーターパン」、「当事者双方」、「ロイス・タゲットやっとのデビュー」、「ビッツィ」、「若者たち」、「ぼくはイカレてる」、「テネシーに立つ少年」、「週一回くらいどうってことないよ」、「最後の休暇の最後の日」、「ソフトボイルドな軍曹」、「子供たちの部隊」、「ふたりの孤独な男」、「新兵フランスにて」、「うぬぼれ屋の青年」、「魔法のタコツボ」、「マディソン街はずれのささやかな反乱」、「ボウリングボールでいっぱいの海」。

た作家に保証してもらうというものだった。さらに、まもなく出るサリンジャーの長編小説にも言及することになっていた。ストーリー出版によれば、3分の1はできているとのことだった。

ウィット・バーネットはドイツにいるサリンジャーへ手紙を書いて、『若者たち』の作品選集は、ときどき発表している短編と、バーネットのほんとうのねらいである長編小説との間隙を埋めるためのものだという、彼の真意をついにあきらかにした。選集の目的はサリンジャーに興味をもつ読者層を拡大し、きたるべきホールデン・コールフィールドの小説に期待を抱かせることだということを、彼は認めていた。バーネットは手の内をさらして、1000ドルの前渡し金まで出したため、1946年、サリンジャーは選集の出版を確信して帰国した。バーネットによれば、この件は決定事項だった。

サリンジャーが帰国してまもなく（おそらく、彼の結婚が破綻したころ）、バーネットは彼をパークアヴェニューの東34丁目にあるヴァンダービルト・ホテルのランチに招待した。この編集者は悪いニュースをもっていた。サリンジャーの選集に融資することになっていたリッピンコット出版が、出版に反対したため、ストーリー出版だけでは資金が足りなくなったのだ。バーネットが約束したにもかかわらず、選集『若者たち』の話は消えてしまった。

サリンジャーは激怒した。彼は編集者に裏切られただけでなく、ひとりの友人にも裏切られたと感じた。彼はこれを詐欺だと受けとめ、けしてウィット・バーネットを許さなかった。このふたりの長い、ときにはお互い負担になることもあった関係は、その日の午後、ヴァンダービルト・ホテルで終わりを告げた。サリンジャーは編集者という人種は、どこでも裏切るものだと思いこむようになった。ニューヨーカー誌には「マディソン街はずれのささやかな反乱」の掲載で裏切られ、サタデー・イヴニング・ポスト誌には勝手にタイトルを変更され、今回のバーネットのあきらかな裏切りは、サリンジャーがかねてから抱いていた疑惑を確信させただけだった。彼はその後、編集者のやり方や目的を信用しなかった。

このケンカはウィット・バーネットにもこたえたようだ。1963年になっても、この対立のことは彼の胸に生なましく、なんとか関係を修復できないか探っていた。そんなに年月がたっても、彼はドロシー・オールディングに頼んで、選集が失敗した状況を説明させてほしいと言っていた。バーネットによれば、「我われがどんなに大声をあげようと、リッピンコットに最終的な拒否権があったので、我われは彼らの決定を呑むしかなかった」という。彼はさらにつづけて、「リッピンコットがこの本をやろうとしないので、ストーリー出版社とリッピンコット社の提携は決裂寸前だった」という。[12] サリンジャーはこんな事情は知らなかっただろう。当時、彼が自分でもばかげてると思ったのは、バーネットには辛抱づよくつきあったのに、別口からの出版の誘いを彼が断ったことだった。1945年9月に、ドン・コンドンから誘いを受けていたのだ。彼は以前コリヤーズ誌の編集者で、その後サイモン&シュースター出版社に移った男だった。コンドンはサリンジャーに、短編集を出したいともちかけてきた。サリンジャーはコンドンが気に入って、その企画にサインしようかと考えたが、サイモン&シュースターのほかの役員たちから話を聞いて、その調子に信用ならないものを感じた。[13]「彼はサイモン&シュースターを『こざかしい』出版社だと思ったんです」とコンドンは説明した。[14] サリンジャーは当時、選集『若者たち』の経験から、自分にはそんな冒険は荷が重いと認めていた。

バーネットに怒り、自分への仕打ちに憤慨していたサリンジャーは、またしても一連の不可解な出来事に遭遇した。彼にはすでに書き上げたホールデン・コールフィールドの小説があって、それを90ページの中編小説として出版社に送った。この件に関しては情報が乏しく、1951年にサリンジャーから話を聞いたという、ウィリアム・マックスウェルに頼るしかない。マックスウェルの情報は、原稿はニューヨーカー誌には提出されていないということだけだ。[15]それで、この『キャッチャー・イン・ザ・ライ』の原型はサイモン&シュースターに提出された、ということはじゅうぶん考えられる。バーネットとケンカ別れした当時、サリンジャーはドン・コンドンと親しくなっていた。『キャッチャー』の短縮版を出版したいと考えたとき、ニューヨーカー社やストーリー出版は問題にならないとしたら、コンドンおよびサイモン&シュースターを選んだということは当然ありうる。

90ページの『キャッチャー』を出版しようとしたのは、遺恨からだけではない。この小説には6年も関わってきて、彼は苛立ちをつのらせていた。戦争が終わったあと、どんなに短い作品でもなかなか書けなくなって、長編小説などとても書ける見込みはつかなかった。前年のエスクワイア誌とのインタヴューで、この小説を完成させられるかどうか疑問だと認めていた。自分は小説家というより短編作家だ、いわば、「長距離ランナーではなく短距離ランナーだ」と告白もした。[16]

彼はまもなく正常な判断力をとりもどし、『キャッチャー』を不完全なままで提出した衝動的行動を反省した。彼はすぐに原稿をひっこめ、少なくとも情緒的には、その完成にむけて精進した。しかし、まさに間一髪のところだった。彼はまた短編小説を書くことにし、1945年以前のように執筆にうちこんだ。終戦とシルヴィアとの結婚ではじまった衝動的行動は治まっていた。

1946年11月、サリンジャーは1年半まえに「よそ者」を書いていらいはじめて、まともな作品を書き上げた。この作品をとおして、彼は時間を戦争および戦後の混乱期以前にもどしたいと考えた。「開戦直前の腰のくびれなんてない娘（"A Girl in 1941 with No Waist at All"）」では、サリンジャーは船の娯楽係をつとめたクングショルム号の甲板で過ごした、第二次世界大戦まえの最後の気楽な時期にもどっている。サリンジャーは登場人物を大人に変更して、戦争の勃発によって社会が無垢な心を失うことの比喩としたのかもしれないが、語り手に登場人物の個人的誤りを修正させ、失われた過去を美化する役目を負わせている。この作品では独自の試みはいっさいなく、以前のストーリーをつくりかえ、「子供たちの部隊」の結末を逆にして書きなおした。

サリンジャーは日中は執筆に専念したが、夜はグリニッチヴィレッジで過ごし、時代の最先端をいく芸術家タイプの人たちとつきあい、毎週木曜日の夜にソーホーのドン・コンドンのアパートで催される、ポーカーの集まりに参加したりした。サリンジャーはそのポーカー仲間やその時期のことを、「シーモア——序章」のなかで回想している。そこでは、バディ・グラスが、「しばらくの期間わたしは人づきあいのよい話せる男になろうという半ば利己的な、骨の折れる、無理だとわかっている努力をしたことがあったが、そのころ家にポーカーをしによく人が訪ねてきた」と語っている。[17]

サリンジャーはポーカーをしたり、人づきあいのよい話せる男になろうと努力しながら、かなりの時間をグリニッチヴィレッジのカフェやナイトクラブで過ごし、ブルーエンジェルやルービンブリュといったボヘミア的な雰囲気の店に通った。そこではいつも売れっ子のインテリたちが芸術論をたたかわせ、新しい才能を吟味していた。この地域でのサリンジャーの典型的な夜は、まずリトルイタリーにあるレナートズ・レストランの夕食ではじまり、数ブロック下ってチャムリーズという地味なバーに進む。そこで彼と仲間は酒や演芸を楽しみ、文学談義を交わすのだ。[*5] コンドンは、「彼はつきあってて、きわめて魅力的な男だった。個人的なことはあまり話したがらないけどね。いっしょに食事したり、クラブに行ったりした。ビリー・ホリデーを聴きにいったこともあったね」と回想している。[18]

思いがけず独身にもどったサリンジャーは、その失意を癒そうと、手当たりしだいにデートした。のちのタイム誌の記事によると、サリンジャーは1946年には「驚くべき数の女性をヴィレッジに連れてきた」という。彼はバルビゾン・ホテルのドラッグストアに待機して、さまざまなタイプの魅力的なホテル客を「次つぎとさりげなく、手に入れた」という。結婚に失敗したばかりで、サリンジャーが真剣に恋愛をしたいと思っていたとは考えられない。ひとりの女性とはいちどしかデートをしないことが多く、デートをするために策略をめぐらせて楽しむというレベルだった。タイム誌によると、ガールフレンドにしたいと思った女性に、自分は「モントリオール・カナディアンズ」(訳注：プロのアイスホッケーチーム)のゴールキーパーなんだ、と語った事実があるという。[19]

この時期のサリンジャーについては、作家のA・E・ホッチナーが語っている。彼はコンドンのポーカー仲間をつうじて知り合い、いっしょに町にくり出したこともあったという。当時のホッチナーはフリーランサーの作家として頑張っているころで、サリンジャーの強烈な個性に魅せられたが、またジェリーがいつも自分とは一歩距離をおいているように感じられた。

彼を友達だと感じたことはない。友情などとはかけ離れた存在だった。しかし、たまに誘われて、ナイトクラブのばか騒ぎに同行することもあった。そんなときには、夜おそくまでビールを飲んで、つぎからつぎに登場する歌や踊りを楽しんだ、なかには将来のスターまちがいなしという若手もいた。そんな出し物のあいまをぬって、ジェリーはいろんな話をする。たいていは文学や作家のことだけど、彼をクビにしたお上品な学校とかカントリークラブとか、そんな組織のことにかみついたりすることもあった。[20]

サリンジャーには「鉄のような自我」があったと言うホッチナーは、サリンジャーの執筆にかける姿勢に感心し、自分は大作家になるという信念にうたれたという。「彼はだれも真似のできない独自の人間だ。彼の論理が乱れるところもとても魅力的で、意地悪なウィットや近視眼的なユーモアがちりばめてある」とホッチナーは回想する。

サリンジャーのホッチナーへの反応は型どおりだった。彼は自分がホッチナーよりわずか1歳しか年上ではないにもかかわらず、ホッチナーに書く技術について教えるのが自分の役目だと考えていた。

＊5　チャムリーズはいまもあって、サリンジャーが常連だったころとあまり変わっていない。長いあいだ高名な作家たちに人気があったことを誇りにしていて、壁には有名人の写真がかざってある。サリンジャーの写真は作家リング・ラードナーの隣にかかっている。

サリンジャーの態度は高慢にみえたかもしれない（ある面では事実そうだったろう）が、ホッチナーはサリンジャーから「心から書く」と教わったことを信頼していた。おもしろい話がある。それはサリンジャー自身の書くという概念を一部あきらかにするだけでなく、「ボウリングボールでいっぱいの海」にも関わるのだ。ホッチナーは自分も「ボウリングボールでいっぱいの海」という短編を書いたことがあり、タイトルを盗んだとサリンジャーを責めた。サリンジャーにとってそんなタイトルが、どうしようもなく魅力的だったのかどうか疑問だが、ホッチナーは彼が非難を否定はしなかったという。それどころか、サリンジャーはふたつの「ボウリングボール」作品（とホッチナーの「玉突き場の窓のロウソク」という作品）の相対的な長所を比較して、自分を弁護した。ホッチナーの作品に関して、サリンジャーはきっぱりと、「これらの物語には隠れた情緒がない。言葉と言葉のあいだに炎がない」と言ったという。[21]

サリンジャーは相手の著作態度を非難して、ホッチナーは自分が知らないことを書いている、自分を自分の物語のなかに置いてみるべきだ、と主張したのだ。「芸術作品として書くということは、経験の拡大だ」と彼は断言した。それはホッチナーにたいするヘミングウェイの批判でもあり、ホッチナーが肝に銘じているものだ。ホッチナーの話でいちばん興味ぶかいのは、サリンジャーが選んだ言葉だ。彼はホッチナーに、「言葉のなかに」炎を埋めこむのではなく、「言葉と言葉のあいだに」炎を置け、と忠告した。その指摘するところは、真の意味は作者が指示するものではなく、読者に感じとられるものだということだ。それはとくにサリンジャー的な概念で、サリンジャーをサリンジャーたらしめている要素である。ホッチナーがその微妙な含意をくみとれたかどうかわからないが、サリンジャーの言葉は書くこと全般の哲学を正確に表したもので、あきらかに慎重に選んだ言葉だった。

サリンジャーのグリニッチヴィレッジでの生活はきついものだった。「シーモア」のなかのバディの言葉を信じるとすれば、この作家は通の遊び人でポーカー好きの役をしぶしぶ演じていながら、その年のはじめに手に負えないシルヴィアの夫の役を務めていたときより、ぎこちなかった。彼女がヨーロッパにもどったあと、サリンジャーは自分にふさわしい「まともな」場所を探したが、なかなか見つからなかった。この時期のサリンジャーにも、自分の軍服に圧倒されておどおどしていた軍学校生徒が、仲間に好かれようとして、うまくいかないときにそなえて皮肉や虚勢に逃げこんでいた、そんな若いころの姿が見えるのだ。

サリンジャーがデート、ナイトクラブ、カードゲームなどにふけったのは、シルヴィアや戦争を忘れようとしたむなしい試みだったかもしれないが、じつはそのまえの5年間が彼を根本的に変えてしまっていた。彼が戦場で体験した魂の目覚めは身にしみこんでいて、作品の核となりはじめていた。その結果、1946年の後半に、サリンジャー作品における、ふたつの永続的で、ともに戦争体験にふかく根ざしている要素に焦点がしぼられてくる。そのふたつの要素とは神秘主義への傾倒と、作品は魂の実践の場であるという職業作家としての確信だった。

サリンジャーは1946年後半には、禅や神秘カトリック教を研究しはじめていた。[*6] これらの宗教哲学に影響されるというより、すでに確保している自分の立場を補強するために、受け入れたのだ。禅がとりわけ魅力的だったのは、自分が著作でよくあつかっている、人のつながりとバランスという問題を強調している点だった。これらの宗教哲学を研究していくうち、作品をつうじて魂の目覚めを伝えるという使命感が、サリンジャーのなかに生まれてきた。

1946年の夏、サリンジャーは失われた時間をとりもどそうとでもするように、次つぎに作品を書きはじめた。8月から12月までのあいだに、「男らしい別れ」、「開戦直前の娘」、そして、最高の意欲作、3万語の中編小説「倒錯の森（"The Inverted Forest"）」を完成させたのだ。

「倒錯の森」は作者の過渡期を示す作品とみなすべきだろう。彼はニューヨークにもどって、ふたつの異なった現実を生きようとした。精神的創造という「倒錯の」世界と、グリニッチヴィレッジのクラブやポーカーという社交の世界である。この相克を反映して、「倒錯の森」にはサリンジャーのこれからの著作で重要となるテーマが含まれている。この物語をつうじて作者は、芸術と魂は同義語であるという確信、作品を生むひらめきは魂の目覚めにつながっているという信念を主張している。そこでは人生を、物質的な力と精神的な力の戦いの場とみなし、芸術に現代社会の悪意に負けず生きぬく力があるのかという疑問を投げかけている。しかし、サリンジャーの戦後の精神的混乱と、1946年には簡単な小品でもうまく書けなかった状況を考えると、その意欲的なテーマはこの時期にひとつの作品におさめるには複雑すぎて、つながりのよくない、曖昧な中編小説になってしまった。

「倒錯の森」はコリーン・フォン・ノードホッヘンという、整形医療器具会社の自殺した女相続人とドイツ人の男爵とのあいだに生まれた裕福な娘と、アルコール中毒の母親に虐待されている、のけ者のクラスメイト、レイモンド・フォードとの物語だ。物語は2部に分かれている。登場人物はまず子供として登場するが、物語の大半は19年後にふたりが再会してから展開する。コリーンはビジネスウーマンとして成功していて、いっぽうのフォードはいまやコロンビア大学の教授であり、2冊のすばらしい詩集を出している詩人でもある。[*7] フォードは自分の詩と自分の進むべき道を、年配の金持ち女性の家のほこりっぽい書斎に閉じこもってみつけたのだった。そこでの孤独が、彼の魂のなかに「倒錯の森」のような、詩の満ちあふれた世界を創りだしたのだ。[*8] フォードは詩にのめりこむあまり、正常な恋愛とは無縁の世界にいる。それでもコリーンはフォードと結婚する決心をし、いろいろな求愛活動（たいていは中華料理店でのデート）をつづけた結果、ふたりは結婚する。

ふたりがどこかしっくりこない結婚生活をはじめてまもなく、コリーンは自分でも気がつかないうちに、フォードの芸術的かつ精神的堕落に手を貸すようになる。そんなふたりのもとを、学生で詩

*6　タイム誌によれば、サリンジャーは1946年ごろから、デートする女性たちに禅に関する読書リストを配っていたという。これが女性の精神性を評価するサリンジャー流のやり方だった。

*7　レイモンド・フォードをコロンビア大学でサリンジャーに詩を教えたチャールズ・ハンソン・タウン教授と比較したくなる。タウンもフォードとおなじくたくさんの詩集を出した。しかし、それ以外はレイモンド・フォードという人物とタウンの共通性はない。

*8　サリンジャーはこの物語を、「最後の休暇の最後の日」でもしたように、T・S・エリオットの詩『荒地』の悲観的な姿勢を否定するきっかけとして使っている。「荒地ではない。巨大なさかさまの森なのだ。木の葉はすべて地の下にある」とフォードは言うのだ。

人の卵を自称する若い女性が訪ねてくる。彼女は尊敬するフォードに自分の詩を読んでもらいたいと、コリーンに頼む。フォードが彼女の作品を批評したときの言葉が、この作品でもっとも重要なものだ。それは、コールリッジの『クーブラカーン』にふれて、彼女は芸術をあきらかにするのではなく、芸術らしきものを作っているのだ、と彼女を批判する言葉だ。「詩人というものは詩を作り出すのではない、それをみつけるのです。聖なるアルフ川が流れているところは、作り出されたのではなく、発見されたのです」[22]。フォードによれば、真の芸術は創作されるのではなく、つねに遭遇するものなのだ。彼の言葉は芸術を魂とみなし、真の芸術を魂の目覚めだとみている。

その詳細は説明されないが、彼女はなんとかフォードを征服しようと、彼の生活にくいこんでいく。なんどか密会しただけで、フォードは妻に電話して、いまではバニーと名のるその娘と駆け落ちすると宣言するのだ。コリーンは捜索して、荒れはてた借家に住んでいるふたりを発見する。この時点でサリンジャーは、バニーがフォードの母親の再来であり、彼の芸術的霊感をおしつぶし、彼を倒錯の森から追放しようとする、冷酷な社会の象徴であることを示唆している。背信行為は完遂された。コリーンの目の前にいるフォードはかんぜんに破壊され、アルコールにおぼれ、もはや真の詩といえるものを生み出すことはできないからだ。

サリンジャーは「倒錯の森」において、フォードという人物をとおして、芸術的および精神的存在の3段階をみせてくれる。フォードは最初は、母親の力に押さえつけられた子供として登場する。母親の破壊的な力は彼を押しつぶそうとさえする。しかし、倒錯の森が地下で枝葉をのばすように、フォードの芸術的な精神性が彼の内部で成長して、なんとか母親の虐待を克服する。これが第2段階のフォードにつながる。そこでは、フォードは悲惨な過去を乗り越えて、苦悩も抱えてはいるが、真の芸術家としての手腕をそなえた大人になっている。この状態でフォードは、芸術という地下の世界と非情な通俗の世界とをとりもつ仲介者の能力をあたえられている。第3段階になると、フォードは地上の世界に出てしまい、第1段階の破壊力がそれに抵抗する彼の精神力をうわまわってしまう。そしてついには、フォードの倒錯の森は根こそぎにされてしまうのだ。

サリンジャーがこんな物語をこの時期に書いたのは、皮肉なことだ。「倒錯の森」は精神的かつ芸術的な目覚めを妨げる現代社会を批判している。そこでは、神に仕える修道士が修道院にこもるように、真の芸術家は、その真理に仕え、真理を体験するために、現代社会から自分を切り離すべきだという主張がされている。ところがサリンジャー自身の当時の生活は、おそらくどの時期よりも熱心に、彼の作品が批判する社会の内部で暮らそうとするものだったのだ。

自立

1945年5月8日、ドイツ軍が降伏したとき、世間はよろこびにわいたが、サリンジャーは感情に呑みこまれるのが怖くて、事態を直視できなかった。いちにちベッドにすわって、両手で握りしめた45口径のピストルを見つめていた。この拳銃で左手のひらを撃ちぬいたらどんな感じだろう、そんなことを考えたりした[1]。

そんな場面は気味が悪く、サリンジャーが戦後に感じていた疎外感や、精神の不均衡をはっきりと物語っている。1946年末には、このような感情が彼の内部にいつもわいてきて、どうしても書かなくてはと思う、あの「魂のふるえるメロディ」に惹きつけられてしまうのだった。それは、周囲の人びとがよろこび楽しんでいるとき、ひとり考えこんでしまう人たちみんなを代弁するような、言葉のメロディだった。

1946年11月に、サリンジャーはニューヨーカー誌がやっと「マディソン街はずれのささやかな反乱」を、その年の12月号に載せるという報せを受けとった。この報せをエージェントのドロシー・オールディングに伝えたのはウィリアム・マックスウェルだったが、彼こそ1944年1月に、生意気なサリンジャーはニューヨーカー誌に「ふさわしくない」と断言した、当の編集者だった。

サリンジャーは大よろこびだった。1941年にこの雑誌がはじめて採用してくれた、まだ若かったころの、弱気で純情な面がまたよみがえってきた。1年間はなにも書けず、それにつづく5ヶ月間もまともなものは書いていないサリンジャーは、いま猛烈に再出発したくなっていた。ニューヨーカー誌は「マディソン街」を5年間も保留していて、彼はそれが印刷された形で見られるとは思ってもいなかった。おまけに、いろいろな雑誌に原稿を送りつづけてはいたが、ニューヨーカー誌へはほとんどあきらめていた。待ちに待った雑誌に自分の名前が出ることになったとき、彼はどんなことでもよろこんでやる気だった。掲載まえに書きなおしてくれるようマックスウェルが要求したとき、今回は1943年とはちがって、サリンジャーはなんの文句も言わなかった。[2]

「マディソン街」掲載の報せは、時期的には愉快な皮肉といえなくもない。サリンジャーはちょうどそのころ、「開戦直前(原題は『1941年』)の腰のくびれなんてない娘」を書き上げたばかりだったが、その作品は「マディソン街」と密接に関わる時期を思い出させるのだ。そのため、1941年に抱いた「マディソン街」が掲載されるという期待感、そして掲載が中止になった状況が、サリンジャーの胸によみがえってきた。まるであらためてペンをとって時間を逆行させ、この短編を悲運に泣かせたあの時期を、ハッピーエンドに変えようとするみたいだった。

11月19日、サリンジャーはウィリアム・マックスウェルに手紙を書いて、「マディソン街」掲載を再考してくれた礼を述べた。1944年に「イレイン」を送ったとき、一切の変更不可という条件をつけたのとは対照的に、貴誌が必要とみなすいかなる変更にも、よろこんで応じると伝えた。その手紙で、8月から執筆中の「倒錯の森」という75ページの中編を仕上げているところで、もう2、3日で完成の予定、と伝えた。それが完成するとすぐ、「マディソン街」の書きなおしにかかった。自分に運が向いてきたという予感に舞い上がったのだろう、サリンジャーは、ドロシー・オールディングがちかぢか「開戦直前の腰のくびれなんてない娘」という新作を、マックスウェルに送るからよろしく、とも伝えている。この新作は一方的にマックスウェルの許に送りつけられたが、この編集者はそこになにか皮肉めいたものを感じただろうか。[3]

「マディソン街はずれのささやかな反乱」は1946年12月21日にニューヨーカー誌に掲載されたが、広告だらけの裏ページだった。サリンジャーは気にしなかった。いまや天下のニューヨーカー誌に載るという、作家になると決めたときからの憧れの夢がかなったのだ。サリンジャーは、このちょっと遅れたニューヨーカー誌デビューが自分の作家人生を変えると、本能的に感じとった。1947年1月に28歳になると、ついにパークアヴェニューの両親のアパートを出て、ニューヨーク州タリタウンに殺風景な屋根裏部屋を借りて独立した。エリザベス・マレーへの手紙では、「家主のおばさんは不機嫌そうにスタジオと言ってるけど、ガレージを改造した小さな部屋」だという。[4]

新しい環境はなにもないが手ごろな家賃で、気に入らないこともあったが、野心に燃える芸術家には絶好の雰囲気だと思われた。ウェストチェスター郡という位置はニューヨーク市街地にはじゅうぶんちかく、それでいて誘惑を遮断するにはじゅうぶん隔離されていた。執筆のための隠れ家をいくどとなく探してきた身としては、タリタウンのこの小さな部屋は、両親の詮索にわずらわされず、戦争の責務もなく、グリニッチヴィレッジの誘惑もなく執筆に専念できる、はじめての場所でありがたかった。つまり、タリタウンは彼自身の倒錯の森だった。

サリンジャーが引っ越しをしていたとき、ニューヨーカー誌は「開戦直前の腰のくびれなんてない娘」を不採用とした。しかし、サリンジャーはひるまなかった。以前はニューヨーカー誌の「ヘミングウェイ流の小派閥」と軽蔑していた仲間にはいる決心をして、すぐ行動をおこし、1947年1月に作品を送った。それは大方の予想を裏切って「倒錯の森」ではなく、はるかに短い「バナナフィッシュ」という作品の原稿だった。この作品は同誌編集部の興味を刺激したが、重大な欠陥があった。1月22日、マックスウェルはこの原稿について、サリンジャーのエージェントに手紙を書いた。

我われはJ・D・サリンジャーの「バナナフィッシュ」を部分的にはとても気に入っていますが、なにかそこに物語が、あるいはポイントが見つからないという感じがします。サリンジャー氏が街におられるなら、当社で私とニューヨーカー誌流の物語について、お話でもしていただければと思います。[5]

サリンジャーはこれまでも、ニューヨーカー誌からそんな微妙なニュアンスの手紙をもらったことがあったが、そのたびに彼は腹を立てていた。彼は自分がいままでにない独自の作品を書いていると自負し、この雑誌にいつかは自分の画期的な作風を認めてほしいと願いつづけてきた。なかなか認めてくれないとなると、彼はニューヨーカー誌を無視して、ほかの雑誌に寄稿するようになっていた。今回はちがった。自分の作品を理解できないこの雑誌の無能さを責めるかわりに、自分のプライドを呑みこんで、協力することにしたのだ。その後まもなく、彼はウィリアム・マックスウェルのオフィスにすわっていた。

ニューヨーカー誌がサリンジャーの作品を評価したのは、その文体の精妙さだった。とくに会話は流れが自然で、耳に心地よいのだ。マックスウェルが困ったのは、ニューヨーカー誌のスタッフのだれも、この新作を理解できないことだった。みごとに書かれているようなのだが、同時によくわからないのだ。物語は、シーモア・グラスという青年がフロリダ海岸にいて、シビル・カーペンターという少女を遊ばせているところからはじまる。マックスウェルとサリンジャーは、わかりやすくするためには、物語に書き足す必要がある、との結論に達した。そこでサリンジャーは改稿するために「バナナフィッシュ」をひきとって、シーモアの妻ミュリエルを紹介する冒頭の場面をつけくわえた。

サリンジャーは「バナナフィッシュ」をなんども書きなおした。ミュリエルの部分をくわえたあと、ふたたびニューヨーカー誌に提出した。そこではガス・ロブラーノがこの作品の担当になっていた。こんども、原稿は作者にもどされた。サリンジャーはまた、再検討のため社に呼び出されたにちがいない。少なくともニューヨーカー誌は豪華雑誌《スリック》とはちがって、まる1年かかっても、彼と話し合って作業をつづける気だったし、彼の能力だけでなく、彼の意見も評価しているようだった。原稿をつきかえされたり、マックスウェルやロブラーノのオフィスに呼び出されたりしても、そのきびしさにサリンジャーはいやな顔ひとつしなかった。作家としての仕事が第一だったのだ。

なんども改稿をかさねたあげく、「バナナフィッシュ」はついに１９４８年1月に採用と決まった。そのときにはタイトルは「バナナフィッシュにけっこうな《ファイン》日」と変えられていたが、こんどはそのタイトルの件で同誌と話し合うことになった。ニューヨーカー誌では、バナナフィッシュのスペルに関して混乱があったようだ。バナナフィッシュと1語なのか、バナナ・フィッシュと2語なのか、というのだ。1月22日のガス・ロブラーノへの手紙でサリンジャーは、2語では意味が広がりすぎるので、1語にすべきだと説明した。ロブラーノはこの説明に納得したようで、1948年1月31日に誌が発売されたときは、タイトルは「バナナフィッシュにうってつけの日《パーフェクト》("A Perfect Day for Bananafish")」とされていた。

「バナナフィッシュにうってつけの日」の完成にかけた日々は、サリンジャーと作品のどんな細かい部分にも相談にのってくれたニューヨーカー誌の編集者たちとの、緊密な共同作業を物語っているが、それだけでなく、サリンジャーがこの作品をどれほど研ぎすましていったかということも示している。この物語の最終稿も謎めいていることを考えれば、最初の原稿がどれほどわかりにくかったか想像して、ウィリアム・マックスウェルに同情せざるをえない。

「バナナフィッシュにうってつけの日」の冒頭から、読者はミュリエル・グラスがどんな人間かはっきりわかる。彼女は落ち着いていて鷹揚である。気まぐれでわがままでもある。表面的な人間であることをあきらかに示す象徴として、サリンジャー作品によく登場する人物同様、ミュリエルも指の爪の手入れに熱心だ。夫が海岸にいるのに、ひとりホテルの部屋にいること、しかもそこで読むのが「セックスはよろこびか地獄か」という記事であることが、彼女の自信家で独立心をもった人物という姿をみせている。ミュリエルは、サリンジャーも言うとおり、「電話のベルが鳴ったからといって、やりかけてたことをあわててやめるような女ではない」のだ。[6]

ミュリエルが電話に出ると、相手は母親で、女たちはミュリエルの夫シーモアの話をしはじめる。シーモアは戦争から帰還していらい、おかしいという。わけのわからない行動が増えた。彼が運転中にわざと車を木にぶつけたとか、そのほか些細なこと、たとえば、直射日光を避ける、ホテルのロビーでピアノを弾く、現実にはない刺青を軍隊で入れたと思いこんでいる、などといわれる。ミュリエルの母親はシーモアの行動に仰天し、この結婚自体を嫌悪しているが、ミュリエル本人は驚くほど夫の風変わりな面を受け入れ、シーモアの問題点を指摘されても、ファッションの話題で冗談にまぎらしてとりあわない。

シーモア・グラスは海岸で、青白いやせた身体をバスローブに包んですわっている。彼と話している子供は、母親がマティーニを飲んでいるあいだ、遊んでいるようにと送り出されたのだった。少女の名前はシビル・カーペンターといい、シーモアとの会話は興味をそそるが、ごくまともである。しかし、シビルは好感のもてる子ではない。わがままで短気、それにやきもちやきだ。彼女は人を見ぬく力のあるマティ・グラドウォーラーではなく、愛らしいフィービー・コールフィールドでもない。シビルがライバルのシャロン・リップシャッツの話をもちだすと、シーモアはT・S・エリオットの詩『荒地』を引用して、その話題は「記憶と欲望を混ぜ合わせて」いるのだ、と言う。サリンジャーのこの引用から、シビルという名前の由来がわかる。『荒地』には短い序章がついていて、ギリシアのクマエで少年たちがとらわれの身のシビルをからかうところからはじまる。ギリシア神話で、シビルはひとつ願いをかなえてやる、と告げられる。むなしくも、彼女は永遠の命を願う。しかし、同時に永遠の若さを願うことを忘れたため、はてしなく老いてゆくはめになる。エリオットの提示するシビルは壺《つぼ》のなかに閉じこめられ、かつて自分が否定した死そのものを請い願うのだ。それは自分の経験に苦しみつづけ、必死に解放を願う、あわれな人間の姿だ。

ゴムの浮き袋に乗ったシビルは、シーモアをせかせて海へ出る。そこで彼は少女に、海のなかの穴に大量に育つバナナを求めて、悲惨な運命をたどるバナナフィッシュの話をする。食欲を満たすために穴にはいったバナナフィッシュは、自分の大食の犠牲となる。穴では「豚みたい」になって食べすぎ、太って出られなくなるのだ。シーモアが語る、欲望のせいで悲惨な運命をたどるバナナフィッシュと、エリオットの詩に登場する、過酷な自分の存在に呪われたシビルとの相関関係はあきらかである。

「シーモア――序章」において、サリンジャーは読者に、「バナナフィッシュ」のシーモアは「まったくシーモアではなく、奇妙なことに、よく似ているのは――アレー・ウープかな（訳注：原始時代を舞台にした漫画の主人公）――わたしのほうだ」と指摘し、さらに「当時わたしは安定がわるい、といわぬまでも、ひどく下手な修理を受けたドイツ製のタイプライターを使っていた」とも述べている。[7]

ヒュルトゲンの森の恐怖から強制収容所の恐怖にいたるまで、シーモア・グラスを押しつぶそうとする記憶は、人間がなしうるかぎりの残虐性を、胸をえぐられるほど思い知っているということだ。シーモアはそんな恐怖を経験してみて、作者とおなじく、自分がいま思い知った真実を無視する社会には、適応できないと感じたのだろう。浮き袋に乗った少女は、エリオットの詩との関わりからシビルと呼ばれているが、彼女の姓はカーペンターで、彼女のなかにはウィリアム・ブレイクの「子羊」の要素も棲みついている。シーモアはシビルといっしょにいて、希望を、あるいは自分が耐えてきたものからの解放を求めて、人間性の本質を見きわめようとしていたのではないだろうか。

シビルがシーモアの話によろこんで、バナナフィッシュを見たと言うと、シーモアは彼女の意向を無視して岸に向かう。そのとき、最後の祝福として足の土踏まずにキスして、自分が苦しんできた道ではなく、悪も苦もない道を、少女が歩むよう願うのだ。その行為は少女を驚かせるが、彼女は「残念そうな様子もなく」走り去る。この幕間が終わるときには、シーモアは人間と周囲の世界の成り立ちについて、自分なりの結論を出していたのだ。

ホテルの部屋にもどると、ミュリエルがツインベッドのひとつで寝ている。それはちょうど、世界が内に秘めた本質的なやさしさを無視して眠るように、シーモアの必要に、苦しみに、思いに合わせて眠りこんでいたのだ。シーモアは彼女を見るが、もはや自分が結婚している女を見ているのではない。彼女はたんに「女の子」と呼ばれている。サリンジャーはそこで、シーモアがトランクから「オートギース7・65口径オートマチックを取り出して」、ベッドにすわり、じっと妻を見た、と報告する。年齢を重ねることが、クマエのとらわれ人の避けられない運命であるように、苦しみを重ね、悪を知ることが避けられないこの世界で、これ以上生きのびる気のないシーモアは、自分の頭を撃ちぬくのだ。

「バナナフィッシュ」の荒涼感はサリンジャーにつきまとい、彼はその書きなおしに落ち着かない1年を過ごした。1947年は人生のあらゆる面で変わり目にあたる年だった。ウェストチェスターの質素なガレージのアパートは、はじめは自由に思えたかもしれないが、すぐに狭すぎることがわかり、冬にはコネティカット州スタンフォードに転居していた。こんど借りたスタジオはガレージではなく、改装した納屋だった。そこはサリンジャーの新しい大家ハイマン・ブラウンの夏の別荘でもあった。「ミステリー、恐怖、サスペンス」の物語のつまったラジオ番組『奥の院のミステリー』などで有名なプロデューサーであるブラウンは、サリンジャーが犬を飼っていると知って、家を貸すのを断るところだった。彼がしぶしぶながらシュナウザー犬を飼うことを承知してくれて、サリンジャーはほっとした。その家にサリンジャーはほれこんでいたのだ。うまい具合に木立に囲まれたコネティカットのスタジオはおどろくほど快適で、サリンジャーによれば、「すてきな暖炉やきれいなグラウンドがあって、なにより静か」だった。[8]

１９４１年いらい彼を支配してきた豪華雑誌《スリック》は、最後のあえぎを上げていた。新しくニューヨーカー誌と関わりができて、彼はいまが作家として躍進するかどうかの瀬戸際だと感じていた。その結果、彼は豪華雑誌にたいして我慢し、雑誌が自分の作品に手をくわえることがあっても、これまでになく衝突することが少なくなった。このような自信が、彼に寛大な姿勢をとる余裕をあたえていた。たとえば、4月10日にはドロシー・オールディングに、バーネットが「ロイス・タゲットやっとのデビュー」を再版することを許可した。[9]

5月には「開戦直前の腰のくびれなんてない娘」がマドモアゼル誌に出た。そこには人物紹介がつけられたが、豪華雑誌に関するかぎり、サリンジャーの高飛車であからさまな軽蔑の姿勢はあきらかだった。じじつ、彼は自分の紹介記事を提出することを拒否したが、雑誌はなんとか工夫して、その拒否の言葉もとり入れて短い記事を掲載した。

J・D・サリンジャーは寄稿者の紹介記事を認めない。しかし、彼は8歳から書きはじめ、いらい書きつづけている、と語ってくれた。また、戦時中は第4師団に属し、ほとんど若い人たちのことを書いている、という。本誌222ページに作品を掲載。

そうしているあいだに、サリンジャーは豪華雑誌《スリック》に掲載される作品としては最後になる2作を書いていた。彼は「ウィーン、ウィーン（"Wien, Wien"）」、「ガリガリいうレコードの針（"Needle on a Scratchy Phonograph Record"）」というタイトルをつけたが、雑誌に掲載されたときは、それぞれ「想い出の少女」、「ブルー・メロディ（"Blue Melody"）」と変更されていた。この2作はちょっとみると、まったく異なったタイプの物語にみえるが、ふたつをならべてみると、根本的におなじ本質をもっていることがわかる。ふたつとも悲劇的で、戦後のサリンジャー作品に共通している無力感が伝わってくるのだ。ともに無垢な若さを象徴する人物が中心にすえられ、ともに無関心がひき起こす殺伐たる状況を描いている。

「想い出の少女」は、サリンジャーが1945年にオーストリアの一家を捜索したことを、かなり忠実に再現している。語り手はジョンという青年で、学校で落第したあと、父親の家業を学ぶためにウィーンに送り出されたのだ。ウィーンに着くと、ジョンは街のなかでも物価の安い地区——それとなくユダヤ人街だとわかる——の下宿屋に落ち着く。そこに5ヶ月滞在するあいだ、彼は階下に住む家族の娘、16歳のリアに夢中になる。ジョンはバルコニーにいる彼女を見ていて、その純粋な美しさに圧倒されてしまう。

その後ジョンはニューヨークにもどる。何年か過ぎて、戦争が勃発する。防諜部隊で軍務についたあと、リアをみつけようとウィーンを訪れる。捜索もむなしく、彼女と両親はブーヒェンヴァルトの収容所でナチスによって殺されたという事実を、一家の知り合いから聞かされる。

ジョンはせめてリアを感じとりたいと思い、何年かまえいっしょに暮らしていたアパートに行ってみる。そこに着くと、その建物はアメリカ軍の将校用の宿舎になっている。建物にはいってみると、2等軍曹が机で爪をみがいている。ジョンは2階に上がって下宿していた部屋をみせてくれるよう頼む。不機嫌な軍曹は、2階の部屋を見ることがなぜそんなに重要なのかと尋ねる。ジョンはリアとその死について、「彼女は家族ともども焼却炉で焼かれたそうだ」と、てみじかに語る。軍曹の反応は冷たく無関心なもので、「そうか？　なに者だったんだ。ユダヤ人かなにかか？」と言っただけだった。ジョンはやっと2階に上がらせてもらうが、それは軍曹が同情したからではなく、なんの興味もないからだった。2階からだれもいないバルコニーを見おろすと、そこには過去のものはなにもなく、あるのは四方の壁だけだと思い知るのだ。階下におりて軍曹に礼を言うと、軍曹はシャンパンをどう貯蔵しておけばいいのか訊くのだった。[10]

物語が終わるころには、読者はこの軍曹への嫌悪感でいっぱいになる。リア一家の死に直接の責任があるわけではないが、彼の態度や、そんな無関心が虐殺をひき起こしたともいえることを考えると、彼にはやはり責任がある。それゆえ、リアという人物は、たんにロマンティックな関心を惹くという以上の存在だ。いっぽうで彼女は、第二次世界大戦によって破壊された、はかなくも美しいものを象徴している。もういっぽうでは、彼女の死後を描いて、さらに広い意味の道徳におよんでいる。人間の本性にせまり、無関心のせいで、人間は残虐行為を犯す、あるいはそれを許してしまう可能性があることを伝えようとしているのだ。

「ブルー・メロディ」の舞台は深南部だが、そこには「想い出の少女」とおなじ批判の声が響いている。「ブルー・メロディ」はジャズと差別の物語で、リーダ・ルイーズという才能豊かなブルース歌手の生涯を、無垢の象徴であるふたりの子供、ラドフォードとペギーの目をとおして語っている。リーダ・ルイーズは野外のパーティで盲腸破裂になってしまい、彼女が黒人だと知るとどの病院も受けつけず、車の後部座席で死んでしまう。

この物語は、サリンジャーがブルース歌手ベシー・スミスにささげたものだ。1937年、ベシー・スミスが自動車事故による出血多量で死んだとき、いちばんちかくの病院は、彼女が黒人であるとの理由で治療を拒否した、といわれている。

サリンジャーは「ブルー・メロディ」において、現実のベシー・スミスの話より辛辣な言葉を発している。リーダ・ルイーズはあきらかに瀕死の重病なのに、いくつかの病院に拒否される。彼女の受け入れを拒否する——本質的には死の宣告をするのとおなじことだ——とき、病院のスタッフは、「申し訳ないが、規則で……黒人の患者は許可されないので」と、おなじ口実で逃げてしまう。彼らはただ命令に従っているだけなのだ。サリンジャーはこの物語はアメリカ南部にたいする「非難」ではないし、「どんな人をも、どんなことをも責めているのではない。おふくろ手製のアップルパイとか、きんきんに冷えたビール、ブルックリン・ドジャーズとか『ラックス・ラジオ劇場』とか、要するに我われが戦争で命をかけて守ったものに関する、ほんのささやかな物語なのだ。必読の読み物だ[11]」と述べている。

たしかに「必読の読み物」である。サリンジャーはあきらかに、自分をとり巻く社会に蔓延する非人間的な価値観について、もっと考えてくれるよう呼びかけている。アメリカ人が命をかけて戦って護ったものは、こんな価値観だったのだろうかと問いかけている。そうすることで、自国民が他国の残虐行為を責めたり、いい気で自分の残忍性には背を向けることを許さず、そんな価値観を見なおすように要求しているのだ。サリンジャーは「ブルー・メロディ」において、「想い出の少女」で書きはじめたことを完成させたといえる。虐殺《ホロコースト》を自国の問題としたのだ。

「倒錯の森」がコスモポリタン誌の特別号に掲載されたのは、サリンジャー自身が経験しつつある作家としての転換をそのまま表現するみたいに、「バナナフィッシュにうってつけの日」の発表1ヶ月まえの1947年12月だった。サリンジャーは「倒錯の森」という作品には、すでに戸惑いを感じていた。「バナナフィッシュ」のほうがはるかにすぐれた作品だと自分でもわかっていて、この中編小説を直前に発表すれば、どうしても比較されてしまうと思っていた。サリンジャーは1947年中ずっと、ニューヨーカー誌のマックスウェルやロブラーノといった編集者たちと話してきて、自分の作品を研ぎすますことを大いに学んでいた。「倒錯の森」は、いまの彼にはどこかそぐわない未熟なものに思えていた。しかし、コスモポリタン誌は「倒錯の森」を長編小説だと宣言し、派手な広告をつけて発表した。この雑誌が作品のまえにつけた読者向けの広告は以下のとおりだ。

この短めの長編小説は雑誌が提供する作品としては異質だ、と申し上げるのはきわめて控えめな言い方であります。この作品になにが書いてあるかは、あえて申し上げません。ただ、読者諸氏は、いままでに読んだことのない、きわめて独自な物語に遭遇されるであろうということを予告するのみです。[12]

「倒錯の森」は成功とはいえなかった。長い物語を苦労して読みおえたコスモポリタン誌の読者は、それを異質だとは思ったが、あまり魅力的とは感じなかった。大半の読者は迷路そのものに誘いこまれたようだと、雑誌社に怒りをぶつけてきた。しばらくコスモポリタン誌に雇われていたA・E・ホッチナーによると、編集長には「抗議の手紙が押し寄せ、それいらい物語の筋がはっきりしていないものは、掲載しないことにした」という。[13]読者からこんな反応があったにもかかわらず、コスモポリタン誌は１９６１年３月の「60周年記念号《ダイヤモンド・ジュビリー》」に再録することにした。そのときには、サリンジャーはこの中編小説のことはすっかり忘れてくれればと思うようになっていたので、再録するという雑誌社の企画を知って、なんとか考えなおしてくれるよう頼んだ。しかし、１９６１年にはサリンジャーは世界的に有名な作家になっており、コスモポリタン誌はかまわず再録した。

ニューヨーカー誌のほうはうまくいった。「バナナフィッシュ」は好評で、読者はそのちょっと不思議な内容と圧倒的な結末に興味をそそられた。ニューヨーカー誌はサリンジャーを長いあいだ冷遇してきたにもかかわらず、急に彼の才能を手ばなしたくないと思ったのか、彼を確保して、作品を最初に査読する特権をもつかわりに年俸を支払うという、好条件の契約を提示した。[*1]「第一査読契約」と呼ばれるこの契約のおかげで、生活費のために豪華雑誌に書かざるをえない、ということはまずなくなった。これ以後、サリンジャーの作品はもっぱらニューヨーカー誌のために書くことになり、そこで拒否されたときのみ、ほかの出版社を探せばよかった。そのかわり、サリンジャーは、その貴重な待遇をあたえてくれた新しい編集者、ガス・ロブラーノに縛りつけられることになった。

サリンジャーの将来の指南役ウィリアム・ショーンをふくめて、ガス・ロブラーノほどサリンジャーを巧みにあつかった編集者はいなかったといえるだろう。彼には人をあつかう才能があり、とくにニューヨーカー誌に雇われた神経質でわがままなタイプの作家のあつかいがうまかった。こんな作家連中はたいてい神経質な芸術家たちで、文学界におけるオリュンポスの山ともいえるニューヨーカー誌のなかで、自分の位置がどんなものなのか、おたがい嫉妬していた。

ロブラーノはE・B・ホワイト（訳注：ジャーナリスト、小説家）の大学時代のルームメイトで、ホワイトの妻キャサリンはこの雑誌のフィクション部門の有力な編集者だった。ホワイト夫妻は1938年にメイン州に移り住むことになり、出ていくまえにガス・ロブラーノをスタッフにくわえて、キャサリンがあつかいにくいと思っていた、ほとんどユダヤ系作家の寄稿者たちを彼の担当にした。彼の修行時代、他意なく仕事のこつを教えてくれたのは、自分も何年かまえにキャサリン・ホワイトに雇われたウィリアム・マックスウェルだった。マックスウェルはロブラーノをべつに脅威だとは考えて

*1　ニューヨーカー誌はサリンジャーの作品を最初に査読する権利に、年3万ドルを支払ったといわれている。

おらず、自分がフィクション部門のトップとして、ホワイトの跡を継ぐものと思いこんでいた。ホワイト夫妻が引っ越しの準備をしているとき、マックスウェルの叔父がとつぜん亡くなった。マックスウェルが葬式からもどってみると、驚いたことに、キャサリン・ホワイトのオフィスにはガス・ロブラーノがいた。マックスウェルはすぐに社をやめたが、ロブラーノが呼びもどし、結局ふたりは親友になった[14]。

この人事は大成功で、ロブラーノの優秀性が発揮されることとなった。彼にはニューヨーカー誌という聖なる場所とは異質の親しみやすさがあり、それがまわりに才能のある仲間を集める力になっていた。ガス・ロブラーノはキャサリン・ホワイトを引き継いだその日から、自分のユニークな個性を発揮して、ニューヨーカー誌の組織としての文化の方向性を決定することにした。この文化を、自分の支持者ともどもおし進めるため、ロブラーノは「第一査読契約」という制度を考え出した。この制度は大物の寄稿者を雇い人に変え、作家たちを自分個人に縛りつけて、「ニューヨーカー・ファミリー」のようなものを作り上げた。この雑誌の創設者ハロルド・ロスが、カクテルパーティで人びとの自尊心をくすぐって才能を呼びこんだように、ガス・ロブラーノは昼食、魚つり、テニスなどで、みんな自分が選ばれた内輪の仲間だと感じさせて、自分だけの芸術家グループを形成していった。

サリンジャーも自分が選ばれた人間だと感じていた。ウィット・バーネットによる裏切りの傷はうずいていたが、彼はガス・ロブラーノから提供される好条件をよろこんで受け、ニューヨーカー誌のエリートとして受け入れられたという満足感にひたっていた。サリンジャーとガスはつねに親しかったが、サリンジャーがマックスウェルと築いた関係には至らなかった。マックスウェルのほうがロブラーノより学究的で、こまかく気がついて親切だった。どれもサリンジャーが大切にしている特質だった。ロブラーノと魚つりやテニスをしても、サリンジャーは楽しくなかったかもしれないが、ふたりを結びつけていたのは、ふたりがそれぞれウィリアム・マックスウェルを尊敬しているという事実だった。

1948年2月、ニューヨーカー誌での成功のよろこびにひたっているころ、サリンジャーは豪華雑誌《スリック》からいつものいやな仕打ちを受けた。サリンジャーが破壊された過去を求めてウィーンにもどったことを描いた物語を、グッド・ハウスキーピング誌が掲載したのだ。「ウィーン、ウィーン」というタイトルで提出したのだが、発表されたときは「想い出の少女」になっていた。1944年のサタデー・イヴニング・ポスト誌でのいやな経験を思い出して、サリンジャーは激怒した。しかし、編集者のハーバート・メイズはなぜサリンジャーが怒っているのか理解できなかった。「サリンジャーがなんで怒ってるのかわからないけど、猛烈に抗議してきて、エージェントのドロシー・オールディングに今後は原稿を私に渡さないように命じたらしい」とメイズは書いている[15]。作者に相談もなく変更することは、この手の雑誌にはよくあることだった。しかし、サリンジャーはニューヨーカー誌ではこの問題を解決できていた。豪華雑誌にしいられていた忍耐は、やっと終わりを告げたのだ。

作家としてこのような挫折と成功を経験しながら、サリンジャーはあいかわらずコネティカット州スタンフォードの改造納屋のスタジオで愛犬ベニーと暮らしていたが、つぎの2作の執筆にとりかかっていた。このふたつはすぐにニューヨーカー誌の誌上をかざり、彼の評価を高めていく。ひとつ目は「コネティカットのひょこひょこおじさん("Uncle Wiggily in Connecticut")」といい、満たされない人生を描いて、サリンジャーの新しい隣人たちの目覚めをのぞき見させてくれる。

サリンジャーは郊外に移り住んで、郊外に住む中流という新興階級の存在を知った。それは1948年当時、爆発的に成長してきた階層で、そこはつきることのない素材の宝庫に思えた。サリンジャーがコネティカットに住んでいたころ、あからさまなアメリカ第一主義や物質主義が幅を利かせ、だれも疑わなかった。彼の隣人たちもその価値をあがめ、個性を殺す画一性という基準でお互いを評価していた。サリンジャーにはそんな素材は魅力的だった。社会の偽善性をあばいてきた彼は、自分が軽蔑するこんなものをありがたがるだけでなく、そこへみんなを巻きこもうとする文化の真っただ中にいることを知ったのだ。

「コネティカットのひょこひょこおじさん」には3人の主要な登場人物がいる。郊外に住む裕福な主婦エロイーズ、彼女の昔のルームメイト、メアリ・ジェーン、そしてエロイーズの娘ラモーナだ。物語は、メアリ・ジェーンがコネティカットの郊外にあるエロイーズの家を訪ねてくるところからはじまる。時間がたつにつれて、ふたりの女はしだいに酔ってきて、昔の想い出話をはじめる。「ひょこひょこおじさん」は、いわば、酒ありタバコありのどんちゃん騒ぎで、サリンジャーがよくとりあげる、気どりと現実逃避を描いている。

酔いがまわってきて、エロイーズはいまは亡き真の恋人、ウォルト・グラスという兵士のことを語りだす。彼は小さな日本製のストーブの奇妙な事故で死んだのだ。この場面はエロイーズの娘ラモーナの登場で中断される。ぶあつい眼鏡をかけた、あつかいにくい子供だ。エロイーズは自分の娘を見くだしていて、とくにジミー・ジメリーノという目に見えない、空想上のボーイフレンドのことをばかにしている。ジミー・ジメリーノが車に轢かれたとラモーナが報告すると、読者は、この娘は母親が告白したウォルト・グラスの話を立ち聞きしていたことを知る。

この物語のクライマックスは微妙である。エロイーズが酔ったまま2階にあるラモーナの寝室へ行って、娘の様子を見ると、娘は架空の友達の寝る場所を空けているように、ベッドのすみに縮こまっている。死んだはずのジミー・ジメリーノのために、いつもそうしていたのだ。母親に問いつめられたラモーナは、目に見えない新しい友達ミッキー・ミケラーノに場所を空けているのだと言う。真の恋人ウォルト・グラスの代わりが見つからないエロイーズは激怒して、すすり泣く娘を無理やりひきずって、ベッドの中央に寝かせる。そのとき、母と娘のあいだに真のやさしさを知る瞬間が訪れ、そして悲しい悟りがある。エロイーズはナイトテーブルから娘の眼鏡を取り上げ、涙ながらに頬に押しつける。

最後の段落で、エロイーズが自分の偽善性を自覚していることがあきらかになる。彼女は階下におりると、友人を起こす。彼女は泣きながら、大学のころ自分が好きだった服のことを思い出してくれと懇願する。その言葉の最後で、あたし、むかしは「いい子」だったわよね、[16]とたしかめるように尋ねる。この部分はエロイーズが以前の誠実さをつよく思い出しているセリフで、他人に認められるためにその誠実さを犠牲にしてきたことを示している。この言葉の力づよさは、その一連の行為にあるのではなく、自分が失ったものと現在の自分の実態を、エロイーズがとつぜん悟るところにある。サリンジャーのメッセージはあきらかだ。読者が「ひょこひょこおじさん」をつうじて目撃したのは、多くの欠点を抱えた現実と、郊外の夢という偽りの幻想とのあいだの闘いなのだ。

ニューヨーカー誌に掲載されたサリンジャーのつぎの作品「対エスキモー戦争の前夜("Just Before the War with the Eskimos")」は、分断という問題を探求したものだ。つまり、人と人との分断、人とその夢のあいだの障壁という問題だ。本質的に実存的な問題で、物語は孤立化に向かって流されようとするジニー・マノックスの救出をめぐって展開する。比喩や象徴ゆたかな「エスキモー」は、物語というより寓話であり、サリンジャー自身が失意の苦しみからの解放や、人生と人間の本質に関する疑問への解答を模索している、その作家としての魂の探求をみせてくれる。主人公が最初に登場したときより、最後のほうがよい状況にある物語はこの3年間ではじめてで、意義ふかい。

物語の冒頭で、ジニー・マノックスが登場する。彼女は心のなかでは軽蔑している、クラスメイトのセリーナ・グラフとテニスをしている。ジニーは皮肉屋で利己的、おまけに思いやりもない。そんな性格になるきっかけが、なにかあったにちがいない。ジニーはタクシー代の貸しを払ってもらうために、セリーナといっしょにグラフ家の高級アパートに押しかける。そこで彼女はセリーナの兄フランクリンに出会う。彼は気さくだが、一般社会に適応できないでおちこぼれた24歳の青年だ。フランクリンは指を切っていた。彼はジニーにチキンサンドイッチを半分くれる。彼はまたジニーに、彼女自身の孤立、深まる疎外感を自覚させてくれる。

彼女の変化は、テニスのようなフランクリンとの言葉のやりとりをつうじて、ジニーの内部で起こる。フランクリンの言葉はきつく、敵意に満ちているが、ジニーは彼と議論しているうちに、どういうわけか分別がついてくる。ここは解釈しだいだろう。彼女は疎外されたフランクリンのあわれな状況を見て、自分自身の孤立を悟ったのかもしれない。あるいは、フランクリンの敵意に満ちた外見の裏に、善良さを感じとって、洞察力を得たのかもしれない。いずれにせよ、ジニーはフランクリンと知り合ったことで、以前より善良な人間になり、とらえどころのない、おちこぼれの彼を見て、人間信頼の心をよみがえらせたのだ。

彼女のこの心境は、フランクリンがくれたチキンサンドイッチを、帰り道で自分のポケットに発見するところで示される。彼女はそれを捨てるか、とっておくか迷ったあげく、ポケットにもどす。サリンジャーは最後の一文で読者にこの物語の再評価をうながしている。「何年かまえ、部屋のクズ籠に敷いたおがくずのなかでイースターのひよこが死んでいるのをみつけたときも、ジニーはそれを始末するのに3日かかったのだった」[17]。

キリスト教的な象徴がちりばめられた物語のなかで、イースターのひよこは死から復活しないことをジニーがやっと受け入れるまで、3日も横たわっていた。それを捨てたとき、彼女の無垢な信頼と信仰も捨てたのだ。フランクリンは彼女が待ちつづけた復活を彼女にあたえ、彼女は自分の価値と同様に、他人の価値をふたたび信じられるようになったのだ。

「コネティカットのひょこひょこおじさん」は3月20日、「対エスキモー戦争の前夜」は6月5日に登場した。読者はどちらの作品にも頭をひねったが、それでも楽しんだ。どちらもニューヨーカー誌スタイルで書かれた、ニューヨーカー誌タイプの作品だった。詩人のドロシー・パーカーは「都会的で巧妙、とてもよくできている」と評した。これらの作品の成功によって、サリンジャーはニューヨーカー誌一家の一員として迎えられ、これからも要望に応え、ニューヨーカー誌方式に合った道を進むよう期待されるようになったのだった。

再確認

サリンジャーがまだ子供で、両親にとってかわいい坊や《サニー》だったころ、なにかもめごとがあると、しょっちゅう家出をしていた。ある日、彼が2歳か3歳のころ、姉のドリスは両親が出かけているあいだ、彼の面倒をみるよう頼まれた。留守番しているうちになにかのことでケンカになって、サニーはケンカから逃げ出した。スーツケースにおもちゃの兵隊を詰めこんで、飛び出していった。母親が帰ってきてみると、息子はロビーにすわりこんでいた。「頭のてっぺんから足の先まで、インディアンのコスチュームでかためて、羽の頭飾りなんかもつけてね。それで、『お母さん、ぼく、家出する。だけど、お母さんにさよならを言うために待ってたんだ』って、母さんに言ったのよ」とドリスは回想している。[1]

サリンジャーの作品は、少年時代のよろこびにひたすら浸るようになってきた。彼の著作は、子供は大人より神とちかく、完璧に愛する力がつよく、大人が互いをへだてるため作り上げ、実行している区別は気にしない、という理念を実証している。サリンジャーの作品では子供が高く評価されるので、大人の精神的な純粋さは、自分のまわりにいる子供とちかしいかどうかで測られる。そのわかりやすい例は、『キャッチャー・イン・ザ・ライ』でホールデンが、映画館で女とその息子を目撃する場面だ。女はお涙ちょうだいの映画に泣いているが、トイレに行きたがる息子を連れていかない。ホールデンは「あれでやさしい心の持ち主なら、狼だってやさしい心の持ち主だね」と断ずる。[2] ホールデンの声は、サリンジャー自身の哲学、1948年に固まった彼の信念を反映している。

その年の7月、サリンジャーは休暇をとってウィスコンシン州に旅して、ジェニーヴァ湖の岸辺にあるロッジで夏を過ごした。避暑客は多かったが、湖畔の丸太小屋の心地よい部屋に落ち着いて、持参した資料のメモを取りはじめた。民族浄化（訳注：特定の民族を排除する暴力的差別行為）の事実を裏づける、心も凍りつくような資料で、ナチの論文「民族研究の新たな基盤」や5月1日のニューヨーカー誌の記事「リディツェの子供たち」が含まれていた。

サリンジャーの注意を惹いたのは、ニューヨーカー誌が戦争中の子供たちの残虐な殺害や、外見がドイツ人らしかったため、かろうじて生きのびた子供たちの奴隷状態を伝える、衝撃的な記事だった。サリンジャーはその記事から、「6000人以上のユダヤ人、ポーランド人、ノルウェー人、フランス人、チェコ人の子供たちが、ヘウムノ収容所のガス室で殺され、火葬場で焼かれたことがわかっている」とメモした。[3]

その記事から選んだ引用部分は恐ろしいもので、サリンジャー自身の経験だけでなく、オーストリアの一家の悲惨な運命を否定したいという、長年の気持ちにも訴えかけてきた。その記憶の重荷は時がたつにつれて大きくなり、なんとしても克服しなければならないと自覚していた。

「対エスキモー戦争の前夜」の結末は、彼の書くものが1946年からずっととらわれてきた、暗いテーマからはなれて、新しい方向に向かうことを暗示していた。しかし、それはまだわずかな変化でしかなく、ためらいもあって、彼の精神状態はまだ、戦争と大量虐殺の経験にひっかかっていた。

サリンジャーが引用したのは、記事の結末部分ではなかった。リディツェの子供たちの悲惨な物語を伝える最後の段落の直前に、サリンジャーが書きとめていた言葉があった。最終的にサリンジャーにペンをとらせたのは、記事が伝える絶望ではなく、その言葉のもつ力だった。「わたしは希望を捨ててはいない。わたしたちはだれひとりとして、希望を捨ててはいない」、記事はそう宣言していた。[4]

ジェニーヴァ湖のほとりで過ごしているうち、サリンジャーの奥深いところでなにかが方向を変え、このところ彼の作品が逃げこんでいた、暗い隠れ家から出てくるように促すのだった。ニューヨーカー誌の記事のなにかが、あるいは、部屋の窓から見える湖の光り輝く景色が、彼をふるい立たせたのだろう。サリンジャーはナチの残虐行為に関するメモを片づけ、新しい作品を書きはじめた。それは短いが深い意味をもつ「小舟のほとりで（"Down at the Dinghy"）」という短編だった。反ユダヤ主義の問題に取り組んではいるが、この時点で彼の作品が本質的に変わったことを示すように、憎しみによる断罪ではなく、愛による救いを登場人物にあたえている。

最初は「小舟の殺し屋（"The Killer in the Dinghy"）」というタイトルだったこの作品を、ちかくのジェニーヴァ湖の船着場を眺めながら書くサリンジャーの姿が目に浮かぶ。[5] 子供に触発されて啓示を得るというところは、一連のコールフィールドものを思いおこさせるが、ブーブー・タンネンバウムやここで言及されるシーモアとバディのグラス家兄弟など、登場人物が将来の作品を予期させる。

「小舟のほとりで」はふたつの場面に分かれ、三人称で語られる。舞台はブーブー・タンネンバウムと夫、4歳の息子ライオネルが住む、湖畔にある夏の別荘である。この家にはそのほかに、住み込みのメイドのサンドラと、通いの掃除婦スネル夫人がいる。ライオネルは感受性がつよすぎるが、きちんとものがわかり、なにか困ったことがあると隠れてしまう子供として描かれている。サリンジャーはライオネルに「ダチョウのジェローム」の絵がついたシャツを着せて、自分の少年時代に結びつけている。この日、ライオネルはなにかぎょっとすることを立ち聞きして、繋留してある父親の小舟に逃げこんでいる。彼の母はなんども湖まで行って、息子を連れもどしてなにがあったのか聞き出そうとする。

タンネンバウム家の台所では、サンドラが神経質に歩きまわって、スネル夫人に「あたしゃ心配なんかしてないよ」とくりかえす。ふたりの会話は意味不明だが、ライオネルは「父親とそっくりおなじ鼻になるよ」という、サンドラのばかにしたような言葉を聞くと、彼女がこの一家にたいして、民族的な蔑称を口にしたことが察せられる。[6]

桟橋では、ブーブーがライオネルをなんとか小舟から連れ出そうと、また苦心している。しかし、ライオネルは反抗的だ。怒って、小舟のなかから潜水用ゴーグルを湖に放り投げてしまう。ブーブーがおだやかに、そのゴーグルは兄のウェブのもので、以前はもうひとりの兄のシーモアのものだったと説明すると、ライオネルはかまわず「どうだっていい」と答える。ブーブーは息子の反抗には取り合わず、キーホールダーのプレゼントを差し出す。これはあきらかに、ライオネルが水中に投げこんだゴーグルに対応しているが、ブーブーはそのまえに、自分が母親を傷つけたことをライオネルに自覚させる。ライオネルがゴーグルを放り投げたように、キーホールダーを湖に投げこむぞとおどすのだ。彼が文句を言うと、ブーブーは息子の口答えを真似して、「どうだっていい」と言う。

ライオネルはそのとき母親を見たが、その目に「物事を混じりけなく見通す力」が浮かび上がった、とサリンジャーは語る。この瞬間が物語のクライマックスで、それまでバラバラだったことがひとつにまとまって、焦点を結ぶのだ。そのとき、ライオネルは母親を傷つけていたことを実感する。とつぜん、自分がブーブーとその兄弟ウェブ、シーモアとのたしかな結びつきを踏みにじっていたことを理解するのだ。ライオネルはプレゼントのキーホールダーが欲しいが、自分にその資格がないことを悟る。それでも母がそれを息子にあたえると、彼は母の愛は無条件なのだと知る。その愛はさまざまな状況を乗り越え、ライオネルに完璧な信頼を取りもどすほどの、純粋な愛なのだ。自分の行為を悔いているしるしとして、ライオネルはキーホールダーを湖に投げいれる。そうすることで、彼はつり合いをとりもどす。そのため彼がはらった犠牲は小さなものにみえるが、そのおかげで彼は母親ともういちど結びつくことができるのだ。そして、ライオネルはブーブーを小舟のなかに受け入れる。ふたりの愛が結びつくと、母と子はともに、以前にはなかった力をお互いから受けとるのだ。サンドラが父親を「薄汚いユダ公」と呼ぶのを立ち聞きしたのだと、ライオネルは打ち明けるが、ブーブーの反応はその愛の力でおだやかなものになっている。彼女はサンドラの侮辱を個人的なものとは考えず、ライオネルへの影響を配慮する。彼女は息子に、サンドラの言ったことは、「大したことじゃない」と説明するのだ。

　ライオネルはサンドラがなにかよくないことを言った、と本能的に感じとっているだけだ。彼女が使った侮蔑の言葉を理解できず、「ユダ公《カイク》」と「凧《カイト》」を混同している。しかし、差別はライオネルがこれから一生、対決していかなければならない問題で、ブーブーはその対決から息子を護ることはしない。その代わり、彼女は家族として支えることにするのだ。そうすることで、彼女は自分も受容の仕方、襲ってくる差別を乗り越える力を学びとる。ブーブーとライオネルの愛の結びつきは、サンドラの盲目的な侮蔑より大きな力を生み出すのだ。

ライオネルは母親をつうじて、物事を見通す決定的な力を得る。彼は他人とのふれ合いの大切さを理解し、自分が他人を必要とするように、他人も自分を必要とすることを、理解しはじめている。お互いに頼り合うことが力となりうること、愛の結びつきこそ、もっとも純粋な最後の拠りどころだということを理解しはじめている。彼はこの恐ろしい世界のなかで、もはやひとりではないのだ。

サリンジャーは、母と息子が何ヶ月も繋留されたままの小舟を出す相談をするという、ふたりの成長の結果をみせてくれる。これは再生の象徴であり、その再生をなしとげるためにはお互いを必要としている。「あんたも（お父さんを）手伝って帆を運ぶのよ」とブーブーは息子に言う。物語の最後の場面は結びつき、平等、歩み寄りを象徴し、ふたりがお互いを必要としていて、その愛の力がつよいことを確認している。ライオネルとブーブーは競走して家にもどる。そして、母の愛を浴びて、ライオネルが勝つのだ。

この物語を書くにあたって、サリンジャーはかなり自分の少年時代の記憶にたよっている。彼の学校時代、少年時代は、隣人のほとんどが上流階級の白人で、アングロサクソン系のプロテスタントという環境だった。ライオネルとおなじようにサリンジャーも、半ユダヤ人だとひそひそ囁かれることを、どうしても意識していただろう。上流階級の典型ともいうべきグロリア・ヴァンダービルトは、若き日のサリンジャーのことを、ただ「ニューヨークのユダヤ青年」で片づけていた。[7] こんなふうに型どおりに決めつけられる不快さは、「小舟のほとりで」を書いていたサリンジャーの胸に、生なましく残っていた。

この作品はサリンジャーの個人的な不平でも歯ぎしりでもない。フランスの戦場でみつけはしたものの、死の収容所の苦悶を目撃して失いかけていた、人間の結びつきへの信頼を再確認しているのだ。この確信は「対エスキモー戦争の前夜」でよみがえりかけていたが、「小舟のほとりで」で完全によみがえった。コネティカットの自宅にもどると、3年ものあいだ、人間のなかに神がいることを疑いつづけてきたサリンジャーは、精神的には「船の針路はふたたび安定している」と、エリザベス・マレーにほこらしげに宣言した。[8]

ウィスコンシンからもどると、不愉快だがよくある状況が、サリンジャーを待ちかまえていた。「ガリガリいうレコードの針」という短編はニューヨーカー誌に不採用になっていたので、サリンジャーはやむをえず、そのころA・E・ホッチナーが編集者を務めていたコスモポリタン誌に送った。コスモポリタン誌のほうでは、「倒錯の森」をめぐる一件のあとなので、サリンジャーを警戒していた。そこで、自分がその作品を採用するよう同誌に働きかけたのだ、とホッチナーは主張した。しかし、コスモポリタン誌は採用はしたが、なんの断りもなくタイトルを変更して、「ブルー・メロディ」として発表した。サリンジャーはコスモポリタン誌に激怒しただけでなく、ホッチナーをも責めて、ふたりのつき合いに終止符が打たれた。この一件でサリンジャーと豪華雑誌との関係は終わったように思えたが、じつは最後にもうひとつ、いやなことが待っていた。

「小舟のほとりで」をニューヨーカー誌に提出すると、同誌は拒否したのだ。サリンジャーはぜひとも出版したいと思っていたので、ハーパーズ誌に原稿を売り渡した。1949年1月14日、ハーパーズ誌がそれを短縮するように要求してきた、とガス・ロブラーノに愚痴を言った。当然サリンジャーは躊躇したが、「小舟のほとりで」をまるきり廃棄するよりはと、変更に応じた。[9]彼が豪華雑誌にそんな譲歩をするのはこれが最後で、サリンジャーの作品がニューヨーカー誌以外のアメリカの雑誌に出るのも、これが最後だった。

1948年は実り多い年で、サリンジャーにとってすべてを一新する年になった。彼はニューヨーカー誌との関係をかためるいっぽう、自分の過去を見なおしはじめた。「ひょこひょこおじさん」では郊外の隣人たちを酷評したが、その年の11月、スタンフォードのスタジオの賃貸契約はよろこんで更新した。

1949年が明けると、ニューヨーカー誌にはつぎに掲載予定の「笑い男（"The Laughing Man"）」の原稿が届いていた。この作品にはあきらかにシャーウッド・アンダソンの影響がみられ、1921年のアンダソンの作品「わけが知りたい（"I Want to Know Why"）」の奇抜な翻案と考えられる。[*1]この作品では、無垢な子供の心が傷つきやすく、物語の話し手が子供に夢をあたえるとともに、その夢を壊しもする、そのさまをていねいに検討している。サリンジャーの作品としては、これまででもっとも想像力に富み、遊び心に満ちた作品で、読者には魅力的だった。

1949年に発表されたサリンジャーの作品は、「笑い男」と「小舟のほとりで」だけだった。しかし、ニューヨーカー誌の記録によれば、1948年にはそのほかに3作、1949年にはもう7作が提出されており、すべてが却下されている。返却された10作のうち、わかっているのは5作だけだ。1948年の2作は「想い出の少女」と「ブルー・メロディ」、1949年のひとつは「小舟のほとりで」だ。残りの2作は未発表で、「人打ち帽をかぶった少年（"The Boy in the People Shooting Hat"）」と、サリンジャーお気に入りの「夏の出来事（"A Summer Accident"）」だ。

　サリンジャーがニューヨーカー誌に「夏の出来事」として提出した作品は、どうやら「ボウリングボールでいっぱいの海」の改作らしい。1962年に出た、サリンジャー作品の注釈つき書誌の著者、ドナルド・フィーン（最初のサリンジャー書誌研究者）によれば、「ボウリングボールでいっぱいの海」は「1950年か1951年」に、コリヤーズ誌に提出されている。[10] サリンジャーはどの作品もまずニューヨーカー誌に提出するよう、契約でしばられていたことを考えれば、「ボウリングボールでいっぱいの海」はコリヤーズ誌のまえにニューヨーカー誌に提出しなければならなかっただろうし、おそらく1949年にそうしたのだ。それは「夏の出来事」が同誌の不採用ファイルにはいったのとおなじ年だ。この2作が同一作品かどうかは興味ぶかいが、きわめて学問的課題だ。もっと重要なのは、サリンジャーが「ボウリングボールでいっぱいの海」という作品に、どうしてそこまで執着したのかということだ。彼は1949年には豪華雑誌と縁を切ったし、もしニューヨーカー誌に断られて

*1　サリンジャーは「シーモア――序章」のなかで、アンダソンの影響を認めていて、「シャーウッド・アンダソンと関わりの深い」作品を書いたと告白している。これは『キャッチャー・イン・ザ・ライ』を指しているだろうが、もっと短い作品を指しているとも考えられ、「美しい男」がその候補になる。

も、ふつうならほかに寄稿先を探そうとはしなかっただろう。しかし、その執着心をたしかめるように、「ボウリングボール」に関してはめずらしい例外をつくったのだ。

ニューヨーカー誌が「人打ち帽をかぶった少年」を断った状況については、とくに皮肉な話がある。ガス・ロブラーノはこの作品を読んだとき、感心もしたが、同時にぎょっとした。彼は原稿をドロシー・オールディングに返却するとき、長い手紙をつけて、不採用にたいする遺憾の意を述べ、そのプロットに関する当惑を伝えた。ロブラーノは言っている、「ああ、ここにジェリー・サリンジャーの新作がある。これを返却せざるをえない我われの苦悩を、どう表せばよいのかわからない。文章はすばらしく感動的で効果的だが、全体としては、当誌のような雑誌に載せるにはかなり衝撃的すぎると考えざるをえない[11]」。

『キャッチャー・イン・ザ・ライ』の読者なら、このタイトルは、ホールデンが挑発的にかぶっている、赤いハンティング・ハット帽を指していることがわかるだろう。ロブラーノの手紙によって、この物語に、ボビーという主人公と、性的な経験を積んだストラドレーターという少年のケンカの場面があることがわかる。ジューン・ギャラガー（訳注：『キャッチャー・イン・ザ・ライ』ではジェーン・ギャラガー）という、昔のガールフレンドにたいするボビーの気持ちをめぐって、ふたりは衝突する。ロブラーノによれば、同誌はボビーという人物像がもうひとつじゅうぶんでないと考え、「このテーマを発展させるには、もうすこし長い作品にするべき」と提案したという。おかしなことにロブラーノは、この作品に同性愛的な意味あいが含まれている、と解釈した。「ストラドレーターとのケンカは、ジューン・ギャラガーにたいする彼の思いが原因なのか、自分の若さをもてあましていること（それはストラドレーターの美貌とたくましさによって救われる」によるものか、それとも、ボビーの同性愛的側面を示唆するのか、我われにはよくわからない」と彼は説明した。ロブラーノはさらにつづけて、この作品には「もっと長さが必要」と助言し、サリンジャーが「もっと複雑でないテーマ」をあつかわなかったのが残念だと述べた。ボビーはもちろんホールデン・コールフィールドの別名で、この物語は『キャッチャー・イン・ザ・ライ』の3章から7章までの大半を占めている。

　サリンジャーは9月にニューヨーカー誌から不採用の通知を受けとった。それはタイトルのない作品だったが、どう考えても「ボウリングボールでいっぱいの海」しかないだろう。この決定に参った彼がやっと落ち着いて、どうにかガス・ロブラーノとその話をしたのは、10月12日のことだった。彼はこの編集者に不満をぶつけたが、ロブラーノが作品を断るのに、つらい思いをしていることも承知していた。[12]ロブラーノを詰問するより、有名進学高校《プレップスクール》の生徒を描く小説にまた精を出すよ、と彼は言った。

　サリンジャーがこの時点で『キャッチャー』の執筆にもどったことが、不採用になったほかの5作品が行方不明になった原因だ。この数年にサリンジャーが生み出した作品の質を考えれば、それらの作品がほんとうに失われたのなら残念なことだ。しかし、不採用になったそのほかの作品で、その存在がわかっているものは、ふたつとも『キャッチャー・イン・ザ・ライ』に関わったものなので、行方不明のこれらの作品が、この小説のなかに生かされていることは、おおいにありうることだ。

このように不採用となる作品もあったが、ニューヨーカー誌での成功のおかげで、サリンジャーは長年の念願どおり、1949年にはかなり知られる存在になっていた。そして、その名声はニューヨーカー誌という雑誌自体の読者層をはるかに越えて広がっていった。映画製作者、詩人、同業の作家といった芸術分野の人たちは、全国規模で彼の作品に惹きつけられていた。そのころ頭角を現してきたカート・ヴォネガット、フィリップ・ロス、シルヴィア・プラスなど若い作家たちの才能が、サリンジャーの斬新な想像力に具現化したともいえ、彼らもサリンジャーの文体と彼が発するメッセージに刺激を受けていた。ジョン・アップダイクが、「サリンジャーの短編から多くを学んだ」と認めたのも、特別なことではなかった。「革新的な芸術家はたいていそうだが、サリンジャーの洞察力は、営まれているなまの生活という、定型のないものを表現する新しい場を創りだした」と、アップダイクは指摘した。[13]

サリンジャーの「定型のない」現実に惹かれる読者層は、1949年に多くの作品が再版されたこともあって、大幅に広がった。ダブルデー社は「対エスキモー戦争の前夜」を『1949年度受賞短編集』に再録した。「想い出の少女」はマーサ・フォーリー編の『1949年度全米ベスト短編集』に再録された。フォーリーはさらにつづけて、1950年に「笑い男」を、「1949年にアメリカの雑誌に発表された短編小説のなかで、もっともすぐれた作品のひとつ」だと認めた。[14] ウィット・バーネットは「ロイス・タゲットやっとのデビュー」を『ストーリー：40年代のフィクション』に再録した。なかでもサリンジャーがいちばんうれしかったのは、ニューヨーカー誌が「バナナフィッシュにうってつけの日」を、この10年間でもっともすぐれた寄稿作品のひとつと認め、『ニューヨーカーの55短編：

1940―1950』に再録してくれたことだった。

こういったことは、サリンジャーにとってにわか景気みたいなもので、平静を保つのがむつかしかった。ものごとのバランスを重んじる人間にとって、自分の成功という満足に浸ることへの誘惑は、その人間の人格の根本に喰いこんでくる危険性をはらんでいた。

J・D・サリンジャーはこれまでつねに、自分がどのように受けとめられているかということに、関心をはらってきた。他人の意見は重要だったのだ。そのため、彼の個人的、および作家としての手紙は絶えず管理され、一定の読者が想定されていた。サリンジャーはほかのなにより、気どり屋とみられることをおそれていたが、学校時代、軍隊時代ともそうみられることが多かった。大人になると、気どり屋は彼がもっとも傷つくレッテルとなり、虚栄心がつよいと思われないよう最大の努力をした。サリンジャーはもともと自尊心がつよく、それは少年時代に溺愛してくれた母親に植えつけられ、そののち抱くようになった自身の野望に育まれたものだった。プライドや高い自己評価は作家につきものだが、サリンジャーにとって、高慢とみられることがいちばんの泣きどころだった。

「小舟のほとりで」が1949年4月にハーパーズ誌に掲載されたとき、「作者自身による」著者紹介が付されていた。この手の自己満足にたいするサリンジャーの侮蔑的な姿勢は、2年まえマドモアゼル誌が同様の紹介文を依頼して断られていらい、ますますつよくなっていた。ハーパーズ誌が「小舟」を短くするよう強要したこともあって、サリンジャーが従順になるわけはなかった。彼はその反発を巧妙に表現した。そっけない文章を雑誌に書いて、雑誌のくだらない要求への苛立ちと、よろこんでその要求に応じる連中への軽蔑をあらわしたのだ。「今回は手短かにすませて、さっさと帰る」と、サリンジャーは断言した。

まず第一に、もし私が雑誌社のオーナーだったら、寄稿者による伝記的な文章など載せはしない。作者の生誕地、子供の名前、仕事の予定、アイルランド革命のとき銃の密輸で逮捕された（勇敢な悪党だ！）日時など、知りたいとは思わない。[15]

この「勇敢な悪党」という言葉は、あきらかにアーネスト・ヘミングウェイへのあてつけだ。彼のうぬぼれと強がりは有名だった。*2 じじつ、サリンジャーはこの欄の大半を割いて、ヘミングウェイのように、自分を売りこんでよろこんでいる作家たちのインチキぶりを批判している。彼はこの機をとらえて、ヘミングウェイの功名心を批判するいっぽうで、それとは対照的に自分を謙虚な人物にみせようとした。読者が肝腎な部分を見のがしても、サリンジャーが親切に、自分は「バカがつくほどの謙虚」なのだと教えてくれるのだ。

文学的自己主張にたいする、サリンジャーのこんな激しい非難は、自分の人生を詳しく紹介するという、この欄の本来の目的をも忘れさせていた。ここで彼があきらかにした個人的な事実は、重要だがそれほど目新しくもない3つの情報だけだ。彼は読者に語った、「私は10年いじょう本気で書いている」。「戦争中は第4師団に属していた」、そして、「ほとんどいつも、とても若い人たちのことを書いてきた」。

しかし、サリンジャーはちょっとした事実を暴露してしまった。「私はいくつかの雑誌に伝記的な小文を書いてきたが、正直に事実を書いたかどうか疑わしい」と打ち明けているのだ。これはたしかにほんとうのことだった。彼の伝記的事実のことになると、サリンジャー一家の秘密主義はノルに発揮された。彼はそんな告白文など嘘でいいと考えていて、そんなものを尊重する義務など感じていなかった。これは結局のところ、若いとき徴兵委員に提出する調査用紙にふざけて嘘を書いたときと、おなじジェリー・サリンジャーなのだ。

サリンジャーが提供した、いくつかの伝記的な人物紹介を比べてみると、意図的に作った矛盾がいくつも出てくる。1944年のストーリー誌では、父親からむりやりヨーロッパに行かされて、豚を屠殺していた、と述べている。1951年の『キャッチャー・イン・ザ・ライ』のブックカバーに載った紹介文では、おなじヨーロッパ行きを「楽しい旅の1年」と回顧しているが、おなじ年のウィリアム・マックスウェルとのインタヴューでは、「とてもいやだった」と打ち明けている。

サリンジャーのこんな世間向けの態度は、しだいに高まる名声に向かい合う姿勢を示している。無邪気に、なんとかして謙虚にみせようとしていても、個人的な事実はあきらかにしたくないのだ。彼は自分個人に寄せられる関心は、作品を書く作業の邪魔になるという弁明のもと、自分を護っている。彼はじじつ、彼が謙虚であるという態度をみせるのは、自分の作品への敬意を示すときだけであり、けっして自分自身を謙虚な人間にしようとしているのではない。

＊2　エリザベス・マレーの娘グロリアは、この短文を書く2、3ヶ月まえに、サリンジャーがヘミングウェイのことを長ながと話していたという想い出を語っている。そのとき、ヘミングウェイが自分との交際をやめてくれてよかった、と言ったという。

成功に沸いている1949年に、「小舟のほとりで」に付された寄稿者紹介をみると、サリンジャーがみんなの注目を浴びているこの絶頂の時期に、はやくもしりごみしていることがわかる。この年が終わりに近づいたころ、自尊心を抑えて、野望の末たどり着いた名声がもたらした現状を考えなおすよう警告する出来事が、2つ起こったのだ。

サリンジャーは詩人のホーテンス・フレクスナー・キングと友人だったが、彼女はニューヨークの高級地区ブロンクスヴィルにある女子大、サラ・ローレンス大学の創作科で教えていた。[16] 秋学期がはじまったとき、彼女はサリンジャーを講演に招いた。サリンジャーは承諾したが、のちにウィリアム・マックスウェルにつぎのように語った。「まるで文学の教祖みたいになってしまって、尊敬する作家を次つぎに品定めしていた。作家というものは、自分の作品の話をしてくれといわれたら、立ち上がって、自分が好きな作家の名前を大声で言うものなんだ」。彼はさらにつづけて、好きな作家の名前をあげていった。「ぼくが好きなのはカフカ、フローベール、トルストイ、チェーホフ、ドストエフスキー、プルースト、オケーシー、リルケ、ロルカ、キーツ、ランボー、バーンズ、E・ブロンテ、ジェーン・オースティン、ヘンリー・ジェイムズ、ブレイク、コールリッジです」。

その講演を終えてみると、サリンジャーは当惑した。いったん演壇に上がってしまうと、彼は演技者になって、うぬぼれのつよい個性をみせてしまったのだ。これは彼にとって、けっして快適な立場ではなかった――というより、快適すぎたために、隠しておきたかった自分の側面が、表に出てしまったのだ。「その日は楽しかった。でも、またやりたいとは思わないな」、彼はマックスウェルにそう語った。じじつ、これだけ人が集まるところで公衆のまえに姿をあらわしたのは、これが最初で最後だった。作家が本を売るために、そんなことをするのは日常的なことだが、サリンジャーにとってはこれから先、講演や本のサイン会など考えられなかった。

サリンジャーの名声は、すぐあとの12月に、また厄介な事態をもたらした。前年の「コネティカットのひょこひょこおじさん」発表直後に、その映画化権をハリウッドの映画製作者サミュエル・ゴールドウィンの代理人、ダリル・ザナックに売り渡していたのだ。自分の作品をスクリーンで観るのは、1942年の「ヴァリオーニ兄弟」いらいサリンジャーの夢だった。「ひょこひょこおじさん」の映画化権の売却は金銭的には報われたし、サリンジャーが作品のために、自身の露出を増やそうとしていることをも示していた。彼の将来が、とてつもなく広がってゆくようにもみえた。「ひょこひょこおじさん」は芝居として舞台にのせるなら、きちんと脚色できたかもしれないが、原作はほとんど会話で成り立っており、映画にするには短かすぎた。映画館で上映できるものにするまえに、大幅な修正が必要だっただろう。サリンジャーもこのことは承知していたはずだが、とにかく映画化権は売り渡してしまっていた。さらに、この売買契約をサポートしたドロシー・オールディングの助言で、映画製作には一切口出しをしないことになっていた。これで「ひょこひょこおじさん」は完全にゴールドウィンの手に落ち、ゴールドウィンはただちに『カサブランカ』で有名な脚本家の、ジュリアスとフィリップのエプスタイン兄弟を雇って、脚本を書く過程でサリンジャーの作品を再構成させた。

サリンジャーがどうして自分をこんな立場においたのか、それは謎である。自分の作品がちょっと手をくわえられると聞いて、激怒した作家だった——雑誌がなんの断りもなくタイトルを変更したときは、怒りくるった。1945年、アーネスト・ヘミングウェイにたいして、ハリウッドに映画化権を売らないよう警告した。サリンジャーはひそかに映画を讃美しながら、自分の作品のなかでは、いつも映画を酷評していた。そんなサリンジャーがなぜ、「コネティカットのひょこひょこおじさん」をハリウッドに奪われてしまうようなことをしたのか、ひとつだけ答があるかもしれない。長年にわたって文学的成功を必死に目指してきた結果、その夢が自分にしみついてしまって、いつのまにかほかのことはよく考えられなくなったのだ。

「コネティカットのひょこひょこおじさん」の映画版は『愚かなり我が心（*My Foolish Heart*）』と題され、1950年1月21日に一般公開された。配役はエロイーズ・ウェングラーをスーザン・ヘイワード、ウォルト・グラス（映画ではウォルト・ドライサー）をデーナ・アンドリュースが演じた。1950年度のアカデミー賞にまにあわせるため、1949年12月に、ニューヨークとロサンジェルスで限定公開となった。このとき、サリンジャーは自分の作品にたいするハリウッドの仕打ちを、はじめて目にしたのだった。

『愚かなり我が心』の冒頭のシーンは、サリンジャーの原作に忠実で、最初の会話など一語一句おなじところもある。「かわいそうなひょこひょこおじさん《プア・アンクル・ウィギリー》」というくりかえし出てくるセリフは、映画では共感を呼ぶ言葉なのだが、使われすぎて、もりあがりに欠けるほどだ。しかし、プロットはそれていって、原作とはほとんど関係のない話に展開していく。映画のはじめのほうで、生活に疲れ口のわるいエロイーズが、クローゼットの奥に古い茶と白の服をみつけ、「いい子」だったころを思い出す。すると画面がぼやけて、ハープの音色がバックに流れ、ウォルトと過ごしたころの清らかな想い出の世界にはいっていく。

『愚かなり我が心』を制作したとき、ハリウッドは「ひょこひょこおじさん」を、たんに自由に書き変えた、というだけではすまなかった。映画をにぎやかにするために、エロイーズの夫ルーや両親など、原作にない人物を投入した。それとは逆に、重要な存在のラモーナは中心からはずされた。サリンジャーの原作は郊外の住人の実態を暴露し、人間性の再検討を迫るものだったが、ハリウッドは感傷性たっぷりの、ラブストーリーにしてしまった。『愚かなり我が心』では、ラモーナがエロイーズとウォルトとのあいだの私生児になっており、これには作者も仰天したにちがいない。映画では、ウォルトは陸軍航空隊の訓練中の事故で死んでおり、原作にある日本製ストーブの爆発による無意味な死ではない。エロイーズはウォルトの死に遭遇して、私生児になってしまうラモーナに父親をあたえるため、ルーをメアリ・ジェーンから奪ってしまう。映画の幕切れは、古い服にまつわる想い出によって、エロイーズはまた「いい子」にもどる気になり、それからみんなは幸せに暮らしましたとさ、となる。

サリンジャーは『愚かなり我が心』を観て、ぞっとした。この映画には大いに不満だったが、映画化権をザナックに売り渡したとき、原作の解釈に立ち入ることは放棄してしまっていた。サラ・ローレンス大学での講演で、名声が自分でも驚くような結果をもたらすことを思い知り、二度とくりかえすまいと決心したこともあり、サリンジャーはその後、頑固に自作の舞台化や映画化を許さなかった、とながく信じられていた。しかし、それは事実ではない。その後も、自分の野望を優先するあまり、ハリウッドの誘惑にのって、「ひょこひょこおじさん」で犯した過ちを、あやうくくりかえしそうになることもあった。

『愚かなり我が心』は感傷的すぎるとして批評家に酷評されたため、サリンジャーはこの映画は忘れ去られるだろうと、期待したにちがいない。しかし、そうはならなかった。映画は大当たりで、主演のスーザン・ヘイワードは、エロイーズの演技でアカデミー賞にノミネートされた。さらに、ヴィクター・ヤング作曲の主題歌もノミネートされたのだ。この歌はこんにち有名なスタンダードとして残っている。

１９４９年、サリンジャーは文学的成功の極みに達し、ながいあいだの夢だった望みを果たした。しかし、ハーパーズ誌に載せた自己紹介やサラ・ローレンス大学での講演からすると、彼は晴れの舞台に出るのは気がすすまないことがわかった。また、「コネティカットのひょこひょこおじさん」の映画化では、人気とひきかえに払うべき、芸術的代償について学んだ。それでも、サリンジャーの野望は衰えていなかった。

10月には、サリンジャーと愛犬ベニーはスタンフォードの快適なスタジオから、コネティカット州ウェストポートのオールド・ロードにある一軒家に越していた。ここは、スコット・フィッツジェラルドが１９２０年に『美しく呪われたもの（*The Beautiful and the Damned*）』を書いた、まさにその町だった。サリンジャーはそこに落ち着くと、新居を「こざっぱりとして仕事に最適」と評して、長編小説の執筆を再開するのに理想的なところだと考えた。[17] 未完の『キャッチャー』はこの10年、彼の未完の友といった存在で、どうしても完成させたかった。その仕事に専念するまえに、彼には片づけてさっぱりしたいものがあった。

１９４５年にサリンジャーは、自分たち退役軍人には、「なんの後悔もせず、心おきなく聞くことができる、魂のふるえるメロディが必要だ」、と決意を述べていた。[18] そのメロディは「よそ者」で描かれたのが最初で、「バナナフィッシュにうってつけの日」もたしかにその試みだったといえる。しかし、サリンジャーは長編小説に進むまえに、そのメロディを完結させなければと感じていた。その成果が「エズメに――愛と汚れをこめて（"For Esmé—with Love and Squalor"）」で、第一次世界大戦が生んだ最高傑作のひとつ、というのが定説になっている。

サリンジャーはウェストポートに転居したときには、「エズメに」のもとになる原稿を完成させていたようだ。その原稿はニューヨーカー誌につき返されて、書きなおさざるをえなかった。1950年2月、彼はガス・ロブラーノに、6ページ削ったと報告している。[19] 改稿された作品は、サリンジャーのもっとも緊密な短編のひとつで、「バナナフィッシュ」の推敲の過程を思いおこさせる。2ヶ月のちにニューヨーカー誌に発表されたとき、読者が、サリンジャーはこれまでの最高傑作を書いた、と思ったのはまちがいない。

「エズメに――愛と汚れをこめて」のねらいは「教化すること、啓蒙すること」である。[20] サリンジャーはこの物語をとおして、第二次世界大戦の兵士たちがいまもなお心の傷に悩んでいることを、一般市民に伝えたかったのだ。しかし、もっと大きな目的は、そんな兵士たちに感謝のしるしとしてささげ、彼らに苦しみを乗り越えさせる、愛の力を伝えることだった。これはサリンジャーの「魂のふるえるメロディ」であり、戦友たちへの敬意のしるしだった。この物語を書くにあたって、サリンジャーは自分自身が経験した、さまざまのことをふかく掘りさげ、帰国兵士にしか生み出せない感動を演出した。

この物語が発表されたのは、愛国主義が絶対とされ、すべて右へならえ、という時代だった。終戦から5年たつと、経験した現実の重みがうすれて、一般大衆の意識にのぼらなくなり、代わって、もっとロマンティックなものが求められるようになっていた。このような型にはめられたロマンスには、PTSD（心的外傷後ストレス障害）の恥ずべき醜態のはいりこむ余地はなかった。帰国兵士はほとんどが恥辱と誤解をおそれて、日々自分たちが直面している心の傷を、口に出せないでいた。彼らはただ黙って耐えていたのだ。「エズメに――愛と汚れをこめて」をつうじて、サリンジャーはそんな男たちの代弁をした。ほかにはだれもやってくれなかったのだ。

「エズメ」はサリンジャー自身ではないかと思われる人物、第二次世界大戦中に情報部の軍曹として、ヨーロッパに従軍した経験をもつ作家、が語り手を務める。かんたんな前書きがあって、物語は1944年4月の雨の日、イギリスのデヴォンで幕を開ける。物語の幕開けは重苦しい雰囲気だ。軍曹はひとりきりで、口には出さないが、まぢかに迫ったDデーが意識を離れない。落ち着かない気分で町に散歩に出ると、児童聖歌隊の練習が行なわれていることを知って、教会にはいっていく。聖歌を聴いているうち、聖歌隊のなかの13歳くらいの少女に興味を惹かれる。教会を出て、雨やどりのためにちかくのティールームにはいる。するとまもなく、ふたりのずぶぬれになった子供がはいってくる。教会で彼の好奇心をそそった少女エズメと、弟のチャールズだ。語り手が孤独なことを感じとった少女は、彼と同席し、ふたりは礼儀正しく率直な会話をかわす。

エズメとチャールズは孤児である。母親は最近亡くなった（空襲に遭った、と思われる）ようで、父親は英国軍に従軍して戦死したのだ。エズメは父に敬意を表して、父の大きな軍用腕時計を誇らしげに手につけている。彼女は父の死を伝えるとき、チャールズにつらいことを思い出させないよう、「さ・つ・が・い・された」と、その言葉を一字一字スペルで言う。ティールームを去るとき、エズメは語り手に手紙を書く、と約束する。そのお返しとして、「汚れ」に関する短編小説を書いてほしいと頼む。汚れは彼女の最近の経験だったが、エズメは自分の身にふりかかる不幸をはねのけ、他人への同情心を失わず、弟がつらい目にあわないよう、護っていく決心をしたのだった。

場面は早送りで、1945年5月のバイエルンに移る。ここからが、物語の「汚れに満ちた、感動的な部分」であり、舞台が変わるだけでなく、「登場人物も変わる」と告げられる。いまや語り手は「狡猾に」変装して「X軍曹」になっており、ほかの兵士たちといっしょに、接収したドイツ人の家を宿舎としている。Xは暗く乱雑な部屋でテーブルの前にすわり、本を読もうとするが読めない。その日、病院で神経衰弱の治療を受けてきたのだ。歯ぐきは出血し、手はふるえ、顔は痙攣するなか、彼は暗闇にすわっている。Xの目の前に開封されていない郵便物が、山積みになっている。その山に手を伸ばして、兄からの手紙をとり出して読むと、「銃剣とか鉤十字章とか2つ3つ」送ってくれ、という内容だった。うんざりして絶望的になったXは、手紙を破り捨てる。そこで沈黙が破れ、X軍曹がジープに乗るときの相棒クレイ伍長(「Z伍長」とも呼ばれる)がはいってくる。勲章をたくさん飾ったクレイは、げっぷをしたり、Xのひどい現状を無神経にあれこれ言いたてる。彼はガールフレンドに手紙を書いて、Xが神経衰弱だと伝えると、軍曹は戦争のまえからおかしかったはずだと言われた、という。

どうにも我慢のできないクレイがやっと出ていくと、X軍曹はまたひとり鬱々と、未開封の郵便物の山のなかに、とり残される。なにげなく、その山を探っていると、小さな小包に当たる。その小包にはエズメの父親の腕時計がはいっていて、彼女の手紙が添えられていた。その手紙には、時計は

「高度に防水で衝撃にも耐える」と説明があり、「戦闘中」X軍曹につけてもらいたいと書いてあった。手紙の最後には、X軍曹とこれからも文通をつづけたいという、エズメの希望が述べられ、チャールズが大きな挨拶の言葉を送ってくれている、「ハローハローハロー　ラブアンドキス　チャルズ」。

この単純な言葉がX軍曹の心をゆさぶって、以前の自分にもどしてくれる。その言葉は、エズメが苦境に耐えて、チャールズの無垢な純粋さを護ったことを証明している。その言葉は、愛が自分の人生にも同様の勝利をもたらすという希望を、Xにあたえてくれる。手紙を読みおえ、時計を調べおわると、Xは眠気におそわれるが、眠りにつくまえに、自分の経験した汚れを克服する力をとりもどしたこと、戦争まえに信じていた価値観を、もういちど信じてみることを、読者に約束する。

この物語の主要なシンボルはエズメの父親の腕時計だが、その意味するところは、物語の進行にしたがって変わる。前半部では、時計は少女と死んだ父親との結びつきを象徴していて、戦争がエズメにもたらした悲劇を訴えている。後半部でXがエズメの手紙が同封された時計をみつけたとき、時計は軍曹自身を象徴するものとなる。時計を調べてみると、時計は止まっていて、「文字盤のガラスが輸送中に割れてしまった」ことがわかるが、これはあきらかに彼自身の精神状態のアナロジーで、時計の「輸送」は戦争中の彼の行軍に相当する。それからXは、「時計は、ほかは壊れていないだろうか」と思い、愛に心の傷を癒す力があるか、考えるのだ。愛は汚れを乗り越えることができることを知って、X軍曹は変わるのだ。

物語の最後は、もういちど機――き・の・う・ば・ん・ぜ・んの人間にもどる望みがある、というXの確信に満ちた言葉でしめくくられる。その言葉は時計のリズムを表しているとも考えられ、読者は、壊れているのは時計の表面だけだと確信する。これはサリンジャーが希望を確認したのだ。それは彼の戦友たちにも、うれしい自信となった。

「エズメに――愛と汚れをこめて」を書くにあたって、サリンジャーは本人の過去の出来事にさかのぼる必要があった。この物語が、語り手が話しかけている戦友たちとおなじ心の傷をもった、もと兵士の手によって書かれたという事実は、「エズメ」という作品にたしかな精神的信頼性をあたえている。しかし、サリンジャーはこの作品を個人的な回想として書いたのではない。自分の体験を訴えたかったわけでもない。自分自身の理解したことから、作品に信憑性をあたえているのだ。サリンジャーの人生に興味がある人は、作者と登場人物の共通点を調べたくなるだろうが、そんな詮索はこの作品が書かれた精神に反する。我われは登場人物X軍曹のなかに、作者サリンジャーを見るが、当時の帰国兵士たちは自分自身を見たのだ。

作者がもっと深く自分自身をみせているのは、物語の時期設定、出来事、舞台設定などではなく、登場人物の情緒的、精神的な姿勢を、自分自身と個人的に結びつけているところなのだ。他人への同情心を失わないでいたい、と言ったエズメのティールームでの言葉は、サリンジャー自身の言葉の再現だった。1944年の春、デヴォンでDデー侵攻を待っていたとき、彼はまわりの人たちに冷たくしないで同情的になろうという、まったくおなじ決意を表明していた。[21] X軍曹と同一人であるサリンジャーは、戦後その決意を見失っていた。ここで、エズメの言葉は、作者をその決意に立ちもどらせたのだ。こうして、サリンジャー自身も「エズメに――愛と汚れをこめて」が担う、癒しに一役買ったのである。

ホールデン

ニューヨーカー誌は1950年4月8日、「エズメに──愛と汚れをこめて」をその中心にすえて掲載した。サリンジャーは1948、1949の両年はなにかと忙しく、1949年4月から1951年7月のあいだに、この短編ひとつしか発表していない。「エズメ」はすぐ評判になった。読者はそこに、過去の人びとへの敬意を感じとって、続ぞくとサリンジャーに手紙を書いた。彼は4月20日時点で、「エズメ」にたいして、まだ出たばかりなのに、もうこれまでのどの作品よりたくさんの手紙をもらったと、ガス・ロブラーノに驚きを伝えた。[1]

だれもが、つぎの作品を期待して待った。しかし、作家として自他ともに認める絶好調のこの時期に、サリンジャーは、愛するホールデン・コールフィールドの長編小説、『キャッチャー・イン・ザ・ライ』を完成させるまでは、一切なにも発表しないことにした。

『キャッチャー』を完成させる仕事は厄介なものだった。サリンジャーの手許にあるこの小説は、さかのぼれば1941年から書きためてきた、バラバラの短編小説の混沌たる集まりだった。長年にわたって原稿に書き足していくうち、彼のものの見方、考え方が変わってしまい、サリンジャーが1949年後半に手にしていた、長編のもとになるいくつかの短編は、メッセージやテーマがそれぞれ異なっていた。彼の目の前に横たわる難問は、それぞれ異なったメロディの糸をより合わせて、ひとつの統一された芸術作品に編みあげることだった。

この仕事に専念するため、サリンジャーは気を散らすものを一切遠ざけた。彼は自分が、高度の芸術を生み出そうとしていると自負し、それをきわめるために、自分なりの倒錯の森という避難所を求めた。そんな自分のイメージを補強するように、『キャッチャー・イン・ザ・ライ』を仕上げているときは、仏教の禅を探求する意欲がつよまった。１９５０年、彼は高名な文筆家で禅の師、鈴木大拙と知り合いになった。大拙の、キリスト教神秘主義と禅の思想が渾然一体となっているところが、サリンジャー自身の思考と合ったのだろう。禅の思想を、芸術は精神性と結びついているという自分自身の確信と統合させるとき、それが執筆と瞑想はおなじものだという信念を生んだ。また、それはフランスの戦場で、執筆こそ自分を支える力だと認識して、創作に向かったときに生まれた信念でもあった。彼はその後、禅仏教が自分個人の思考方式とぴったり合うことを発見した。戦後に経験した絶望をやわらげ、著作にバランスをあたえてくれたのだ。

１９４９年後半、サリンジャーは公衆の目がいやになったこともあり、執筆を瞑想の一形式とすることは、達成感があり自然でもあった。しかし、そのため他人に見られたり、詮索されたりすると、執筆が手につかないという状況がますますひどくなっていった。瞑想するように執筆することは、孤独と集中力を必要とした。サリンジャーはこんな執筆の姿勢をとるようになってみると、知名度や名声がもたらす喧騒は、自分を仕事と祈りの両方から妨げるものだと考えるようになった。そのためウェストポートの住居は、ホールデン・コールフィールドの長編小説の断片をつなぎ合わせるための避難所、個人的な修道院のごときものになった。

１９６１年のタイム誌は、サリンジャーが『キャッチャー・イン・ザ・ライ』を書きあげたのは、自分から牢獄にはいるように、「3番街のエル（訳注：道路の上を走る地下鉄）ちかくの独房」に閉じこもって執筆したからだと報じた。[2]「彼はその部屋に閉じこもって本を書きながら、サンドイッチとライマビーンを注文した」[3]という。タイム誌の記事は奇抜で現実的ではない。サリンジャーは孤独になる習慣がついていて、必要なときはウェストポートにこもることができたが、いっぽうで、友人や家族が住むニューヨークにちかいことも大切だと考えていた。彼が閉じこもった「独房」とは、じっさいにはニューヨーカー誌のオフィスのことだったかもしれない。この雑誌社はよく寄稿者に執筆の場所を提供しており、サリンジャーはそのことを利用して、1950年の夏に、休暇中のスタッフのオフィスを使わせてもらって、『キャッチャー・イン・ザ・ライ』を仕上げたらしい。

サリンジャーはコネティカットでひとりきりだったわけでもない。そこには、「相棒として、気晴らしの相手として」[4]、愛犬ベニーがいた。サリンジャーのこのシュナウザー犬にたいする愛着は格別だった。彼は、ひとりっ子を自慢する親のように、うれしそうに愛犬の話をした。ドイツからコネティカットまですべてをともにしてきて、主人を理解しているのはベニーだけだとも思えるほどだった。「そろそろタイプライターに向かわなきゃ、と説明するのに、ひとことですむんだ」[5]と、サリンジャーは言っていた。

サリンジャーは執筆を精神的な訓練と考えていたかもしれないが、ただ純真に仕事をこなしていたわけではなかった。ウェストポートに落ち着いて、長編の仕上げに集中していたときには、すでに出版社を確保していたのだ。1949年の秋、ハーコート・ブレイス社の編集者、ロバート・ジルーはニューヨーカー誌気付でサリンジャーに手紙を書いて、短編集の出版をもちかけた。サリンジャーはジルーの手紙に返事を出さなかったが、11月か12月になって、いきなり彼のオフィスに現れた。ジルーの話では、サリンジャーは短編集を出す気がなかった。その代わり、もっと興味をそそる提案をしたという。

受付けから私のデスクに電話があって、サリンジャー氏が会いたいという。背の高い、さびしそうな表情の、面長で目のくぼんだ男がはいってくると、「最初に出版したいのは短編集ではなくて、いま書いている長編なんだ」と言った。[6]

「私のデスクのこちらにおすわりになりたいのですか？　まるで、出版社側の人みたいな口調ですが」とジルーは尋ねた。「いいえ。もしお望みなら、短編集はまたあとでやってもらえると思いますが、いまは、クリスマス休暇中のニューヨークの少年のことを書いた小説を、先に出したいんです」。

ジルーは驚き、よろこんだ。サリンジャーの最近の評判から考えれば、アメリカ全国のどの出版社も、本を1冊書いてくれるよう申し込んでいるのではと思えたからだ。彼はサリンジャーの新しい小説が完成したら必ず出版すると確約して、ふたりは約束のしるしに握手した。サリンジャーはジルーのオフィスを出るとき、出版社を探すわずらわしさはもうなくなって、あとは小説の完成に専念すればよいのだ、という気持ちだった。

『キャッチャー』が完成に近づいた1950年8月、また似たようなことが起こった。18日に、サリンジャーはイギリスの出版社へイミッシュ・ハミルトン社から連絡を受けた。この出版社の創立者ジェイミー・ハミルトンは、ワールド・レヴュー誌に掲載された「エズメに――愛と汚れをこめて」を読んで感銘を受け、サリンジャー本人に手紙を書いて、「エズメ」のことはこれからずっと忘れないと思うと伝え、短編集をイギリスで出版できないか尋ねた。[7] ジルーとおなじように、ハミルトンもサリンジャーの短編集の出版を考えたのだ。しかし、サリンジャーはハミルトンに、『キャッチャー・イン・ザ・ライ』のほうの、イギリスでの出版権を提案してきた。

ジェイミー・ハミルトンはこの先、サリンジャーの人生で重要な役割を担うことになる。ハミルトンはニューヨーカー誌の創設者ハロルド・ロスとともに、ウィット・バーネットがいなくなってサリンジャーのなかにできた隙間を埋めたのだ。ハミルトンの場合、この比較はきつい皮肉にひびくだろう。しかし、『キャッチャー』を完成させつつあるこの時期、サリンジャーはハミルトンとロスを心から好きになって、仕事のうえで尊敬できる人物だと思っていた。

第一印象では、ハロルド・ロスとジェイミー・ハミルトンはそっくりにみえる。ふたりとも創業者で、文芸の世界で尊敬される確固たる地位を築いてきた。ロスは1925年、マンハッタンのイーストサイドにあったアパートでニューヨーカー誌を生み出し、それをアメリカでもっとも尊敬される文芸雑誌に育てあげた。ジェイミー・ハミルトンは1931年、出版社ヘイミッシュ・ハミルトン社（ハミルトンはスコットランドの家系を誇りに思っていて、社名をつけるにあたって、「ジェイムズ」というイングランド風の名前ではなく、ケルト風の「ヘイミッシュ」を採用した）をはじめた。彼の編集者としてのすぐれた能力と個性のつよさで、まもなくヘイミッシュ・ハミルトンは、イギリスでもっとも革新的な出版社のひとつになった。ふたりとも作家につよい関心をもって、すぐれた才能を惹きつけた。しかし、ロスとハミルトンは、じっさいにはかなり異なったタイプの人間で、サリンジャーもふたりにそれぞれ異なった理由で惹かれていた。

ハロルド・ロスはふだんは作家に寛大で、多くの作家が個人的に親しい友人になった。サリンジャーはロスのちょっとケンカ早いところを大目に見て、「善良で行動は迅速、直感的で子供のような人」と評した[8]。サリンジャーがとくにロスに惹かれたのは、その子供のような人間性で、ロスはそのおかげで責任の重さをものともせず、この世界でなんとか生きのびてこられたのだ。

サリンジャーとジェイミー・ハミルトンの結びつきは、いわば必然的なものだった。

ふたりはおなじ生地を裁断してできあがった強烈な個性の持ち主だった。サリンジャーはいわばオリンピックの選手であり、ハミルトンは負けず嫌いでねばりづよい選手だった。ハミルトンは情緒的な人間で、批評家を嫌い、世界を「自分たち」と「やつら」で区別する。だれかに裏切られたと思ったら、完全に自分から切り離すことができ、おなじ部屋にはいることさえ拒否する。なによりも、ふたりとも野心を抱いてやってきたことが大きい。そんな人間たちはその共通点をつうじて結びつくことが多い。しかし、おそらくハミルトンとサリンジャーは共通点が多すぎて、結局はひとりの野心が、もうひとりの野心と衝突してしまうのだ。

1年の苦闘をへて、サリンジャーは1950年の秋、『キャッチャー・イン・ザ・ライ』を完成させた。J・D・サリンジャーにとって、この完成はひとつのカタルシスだった。この小説は告白であり、粛清であり、祈りであり、啓発であり、それらすべてがひとつの声に集約され、その特異さはアメリカ文化を変えることになる。この小説は、たんなる想い出の寄せ集めや不安な十代の物語ではなく、サリンジャーの人生を浄化する出来事だった。ホールデン・コールフィールドと彼が住む作品世界は、作者が成人となってほとんどをともに過ごした相棒だった。その世界はサリンジャーにとって大切なもので、戦争中ずっと肌身はなさず持ち歩いた。1944年、自分を支え、鼓舞するために必要なのだと、ウィット・バーネットに打ち明けたほどだった。『キャッチャー・イン・ザ・ライ』の原稿は、ノルマンディーの海岸を急襲し、パリの街をパレードし、数えきれない戦地で数えきれない兵士の死に立会い、ナチス・ドイツの死の収容所にも携えられた。いまやウェストポートの隠れ家において、サリンジャーはこの本の最終章の最後の行を書きいれたのだ。書きあげてほっとしたサリンジャーは、ハーコート・ブレイス社のロバート・ジルーに、出版してくれるよう原稿を送った。原稿はドロシー・オールディングをつうじて、ヘイミッシュ・ハミルトン社のジェイミー・ハミルトンにも送られた。

ジルーは原稿を受けとると、「すばらしい本だと思い、自分が編集できるのは幸運だと感じた」。彼はこの小説はうまくいくと確信したが、「ベストセラーになるとは思いもしなかった」と、のちに打ち明けた。ジルーはこの小説がすぐれたものだと確信し、握手で口頭の契約をかわしてあるので、『キャッチャー・イン・ザ・ライ』をハーコート・ブレイス社の副社長ユージン・レイナルに送った。

レイナルが原稿を読んだあとジルーが知ったのは、この出版社は口頭の契約を認めないことだった。

さらにわるいことに、レイナルはこの小説をまったく理解できなかったのだ。

レイナルが読むまで、なにがわるいのかわかりませんでした。「ホールデン・コールフィールドってのは、頭がおかしいのか?」と、彼は言いました。彼は原稿を教科書部門にまわした、とも言いました。私は、「教科書ですか、なんの関係があるんです?」と言いました。「だって、高校生の話だろ?」教科書部門の編集者は否定的で、それで決着したんです。[9]

ジルーがこのことをサリンジャーに話したのは、最悪の場所だった。彼はこの作者をランチに誘った。そして、屈辱的な思いで、ハーコート・ブレイス社としては、サリンジャーに書きなおしてもらいたいのだと打ち明けた。サリンジャーにとってこの筋書きは、ウィット・バーネットと選集『若者たち』の一件の、悪夢のような再現だった。彼はランチのあいだ、なんとか怒りを抑えていた(ジルーは応援にハーコート・ブレイス社の社員をもうひとり連れてきていた)が、家にもどるとすぐ、ハーコート・ブレイス社に電話して、原稿の返却を要求した。「あのバカどもが」とサリンジャーは絶叫した。[10]

ロンドンでもトラブルがあった。ジェイミー・ハミルトンは『キャッチャー』出版の予約を自分でとっていた。ハミルトンは個人的にはこの原稿をすばらしいと考えたが、出版社としては危険かもしれないと心配していた。彼自身は半分アメリカ人の血がまじっていて、この小説の俗語にもわりあい平気なのだが、ほかのイギリス人たちがホールデン・コールフィールドの言葉を受け入れてくれるかどうか、疑問だった。ハミルトンはこの懸念を同僚にこう語った。

これがサリンジャーの最初の小説なんだが、私としては彼にはすばらしい才能があるし、この本もとてもおもしろいと思う。ただ、アメリカの思春期の子供たちの言葉づかいが、イギリスの読者に受けるかどうかがわからないんだ。[11]

ハミルトンは自分の直感を信じて、『キャッチャー・イン・ザ・ライ』をイギリスで出版した。アメリカではドロシー・オールディングが返却された『キャッチャー』の原稿を、ボストンのリトル・ブラウン社のフィクション部門の編集担当ジョン・ウッドバーンに送った。ウッドバーンは大よろこびで、リトル・ブラウン社はただちに採用した。

ヘイミッシュ・ハミルトン社の懸念や、ハーコート・ブレイス社の不採用のショックを乗り越えて、サリンジャーはやっと安心した。しかし、この小説にたいする決定的な打撃が待っていた。しかも、それは彼にもっともちかい存在ともいえるところによるものだった。1950年末、ドロシー・オールディングは『キャッチャー・イン・ザ・ライ』を、ながいあいだ彼のそばにいてくれたニューヨーカー誌へのサリンジャーからの贈り物として、同誌へ送った。彼はニューヨーカー誌に自分の才能を再確認して、この小説の抜粋を載せてもらうつもりで、暖かく受け入れて激賞してくれるとばかり思っていた。

1951年1月25日、サリンジャーはガス・ロブラーノからニューヨーカー誌としての反応を受けとった。ロブラーノによれば、『キャッチャー』の原稿はロブラーノ自身と、少なくとももうひとりの編集者、おそらくウィリアム・マックスウェルが読んだ。[*1] ふたりとも、気にいらなかった。登場人物のすばらしさはありえないとしか思えず、とくにコールフィールド家の子供たちは早熟すぎる、というのだった。彼らの意見では、「ひとつの家族(コールフィールド家)に、4人もこんな並はずれた子供がいるということ自体が不自然であり、とても弁護の余地がない」。その結果、ニューヨーカー誌は『キャッチャー・イン・ザ・ライ』に関して、ひとことも語ることを拒否した。[12]

ロブラーノの手紙には『キャッチャー』にたいする同誌のきびしい決定のほかに、サリンジャーの著作の姿勢への注文も含まれていた。サリンジャーはこの小説を書きあげた直後に、「オペラ座の怪人への鎮魂歌("Requiem for the Phantom of the Opera")」という短編を書いていた。ロブラーノの『キャッチャー』を拒絶する手紙は、じつはその短編を断る手紙だった。ロブラーノは『キャッチャー』完成のすぐあと、「鎮魂歌」を書くのは早すぎると感じたのだ。彼は、「あなたはいまだにその小説の雰囲気に、そしてその数々の場面のなかに、閉じこもっているのではないかと思わざるをえません」と述べた。ロブラーノはさらにつづけて、その短編を「独創的すぎて自己中心的」だと批判した。彼はサリンジャーに、ニューヨーカー誌は作家意識を露わにする作品には批判的だということを、再認識させようとしていた。

サリンジャーはニューヨーカー誌の拒絶には傷ついたが、ロブラーノの批判は胸にしみたようだ。

*1 ロブラーノは『キャッチャー』を読んだもうひとりの名前を明かさなかった。しかし、この小説が完成したとき、サリンジャーは友人のウィリアム・マックスウェルに、個人的にその内容を読み聞かせているので、サリンジャー本人のまえで否定的な反応を示すとは考えにくい。

この編集者の「作家意識」についての教訓を受けて、サリンジャーは作家と作品の「適切な」関係にたいするニューヨーカー誌の方針を考慮して、宣伝と出版を考えてみようとした。同誌は独自の文学的な姿勢を維持して、作品の質を上げ、作家たちを従えてきた。作品のなかに作家の存在が目立ちすぎると、「作家意識」にたいする同誌の方針に反するとみなされた。文学作品として認めるかどうかは、同誌の特権だと自負していたのだ。ニューヨーカー誌に掲載される作品は、すべてニューヨーカー誌スタイルで書かれていた。

『キャッチャー・イン・ザ・ライ』はそのスタイルの作品ではなかった。作品の構想は10年まえから練られていて、サリンジャーをよく知る人たちは、そこに作者個人の痕跡を見ていた。ロブラーノは作品へのこのような取り組み方を、作者の自己過信につながるものと考え、このことをはっきり伝えるために、「鎮魂歌」の却下と『キャッチャー』の批判を併せて行なったのだ。ニューヨーカー誌が理解できなかったのは、読者一人ひとりに個人的に話しかけて作者の存在を消してしまう、『キャッチャー』の圧倒的な力だった。サリンジャーはガス・ロブラーノに気に入られるように、『キャッチャー』を書きなおそうとはしなかったが、彼の手紙はサリンジャーの胸をゆさぶり、いまだにふかく尊敬するこの雑誌の、文学的な姿勢を見習おうと努力をつづけることにした。

さらに重要なのは、このような姿勢がサリンジャーの禅信仰にもぴったり合うことだった。1950年、1951年に彼は瞑想の一要素として自我の離脱を求める禅の思想を信奉していた。サリンジャーがこの時期に執筆と瞑想を同一視していたなら、自作の小説で自分を売りこむようなことは控えただろう。自己宣伝は、たんに高慢にみえるとか、ニューヨーカー誌的でないことより、大切なものを冒瀆するものだと感じたのだろう。宣伝は、祈りをする本人を過大評価し、本来の目的である瞑想そのものを見失わせるように思えたのだろう。サリンジャーはこの小説の一ページ一ページに自分のすべてをこめたあと、さらに前進しようと、ひたすら無名性を追い求めたが、それは不可能なことだった。

距離をおくということは、サリンジャーが自分の作品の公開方式にかかわらないというのではなかった。彼はよく知らない編集者たちの勝手にさせる気はなかった。また、利益のために、他人に自分の個人的信条に異議を唱えさせるつもりもなかった。サリンジャーは人目を避けながらも、この小説の出版、発売のあらゆる面を自分の手に握りたいと思った。ニューヨーカー誌なら、作家と出版社の協議とか、作家意識といった性質の問題を理解したかもしれないが、リトル・ブラウン社はまったく理解できなかった。1950年末に『キャッチャー』の原稿がオーケーとなって、1951年7月に出版されるまでのあいだ、サリンジャーと出版社のあいだにはさまざまな出来事があって、そのいずれもが、サリンジャーがこの作品を成功させるためにあらゆる努力を惜しまなかったことを示している。

サリンジャーとの交渉がどんなものだったのかを示すその一例が、リトル・ブラウン社がこの小説のペーパーバック版の制作を担当させた、ニュー・アメリカン・ライブラリー社との交渉だ。同社は本の表紙の装丁を有名な画家ジェイムズ・アヴァティに依頼していた。彼のデザインでは、ホールデンが赤いハンティング・ハットをかぶった姿が描かれていた。サリンジャーはそれが気に入らなかった。それは数年まえに彼の作品と張り合うように誌面を飾っていた、「派手なポスト誌のイラスト」

を思い出させた。彼自身は、セントラルパークの回転木馬を切なそうに見つめる、フィービーの高貴な姿の絵を思い描いていた。「それもいいアイディアだとは思った」とアヴァティは言った、「でも、それだとこの話にあわないと思ったんだ」。じつのところ、画家も出版社も出すアイディアをどれも拒絶されて、サリンジャーにはほとほと手を焼いていた。ついに、アヴァティは断固たる態度に出た。

私は「ちょっとお話ししたいのですが、よろしいですか？」と言って、ふたりで社の小さな部屋にはいった。そして私は単刀直入に言った。「彼らは本を売ることのプロです。彼らに任せてみませんか？」やっと彼はオーケーと言った。[13]

サリンジャーはホールデンの表紙のことは黙認したかもしれないが、それは「オーケー」ではなかった。

リトル・ブラウン社はハードカバーの表紙をマイケル・ミッチェルのイラストにすることに同意して、うまくサリンジャーとの衝突をせず切り抜けた。ミッチェルはサリンジャーがスタンフォードに住んでいたころからの個人的な友人で、いまはウェストポートの住民同士だった。サリンジャーはとうぜんこの画家を選んでくれたことによろこび、ミッチェルの表紙で趣旨が生きると思った。デザイン化された赤い馬が怒り狂って後脚で立ち上がっている姿が描かれ、この小説の内面的な深みを雄弁に伝えていて、こんにちまで『キャッチャー・イン・ザ・ライ』を象徴するものとなっている。

リトル・ブラウン社が『キャッチャー』をゲラ刷りにまわしたとき、サリンジャーはジョン・ウッドバーンに電話して、販売促進用の本を書評家や報道関係者に配らないよう要求した。出版界では出版まえに新刊書見本を配るのは、ごくふつうのことだった。ウッドバーンはサリンジャーの要求に唖然とした。彼が新刊書見本は宣伝のため必要だと指摘すると、サリンジャーは宣伝なんていらないのだと言った。おまけに、リトル・ブラウン社の本のデザインにも注文があって、裏表紙から自分の写真をはずしてくれというのだ。サリンジャーによれば、写真が大きすぎるという。*2

このような要求に驚き、困りはてたウッドバーンは、リトル・ブラウン社副社長のD・アンガス・キャメロンに訴えた。状況を説明して、助けを求めたのだ。キャメロンはただちにボストンを発ってニューヨークへ赴き、サリンジャーと面会した。「あなたはこの本を出版したいのですか、それとも、ただ印刷するだけでいいのですか?」と彼は尋ねた。サリンジャーは嫌悪感を抑え、リトル・ブラウン社が見本を配ることに同意した。しかし、ウッドバーンはやがて、キャメロンを巻きこんだ代償を払うことになる。

1951年3月、リトル・ブラウン社とのもめごとの最中に、サリンジャーははじめてジェイミー・ハミルトンと会った。この出版人は妻のイヴォンヌといっしょにニューヨークへ旅して、アメリカの作家たちと会うことにしていたが、サリンジャーとはすぐに親しくなった。サリンジャーのほうもお

*2 『キャッチャー』の裏表紙に載ったサリンジャーの写真は、有名な写真家ロッティ・ジャコービが撮影した2枚のうちの1枚だった。理由は不明だが、この写真はブックカバーに印刷されるとき、左右逆になってしまった。サリンジャーをモデルとしてどう思うか訊かれたジャコービは、「興味あるわ」と答えた。

なじ印象で、ハミルトンが自分の希望にそいたいという姿勢をみせてくれることに、とくに安堵した。ジョン・ウッドバーンとの対立がつづいたあとだったので、サリンジャーはジェイミー・ハミルトンのなかに、自分の本に正義を行使してくれる人をみつけた思いだった。彼のそんな思いは、ハミルトンがイギリスに帰国して、愛想のいい手紙を添えて本を数冊贈ってくれたとき、確信に変わった。サリンジャーにはそんな態度がうれしかったのだ。彼はりっぱな編集者だけではなく、自分と同類の精神の持ち主をみつけたと感じていた。

『キャッチャー・イン・ザ・ライ』出版の準備で、サリンジャーは1950年後半からずっと手いっぱいだった。宣伝、校正刷りの訂正、ゲラ刷りの点検、完成品の公開など、そのひとつひとつの手続きがきびしい試練だった。4月には、サリンジャーは大嫌いな出版直前の騒動という嵐に巻きこまれていた。幻滅したうえ、ますます不愉快になって、こんな手続きが終わるのを待ちきれなかった。

4月前半のある日、サリンジャーがウェストポートで洗車していると、電話が鳴った。タイミングは悪かったが、あわてて家のなかに駆けこみ、階段を駆けあがって電話に飛びついた。電話口からは興奮したウッドバーンの声が聞こえた。「すわっていただけませんか?」ウッドバーンはそう言った。サリンジャーはびしょぬれで息も切れていた。ウッドバーンは、ブック・オブ・ザ・マンス・クラブが『キャッチャー・イン・ザ・ライ』のゲラ刷り本を受けとって、夏季の推薦図書に選定した、というニュースを伝えた。このクラブの推薦図書に選定されれば、知名度は一気に上がるし、宣伝は文句なしの大成功となる。サリンジャーはこの本で大もうけすることは期待していないので、このために本の出版がおくれ、自分のストレスが長びくのではと心配した。「そんなことしたら、出版がおくれますよね？」サリンジャーは二の足を踏んだ。[14]ウッドバーンも予期せぬ反応だった。

ウッドバーンはサリンジャーにどう対処すればいいのか、彼の反応をどう受けとめればいいのかわからなかった。ブック・オブ・ザ・マンス・クラブの選定にたいするサリンジャーの返事を軽くみた彼は、そのときの話を文芸欄の担当者たちにしてしまった。新聞、雑誌に出た、ウッドバーン脚色による電話でのふたりの会話を読んで、サリンジャーは激怒した。彼はジェイミー・ハミルトンに、その記事では「ぼくが高慢にみえる」と訴えた。サリンジャーに関するかぎり、ウッドバーンは許されざる罪を犯したのだ。*3

しばらくのあいだは、リトル・ブラウン社はブック・オブ・ザ・マンス・クラブの意向を尊重して、『キャッチャー』の出版をほんとうに数ヶ月延期しようとしているようにみえたが、結局、7月半ばの出版を守った。いっぽう、ブック・オブ・ザ・マンス・クラブの編集者たちもこの小説のタイトルに不満があった。サリンジャーにタイトルの変更を求めたところ、怒ってはねつけられてしまった。彼はホールデン・コールフィールドが変更に同意しないだろう、それで決まりだ、と主張した。[15]

サリンジャーはそれまでの過程を耐えてきたのも限界で、この状況から身を隠すのが最上の策だと考えた。彼は急遽一計を案じて、国を離れて本が出版されるときに国内にいないことにしようと考えたのだ。この逃避行にあたって、彼がその相棒としてジェイミー・ハミルトンに白羽の矢を立てたのは自然のなりゆきだった。彼はイギリスのサザンプトン行きの豪華客船クイーン・エリザベス号の切

*3　この一件はサリンジャーを怒らせ、ウッドバーンとなんとか直接連絡をつけたのは、電話の8ヶ月後の12月11日のことだった。

符を買った。

こんな出来事の裏で、サリンジャーの指導者だったウィット・バーネットが、陰から病的な嫉妬心を露わにして監視していた。サリンジャーの小説がブック・オブ・ザ・マンス・クラブの選定を受けて成功が保証されたことを知って、バーネットはリトル・ブラウン社をひどく憎むようになったようだ。本来なら自分が手がけるはずだった『キャッチャー・イン・ザ・ライ』の宣伝文を読んで、その憎しみに自分を抑えきれなくなった。彼は4月6日にはっきりと怒りをこめて、リトル・ブラウン社の宣伝部に手紙を書いた。作家としてのサリンジャーに自分が貢献したことを無視されたと文句を言ったのだ。

よくお聞きいただきたい。ストーリー誌が発掘し、その最初の作品を私が編集し、出版し、後ろ盾となった青年、私のその友人に関する貴社の広報の不正確なことに、抗議いたします。貴社の宣伝部は「彼の以前の作品はニューヨーカー誌に出た4作の短編のみ」と書いているが、これはまったくばかげている。私はサリンジャー氏の短編を数編ストーリー誌に掲載したし、その処女作も、彼がコロンビア大学で私の授業をとったあと、同誌に登場したのです。[16]

バーネットはさらにつづけて、自分が出版したサリンジャーの作品をひとつひとつ挙げてみせ、同誌に登場したほかの作家たちの名前も書き連ねた。最後にバーネットは「将来、貴社の宣伝活動では、このような過ちはくりかえされませんように」と結んだ。リトル・ブラウン社の名誉のためにいうと、バーネットはまもなくD・アンガス・キャメロン本人から、丁重な誠意あふれる謝罪を受けた[17]。しかし、失ったものはかえらなかった。バーネットは自分がながいあいだ熱望していた小説を拒絶されただけでなく、その小説と関わっていたということさえ誇れなくなってしまったのだ。

5月8日火曜日、サリンジャーは出版時の騒動を避けるため、イギリスに向け出発した。彼は『キャッチャー・イン・ザ・ライ』がこれまでの自分の最高傑作だという自負があった。しかし、自作に自信があるだけに、広告屋たちが作品を安っぽくあつかい、批評家たちがあれこれ分析するのには耐えられなかったのだ。彼は当初、アメリカでの『キャッチャー』出版のときは席をはずして、イギリス諸島をゆっくりと気ままに旅しようと考えていた。彼はこの旅行をこの小説のイギリスでの発売のまえには切りあげるつもりだった。そうすれば、ニューヨークにもどるころには、騒動もおさまりかけているだろうと思ったのだ。イギリスに向けてクイーン・エリザベス号に乗り込んだときには、これが延々とつづく衆人監視の目からの逃避のはじまりだとは、彼は思いもしなかっただろう。

サザンプトンに入港すると、友人の出版人のオフィスに直行した。ハミルトンはロンドンに到着したサリンジャーを、凱旋将軍のように迎えた。彼はこの作家に、ホールデンが『キャッチャー』のなかで好きだといっているイサク・ディネセンの『アフリカの日々』をプレゼントし、併せて本人の新作小説のイギリス版を贈呈した。その本が彼の好きな控えめな装丁で、赤と白の地にタイトルと作者名がしゃれて書かれているだけで、写真や作者の経歴紹介など一切ないところが気に入った。

ハミルトンは毎晩サリンジャーを街に連れ出して、ロンドンのウェストエンドで上品な芝居を楽しんだりした[18]。そんなとき、サリンジャーは『キャッチャー』のせいで、はじめて不愉快な経験をした。サリンジャーを芝居に招待するにあたって、ハミルトンは伝説的な俳優サー・ローレンス・オリヴィエとその妻ヴィヴィアン・リーが主演する2つの「クレオパトラ」ものの芝居を選んでいた。ハミルトンは「オリヴィエ夫妻」は自分の個人的な友人だと告げ、この新しい仕事仲間に自分を印象づけるため、この芝居を選んだのだった。芝居が終わったあとで、オリヴィエ夫妻はハミルトンたちと合流して夕食をともにした。サリンジャーは恐縮した。『キャッチャー』のなかでホールデンは、1948年の映画『ハムレット』でオリヴィエを見たと語っている。「サー・ローレンス・オリヴィエのいったいどこがすばらしいのか、ちっともわからなかったんだ。オリヴィエは頭がこんがらがった気の毒な青年というよりは、どっかのお偉い将軍みたいに見えたんだよ[19]」とホールデンは文句をつけている。いいかえれば、ホールデンはオリヴィエを「いんちき《フォーニー》」だとみなしていて、サリンジャーは自分がけなしている当の本人と食事をし、お上品な言葉を交わすはめになったのだ。夜がふけていくにつれ、彼は自分こそが「いんちき」だと思えてきた。この一件はサリンジャーが帰国したあとも尾を引いて、ハミルトン（事前に本を読んでいたのだから、もっと配慮すべきだった）に長い手紙を書いて、オリヴィエの演技に関しては自分の意見はホールデンとはちがうと弁明した。そして、ハミルトンに自分の気持ち、謝意をオリヴィエに伝えてくれるよう頼んだ[*4]。ハミルトンはいわれたとおりにし、サリンジャーはこの俳優から礼儀正しい便りを受けとった[20]。

サリンジャーはロンドン滞在中にイギリス車ヒルマンを購入して、イギリスをまわることにした。決まった予定のない気ままな旅で、イングランド、スコットランドをドライブし、アイルランドやスコットランドのヘブリディーズ諸島などを訪ねた。目にするすべてがすばらしく、彼の手紙や葉書には興奮と子供みたいなよろこびがはじけている。ストラトフォード・アポン・エイヴォンでは劇場のまえでポーズをとり、ひとりでシェイクスピアへの讃辞をあれこれ述べたり、若い女性とボート漕ぎの競走をしたりした。その女性には負けた。オックスフォードでは教会で夕べの祈りに参加した。ヨークシャーでは、ブロンテ姉妹がヒースの原野を走る姿をたしかに目撃したと言い張った。ダブリンは気に入ったが、スコットランドには惚れこんでしまい、そこに落ち着こうかという手紙を書いたほどだ。[21]

イギリスには7週間いたが、サリンジャーはなんとなく虫の知らせがあって、『キャッチャー』のアメリカでの発売に間に合うように帰国することにした。ロンドンにもどるとふたたびジェイミー・ハミルトンに会い、ニューヨーク行きのファーストクラスの切符を買った。7月5日にサザンプトンでマウレタニア号に乗りこむと、7月11日、つまり彼の小説発売日の5日まえに故国に到着した。[22] サリンジャーの帰国はひとりきりではなかった。イギリス車ヒルマンを持ってかえったのだ。

＊4　オリヴィエとの会見で苦しんだサリンジャーは、たしかに真摯な態度だったともみえるが、じつはおそきに失したようだ。というのは、イギリスから故郷に宛てた手紙では、オリヴィエ夫妻に会ったと自慢げに語っており、謝罪の手紙を書いたのは、オリヴィエ夫妻がちかくニューヨークを訪れ、彼に会いたいということを知ったあとのことだった。

『キャッチャー・イン・ザ・ライ』は1951年7月16日、アメリカとカナダで発売された。「エズメに——愛と汚れをこめて」の評判がよかったため、期待は大きかった。書評が出はじめると、期待以上だった。その反響の大きさは、『キャッチャー』はサリンジャーが期待した以上の、いや彼の手に負えないほどの衝撃となることを予感させた。

タイム誌は「エズメ」のタイトルをもじって、「愛と完璧な視力をこめて（"With Love & 20-20 Vision"）」と題する書評を載せた。そこではこの小説の奥行きの深さを讃え、サリンジャーがうれしいことに、リング・ラードナーになぞらえてあった。タイム誌は「『キャッチャー・イン・ザ・ライ』のなかの掘り出し物は、小説家サリンジャーその人だといってもいい」とコメントした。[23] ニューヨーク・タイムズ紙は『キャッチャー』を「並はずれてすばらしい」と評した。サタデー・レヴュー誌は「注目すべき作品で、興味がつきない」と賞讃した。西海岸ではサンフランシスコ・クロニクル紙が「きわめてハイレベルな文学」だと太鼓判をおした。なかでもサリンジャーをもっともよろこばせたのは、最初はこの小説へのコメントを拒否していたニューヨーカー誌の批評家たちが、「すばらしい、おもしろい、意義ある成果」と認めてくれたことだ。*5

当然ながら好意的でない批評もあったが、数は少なく、概してその言葉づかいを批判したものだった。多くの批評家がホールデンがくりかえす「ガッダム」や「ファックユー」といったののしりの言葉に不快感を示した。1951年当時は、これらの言葉は小説に使うにはきつすぎたのだ。カトリック・ワールド誌やクリスチャン・サイエンス・モニター紙がそんな言葉を、「嫌悪すべき」とか『下品』と評したのは当然のことだ。ニューヨーク・トリビューン紙は、この小説は「呪文みたいに卑猥な言葉をくりかし、くりかえし使っている」と断じた。

ニューヨーク・タイムズ紙のジェイムズ・スターンはホールデン・コールフィールドの口調を真似て、7月15日に「ああ、この世はもろい」と題する、気の利いた記事を書いた。記事はホールデンの口調を使って、ヘルガという女性の行動を伝えている。彼女は「エズメに――愛と汚れをこめて」を読んだあと、この小説に夢中になる。記事自体はサリンジャーを責め、その文体をからかっているようだが、結末で、ヘルガが「このおかしな『キャッチャー』という本をなんども読んだ」けど、「そういうのはいつもいい作品の証拠なの」と結んでいる。[24]

『キャッチャー』はすぐにニューヨーク・タイムズ紙の発表するベストセラーに名を連ね、その後7ヶ月その座にとどまって、8月には4位に達した。それはブック・オブ・ザ・マンス・クラブ版が各家庭に配られたことが大きく、そのおかげでこの小説の読者層が急激に広がり、サリンジャーの評判が全国の家庭に行き渡った。

彼が嫌悪した巨大な写真はべつとして、ブック・オブ・ザ・マンス・クラブ版にはかなり長い作者紹介がついていた。サリンジャーがインタヴューを承知したのは、それがニューヨーカー誌の編集者

＊5　ニューヨーカー誌は『キャッチャー』の宣伝活動を利用して、この小説の発売2日まえに、サリンジャーが1948年に書いていた短編「愛らしき口もと目は緑」を掲載した。

ウィリアム・マックスウェルが担当すると知って、彼ならもっとも好意的に自分を紹介してくれるだろうと信じていたからだ。それでも、以前のインタヴューとおなじく、個人的なことは最小限しか話さなかった。

この紹介文はサリンジャーの少年時代、軍隊時代、そして作家として評判になったころをあつかっているが、紹介される作品は当然ながらニューヨーカー誌掲載のものだけだった。また、執筆する姿勢にもふれている。マックスウェルによれば、サリンジャーは「かぎりなく努力をし、かぎりない忍耐をし、自分の書いているものの技術的な面をかぎりなく考え、しかもその苦心が最終原稿では決して見えないようにしている」という。彼はさらにくわえて、「そんな作家は死んだらまっすぐ天国へ行く。そしてその作品は忘れられることがない」と述べた。それから、「報われることは少ない」が、報われたときは、それはとてもすばらしい思いだと、サリンジャーは謙遜に満ちた言葉で語っている。[25]

マックスウェルのインタヴューは著者とニューヨークの関係に重点をおいていて、とくに小説のなかでホールデンが移動するさまざまの場所が紹介されている。サリンジャーをセントラルパークに、そのなかの池に誘導し、タクシーでグランド・セントラル・ステーションに行き、寄宿制の高校から自宅をめざす。そうしておいて読者の関心をJ・D・サリンジャーとホールデン・コールフィールドの共通点に向けさせるのだ。宣伝という立場からみれば、この紹介の仕方はすばらしかったが、作者に自分を小説の主人公だと思わないでもらいたいという気持ちがあったとすれば、このマックスウェルのインタヴューはその意向には反していたようだ。伝記的な部分でホールデンと自分をちかい存在にしてしまい、読者がいますぐにでも、もっと著者のことを知りたいという好奇心に火をつけたのだった。自分のプライヴァシーを守るのに熱心なサリンジャーが、どうしてそんな結果を予測しなかったのか、謎である。
マックスウェルの紹介文には、サリンジャーは「コネティカット州ウェストポートの借家に、相棒として、そして気晴らしのため、ベニーという名のシュナウザー犬といっしょに暮らしている。この犬はいまも、これまでもずっと人をよろこばせることに熱心だ」とある。こんなことを書かれてサリンジャーは神経質になった。ウェストポートは大きな社会ではない。サリンジャーはあきらかに、読者がシュナウザー犬を散歩させているやせた青年（容貌は本の表紙の写真で判別できる）を追いまわすところを思い描いていた。サリンジャーはイギリスからもどっても、ウェストポートには帰らなかった。彼は故郷にもどったのに、逃避をつづけるのだった。

読者が『キャッチャー・イン・ザ・ライ』の表紙をめくって遭遇したのは、人生を変えてしまうほどのものだった。それはまたアメリカ文化の道筋を変え、世代を越えて人の心理を見定めるのにも役立った。小説の冒頭から、読者はホールデン・コールフィールドの奔放な実在感に惹きつけられ、そのとりとめのない思考、感情、そして記憶が、アメリカ文学の歴史上もっとも完璧な意識の流れのなかに息づいている。ホールデンの語りの無秩序さは最初のページからあきらかだ。冒頭の63語からなる文章と、1ページ以上つづく最初の段落はそれまでの文学的なしきたりへの挑戦であり、いままでにない特異な経験に遭遇しているのだと読者に警告を発している。

そんな型破りにもかかわらず、『キャッチャー・イン・ザ・ライ』はチャールズ・ディケンズが創始して、マーク・トウェインがアメリカ文化に融合させた文学的伝統を守っている。[*6]『デイヴィッド・カッパフィールド』と『ハックルベリー・フィンの冒険』の継承者として、『キャッチャー・イン・ザ・ライ』は思春期の少年の目をとおして、そしてその語り手の住む土地と年代にふさわしい言葉で語られる人間観察なのだ。ニューヨークの街角で聞かれる俗語の多用が、1951年には一部の批評家から非難されたが、彼らはその言葉のうちに隠された微妙な諷刺を見落としていた。

この小説にはほかの作家たちの影響も感じられ、サリンジャーが1944年パリで、アーネスト・ヘミングウェイから文学的相続権を受けとったと思いこんだことを思い出す。ホールデン・コールフィールドの口調は、ヘミングウェイの1923年の短編「ぼくの親父（"My Old Man"）」の語りを受け継いでいる。さらにいえば、「ぼくの親父」はヘミングウェイの指導者ともいえるシャーウッド・アンダソンに、とくに1920年の短編「わけが知りたい」に影響を受けている。要するに、3世代にわたるアメリカの偉大な作家が結びついているのだ。

ホールデンの話はカリフォルニアの病院で語られる。話の内容は彼が入院するにいたった顛末や、前年の12月の3日間の出来事だ。彼の話はある土曜日の午後、ペンシルヴェニア州のエイジャーズタウンにある寄宿学校ペンシー・プレップスクールからはじまる。英語以外の科目をぜんぶ落としたホールデンは、学校当局からクリスマス休暇明けにはもどってこないよう要請されている。この冒頭の設定でホールデンは、のけ者という地位をあたえられている。彼は仲間から離れてトムソン・ヒルのてっぺんから彼らを見ながら、自分の疎外感や周囲のインチキな世界への嫌悪をひとりつぶやいている。この最初の場面から、読者はホールデン・コールフィールドが悩める若者だということがわかるのだ。

それからホールデンはいろいろとクラスメイトや教師を紹介する。そのなかに、みっともないロバート・アックリーとホールデンのうぬぼれ屋のルームメイトのウォード・ストラドレーターがいる。ホールデンのむかしのガールフレンドで、彼がその無垢な美しさを理想化しているジェーン・ギャラガーと、ストラドレーターはデートをする。

ホールデン・コールフィールドは矛盾のかたまりともいうべき人物だ。肉体の描写でさえ正反対の特徴を示している。16歳の彼は内に相反する感情を抱え、あきらかに思春期と成人期のはざまにとらわれている。ホールデンの矛盾の最大のものは、他人のインチキをののしりながら、自分はでっち上げやみせかけにふけり、あげくは「大うそつき」を自称することだ。そんな態度に、わかりやすい性格の人物を求めている読者はとまどい、ホールデンの偽善者ぶった行動に不満なのだ。彼の矛盾はい

＊6　ホールデンが第1章でディケンズの『デイヴィッド・カッパフィールド』に言及するのは、おそらく二義的なメッセージだろう。ディケンズの小説の第1章ではカッパフィールドが新生児を包む膜、羊膜《コール》に包まれて生まれたことが語られている。ホールデン・コールフィールドの名前はこの部分との関連でくりかえし分析されてきた。コールとフィールドの接続、ホールデンと「もちこたえる《ホールド・オン》」の類似にはたやすく納得できるだろう。しかし、サリンジャーがはじめてホールデン・コールフィールドと名づけたのは1941年で、彼がライ麦畑や野原《フィールド》を考えつく前のことだった。この年代から、サリンジャーがその名前を映画俳優のウィリアム・ホールデンとジョン・コールフィールドをあわせて作ったという説も否定される。ジョン・コールフィールドの映画のキャリアは1945年からだ。

ろいろなことを教えてくれる。その矛盾から彼の支離滅裂なところが伝わり、その複雑な内面を抱えて生きているこの人物にリアリティをあたえている。また、その矛盾こそが思春期の典型でもある。またべつの点からみると、ホールデンの矛盾が『キャッチャー・イン・ザ・ライ』を支えているバランスを反映しているともいえる。

ストラドレーターはジェーン・ギャラガーとのデートに出かけるまえに、ホールデンに宿題の作文の代筆を押しつける。ホールデンは弟のアリーが持っていた、詩の文句を書きこんだ野球ミットについて書くことにする。彼は書きながら、10歳のときのアリーの話や3年まえに白血病で死んだことを伝える。この話は冷静な調子で語られるが、この小説のもっとも神妙な部分だ。この時点になってはじめて、読者はホールデンの苦悩の深さを理解しはじめる。彼の生活ぶりや行動は弟アリーの死に支配されている。想い出のなかのアリーは、ホールデンがほかのなにより大切にしていたのに失ってしまったもの、つまり自分の無垢な心をもっている。ホールデンはアリーを失った夜、無垢な心も失ったのであり、このふたつの喪失は分かちがたくからまっている。彼のなかでは、成人期にはいることはアリーを放棄することであり、そうすることで、自分自身が無垢だったころの記憶との結びつきが切れてしまうのだ。

ホールデンはアリーを想い出のなかに大切にしているだけではない。死んだ弟を理想化し、神聖な存在にまで高めている。大人の監督者がいないので、アリーを、叱咤激励してくれる守護神にしてしまうのだ。ホールデンは落ちこむと弟に慰めを求め、悩みごとがあるとアリーに祈る。ホールデンはおとなの世界にはいっていくと、アリーから離れてしまい、アリーが体現している純粋、純正という規範に従って生きることなど、とてもできなくなるのだ。

アリーのことを思って落ちこみ、ジェーン・ギャラガーの純潔が犯されるかもしれないことに苛立って、ホールデンはストラドレーターと殴りあいのケンカをする。血まみれになって意気消沈したホールデンは、水曜日までは帰る予定になっていなかったのだが、荷物をパッキングしてその夜そうそうにペンシーを出ていくことにする。

自分の周囲の世界にたいするホールデンの反乱は、人間にたいする審判である。人間本質の相反する力へのサリンジャーの戦後の傾倒ぶりは、その世界のイメージが発展して、ほんものとインチキ、鋭敏と鈍感、「虎」と「子羊」というように、ふたつに分裂していった。ホールデンはまた世界を「自分たちと彼ら」の陣営に分けたが、彼の陣営はじつに小さく、その仲間は妹のフィービー、死んだ弟のアリー、そして、おそらく読者だけだ。

ニューヨークに帰ったホールデンはホテルに泊まって、退学の報せが両親のもとにとどくときに居合わせるのを避けようとする。グランドセントラル・ステーションに着くとタクシーを拾って、いかがわしいエドモント・ホテルに部屋をとる。そのホテルは「変態だらけ」だった。彼はホテル内のバーにはいるが、そこで会ったのは田舎者の3人の女だった。祖母からクリスマスのお小遣いをもらっていたホールデンは、街に出てバーで飲むが、兄DBのまえのガールフレンドに出遭う。ホテルにもどると、モーリスというエレベーターボーイが近づいてきて、5ドルで娼婦をどうかと誘ってくる。ホールデンは誘いに乗る。

ホールデンは無垢な心の価値を重視しながらも、おとなの状況に惹かれている。バー、娼婦、車のバックシートなどすべてが彼を誘うのだ。そんな状況におかれると、彼は対処できない。周囲の世界から自分を切り離してみると、彼がアドバイスを求めて頼れる相手は、アリーしか残っていなかった。いまや永遠の少年であるアリーはこんなおとなの状況についてはアドバイスできないので、ホールデンは導いてくれる者もなく、その状況からぬけ出し、アリーがいたことがない状況に陥れそうなものからは、身を引くことにする。

彼はおとなの社会を軽蔑し、その社会と妥協することを拒否して、自分の疎外感を正当化する。ホールデンが軽蔑するのはおとなだけではない。自分とおなじ年代や、自分より若い者たちも、やはりインチキだと言っている。ホールデンの問題はじつは生きている人たち、純粋な弟が否定されてきた生を生きつづけている人たちとの問題なのだ。彼は周囲の生活の本質を、自分の基準ではなくアリーの基準で測っている。ホールデンが出遭う挑戦は、生きていくこの世界に自分の場所をみつけるために、自分の認識を再評価することだった。

ホールデンのするどい認識はまた、彼の自嘲を生み出すもとでもある。彼は自分が見下すものによって堕落してしまい、空想に逃げこんで避難所を求めている。それはつかの間の逃避であり、ホールデンはしだいに現実に取り組まざるをえなくなっていく。彼は自分を自分がいうとおりに受け入れてくれる世界が好きなのだが、それにはいつか妥協せざるをえないことがわかっている。ある意味で、彼がニューヨークで過ごした週末は、最後の空想上の大逃避行である。しかし、それはおとなの逃避であり、彼が直視すべき真実を覆い隠している。その真実とは、彼はすでにおとなであり、妥協すべき時期はもう来ているということだ。

読者がホールデンの放浪に3日間つきあうと、いろいろな場面や人物に出遭うが、それらの場面や人物はそれぞれ互いに対照をなし、より大きな問題の象徴となっている。たとえば、みせかけと幻想は、金持ち専用の寄宿学校やアッパーイーストサイドの高級アパートをとおして表されている。そのいっぽう、汚いエドモント・ホテルやグランドセントラル・ステーションの待合室で、ホールデンが寝た間に合わせのベッドは、まったく異なった現実を語っている。謹厳実直そのもののスペンサー先生のベッドルームには、ヴィックスのノーズ・ドロップのにおいがしみこんでいる。それと対照的に、アントリーニ先生の豪華なアパートには、カクテルパーティの残骸が散乱している。スペンサー先生はバスローブの胸をはだけてホールデンを迎えたかもしれないが、外見は立派なアパートに佇む正常なはずのアントリーニ先生のほうは、結局は不気味な存在となる。『キャッチャー』のなかの移り変わる場面は、ホールデンの矛盾や内なる葛藤をよく映している。あるページで彼が酔っているかと思えば、つぎには学校のグランドにいる。読者につきつけられた問題は、ホールデンがほんとうにいるべきところはどちらなのかということだ。

娼婦のサニーがやってくると、彼女は予想していたより若い。そんな状況に気がめいってきたホールデンは、ふたりで話をするだけですまそうとする。サニーは話には興味がない。彼女は金をもらって出ていく。深夜になって、ホールデンはサニーとモーリスに起こされる。ふたりはさらに5ドルを要求する。支払いを拒否したホールデンはモーリスと殴りあうが、血まみれになったうえ、財布から金を奪われる。モーリスとサニーはサリンジャーが紹介する人物のなかで、もっとも堕落した、不道徳な存在である。ふたりは自分たちの暗い本質の、いわば、ウィリアム・ブレイクの詩の「虎」の犠牲となってしまった人物だ。モーリスはただただいやな人物だ。サニーはあわれな人物で、堕落しているが、その堕落は抜けめのないモーリスのせいだけではなく、本人が周囲の世界のいいなりになっているせいでもある。ホールデンが要求された5ドルをすんなり渡して、闘わなかったら、彼のこれからの世界が、いかさま、うそ、けばけばしさのあふれる、このていどのものだということを、自分で認めることになってしまう。ここの時点から、ホールデンは子供を脱却しはじめるが、自分の先にあるおとなの世界に、おとなの不潔さの埋め合わせになるような特質が見つからず、また心は沈んでいく。

ふたりの尼さんが物語のまんなかに登場するが、ひとつの転換点を示している。彼女たちの立場は、その直前に登場したモーリスとサニーと対照的だ。ブレイクの詩とのアナロジーでいうと、尼たちは『キャッチャー』では「子羊」に相当する。ホールデンはこの女性たちによって奮起するのだ。ふたりに10ドル寄付する行為は、モーリスとの殴り合いをなにか高貴な行為に近づけている。さらに重要なのは、ホールデンが出会ったおとなの人物のなかで、無条件で尊敬できるのはこの尼たちだけだということだ。彼女たちの生活にしみこんだ質素さ、思慮深さ、自己犠牲の精神は、ホールデンにおとなになってもインチキにならないですむ可能性をみせてくれる。この尼たちと出遭った時点から、ホールデンの感情的、肉体的な状態が急速に悪化していくが、彼は責任と変化を受け入れはじめる。

尼たちと別れたホールデンは、両親に連れられた小さな男の子がブロードウェイを歩いていく姿に魅せられる。ホールデンによるこの場面の描写は、おそらくもっとも超現実的な魅力にあふれている。男の子は両親のうしろで、歩道の縁のすぐわきのところの、車道を歩いていた。比喩的には、小さな崖から落ちてみせて、おとなをからかっているのだ。男の子は歩きながら、ロバート・バーンズの「ライ麦畑でだれかさんがだれかさんをつかまえたら」という唄を歌っている。この唄がホールデンの話に決定的な意味をもつ。少年はきわめて危険な状態だ。ブロードウェイを走る車は彼に向かってスピードを上げ、警笛を鳴らし、彼を轢くまいと急ブレーキを踏む。そんななかでも、両親は息子の危険などどこ吹く風といわんばかりに、のんびりと歩いている。奇妙なことに、ホールデンは息子を無視している両親を心配したり、怒ったりせずに、この場面がどんなに自分を幸せにしてくれたか、と語るのだ。おそらく、無垢な心を感じとった感激が大きすぎて、ホールデンに「ライ麦畑でつかまえる人《キャッチャー・イン・ザ・ライ》」にならなければという義務感を、はじめて忘れさせたのではないだろうか。また、この男の子は実在せず、ホールデンの想像力のなせる作り話か、ホールデン自身の幻影ということもありうる。

妹のフィービーへのおみやげに「リトルシャーリービーンズ」というジャズレコードを買ったあと、ガールフレンドのサリー・ヘイズとデートする。小説のこの部分は、サリーとホールデンがお芝居を観にいって、ラジオシティのアイススケート場でロゲンカするなど、「マディソン街はずれのささやかな反乱」とそっくりだ。ケンカのあと、ひとりきりでみじめになって、ラジオシティのクリスマス特別ショーを観て、ウイッカーバーまで出かけていって、以前クラスメイトだったカール・ルースと待ち合わせて飲む。気どった自信家とされているルースと口論したあと、ホールデンは酔っぱらって、またサリーに電話して、以前の作品とおなじように、クリスマスツリーの飾りつけの手伝いを申し出る。

月曜日の明け方、ホールデンは酔いで意識もうろうとなって、セントラルパークをさまよっている。

池のそばで、うっかり「リトルシャーリービーンズ」のレコードを落として割ってしまう。がっかりして疲れはてた彼は、レコードのかけらを拾い集め、こっそり家に帰ってフィービーに会うことにする。フィービーこそ彼の人生に残された、おそらく最後の希望の光なのだ。家族の住むアパートに忍びこむと、彼はまっすぐフィービーが寝ているDBの部屋に向かう。彼は割れてしまったレコードという、取りもどせない過去のありふれたシンボルを持っている。「ぼくはイカレてる」でもそうだったが、ホールデンは眠っているフィービーをしばらく見つめている。フィービーは目を覚ますと、割れたレコードを受けとって、ふたりで心のこもった会話をはじめる。この小説でもっとも誠実な会話で、ホールデンが相手の意図など考えず自由に話せる、唯一の会話である。

フィービーはわずか10歳（アリーが死んだときとおなじ年齢）だが、すぐにホールデンが学校を追い出されたことに気づく。彼女はホールデンに、ほんとうに好きなものを「ひとつでもあげてみて」とせまる。ホールデンが思いつくのはアリーしかない。そこで「ライ麦畑でつかまえる人」になる夢を語るのだ。それは、たくさんの小さな子供たちが遊んでいるだだっぴろいライ麦畑みたいなところで、おとなはホールデンひとりだけという、夢のような光景だ。しかし、ライ麦は子供たちの頭より高く伸びすぎて、危険な崖を隠している。ホールデンは、自分が子供たちを崖から落ちないよう守る責任を果たそう、と思っている。

「ライ麦畑でつかまえる人」は中心となるイメージで、ホールデンの気分を理解するためには必要なのだが、この場面の肝腎なことではない。その肝腎なことは、ホールデンが好きだと言うアリーは死んでいること、彼の言っているバーンズの詩は語句が間違っていることを、フィービーが指摘するときに起こる。ホールデンのなかで、なにかがひとつにまとまりはじめるのは、そのときなのだ。

1974年、『キャッチャー・イン・ザ・ライ』がはじめてイスラエルで出版された。サリンジャーはいよいよ当地の出版社のバー・デイヴィッドとの契約を承認しようというとき、タイトルを『ぼくとニューヨークとそのほかぜんぶ（*I, New York and All the Rest*）』と変えるつもりだと聞いて仰天した。バー・デイヴィッドは、原題はヘブライ語に翻訳すると意味をなさないのだと、変更の趣旨を釈明した。当然ながら、サリンジャーは変更を拒否した。彼は「ライ麦畑でつかまえる人」という言葉それ自体には、ほかの言語同様、英語でも特別の意味はない、と解説した。その言葉はロバート・バーンズの詩を誤って引用したもので、その意味するところは作品のなかで説明されている、と重ねて主張した。[26] ホールデンが誤って引用したことの意味をサリンジャーは強調したが、こんにちの読者や学者はたいていそのことを無視している。ホールデンは本来の「だれかさんがだれかさんに会ったら」を「だれかさんがだれかさんをつかまえたら」と入れ替えることで、この詩の含意を変えている。おとなの世界という危険に落ちそうな子供を「つかまえる」ことは、救う、やめさせる、禁じるなどの行為で、介在することだ。しかし、「会う」ことは、支える、共有するなど結びつく行為だ。大ざっぱにいうと、ホールデンの旅はすべて、バーンズの詩を誤って引用したために犯したあやまちを、発見しつづける旅なのだ。彼の旅は、「つかまえる」と「会う」のちがいを理解したとき、はじめて終わるのだ。その理解がなされたとき、それが神の出現、いわゆる悟りとなるのだ。

ホールデンは責任を逃れようと最後のあがきで、西部のコロラドに脱出しようとする。その計画は発展して、聾唖者のふりをして生活しようという、夢物語になる。彼はこの計画をフィービーに打ち明け、逃亡中の生活費としてフィービーの小遣いを借りる（訳注：ホールデンはフィービーからクリスマスの小遣いを借りるが、西部に脱出するまえに、それを返そうとしている。逃亡中の生活費として借りたのではない）。しかし、ホールデンはこのことが妹にどんな影響をあたえるか、考えていなかった。思い出すだけでじゅうぶんな死者とはちがって、生きている者には、いま配慮が必要だということを、彼はやっと理解しようとしているのだ。

フィービーはホールデンの計画を知って、当然ながら怒って傷つく。彼女は自分なりの計画を考える。自分も荷造りをしていっしょに行くと言い張って、ホールデンを現実にひきもどそうというのだ。すると、ホールデンはフィービーとアリーのどちらか、つまり現在の責任と想い出のどちらかを選ばざるをえなくなるだろう。翌日フィービーは、スーツケースを持ってホールデンに会う。彼女が自分もいっしょに行くとホールデンに告げると、彼はその言葉にあわてて、なんとか行かないよう説得する。すると、フィービーは兄に口を利くことも、兄が身体にふれることも拒否して、役割を交替する。つまり、不良少年ホールデンの役を演じて、おとなが彼にするように、彼が彼女をあつかわざるをえなくするのだ。

結びつきの瞬間、ホールデンがおとなになる瞬間は、回転木馬で訪れるのではない。それは、そのまえに彼とフィービーが口論をしているとき、訪れている。その場面で、ホールデンは、フィービーが学校にもどりさえすれば、駅でカバンを受けとって、まっすぐうちに帰ると約束する。これは「つかまえる」行為で、「会う」行為ではないので、フィービーはホールデンが本気だとは信じない。そこで彼女は兄に、なんでもしたいようにすればいいけど、どっちみち自分は学校へはもどらない、と言い放つ。そして、兄に、「もう黙って」と言うのだ。その言葉で頬をぶたれたように、ホールデンは変わる。フィービーにセントラルパークの動物園のほうまで、いっしょに歩かないかと尋ねる。「これから学校なんかにもどらずに、ふたりでいっしょに散歩とかするとしたら、そういうバカみたいな真似はやめてくれる?」と訊くのだ。「そしてあしたはちゃんと学校へ行ってくれるかな?」ホールデンは成熟したおとなの言葉で話しているが、フィービーはまだ役割を交替したままだ。ホールデンが逃げ出す計画を立てたように、彼女も彼から逃げているのだ。しかし、ホールデンは動じない。そして彼は、この小説でもっとも意味のある言葉を発する。「でもあとを追ったりはしなかった。フィービーが僕のあとをついてくることはわかっていたからね」。

この場面の原型やホールデンの変化の過程は、これまでの作品に見出すことができる。「エズメに――愛と汚れをこめて」でX軍曹を元気づけたチャールズの言葉は、兄ホールデンを覚醒させたフィービーの言葉に相通じる。「小舟のほとりで」でライオネル・タンネンバウムが、自分が母を傷つけたことを理解するところは、フィービーの言葉がホールデンに意識させるところに共通している。ベーブとマティのグラドウォーラー兄妹がスプリング通りをそりですべりおりようとしたときの、お互いの信頼と妥協とをつうじて見られた力づよさは、ここでも見られる。これはたんに、ホールデン・コールフィールドがおとなになる瞬間ではない。それは結びつきの瞬間であり、彼が他人を「つかまえる」のをやめ、「会い」はじめるときなのだ。

ほかにもこのような場面が垣間見られる作品はあるが、そのメッセージがいちばんはっきり表明されているのは、「ボウリングボールでいっぱいの海」のホールデンの弟の言葉だ。この作品でケネス

——いまはアリー——は兄のヴィンセントに、もっと積極的に自己を捨てて、無私の愛で他人との結びつきを大切にして、と注意する。おなじ作品で、彼はホールデンが妥協できないことを悲しみ、ホールデンがその融通のきかないところを克服できなければどうなるだろう、と心配していた。

しかし、ホールデンは自分の必要なものを放棄して、妥協する。彼は妹への愛のために妥協するのだ。ホールデンの妥協は敗北ではない。それは均衡《バランス》だ。シーモア・グラスが弟のバディにビー玉を教えるときとおなじバランスだ。それは、完璧な結びつきの場所をみつけるために、自分を解放することによって得られるバランスだ。その時点からホールデンはおとなとして話す。彼がおとなの世界にはいるのは、周囲の世界に服従させられたからでも、成熟の美徳を見てしまったからでもない。ホールデン・コールフィールドがおとなになるのは、それを妹が必要としているからなのだ。

『キャッチャー』の回転木馬の場面には、微妙だが普遍的な広がりもある禅の要素があって、この場面を一種の霊的な行事にまで高めている。その重要性は語りの文よりも、読者の本能をつうじて伝わっている。ホールデンの変身のメッセージは容易に理解できるものではないので、読者に押しつけられるのではなく、経験されるのだ。サリンジャーは禅や無垢な心、愛などの説教をわざわざ行なう必要はなかった。この場面をとり巻くちょっとした小道具、出来事が読者のなかで凝縮して、そのずっしりと重みのある意味を伝えるのだ。

ホールデンは回転木馬に乗るフィービーを見守っている。見守りながら、彼の結びつきは崇高なものとなり、いろいろな段階で起きる。彼はフィービーと結びつき、そこから神秘的に弟アリーと結びつき、自分をアリーに結びつけてきたおなじ無垢な心が、妹に具現化していることを見出す。フィービーを見出すと、アリーを解放する。アリーの意義や純粋さが妹のなかにふたたび生まれたことを、彼はいま理解したのだ。死者を解放して、生者を抱擁するのだ。きわめて現実的な意味で、アリーの想い出がホールデンを停滞させていたように、フィービーとの結びつきは彼を生に向かって解放する。おそらくもっとも重要なのは、ホールデンが自分自身と結びつかないことだ。フィービーを見守っているとき、彼はおとなとして見守っている。しかし、彼は彼女の美しさに圧倒され、自分の無垢な心の名残りにふれている。ホールデンは自分にそんな力が残っていたことを知って、よろこびと安堵の叫びをあげている。彼は、自分がおとなになっても、インチキにならないでいられることを認めている。彼はおとなになっても、「心のすばらしい」人でいられるのだ。

J・D・サリンジャーにとって、『キャッチャー・イン・ザ・ライ』を書くことは清めの行為だった。その行為をつうじて、終戦いらい背負ってきた重荷をおろすことができた。戦争という闇や死に満ちた恐ろしい出来事に脅かされ、粉砕されたサリンジャーの信条は、弟の死によってもたらされたホールデンの信条の喪失に反映されている。戦死した友人の記憶が何年もサリンジャーにつきまとったように、アリーの亡霊がホールデンにつきまとった。このことで、サリンジャーはうっかりミスを犯した。ケネス・コールフィールドという人物の名前を改めるにあたって、第二次世界大戦の同僚を意味する言葉を選んだのだ（訳注：アリー［Allie］は連合国を意味するAllyにつうじる）。

ホールデン・コールフィールドの苦闘は、作者の精神の旅路を反映している。作者と作中人物の双方において、悲劇はおなじ、無垢な心の破壊だった。それにたいするホールデンの反応は彼がおとなのインチキや妥協を軽蔑することで示される。サリンジャーの反応は一個人としての失望であり、それをとおして彼の目は人間性の暗い力に開かれていた。

しかし、双方とも背負う重荷を受け入れ、悟りにいたるところはおなじだった。ホールデンが、インチキにならず、自分の認めるものを犠牲にせず、おとなになれることを理解するようになるのと同様、サリンジャーも、邪悪を知ることが身の破滅につながるものではないことを、認めるようになったのだ。

十字路

J・D・サリンジャーは傑作『キャッチャー・イン・ザ・ライ』を書いて、本が好きな読者は作者に電話するよう勧めていた。それなのに彼はその後20年間電話を避けて過ごした。

ジョン・アップダイク、1974年[1]

ホールデン・コールフィールドと『キャッチャー・イン・ザ・ライ』の読者のあいだに生じる親密さを作り出すうえで、サリンジャーは、1930年にウィット・バーネットが「作者と彼の愛するもの言わぬ読者のあいだに[2]」はいりこむことなく、ウィリアム・フォークナーを朗読したときに教わった教訓を、採用した。数多くのアメリカの大衆と同様、フォークナー自身も1951年の夏におなじ親密さを経験していて、『キャッチャー』のなかに自分自身の反響をちらりと聞いたりしていた。「サリンジャーの『キャッチャー・イン・ザ・ライ』は私が言おうとしてきたことを、完璧に表現している」と彼は述べた。しかし、ホールデンという人物を自分自身の反響をとおして体験してみると、フォークナーにはホールデンの旅が救われることのない悲惨なものにみえた。「彼の悲劇は、彼が人類の仲間になろうとしたら、そこに人類がいなかったことだ」と、フォークナーは論じた。[3]

ウィリアム・フォークナーのサリンジャーの小説にたいする評価は、彼自身が無意識に巻き起こしてきた感動を、いろいろ変化は経ているが、あらためて感じさせるものだった。しかし、彼の解釈はサリンジャーが直面している苦境を予感させるものでもあった。いろいろな人びとがいろいろな理由で、『キャッチャー』に惹きつけられた。ホールデンという人物が魅力的で、小説は多様な解釈を許すため、読者はその意味をあきらかにしたがり、自分の個人的な感情をたしかめたくなったりした。そうするうち、作者そのひとを追及したくなるのは自然のなりゆきだった。いい本を読み終わったときに、「それを書いた作家が僕の大親友で、いつでも好きなときにちょっと電話をかけて話せるような感じ」[4]と、ホールデンが断言したとき、結局、ホールデンはサリンジャーのことを語っているようにみえたのだ。多くの読者はこの文を自分たちへの公開招待状だと解釈した。じじつは正反対だった。

現実のサリンジャーは、いま自分を取り囲んでいる名声を感じさせる一瞬一瞬がだい嫌いだった。「ばつが悪くてたまらんよ、出版ってやつは」と彼は嘆いた。「そんな騒ぎに巻きこまれるなんてとんまなことをするやつは、マディソン街をズボンをおろして歩くようなものさ」[5]。彼はいらいらして、本の売れ行きがおさまって、仮の名声も翳りをみせるのを待ったが、『キャッチャー』をめぐる熱気は衰える気配をみせなかった。夏の終わりには小説は5版を重ね、ニューヨーク・タイムズ紙のベストセラー・リストに登場した。

それでもサリンジャーは、またふつうの生活ができるようになるという希望を持ちつづけていた。1952年2月になっても、『キャッチャー』はしぶとくベストセラーに残っていたが、彼は、この小説の出版はもう終わったことにして、以前どおりの生活をとりもどせると主張した。[*1] おなじ月にイギリスのデイリー・ミラー紙と行なったインタヴューでは、サリンジャーは楽観的だった。彼はいささか早すぎる願いを述べて、「ほんとうのところ、『キャッチャー・イン・ザ・ライ』の成功の時期が終わったと思うと、ものすごくホッとするよ。少しは楽しんだ部分もあるけど、大半はてんやわんやで、仕事のうえでも個人的にもやる気をなくした。本のブックカバーの裏表紙にある引き伸ばした僕の顔写真にぶつかるのは、まったくうんざりだよ。いつの日か、そのブックカバーがレキシントン街の街灯にひっかかって、冷たい雨風に打たれてはためいているのを見るのが楽しみだ」[6]。このブックカバーの描写にサリンジャーが使ったのは、「笑い男」の語り手が、街灯にひっかかった赤いティッシュペーパーを見てぞっとする、最後の場面のもじりだ。サリンジャーにとって、ブックカバーの裏表紙に載った巨大な自分の顔写真は、強迫観念になるほど彼を苛立たせたのだ。この小説の第2版と第3版のあいだの小休止のすきに、彼はなんとか写真をはずさせ、それ以後は自分の姿を本に載せるのを許すというあやまちはくりかえさなかった。彼はそれほど写真を撮られるのがきらいになったため、J・D・サリンジャーを確認できるのは、こんにちまで、ほとんどこの写真だけである。[*2]

サリンジャーはあらたな名声に逆らって、ふつうの生活をとりもどそうとした。イギリスから帰った彼は、ニューヨーク市にもどった。そこで人びとのなかにとけこみたいと考え、マンハッタン東57

＊1　『キャッチャー・イン・ザ・ライ』がニューヨーク・タイムズ紙のベストセラー・リストに最後に載ったのは、1952年3月2日で、第12位だった。

＊2　サリンジャーが『キャッチャー・イン・ザ・ライ』のブックカバーから自分の写真をはずす決定をしたため、写真が載っている版の価値が急上昇した。『キャッチャー』のブックカバーつきの第1版は、オークションで3万ドルの値がついたといわれる。第2版はそれより安いが、サリンジャーの写真のない新しい版よりは、はるかに高価だった。

丁目300番地のサットン・プレース地区にあるアパートに落ち着いた。その地区は快適で中流階級的、サリンジャーが長年なじんできたところだった。ドロシー・オールディングがサリンジャーの留守中にアパートを探しておいてくれたのだが、彼女自身が住んでいるのも建物いくつかしか離れていないちかくだった。友人のハーバート・カウフマンもちかくに住んでいたし、サットン・シネマはお気に入りの映画館だった。引っ越してみると、サリンジャーにはこの地域の快適さが、なんとなく落ち着かなかった。成功それ自体もそうだが、この地区の場所が、彼が大切にしてきた謙遜、質素といった価値を犯しているように思えたのだ。そこで彼は小さくて地味なアパートに住むことにし、驚くほど禁欲的な飾りつけをした。

目撃者の証言はすべて、サリンジャーの新居が地味で簡素だったという点で一致する。サリンジャーが1952年にしばらくデートしたこともある、作家のリーラ・ハドリーによれば、彼のアパートには電気スタンドがひとつ、製図用机、そして軍服姿の自分の写真のほかは、ほとんど家具らしいものはなかった。壁はべつとして、なにもかも黒だった。家具、本棚、ベッドのシーツも黒だった。ハドリーはこんな部屋の様子と自画像を見ると、サリンジャーが自分のことをくそまじめに考えるタイプだという考えが、ますます強まるのだった。[7] サリンジャーの好みをもっときびしく考える人もいて、新しいアパートの黒は彼の鬱々とした気分にぴったりだ、と考えていた。[8]

サットン・プレースという高級住宅地のアパートに小さな小屋のような雰囲気を創りあげるという、あきらかな矛盾は、1951年のサリンジャーの行動の典型だった。その年は彼の人生でもっとも重大な意味をもち、彼の行動は彼の人間性の、一見矛盾ともみえる本質を顕わしていて、その点ではホールデン・コールフィールドと驚くほど似かよっている。ジョン・ウッドバーンに『キャッチャー』の書評は送らないように頼み、イギリスではニュースを知るどんな手段も断ち切っていたと自慢していたが、東57丁目に落ち着くと、手にはいるだけの批評記事を整理していたようだ。文芸批評を軽蔑していた彼は、読むと不快になるのだが、それでもなんとか一言一句もらさず読みつづけた。

サリンジャーは肯定的な批評は受け入れ、否定的な批評はけなす、というのではなく、批評すべてをやっつけた。みんな衒学的で自己満足だと考えたのだ。どれひとつとして、この小説がじっさいに読者をどう感じさせたのかを述べたものはないと主張した。そのあげく、もっとも熱のこもった批評も、『キャッチャー』を精神的な面ではなく、知的な面で論じ、その結果、この小説にほんらい備わっている美を奪ってしまったと非難した。サリンジャーは批評的な意見は気にしたが、個人的に攻撃されてもその批評家を責めることはなかった。それより、彼らが『キャッチャー・イン・ザ・ライ』の経験を感じとることができないことを責め、その罪で永遠に軽蔑してやると誓うのだった。[9]

『キャッチャー』が8月末にイギリスで出版されたが、その反応ははるかに冷たいものだった。多くのアメリカの批評家たちは感じとることができなかったが、イギリスの評価はまるっきり相手を見くだしたものだった。典型的な批評はタイムズ誌の「文芸《リタラリ》サプリメント」のもので、「冒瀆と卑猥な言葉の絶え間ない洪水」だとして、その小説を酷評した。さらにひどかったのは、小説の文学的な構造にたいする、総じて気どった冷笑的な見方だった。イギリスの書評家たちが敬遠したのは、ジェイミー・ハミルトンが危惧したような、アメリカ流の言葉づかいではなく、一見でたらめにみえる小説の構造だった。その結果、『キャッチャー・イン・ザ・ライ』のイギリスでの売れ行きはかんばしくなく、ハミルトンが損失に苦しみだすのを見てサリンジャーは当惑した。彼の怒りはただちに信用ならないリトル・ブラウン社に向けられた。この会社はロンドンの友人よりはるかに大きな利益をあげていたのだ。イギリスの批評をあれこれ比較考察し、ハミルトンの悩みにも感じるところがあって、サリンジャーはこれ以後、ウッドバーンやリトル・ブラウン社のいやな連中とはいっさい関わらないと誓った。「バカ者どもが!」彼はにらみつけた。[10]

『キャッチャー』が発売されて、サリンジャーの交友関係にも、くいちがいが起きた。予想どおり、彼はいまや以前よりはるかに有名になった。パーティや晩餐への招待が次つぎと舞いこんだ。女性たちは彼とデートをしたがった。まるきり知らない人でもサインを欲しがった。ファンレターがどっと押し寄せた。サリンジャーもはじめは注目されるのがうれしかった、と認めている。これを求めてこれまで努力してきたようなものだった。しかし、いったんこの状況に入れられてしまうと、周囲の要求に当惑した。ひっそり閉じこもる最近の生活スタイルは、彼の本能的な社交好きと衝突するようになった。彼は信頼できない女とデートした。パーティの招待に応じては不愉快な思いをし、飲みすぎては、そもそも招待を受けるんじゃなかったと後悔した。そして翌週、また招待されたパーティに出かけていくのだった。サリンジャーはホールデン・コールフィールドとおなじく、すすむべき方向がわからないようだった。

1951年には『キャッチャー』の出版のほかにも、今後のサリンジャーに影響をおよぼす出来事がたくさんあった。前年の秋、彼はニューヨーカー誌のフランシス・スティーグマラとその妻の画家ビー・スタインが主催するパーティに出席していた。彼がクレア・ダグラスと出遭ったのはそのパーティだった。彼女はイギリスの高名な美術評論家ロバート・ラントトン・ダグラスの娘で、英空軍司令官のショールトウ・ダグラス男爵とは腹違いの妹という関係にあった。クレアはわずか16歳だったが、ひと目で32歳のサリンジャーに惹かれた。彼のほうでも、表情ゆたかな大きな目をした、子供のようなところのある、落ち着いたこの娘に魅せられていた。翌日、彼はスティーグマラ夫妻に電話して、クレアに興味があると伝えると、彼女のシップリーの住所を教えてくれた。皮肉なことに、シップリーは『キャッチャー』でジェーン・ギャラガーが通っている私立学校なのだ。サリンジャーはその週のうちにクレアと連絡をとり、ふたりは翌年まで断続的にデートをした。

ふたりの関係はときに熱がはいることもあったが、あらゆる点で清く正しいものだった。1951年の夏、ふたりのつき合いはサリンジャーのイギリス訪問とクレアの父の死で中断した。クレアは父の葬式でイタリアまで出かけた。ふたりがアメリカにもどると、つき合いは復活した。ジェイミー・ハミルトンへの12月の手紙で、サリンジャーは「メアリ」という女性との真剣な恋を打ち明けている。それによると、彼とメアリは正気にもどらないうちに、結婚してしまおうと考えたという。サリンジャーの文の調子からすると、「理性的」になろうとはしていても、いまだにこの女性に心を奪われているのはあきらかだった。[11] しかし、「メアリ」などという女性がいる可能性はなく、サリンジャーはじつはクレア・ダグラスのことをいっていたのだ。サリンジャーが彼女の名前を出していたら、ジェイミー・ハミルトンはクレアのことが、そして彼女の若い年齢のことも、ちゃんとわかっていただろう。ダグラス一家はイギリスでは有力者であり、一家は有名だったのだ。

サリンジャーは恋を遠ざけようと「理性」に頼った、と言っているが、彼の場合、理性とは宗教だった。彼はヨーロッパからもどると、パークアヴェニューの両親のアパートからもちかい東94丁目の、ラーマクリシュナ・ヴィヴェーカーナンダ・センターに通いはじめた。そこでは、「ヴェーダンタ哲学」というヒンドゥー・ヴェーダの聖典を中心にした、一種の東洋哲学を教えていた。そこで紹介されたのが『シュリー・ラーマクリシュナの福音（*The Gospels of Sri Ramakrishna*）』という複雑な教義のぶあつい書物で、その本では明確にセックスを控えるように説かれていた。その結果、彼は1951年に頻繁にデートしたにもかかわらず、彼がその相手と性的な関係をもったという話はない。じじつ、サリンジャーのデートはもっぱら宗教についての議論で、肉体的接触はあまりなかったという。

1951年の暮れには、11月に59歳になったばかりの、ニューヨーカー誌の創始者ハロルド・ロスが奇妙な病に倒れるという衝撃が走った。ロスの病状がどのていど深刻かは、その年の晩夏、彼が雑誌社まで来ることができなくなって、あきらかになった。ロスは1925年いらいニューヨーカー誌をずっと編集してきた男で、彼がいないとなると、さきゆきが思いやられた。心配になったサリンジャーは見舞いの手紙を書き、ロスの一日も早い復帰を望むと気持ちを伝えた。編集者ロスは9月半ばに復帰し、雑誌社の日常は通常にもどったようにみえた。サリンジャーは10月のどこかの週末にロスを訪ねる計画を立てたが、とつぜん帯状疱疹にかかってその計画を延期せざるをえなくなった。10月23日、ロスは同情の手紙を送り、あらためて会おうと慰めた。「君を春の予約リストにいれておくよ」

と彼は約束した。

12月3日、病状も回復して、都会の喧騒を逃れる必要を感じたサリンジャーは、ガス・ロブラーノに連絡して、2、3週間出かけて短編をひとつ仕上げてみようと思う、と伝えた。そんな旅行ははじめてだった。

ハロルド・ロスは仕事に復帰し、翌年の計画も立てていたが、健康状態はよくならなかった。ロスはボストンまで出向いて、ニューイングランド・バプティスト病院に入院し、12月6日に予備の検査手術を受けた。開腹してみると、大きな腫瘍が右の肺に広がっていて、医者たちが対策を考えているあいだに、ロスは手術台の上で死んだ。

サリンジャーはこの報せにたじろいだ。彼のロスにたいする愛情は絶対だった。12月10日、彼はニューヨーカー誌の「ファミリー」全員と葬儀に出席した。指導者を失った衝撃や悲しみとはべつに、彼らには懸念があった。ロスの死は思いがけないもので、彼は後継者を指名していなかったのだ。葬儀の参列者のあいだで、雑誌を率いる者としてふたりの候補者の名前がささやかれていた。最有力候補として、サリンジャー自身の担当編集者のガス・ロブラーノ。もうひとりは、1933年いらいニューヨーカー誌にいるウィリアム・ショーンだった。


サリンジャーは1948年に達成した作品の制作ペースを、二度ととりもどせなかった。1951

年はほとんど「ド・ドーミエ＝スミスの青の時代（"De Daumier-Smith's Blue Period"）」と格闘して過ごした。この年はこの作品しか書いていない。サリンジャーはこの作品に5ヶ月かけたと言っているが、もっとかかっている。

サリンジャーは1951年1月に「オペラ座の怪人への鎮魂歌」を断られたあとまもなく、この作品を書きはじめたらしい。この短編への最初の言及は、ガス・ロブラーノへの日付のない手紙にある。*3 サリンジャーが5月8日にイギリスへ発つ直前、ロブラーノは彼をアルゴンキン・ホテルに連れて行って、ランチを食べながらこの短編の相談をしている。サリンジャーはそれからあわてて帰宅して、この短編の仕上げにかかった。じつはロブラーノにはその前の週の土曜と約束してあったもので、もう手遅れだった。

その作品を提出したとき、サリンジャーはロブラーノに自信がないと言った。その作品について、いつまでも、とりとめもなく考えをめぐらせてみて、読者の「気分を害する」かもしれないと思ったという。[12] ロブラーノはその意見にもっともだ、と同意しただけでなく、話が「とっぴすぎる」と言った。最終的な却下の手紙は11月14日までは出なかったが、サリンジャーはすでに書きなおしのむなしい作業をつづけていて、却下されるまえに再提出していたことは考えられる。

ロブラーノによれば、「その作品は短編としては成功しているとはいえず、それはおそらく、アイディアや人物造形が複雑すぎて、あれだけ圧縮した長さには無理だった」。[13] ニューヨーカー誌は「圧縮」という言葉を、ふつう作品を短くする必要があるときに使っていた。サリンジャーは自分の作品をニューヨーカー誌にふさわしい長さに「圧縮する《コンプレス》」のに、数えきれないほどの年月を費やしてきた。

この手紙のなかのロブラーノのこの言葉の使い方は、サリンジャーがなぜそれほどこの作品に時間をかけたのか、理解する助けになる。サリンジャーは翌日ロブラーノに返事した。彼はこの編集者に、作品却下に文句は言わない、しかし、べつの作品を書きつづける、と伝えた[14]。それでも、彼の返事に怒りは隠しようがなく、べつの作品を試みると言ってはみたものの、ニューヨーカー誌の決定に従ってその作品をあきらめる気がないのはあきらかだった。12月11日になってもまだ却下の件がおもしろくないサリンジャーは、その失望をジェイミー・ハミルトンに打ち明けた。サリンジャーはその作品をひっこめるよりは、短編集にくわえるか、長編に引き伸ばすか考慮中だと言った。

そこでハミルトンがサリンジャーを助けにはいったらしい。「ド・ドーミエ＝スミスの青の時代」は翌年の5月、ニューヨーカー誌でもほかのアメリカの雑誌でもなく、ハミルトンがはじめて「エズメに――愛と汚れをこめて」を読んだ雑誌、イギリスのワールド・レヴュー誌に登場した。「ド・ドーミエ＝スミス」はニューヨーカー誌以外に発表された最後のサリンジャー作品であるばかりでなく、最初にアメリカ以外の土地で発表された唯一の作品ともなった。

＊3　日付はないが、サリンジャーはこれをウェストポートから出しているので、イギリスに出かける5月8日よりまえである。手紙の趣旨、内容からして、サリンジャーの海外への出発に非常にちかい日だ。そのあわただしい調子にくわえて、サリンジャーが毛皮の襟つきのコート、ニューヨークでは春に必要とはしない品、を購入したと報告されている。

『キャッチャー・イン・ザ・ライ』以後、サリンジャーは野心の方向を変えて、宗教的な作品、つまり、アメリカ社会につきものの精神的な空虚さをあきらかにする作品を生み出すことに専念した。そのなかでサリンジャーは、そんな思想をフィクションをつうじて伝えるにはどうするべきかという問題に取り組むことになった。フィクションの目的は現実の再創造だが、サリンジャーは本質的にはとらえどころのない精神的な悟りを伝えようと模索していた。その試みはなかなか成功せず、彼が伝えたいことにふさわしい伝達手段をみつけるのには歳月を要した。

サリンジャーがはじめて宗教的作品を試みた「ド・ドーミエ=スミスの青の時代」は、迷える若者が超現実的な神の出現に救われる物語である。物語はジョン・スミスの一人称で語られ、彼のいまは亡き義父の想い出とともに展開する。スミスが19歳だった1939年の出来事を、おとなとして振りかえって語る、回顧談の形式をとっている。

ジョン・スミスは自分を偉大な画家だと思いこみ、自分のエゴと、才能もないと彼が考える連中への軽蔑にしか頭を使わないという、うぬぼれと自己満足の人物とされている。サリンジャーにおける芸術と精神の結びつきを知っていれば、スミスが知性を精神性の上位においていることは、彼が周囲の世界と断絶しているだけでなく、彼自身と彼の芸術が断絶していることを示しているのはあきらかだ。彼のエゴはとてつもなく大きい。彼はエル・グレコに似ていると述べ、自意識もなく自画像を17枚も描いたことを認めている。とくに、スミスは自分の孤独な状況を、ニューヨーク中の人たちが椅子取りゲームをして、彼を仲間はずれにする光景を思い描くことで、さらに強調する。この場面にたいする反応として、仲間から離れてひとりきりにしてくれと祈ったあと、スミスは祈りがかなえられた、と報告する。そして、「僕が触れるものすべてが堅牢な孤独に変わった」と自分で認めるのだ。[15]

1939年5月、スミスは行き詰まりを打破するきっかけをみつけたと思う。フランス語の新聞で、モントリオールの通信制美術学校が講師を募集する広告を見かけたのだ。ムッシュー・I・ヨショトが校長を務める古典巨匠の友《レザミ・デ・ヴュー・メートル》という学校だ。スミスは資格や経歴を水増しし、画家のオノレ・ドーミエの甥の息子を自称し、パブロ・ピカソは友人だとのふれこみで、応募した。このふたりの画家との関係が本作品のタイトルになっている。平凡な正体を隠すため、見栄を張っていんちきなジャン・ド・ドーミエ＝スミスという偽名を使う。

スミスは採用され、モントリオールへ向かう。応募者が彼ひとりだったとは、思いもおよばない。じじつ、彼の傲慢な態度は現場を目にしても、いささかもゆるがない。目的地に着いてみると、高級そうな響きの古典巨匠の友は、この都市の最悪の地区にあるヨショトの小さなアパートにすぎず、下の階に整形医療器具販売店が借家を共にしている。

モントリオールにいるあいだ、スミスは空想にふけり、それを現実と思いこむようになる。「1939年、僕は真実を告げるときより嘘をつくときのほうがはるかに自信たっぷりに言えた」と彼も認めている。彼は偽りの自分になりきってしまい、ヨショト氏に翻訳を頼まれると憤慨してしまう。「金賞を3つも取って、ピカソのごく親しい友人でもある（ほんとうにそうなのだと僕は思いはじめていた）この僕が、翻訳者として使われている」。彼の嘘や潤色が意味をもつのは彼自身だけで、物語は彼自身の豊かな空想と周囲の人たちの鈍い反応との対照を鮮やかに描いている。いいかえれば、スミスは彼自身の倒錯の森に迷いこんでいるのだが、その森で霊感の芽が育つのではなく、幻想とエゴがはびこっているのだ。

美術「学校」の実態とスミスの「講師」の立場がわかっても、彼はめげないのだが、通信教育の生徒たちの喜劇的なまでの無能さには、彼もたまげてしまう。スミスはまず3人の生徒を担当させられる。最初のふたりの作品と自己紹介を見るのは試練だ。まず最初はバンビ・クレーマーという主婦で、好きな画家はレンブラントとウォルト・ディズニーだという。バンビは3人の不恰好な少年が、おなじく奇妙な様相を呈する水辺のほとりで釣りをしている絵を提出している。ちかくに「釣り禁止！」の看板があるが、少年たちは無視しているか、読めないかである。バンビはその絵におごそかに、「彼らのあやまちを赦せ」と題をつけていた。スミスの次の生徒はR・ハワード・リッジフィールドという「社交写真家」だ。リッジフィールドは妻に「絵描き業にも手を広げるよう」うるさく言われていて、好きな画家としてタイタン（訳注：Titan はイタリアの画家 Titian〈ティツィアーノ〉の誤り）をあげている。リッジフィールドの提出作品もバンビのもの同様魅力的だ。それは乙女が、教会の「祭壇の陰で」牧師に強姦されている情景を描いたものだ。このあたりの描写はサリンジャーの筆になるものとしては出色のこっけいさだ。しかし、ジャン（ジョン）は笑えない。現在の絶望的な状況のあまり、挫折感に沈みこむばかりだ。

スミスの3番目の生徒は救いをあたえてくれる。聖ヨゼフ修道会の尼僧のシスター・アーマは修道院付属小学校で教えている。最初のふたりとはちがって、彼女は年齢も記載せず、自分の写真ではなく、修道院の写真を同封してくる。好きな画家はダグラス・バンティングだというが、スミスは聞いたこともない名前だ。趣味は「主《しゅ》を愛し主の御言葉を愛すること」だという。シスター・アーマはタイトルも署名もない、キリストの埋葬の絵を提出している。その小さな絵には才能が感じられ、スミスはたちまちその美しさにほれこんでしまう。この生徒には見込みがあると有頂天になったスミスは、すぐにシスター・アーマに長い、熱のこもった手紙を書く。

『キャッチャー・イン・ザ・ライ』でホールデンが尼僧に出遭ったときのように、スミスも彼の話のちょうど真ん中あたりで、シスター・アーマを発見する。『キャッチャー』のその場面とおなじように、「ドーミエ＝スミス」でもこれが転換点となる。シスター・アーマの提出した絵にたいしてスミスが書いた手紙は、彼の精神的な空虚さの根が深いことをあきらかにしている。物語のこの部分は芸術と精神性のかかわりについて述べ、精神性と知性の衝突を指摘して、そのバランスという観念にふれている。

物語のこの時点で、信仰という主題は無視できないということが、読者にはっきりしてくる。それとなく示唆される箇所は多すぎるくらいだ。スミスは尼僧への手紙で、不敬にもアッシジの聖フランチェスコと自分をならべて、自分は懐疑論者だと公言する。どういうわけか彼は、芸術をとおしてシスター・アーマに自分と同種の精神を見出した、と結論づける。これがスミスのもうひとつの錯覚だ。この尼僧と彼はくっきりと対比され、彼の手紙はこのふたりの亀裂がいかに大きいかを示している。

スミスはふたつの神秘的ともいえる出来事を経験するが、そのふたつがいっしょになって、この物語のクライマックスを形成している。最初の出来事はぼかされているが、彼を崩壊の淵まで追いつめる疎外感が冷酷に見抜かれている。ある夜の散歩のあと、彼は学校の建物の1階にある整形医療器具販売店の、照明の灯ったショーウィンドウに惹きつけられる。展示されている品々――脱腸帯をしめた木製のマネキン人形に見守られた琺瑯《ほうろう》の尿瓶《しびん》とおまる――を見つめていると、スミスはいきなり自我の離脱を経験し、自分の疎外感があきらかになる。彼はとつぜん、自分の芸術がいかに技術的に完成していようと、知的論理と結びついていては、いつまでも霊感を得られず、自分でも凡庸で醜いと思う世界にさ迷うしかない、ということを理解するようになるのだ。彼はいまや、自分が精神的に無自覚で、真の芸術や真の生活に必要な聖なる霊感とはつながりをもっていないことを認めている。彼の芸術はエゴに毒されているのだ。

スミスは自分の経験とそこから生ずる自分の無力感に、空想の世界にひきこもってシスター・アーマの夢をみることで対処しようとする。ここに、読者が冒頭の章で警告されていた、物語の「淫ら な」部分がみられる。スミスは空想で、シスター・アーマを修道院から救出する。彼の想像の世界では、彼女は若く美しく、スミスは騎士のごとく颯爽と彼女を連れ去るのだ。

幻想は長くつづかない。翌日、スミスはシスター・アーマの修道院から手紙を受けとり、彼女は絵の勉強をつづけられない、と知らされる。驚き悲しんだスミスの反応はひどいものだった。彼は残りの生徒たちを切り捨て、悪意をこめて画家になる望みを捨てるよう告げるのだ。それからまた、シスター・アーマに手紙を書く。スミスのエゴは彼の執拗さをさらに増しており、これから技術指導を受けなければ、彼女の芸術は完成しないと、尼僧に警告するのだ。

スミスは2番目の神秘的経験を「現実を超越していた」と表現する。それはサリンジャーの登場人物ならだれでも経験しそうな、露骨な悟りだ。ダマスコへ向かうサウロ（訳注：聖書の使徒行伝9章）のように、目もくらむ光のなかに現れた神の啓示によって変身するのだ。その経験を神秘的と呼ぶのをためらいながらも、スミスはそれがじっさいに起こったことだと強調する。

夕闇の薄明かりのなか、スミスはまた整形医療器具販売店の照明の灯るショーウィンドウに惹きつけられる。ウィンドウをのぞいているうち、彼は木製のマネキン人形の脱腸帯を取り替えている女性の姿に魅せられていく。とつぜん見られていることに気がついた女性は取り乱しあわてて、地面に落ちてしまうが、当惑しながらも毅然と体勢を立てなおし、立ち上がって仕事を再開する。

ショーウィンドウのなかの女性はシスター・アーマに対応している。ふたりとも平凡な仕事に従事している。しかし、彼女たちが謙虚な態度でその仕事をするがゆえに、その仕事は美しいのだ。サリンジャーは『キャッチャー・イン・ザ・ライ』でもおなじような主張をしていた。ホールデンとアリーはラジオシティのミュージックホールでオーケストラのティンパニ奏者に感心してしまう。この奏者は全曲のなかで1回か2回しかティンパニをたたかないのだが、ほんとうに心をこめてたたくので、ホールデンとアリーは彼を自分たちの知る最高のティンパニ奏者だと考えたのだ。サリンジャーはこの無私の献身を宗教心にたとえ、イエス自身もその技の純粋さゆえにこのティンパニ奏者が気に入っただろうと、ホールデンに言わせている。

しかし、この場面の中心人物はウィンドウのなかの女性でも、スミスでもない。スミスが神になぞらえる、店頭のマネキン人形という小道具のほうが、重大な意味をもつ。彼がはじめてマネキン人形を目にしたとき、それを、彼の疎外された凡庸な生活を、目の見えぬ口の利けぬ目撃者として支配する、琺瑯の尿瓶でいっぱいの世界の無力な神とみなしたのだった。しかし、そのマネキン人形は、スミスが神の啓示に遭遇しているあいだにその意味を変え、この物語でもっとも重要な使命――ほかの主題すべてがそれを中心にまわっている重大な意義――を帯びるのだ。

突如……太陽が昇ってきて僕の鼻柱のほうへ秒速9300万マイルの速さでやってきた。僕は目がくらみ、心底おびえて、よろけぬようガラスに手をあてねばならなかった。視力がもどってくると、若い女性はもうウィンドウから姿を消していて、あとはえもいわれぬ美しさの、二重に神の祝福を受けた琺瑯の花々がゆらめく花畑が残されていた。

爆発するような光のなかで、スミスは、美と価値はすべてのものに、どんなに卑しい、才能のない人びとにも、本来備わっているという啓示を経験する。さらに、この価値は神の存在を宣言する。下等なおまるや整形医療器具は、美しい琺瑯の花に変身するだけではない。それらは変身して「二重に神の祝福を受ける」のだ。スミスも変身する。彼は生徒たちに前回の退学通告は学校当局のミスだったと告げ、全員を復学させるのだ。そして、シスター・アーマには自分の運命に従う自由をあたえる。そして「すべての人間は尼僧なのだ」と結論づける。

「ド・ドーミエ＝スミスの青の時代」の結末では、ジャン・ド・ドーミエ＝スミスが平凡だが充実したジョン・スミスにもどって、現在を生きている。そこには、彼が経験から学んだこと、そして彼の生活からインチキとエゴが拭い去られていることが示されている。その過程でスミスは芸術を捨てなかった。というより、彼の芸術は、かつて17枚の自画像でも再現できなかった、自分内部の大切なものを忠実に写すものとなっているのだ。

「ド・ドーミエ＝スミス」はその主人公と同様、サリンジャーの精神的な行き先を求める、啓示への道のりを示している。したがって、この物語にはローマン・カトリック教の比喩が頻出するが、キリスト教の教義を伝道しようとするものではない。ジョン・スミスの経験は基本的には禅仏教の本質によるものだ。禅において、スミスの啓示は「サトリ(悟り)」と呼ばれる。禅仏教の重大な目標である「サトリ」は突然の光のような啓示である。それは個人的で直感的なもので、知的な知識とは正反対に位置する。サトリは瞑想をつうじて得られることが多く、信じるものはだれでも経験できる。それは突然の激しい光だ。突然で瞬間的で、ふつうは自我に打撃を受けたあと、晴天の霹靂《へきれき》のごとく訪れるのだ。
「ド・ドーミエ＝スミスの青の時代」はユーモラスな物語だが、深い意味を含んでいる。それでもなお、ガス・ロブラーノの批判は正しかった。サリンジャーはこの作品を構成するにあたって、いろんなレベルの多くの問題点を、小さなスペースに詰めこもうとしすぎたのだ。その結果、どれひとつとしてメッセージは完全に明確にならず、この物語を構成するさまざまな主題が乱立して、お互いをぼやけさせてしまっている。

『キャッチャー・イン・ザ・ライ』が成功したこともあって、サリンジャーはマンハッタンに住めば、目立たずに暮らせるだろうと期待していた。彼は失望した。ニューヨークという都市の誘惑にくわえて、社交的な集まりや恋の遊びめいたこともあるので、ニューヨークでひとに見られてまともな生活をし、かつ心ゆくまで執筆に専念することは不可能だという思いがつよくなっていった。彼は新しい小説を計画しており、この都市よりもっと孤独な環境が必要だった。

サリンジャーは1月1日のあとまもなく、フロリダとメキシコへ向けて旅立つ手はずを整えた。そこで、本気で小説に取り組むつもりだった。[16] いろいろな事情が重なって3月までニューヨークを離れられなかったが、なかでも問題だったのは、ニューヨーカー誌のお守り役の交代だった。

ニューヨーカー誌「ファミリー」の大半は、フィクション部門担当のガス・ロブラーノがハロルド・ロスの跡を継ぐだろうと考えていた。サリンジャーも、この友人がトップに立ってくれればと願っていたことはまちがいない。ロブラーノはサリンジャーの作品に不満をもらすことが多々あったとしても、その言葉には敬意がこもっていた。この雑誌の編集者たちのあいだでは、サリンジャーはあつかいにくいことで通っていた。批判には過敏に反応し、自分の作品には防御姿勢をとる彼は、作品に疑義をさしはさまれると不機嫌になり、怒り出すこともあった。*4 ロブラーノはサリンジャーのあつかい方を心得ており、しかるべく敬意をもって接した。批判は心してやわらかく、申し訳なさそうにし、作品を拒否せざるをえないときにはうろたえ、苦しみ、残念という気持ちを表した。ロブラーノはサリンジャーがときに自分の判定に怒ることも承知していて、そして、これがもっとも大切だろうが、そうしたほうがいいときには作家をひとりにしておくやり方を心得ていた。このような関係が成り立っていたので、サリンジャーはロブラーノがニューヨーカー誌のトップになるのが、自分のためにもなると感じていただろう。

ところが、陰から目立たないウィリアム・ショーンという人物が登場した。1月末に、ショーンがロスの跡継ぎに選ばれたという発表があったとき、サリンジャーは失望し、ロブラーノは傷ついた。

そのときサリンジャーは気がつかなかっただろうが、ウィリアム・ショーンは仕事のうえで最高の成功者となり、それはサリンジャー自身がいつの日かなりたいと願うものと、驚くほど似かよっていたのだ。

　ショーンは1933年いらい、この雑誌で多くの職責をこなしてきたが、スタッフにはあまり知られていなかった。彼はきわめて私的な人物で親しい者もなく、彼の評判は囁きとあてこすりの産物だった。ロスとショーンのちがいは、はじめからはっきりしていた。ハロルド・ロスは活発で社交的、雑誌を派手な大胆さで経営してきた。いっぽうショーンはおだやかで控えめ、経営姿勢も地味でていねいだった。ショーンの編集長として最初の仕事は、ロスのオフィスを整理して、自分は建物の反対側の端に移ることだった。この行為はとりすましたニューヨーカー誌「ファミリー」には脅威で、噂が立ちはじめた。そのうちのひとつは、1924年の悪名高き殺人者たち、レオポルドとローブ（訳注：1924年シカゴで、法学生のネイサン・レオポルドとリチャード・ローブが14歳の少年を殺したとして終身刑になった）の標的はじつはショーンだった、というものだ。1965年、その噂をたしかめるか、否定するかするために、ニューヨーカー誌から素人探偵たちがひそかにシカゴに飛んで、レオポルド&ローブ裁判の記録を調べた。その記録にはウィリアムの文字はなく、探偵たちは噂は嘘だと確信してニューヨー

＊4　1995年の珍しいテレビインタヴューで、ウィリアム・マックスウェルは、編集で原稿にコンマを入れられたサリンジャーが激怒した話をした。「大変なことになった」とマックスウェルは回想した。コンマは取り除かれた。そのことから、作家としてのサリンジャーのなにがわかるかと訊かれて、マックスウェルはまじめな顔つきになって、「サリンジャーの完全という観念は文字どおり完全なんだ。決して手加減できないものなんだ」と慎重に答えた。

クにもどった。それでも、ショーン本人に訊こうとするスタッフはいなかった。[17]そんなことは想像もできなかったのだろう。

1907年にウィリアム・チャンとして生まれたショーンは大学を卒業していなかった。アジア系とまちがえられると感じて名前をショーンと変え、礼儀と誠実を尊ぶ人物になったが、かなりの変人だった。個人生活の秘密にこだわることとはべつに、ショーンにはいくつも恐怖症があった。彼は閉所恐怖症で、火や機械や動物、高いところも怖いのだった。[18]エレベーターに閉じこめられたときに備えて、ブリーフケースに斧を入れて持ち歩いているという噂だった。こんな恐怖症が彼の昇進を妨げたにちがいないが、ウィリアム・ショーンという男にはまぎれもない才能と洞察力があり、そのするどい編集者本能は彼の恐怖症を調節し、内気な彼を舞台中央に押し上げたのだ。彼はあらゆる点で完璧な編集者で、作家の意見を大切にし、作家のプライヴァシーを自分の場合とおなじく尊重した。「ここニューヨーカー誌では、個人紹介の欄を設けたいと考えても、協力したくないといわれれば、当誌は個人紹介をいたしません」とショーンは宣言した。[19]芸術的で鋭敏な彼は（ショーンはニューヨークに出てきたときは、作曲家志望だった）、だれよりサリンジャーを補足し、理解したといえるだろう。

ショーンの昇格から数週間もたたないうちに、奇妙なことにサリンジャーは以前の指導者ウィット・バーネットから連絡を受けた。ストーリー誌が特別号を企画していて、バーネットは『キャッチャー』成功も考えて、サリンジャーに作品を寄稿してもらえないかと思ったのだ。「当誌が貴君の作品を掲載してずいぶんたちます」とバーネットは言っていた。[20]サリンジャーは断った。彼は選集『若者たち』の一件を許していなかった。その後も許さなかった。

同時に、サリンジャーはジョン・ウッドバーンとリトル・ブラウン社の「あのバカども」と交渉するはめになっていた。小説の発表から7ヶ月たっており、リトル・ブラウン社もドロシー・オールディングも、サリンジャーに短編集の作成を考えるよう圧力をかけてきていた。これは1951年4月から議論されてきた企画で、サリンジャーが1944年から抱いてきた希望でもあった。彼はまず、ジェイミー・ハミルトンのニューヨーク代理人であるロバート・メイチェルに会って、この企画について話し合った。メイチェルがロンドンにサリンジャーの意向を伝えると、ハミルトンはその企画によろこび、サリンジャーも同意したようにみえた。しかし、ジョン・ウッドバーンとの交渉となると、サリンジャーは躊躇した。ブック・オブ・ザ・マンス・クラブ版の一件でいまだに苦しめられていたため、彼は編集者との交渉はかならず代理人をつうじてすることにした。それでもサリンジャーは3月には、短編集を、少なくとも一時的には延期することにした。前年に苦しんだ悲惨な状況をまたくりかえすのかと思うと、出版騒ぎのごたごたを迎える心の準備がまだできないのだと、サリンジャーは説明した。[21]

じじつ、サリンジャーはいろいろな面で苦労を重ねていた。彼は謎の女性「メアリ」との関係で、「理性的」でいようと苦労していることを認めていた。しかし、もっと大変だったのは、自分の虚名にどう対処するかだった。彼は人びとに自分だと気づかれはしないかと恐れ、アパートから思い切って外に出ると、監視されているという不快な感情に襲われると告白した。サリンジャーは人を避けるようになり、ほとんどの時間を陰気な住居で過ごし、執筆はうまくいかず、電話には出ず、パーティの招待状は開封されないままだった。まもなく彼は閉じこめられ、他人から切り離されていると不平を言うようになった。サリンジャーはのしかかる憂鬱からなんとか逃れようと、1月に計画していたフロリダとメキシコへの旅に発った。

この旅行は意図的に日程をゆるく組んでいた。基本的に彼が必要としていたのは、都会から離れ、だれにも知られず海岸でくつろぐことだった。当初の計画では、家を離れているうちに新しい小説を書きはじめるつもりだったが、のちの手紙では、休暇中はほとんど書けなかったらしい。彼は急いで帰宅するつもりはなかったようで、メキシコに6月まで滞在した。

そうしているあいだに、5月になって「ド・ドーミエ＝スミスの青の時代」はロンドンのワールド・レヴュー誌に発表された。おなじ月、サリンジャーはヴァレーフォージ軍学校から1952年度優秀卒業生賞を受賞した。受賞晩餐会が5月24日に計画され、サリンジャーに出席してスピーチをし、賞を受けとってほしいと要望されていた。サリンジャーの姉のドリスは、留守中アパートの世話をしていたが、表彰の報せと招待状を代わりに受けとった。[*5] 彼女は弟と相談して、学校に驚くほど断固たる趣旨の、そっけない返事を出した。「わたくしの弟J・D・サリンジャーはメキシコのどこかにいるものと思われますが、連絡がとれません」。この短い手紙のおかげでサリンジャーは晩餐会に出ないですみ、しかも礼を失しないですんだ。彼は6月にニューヨークにもどると、同窓会本部に手紙を書いて賞の礼を述べ、謹んで賞を受けることを伝えた。[22]

ヴァレーフォージ校からの表彰への対応は、サリンジャーの性格にみられる多くの矛盾をはっきり示している。サリンジャーがこの受賞をよろこばなかったとは考えられないし、感謝の手紙も真摯なものだった。しかし、授賞式のときに国外にいられたのはホッとしてもいた。皮肉なことに、学校が表彰の対象とした『キャッチャー・イン・ザ・ライ』は、当の学校をからかっていた。学校側がそのことに気づいていたかどうか疑わしいが、サリンジャーはたしかにわかっていたし、オリヴィエとの気まずいディナーの経験を、大規模な式典でくりかえす危険は冒さなかっただろう。

サリンジャーが留守のあいだに、ドロシー・オールディングはリトル・ブラウン社と短編集出版の件で交渉を再開した。7月第1週に両者は合意に達し、サリンジャーはジェイミー・ハミルトンに手紙を書き、イギリスでの出版の権利を提供した。ハミルトンにはサリンジャーが「世紀の宗教本」と呼ぶ、彼自身の啓示の源泉『シュリー・ラーマクリシュナの福音』もプレゼントした。ハミルトンも自分とおなじようにこの本に感激すると信じているサリンジャーは、『福音』をロンドンに送ると約束し、ぜひ読んで、イギリスでこの本の完全版を出版するよう勧めた。

『シュリー・ラーマクリシュナの福音』は、ベンガルの聖者シュリー・ラーマクリシュナと信者たちの会話を記録したものである。「M」という名でのみ知られる熱心な弟子が書いた『福音』は1897年に出版され、聖者《スワーミ》ヴィヴェーカーナンダによって合衆国に持ちこまれた。この選集は長くて内容も濃く、その思想は高尚で複雑だ。サリンジャーはたしかに、この本の教義を理解するまでには何ヶ月も、いや、何年も研究した。

サリンジャーが最初にその教えに出遭った、ニューヨークのラーマクリシュナ・ヴィヴェーカーナンダ・センターによれば、シュリー・ラーマクリシュナの人生は「文字どおり、絶え間ない神の瞑想」

＊5　この旅行の途中、ドリスがいっしょにいた可能性もある。このとき撮られた写真に、フロリダ海岸の行楽地の楽しげな彼女とサリンジャーが写っている。

だったという。シュリー・ラーマクリシュナの信仰は「ヴェーダンタ」として知られ、シュリー・ラーマクリシュナの教えは『福音』をつうじてヴェーダンタの思想を西洋に紹介した。センターによれば、「ヴェーダンタの4つの基本的原理は、神格の非二重性、魂の神性、存在の統一性、諸宗教の調和に要約される」という。

第一にして最重要なことは、ヴェーダンタは一神教だということだ。唯一の神がいて、神はあらゆるものに存在する、と教えられる。ヴェーダンタにおいては、神は至高の現実であり、人間が周囲のものにあたえる名前や区別は幻想である。すべてが神であるから、これらの区別は存在しない。それゆえ、ヴェーダンタではすべての魂は神の一部であるため、神聖な存在であり、肉体は殻《から》にすぎない。ヴェーダンタの目的は神を見ることであり、殻の内を見とおし、その内に神聖なるものを感じとって、神と一体化することである。シュリー・ラーマクリシュナはこの形の啓示を「神の意識」と呼び、個人の経験をつうじてのみ得られる、と教えた。ヴェーダンタは寛容な哲学で、神の認識につながるかぎりはあらゆる宗教を受け入れる。神の意識がないと宗教は不毛となり、個人の生活の本質を変える力を失ってしまう。[23]

シュリー・ラーマクリシュナは、西洋人があまりヒンドゥー哲学と結びつけない、多くの思想を取り入れた。ヴェーダンタでは、真理は普遍的であり、すべての人間と存在はひとつである、とされている。ヴェーダンタはサリンジャーがすでに抱いていた思想を否定するのではなく、それらの思想を支持し、その意義を高め、とくに禅仏教とも矛盾していなかった。1952年からサリンジャーが作品を発表しなくなるまで、ヴェーダンタの思想は作品のなかにしっかり確立していた。1952年当時のサリンジャーの課題は、読者に説教をせず、変だと思われてそっぽを向かれないように、こんな東洋思想をアメリカ人の感性に伝えることだった。

サリンジャーが『シュリー・ラーマクリシュナの福音』をつうじて魂の悟りを経験していたとしても、彼の態度から判断するのは困難だった。彼は相変わらず沈みがちで内向的なままだった。サリンジャーが憂鬱症に苦しんだのは長年のことで、おそらく生涯そうだった。そしてときには、他人に言えないほど強烈な出来事にも悩まされた。サリンジャーのたび重なる憂鬱症は、皮肉なことに、たいていは孤独によって起こるのだ。いったん取りつかれると、憂鬱は他人から彼を遠ざけ、憂鬱を生むもととなる孤独を深めてしまう。

サリンジャーは自分の憂鬱を、登場人物をとおして表現していた。シーモア・グラスの絶望をとおして、ホールデン・コールフィールドの挫折をとおして、そしてX軍曹の惨状をとおして苦痛を感じとることができる。しかし、ほとんどの登場人物は救いをあたえられ、しばしば人間の結びつきをとおして、健全さへの道が示されていた。作者は登場人物と悩みを共有していることが多いのに、解決策を共有することはめったになく、サリンジャーの実人生のなかで、登場人物の架空の悟りを身代わりになって経験しても、もはや満足できない事態になっていた。

サリンジャーがヴェーダンタに惹かれたのは単純なことだった。ヴェーダンタは禅とちがって、神と個人的につながる道を示してくれ、サリンジャーにはそこがたまらなく魅力的だった。このおかげでサリンジャーは希望が、そして憂鬱を癒される保証が得られ、登場人物には可能だった再生をはかることができ、自分が周囲の人たちと結びつき、神を見出し、そしてその神をとおして、平安を得ることができた。
7月にはやっと仕事を再開する気になれた、とサリンジャーは断言した。そんなことを言うのはこの7ヶ月で4度目だった。今回は、あらためてやる気になったのは、宗教的な霊感などではなく、7月の暑い気候のせいだと主張した。じつは、サリンジャーは11月まではつぎの作品を完成できないのだ。いったん完成すると、その作品は新しい信条でいっぱいになるのだった。

1952年秋には、サリンジャーがニューヨークに住んで仕事をするのは、もはや無理だということがあきらかになった。マンハッタンはわずらわしすぎたのだ。娯楽も人も多すぎるし、孤独は足りなかった。彼はここ14ヶ月のうち7ヶ月は海外にいたし、いつもこの街から逃れる場所を求めていて、マンハッタンにアパートを持ちつづける余裕がなかった。『キャッチャー』が売れたので、あるていどの金は貯めていたが、1952年の段階で、この小説がずっと売れつづけると予想する者はいなかった。サリンジャーは質素を心がけながらも、自分の家を買うことを考えはじめた。ニューヨークの市街地からは離れていなければならないし、ニューヨーカー誌のオフィスから遠すぎるのもこまる。当然ながらサリンジャーは郊外のような環境は除外したようだ。それより、若いころに心惹かれ、子供のころは夏を過ごした、もっと田舎の地域に心が動いた。彼は離婚したばかりの姉ドリスに連絡をとって、家探しにつき合ってくれないか尋ねた。ドリスはすぐに承知して、弟とシュナウザー犬ベニーとニューイングランドに旅立った。

彼らはまずマサチューセッツ州に向かった。そこではサリンジャーがケープ・アンの海岸を抱える古い漁業の町々を気に入った。いろいろな地所を見てまわったあげく、どれも高すぎるという結論に達し、さらに移動した。彼らはコネティカット川沿いに北上し、ヴァーモント州にはいった。ウィンザーの町で、彼らは昼食をとりに食堂に寄った。そこで、地方の不動産業者ヒルダ・ラッセルと話がはずんだ。彼女はすぐちかくの、ニューハンプシャー州コーニッシュにみせたい物件があって、サリンジャーにぴったりだと思うと言った。

コーニッシュの村はニューヨーク市から３８０キロの距離だが、サリンジャーには別世界ほど遠く離れて感じられた。木が生い茂ったなだらかな丘陵地帯にあって、この田舎の村は静寂そのものだった。起伏に富む景色のなかの静かな道をドライブしていると、コーニッシュの森や野、農家などのおだやかな眺めがつづき、その眺めがときおり途切れるのはきまって、コネティカット川の渓谷がはるばると見下ろせるところだった。たしかに、コーニッシュはサリンジャーにぴったりだった。目立たないことを求めるなら、これ以上のところはないだろうと思われた。村それ自体が目立っていなかった。この村には集会所も日常活動の拠点もなければ、ビジネス街も産業もない。その美しさと静けさは、何世代にもわたって芸術家たちを惹きつけてきた。田園風景をその絵に永遠にとどめた、かの偉大な画家マックスフィールド・パリッシュの故郷だった。[*6] 世紀の変わり目のころ、コーニッシュは、その

*6　パリッシュは１９６６年96歳で没するまで、コーニッシュに住んだ。この画家におなじように有名な隣人がいたかどうかは不明である。

スタジオが長いあいだ芸術家たちのシンボルにもなったほど高名な彫刻家、オーガスタス・セントゴードンズの故郷として有名になっていた。じじつ、ラッセルがサリンジャーにみせたドッジ屋敷は、セントゴードンズの孫の所有だった。

その土地は森の奥深く、丘を登る長い道の果てにあった。丘を登りきったところに、森が切りひらかれて、小さな赤い小屋のような建物が姿を現した、ラッセルはそれを「家」と言っていたが。そのあたり一帯は草原に溶けこみ、いきなり急勾配となって崖のようだった。草原地帯の底には小川が流れ、あたりの森の茂みに消えていく。草原地帯の高みからの眺めはすばらしかった。眼前にコネティカット川渓谷が横たわり、起伏のある野や森、霧にけむるかなたの山々といった、息をのむ景色が広がっていた。

美しい環境とは対照的に、家はきわめてわびしい状態だった。それはじつのところ納屋で、とても住めないほど荒れはてていた。2階建ての部屋にむき出しの梁、ちっぽけな屋根裏、わきに押しやられたちいさな台所にいたるまで、いつ改装したかわからないほど古く、物資不足の開墾時代のあらゆる要素を備えていた。そこには水道がなく、バスルームもなく、ニューイングランドのきびしい冬の寒さをやわらげる熱源もないのだった。そんな欠陥だらけなのに、ラッセルのいう価格はサリンジャーの蓄えを使い果たしそうなものだった。その屋敷を買うことはなんとかできそうだったが、改装する資金は出そうになかった。

それでもその物件に興味があるというサリンジャーの気持ちを知って、姉は唖然とした。パークアヴェニューで育った弟が、そんな気持ちになるなんて考えられなかったのだ。裕福な衣服商と結婚した、有名デパートのブルーミンデールの仕入れ責任者として、ドリスの全人生は贅沢《ぜいたく》なものだった。しかし、サリンジャーは窮乏をじかに知っていた。数えきれないほどの夜、凍えるタコツボで眠ったし、改装したガレージや納屋でなんとか快適に暮らそうと苦労もした。さらに、これは社会のインチキから離れて、自分自身の倒錯の森の奥深くの山小屋に逃れるという、ホールデン・コールフィールドの夢を実現するチャンスなのだ。ここは書いて瞑想するには理想的な場所であり、想像上の人物たちを解放することのできる場所だった。その年の終わりには、サリンジャーは90エーカー（約11万坪）の地所に手付け金をうった。彼はホールデンの夢を実現して、そのあと生涯コーニッシュにとどまるのだ。[24]

1951年11月14日に「ド・ドーミエ＝スミスの青の時代」がニューヨーカー誌に拒絶されたとき、サリンジャーは遊覧船を舞台にした旧作を書きなおしはじめた。[25] 3月に旅行に出かけるまえに、サリンジャーがどれくらいその作品に力をそそいだのか不明だが、彼の手紙からすると、その数ヶ月彼はほとんど書かなかったらしい。1952年の秋になってやっと執筆のペースをとりもどし、11月22日に原稿を完成することができた。その時間の経過は「テディ」（"Teddy"）」を読めば、感じとることができる。物語の冒頭は、残りの部分と比べて、緊張のゆるんだ雰囲気がある。また、リトル・ブラウン社とつぎの本のことで交渉中であり、「テディ」が完成するまえから、サリンジャーはこの作品を短編集に入れるつもりだった。これは作品そのものにも影響をあたえ、サリンジャーは短編集の冒頭に据える予定の「バナナフィッシュにうってつけの日」と対比させ、互いに補完しあうよう意図した。『シュリー・ラーマクリシュナの福音』に感激していたサリンジャーは、性急にその本の価値を自作をつうじて伝えようとした。「テディ」という作品では、サリンジャーがそれまで個人の瞑想、癒しの力、清めの行為として作品に埋めこんで来た思想を、はじめて完全になまのまま公にし、自分の信条を信じる義務を読者にも課している。

1952年当時、ほとんどのアメリカ人は自分たちの生き方が東洋文化の生き方より優れていると考えていた。サリンジャーはこのような盲目的愛国主義を、じゅうぶんに意識していた。彼の読者層が神秘主義や輪廻転生《りんねてんしょう》などという概念を、たやすくは受け入れないだろうということはあきらかだった。そこで、その概念を提示して、しかも読者の興味を失わせないために、彼は中流階級の、好奇心をそそるほど知的なアメリカ人の少年を創りあげた。それはサリンジャーが書いていて気持ちがよく、アメリカ人たちも興味ぶかく読んでくれるだろうと思える人物だった。

物語では、究極の賢明な少年、テディ・マカードルという不思議な人物が紹介される。テディ少年は驚異的な知者で、神との一体性をきわめた結果、周囲の物理的な世界とのつながりは、両親とのつながりも含めて、消滅している先見者である。物語は遠洋定期船の船上で展開する。テディ、両親、妹のブーパーはヨーロッパ旅行から合衆国に帰るところだ。テディはこれまでいつも学問的な関心の的であって、学者たちに尋問され、記録され、つつかれ、せっつかれて、パーティに来た人たちから品評会の犬のようにあつかわれてきた。

物語の冒頭はテディの両親の船室で、両親はひどい日焼けと二日酔いのせいか、早熟な天才が活発なのに、朝寝をしようとしている。テディの輝かしい頭脳は、はかりしれない水準で光速のスピードで進んでいる。ケンカ早い俳優の父親は機嫌が悪く、息子に親の権威を振りまわそうとする。母親はシーツにくるまってベッドに横たわって、夫をあざけりながら、ものうげにテディにあれこれ言いつけて、夫を苛立たせようとしている。テディの両親とのやりとりは冷めている。両親の言葉を聞いていても表面だけで、両親の言葉や態度をなんとも思っていないのはあきらかだ。

両親のグラッドストーンの旅行カバンの上に乗ったテディは、舷窓から身を乗り出す。まるで舷窓が精神界と物質界、現実の世界と幻想の世界、というふたつの世界の境目であるかのようだ。彼は海に投げこまれた大量のオレンジの皮をみつけると、それに魅せられてしまう。オレンジの皮が沈みはじめると、テディはその皮はいつまで自分の頭のなかだけには存在している、その皮の存在はそもそもその皮に気がついたことに起因する、などと考えをめぐらす。彼が唯我論的な思索にふけりながら舷窓から外をのぞいていると、両親はお互いに侮蔑や攻撃の言葉を投げ合っている。サリンジャーの人物描写はひとりひとりの相違点が強調されている。テディは精神的なことを優先していて、周囲の物理的な世界には曖昧な関心を寄せるだけだ。

テディの両親は実利主義者で自己中心的に描かれている。彼らはテディが踏み台として使う旅行カバンの質のことで言い争う。父親は自分の高価なライカのカメラを取りもどすことに、心を奪われている。テディはそのカメラの物質的な価値には無関心なので、妹のブーパーにオモチャとしてあたえたのだ。

テディのオレンジの皮への関心は、永遠なるものはないという禅の概念と、個々の存在は幻想だというヴェーダンタの思想を物語っている。それはまた、この物語の結末を予告してもいる。テディは両親の船室を出て妹を探しにいくとき、このあと自分と会うのは頭のなかだけかもしれない、と両親に警告する。「このドアから出ていったら、僕はもう、僕を知っている人たちの頭のなかにしか存在しないかもしれない……僕はオレンジの皮になるかもしれない」と言うのだ。この暗い予言にもかかわらず、テディは出ていくまえに母親に「おっきい、素敵な」キスをするのを拒む。

テディはシュリー・ラーマクリシュナが「神の意識」と呼んだものを獲得したのだ。彼は外見より内なる精神を感じとっている。また、西洋人が人や物にまちがってつけていると思う名前には、関心がない。それとは対照的に、両親は物の殻だけを見ている。彼らは息子の悟りには無関心な様子で、彼を子供らしくあつかうことにこだわる。彼らの言動はその精神的な怠慢に起因していて、テディが両親に冷たいのもそのせいだ。親としてあたえられた彼らの立場を尊重しながらも、彼らの内なる精神の未熟さを見て、その程度に合わせて対応しているのだ。

テディと両親の関係を目撃したあとでは、サリンジャーの想像力が登場させた、おそらくもっとも邪悪な子供である妹のブーパーにたいして、テディが驚くほど寛容なことには違和感があるかもしれない。しかし、みんなが嫌いだと言い切る、この残虐な少女にたいするテディの寛容さを支える理論的根拠は単純だ。[*7] 彼女は魂の旅をはじめたばかりで、これからなんども転生をくりかえさなくてはならないことを、彼はわかっているのだ。

テディはブーパーをみつけ、プールで会うことにしたあと、甲板のデッキチェアにすわって日記をつけはじめる。日記を書いていると、どこの大学出身とも知れぬ学者のボブ・ニコルソンが、パーティでテディのインタヴューを録音テープで聞いたからと、話しかけてくる。無遠慮な態度で、テディに哲学的な質問をあびせるのだ。ニコルソンという人物はふたつの役割を果たしている。サリンジャーは彼に、テディが述べるヴェーダンタや禅の考え方にたいして懐疑的に反応させて、いわばテディの共鳴板として使っている。彼はテディを子供としてあつかっているのではない。まして、人間としてでもなく、知的好奇心の対象としてあつかっているのだ。要するに、ニコルソンは神の意識を毒する論理を具現化していて、個人に精神的な真理を見えなくする知的な力を代表している。

サリンジャーはテディをつうじて、ヴェーダンタの主要な教義をわかりやすく説いている。テディは愛と感傷の違いを指摘し、感傷は「あてにならない」感情だと主張する。非執着の哲学を説いて、肉体は殻にすぎない、ものの外側は実体ではない、神との一体化のみが実体だと説明するのだ。テディは悟りを得て、内なる神のごときものだけを見ているので、そのような外見にはとらわれない。

このようなことを西洋人に理解させるために、サリンジャーはおなじみのユダヤ・キリスト教のイメージであるアダムとイブの堕落を利用する。アダムとイブがエデンの園で食べたのは論理と知性のつまったリンゴだったこと、人はそれを身体から吐き出す必要があることを、テディはボブに告げる。

*7 ブーパーの「この海の上の人、みんな大っ嫌い」という言葉は、登場人物をこれといった境界もなく、始めも終わりもない環境に置いたこの物語の設定に、新たな側面があることを考えさせる。この設定は禅とヴェーダンタの存在概念を反映している。「テディ」の登場人物はリアルタイムの読者に届けられていて、将来の出来事とは関わりがない。

いけないのは、人がものごとをあるがままに見たいとは思わないこと、神と結びつくより物理的な存在に執着することだと、テディは説明する。

話題は論理と転生の主題から死の問題へ移る。テディは、死は生の進行だと言って、自分を例にあげる。彼は、あと5分すれば水泳のレッスンがはじまり、自分はプールの水が空っぽなのを知らないでレッスンに行ってしまうかもしれない、という話をする。プールの端を歩いていて、妹に突き落とされて頭蓋骨が砕けて即死するかもしれない。「たんに定められたことをするだけじゃないですか」と彼は説くのだ。

この物語における最大の謎の出来事は、静かでその様子はほとんど見えない。ニコルソンがテディの隣のデッキチェアに落ち着くとまもなく、テディはぼんやりしてきて、不思議にも彼の気持ちがプールのあるスポーツデッキのほうに向いてゆく、まるでそちらから内なる声が聞こえるみたいに。テディはなにものとも知れぬ思いにうっとりしながら、ニコルソンに芭蕉の俳句を紹介する。「やがて死ぬけしきは見えず蝉の声」。

テディが水泳のレッスンに出かけたあと、ニコルソンはすわったまま自分たちの議論に思いをめぐらせている。彼はとつぜんデッキチェアから跳びあがると、船内を走ってプールへ向かう。サリンジャーはここで、彼の作品のなかで、もっとも議論の多い結末を用意している。プールにたどり着かないうちに、ニコルソンは耳にする。

耳をつんざく長い悲鳴が聞こえた——明らかに幼い女の子から出ている声だった。タイルの壁四方に反響しているかのように、それはおそろしくよく響く悲鳴だった。[26]

ほとんどの読者は「テディ」のこの締めくくりの文章を、ブーパーの手によってテディが死んだことを示している、と解釈してきた。この結論はこの作品のテクストというより、テディ自身の予告を根拠にしている。サリンジャーの文章は、空《から》っぽのプールから聞こえた悲鳴はテディではなく、ブーパーのものだということをほのめかしている。そのため、読者には3つの選択肢があたえられていることになる。まず、テディの予告どおり、ブーパーが兄をプールに突き落とすという冷血な殺人を犯したと考えられる。しかし、本文を読めば、テディは妹がもたらす脅威を察知して、妹に殺されるまえに彼女を空っぽのプールに突き落とした、ということもありそうだ。*8 第3の可能性は、テディは自分の死を受け入れ、ブーパーに自分を空っぽのプールに突き落とさせるのだが、妹の動きを予想していて、ブーパーを抱えていっしょに落ちていく、というものだ。こうすることによって、テディは妹のつぎの転生への道案内をしてやることができる。西洋人の死への恐怖を軽蔑しているこの天才児は、速くなった妹の魂の旅に同伴してやることが自分の義務だと感じ、「定められたことをするだけ」と考えたのだろう。

*8 多くの学者が各様にこの説を主張してきた。この考え方をおし進めていくと、テディはブーパーの殺人を計画していて、自分への嫌疑を避けるために自分の死の予告を作りあげた、という可能性が出てくる。そうなると、物語全体が変質してしまい、テディはサリンジャーの登場人物のなかでもっとも狡猾な人間ということになる。

しかし、どの説もじゅうぶん説得的ではない。その結果、この物語を読んだ人は、たいてい東洋の教えに不満なのだが、自分が理解できない異国の思想を非難するより、とりあえず攻撃の矛先を物語の曖昧な結末に向けた。サリンジャー自身もこの作品が失敗だと理解していて、「テディ」が「例外といえるほど心につきまとう」、「忘れがたい」作品かもしれないが、また「不愉快な論議をまきおこすような、完全な失敗作」[27]だと認めている。

1952年も終わりに近づいたが、サリンジャーは依然として十字路にいた。今後も作品のなかで宗教的な教義を提示してゆくつもりなら、べつの手段、つまりニューヨーカー誌がちゃんと印刷してくれる物語、一般読者が受け入れてくれるような登場人物をみつけなければならないだろう。

定住

僕は給料を貯めてどっかに小さな自分の小屋を建てよう。
森のすぐわきに建てよう。森の中に建てるんじゃないよ。
なぜかっていうとその家はいつもぎんぎんに日が当たってなくちゃならないからだ。
ホールデン・コールフィールド、『キャッチャー・イン・ザ・ライ』

1953年2月16日、J・D・サリンジャーはニューハンプシャー州コーニッシュにある90エーカー、11万坪の丘陵地の正式な所有者となった。[1] サリンジャーの引っ越しを、人生が芸術を模倣する、と解釈したくなるのは無理もない。『キャッチャー・イン・ザ・ライ』でホールデン・コールフィールドは、隣の州ヴァーモントへ逃げていって、孤独で暮らせるよう森に小屋をみつける夢をみている。世の中から離れた暮らしをたしかにするため、ホールデンは聾唖者のふりをすることを計画する。「あとはもう一生だれともしゃべらなくていいってことになっちゃうはずだ。そして、みんなけ僕のことを放っておいてくれるだろう」と考える。

その年の冬、サリンジャーは幸せで、薪を割ったり、小川から水を引いたりした。自分で所有したはじめての我が家なので、彼は現実になんの反応もしない不満分子ではなく、フルに仕事をしている社会の一員として、そこで生活を築きあげようとした。彼はコーニッシュを、心静かに執筆しながら周囲の世界に溶けこみ、楽しく住めるところとして、思い描いた。サリンジャーがホールデン・コールフィールドと夢を共有していたとすれば、それは世間からの隔絶ではなく、自分のものと呼べる場所への憧れだった。

じじつ、コーニッシュは驚くべき効果を発揮した。1952年を暗くしていた憂鬱な月日のあとで、サリンジャーは戦争になって忘れていたほんものの幸せをここで見出した。彼はあばら家をほんとうの我が家にしようと、せっせと新しく手に入れた屋敷の改装に精を出した。蓄えの残りをかき集めては、家の修理を注文し、建物の割れ目を補修し、防風窓を取りつけ、庭を整えた。そして、新しい隣人たちとの生活を確立させようとした。

コーニッシュの村にはコネティカット川が流れていて、そこがニューハンプシャー州とヴァーモント州の境になっている。村自体には住民が集まれる場所がなく、この地区の社交の場は隣の州ヴァーモントの町ウィンザーが中心になっていた。ウィンザーも小さな地域だが、商店がいくつか集まっているところがあり、こんな田舎ではビジネス街で通っている。1953年に新しくできたものに、ハリントンズ・スパとナップス・ランチというコーヒーショップがあって、地元の高校生のたまり場になっていた。サリンジャーは古めかしい屋根つきの橋を渡ってウィンザーに行き、郵便を受けとり、日用品を買ったりして、町の人たちと交わろうとした。なかでもハリントンズ・スパとナップス・ランチにはよく行ったので、どうしてもウィンザー高校の生徒たちに出遭うことになった。

1952年11月20日、サリンジャーは評判の肖像写真家アントニー・ディ・ゲイスーのまえにすわっていた。サリンジャーはディ・ゲイスーによれば「婚約者」*1のために、自分の写真が欲しいと言っていた。

その当時はいまほど彼のことを知りませんから、カメラとライトを用意して、彼をすわらせました。彼の表情はかたく意識過剰で、ほとほと困ってしまいました。どうにもならなかったんです。そこで私はいままでおとなにはやったことのないことを、試そうと決心したんです。私はちょっと席をはずして、アパートの2階に上がり、『キャッチャー・イン・ザ・ライ』を持って降りてきたんです……そして、それで好きなようにやってご覧、と言ったんです。ひとりで読む、朗読する、ただタバコをすう……そんなふうにして、縦13センチ、横18センチのネガを48枚撮ったね。真剣な顔、物思いにふけったところ、微笑んだり、笑ったり、高笑いしたりとかね。[*2]

ディ・ゲイスーの話は、サリンジャーがコーニッシュに引っ越した当時は、まだ彼のなかに子供

*1　サリンジャーが婚約者のために自分の写真を欲しがったというディ・ゲイスーの話は、それが30年まえの回想であり、思いちがいがあるかもしれないとしても、事実である可能性がある。サリンジャーが1952年の後半、謎の女性「メアリ」かクレア・ダグラスと恋愛関係にあったのはたしかだからだ。

*2　サンディエゴ歴史協会のアントニー・ディ・ゲイスー回想記（未出版）より。サリンジャーがゲイスーに48枚も写真を撮らせたという事実は、この写真家の几帳面さに合った証言である。これとは対照的に、有名な写真家ロッティ・ジャコービは、サリンジャーが彼女のスタジオから逃げ出すまで、やっと2枚が撮れただけだった。

の部分が生きていたことを教えてくれる。自分の少年時代の名残りと結びつくことができるサリンジャーの力は、ホールデン・コールフィールドの声を創りだす洞察力を生むもとになったものだ。[*3]

そんな事情もあって、サリンジャーは自然に地元の若者たちと親しくなった。すぐにコーヒーショップに足しげく通うようになり、生徒たちの仲間にはいって食べ物や飲み物をおごったり、話に夢中になって何時間も過ごすこともあった。また、家探しの旅のために買ったジープに若者たちを詰めこんで、自宅まで連れてくることもあった。そこで彼らは自分たちの人生について議論した。彼らはレコードをかけたり、スナックを食べたりしながら、学校のこと、スポーツ、人間関係などいろいろと話した。「彼はみんなの仲間みたいでしたよ」とある生徒は回想する。「ただ、僕らみたいにバカなことはしないけどね。彼はだれとだれが恋人だとか知っていて、だれが学校で困ってることもわかっていたので、みんな彼を尊敬していた、とくに不良連中はね[2]」。

34歳の有名な作家であっても、サリンジャーはこんな若者たちといることが、驚くほど快適だった。まるで自分の思春期を彼らといっしょに、ただ、今回は仲間のなかでいちばん人気のある一員として、再現しているみたいだった。それでも、サリンジャーは若い友人たちといるときは、自分がおとなだという事実を見失うことはなかった。彼は若者たちに付き添ってスポーツイベントに行き、キャンプに連れてゆき、子供たちの親にも信頼されて教会の若者グループのリーダーにもなった。どこからみても、サリンジャーは監督者を任じてきちんとふるまい、10代の若者の心を抜群の感受性で理解するおとなだった。

10代の若者たちにかぎらずコーニッシュのおとなの住人たちも、親しみやすい話好きな人柄を覚えている人が多く、サリンジャーはよく近所の家を訪ねたり、カクテルパーティを催したりしたという。客を楽しませようとして、宗教や地方の催し物のことを熱心に話し、瞑想やヨガをやってみせたり、新居の変貌ぶりを紹介したりした。また近所の人の真似をしてみせたりして、素朴な田舎紳士として生活を確立しようとしていた。彼は小屋のまわりの林の一部を伐採して、「ぎんぎんに日が当たって」いるようにした。野菜畑を作って、トウモロコシを育てはじめた。このような隣人とおなじような田舎の時間を過ごすうち、サリンジャーは隣人たちと共同体の意識を育んでいった。

サリンジャーはこのような新生活を築くために、作家としての仕事はしばらく二の次にした。家屋敷の改修のため、仕事の用でのニューヨーク行きも次つぎにキャンセルした。そのなかでもっとも大きなのは、2月のジェイミー・ハミルトンとの約束だった。ふたりはちかくイギリスで出る予定の短編集の件で、話し合う予定になっていた。ぎりぎりのまぎわになって、サリンジャーはコーニッシュ

＊3　サリンジャーは撮った写真を公開しないようディ・ゲイスーに頼んだが、この写真家はそのときの約束を30年間守った。彼がサリンジャーに、正体を見破られるのが嫌なわけを訊くと、サリンジャーだとわかると、周囲が自分たちのことを書かれるのを恐れて変な反応をするからだと答えた。

の用ではずせない、と断った。この言い訳は自分勝手なものだった。彼とハミルトンは、この短編集のことで意見の相違があって、サリンジャーとしては、面会を避けられてうれしかったことだろう。

サリンジャーとハミルトンの関係にはじめてひずみが生じたのは、1952年11月だった。『シュリー・ラーマクリシュナの福音』にたいするハミルトンの反応は、サリンジャーが期待したり、希望したりしたほどではなかった。ハミルトンは大部な書物を受けとって仰天した。こんな本を出版する財源などないのはあきらかだった。ハミルトン自身、その本を読了できなかった。彼はその話題を避けたようで、サリンジャーはその件にふれるようせっつかざるをえなかった。ついに、ハミルトンはおずおずと、その本を理解できなかったことを認めた。「私はラーマクリシュナの本については、非常に申し訳ないと思っている。私はその本を無事に受けとり、そのかなりの部分を読んで楽しく、ためにもなった。しかし、なにか私には乗り越えられないものがあった、と白状せざるをえない[3]」と謝った。ハミルトンは、べつの出版社が『福音』の縮刷版を考えていると言い訳を言って、完全版を出版するようにというサリンジャーの提案をやんわり断った。サリンジャーはこの編集者の気がすすまないのは理解できると伝え、断ったことを大目に見ているようだったが、心の底では傷つき、ハミルトンがこんなに重大な問題にたいする熱意を共有できないことに失望した。

さらに大きな亀裂が、いよいよ目前に迫ったサリンジャーの短編集の出版に関して生じた。エージェントのオーバー社は初春に出版するつもりで、リトル・ブラウン社と交渉してきた。その時期は『キャッチャー・イン・ザ・ライ』のペーパーバック版が出る時期と合わせてあった。『キャッチャー』の出版をめぐってもめたので、リトル・ブラウン社もヘイミッシュ・ハミルトン社も、今回の短編集のことでサリンジャーと交渉するには、どんな意見の相違もないようにしたかった。しかし、サリンジャーのほうは、いままでよりいっそう頑《かたく》なになっていた。

サリンジャーの頑なさの例として、彼の作品「テディ」をめぐるあつかいがあげられる。リリンジャーは、この作品が短編集のために選ばれたほかの最高の作品に劣るかもしれない、とは考えたくなかったようだ。彼は「テディ」を短編集に収録することを、リトル・ブラウン社やヘイミッシュ・ハミルトンには現物をみせないで、いわば既成事実として提案した。この作品はニューヨーカー誌のオフィスもおなじように通過した。ウィリアム・マックスウェルとガス・ロブラーノは、その重い宗教性と衝撃的な結末にもかかわらず、すぐに掲載を承諾したのだ。当時、ロブラーノはウィリアム・ショーンの就任で傷ついており、彼もマックスウェルもその不安定な立場で、いまや同誌の最高の寄稿者となったサリンジャーにたてつく元気はなかった。ニューヨーカー誌は「テディ」を1953年1月31日号に掲載した。サリンジャーにはすぐさま手紙が殺到した。その数は「エズメ」のときより多かったほどだ。ほとんどが怒りの手紙だったが、サリンジャーはひるむことなく、短編集に入れることを考えなおそうとはしなかった。

サリンジャーは短編集のタイトルに関しても、おなじような高圧的な態度をとった。1952年11月、彼は短編集を編むために、書きおえたばかりの「テディ」も含めて、9編の最良の作品を選んだ。どれかひとつの作品のタイトルが短編集全体のタイトルになることは避けると決めていた彼は、ジェイミー・ハミルトンに「バナナフィッシュにうってつけの日および他の物語」のようなタイトルはだめだと伝えた。サリンジャーはさらに思いをこらして、「結局、ただ九つの物語《ナイン・ストーリーズ》でいいかな」と言った。[4] ハミルトンはこの考えを聞いてぞっとした。サリンジャーが絶対にだめだと反対したようなタイトルを、まさにハミルトンは思い描いていた。つまり、彼は意外にも、短編集のイギリス版を「エズメに――愛と汚れをこめておよび他の物語」とするつもりだったので、サリンジャーの提案には懐疑的だった。『九つの物語』などというタイトルは、「本のスタートにとって考えられるかぎり最大のハンデになるでしょう。あれは本気じゃなかったと言ってください。心からお願いします」と彼は言い張った。[5] サリンジャーはもちろん本気だったので、ハミルトンの反応に不機嫌になった。

3月になって、『キャッチャー・イン・ザ・ライ』がシグネット・ブックス（ニュー・アメリカン・ライブラリー社の一部門）からペーパーバックで出版され、50セントで販売された。サリンジャーはこの出版にしりごみしたが、すでに1951年に同意させられていて、いまさら変更はできなかった。その表紙には、2年まえにも争ったのだが、赤いハンティング・ハットをかぶったホールデン・コールフィールドがスーツケースを持って、いかがわしいナイトクラブを無邪気にのぞきこんでいる姿が描かれている。ホールデンの隣に立っているのはあきらかに「堕落した女」で、禁制のタバコに火をつけている。その派手で安っぽい表紙は、きわめて挑発的な内容を請け合っているようだった。「この尋常ならざる本はあなたに衝撃をあたえるだろう、笑わせるだろう、そして心をかき乱すだろう――しかし、あなたはこの本をけっして忘れない」と謳《うた》っていた。裏表紙には『キャッチャー』が「文学的な一大センセーション」を巻きおこしていると喧伝され、6行の作者紹介があったが、新しい情報はなかった。

幸せなことに、サリンジャーは自分の小説のペーパーバック版の発売を無視することができた。彼にとっては、それはなによりも短編集の発表の前ぶれとしてのイベントだった。そして、その短編集はほんとうに『九つの物語《ナイン・ストーリーズ》』と題されることになっていた。しかし、『キャッチャー』のシグネット版の発売は、リトル・ブラウン社から目を離さないようにしなければならないという、サリンジャーの信念をより強くすることとなった。リトル・ブラウン社は彼の本のペーパーバック版の権利を持っていて、サリンジャーが立腹したのも同社のせいなのだ。サリンジャーの考えでは、リトル・ブラウン社は紙にインクで印刷したものを売る商売をしていて、芸術の提示ということには関心がなかった。サリンジャーはじっさいこの出版社を社名で呼ぶことを嫌がって、嘲笑的に「ヒットの館《やかた》（訳注：ヒット［hit］には「殺し」の意もある）」と呼んだ。今回サリンジャーは譲らなかった。『ナイン・ストーリーズ』の表紙にイラストはなかった。作者紹介も消え、ただ『キャッチャー・イン・ザ・ライ』の著者とだけあった。また、サリンジャーの写真もなかった。このことに関しては、彼は絶対に譲らなかった。

『ナイン・ストーリーズ』は1953年4月6日に出版された。「バナナフィッシュにうってつけの日」にはじまり「テディ」で終わるこの短編集には、ほかの雑誌に掲載された「小舟のほとりで」と「ド・ドーミエ＝スミスの青の時代」が収録された。サリンジャーは当然ながら、この短編集を彼の担当編集者ガス・ロブラーノと代理人のドロシー・オールディングにささげた。このふたりがいなければ、この本に収録された作品も読者のもとにとどかなかっただろう。

サリンジャーは長年夢みてきた作品集をやっと手にしたが、失望していた。彼が言うには、それは貧弱で力強さがないように思えるというのだ。[6] しかし、『ナイン・ストーリーズ』はまちがいなく売れるだろうと思われた。『キャッチャー・イン・ザ・ライ』のペーパーバック版の発売で作者への興味が再燃したうえ、なにより若い読者がこの小説を体験できるようになって、短編集への人びとの関心は大変なものだった。それでも、『キャッチャー』の成功が『ナイン・ストーリーズ』の邪魔になった。ほとんどの批評は、否定しようのないサリンジャーの技巧には向けられず、『キャッチャー・イン・ザ・ライ』で確立された作品の質の高さを、維持できていないとみられることに向けられた。公平とはいえないが、比較されるのは仕方なかった。4月9日、ニューヨーク・タイムズ紙のチャールズ・プアは、『ナイン・ストーリーズ』は「1951年に傑出したデビュー小説を書いた著者のものとしては、いささか期待はずれ」と評した。プアはさらにつづけて、サリンジャーがいま悩んでいるジレンマも説明した。「それはサリンジャーがりっぱな作家であることで背負うハンディキャップみたいなものだ。つまり、才能のある若者10人にひとりの逸材という評判をとる本を完成しても、それが『キャッチャー・イン・ザ・ライ』よりすばらしくないというだけで、文句を言われてしまうのだ」と彼は述べた。[7] プアは、登場人物の神経が奏でるメロディが、かなり単調になりやすい、と残念がってから、「バナナフィッシュにうってつけの日」と「テディ」の両方を、「バンバン」と銃声やら悲鳴やら騒々しい結末だと非難し、「エズメに――愛と汚れをこめて」を第二次世界大戦から生まれた最高傑作だと賞讃した。プアの批評は『ナイン・ストーリーズ』に寄せられた多くの批評の典型で、サリンジャーの才能は認めながらも、期待されたほどの作品を生み出していないことへの失望を表明していた。

4月5日にタイムズ紙の「ブック・レヴュー」に出た小説家ユードラ・ウェルティの書評は、プアのものより好意的だった。ウェルティはサリンジャーに讃辞を浴びせ、彼を「独創的で一級品、芸術的で美しい」作品を書く芸術家だと呼んだ。サリンジャーの個人的な友人であるウェルティは、彼のことをとくによく理解していて、友情が中立性をそこなっていたかもしれないが、彼女による『ナイン・ストーリーズ』の書評は文句なくすばらしかった。「サリンジャー氏の作品は、地上のひとりひとりの人間が持っている独特で貴重なものに敬意をはらっている。その著者は、理解されない危険を承知で実験する勇気を持っている――これは持っているというより、自分で獲得した権利であり特権である」と述べていた。[8]

一般読者たちは『ナイン・ストーリーズ』が本棚に並ぶのも待てないように、買い求めた。そして、ニューヨーク・タイムズ紙のベストセラー・リストの9位にはいり、それから3ヶ月間上位20位以内に残った。これはめったにない快挙だった。短編集は長編小説よりはるかに売れ行きが悪いのがふつうで、短編集としては異例のことだった。宣伝もあまりせず、よけいな作者の情報がなくても、『ナイン・ストーリーズ』が成功したため、サリンジャーの宣伝軽視が正当化され、彼はますます自分の作品への管理をつよめていった。

サリンジャー自身はこの本がどう受けとられたか、無視することにした。彼は短編集の発売いらい何週間も、極力新聞や雑誌を遠ざけて、ドロシー・オールディングとガス・ロブラーノに頼んで、だれからも書評や切り抜きを送ってこないようにした。サリンジャーは、そんなものに気をとられて精神の均衡を失うのが怖いし、いろいろ詮索されると仕事に集中できないのだと説明した。[9]

そうしているあいだに、イギリスでの短編集出版に関して、ヘイミッシュ・ハミルトンと合意に達した。ふたりの関係を維持するために、サリンジャーは彼らしくもなく、本のタイトルもハミルトンの案を黙認した。6月、ハミルトンは『ナイン・ストーリーズ』を『エズメに――愛と汚れをこめておよび他の物語（*For Esmé — with Love and Squalor and Other Stories*）』として発売した。しかし、『キャッチャー・イン・ザ・ライ』のイギリスでの受け入れ状況を真似たように、売れ行きははかばかしくなかった。ハミルトンがサリンジャーのために打撃を受けるのは、これで2度目だった。彼はこの作家の才能はじゅうぶんに信頼していたが、彼との友情は、ハミルトンの人生の活力のもとであるビジネスと衝突するようになっていた。毎週、売り上げがどうしようもなく伸び悩むと、ハミルトンはこの危険な投資からどうやって利益をあげるかを考えはじめるのだった。

『ナイン・ストーリーズ』はこんにちではふたつの段階でとらえられている。まず、全体の作品どうしのつながりは緊密ではないが、個々の独立した作品を集めた短編集であることと、ひとつひとつの作品で、J・D・サリンジャーの精神的探求の過程を年代順にたどることができるようになっていることだ。ギルバート・ハイトは「小舟のほとりで」を掲載したハーパーズ誌の書評でこの本を取り上げたが、1953年には作者の精神的探求の過程という理解にすばらしく近づいていた。ハイトはどの作品にもサリンジャー本人がいることを直感的に感じとって、読者は『ナイン・ストーリーズ』をつうじて、作者の自己探求の旅をひとつずつ体験するのではないかと述べた。彼はまた、サリンジャーの大きな才能が、彼の関心の対象の小ささに足をすくわれる危険があると懸念を表明した。ハイトは『ナイン・ストーリーズ』のそれぞれの短編のなかに、まちがいなくサリンジャーと思われる人物を発見した。「心身ともに消耗しきった、神経質で知的なやせた人物がいて、子供、思春期の若者、そして目的をもてない20代の青年と、人生のいろんな段階にいる彼を見るのだ」。

『ナイン・ストーリーズ』を構成している個々の作品がひとつにまとめられると、たしかに精神の旅の過程をひとつずつたどっていることがわかる。短編集は「バナナフィッシュにうってつけの日」という、救いがたい絶望の物語で幕を開ける。つづく3作品、「コネティカットのひょこひょこおじさん」、「対エスキモー戦争の前夜」、「笑い男」では、その絶望が日常生活を訪れるごくふつうの瞬間を描いている。『ナイン・ストーリーズ』のこの最初の部分は、現代アメリカ固有の精神的苦悩を突ざむとした筆致で描いている。そこに登場する人物は人間性の暗い力をなんとか乗り越えようと、むなしい取り組みをつづけている。しかし、『ナイン・ストーリーズ』は希望もあたえてくれる。この本の思想は「小舟のほとりで」という作品によって大きく分かれることになる。これは絶望の代わりにほんものの愛を提示して、最初の4作に蔓延していた絶望から読者を解放してくれる作品だ。力づよい希望は残りの作品群でも、短編集のなかではちょっと調子はずれにみえる道徳劇「愛らしき口もと目は緑」を例外として、継続する。「エズメに――愛と汚れをこめて」において、人間の結びつきが人を救うという単純だが力づよい答が、奇跡的な響きを帯びはじめ、それは「ド・ドーミエ＝スミスの青の時代」において、人間の結びつきによってあらかじめあたえられている啓示が完全に魂の出来事になるまでつづく。最後の「テディ」は、とくに『ナイン・ストーリーズ』の旅の目的地を最終的にきわめるために、念入りに作られた作品だ。「テディ」において読者は、人間の結びつきによる愛の力が、神と一体化することによる信仰の力へと変身する境地に達する。

多くの批評家や学者が、「テディ」は「バナナフィッシュにうってつけの日」を語りなおしたものだという見解をとってきた。サリンジャー自身も「シーモア――序章」のなかで、テディの目とシーモア・グラスの目を比較して、その説を裏づけている。「バナナフィッシュにうってつけの日」と「テディ」は、ともに『ナイン・ストーリーズ』を両側から支える象徴的ブックエンドを意図して配置され、一日も違わず正確に5年をへだてて発表されている。どちらの作品にも主人公の死に伴う、「バンバン」という銃声や悲鳴の結末が用意されている。どちらも悲劇的な結末に水と幼い少女が存在する。シーモア・グラスとテディ・マカードルは両方とも、世界から疎外されていて、身動きできなくなっている。サリンジャーが、自殺を受け入れたシーモアという人間を自然にみせようと、あとになってからの視点で、「バナナフィッシュ」だけでは解明できない、シーモアの自殺の原因を改めて説明するためにテディの死を利用したのはあきらかなようだ。いいかえれば、サリンジャーは「バナナフィッシュ」を書きなおすために、少なくとも、読者の解釈の道案内をしなおすために、「テディ」を利用したのだ。

1953年の半ばごろ、サリンジャーは幸せで満ち足りていた。コーニッシュの我が家は快適な山荘に改修されつつあり、そこで気楽に暮らしていた。新しい隣人たちとは親しくつきあい、彼らもみんな彼を気に入っているようだった。地域の若者たちともお互い満足しあえる友好的な関係を築いていた。コーニッシュでは創作意欲も刺激され、これまでで最良の作品が書けていると本人も言っていた。[10] 彼の作家としての地位は、『キャッチャー・イン・ザ・ライ』のペーパーバック版の出版や『ナイン・ストーリーズ』の評判のせいで、急激に上昇していた。サリンジャーはついに自分に最適の場所、ホールデン・コールフィールドの夢の地、そしてほんとうに自分のいるべきところをみつけたように思われた。

こうしているあいだ、謎の「メアリ」への言及はサリンジャーの手紙から消えて、クレア・ダグラスが再登場して彼といっしょに過ごすようになった。クレアは19歳でサリンジャーより15歳若く、ラドクリフ（訳注：全寮制の女子カレッジ。ハーヴァード大学の一部）に在籍していた。クレアとしては、父が母の35歳年長ということもあり、歳の差はとくに問題ではなかった。しかしサリンジャーはゴシップにならないかと非常に気にしていて、ふたりの関係をできるだけ内密にしておこうとした。ふたりは楽しげに、みんなに知られず会う工夫をこらし、クレアが週末にゆっくり学校から離れていられるように、架空の友人をこしらえることまでした。まもなく、サリンジャーはクレア・ダグラスと恋に落ち、クレアの世界が彼のすべてになり、彼の宗教も意見も好みも呑みこんでいった。

おだやかな結びつきは短いあいだだった。クレア・ダグラスによれば、サリンジャーは彼女に、ホールデン・コールフィールドがサリー・ヘイズに頼んだように、大学を辞めて、コーニッシュに引っ越して山荘でいっしょに暮らしてくれるよう頼んだという。しかし、クレアが断ると、サリンジャーはむくれた。「たったひとつ、大学を辞めろという言葉にさからったとき、彼は姿を消した」と、のちに彼女は回想している。[11]

当時、クレアの恋愛の対象はサリンジャーだけではなかった。彼女は大学で出遭ったコールマン・M・モックラー・ジュニアという、23歳のハーヴァード・ビジネススクールのMBA（経営学修士）ともつきあいがあった。モックラーは芸術的なセンスがあり、自分の意見をもった、気どらない男で、クレアの関心を惹く強敵だった。サリンジャーはクレアにべつの男性がいることを知って苦しんだ。彼女が大学にいるときは、モックラーといるだろうということもわかっていた。そこで、クレアにラドクリフを辞めてコーニッシュへ来るよう頼んだときは、彼女の愛情を獲得して、ライバルから引き離そうという気持ちだった。クレアの返事ははっきりしていて、サリンジャーは心の平安を失っていった。彼女は彼の頼みを断っただけでなく、1953年の夏、モックラーとヨーロッパ旅行に出かけた。ふたりはイタリアに滞在し、そこでモックラーは彼女の母親に紹介されたようだ。[12] 彼女が海外で夏をサリンジャーのライバルと過ごすことにしたので、当然ながらサリンジャーとの関係は冷えていった。彼女は9月半ばにヨーロッパからもどってきたが、サリンジャーは会おうとしなかった。

サリンジャーのクレア・ダグラスとの破局は、11月に起きたある出来事によって、よけいにひどい事態につながった。ウィンザー高校の友人たちのなかにシャーリー・ブラニーという最上級生がいた。ブラニーがサリンジャーに学校新聞の課外活動でインタヴューしたいと頼むと、サリンジャーは承諾した。11月9日、彼らはハリントンズ・スパで会った。サリンジャーはランチを注文し、ブラニー（応援に友人をひとり連れてきていた）はインタヴューをはじめた。少女の質問は率直で、とくに押しつけがましいところはなかった。サリンジャーはどこで学校に行ったの？ いつ書きはじめたの？ 戦争中はなにをしてたの?『キャッチャー・イン・ザ・ライ』は自伝的なものだったの?サリンジャーにとって、ブラニーの質問はどれもはじめてではなく、とくにブック・オブ・ザ・マンス・クラブのインタヴューでウィリアム・マックスウェルに答えたものが多かった。彼はそんな質問に友人どうしらしく率直に答えることをなんとも思わなかった。

1953年11月13日、シャーリー・ブラニーのインタヴュー記事が出たが、それは学校新聞ではなく、地方紙の『デイリー・イーグル——トウィン・ステイト・テレスコープ』だった。記事は短く、若わかしく、まちがいだらけだった。この作家はニューヨーク大学に1年余分に在籍したり、ソル・サリンジャーが息子といっしょにオーストリアとポーランドに行かされたり、サリンジャーの兵役は2年短くなったりしていた。またブラニーはあきらかに誤解していることも報告していて、サリンジャーが映画を作りにロンドンへ行ったり、コーニッシュの自宅を2年まえに購入したことになっていた。この記事は『キャッチャー・イン・ザ・ライ』のことでサリンジャーが言ったとされる言葉によって、もっともよく知られている。その小説は自伝的かと訊かれて、サリンジャーは躊躇したようだった。「まあ、あるていどは。私は書きおえてホッとした。私の少年時代は本のなかの少年とほとんどおなじだった。そのことをみんなに話して、ほんとにホッとした」と、彼は言葉をにごした。この部分はいまでもよく引用されるが、やはり、以前にマックスウェルに話した以上のものはなかった。

ブラニーの記事のほろ苦いところは、この作家を簡単に紹介した前書き部分にある。

高校生みんなのとてもよい友人であるサリンジャー氏は、当地に来てまだ2、3年なのに、おとなの友人もたくさんいる。彼は執筆するためにただひとりになりたくて、閉じこもることが多い。彼は背の高い、異国風の容貌をした34歳の男性であるが、楽しい性格の持ち主である。*4

サリンジャーはこの記事に深く傷ついた。ブラニーは学校新聞の活動のためにインタヴューさせてほしいと言って、彼を欺いたのだ。デイリー・イーグル紙が少女を利用したのはあきらかだが、そこが重要なのではなかった。サリンジャーにとってこの事件は、ニューヨークを出て縁を切ったと思っていた権利の侵害や言い逃れが、牧歌的にみえるここにもあったということを示していた。

クレア・ダグラスとの破局のすぐあとのことだったので、サリンジャーの反応は過激だった。彼はウィンザーに行くのをやめ、高校生との関係にも終止符を打った。隣人を避けるようにもなった。カクテルパーティやバスケットボールの試合を観に遠征したりすることもなくなり、ハリントンズ・スパでランチを食べたり、レコードをかけてポテトチップスをつまみながら話しこむこともなくなった。サリンジャーはニューヨークの群衆から逃げたように、コーニッシュの人たちからも身を引いた。生徒たちが彼の山荘へどうなったか見にいくと、サリンジャーはなかでじっとすわったまま、居留守をつかっていたという。数週間すると、彼は屋敷の周囲に塀を建てはじめた。

この時点から、サリンジャーは自分の意欲を、周囲の人たちに受け入れられることから離れて、生活に快適さを見出す自分なりのやり方に集中するようになった。1953年を締めくくるこの一件で、サリンジャーの人生はまた芸術を模倣することになったが、今回は悲劇的な再現だった。デイリー・イーグル紙の記事は、最後の「ファック・ユー」の落書きがホールデンにあたえたときとおなじ効果を作家にあたえた。そして、サリンジャー自身も、ホールデンが認めてしまったような哀れな現実に身を任せてしまうのだ。

君にはひっそりとした平和な場所をみつけることができない。だってそんなものはどこにもありゃしないんだからさ。きっとどこかにあるはずだと君は考えているかもしれない。でもそこに着いてみると、君がちょっと目を離したすきに誰かがこっそりやってきて、君のすぐ鼻先に「ファック・ユー」なんて落書きしちゃうわけだよ。[13]

＊4　サリンジャーを紹介する文章で、「異国風の容貌」とか「エキゾティック」という言葉がくりかえし出てくる。この表現は、サリンジャーがユダヤ人の血を引いていることを示すために使われたにちがいない。

フラニー

1953年の冬のサリンジャーとクレア・ダグラスの別れは、彼を孤独にしたかもしれないが、クレアにとってはもっと散々なものだった。サリンジャーの姿が彼女のまえから消えたときは、クレアには彼が国外に去ってしまったかのように思え、彼女は肉体的に崩壊してしまった。

1954年の新春早々、クレアは腺熱と診断され入院した。医師団はついでに盲腸を除去することに決定し、肉体的にも情緒的にも消耗したままにしておくことにした。このつらい時期に、サリンジャーからはなんの音沙汰もなかった。ベッドの傍でずっと見守っていたのはコールマン・モックラーで、彼女に必要な関心と愛情をそそいでいた。それと同時に、クレアの弱みにつけこんで、ひっきりなしに結婚を迫ってもいた。クレアもついに承知して、まもなくふたりは結婚した。

クレアの最初の夫に関してはほとんど知られていない。1961年のタイム誌のインタヴューで、彼女の腹違いの兄ギャヴィンは、「彼は悪いやつじゃなかった……でもガキだったな」と曖昧なことを言っている。実際は、その後の彼はすばらしい。数々の基金や奨学金にその名前を冠し（その多くは信仰に基づくものだ）、モックラーはジレット株式会社のCEO（最高経営責任者）としてめざましい成功をおさめた。そのいっぽうで、仕事と家庭生活、それに熱心な信仰とのバランスもすばらしかったという。

モックラーのクレアとの結婚を決定づけ、また「フラニー」という作品に影響をあたえたのは、たしかに彼の熱心な信仰心だった。彼の2番目の妻によれば、モックラーはクレアと結婚したころ、深刻な宗教上の転向問題を体験したという。[1] サリンジャーの精神的な考え方を受け入れてしまったあとでの結婚は、クレアを危機的な状況に追いこんだ。彼女は自分のなかでふくらむ禅やヴェーダンタへの信念と、新婚の夫の原理主義キリスト教への傾倒のどちらかを選ぶことをしいられたのだ。クレアの決断はすばやく、完璧だったようだ。モックラーとは2、3ヶ月いっしょにいただけで、彼女はサリンジャーのもとに帰り、結婚は解消された。

その当時、サリンジャーがクレアを自分で手作りしたとしても、彼の気に入るようにはならなかっただろう。彼女の人生は架空の登場人物エズメにきわめてよく似ていた。クレア・ダグラスは1933年11月26日、ロンドンで生まれた。サリンジャーはイギリスのものはなんでも大好きなので、クレアの国籍も彼が彼女に魅せられた一因にちがいない。エズメとおなじように、クレアも家庭教師に育てられ、子供のころは第二次世界大戦に苦しめられた。1939年、彼女と腹違いの兄イアン・ギャヴィンは、空襲を避けるためロンドンから田舎へ疎開させられた。クレアは修道院に入れられたが、両親は首都ロンドンに残った。1940年、一家の屋敷は空襲で破壊された。それぞれ6歳と8歳だったクレアとギャヴィンの安全を確保するため、母はふたりをイギリスから連れ出して、アメリカへ渡った。

ジーン・ダグラスとふたりの子供たちは、1940年7月7日シシア号に乗ってニューヨークに着いた。[2] アメリカに着くと、ジーン・ダグラスはニューヨーク市にとどまって夫の到着を待ったが、子供たちは戦争のあいだ、次つぎにいろんな里親の家庭に預けられた。1941年にはクレアの両親はマンハッタンに落ち着いたが、里親の家庭を転々としている子供たちとは離れたままだった。[0] そして、クレアとギャヴィンの両親は戦争中、無事で元気にすごしていたが、エズメとチャールズの両親が死んでいなくなったように、子供たちとは離れて過ごしていた。

サリンジャーは作品のなかでは、エズメとチャールズに精神的、情緒的な支えをあたえることができたが、現実の生活では戦争の衝撃はクレアとギャヴィンをあてどなくさまよわせるだけだった。ギャヴィンはとくにひどい打撃を受け、「エズメ」のなかのチャールズのように奇跡的に無傷で護られた、というわけにはいかなかった。彼は情緒的に不安定な性格となり、手のつけられない悪さをしては家を追い出され、ダグラス兄妹は里親の家庭をたらい回しされ、終戦まで8組の家庭を渡り歩いた。[*1] クレアはそれからまた尼僧たちと住むよう、今回はニューヨーク州サファーンにあるメアリデル修道院に送られた。その後、彼女はシップリー（訳注：ペンシルヴェニア州ブリンマーにある12年制の共学の学校）に転校し、サリンジャーと1950年に出遭うことになる。

クレアの混乱だらけの経歴をみると、サリンジャーが彼女の父親になり、教師に、保護者に、そして愛人にと、すべての役をこなしたことが理解できるだろう。いっぽうサリンジャーにとっては、クレアの素性、若わかしい美しさ、そして繊細な魅力のせいで、彼女がエズメの生まれ変わりにみえただろう。ふたりは興味の対象も共通するものが多かった。ふたりとも宗教に惹かれていたし、クレアがシップリーで得意な科目は演劇、語学、スポーツなど、サリンジャーがヴァレーフォージ校で得意だったものが多かった。クレアは知的な女性で、全国でも一流の学校で優等生だったし、1954年当時、彼女は繊細な気質の持ち主ではあったが、サリンジャーの気まぐれをなんでも受け入れる空っぽの女性ではなかった。しかし、彼女はサリンジャーを深く愛していて、彼の防御を突破して彼を惹きつける抜群の力があった。彼は彼女が傍にいるとおちゃめで無防備になり、若いころの無邪気さをとりもどすことができた。クレアは彼を孤独や憂鬱から救い出したし、自分でもそのことがわかっていただろう。ふたりはそのとき、自分たちの人生でまさにお互いを必要としていたのだ。いまこそふたりで落ち着いて、過去を焼き捨て、新たな生活を築くときだった。

サリンジャーにとって、1954年はクレア・ダグラスとの関係がすべての中心で、この年は新作をひとつも発表しなかった。作家としては作品を発表しないことで傷つくことはなかった。『キャッチャー・イン・ザ・ライ』と『ナイン・ストーリーズ』はともに驚異的な売れ行きをつづけていた。それにくわえて、この年には多くの作品がさまざまな作品集に収録された。「コネティカットのひょこひょこおじさん」は『アメリカ短編傑作選（American Short Story Masterpieces）』に採用され、デル社が販売を受け持った。「対エスキモー戦争の前夜」はマンハッタンのバンタム・ブックスから出た『大都市の中心からの物語（*Stories from the Heart of a Great City*）』という短編集に再録された。『ナイン・ストーリーズ』はニュー・アメリカン・ライブラリー社からペーパーバック版が出たが、表紙にイラストはなかった。

同時にサリンジャーの作品はマスコミにも取り上げられていて、サー・ローレンス・オリヴィエがジェイミー・ハミルトンを介して連絡をくれ、「エズメに」をBBCのラジオドラマに脚色したいと言っ

＊1　クレアとギャヴィンが引き取られた里親の家庭のひとつはニュージャージー州シーガートにあったが、そこはウーナ・オニールの家のちかくで、「新兵フランスにて」でマティ・グラドウォーラーがベーブに書いた手紙のなかで言及している街だ。

てきた。「彼は『エズメに』をぜひとも使いたいと熱心で、あなたのご了解を願っています」とハミルトンは伝えた。オリヴィエがこのラジオドラマのシリーズに同時代の作家を入れようとしたのはサリンジャーだけだったので、自尊心をくすぐられたにちがいない。それでも彼は断った。映画『愚かなり我が心』で味わった苦にがしい思いが、いまだにサリンジャーの胸に生なましく、オリヴィエとといえども「エズメ」をその精神に反して解釈させるわけにはいかなかった。オリヴィエはとくに1951年のディナーのときに受けた非礼の件もあったので、サリンジャーの拒絶には驚いたが、ジェイミー・ハミルトンは完全に突き放されたと感じた。

サリンジャーとクレア・ダグラスとのつきあいのドラマは、1954年に書きあげた唯一の作品である「フラニー」の背景となっている。これが発表されていらい、学者たちは終始一貫して、クレアがフラニーという人物の発想のもとだと指摘してきた。サリンジャーはこれまでもそんな個人的な事柄を作品に埋めこむことが多く、フラニーという人物がじっさいにクレア・ダグラスを反映しているのは疑いのないところだろう。兄のギャヴィンもそう考えていた。1961年、彼はタイム誌に、物語のなかでフラニーが持っていた「白い革のベルトのついたネイビーブルーのスーツケース」は、クレアがコールマン・モックラーを訪ねたときに持っていたスーツケースだと語った。ギャヴィンは軽蔑的な口調でつづけて、「フラニー」という作品を動かしているイエスの祈りを、サリンジャーは執筆中に妹にも押しつけたと非難した。「妹はイエスの祈りにひっかかっていた」とギャヴィンは思い出して言った。「ジェリーは人をなにかにひっかけるのがうまいんだ」。ギャヴィンはサリンジャーを嘲笑したが、彼の主張は取りあげられたことがない。もし彼の言うとおりなら、祈りを読者にわかってもらえることとの少ないサリンジャーは同情にあたいする。

「フラニー」という作品と現実との類似点はさらに、フラニーのボーイフレンドのレイン・クーテルにもある。レインという人物はクレアの最初の夫がモデルだと、長いあいだ考えられてきた。しかし、サリンジャーはレインを尊大で恩着せがましく、理詰めすぎてフラニーの精神的な求めには応じきれない人物として描いている。結婚がクレアの精神的な危機をひき起こしたかもしれないが、じっさいは、フラニーという人物とおなじ宗教上の目覚めを体験したのはモックラーであって、クレアではなかった。

また、サリンジャーが「フラニー」の基本的なストーリーを思いついたのは、クレアのつかのまの結婚よりずっとまえのことだったようだ。じじつ、この物語のアイディアは『キャッチャー・イン・ザ・ライ』とおなじくらい古い。「ド・ドーミエ＝スミスの青の時代」が1951年にニューヨーカー誌から断られたとき、サリンジャーはガス・ロブラーノに、「大学もの」を書こうかと考えていると言った。[4] そうすると、サリンジャーは「フラニー」に多くの個人的なことを埋めこんだかもしれないが、物語そのものは彼自身の人間関係の再現ではないことになる。サリンジャーの登場人物は多くが現実の人びとから発想されてきたが、時間が短いと作者の想像力も抑えられ、そのモデルもはっきりしなくなったものと思われる。その結果、ロバート・アックリーがサリンジャーのクラスメイトに似ていない、あるいはレイモンド・フォードがチャールズ・ハンソン・タウンに似ていないのと同様、レイン・クーテルもコールマン・モックラーに似ていないのだろう。

「フラニー」は、若い女性が自分のまわりの人たちの価値に疑問をもつ話だ。人生にはエゴだらけの見栄とか競争よりも大切なものがあると信じて、彼女は幸福に至る魂の道を探求しようと決心する。洞察する力を切望していたフラニーは、『巡礼の道』という小さな緑の本に出遭うと、たちまちその本に惹きつけられる。[*2] 読者はすぐに、フラニーがその本の内容――ロシアの百姓が「絶えず祈れ」という聖書の言葉を守ろうとして、各地を放浪する話――に夢中になって、「主なるイエス・キリストよ、あわれみたまえ」というその本にあるイエスの祈り、くりかえし唱えているうちに心臓の鼓動と一体になって、自動的に口から出るようになる念仏みたいな祈りに熱中していることを理解する。

はじめてちょっと見ただけでは、「フラニー」は固定された文学作品に思える。つまり、ほとんど会話だけで成り立っていて、話す人物はふたりだけ、場所もほとんど変わらないからだ。しかし、「フラニー」では語り手の視点を変えるサリンジャーの操作が、とくによく工夫されている。物語の冒頭では、読者は三人称の語りに導かれて、安心してその状況にはいりこみ、登場人物の目的や心の内が自然にわかってくる。しかし、いったん読者が快適な気分になってしまうと、その語りはひっこんでしまう。フラニーがボーイフレンドのレインと衝突しはじめると、語りは彼女の心の内を明かすのをやめ、読者が会話に集中して彼女の意図を理解するように仕向けるのだ。物語の結末でけ、語りは冷静に事実を伝えることだけに徹して、その解釈の全責任を読者に託している。

サリンジャーは「フラニー」のいたるところに、フラニーはこの世界に存在するが、もはやこの世界の一部ではないということを象徴する表現をちりばめている。彼女は不たしかな真実を求めて、エゴだらけのインチキというアメリカの荒地をさまよう巡礼となる。サリンジャーはフラニーの精神的な窮地を予告するために、過去に用いたイメージを思い出す。「対エスキモー戦争の前夜」までもどって、聖なる交わりの象徴としてチキンサンドイッチを復活させ、今回はごくふつうのミルクを添えて完璧にしている。また、「テディ」のなかの、エゴだらけの知性と魂の慈悲からの脱落との比較をふたたび持ち出して、フラニーの状況を説明している。フラニーとレインが高級フレンチレストランに席をとったときから、サリンジャーはフラニーという人物を『巡礼の道』の求道者と比較しはじめている。

「フラニー」のもっとも象徴的なイメージは物語の中心に現れ、語りの視点の変化を示している。そ

*2 フラニーという人物がのちにグラス家の一員に入れられると、サリンジャーは彼女と『巡礼の道』の最初の出遭いを変更する。「フラニー」では、彼女が宗教の授業をとっていたとき、その本をみつけたとされているが、「ゾーイー」では、彼女は亡き兄シーモアの机の上で本をみつけた、と語り手が述べている。（訳注：たしかにそのとおりなのだが、「フラニー」で彼女がその本との出遭いについてレインに語った話は、その本についてあまり話したくなかったフラニーがとっさに思いついた嘘だと、訳者は解釈している。その証拠に、「ゾーイー」でも、母親ベシーには図書館で借りたと言うが、ゾーイーはシーモアの机の上にあったことを知っている）

こはおそらくのちの「ゾーイー」に、比喩的な設定、描写、人物のそぶりなど構造的にもっとも似ている部分だ。

レインはフローベールについて書いたレポートのことを、うんざりするほど自慢しだす。彼は文学や学問について、偉そうなひとりよがりの話をひとりで喋っている。フラニーはその独断的な演説をさえぎって、彼のひとりよがりを「特研生《セクションマン》」と比較する。特研生とは文学の教授の代講をする助手で、とりあげる作家を近視眼的なエゴでことごとくけなすのだ。レインは呆然とし、フラニーはそれに困惑しはじめる。彼女はトイレに避難して、いちばん奥の小部屋に泣きながら閉じこもる。胎児の姿勢で、自分の奥深くにちぢこまったように、フラニーは号泣する。ここで読者は、フラニーを魂の探求者のイメージでとらえる。その悟りの探求は、彼女を閉じ込めているトイレの4つの壁のような、人間の性向に抑制されている。この4つの壁はエゴ、知性偏重、インチキ、画一性で、そろって彼女の魂の探求を邪魔しようとしているのだ。彼女は自分を孤立させ、自分にものがよく見えないようにして、これらの圧力を締め出そうとする。そして絶望のあまり泣いてしまう——精神的に自信が持てないからではなく、正しい方向はわかっているのだが周囲の世界に怯えているからなのだ。ただ、胸に抱きしめた小さな緑の本だけが、フラニーに気を取りなおして進む力をあたえてくれる。これはジャン・ド・ドーミエ＝スミスが最初にエゴを粉砕されて啓示を得る場面に似ていて、最終的なサトリの体験への道を敷いているのだ。

フラニーは自分の頭がおかしくなると思っている。正気を失おうとしているのではない。現実の感覚が変わりつつあるのだ。彼女はそれまで自分の目を覆っていた因習の衣を脱ぎ捨て、物質的な世界から少しずつ別の認識へ移ろうとしている。因習や目に見える世界は現実味が薄れていく。その影響は精神的、情緒的な面だけでなく肉体にも及んでいる。フラニーは蒼白になり、汗をかき、気分が悪くなる。

肉体的な崩壊に襲われて倒れてしまったフラニーは、レストランの事務室に意識を失ったまま運ばれる。彼女が意識をとりもどしはじめると、物語は最後の場面になり、次第に薄れゆくイメージが語りの解説もなく提示される。

一人とり残されたフラニーは、じっと横になったまま、天井を見つめていた。その唇が動きだすと、声のない言葉を語りはじめた。そしてそのまま唇はいつまでも動きつづけていた。[5]

フラニーが次第にイエスの祈りのなかに自分を消し去ってゆくと、彼女はゆっくりと霊的な状態に進んでいく。それでも彼女は完璧な英雄ではなく、無私の状態でも聖性を獲得したわけでもない。彼女のイエスの祈りには、欠点だらけでも意識的な入力が必要なのだ。*3 彼女が新しくみつけた認識には愛がないのだ。それではそれ自体が鼻持ちならない気どりになってしまう。それはレインが知的に劣っているとみなす人たちをバカにするのとおなじように、他人を嘲笑してしまうことになるのだ。フラ

*3　サリンジャーは微妙な判定を下していて、フラニーという人物に圧倒的に同情的でありながらも、彼女が祈りの背後にある理論を説明しながら、灰皿にタバコの灰を落としそこなっていることで、イエスの祈りの使い方を誤っている、と示唆している。

ニーがレインの態度を責めるのは正しいが、彼女の精神のなかに、その良さを呑みこんでしまうおそれのある侮蔑の心が隠れている。

　イエスの祈りを心臓の鼓動と一体化させることによって、絶えず祈ろうとするフラニーは、その祈りの文句に圧倒され、因習的な世界――それがフラニーのこれまで知っている唯一の世界なのだが――から追放される。それゆえ、フラニーの危機は、彼女が同時にふたつの世界では生きられないことだ。それは、自分を取り囲む社交的な世界と純粋芸術の精神的な隠れ家のあいだに引き裂かれた、サリンジャー自身を悩ませた苦闘によく似た難問である。[*4]

　「フラニー」が1955年1月29日にニューヨーカー誌に登場すると大評判となり、すぐに批評家のお気に入りの作品になり、読者のあいだで流行の話題となった。サリンジャーはまたいままでのどの短編より多くの手紙を受けとったが、それだけではなく、「フラニー」を掲載したニューヨーカー誌にも、その歴史上かつてないほどの手紙が押し寄せた。一般読者の目には、サリンジャーが誤りを犯すはずがないと思えたようだ。残念なことに、サリンジャーはわざわざ「テディ」で犯した誤りを避けようとして、フラニーを受け入れやすく自然な人物に造形して、説教めいたことなどさせないようにしたが、作品はそれだけ理解しにくかったようだ。

　1950年代は、読者や学者がサリンジャーの意図しなかった解釈をなんでも受け入れるという風潮にたいする、学問的な反発が生まれた時代だった。多くの人がこの作品を同時代の学究的世界を非難するものとして解釈した。これをフラニーのおとなへの移行の物語とみる者もいた。また、レイン・クーテルこそ真の主人公だと考える者もいた。フラニーが妊娠しているというのは、ほとんどどこまでも広がった誤解だった。

ニューヨーカー誌の編集者たちでさえ、フラニーは妊娠していると信じていた。サリンジャーはそのことを知って、なんとか誤解を取り除こうと、いくつか手なおしをした。しかし、彼は矛盾に陥ってしまった。主張をはっきりさせると、彼の書くことにたいする考えに背くことになった。読者を重んじるあまり、彼らの個人的な分析を排除するわけにもいかなかった。1954年12月20日にガス・ロブラーノに手紙を書いて、自分の窮状を訴え、自分としてはフラニーが妊娠しているとは思わないが、それを知る、あるいは決めるのは自分ではないと述べた。読者だけがその結論を出す資格があるというのだ。そして、読者がフラニーは妊娠しているという観点から作品をみることを懸念したが、サリンジャーは読者にたいする信頼を汚すことは拒否した。サリンジャーは「フラニー」の原文にいくつか重大な変更を試みたあと、やはり考えなおし、2行だけ文章を挿入してあとは運にまかせるこ

*4　これは『巡礼の道』の求道者にとっての難問でもある。この本の冒頭で彼はこう述べている。「テサロニケ人への聖パウロの第一の手紙が朗読されていた。そのなかで、『絶えず祈りなさい』という言葉が耳にはいった。ほかのなにより私の胸に刻みこまれたのはこの一節だった。私は、人は生きていくためにはほかのことも考えなくてはならないのに、どうしたら絶えず祈ることができるのか、考えはじめた」。

とにした。彼は、「よくないよ。おたのしみとおたのしみの間があんまり開きすぎるのは。ま、言い方が下種《げす》で悪いけど」と書きくわえて、読者がそれを月経の期間ではなく、セックスとセックスのあいだの期間のことだと理解してくれるものと期待した。[6]*5

フラニーがイエスの祈りの文句をくりかえすことに惹かれるのは、サリンジャー自身の東洋思想にたいする興味と、アメリカ文化が精神性をだめにしているという彼の不満を反映したものだ。サリンジャーはシベリアの百姓が『巡礼の道』で放浪せざるをえないように、フラニーを知的偏重というアメリカのジャングルを放浪する人間として配置している。不幸なことに、著者は自分の客観性において繊細すぎたのだろう。「フラニー」が西洋社会の精神的な鈍感さを嘆いている点はあきらかだが、語り手が判定をしてくれないために、この物語をフラニーの魂の探求方法が誤っているとする誤解をしばしば招いてしまった。いっぽう現実では、サリンジャーはイエスの祈りとそれがもつ神秘的な力をおおいに尊重していたが、多くの読者はその祈りが最高潮に達してフラニーにあたえる影響を、彼女にやめさせなければいけないものとみなしていた。

*5　1963年の『サリンジャー研究（J. D. Salinger）』（p139、翻訳ではp130）でウォレン・フレンチは、挿入した文章のせいでフラニーが妊娠しているという考えが、かえって読者に広まった、と正しい指摘をしている。

ふたつの家族

1955年2月17日、ジェローム・デイヴィッド・サリンジャーはクレア・アリソン・ダグラスと、治安判事のとり行なう私的な儀式で結婚した。結婚式はヴァーモント州のバーナードというコーニッシュから30キロほど離れたところで行なわれ、列席したのは家族とごく親しい友人たちだけだった。ふたりは2月11日に結婚まえの血液検査を受け、翌日に結婚許可証を提出した。ふたりの新しい門出で象徴的なのは、クレアもサリンジャーも許可証に以前の結婚を認めることを拒否し、書類ではふたりとも初婚となっていることだ。[1] *1

式のあとコーニッシュにもどった新婚のふたりは、ささやかな結婚披露宴を催した。出席者にはミリアム・サリンジャー、J・Dの姉ドリス、そして奇妙なことにクレアの最初の夫モックラーがいた。ゲストへのプレゼントとして、サリンジャーはサイン入りの『キャッチャー・イン・ザ・ライ』をひとりひとりに贈った。クレアには新作「フラニー」をささげた。

コーニッシュの住人も町の伝統に従って結婚に関わって、新郎をハーグリーヴの町の名誉ある地位

*1 サリンジャーには誤った情報がつきものだ。彼がひとの知ったことじゃないと思うことに関しては、事実を変えてしまうのがいつもの癖だった。公式書類の二次的な細かい点をいじくるのがとくに好きで、1942年の兵役登録のときもそうだった。しかし、サリンジャーの結婚許可証では、母親の生地がアイオワだと確認していたが、のちに否定する。

に選んだ。この任命はサリンジャーも疑わしげに思っていたこの地方の習慣で、半分冗談だが、迷い豚を寄せ集めるのが役目だった。サリンジャーがポーランドで豚のうしろ足を持ってひきずっていらい、とっくに放棄した仕事だった。

結婚するとサリンジャーとクレアは、純粋な自分たちの信仰に合わせ、1950年代の世間がとりつかれている地位や外見とは縁を切って、自分たちだけの生活を築きはじめた。それは、サリンジャーが著作のなかで拒絶してきて、ふたりとも自分たちの信仰によって捨て去った、インチキや物質主義とは無縁の生活で、精神性と自然に重きをおいた素朴な生活だった。それはきびしい暮らしで、いわば、東57丁目にあったサリンジャーの粗末なアパートの禅仏教版といったところだった。夫妻は水を古い井戸から引いた。ふたりで作物を育て、サリンジャーはとくに有機栽培には生涯にわたって情熱を傾けた。ふたりとも生き物を尊ぶと誓っていて、ギャヴィン・ダグラスによると、小さな虫も殺さなかったという。午後はもっぱら瞑想とヨガだった。夜は寄り添って本を読んだ。『シュリー・ラーマクリシュナの福音』やパラマハンサ・ヨガナンダの『あるヨガ行者の自伝』を読むことが多かった。

サリンジャーが新生活をどう感じていたか、1961年にクレアの腹違いの兄がタイム誌の記者に語った話から推測することができる。「彼は自給自足をやりたがってた」とギャヴィンは言った。「野菜畑があってね、マックスウェルやらみんなが彼のところに植えるものを送ってくるんだ。ちょっと原始的な生活だよ、まあ禅とでもなんとでも呼んでくれていいんだけどね」。サリンジャーが結婚式のすぐあとで、ギャヴィンに自分の屋敷を案内して、廃屋を指差した。「やつらはいなくなった」と以前の所有者のことを言った。「やつらにはできなかったんだ。でも僕はいまここにいる。この土地が利益を生むようにするつもりだ」。このとき、クレアの兄は珍しく感激したようで、彼はサリンジャーのこの宣言を「人間の肯定、というか……人間への信頼の表明」と解釈した。[2] たしかにリリンジャーは新生活をうまくやっているようだった。その年の7月に友人の作家S・J・ペレルマンが新婚のふたりを訪ねたとき、彼は結婚とその生活スタイルがサリンジャーにあたえた良い影響に気づいた。*2「ジェリーは公平に判断して、これまででいちばん元気だ。たしかに、結婚生活のもとで、というか、結婚生活を越えて、元気いっぱいだよ」と彼はリーラ・ハドリーに伝えた。[3]

しかし、コーニッシュのコテージにはふたつの顔があって、それぞれ夫婦の生活の雰囲気を反映していた。コネティカット川渓谷の壮大な景色を背景にした草原の傾斜を望む顔は、明るく、ほんとうに「ぎんぎんに日が当たって」いた。しかしいっぽうで、コテージはニューハンプシャーの深い森林にも囲まれていて、そちらは影に覆われたサリンジャーの現実の顔だった。

サリンジャーは最初から、クレアがコーニッシュでの孤独で単純な生活に適応できないのではないかと心配していた。彼女のそれまでの人生は、いつも移動していて落ち着かなく、つねに人びとに囲まれていた。クレアは世界中に家がある知識人の家族、いってみれば、富と地位のあるエリート貴族のなかで育ってきた。以前のウーナ・オニールとおなじように、彼女は裕福な名士と同席していれば

*2　ペレルマンは1954年にサリンジャーをクレアに紹介したと長く信じられてきた。この誤解はサリンジャー自身が生みだしたもので、クレア・ダグラスとのはじめのころの関係は私的なことだと考え、まだ未成年のクレアとロマンティックに結ばれた、などと噂されるのを警戒したのだろう。

快適だったろうが、ニューイングランドの農夫は彼女には異質な存在だった。

ふたりは婚約中、かなりの時間を旅して過ごした。サリンジャーはまるで、目の前に迫っているきびしい生活にたいするクレアの反応を、見たくないと思っているみたいだった。ふたりは頻繁にニューヨークを訪れてサリンジャーの両親と過ごし、クレアはニューヨーカー誌の仕事上の家族にも紹介された。サリンジャーはまた、両親の自宅ちかくのラーマクリシュナ・ヴィヴェーカーナンダ・センターにも彼女を連れていった。クレアはサリンジャーの思惑どおり、センターにひとめ惚れだった。しかし、彼女がニューイングランドの田舎で素朴な信仰生活に耐えられるかどうかは、時間だけが答えてくれる疑問だった。

ふたりの関係はほとんどすぐに、揺らぎはじめた。結婚して1ヶ月もたたないうちに、クレアはサリンジャーのヴェーダンタ信仰を理想的だと思っていた自分の見方に疑問をもつようになった。サリンジャーのほうはますますその信仰にのめりこんでいった。ふたりは婚約中に『あるヨガ行者の自伝』に触発され、その本の出版元である「自己実現協会」に手紙を書いて、どこに行けば修行を指導してくれる教師に会えるか問い合わせた。協会はそれに応えて、メリーランド州カレッジパークに寺院を開いている、スワミ・プレマナンダ導師を訪ねるよう勧めた。1955年3月、ふたりは汽車に乗って、プレマナンダに会うべくワシントンDCに向かった。

クレアにとってヴェーダンタ哲学の経験は、サリンジャーとふたりきりで勉強する以外は、これまでニューヨーク市のラーマクリシュナ・ヴィヴェーカナンダ・センターを訪れたことだけだった。センターは資金も豊富で高級な地域にあり、彼女を贅沢な雰囲気と異国的な内装で歓迎してくれた。メリーランドの寺院は雰囲気がちがっていた。それは貧しい地域にある、道端のどうということもない赤レンガの建物で、クレアには居心地が悪そうだった。中にはいってみると、その家具類などの安っぽさに、クレアはさらに失望した。礼拝と瞑想のあと、彼女とサリンジャーはスワミ・プレマナンダと個人的に面談したが、クレアには寺院とおなじように平凡な人にみえた。呼吸法について教えを受けて、導師に寄付をしたあと、フラニーがイエスの祈りを唱えたように、夫婦で祈りをくりかえして、「自己実現協会」に入会させられた。クレアはこの経験に幻滅したが、サリンジャーは熱狂した。その夜、コーニッシュにもどる汽車のなかで、夫婦は愛しあった。このことについて、のちにクレアが娘のマーガレットに、このとき妊娠したのだと語ったという。クレア・サリンジャーは結婚してわずか2ヶ月で妊娠してしまったのだった。

妊娠してときがたつにつれて、クレアは次第に憂鬱でふさぎこむようになった。彼女が友人に語ったところによると、サリンジャーとの性生活はせいぜいごくたまのことになって、彼女は彼が自分を肉体的に寄せつけないといって責めた。彼女の妊娠がはっきりしてからは、サリンジャーは女とセックスを禁止するシュリー・ラーマクリシュナの教えにもどってしまった。ラーマクリシュナはセックスを生殖のためにのみとっておくべき、世俗的な道楽と教えていた。クレアが妊娠したからには、セックスは罪になったのだ。ラーマクリシュナの福音にはほかの解釈の余地はなく、『あるヨガ行者の自伝』や自己実現協会よりもはるかにきびしかった。

孤独のうちに神について瞑想していると、心は知識を、冷静さを、そして信仰を求める。しかし、そのおなじ心が世俗に住みつくと、堕落してしまうのだ。その世俗にはただひとつの考えしかない。それは女と黄金だ。[4]

結婚生活にあっても、彼の福音ではよろこびを伴う性的関係は地獄行きの罪に匹敵するとされる。そのため、1955年の後半はクレアは頭が混乱し、さらに事態を悪化させたのは、サリンジャーが仕事に熱中して、しょっちゅうニューヨークに出かけ、ニューヨーカー誌のオフィスに引きこもることだった。さらにクレアの妊娠が進むと、夫と旅行もできなくなり、冬にはコーニッシュのコテージにひとりで、孤独にさいなまれて過ごすことになった。サリンジャーは狂ったように働いて、彼の新生活は幸せな日々だったが、クレアには孤独で憂鬱な毎日で、自分が囚人同然としか思えず、みじめになっていった。

サリンジャーが1955年に自分とクレアのために築きあげた生活は、彼の変人ぶりを示す証拠として、また、彼が妻を見捨てた、あるいは虐待さえしたと非難し、中傷する人たちから軽蔑の目で見られてきた。サリンジャーの本質と執筆への情熱を知れば、もっと暗い真実が見えてくる。コーニッシュに住むという決意そのものが、避けがたい孤独を伴うのだ。ここは町から遠く、住む人もまばらだ。この地での暮らしは何十年も、いや何世紀もほとんど変わっていない。孤立することは、しばしば汚れなく美しい場所を引き換えにあたえてくれる。S・J・ペレルマンはふたりの土地を「5つの州を見渡す私有の山頂」と評した。コーニッシュのサリンジャーとクレアの家の美しさは、ペレルマンの高い水準からしても、無類のものだった、という証言だ。

コーニッシュはこんにちでも田舎の村だが、１９５５年はとくに自然が猛威をふるった年だった。冬は長くてきびしく、ちょっとまともな雪が降ればたちまち孤立した。舗装された道はほとんどないため、雪解けの時期には通行不能な泥流となった。その多くが何世代も自分たちの土地を護ってきた村の住民たちにとっては、孤立と自給自足は当然の生き方であって、サリンジャーの生活スタイルを変だと思う者などいなかった。まして、気を取られる新妻がいてはなおさらだった。

サリンジャーが自分の生き方、プライヴァシーを守り、規則正しく、仕事に邁進するという暮らしを選んだのは自然な成りゆきだった。若いころは一匹狼とみなされ、心静かに書ける孤独な環境を長いあいだ求めてきたのだ。何年ものあいだ、いつもニューヨークを逃げ出しては、ひとりの環境と創作への刺激を求めてきた。軍隊にいたころは、週末や休暇をせまくるしいホテルの部屋で過ごし、仲間が女の子を追いかけているときに、ポータブル・タイプライターに向かっていた。それがいま、自分の土地で、広々とした屋敷で、彼の創作の情熱が絶対に必要としている隠れ家を、やっと作ることができたのだった。

仕事のうえでは、１９５５年は非常に実り豊かな年だった。サリンジャーは新年の日々を「フラニー」の発表に備えて最後の仕上げに費やした。そのあとすぐに、彼の作品全体からみても独創的といえる90ページの中編で、これまでの努力が凝縮して彼の著作の新しい道を輝かせてくれる作品、つまり、グラス家物語の真の第一作「大工よ、屋根の梁を高く上げよ」を書きだした。

サリンジャーはほぼ1年、疲れもみせずこの作品にうちこんだ。『キャッチャー・イン・ザ・ライ』いらいの情熱をこの中編に傾けた。なんども書きなおし、推敲し、「圧縮」して、ニューヨーカー誌に収まるサイズと質の作品に仕上げた。注目すべきことは、体調をくずしはじめているガス・ロブラーノが、この過程にほとんどくわわらなかったことだ。代わりに、サリンジャーは雑誌の編集長（そしてロブラーノの病気の元凶）のウィリアム・ショーンの協力を仰いだ。ショーンは変わり者ではあったが、名編集長とみんなから認められ、ごく平凡な作品でも彼の手にかかれば輝きを放つと評判だった。彼とサリンジャーは何ヶ月もニューヨーカー社のショーンのオフィスに閉じこもって、この作品にかかりっきりだった。11月にやっと完成すると、「大工よ」は雑誌の査読役たち（「フラニー」を誤って解釈したのもこの人たち）による評価という通常の過程を飛び越えて、そのまま発表の運びとなった。

「大工よ」の冒頭はすばらしい。そこで、語り手が20年まえの夜、彼と兄が10代のころ共有していた部屋に、生後10ヶ月の妹を連れてきたことを語る。その子が泣きだすと、兄は中国の古い道教の説話を読み聞かせてなだめる。その説話では公爵が名馬を探すという不可能とも思える仕事の件で、一見ふつうの野菜の行商人を呼び寄せる。その行商人は馬のオス・メスも色も区別できず、公爵はあきれてしまう。どうしてそんな男に馬の質の良さがわかろうか？ しかし、馬が到着すると、それは最高級の名馬であった。身分のいやしい野菜商人の九方皐《きゅうほうこう》は、外見の細かいところは無視し、魂の姿を察知して名馬を選んでいたのだ。

大作家らしい親切さで、この冒頭の文章は読者をやさしく、サリンジャーの想像世界のひだの奥まで導いてくれる。読者を作品に惹きこむ彼の力、やさしさを備えた策略が作品ごとに洗練されてきて、「大工よ」で頂点に達している。冒頭ではまだ正体不明の語り手が、読者におなじみのふたりの人物、サリンジャー最新作の苦しむ闘士フラニーと、いまや有名な「バナナフィッシュにうってつけの日」の悲劇のヒーロー、シーモアをふたたび紹介する。このふたりの人物といる気安さ、心地よさがじかに伝わってきて、幼児のフラニーに道教の説話を読んで聞かせる兄シーモアの様子を伝える語り手の話は崇高な感じさえする。

しかし、現実を忘れてはならない。シーモアはいまやその知恵において、ものごとの理解、親切さにおいて最高の人物だと考えられているが、じつは死んでいることを、読者はすぐに思い出さざるをえない。しかし、読者はいまさら引き返すわけにはいかない。すでにサリンジャー作品の根本的な世界に突入しているのだ。読者はその世界に落ち着いて、シーモアの死を嘆く語り手に、本能的に共感してしまう。この嘆きによって道教の説話にほろ苦い趣《おもむき》がくわわるのだ。「シーモアこそ（洞察力のある野菜商人のように）、事実の核心を見抜く目をもった、そんな男だったのに」と彼は嘆くのだ。そして、7年まえにシーモアがフロリダの行楽地で自殺していらい、語り手は「彼の代わりに馬を探しに遣《つか》わしたく思う者はひとりとして思い浮かべることが」できなくなった、と言う。「大工よ、屋根の梁を高く上げよ」の語り手はシーモアの弟バディ・グラスだ。そこで、シーモアの語る伯爵と九方皐の説話が終わると、いよいよバディの話がはじまる。

バディが話すこの物語は、第二次世界大戦中の1942年6月、シーモアの結婚式当日の出来事であり、彼が話すはじめての物語である。まず、シーモアの人となりを改めて紹介してから、グラス家の残りの人たちの説明をして舞台を整えていく。この説明は、読者をバディやその兄弟姉妹たちに親しませるだけでなく、シーモアの結婚式になぜ彼ひとりが代表して出るのかという事情も伝えてくれる。

「軍務のために某地方へ飛ばなければ」ならなくなった、姉ブーブーの手紙による依頼を受けて、バディはジョージア州のベニング駐屯地からニューヨークまで、はるばる兄シーモアの結婚式に出席しにやってきたのだ。[*3]バディはほかの招待客といっしょに、「ブラウンストーンの大きな古めかしい邸宅」に詰めこまれ、シーモアの到着を待っている。1時間20分も無駄に待たされたあげく、花嫁になるはずのミュリエル・フェダーは、やっと自分が教会の祭壇に待ちぼうけをくわされたことを認め、家族に手を引かれてブラウンストーンの邸宅から連れ出され、花婿もいないまま待っていた婚礼用の車に乗っていってしまうのだった。

フェダー家はシーモアに侮辱され怒り狂っていたが、結婚式は中止せざるをえないが披露宴は行なうと宣言した。人びとは次つぎに待っている車に乗りこんで、フェダー家へ向かう。

バディの立場は客たちのなかでは特異なもので、その気まずさは悲惨だ。さらにまずいことに、おなじリムジンにミュリエル側最大の闘士である花嫁の介添え役の夫人、花嫁の叔母、大叔父、それに介添え役の夫である「中尉」までが乗っている。介添え夫人の怒りは大変なものだ。不在の花婿にたいする彼女の攻撃は凄まじく、バディは難しい板ばさみに追いこまれる。だれも自分がシーモアの弟だとは知らない。けしからぬ花婿との関係を認めて、兄を弁護するか？といってもバディもシーモアが来ない理由がわからないが。それとも、黙ったままで、シーモアとの関係を隠しとおすか？

いろいろとおもしろい、ときには奇妙なことがあって、リムジンはパレードのせいで立ち往生してフェダー家のアパートにたどり着けない。結局、結婚式の客が落ち着いたのは披露宴の席ではなく、バディがシーモアと共有しているアパートだ。介添え夫人が彼の家まで来ても、シーモアの攻撃をつづけるので、バディはついに兄の弁護に立ち上がる。そのために、彼は自分がシーモアの弟であることを認めざるをえず、介添え夫人の怒りの矛先は彼に向けられる。

そうしているあいだに、バディはシーモアの日記をみつけて、バスルームに持ちこむ。その日記を読むと、兄が花嫁を祭壇に待ちぼうけをくわせたわけがわかってくる。また、読者もシーモアの性格や個性がわかってくる。

この物語の主要な対立はふたつあって、ひとつはバディと介添え夫人の対立、もうひとつはバディと彼自身（シーモアの自分勝手さをなんとか理解しようとしている彼）の対立だが、それも、介添え夫人が花嫁の家族に電話して、シーモアとミュリエルが駆け落ちしたという知らせをみんなに伝えると、解決する。

「大工よ」にはこれまでの作品との共通点のほかに、あきらかにサリンジャー自身の人生との類似点

＊3　１９４２年６月、サリンジャーはニュージャージー州のモンマス駐屯地に駐留していて、そこにはシーモアが「大工よ」の日記を書いていたときに野営したことになっている。しかし、サリンジャーはこの部分で、バディ・グラスと自分を並べてもいる。ベニング駐屯地はおなじジョージア州にあるベインブリッジ陸軍基地のことだとすぐわかる。さらに、ベニング駐屯地はサリンジャーが属していた第12歩兵連隊の基地だった。

が含まれている。彼もシーモアも戦争中は伍長で、陸軍飛行隊に勤務していた。サリンジャーはシーモアとおなじく、ニュージャージー州のモンマス駐屯地で基礎訓練を受け、その後バディがいたジョージア州に転属になっている。私的なことでは、この話を1942年に設定することによって、サリンジャーはミュリエル・フェダーをウーナ・オニールと比較している。この物語ではバディはシーモアの婚約者に会っていない。しかし、ブーブーは手紙でミュリエルを美人だが中身はゼロだと言っており、それが1942年当時サリンジャーの恋人ウーナを評した言葉にそっくりなのだ。さらに、シーモアの日記にある、ミュリエルに会うために、モンマス駐屯地からニューヨークに出ていくという記述は、1942年にサリンジャーがウーナ・オニールとデートする、おきまりの道筋そのものだった。「大工よ」の物語の筋と1955年のサリンジャーの生活は、とくに共通点がはっきりしている。「大工よ」はサリンジャー自身が結婚したその年に書かれた、結婚についての物語だ。さらに、妻が妊娠しているあいだに書かれていることが、真の意味でグラス家物語の最初といえるこの作品に、とくべつの深みをあたえている。そして、グラス家とサリンジャー家のふたつがおなじ地元の家族だということを告知している。この物語にタイトルをつけるにあたって、サリンジャーは（ブーブー・グラスをつうじて）ギリシアの詩人サッフォーによる結婚の詩に頼った。1955年にサリンジャーが、コーニッシュの自宅を広げる工事をしている職人たちを見ていて、サッフォーの詩を思い出し、自分なりのひねりをくわえて「大工よ、屋根の梁を高く上げよ」とした、という姿は容易に想像がつく。

「大工よ」のなかには禅やヴェーダンタの主題もたくさん含まれていて、これまでの作品よりさりげなく提示されている。そのなかでもっとも大切なのが「ものの区別をしない」意識で、それはじつのところ、神の意識を個人の生活に応用したものであり、決まりきった因習の世界との対決なのだ。バディはこの主題を提示するにあたって、野菜商人が外見を評価しないで、馬の内部の魂を察知することによって名馬を探しだすという、冒頭の説話を利用している。作品のなかで、この主題はバディ自身の難問へと広がっていく。彼はシーモアを敬い愛しているが、その行動をすべて理解できているわけではない。なかには自分勝手で残酷だと思えることもある。たとえば、シーモアが結婚式当日にミュリエルを放棄したこと、そして子供のころにシャーロット・メイヒューに石をぶつけたことなどだ。バディはこれらの行為の裏を見抜いて、そこに隠れた真の目的をつかみとるという難問に直面する。これこそ、周囲の人からの圧力で、自分も兄の価値を疑いはじめているバディにとって、信仰の実践なのだ。

シーモアの日記の記述は、ミュリエルとのデートやフェダー家を訪問したときの様子を伝えている。そこでは、冒頭の道教の説話とこの作品の関連性が説明されている。シーモアはミュリエルを物欲的で利己主義だと評しているが、彼女の単純さという美点がそんな難点を凌駕している。彼女がシーモアに手作りのデザートを出すと、彼はよろこびのあまり泣いてしまう。シーモアがもっともよく理解しているのは、ミュリエルの単純さのなかの善良さであって、彼女の因習的なところではない。道教の説話に倣《なら》っていえば、シーモアは外見の悪い印象を無視して、名馬を選びだしたのだ。しかし、バディはこの論理を受け入れたくなくて、シーモアの選択を認めない行動をとる。シーモアの言葉を読んだ彼は、怒って日記を投げ捨て、大酒を飲みはじめるのだ。

バディの行動は、「大工よ」に提示されている、信仰による受容というもうひとつの重要な主題と一体となっていく。シャーロット・メイヒューとの一件は、サリンジャーがかねてより、人間性のなかにある相反する力に惹かれていることにつながっている。シーモアは気高さを熱望するいっぽうで、残酷なこともできたのだ。この残酷さはじっくり考えられたものではなく、本能的なものだった。シーモア・グラスという人物は、サリンジャーの子羊を志望する気持ちを体現していたが、人間性の暗い力が大切な魂と同居しているように、シーモアは虎とも根がつながっていたのだ。

サリンジャーが「大工よ」を執筆していたとき、彼はまだこれらの力の共存を論理的に説明しようともがいていた。神がなぜ人間性のなかに対立を産みつけるのか理解できなかったが、それを、人間にはかりしれない神の企みの一環として受け入れるようになっていた。「大工よ」において、シーモアは、人間が万物の残酷な現実を偽りの感傷で隠そうとする傾向をたしなめるために、仔猫をもちだす。「ある対象に、神がそそいでいる以上の愛情をそそぐとき、これを感傷的態度と言う」と彼は論じる。神の企みは完璧で、たとえそれが社会概念と矛盾しても、受け入れるべきだ。人間性に両面があることを否定して、自分の感傷的な幻想に合わせた神の概念を作ろうとする傾向を、シーモアは冒瀆としてきびしく非難する。「人間の声がこの世のすべてのものの神聖な本質を汚すのだ」と彼は警告している。[5]

「大工よ」では、真の受容は論理ではなく信仰に基づいている。シーモアはミュリエルをその物質主義にもかかわらず、受け入れている。物語が結末に至っても、バディは兄がなぜ子供のころにシャーロット・メイヒューに石を投げたのか理解できない。読者も理解できない。しかし、あきらかになりつつある要点はこうだ。もし我われがシーモア・グラスを受け入れるとすれば、我われはその雑多な要素すべてにおいて、彼を受け入れなければならない。つまり、彼の美点と同様その欠点においても、そのひとつひとつが神聖なのだから、彼を受け入れるのだ。

信仰によって受け入れることの大切さは、ミュリエルの小柄な大叔父という人物が象徴している。彼はこの物語のなかでとびぬけて魅力的な人物で、あれこれ意見を述べない唯一の客だ。サリンジャーは、信仰と神の意識による受容という主題を、じゅうぶんに彼と結びつけるため、彼を聾唖者に設定している。結末の直前の場面で、バディはこの象徴的な人物とふたりきりになり、バディが経験をつうじていろいろなことが理解できたことが示されている。「大工よ」の最後の文章で、バディはこの人物の葉巻の吸殻（ずっと火がつけられていないのに、とつぜん使用済みになっている）を、受容し区別しないことの象徴として白紙を添えて、シーモアへの結婚プレゼントとして、そして彼が学んだ教訓の証しとして、贈ろうかと考えるのだ。

「大工よ」はサリンジャーの人物研究として、もっともみごとなものだといわれてきた。登場人物はまったく自然な人間で、会話も一定の調子で進行する。人間性の本質とか神の意識の実例など根本的な問題をあつかいながら、これまでニューヨーカー誌に掲載されたサリンジャーの短編ではできなかった、茶目っ気をこの作品は発揮している。「大工よ」は読書のよろこびそのものを得られるよう工夫されていて、サリンジャーが作者としてのよろこびいっぱいで書いたことが随所に現れている。読者が、サリンジャーの探求の新たなみせ場となる、グラス家のメンバーの生活を紹介されるという、健全な感覚がみなぎっている。この感覚は登場人物になじみがあるせいではあるが、「大工よ」を書いた作者の姿勢によるところがさらに大きく、読者もそれを理解している。この作品では、ひとつひとつの言葉、沈黙、わきを見る眼差し、どれもが意味をもっている。しかし、その意味するところはほとんど分析の必要がない。「大工よ」のほとんど大半が楽しめるのは、ただふつうの生活のふつうの瞬間を映しているからだ。サリンジャーがグラス一家を、とくにシーモアを作り出したのは、我われみんなのなかに生きている神聖な美に注目させようとしたからだった。

サリンジャー自身の生活では、この物語はきわめて個人的で最高に肯定的な意味をもっていた。シーモア・グラスという人物はサリンジャーの人間肯定を、そして絶望を克服するすべての人間に存在する神性を、体現していた。シーモアはひとりの人間として、何年も疑いつづけたあげくグラス家に光り輝くまでに復活した、サリンジャーの人間性への信頼の勝利を体現していたのだ。コールフィールド家の人びとは人生の意味を問うていた。彼らはゴールに到達できないことが多く、いつも不満を洩らしていた。グラス家の人びとは人生の意味を確信している。それでいて、コールフィールド一家とおなじくふつうの人たちなのだ。シーモアが神に集中することによって得た力は、サリンジャーがだれのなかにもあると信じていた力だった。個人的には、サリンジャーはシーモア・グラスのイメージを、シーモアのふくらみつづける聖人らしさのなかに持ちつづけていた。そして、シーモアの聖人らしさはふくらみつづけて、作者自身の人生が自分の思い描いた姿ではなく、達すべきゴールとしてシーモアのイメージとなっていた。

1961年に出た『フラニーとゾーイー』のハードカバー版のブックカバーに、サリンジャーは「大工よ、屋根の梁を高く上げよ」にぴったり合う文章を書いた。それはひとつの作品群としてのグラス家物語にたいする個人的な構想をあきらかにし、その作品群にたいする思いやりを示している。

どちらの作品も、20世紀のニューヨークに定住しているグラス家という家族について、現在執筆中の一連の物語でははじめのほうの作品で重大なものである。私はこのグラス家について書くのが好きで、これまでずっと待ちこがれていた。私はていねいに、そしてできるかぎりの技巧をこらして仕上げたいという、かなりささやかだが、偏執狂的な計画をもっている。[6]

サリンジャーがこの定住者家族を世間に紹介したのは、ひとつの賭けだった。サリンジャーの名前はすでに、もうひとつの架空の家族、ホールデン・コールフィールドの家族という、世界中の人が受け入れ愛している家族と同義語になっていた。世間はコールフィールドの物語を読みたがっており、サリンジャーも競合する人物たちを受け入れたがらない人が多いだろうということは承知していた。

しかし、宗教的な作品をふたつ書いてみて、自分でも不成功だと感じた結果、サリンジャーはやっと自分の言いたいことを伝える理想的な題材をみつけた、と思えたのだ。過去の作品から人物を集め、それをひとつの家族に結集して、ベシーとレスのグラス夫妻の7人の子供たちを登場させた。現代社会を生き抜こうと努力しながら、高貴な心と永遠の真実を捜し求める苦しさを描こうとする物語だ。彼はまた、最終的には精神的で宗教的なすべての人びとの人生を探りだすために、いわば、完全の探求のために、これらの登場人物を使うつもりだった。

ゾーイー

1955年12月10日、クレアはニューハンプシャー州ハノーヴァーのメアリ・ヒッチコック記念病院で7ポンド4分の3オンス（約3200グラム）の女の子を産んで、J・D・サリンジャーは父親になった[1]。親になったふたりは赤ん坊にマーガレット・アンと名づけた。[*1] サリンジャーとしては、ホールデン・コールフィールドの妹に倣《なら》ってフィービーとつけたかったのだが、クレアが承知せず、最後には妻の勝ちとなった。そこで、正式にマーガレット・アンと名づけた両親が、娘を「ブルー・メロディ」の女の子の名前に倣ってペギーと呼ぶようになったのは、それなりの妥協だったのだろう。[*2]

ペギー誕生でサリンジャーのよろこびようは大変なものだった。なにしろ想像力からマティ・グラドウォーラーを、フィービー・コールドフィールドを、そしてあのすばらしいエズメを生み出した男なのだ。ペギーの生まれるまえからサリンジャーの書くものには、いい父親になる予感と決意があらわれていた。ペギー誕生のちょうど3週間まえに世に出た「大工よ、屋根の梁を高く上げよ」のなかのシーモアの日記に、サリンジャー自身の希望と抱負が述べられている。[*3]

今日は一日じゅう、ヴェーダンタ哲学の論文集を読んで過ごした。結婚するふたりは互いに相手に奉仕すべきである、という。互いに相手を高め、助け、教え、強めるべきであるが、なかんずく奉仕すべきである。ふたりのあいだの子供は、敬意と愛情をもって、しかも密着しないで育てるべきだ。子供は一家の客であって、愛し、かつ尊敬すべきである――が、決して所有すべきではない。子供は神のものだからである。なんとすばらしい、なんと健全な、なんと美しくもまたむずかしい、それに真実な言葉であろう。生まれてはじめて責任のよろこびを知った。[2]

じつのところ、サリンジャーもクレアも親になる準備はできていなかった。ふたりの過去、気性、環境のせいで、ふたりは子供を育てる日常の仕事ができるようになっていなかったのだ。クレアは22歳だった。彼女の両親は彼女が子供のころはほとんど不在で、乳母や里親の記憶をべつにすれば、ほとんど頼りになる経験もなかった。彼女はまた、孤独なコーニッシュの生活で疲れはてて虚弱になり、結婚生活も不安になっていた。サリンジャーは37歳になろうとしていたが、父親たる現実にはついていけなかった。父親になる決意で気分は高揚していたが、子供と過ごす経験は、作品世界の外ではせ

＊1　マーガレットという名前はおそらくクレアの提案だろう。それはダグラス家の伝統的な名前で、この一家はヘンリー8世の娘マーガレット・チューダーをつうじてヘンリー8世につながり、また彼女をつうじてスコットランドのスチュアート家ともつながることを誇りにしていた。
＊2　マーガレット・アンの出生証明書には誤りがある。その書類ではクレアのミドルネームとファーストネームが逆になっていて、アリソン・クレアと記されている。
＊3　この場合、タイミングが合わなかった。サリンジャーの娘の出産予定日は、「大工よ、屋根の梁を高く上げよ」がニューヨーカー誌に発表される予定の11月19日だった。しかし、ペギーにはそのつもりがなかったのか、予定日を3週間過ぎた。

いぜい限られたものしかなかった。オムツを替えるとか、泣いた子に応えるとか、幼児を世話する際のこまごました基本的なことは、作品のなかでは関心をはらってこなかったのだ。サリンジャーの家族の話では、彼が幼児だったペギーを抱いているとき、娘がおしっこをした。サリンジャーは驚いて、赤ん坊を放り投げた。ペギーは無事クッションに着地したが、タイミングが悪ければ父親の経験不足のせいで、危うく大きな犠牲をはらうところだった。

赤ん坊が生まれたばかりの親にそうあることでもないが、ほかにも気になる難問が待ちかまえていた。クレアとサリンジャーにとって、コーニッシュが急に、子供を護り育てることが恐ろしくなるような、荒野に思えてきたのだ。それに、ペギーが生まれたのは12月初旬のことで、前年に僻地で孤立してクレアが追いつめられた、きびしい4ヶ月の冬がはじまろうという時期だった。だんだん寒くなってくると、家がちぢこまってきて、まわりからクレアに迫ってくるように思え、また四人になった気分だった。さらに彼女を悩ませたのは、当然ながら赤ん坊がサリンジャーの関心の中心になって、クレアは夫の愛情を娘と奪い合うような状況になったことだった。いきなり母親という逃れられない義務を背負うことになって、クレアが自分の子供に腹を立てるようになっても仕方ないだろう。[3] 1956年当時は産後の気分不調などほとんど知られておらず、女たちはうしろめたい戸惑いで、ただ黙って耐えるしかなく、参ってしまう人が多かった。サリンジャーの手紙をみても、妻の気分がすぐれないことに気がついてはいたようだが、はっきりとわかってはいなかった。

ペギーは小さいころ、子供によくある病気にはいろいろかかったが、それが両親をまごつかせたようだ。ハノーヴァーにあるいちばんちかくの病院でも30キロほど離れていて、サリンジャー家はいつも怯えながら暮らさざるをえなかった。[4] サリンジャーは子供を祈りで育てようとしたが、ペギーは元気なことが少なく、いつも泣いていた。不機嫌な妻と泣き叫ぶ子供といっしょに家に押しこめられては、サリンジャーは仕事ができなかった。そこで、ペギーの誕生後まもなく、彼はある計画に取りかかった。それは仕事上は便利だが、私的な面では悲惨な結果を生む。

家から100メートルほどのところにある川の向こう岸に、執筆用の私的な隠れ家として小さなコンクリートの建物を作ったのだ。この別棟のスタジオは「防空壕」と呼ばれてきたが、殺風景ではあってもすこぶる快適で、他人から隠れる家というより、彼の想像力が自由に駆けまわれるところだった。

サリンジャーは家に隣接する草地に手のこんだ小道を作っていた。草地が林に変わる地点にくると、その道の地面が急に下がって、階段状につづく踏み石になっていた。そして、地面が平らになってまた道がつづき、ひらけた野原に出る。ここまでくると、勢いよく流れる水の音が聞こえた。暗い森とひらけた野原の境に小川があって、そこには泉と小さな滝があった。[*4] 小川には簡単な木の橋がかかっていて、渡ったところに、緑の石炭殻コンクリートのブロックでできた隠れ家があり、周囲に溶けこんでいた。

防空壕のなかでは、薪ストーブが寒いニューハンプシャーの冬を暖めていた。天気のいい日には、太陽が惜しげもなくそこを照らしていた。この建物にはベッド、本棚、整理棚と、作家が机として使

*4　この泉からは夏でも冷たい水が湧き出していて、サリンジャーはそれを間に合わせの冷蔵庫にしていて、手のとどくあたりに、よくコカコーラのビンを水に浸けて冷やしていた。

い、大切なタイプライターが鎮座する長いテーブルが備えられていた。[*5] サリンジャーは椅子を使わなかった。その代わり、巨大な革の自動車のシートを据えて、そのうえに結跏趺坐《けっかふざ》(訳注:ヨガ、禅の瞑想のすわり方)の姿勢ですわることが多かった。しかし、サリンジャーのこの聖域でもっともすばらしい見ものは、複雑な四方の壁だった。壁のいたるところに増えつづけるメモの群れが散らばっていた。グラス家の物語がサリンジャーの頭から、一度に一滴ずつしたたり落ちてくると、彼はそのアイディアをメモして、自分のちかくに貼りつけるのだ。登場人物の経歴、グラス家の家系、過去や未来の作品のアイディア、どれもサリンジャーの部屋の壁の混沌たる体系のなかに、それぞれ自分の居場所をみつけていった。

サリンジャーは防空壕を完成させると、老齢になるまで変わらない日課を守るようになった。朝は6時30分に起きて、瞑想かヨガをやる。そのあと軽い朝食をとって、包んだ昼食を持って隔離された仕事場に消える。そこではだれも邪魔してはならなかった。一日12時間がふつうだった。16時間のこともめずらしくなかった。ときには、夕食にいったん帰宅して、また防空壕にもどることもあった。そして、そのまま帰宅しない夜も多かった。

森のなかに隠遁所を建てるという決意は、サリンジャーが世間と断絶することの最大の象徴として、長いあいだ嘲笑されてきた。あとから考えてみれば、その考えは彼の私生活に大混乱をもたらした。しかし、自分の仕事には犠牲をはらう価値があるという、彼の確信は揺るがなかった。家族から離れて過ごす日課を頑なに守りとおすことは、夢を頑なに持ちつづけることにつうじている。常に彼を悩ませてきた雑念を捨てて、自分の思いどおりに生きる心地よさに浸り、彼の芸術は豊かに活気づいてきたのだ。自分自身の修道院のなかに閉じこもっていると、現実と想像の世界が渾然一体となって、この防空壕もグラス家の王国となった。ここでは彼の想像の世界の登場人物が君臨し、妖精がよその世界からの言葉を巫女に伝えるように、登場人物が作者に自分の話を書き取らせていた。外からうるさく邪魔する者もなく、登場人物は作者にとって生身の人間とおなじ、現実の存在となったのだ。

春になるとペギーの病気も治まって、サリンジャーは、娘が花開くように微笑みや笑いの絶えない幸せな子供に育っているとよろこび、クレアとともに日に日に娘への愛が深まっていくのを感じていた。[5] いまだに原始的な小屋に、いくつか設備がくわえられた。水道設備は洗濯機が取り入れられて完成した。サリンジャーは仕事部屋に電話を取りつけることをしぶしぶ承知したが、電話に出るのは緊

＊5　サリンジャーはタイプライターに関しては迷信ぶかかった。なるべく取り替えないようにして、最後の作品「ハプワース16、１９２４（"Hapworth 16, 1924"）」も、『キャッチャー・イン・ザ・ライ』のときとおなじタイプライターを使った。じじつ、彼は作家として生涯3度しかタイプライターを替えていない。それも好みからではなく、やむを得ずだった。戦争中の作品は軍の支給するタイプライターを使っていて、パークアヴェニューで使ってたものとはちがっていた。このタイプライターは作者の気に入った。戦争から帰還したあと、おなじ機種を購入したようで、コーニッシュに持っていったのもこれだった。それほどタイプライターは好きだったが、どの作品も書くときは2本の指しか使わなかった。

急事態のときだけだとクレアに釘をさした。雪解けの時期になると、マックスウェル家への訪問も解禁となり、いつもペギーを連れて出かけた。サリンジャーは楽しげに庭の手入れをし、有機栽培の食材の生産にいそしんだ。愛車のジープに乗って町に出たり、ちかくのウィンザーまで出かけて日用品の買い物をする姿が見かけられた。ウィンザーでは、よく農産物を売ってくれる地元農家のオーリンとマーガリートのテュークスベリ夫妻と生涯にわたる友情を結んだ。サリンジャーはオーリンとテュークスベリ家のベランダに腰かけ、畑をながめたり、地元の行事の話をしたりして何時間も過ごした。そのかんクレアはマーガリートに、当時はまだ過激だと考えられていた有機農業の手ほどきをしたが、テュークスベリ夫妻も次第にそのやり方を取り入れるようになっていった。穀物や肥料の話題はテュークスベリ夫妻との会話にのぼったが、サリンジャーの仕事の話はなかった。マーガリートがのちに語ったところでは、その話題はきびしくタブーとされていたという。[6]

サリンジャー夫妻がもっとも楽しみにしていたのは、春になるとやってくる、ちかしい隣人のビリングズ・ラーニド・ハンド判事とその妻フランシスの存在だった。ハンド夫妻は年配の夫婦で、[*6]コーニッシュには1年の半分6ヶ月しか滞在しなかった。雪解けとともにやってきて、冬の襲来のまえにニューヨークに引き揚げるのだ。夫妻が滞在しているあいだは、ハンド家での夕食が、サリンジャーとクレアにとって毎週のきまりとなった。そこでは楽しく朗読したり、最新の出来事や、精神的あるいは社会的な話題、それにコーニッシュでの日々の生活などを話し合ったりした。冬のあいだサリンジャーはよくハンドに手紙を書いて、コーニッシュの様子を伝え、判事が留守中の事情に疎くならないよう気を配った。サリンジャーとクレアが（成長するにつれてペギーも）、どんなにかこの隣人の到来を待ち焦がれていたことだろう。長い冬のあと、やっとハンド夫妻がもどってくると、サリンジャーは感謝と安堵の気持ちをこめて書いている。「このふたりがもたらすのは、平安とよろこびだけです[7]」。

幸運なめぐりあいは、常にサリンジャーの人生のすばらしい一面だった。彼はまさにいい時にいい人とめぐりあってきたのだ。ウィット・バーネットのもとで学んでいなければ、彼は俳優の道に進んだだろう。ヘミングウェイには、まさに彼の魂が拠りどころを求めていたときに出遭ったのだ。ジェイミー・ハミルトンから接触があったのは、リトル・ブラウン社の編集者に腹を立てていて、自分が共感できる編集者を求めていたときだった。ウィリアム・ショーンが彼の人生に登場したのは、仕事上の支持をもっとも必要としていたときだった。そして、1955年にクレアがもどってきて、彼を破滅させかねなかった絶望から救ったのだ。サリンジャーのラーニド・ハンド判事との友情は、そんな幸運の最高の一例だった。

ビリングズ・ラーニド・ハンドは最高裁判所の裁判官の席にはすわらない、アメリカ史上もっとも重要な裁判官として広く知られている。彼がアメリカの法律にあたえた影響力を認めて、「最高裁の10番目の裁判官」と呼ばれることが多かった。1944年にハンドが行なった自由の本質についての演説は、その内容の深さと雄弁さでたちまち有名になり、いまだに全国の法学大学院で学ぶべきものとされている。連邦裁判所で42年間も裁判官を務めたハンド判事は、個人の自由を護る闘士として、そして言論の自由の強力な擁護者として、その名声を築いてきた。

*6　ハンド判事は1872年生まれで、1956年現在84歳。

ハンド判事とサリンジャーは同様の信念を抱いていたが、それとはべつに、ふたりを結びつける共通の個人的特性があった。ハンドも著作家であり、その著書は、サリンジャーの著書が小説の世界で重要な位置を占めているように、憲法の世界ではいまだに重要なものである。ふたりともプライヴァシーを尊重し、自分の言葉を意図していない目的に悪用されることを警戒していた。ふたりは宗教に深い関心があり、精神的な問題を話題にした会話を楽しみ、何時間も過ごすことがよくあった。残念ながら、ふたりとも結婚の失敗があり、他人にはなんとしても触れられたくないことだった。おそらくもっとも大きかったのは、サリンジャーもラーニド・ハンドもかなりの鬱状態に苦しんだ時期があって、その鬱傾向の性質が同病者どうしの絆を生んだのだろう。ラーニド・ハンドも晩年はサリンジャーとの交友を最高に楽しみ、サリンジャーもこの友情に心から感謝していた。彼はハンドによく手紙を書いた。そのなかで、クレアの孤独や孤立感をどうしてやることもできない、と打ち明けている。サリンジャーが娘の誕生を知らせたのも、ハンドが最初だった。サリンジャーがペギーの後見人《ゴッドファーザー》に選んだのもハンドだった。

1956年3月1日、長いあいだサリンジャーの編集者を務めたガス・ロブラーノが癌で死んだ。53歳でのロブラーノの死は、ニューヨーカー・ファミリーにもショックだった。「彼はほんとうにすばらしい男だった。言葉が出てこない……彼がいなくてものすごくさびしいよ」とサリンジャーは悲しんだ。[8] 仕事のうえでは意見が合わないこともあったが、サリンジャーとロブラーノはうまく協力しあってきた。ふたりの関係は10年の長きにわたっていた。ガス・ロブラーノはハロルド・ロスの想い出に直接つながる人物で、ロブラーノはロスから作家にたいする敬意の大切さを教わり、それがサリンジャーの相手をするときには不可欠だった。

ロブラーノはフィクション部門のトップとして、ニューヨーカー誌に絶大な力をふるってきた。それだけに彼の死による空白は同誌に混乱をもたらし、サリンジャーと同誌の関係にとって致命的になりかねなかった。ロブラーノがとつぜんいなくなったため、我こそはとの思いの連中が、その跡を継ごうとあわてて集まった。そんななかで最有力なのがキャサリン・ホワイトで、20年ちかく昔の1938年に、ロブラーノ自身がその跡を継いだ先輩だった。ニューヨーカー誌に復帰していらい、ホワイト夫妻はまた昔のように影響力を発揮したいと考えていた。我も我もと候補がひしめくなかに、J・D・サリンジャーがガス・ロブラーノの代わりにふさわしい人材をみつけられるかどうか、はなはだ心許なかった。

ニューヨーカー誌の編集部内の抗争は犠牲者を生んだ。サリンジャーの友人であるS・J・ペレルマンが、うちつづく騒ぎに嫌気がさして、同誌との関係を一時停止することにしたのだ。ペレルマンはロブラーノと親しく、ロスの跡をショーンが継いだこともよく思っていなかった。ロブラーノの死に乗じてその地位を狙う連中を見て、彼は驚きあきれていた。寄稿者までこの騒ぎに首を突っこんで、「まるで紙を発明したのは俺だ、みたいにふるまっている」と彼は評した。あるとき、ペレルマンはじっさいに漫画家のジェイムズ・サーバーと殴りあいになった。「サーバーのやつ、うんざりするほど自分の力を誇示して、この会社全体のスタイルを決めたのは自分だとか威張っていた。俺もとうとう酔っぱらって、軽く言ってやったのさ、『まあまあ、そりゃどっかの15セントの安雑誌の話だろ』って。やつも正体もないほど酔っぱらっていたが、跳びかかってきて、俺を絞め殺そうとした。やつを引き離すのに、頑健な若手の編集者ふたりがかりだったよ」[9]。

ニューヨーカー誌内部の複雑な陰謀がなんとか治まってみると、ロブラーノの後釜に滑りこんだのはキャサリン・ホワイトだった。彼女とその夫はいまや一種の派閥とみなされ、ロブラーノと親しかった者たちの多くは動揺した。「ガス・ロブラーノの死後、ホワイトは編集におよぼす自分の力を強化して、いまやこの雑誌を支配し、徐々に絞め殺そうとしている」とペレルマンは述べた[10]。

サリンジャーはこの新たな現実を認め、なんとかホワイトと仕事をすすめようと最善をつくしてみたが、無駄だった。ロブラーノの死後まもなく、ホワイトはまず哀悼の意を手紙で伝えてきたが、それはあきらかに、大切な寄稿者にたいする自分の立場をつよくしたいというのが狙いだった。サリンジャーは3月29日にうちとけた調子の返事を書いた。ロブラーノの死後はたしかに困難な状況だが、それでもホワイトのおかげで自分には楽になった、と感謝を述べた。そこでいきなり言葉をはさんで、「まだ詳しくは言えないが、ひとつ進行中の原稿があって、ちかいうちに提出できると思う」と伝えた[11]。

サリンジャーがコーニッシュの日常生活に落ち着き、ニューヨーカー誌の出来事にもなんとかかつきあっていこうとしていたころ、コスモポリタン誌から『創立60周年記念号《ダイヤモンドジュビリー》』に「倒錯の森」を再録することにしたという報せを受けた。法律には訴えられないものの、サリンジャーは再録に反対し、同誌に再考を促したが無駄だった。サリンジャーの最初の中編小説を所有していることは、コスモポリタン誌の編集者にとっては、ひたすら大きすぎる魅力で、この作家の昨今の評判を考えればなんとしても利用したくなるのも無理はなかった。[*7] その小説といっしょに簡単な作者紹介を添え（当然サリンジャーはごく大ざっぱな自伝的なメモも提出しなかった）、『キャッチャー・イン・ザ・ライ』発表以前に書かれたサリンジャー作品「倒錯の森」と「ブルー・メロディ」の2作を、同誌が所有していることをあらためて読者に伝えた。物語の最初のページの下にごまかして入れた、作者が拒否したこの記述はべつとしても、コスモポリタン誌が「倒錯の森」が新作であるかのような誤解を招いたことに、サリンジャーは激怒した。

サリンジャーが初期の、ニューヨーカー誌に登場する以前の作品の再録を禁止しようとしたのは、これがはじめてだった。以前は再発表することに文句も言わず許可していた。彼は個人的にはウィット・バーネットに敵意さえ抱いていたのに、6年まえには「ロイス・タゲットやっとのデビュー」の使用に同意している。しかし、サリンジャーは「倒錯の森」に関しては、1947年にはじめて発表されたときから戸惑っていて、それいらいこの作品には愛着を抱けなかった。グラス家物語の構成に専念しているいまとなっては、その新しい作品群の構造や主張に反する古い作品の再登場で、読者を混乱させることだけはぜひとも避けたかったのだ。

*7　コスモポリタン誌の『創立60周年記念号』の広告には、彼より有名な人たちの名前も並んでいた。ウィンストン・チャーチル、パール・バック、アーネスト・ヘミングウェイなども呼び物となっていた。

サリンジャーが「倒錯の森」の再録に抗議したのは当然だったかもしれないが、この一件はちょっとした好き嫌いがやがて絶対的な意思に変わっていく前兆だった。それは、自分の未熟な作品を一般読者に詮索されたくないという気持ちが、次第につよくなることだった。1940年には早くも、過去の未熟な作品をふたたび見たくないという気持ちを表明している。「ひとつの作品を書き終えたら、それをもう一度見るのは恥ずかしいですね、鼻をきれいに拭いてなかったかなと思うみたいで」と言っているのだ。[12] じつは、サリンジャーは初期の作品の単純さを、しばしば懐かしがっていた。[13] それでも、グラス家物語をひとつずつ発表していくたびに、より高度の完成度を目指さざるをえない気持ちになっていた。1956年はじめ、『ナイン・ストーリーズ』の評判がよく、グラス家の登場でこの先まとまった作品群が予定されることとなって、サリンジャーは、未熟さが目ざわりな初期の作品群から読者の関心を逸《そ》らし、忘れてもらいたいという思いをつよくしていった。

サリンジャーの完璧さの追求を、中編小説「ゾーイー」ほどよく示してくれるものはない。サリンジャーはこの作品に1年半をかけ、ひとつひとつの言葉、句読点にも苦心してきた。「ゾーイー」の創作過程そのものがニューヨーカー誌の体制をも巻きこんだひとつの物語《サーガ》であり、サリンジャーの個人生活にもはかりしれない影響をあたえていた。キャサリン・ホワイトの新しい体制のもとで、この作品が編集室で受けた評価は、あやうくサリンジャーと同誌の関係に終止符を打つところだった。

「ゾーイー」ひとすじにかけてきた熱意のあまり、この作品が彼の生活でなにより大切な存在となり、結婚生活も破綻しそうになったのだ。

1956年2月8日、サリンジャーはニューヨーカー誌から(最初に査読する契約にたいする)年俸を受けとった。小切手はサリンジャーの代理人に送られ、ウィリアム・マックスウェルからのメモが添えられていた。そこには、サリンジャーの次の作品を掲載したいという同誌の希望が書かれていた。「新作が当誌の編集部の手にはいれば幸いです」とマックスウェルは述べていた。[14]

じじつ、サリンジャーはその年の2月には、仕事場で次回作に取り組んでいた。しかしそれは短編ではなかった。グラス家に関する長編小説を書きはじめていたのだ。彼は『キャッチャー・イン・ザ・ライ』を書き終えた直後から、2作目の長編を書くつもりだったが、うまくいかなかった。ところが仕事に専念できる自分だけの場所を確保し、魅惑的な登場人物も配役し終えて、ついにその時が来たと感じたのだ。1956年から1957年のあいだの手紙には、新しい小説のことを興奮した調子で語る言葉が散見される。またそこから、現在「ゾーイー」として知られる中編は、本来は執筆予定の長編小説の、かなり長い一部だったこともあきらかになる。

そんな意欲作を書くにあたって、サリンジャーは『キャッチャー・イン・ザ・ライ』を書いたときにうまくいった方法を、ここでも採用してみようとした。つまり、単独で自足した作品をひとつずつつなぎ合わせて、長編を作りあげようというのだ。「ゾーイー」はこの方法で書いた作品の重要な見本である。彼の手紙によれば、「ゾーイー」は長編が完成すればそこに納まることはあきらかだが、とりあえずそのときの目的は、単独で「フラニー」の続編とすることだった。[15]

サリンジャーは「ゾーイー」を1956年4月中旬にはほとんど完成させていた。[16] しかし、そのときはまだ自信がもてず、ニューヨーカー誌編集部の混乱を考えると、拒絶されるかもしれないという恐れを抱いていた。彼が懸念するにはじゅうぶん理由があった。「大工よ、屋根の梁を高く上げよ」にたいする編集部の反応は無理に抑えこまれたからだ。

「大工よ」は構造的に完璧にちかかった。それは、宗教的な内容を攻撃したがる批評家から作品を救ったことでもわかる。ニューヨーカー誌の編集者ベン・ヨゴダがのちに語ったように、「大工よ」のとりえは、神聖なシーモアやグラス家のそのほかのメンバーにたいするサリンジャーの執着が、文学性や語り口のすばらしさによって抑えられていることだ。[17] サリンジャーによれば、「ゾーイー」にはそんな宗教的な抑制はないので、「大工よ」でなし遂げた精密さを再現できなければ、きっと批評家や編集者に無視されるだろうという。

サリンジャーは「ゾーイー」の宗教的な内容をできるだけ抑制しようとしたが、それは不可能だった。彼が言うには、「盗まれたスニーカーに関するラブストーリー」を書くつもりでタイプライターのまえにすわっても、結果は宗教的な説教になってしまうだろうという。それは自分の意思では操作できないと考え、もはや操作しようとすることさえあきらめたということだった。「題材の選択は私の手から離れたようだった」と彼は認めていた。[18] あきらかに、サリンジャーの信仰は作品とからみ合って、いまやこのふたつは区別できなくなっていた。ここで問題となってくるのは、一般読者がそんな祈りと創作の合体をどう受けとめるかということだった。

サリンジャーが「ゾーイー」をニューヨーカー誌の「編集部の手」に渡すと、猛烈な勢いで綿密に調べられた。新しい編集者たちはこれを機会に、同誌のトップの寄稿者を自分の側に引きこんで、自分の存在をアピールしようともくろんでいた。彼らはこの作品はとりとめもなく、長すぎると判断した。登場人物は作者が惚れこみすぎていて、人間としてりっぱすぎた。しかし、いちばんの欠点は、物語が宗教だらけなことだとみんなは非難した。「ゾーイー」はニューヨーカー誌の編集スタッフに拒絶されただけでなく、その他ふくめて全員一致で拒絶されたのだ。

ガス・ロブラーノがいないいま、サリンジャーに決定を知らせるのはウィリアム・マックスウェルの役目で、彼はサリンジャーの感情を傷つけないように、続編ものを載せないというニューヨーカー誌の方針を、「ゾーイー」拒絶の理由としてあげた。[*8] しかし、真相はあきらかで、サリンジャーはこの冷たい反応に動揺した。「ゾーイー」に長いあいだ懸命に取り組んできたため、1956年になったいま、よそに原稿をまわすことなど考えられなかった。

サリンジャーはむずかしい立場にあった。彼にはグラス家連作の構築という、あとには引けない壮大な計画があった。「ゾーイー」の却下はその道を阻むと思われた。また、経済的なことも考えざるをえなかった。『ナイン・ストーリーズ』と『キャッチャー・イン・ザ・ライ』の売り上げはひきつづき好調だった。その印税はかなりの額だったが、この先も保証されているわけではなかった。サリ

*8 マックスウェルがあげた「ゾーイー」拒絶の口実のごまかしは、本人にもサリンジャーにも気まずいものだった。この編集者は、ニューヨーカー誌がサリンジャーの最初の寄稿作品「マディソン街はずれのささやかな反乱」を採用したとき、登場人物のホールデン・コールフィールドも含めて、その続編を求めたことを思い出すべきだった。

ンジャーは90エーカー（約11万坪）の土地に自宅を持ち、最近になって庭とコテージに手をくわえたばかりだった。それに妻と生まれたばかりの赤ん坊を抱えていた。ニューヨーカー誌からの収入がなくなったら、どう家族を養っていけばいいのだろう、と悩んだかもしれない。

この不安な状況で、サリンジャーは大胆な行動に出た。ハリウッドに目を向けたのだ。彼は1949年に「コネティカットのひょこひょこおじさん」の映画化で受けた仕打ちの苦い思いを呑みこみ、『ナイン・ストーリーズ』の作品からもうひとつ、「笑い男」の映画化の権利を売りこもうと考えたのだ。映画会社との折衝のために、代理人のオーバー社の仕事仲間であるH・N・スワンソンを雇った。スワンソンは仲間うちでは「スワニー」でとおっていて、作家の代理人としてハリウッドではもっとも名の知れた成功者だった。[*9] 彼の顧客にはウィリアム・フォークナー、アーネスト・ヘミングウェイ、そしてあのF・スコット・フィッツジェラルドがいた。サリンジャーは、「笑い男」の権利を自分の嫌いな業界に売り渡すといういやな立場に立たされるとしたら、せめて一流の仲間になりたいと思ったのだろう。

スワンソンがハリウッドのプロデューサーにサリンジャーの意向を示すと、その反応は予想どおりだった。彼らは大よろこびだったが、彼らが興奮したのは『キャッチャー・イン・ザ・ライ』がスクリーンに登場すると思ったからだ。これはサリンジャーが断った。じつのところ、彼の提案にはさらに但し書きがついていた。彼は自作の脚色には手を出さないというのだ。「笑い男」の映画化の権利はよろこんで売るが、そこまでだった。

ブロードウェイも『キャッチャー』に目をつけていた。有名な演出家のエリア・カザンがサリンジャーに舞台化の許可を願い出た。カザンがかたずを飲んで返答を待っていると、サリンジャーはただ首を振って、「許可は出せません。ホールデンがいやがるでしょうから」とつぶやいた。事はそれで終わったが、この話はたちまち伝説となった。[19]

ホールデン・コールフィールドの意向はべつとして、サリンジャーが急にハリウッドやブロードウェイがいやになったのには、ほかにも理由があるだろう。1956年11月8日、サリンジャーはニューヨーカー誌から「ゾーイー」の原稿料の小切手を受けとった。ウィリアム・ショーンは編集者たちの決定を覆《くつがえ》し、この作品を採用することにしたのだ。さらに、ショーンは「ゾーイー」を自分で編集することにした。マックスウェルとホワイトは気が滅入る思いだったにちがいない。ショーンはふたりを自分の権限で抑え、その尊大な先見の明のなさを非難しただけでなく、完全にサリンジャーの側に立ったのだ。それから6ヶ月、ショーンとサリンジャーは同誌のだれの監視や影響も受けず、ふたりきりで「ゾーイー」の改訂に取り組んだ。ふたりはショーンのオフィスに何日も閉じこもって、容赦なく一語一語書きかえていった。そうするうち、ふたりはもっともちかしい、忠実な友だちになった。ウィリアム・ショーンはサリンジャーのこの中編小説だけでなく、彼とニューヨーカー誌とのつながりをも救ったのだ。サリンジャーはそのことを決して忘れなかった。

「ゾーイー」改訂にあたって、最大の難関は作品の長さだったようだ。「大工よ、屋根の梁を高く上げよ」

*9 スワンソンはレス・グラスと似たところがある。レスは「大工よ、屋根の梁を高く上げよ」ではロサンジェルスの「映画スタジオ向きの元気な人材」と紹介されていて、偶然であるにせよ、ないにせよ、一致している。

でもそうだったように、ニューヨーカー誌は作品を掲載するまえに、同誌にふさわしい長さに「圧縮」するよう要求した。[*10] 最終的に「ゾーイー」は4万1130語になり、『キャッチャー・イン・ザ・ライ』をべつにすると、サリンジャー作品では最長である。ショーンが作品を購入してから、さらに6ヶ月も作品を短縮しようと骨を折ったことから、もとの長さがあるていど推測できよう。

当然、キャサリン・ホワイトはショーンのオフィスで秘密裏に行なわれている作業に、次第に羨望にも似た憧れを抱くようになった。この推敲の過程に自分も参加しようと、彼女はつよい興味を示す手紙を何通もサリンジャーに送った。1956年11月下旬には、この改訂の作業もかなり進展したようで、ホワイトは計算された言葉で、サリンジャーの仕事ぶりを祝っている。

あなたがこの作品を出版できる長さに短縮できたことを、あなたと当誌のために、とてもうれしく思っていることをお知らせしたかったのです。すぐそのまま採用できず申し訳ありません。あの長さの作品を受け入れられる、特別号を待つしかなかったのです。[20]

6週間後、彼女はまたサリンジャーに手紙を書いたが、今回は以前ほど彼の進行ぶりを信じていない調子だ。それはサリンジャーに警戒心を抱かせるような響きで、その手紙はウィット・バーネットと彼の『キャッチャー・イン・ザ・ライ』にたいする甘言を連想させる。

私はこのところあなたのことばかり考えていて、長編小説のかなりの部分をニューヨーカー誌向きのサイズに削るあなたのご苦労に同情申し上げます。それがどんなに辛い仕事か理解しております。それがうまくいって、あまり時間がかかりませんように、私たちが待ち焦がれていますし、それがうまくいって、あまり時間がかかりませんように、希望いたします。[21]

ホワイトは以前にも手紙で待ち焦がれる小説にふれている。「その小説からもっと短い新作がいくつか生まれないかと望まずにはいられません。そうすれば、すぐにも掲載できますから」と彼女は書いた。[22]

ホワイトの手紙には、サリンジャーの未完の小説のことをべつにして、もうひとつきわめて興味深い側面がある。彼とショーンが苦労して「圧縮」し、学者たちが「ゾーイー」の原型だったとしている作品は、じつはホワイトもニューヨーカー誌も、ただ「イヴァノフ雷帝」としか呼んでいない。[*11] 学者たちはそれが「ゾーイー」のことだと確信していて、「イヴァノフ」のタイトルは無視してきたが、その論法は論理的というより情緒的だといえよう。そんな大作や、グラス家ものの未完の小説のかなりの部分が失われたという不幸な事実は、ただただありえない。

＊10　1943年、サリンジャーがまだ若くて頭がかたいころ、「マディソン街はずれのささやかな反乱」を「圧縮」するようにというニューヨーカー誌の要求を、彼は「いやにせせっこましい字数制限」と評していた。

＊11　編集者と作家の手紙のやりとりを記録するとき、ニューヨーカー誌では、その手紙で問題になっている作品を、その書類の下辺に記すのが一般的なやり方だった。

コーニッシュの自宅では、サリンジャーが「ゾーイー」の改訂にかけた異常ともいえる情熱のせいで、彼は何日もつづけて仕事場にこもらざるをえなかった。クレアにとって、ニューハンプシャーの3度目の冬の到来は、夫の不在によってなおみじめなものになった。これまでの冬とおなじように、絶望的になり、ひとりぼっちでくよくよ考えこむようになった。サリンジャーはほとんど気づかなかった。しかし、「ゾーイー」を完成させようという彼の野望は、クレアの気持ちが落ちこんでゆくなかで、まもなくその報いを受けることになる。

1957年1月の第3週に、ジェイミー・ハミルトンとその妻イヴォンヌがニューヨークに来訪した。赤ん坊をみせる（そして、「ゾーイー」のことでショーンと会ってもらう）のに絶好の機会だと思って、サリンジャーとクレアはうれしそうにペギーを抱えて、ニューヨークへ向かった。

母親と姉がバーミューダへの船旅に出かけて留守なので、パークアヴェニューの自宅ではなく、マンハッタンのホテルに部屋をとることにした。クレアは昔なじんでいたニューヨークという都市の快適さをふたたび知ってみると、またあのわびしい冬のコーニッシュにもどると思うだけで耐えられなかった。彼女はサリンジャーがホテルを出ていくまで待った。出ていくと赤ん坊を連れて姿を消した。サリンジャーがもどってみると、ホテルの部屋は空だった。[23]どんなに自責の念にかられてコーニッシュにもどったにせよ——かなり後悔していたことがのちにわかるが——彼は黙って耐えた。私的な手紙にせよ、仕事上の連絡にせよ、彼はクレアの不在やペギーの失踪には一切ふれなかった。おなじころ、すでに高慢の鼻を折られているサリンジャーのもとに、ハリウッドの代理人H・N・スワンソンから知らせが届いた。「笑い男」の映画化権の交渉は決裂していた。この作品を最後に手にしていたのはプロデューサーのジェリー・ウォルドで、彼はそれをコメディにする構想をもっていた。しかし、ウォルドはこの物語は映画にするには短かすぎると思い、サリンジャーが脚色に手を出さないことが不満だった。

この物語独特の魅力と哀感は、書かれた作品でこそ感じとれるもので、映画の画面で大きくリアルにしてしまうと、なかなか伝わりにくい。当然これには作品の構想にぴったり合った作家が必要だろう。サリンジャー氏は自分でその任にあたる気はないという。私の大きな不満は、「笑い男」が私に仕事をさせてくれないことだ。[24]

ウォルドが「笑い男」の映画化を断ったことで、サリンジャーのハリウッド進出の気持ちは完全に消えた。それ以後二度と、映画のプロデューサーや舞台の演出家に、自作を売りこもうとはしなかった。それからは、終始一貫護りとおした『キャッチャー・イン・ザ・ライ』とおなじように、どんな作品も油断なく護るようになった。ウォルドは「笑い男」を断ったそのおなじ手紙で、つづけて『キャッチャー』の映画化権が欲しいと訴えている。「私がいまだに、あのすばらしい『キャッチャー・イン・ザ・ライ』に興味があることを、サリンジャー氏にお伝え願えないでしょうか。あれはぜひ映画化すべき作品だと、なんとか説得できればと思うのです」。ウォルドが手がけたほかの作品（その当時『ペイトン・プレイス』の脚色をやっていた）や、彼が「笑い男」を喜劇として演出しようとしたことなどを考えれば、断られたことは、運よくその作品と作家の両方を屈辱から救ったことになる。

「ゾーイー」が完成すると、サリンジャーは妻や子供と仲直りすることにした。1957年3月はじめ、彼はふたたびニューヨークへ出かけた。そこにはクレアとペギーがアパートに住んでいて、家賃はクレアの継父（訳注：母親の再婚相手）が払っているとのことだった。サリンジャーは完成した「ゾーイー」の原稿をショーンに渡したあと、クレアを探し出して、いっしょにコーニッシュにもどるよう説得した。クレアには不安もあったが、週3回精神科に通っていて、夫と話し合うよう勧められていた。

サリンジャーと話し合うにあたって、クレアは和解を考えるまえに、いくつかの要求を出した。サリンジャーは彼女やペギーといっしょにいる時間を増やす。彼が仕事で留守のときは、彼女と赤ん坊はたびたび客を受け入れてよい。コテージを改修して拡張する。そこに子供部屋を新設する。庭の草を刈り込んで、遊び場を作る。なかでも彼女がつよく主張したのは、自由に旅行できる、それも、サリンジャーが編集者と会うときにニューヨークについていくだけではなく、冬が耐えがたくなったら暖かい気候のところへ、気持ちが落ち着かないときは海外へ、出かけることなどを要求した。

サリンジャーはそれらをすべて承諾して、仕事に取りかかった。まず、土建業者を雇って子供部屋を作らせ、庭師に庭を整えさせた。[*12] 彼はもっと客をよんで、もっと家族といっしょに過ごすとクレアに約束した。イギリスの島々でゆっくりヴァケーションを過ごす計画をふたりで立てた。1951年に彼が楽しんだ旅の再現であり、クレアが子供のころを過ごした国への訪問でもあった。彼は興奮してラーニド・ハンドとジェイミー・ハミルトンに手紙を書いて、ヨーロッパ旅行のことを伝えた。もうコーニッシュにはもどらないで、スコットランドに落ち着くという、彼が長いあいだ抱いていた夢のことなど、思いにふけったのかもしれない。

1957年5月17日、ついに「ゾーイー」がニューヨーカー誌に発表された。[*13] 読者ははじめから、「ゾーイー」はじつは短編小説などでは全然なく、「散文で書かれた一家の記録映画」[25]だと忠告される。ここに作者の「盗まれたスニーカーについて」書くという意図があり、「大工よ」でシーモアとバディが中心だったように、ここでは一家のいちばん若いふたり、フラニーとゾーイーを中心とする、グラス家の生活を垣間みせてくれる。読者にもっとグラス家の人たちと親しくなってもらおうという試みが、この中編小説のかなりの部分を占めているが、やがてそれも魂の問題にかけるサリンジャーの意気ごみに圧倒されてしまう。その結果として生じる「ゾーイー」内部の意味の階層は、冒頭部分に

*12 ペギーによれば、父が子供部屋を自分で設計すると言い張って、悲惨な結果になったという。自然の力を忘れていた彼は、大工たちに子供部屋の屋根を平らに作らせた。冬に雪が降ると、屋根からシャベルで雪下ろしをしなければならず、雨が屋根にたまって、子供部屋にしみ出てくることがよくあった。

*13 じつのところ、ニューヨーカー誌の5月中旬号には、ほかのものを載せる余裕がほとんどなかった。

明示されていて、「あらかじめ申し上げておくが、ゾーイーについて話題にしているのは、複合的で、重複し、分裂したもの」という警告がされている。

１９４５年10月、サリンジャーはエスクワイア誌に、単純に、そして自然に書くことが難しくなった、と語った。「頭のなかに黒いネクタイがたまっていて、みつけしだいどんどん捨てているのだが、どうしても少しは残ってしまうだろう」[26]と述べていた。１９５７年になって、黒いネクタイはサリンジャーの書くものにいくらか残っていたが、それは文学的な気どりから精神的気どりに変身していて、世界を、悟った人と気づかない人に分けていた。「ゾーイー」において、サリンジャーは文学的な面でも精神的な面でも、最後のネクタイを捨てようとしている。単純で自然に書かれた「ゾーイー」は、サリンジャーの作品から精神的な驕りを追放しようとしている。その驕りこそが作品を蝕み、フラニー・グラスを崩壊寸前まで追いつめたのだ。ここが、「ゾーイー」と以前の作品が重複するところだ。物語は「フラニー」での出来事の３日後に幕を開け、フラニーがグラス家の寝椅子に身体を丸めて横たわり、イエスの祈りに熱中するあまり、精神的にも肉体的にも危機に瀕している。また前口上として、語り手が恥ずかしげに、じつは自分はフラニーの兄のバディ・グラスだと名乗り、それでもこの先３人称で語りをつづけるつもりだという。

ひと目見たところでは、優秀なグラス家の子供たちは粗野な世界に対抗する孤立集団、あるいはバディ・グラスの言葉を借りれば、「二点間の最短距離は直線にあらずして、その二点を通る円の弧であるといった、一種の意味論的幾何学」を構築しているようだ。この身びいきぶりはサリンジャーの「ネクタイ」のなかでももっとも傲慢なもので、客観性など狂わせてしまう、閉ざされた社会のりっぱすぎる登場人物への愛といったところだ。しかし、「ゾーイー」をていねいに吟味してみれば、物語はじつのところ登場人物の美点ではなく、欠点に焦点をあてていることがわかる。

フラニー自身の物語で予感されていたように、イエスの祈りと『巡礼の道』への彼女の信仰は、彼女を自分以外の世界から切り離し、いまや家族からも疎外しかねない精神的気どりを育んできた。「フラニー」のなかでほとんどひとりでに直面することになったこのエリート主義は、「ゾーイー」ではシーモアとバディという兄たちから受け継いだものだとされている。[*14] この点を調整するために、サリンジャーは彼女が大学の図書館で『巡礼の道』に出遭ったとしていた「フラニー」を、部分的に訂正せざるをえなくなった。「ゾーイー」ではその本はシーモアの机の上でみつけられ、7年まえの彼の死いらいそこに置かれていたことになっている。この訂正をつうじて、サリンジャーはシーモアが家族のもっとも若い子に独断を押しつけたと責めるだけでなく、フラニーの精神的慢心をグラス家自体の高慢さと結びつけている（訳注：これは訂正ではないと思う。詳しくはp397、第12章の原注＊2に付した訳注を参照）。

読者はまずフラニーの兄ゾーイーに紹介される。浴槽につかっている彼は、母親のベシー・グラスに追いつめられている。ベシーはゾーイーに、落ちこんでいるフラニーを立ちなおらせてほしいと頼んでいるのだが、ゾーイーも見ただけではわからないが、きびしい精神的な危機に苦しんでいる。彼

＊14　バディはフラニーの精神的な苦境を、大半は自分とシーモアのせいだとしているが、彼の語りはまた、フラニーが自分はけだるくて上品ぶった感じと言っていることを指摘して、彼女個人のエリート主義的な傾向を示唆している。

は自身のエゴとの闘いに消耗し、幼いころから高度の宗教教育をほどこされた結果、他人にたいして頑迷な人間になってしまっている。

ゾーイーは浴槽を自分の「小さな礼拝堂」と呼び、ベシーは浴室の薬箱にはいっている40以上の品々を列挙する。そのひとつひとつがあきらかにエゴと結びついている。クリーム、爪やすり、粉薬、歯磨きなどが、貝殻、古い芝居の切符、壊れた指輪といった、家族の忘れられた記念品と入り混じっている。読者がこれらの品々とエゴの苦しみとの関わりを見のがさないように、ゾーイーはサリンジャー作品ではおなじみの、自己中心性を誇示する行為をする。自分の爪への異常な愛着を示すのだ。

物語の2番目の場面は家族の居間に移り、ゾーイーとフラニーの会話で構成されている。この場面の設定は、おそらくこの作品でもっとも象徴的なものだ。最初にこの部屋を目にすると、そこは一種の精神的な墓としてフラニーが使用していて、過去の亡霊たちがはびこっている。いろいろな物や家具が散乱し、暗くて重苦しく、ホコリだらけだ。電気製品、いろいろなキズや汚れ、本や家族の記念品などが具体的に、その由来も詳しく説明される。そのひとつひとつバラバラなものが過去につながっていて、そんな過去がこの場面に出没し、とっくにおとなになっているとか、とっくに死んでいる子供たちの亡霊のように、眠っているフラニーにつきまとっているようだ。[*15]

見たところ、部屋にはもうすぐペンキ屋がやってきて、長年にわたってついたさまざまな汚れを塗りつぶし、新しいペンキできれいにしてくれることになっている。その作業に備えて、ベシーはフラニーが寝ている寝椅子のそばの窓から、ぶあついダマスク織りのカーテンを取りはずす。すると突然、何年ぶりかで部屋に日光が射して、そのままではペンキ屋の仕事ができなくなるような、ガラクタの山が姿を現す。

グラス家のアパートの描写は、サリンジャー作品のなかでは特異なものだ。他の作品では場所の設定はこれほど細かく説明されない。部屋やその周囲、家具などはいつも無視されていて、衣装が重要な位置を占めていることが多い。しかし、フラニーやゾーイーの衣装は無視されている。その代わり、登場人物として姿を現すそれぞれの部屋が、ふたりを示している。まずゾーイーが姿を現すのはエゴの礼拝堂だ。読者がフラニーに出遭うのは居間で、そこには家族の想い出が葬られている。ほかのどんな想い出より、シーモアの亡霊が満ちあふれている。フラニーを沈黙の絶望へ追いやり、ゾーイーを怒りに駆り立てる亡霊だ。「ここはどこもかしこも亡霊のにおいだらけだ」と彼はわめくのだ。

この部屋はまた、フラニーの精神的な、そして情緒的な状態を象徴している。この設定がフラニーを象徴していることを理解すれば、そこに強烈な意味があふれてきて、この物語が最後には悟りに至ることが見えてくる。なぜなら、フラニーとゾーイーのほかに、この中編小説の2番目の場面には第3の登場人物、太陽が出てくるからだ。ベシーが古くて重いカーテンを取りはずすと、フラニーが古びた寝椅子でちぢこまっている部屋に日光が射しこんでくる。すると、光が墓穴に射しこむように、

*15　サリンジャーはグラス家のアパートを描くときに、誤解されそうな事実を楽しみながらつけくわえている。グラス家のアパートは、パークアヴェニューにあるサリンジャーの両親のアパートをモデルにしている。しかし、バディ・グラスはアパートが南向きだといっている。パークアヴェニューのアパートは南向きではなく、両親が望んだ角部屋だが、北と西に向いて、セントラルパークに面している。

外の世界――そこでは、子供たちが通りの向かいにある学校の階段で遊んでいる――が、グラス家という孤立地域に飛びこんでくるのだ。

ゾーイーはフラニーがイエスの祈りにとりつかれていることについて理を説き、その使い方がまちがっていることを伝えて、彼女を迷いから覚まそうとする。彼は彼女が祈りを呪文のように唱えて、精神的な財産を蓄えようとしていると非難する。そして、精神的な財産への欲望と物質的な富への欲望はおなじだと言う。もっと悪いことに、フラニーは「インチキ宗教の臭いがしてきた」と、その精神的な気どりを非難する。それに、妹は「薄汚い聖戦ごっこ」をしていて、個人的な敵だらけの世界の殉教者気どりだと、彼女を責める。つまり、彼女がイエスの祈りを利用しているのは、自分勝手なイメージを支え、精神的に自分より下だと思う自分以外の世界から、自分を切り離すためだというのだ。ゾーイーの弁舌にフラニーはヒステリックになりそうだが、彼は容赦しない。さらにつづけて、それでも彼女がまいって寝こむというなら、家族の赤ん坊でいられて、タップシューズをクローゼットにしまってある自宅ではなく、学校にもどれと言う。

ゾーイーはいまや自分の熱弁にはまっていて、フラニーの信仰の誠実さを疑う。彼女がイエスの何者たるかをわかっていないのに、どうしてイエスの祈りをつづけられるのかと問うのだ。そして、彼女が子供のころ、イエスが空の鳥より人間を偉い存在だとしたことを知って怒りだしたときの話をする。それはフラニーの考えるイエスのあるべき姿と合わなかったのだ。フラニーにとって、イエスは寺院のテーブルを怒ってひっくりかえす預言者よりも、アッシジの聖フランシスのような愛すべき人でなくてはならない。ゾーイーはフラニーに、イエスの祈りを正しく使って、いつも祈りのある生活をつづけるには、まずキリスト自身の顔を見て、ゾーイーが「キリスト意識」と呼ぶ、生きて神と結びつく能力を身につけるべきだと忠告する。「お願いだから、フラニー、もしも『イエスの祈り』を唱えるのなら、それは少なくともイエスに向かって唱えることだ。聖フランシスとシーモアとハイジのじいさん（訳注：『アルプスの少女ハイジ』のおじいさん）を、みんなひとまとめにまるめたものに向かって唱えたってだめだ」と彼は叫ぶ。[27]

「ゾーイー」にはどうみても宗教的な象徴としか思えないものが数多く登場する。しかし、ゾーイーという人物に訪れる真の精神的な啓示は、その精妙さにおいて卓越したものである。サリンジャーはそれを書きあげるために、当時の作品で用いていた説明的なやり方を離れて、以前のコールフィールドもののころにもどって、それとなく微妙に示すやり方を用いている。

ゾーイーは議論の最中に、ふと窓の外を見て、下の通りで子供が遊んでいる素朴な場面に気をとられる。その光景は彼をとらえるが、最初は自分でもどうしてだかわからない。ネイビーブルーの両前の上着を着た7歳ぐらいの女の子が、飼い犬とかくれんぼをしている。女の子が木のうしろに隠れると、なにも知らないダックスフントは彼女を見失う。取り乱し混乱した犬はあちこち駆けまわって、必死で探す。ダックスフントの苦悩が限界にきたかというとき、犬は女の子のにおいを突きとめてそばに駆け寄る。女の子はよろこびの声をあげ、犬はうれしそうにほえる。犬を抱き上げて再びいっしょになったふたりは、セントラルパークの方へ歩いていって、ゾーイーの視界から消える。

この場面の微妙な味はゾーイーの説明で傷ついている。「この世にはきれいなものがある」と論理的に話すのだ。「脱線するのは、ぼくたちがみんなバカだからさ。いつも、いつも、すべてを薄汚いエゴのせいにする」。この場面はサリンジャーの初期と当時のテーマの合体と解釈することができる。ありふれた出来事を思いがけずに目にして、ゾーイーはこの世に美が存在することに目覚めたのだ。それは小さな女の子の無垢な純粋さをつうじて伝わってくる。それはまさに、ベーブ・グラドウォーラーやホールデン・コールフィールドといったサリンジャーの以前の登場人物たちの場合とおなじだ。しかし、「ゾーイー」では、エゴのせいで日常生活にあふれている美が見えにくくなりやすいことを指摘することによって、ベーブやホールデンの得た啓示を超えている。

サリンジャーが「ゾーイー」を発想した源は主としてふたつある。ひとつは自己実現協会が出版した本で、もうひとつは自分自身のエゴとの闘いだ。サリンジャーは「ゾーイー」の執筆中も、1955年からはじまった自己実現協会との関わりをつづけていた。この協会は1920年にインドの聖者パラマハンサ・ヨガナンダが創立した。サリンジャーは1954年にヨガナンダの『あるヨガ行者の自伝』という本を読んで、自分の宗教的信念を再確認し、クレアとの結婚にも影響を受けた。『自伝』を深く研究してその多くの教えを作品にとり入れたあと、『シュリー・ラーマクリシュナの福音』のときとおなじように、ヨガナンダのほかの著作も読みふけった。なかでも重要なのはヨガナンダの膨大な2巻本、『キリストの再来：あなたのなかのキリスト復活（The Second Coming of Christ: The Resurrection of the Christ Within You）』だった。この本に書かれている宗教的な教義が、「ゾーイー」でサリンジャーが提示している精神的な主張の基盤となっている。

ヨガナンダは、キリスト教の福音書とキリストの生涯を正しく解釈する唯一の方法を、神の啓示によって授かったと主張した。[*16] 彼の膨大な著書はキリストの言葉と行為を自分自身の解釈によって説明するものだ。『キリストの再来』は4つの福音書（訳注：新約聖書のマタイ、マルコ、ルカ、ヨハネの福音書）を一行ずつ検討している。ヨガナンダによれば、イエスは神の意識で満ちあふれて、全能の神と一体に、ヨガナンダの見解では、神の子になったのだという。この立場は神性ではなく、神聖を意味するものだ。このヨガ行者は、すべての者が神の子であり、祈りと瞑想によって、自分のなかに神聖さを目覚めさせることができると感じていた。その神聖さの目覚めが復活の真の意味だというのが、彼の主張だった。したがって、キリストの再来は未来に実際に起こる物理的な現象ではないとされた。そのかわり、いずれもどってくるというキリストの約束は、神と精神的に一体となることによって、いかなるときでも、いかなる人によっても果たされうる、とヨガナンダは信じていた。ヨガナンダの著書ではこの精神的な覚醒を「キリスト意識」と呼び、万物に神の存在を認めることによって、人間が神聖になれる能力だと説明した。

批評家たちはゾーイーを、ホールデン・コールフィールドをべつにすれば、サリンジャーの登場人物のなかでもっともよくできていると評してきた。「ゾーイー」という作品のなかでは、サリンジャーとバディ・グラスが語り手をひとつの声で務めているが、作者サリンジャーがもっとも深く注入されているのは、ゾーイー・グラスという人物なのだ。『キャッチャー・イン・ザ・ライ』の完成いら

＊16　ヨガナンダの受けた啓示のなかには、キリストは布教をはじめるまえに、じつはインドで長年過ごしていた、という怪しげな秘話がある。同様にご都合主義的なのが、ヨガナンダが4つの福音書で裏づけられない自分の主張を支えるために、グノーシス派や聖書外典の文章を利用していることだ。

い、サリンジャーは自分の作品は魂の瞑想とおなじものだという哲学を持ちつづけてきた。コーニッシュの孤独が、人気や名声といった雑音から彼を護ってくれるため、その哲学は深まるいっぽうだった。ファンレター、うわべだけの賞讃、ひっきりなしに出る書評、作品を褒める記事など、サリンジャーにたいする世間の興味は、ただ彼の瞑想の邪魔をするだけで、彼は自分が「ニュースになっている」と感じると、書けなくなってしまうのだった。しかし、サリンジャーには、日ごろ敬遠しているはずの世間の関心や賞讃を、こっそり楽しんでいる一面もあった。サリンジャーの人生の大きな皮肉は、まさにこのような逆説的な状況にあった。彼が著述を一種の瞑想だと考えていたため、その著述を完成させることは、まさに自分のエゴを満足させる作品を生むことになったのである。

ゾーイーは俳優としての自分も、似たような立場にあるとみている。彼の選んだ職業は、自分でも精神的な転落だと考えているエゴを満足させるものだ。そしてゾーイーは自分の仕事にサリンジャーとおなじく、祈りをこめた態度で接している。バディは手紙のなかで、ゾーイーに俳優という仕事を信仰実践の一端として、精一杯つづけるよう勧めるが、シーモアものちにバディにおなじように精いっぱい書くことをつづけるよう勧める——まさにサリンジャー作品のオールスター総出演で、信仰実践の一端と主張するのだ。サリンジャーはバディとシーモアの部屋のドアに書きつけられたバガバッド・ギーターの引用を利用して、仕事に全身全霊でうちこむことは魂の試みだという思想をくりかえす。そのギーターの引用は、「汝は仕事をする権利を持っているが、それは仕事のために仕事をする権利に限られる。仕事の結果に対する権利は持っていない。仕事の結果を求める気持ちを仕事の動機にしてはならぬ」というものだが、その次の引用もこの物語の結末を予感させる。「一挙一動、すべて、至尊の上に思いを致して行なうべし。結果に対する執着を棄てよ」。サリンジャーと登場人物たちの双方に課された課題は、いかに仕事を全力で追求し、仕事の結果に誘惑されないかである。

ゾーイーはフラニーに魂の真実を次つぎにまくしたてるが、効果はない。フラニーは泣きだしてしまう。そこで語り手バディは、ゾーイーが議論の敗北のにおいをかぎつけ、すごすごと部屋を出ていくと告げるのだ。ゾーイーがフラニーを説得する言葉は論理的だった。しかし、ゾーイーの論理にはなにか決定的なものが欠けていて、説得に失敗したのだ。物語のこの時点では、ゾーイーはそれがなぜだか自分でも理解していないが、理解していないことは、居間から出ていく途中で会った母親にたいする、無礼で気短かな態度でもわかる。

物語の最後の場面はバディとシーモアの子供時代の部屋で、ゾーイーはそこでバディになりすまして、フラニーに電話をかける。その部屋は一種の礼拝堂として保存されてきた。シーモアが自殺した7年まえのままにしてあるのだ。バディが兄とのつながりのしるしとして、そして自分たちの別離を否定して、机の上に電話をシーモアの名前で設置したままにしておこうと主張してきたのだ。いろいろ子供じみた飾り物があり、本が満ちあふれているその部屋で、ゾーイーは「まるで操り人形の糸がついているみたいに」電話に引き寄せられる。そして受話器を取り上げると、頭にかぶっていたハンカチを送話口にかぶせて、ダイヤルをまわす。

サリンジャー作品の場面でも味わいの豊かなものは、単純な行為が点火されてある意味をもつ火花を発し、それが次つぎに炎となって燃えあがる。「ゾーイー」ではそれまでのサリンジャー作品のなかで、もっとも超現実的なイメージが登場する。フラニーは母親に電話だと呼ばれ、電話は兄のバディからだと告げられる。フラニーは電話に出ようと、廊下を歩いて両親の寝室へ向かう。あたりは改装のため散らかっているが、様相を変えつつある。廊下には塗りたてのペンキのにおいが充満し、汚れないように床に敷かれた古新聞の上を歩かなければならない。電話まで歩いていくうち、一歩一歩進むたびに彼女は見るからに若返っていく。廊下の端に着くころには、小さな子供になっている。シルクのナイトガウンさえ、不思議なことに「幼児のウールのバスローブに」変わってしまっている。このイメージはつかの間のもので、「ゾーイー」の結末の語りは超然としているが、その語りにも塗りたてのペンキのにおいと、ゾーイーのキリスト意識を呼びおこす声がこだまして入り混じってくる。フラニーは神秘的にイエス自身の言葉を具現しているのかもしれない。そのイエスの言葉とは、「おまえが変わって、幼子のようにならねば、天国に入ることはない」である。

この物語のいろいろな部分が一点に収斂《しゅうれん》するのは、フラニーとゾーイーの最後の会話のときだ。フラニーはずっと自分が、ニューヨーク州の森のなかの隠遁所から電話をくれた兄のバディと話していると思いこんでいた。[*17] この誤解のおかげで、フラニーはゾーイーへの怒りをぶちまけ、ゾーイーの精神的な地位はイエスの祈りの裁決を下せるほど高くはない、と自分の意見を述べることもできる。彼女は自信満々で、ゾーイーの辛辣さを責めるのだ。

ごく自然に、話している相手がゾーイーだということが、フラニーにもわかってくる。そのときこの兄と妹のあいだに流れるものは、『キャッチャー・イン・ザ・ライ』の最後でホールデンとフィービーが対決する場面ときわめて似かよっている。ゾーイーの正体はばれてしまうが、彼はフラニーの苛立ちを見ながらも話をつづけることにする。フラニーはしぶしぶ彼の最後の一言を聞くことを承知するが、さっさとすませて自分をほうっておいてくれと要求する。フラニーの「ほっといてよ」という言葉は、フィービーがホールデンに「黙っててよ」と言って、この兄にショックをあたえたように、ゾーイーの胸に突き刺さる。電話には重苦しい沈黙が流れ、彼女は言いすぎたことを悟るのだ。

フラニーの言葉にたいするゾーイーの反応は、彼自身のエゴを解放し、妹に必要なものをあたえることになる。ゾーイーは精一杯歩み寄って、イエスの祈りをつづけるのはいいが、正しく唱えること、そしてなにより先に、無条件の愛で差し出される一杯のチキンスープにこめられた神聖さを理解するようにと説く。そして苦しげに、フラニーに芝居をつづけるよう激励する。彼の苦しみは、演じることは拍手を求め、仕事の結果を求める欲望の産物そのものだというみずからの告白によるものだ。本来、宗教的な生活でたったひとつ大切なことは「離れること」で、まさに欲望の正反対なのだ、と彼は嘆く。そして彼は、フラニーのやるべきことはひとつだと考える。彼女が芝居をやらなければならないのは、それが神からあたえられた贈り物、才能だからだ。しかも、芝居をやる過程で調和の達成を目指して、全力で演じなければならない。「君としていまできるたったひとつの宗教的なこと、それは芝居をやることさ。神のために芝居をやれよ、やりたいなら」とフラニーに告げるのだ。

もちろんゾーイーはフラニーに向かってだけではなく、自分自身と自分の苦闘に向かって言っている。ゾーイーがフラニーを教えたり、啓示を得るところまで導くわけではない。ふたりはいっしょに

*17　ゾーイーは策略を成功させるために、バディのふりをするとき、フラニーを「フロプシー」というニックネームで呼ぶ（訳注：フロプシーはビアトリクス・ポターの童話『フロプシーのこどもたち』の母ウサギの名前）。

そこに到達するのだ。ゾーイーの論理とイエスの祈り自体に欠けていたもの、それは精神的な真理ではなく、人間の結びつきによって得られる神の啓示なのだ。母親の一杯のチキンスープに宿る神聖さや、小さな女の子と飼い犬が共有する歓びは、日常生活にありふれた平凡な光景ではない。神が顔をみせてくれる奇跡なのだ。そこでゾーイーは、サリンジャーの創造したもっとも感動的で有名な人物像、太っちょのオバサマ（Fat Lady）の話をする。ゾーイーは小さいころ、『これは神童』というラジオのクイズ番組に出演していた。ある夜、彼が舞台に上がろうとすると、兄のシーモアがやってきて、まず靴を磨くようにと言った。ゾーイーは腹を立てた。彼はスタジオの観客なんかみんな低脳だと思っていたからだ。プロデューサーたちも低脳だ。だから彼らのために靴なんか磨かない、だって舞台じゃ靴なんか見えないんだから、というのだ。ところが、シーモアはそんな理屈をきびしくはねつけた。「太っちょのオバサマのために」靴を磨けと弟に言ったのだ。シーモアは太っちょのオバサマがだれなのか説明してくれなかったが、ゾーイーの頭のなかには、癌にかかった女のひとが、ラジオをかけっぱなしにしてベランダにすわっている姿ができあがっていった。この姿とシーモアの言葉を頭に思い浮かべて、ゾーイーは舞台に上がるまえにはいつも、靴を磨くようになった。フラニーも彼女なりに同様な太っちょのオバサマ像を思い描いていた。シーモアはそのオバサマのために、おもしろくやれと励ましてくれたのだ。

これは、フラニーとゾーイーのふたりに全力で最善を尽くせという、シーモアの激励である。しかし、ほんとうはこの「太っちょのオバサマ」とはだれなのか、あるいはなにを表しているのか、ふたりには長年はっきりしなかったのだが、兄と妹が結びついた瞬間、キリスト意識と神の顔を見る力があたえられ、悟りの時が訪れる。「この太っちょのオバサマがほんとうはだれなのか、君にはわからんだろうか?」とゾーイーは問う。「……ああ、君、フラニーよ、それはキリストなんだ。キリストその人にほかならないんだよ、君」[28]。

太っちょのオバサマの話は寓話である。我われみんなのなかに神が存在することを認めたものだ。ゾーイーがすべての人のなかに神聖さを認めざるをえないように、彼にとっては自分のエゴの束縛から離れた道なのだ。フラニーにとって、それはいかに「絶えず祈る」ことを実践するか説明してくれるものだ。「絶えず祈る」とは、他人の書いた文句を唱えるのではなく、日常のすべてのことを、靴を磨くことでさえ、ひとつの祈りとして、神聖な行為として行なうことによって、常に神を心に抱くことなのだ。

ゾーイーはもはやなぜ靴を磨くのか理解していなかったし、フラニーも自分が唱えるイエスの祈りを理解していなかった。本質的には、ふたりはそれが慰めをもたらしてくれるという希望のもとに、あらかじめ定められたおなじ儀式を行なっていたのだ。シーモアの戒めの美しさは、イエスの祈りを否定しないことだ。そのイエスの祈りは、いわば、慈悲によってはっきりと神を見たいという昔のロシア巡礼の願いを、現代アメリカ版にしたものなのだ。

理解できた歓びに圧倒されたフラニーは、ベーブ・グラドウォーラーやX軍曹が啓示を受けたときとおなじ反応を示す。つまり、このうえなく幸せそうに眠りにつくのだ。

サリンジャーは「ゾーイー」において、作者自身の精神とエゴのあいだで荒れ狂う戦いをみせて、自分の魂をさらけ出した。周囲から隔絶されていると感じるグラス家の子供たちの苦しみは、作者がよく知っているものだった。他人を受け入れ、世の中にはすばらしいものがあることを認めようとする努力は、フラニーとゾーイーだけでなく、そのふたりに命を吹きこんだ作者も共有していたものだった。サリンジャーは「ゾーイー」において、自分の最大の挫折をも登場人物たちと共有した。絶望と孤独ゆえに、自分の著作によって神を探求せざるをえない彼は、自分の作品それ自体が結びつきの最大の障害になりうることを知った。彼はなんとかして、仕事の物質的な報酬を否定しながら、自分の作品をつうじて神を崇めつづける方法をみつけなくてはならないだろう。

「ゾーイー」はニューヨーカー誌の読者のあいだでは人気があった。この中編小説が受けたため、これをサリンジャーが衰えてきた公然たる証拠だと確信していた学者先生たちも、沈黙するか、少なくとも発言を控えざるをえなくなった。これらの批評家たちは（ニューヨーカー誌のキャリリン・ホワイトおよびその要員たちも）、この成功は、ニューヨーカー誌の平均的な読者がサリンジャーの気まぐれな作風になれてしまって、文学ずれしているせいだとした。それでもなお「ゾーイー」をけなす者たちは、一般大衆には受けげず、消えてしまうだろうと考えた。それを本にするほどサリンジャーが図々しいと考える者はほとんどいなかった。「ゾーイー」はニューヨーカー誌の誌面で生まれたもので、それが老いて死ぬのもその誌面の上だと考えられていた。

批評家たちの沈黙で、「ゾーイー」が完全に凋落から救われたわけではなかった。少なくともサリンジャーの目にはそうだった。「ゾーイー」の発表からわずか1週間後の1957年5月21日、シグネット・ブックス社はニューヨーク・タイムズ紙に広告を出して、『ナイン・ストーリーズ』と『キャッチャー・イン・ザ・ライ』のシグネット社ペーパーバック版をこの中編と比較した。[*1] サリンジャーはこの手の売り出し方を嫌っていたので、彼らが自分の新作に関わってきたことに激怒した。彼は当然この侮辱でリトル・ブラウン社を責め、感情にまかせてボストンに怒りの電報を打った。強引に新作と比較するようなシグネット社の商法がくやしかったのだ。リトル・ブラウン社はただちにていねいな謝罪をした。当社としてはその広告には関わっておらず、またその広告が出たことも知らなかったというのだった。サリンジャーは落ち着きをとりもどして、数日後リトル・ブラウン社の編集長ネッド・ブラッドフォードに、すこしはおだやかな返事を書いたが、やはり憤慨していた。彼はペーパーバック版全般への嫌悪をくりかえし述べ、シグネット社の広告が「ゾーイー」の発表とあまりに時期がちかく、「ピッタリすぎる時期で気持ちわるい」のだと説明した。[1]

このエピソードは些細なことのようだが、出版社にたいする抑えがたいサリンジャーの軽蔑を示している。このニューヨーク・タイムズ紙の広告をめぐるシグネット、リトル・ブラウン両社との論争は、彼が自分の作品を、それを担当している当の出版社から護ろうとする姿勢を、世間に知らせる結果となった。彼は作品の完璧さを追求しているのに、その作品が利益の追求のために編集者に台無しにされると考えると、腹がたつのだ。そして、金が重大な問題だった。サリンジャーは、出版社があまりにも多くの利益をかき集めていると考えていて、彼の手紙には出版社の貪欲さへの不満の言葉があふれている。

この出来事はサリンジャーが「ゾーイー」でも描いていた、芸術の制作と利益の獲得の葛藤という問題に、じかに関わっている。サリンジャーは「ゾーイー」のなかで、成功という精神的な落とし穴を警戒しながらも作品発表をつづけることを、長ながと論理的に主張していた。ゾーイーはフラニーに、芝居をすることは神からあたえられた贈り物なのだから、是非とも芝居をやるようにと説得する。サリンジャーはおなじことを自分の職業にも感じていて、自分の考えを共有してもらうために、作品発表をつづけることが自分の義務だと信じていた。しかし、フラニーが舞台でみごとに演じれば必ず拍手歓声が湧くように、彼の著作が成功すれば、どうしても利益を伴う。これこそ、シーモアとバディがきびしく戒めていた、仕事の成果なのだった。それはエゴと精神的な死に結びついていた。サリンジャーの作品が生み出した利益は、宗教的には彼に非常な不快感をあたえたが、いちばんうまい汁を吸ったのはリトル・ブラウン社であり、その事実がサリンジャーを怒り狂わせた。

サリンジャーの出版社への嫌悪感も、クレアとペギーがコーニッシュにもどってくると慰められた。1957年の夏にはコテージの改装も完了していた。ペギーは子供部屋に引っ越して、新しく整えられた芝生で遊んだ。家族の部屋にはテレビとピアノが備えられ、グラス家のアパートとそっくりになった。まだ3歳にもならなかったが、ペギーは父親にとって特別のよろこびをもたらした。サリンジャーの手紙には彼女のいたずらぶりや毎日ひきおこす楽しい騒ぎの記述があふれている。父親の目から見ると、ペギーは明るく活発な子で、サリンジャーは「ダイナモ（発電機）」とニックネームをつけていた。彼は娘のためにジャズのレコードをかけ、ダンスを教えてよろこんでいた。娘はおしゃべりをはじめていて、1月にはハンド判事に、もう苗字が言えるようになったと自慢した。もちろん、娘はテレビで見る人も、そのほかだれもがサリンジャーという名前だと思いこんでいたのだ。

＊1　シグネット社は『ナイン・ストーリーズ』のペーパーバック版を1954年に出していた。この版の体裁は美学的にはそれほどでもないにしても、しゃれたものだった。おなじシグネット版の『キャッチャー』とはちがって、表紙の派手なイラストもなかったし、挑発的な文句もなかった。しかし、そのときまでにサリンジャーはペーパーバック（つまり「ポイ捨て」）の本自体に嫌気がさしており、シグネットの『キャッチャー』も『ナイン・ストーリーズ』も軽蔑していた。

ペギーの子供らしい様子をよろこぶ手紙には、長い冬を呪い、クレアに影響しないか心配する言葉も並んでいた。「ゾーイー」が新聞売り場に並んでいたが、彼はすでに、また大変な苦労を伴うグラス家の新作という、次の仕事に取りかかっていた。クレアとの約束どおりヨーロッパへの長旅に出かけようというときになって、彼ははじめた仕事をほうっておいて、コーニッシュを出るわけにはいかないことがわかった。彼は戸惑いながらも、「じつのところ、この場所で仕事をするのが好きみたいだな」と説明した。[2] サリンジャーによれば、クレアは旅行を延期されても辛抱して陽気にふるまっていて、そのことに彼は感謝したという。彼はきびしい執筆の日程がどんなに妻に迷惑をかけているかわかっていると嘆き、「5年間にいちどだけ週末にアズベリーパーク（訳注：ニュージャージー州の海浜リゾート地）に連れていってくれる男と結婚するなんて、きっとすばらしいことだろう」と皮肉たっぷりにぼやいたりした。[3] サリンジャーは反省し残念がってはいたが、仕事への執着は深まるいっぽうだった。ジェイミー・ハミルトンがアメリカ支社のロバート・メイチェルに命じて、1958年の2月にニューヨークで会う手はずを整えさせようとしたが、サリンジャーは断った。仕事から離れられるまでには、何年もかかるでしょう、と言い訳した。[4]

この言い訳をつうじてサリンジャーが伝えたいことはひとつしかない。彼にとって家族は大切で、妻と娘がもどってくれたことはうれしいが、やはり仕事が第一だということだ。ほんとうに彼は、仕事に縛りつけられた囚われの身になろうとしていた。グラス家の連作はいかなる犠牲をはらっても、たとえふたたびクレアとペギーを失うことになろうとも、自分で満足のできる完成を目指すべき義務となっていた。したがって、1958年いっぱいから1959年にかけて、J・D・サリンジャーの生活とグラス家の次回作は一体化して、ひとつの物語になっていった。彼が次回作の「シーモア――序章」と題する中編小説を完成させたときには、彼は完全に自分自身の創作の罠にはまってしまっていた。

1958年1月1日にサリンジャーが39歳になったときには、着実に執筆をつづけ、仕事の進み具合と結果に満足していた。[5]しかし、その後8ヶ月たっても作品は完成していなかった。そのころには、ニューヨーカー誌は雑誌の全冊をサリンジャーの新作の特集にするつもりだったが、秋には新作の長さは「大工よ」を超えていた。サリンジャーはまる1年休みなく疲れもみせずに頑張ってきたが、体調がすぐれなくなってきた。夏の終わりにはいろいろな風邪やインフルエンザにかかって、あげくは肺を患ってしまい、寝こんで執筆を中断せざるをえなかった。いっぽう、ニューヨーカー誌はますます苛立って、新作をみせてもらうか、少なくとも完成のたしかな予定ぐらいは知りたいと考えていて、遅れれば社に大損害をもたらすと文句を言った。10月になって、ビタミン剤の集中投与によって健康が回復すると、サリンジャーは仕事を再開しても大丈夫だと確信した。[6]しかし、何ヶ月もむなしく過ぎたあとで、どこから再開すればいいのかわからなかった。1959年はじめになっても作品は未完成で、ニューヨーカー誌の態度はますますきびしくなっていった。

サリンジャーは作家としてスランプになると、景色が変われば創作力が目覚めると信じて、よく旅に出かけていた。こうした旅行がほんとうに効果があったのか議論の余地があるが、サリンジャーは「シーモア」を書き上げようと必死だった。1959年3月、彼は単身コーニッシュを出て、アトランティック・シティ(訳注:ニュージャージー州の海浜リゾート地)のホテルに部屋をとった。シーモア・グラスがニュージャージーの海辺への旅を許され、自分のヴァケーションは延期されたクレアの反応は想像するしかないが、なにより仕事優先というサリンジャーの姿勢が、彼女の反感を募らせたのはたしかだろう。

コーニッシュで「シーモア」を完成できなかったが、もはやアトランティック・シティでも無理だということが、サリンジャーにもわかってきた。あせった彼はまた場所を変えた。こんどはニューヨークに移って、ニューヨーカー誌のオフィスからわずか1ブロックのところに部屋をとった。1950年に『キャッチャー・イン・ザ・ライ』を仕上げたときのように、雑誌社のオフィスを仕事場にしたが、これもうまくいかなかった。ニューヨークに着いて数日のうちに、サリンジャーはまたインフルエンザにかかってしまった。仕事がはかどらず絶望しているうえ、身体も弱ってきて、彼はいまだにバラバラのままの中編小説を抱えてコーニッシュに帰宅した。[7]

サリンジャーが1959年の春にやっと「シーモア」を書き上げると、原稿は直接ウィリアム・ショーンのもとに届けられた。彼はただちにそれを受け入れ、ニューヨーカー誌のフィクション部門のだれにも文句は言わせなかった。キャサリン・ホワイトはまたしてもこの過程から締め出されたことに激怒した。彼女をなだめるのは、ショーンのやる気を理解し、おそらくホワイトといちばん親しいウィリアム・マックスウェルの役目だった。「サリンジャーには念入りに、そしてすばやく対処する必要があると思います」と彼はホワイトに言った。「そして現実的にできることは、ショーンがやってきたように、本人にまかせることとです。作品の長さとか禅仏教的な特性とか、それに『ゾーイー』がどうなったか考えれば、それしかありませんね」[8]。

この如才ないなだめ方はべつにして、マックスウェルのホワイトへの言葉で、ニューヨーカー誌が「シーモア――序章」に通常の編集手続きをとらなかった事情がみえてくる。マックスウェルはサリンジャーがいっしょに仕事をやりにくい作家だからと、ショーンをかばいながらも、やはり「ゾーイー」に言及したのは、サリンジャーの新作に挑んで、「ゾーイー」のときのように立ち往生するのは、どうしても避けたいという気持ちの表れなのだ。

1957年5月の「ゾーイー」発表と1959年6月6日の「シーモア――序章」登場とのあいだに、サリンジャーの人生最大の事件が、ニューハンプシャー州コーニッシュの環境や、ニューヨーカー誌のオフィスなどよりはるかに大きな舞台で起こっていた。この時期に、J・D・サリンジャーにたいする一般の認識は、短編作家から伝説の領域に急激に変化していた。気がすすまないながら悟りという宝石を配っている、禁欲的な隠遁者というサリンジャー神話が、アメリカ人の意識にぬぐいがたく定着していった。サリンジャーがシーモア・グラスという登場人物を聖人の域まで高めたように、彼自身も無視できないほど多数の人たちに、おなじようにかつぎ上げられていた。彼が私生活を隠して謙虚さを追求すると、それが読者には魅力的で、近寄りがたい聖人の雰囲気が生まれていた。それがまた、彼のイメージに曖昧模糊たる魅力をくわえ、多様な解釈を許すことになった。現実に、作者が作品と区別できなくなっていた。そして、ホールデン・コールフィールドの名前が社会的不満を訴える要請のもとにもち出されたように、J・D・サリンジャーの名前も多くの社会問題を論じるためにもち出されるようになった。

1950年代半ばには、親の世代の物質主義的な社会から自分が疎外されていると感じる若者たちの運動が、自然発生的に起こってきた。戦争いらいアメリカ社会にしみこんだ、ガチガチの画一性に反抗して、1950年代の多くの若者が周囲の世界にたいする幻滅や挫折感を表現できる、自分たち集団の声を求めていた。彼らは湧き上がる自分たちの不満を認めてくれる味方を求めていて、その不満が着実に大きくなって、やがて社会をみちがえるほど変えると考えていたのだ。多くの若者は『キャッチャー・イン・ザ・ライ』にその味方をみつけた。『キャッチャー』がはじめて世に出て何年もたって、アメリカの若者たちはとつぜん、自分たち世代の代弁者としてホールデン・コールフィールドという人物にとびついたのだ。ホールデンが直接自分たちに話しかけてくれ、サリンジャーがインチキや消費主義との闘いをつうじて、社会への自分たちの不満を表現してくれると感じた彼らは、崇拝の念をもってサリンジャー作品のもとに結集するようになった。その結果、これは『キャッチャー』教」と呼ばれ、ほとんど新興宗教的な熱狂となって、この小説とそれを創った作者を呑みこんだ。学生たちのあいだでは、『キャッチャー・イン・ザ・ライ』と『ナイン・ストーリーズ』を持って歩くのが流行となった。若者たちはホールデン・コールフィールドの態度や服装を真似した。皮肉にも、他人とおなじでないことが価値基準であるサブカルチャーの世界で、みんな一様にホールデン・コールフィールドという人物との結びつきが必須条件だった。

学生たちを当惑の目で見ていた教授たちの反応は驚くべきものだった。１９５６年および１９５７年には、はじめてサリンジャー作品のまじめな学問的分析が世に出た。本人が大学を出ていないのに、ことあるごとに大学社会をあざけってきた作家が、激しい学問的論争の的になったのだ。アメリカ中の大学キャンパスで、教師も学生もサリンジャーにつよい学問的関心を持つようになっていた。

サリンジャーのあらたな地位を象徴する出来事が１９５６年末に起きた。アナーバーのミシガン大学から、教授陣の一員として迎えたいという申し出を受けたのだ。38歳の誕生日のすぐあと、サリンジャーはおだやかな説教調の返事を出して、その申し出を断り、人びとのなかで働くのが苦手で、コーニッシュに留まるのがいちばんだと思うからだと説明した。じつは、ミシガン大学で教えるのが問題外だと思ったのには、ほかの理由もあった、とサリンジャーは告白した。その理由は「現役の小説家はどんなところでどんなふうに暮らすべきかという個人的な信念」と関係があって、それは彼に言わせれば、「確固たるもの」ではあるが、「おもしろくはない」ものだという[9]。

ミシガン大学の申し出は、自然と１９４９年のサラ・ローレンス大学での不快な経験と、そのあと激しくなった自分の信念とエゴの葛藤を思いおこさせた。サリンジャーのエゴが巨大なことはたしかだ。それでも、サリンジャーは宗教的な信念を尊重して、生涯そのエゴを抑えようと努力してきた。そして、いつもうるさいファンたちのいない、コーニッシュという僻地が自分には魅力的で、仕事にぜひとも必要なのだと説明していた。

サリンジャーが書いて発表してゆくうちに、彼の影響力は大きくなっていった。1959年には、大衆がサリンジャー作品と結びつけてきた反抗を求める気運が、社会の主流にも流れこんできた。演劇界では、既存の社会から個人が疎外されるという、ホールデン・コールフィールドの不満とおなじ状況を描くベルトルト・ブレヒト、ジャン＝ポール・サルトル、アーサー・ミラーなどの劇作家の思想が幅を利かせてきた。アメリカの本屋には、ジョン・アップダイクやカート・ヴォネガットなど、若いころにサリンジャーの影響を受けた作家の本が集まりはじめた。論議を呼んだ『ロリータ』は、ウラジーミル・ナボコフが「バナナフィッシュにうってつけの日」に触発されたことを認めているが、1955年に発禁になったにもかかわらず、アメリカ人の意識に侵入してきた。そんなころ、サリンジャーの強烈さに感銘を受けたといわれるシルヴィア・プラスは、あきらかに『キャッチャー・イン・ザ・ライ』を模した小説、『ベル・ジャー』の初稿を書き上げた。ハリウッドさえサリンジャーの影響と無縁ではなかった。俳優のジェイムス・ディーンはいろんな点でホールデン・コールフィールド的人物の典型で、いまだに『キャッチャー』と比較される映画『理由なき反抗』はすぐにブームを巻きおこした。

サリンジャーが「シーモア――序章」を書きはじめたころ、ビート・ジェネレーションが舞台中央に躍り出ていた。ジャック・ケルアックやウィリアム・バローズといった作家はサリンジャーがはじめた対話体を継続し、疎外と置き換え《ディスプレイスメント》の議論をあらたな段階におし進めた。[*2]「ビート族」では詩が表現手段の中心で、アレン・ギンズバーグのような大詩人たちは、とくにサリンジャーの心にごくちかい意味で、サリンジャーが世界のなかの人間の占める位置について発した問いをつづけていた。

ビート詩人や作家たちの詩に関する不満はともかく、彼らの主張には救いが欠けていた。サリンジャーはこのような反体制的な作家たちのアイドルとなったが、彼は彼らに嘲笑を向けた。彼にとって、こんな連中はまさに「ダルマ行者《ダルマバム》」(訳注:ケルアックの小説のタイトル)であり、「ビート族で不潔族、気むずかし族」で、なにより悪いのは「禅の破壊者《ゼンキラー》」だと非難した。しかし、社会の変革の多くはサリンジャー自身が手をつけたものであり、彼の作品が新しい理解者、新しい崇拝者を生んでいるいっぽうで、自分の名前を借用するファンの目的意識のなさを嘆くのは、彼としては奇妙な立場だった。

サリンジャーはコーニッシュの森の奥深くにこもって、自分のまわりに渦まく騒ぎを無視しようとしたが、だめだった。見知らぬ他人がコテージに姿を現すようになった。読んでもらいたいと、エッセイや学期末レポートの郵便が押し寄せた。[10] 彼に関する作り話や噂がマスコミに登場するようになった。これはほんの序の口で、世間がしつこく目を離さず、その後何十年も彼を悩ませたため、彼は自

＊2　サリンジャーとケルアックの相互関係はおもしろい。ケルアックは「ビート・ジェネレーション」という造語の作者といわれているが、それはホールデン・コールフィールドとおなじように、画一社会にうんざりしていることを同時代人に伝えるためだった。サリンジャーは「シーモア——序章」のなかで、1958年のケルアックの小説のタイトル「ダルマ行者」を責めて、直接ケルアックに話しかけている。おもしろいことに、サリンジャーとケルアックはコロンビア大学では1学期しか離れておらず、コロンビア大学がケルアックに短期間ニューイングランドの進学高校に通うよう指示しなければ、ふたりは同級生になっていた。作家としては、サリンジャーとケルアックはおなじように野心的だったが、やがて自分の名声に嫌気がさしてきた。時代のアイドルだったふたりは、ともに関心のもてない問題や地位に関わって苦しんだ。サリンジャーの対応は宗教と孤独に逃れることだったが、ケルアックはアルコールに溺れて若死にした。

分の著作をつうじて発言せざるをえなくなる。

1962年の秋、サリンジャーはおもしろいファンレターをもらった。というより、サリンジャーの反応がおもしろかったのだ。「スティーヴンス氏」とかいう大学生と思われる男が、おとなの社会の物質主義的な価値観への嫌悪感を訴えてきたのだ。彼には東洋思想の素養があり、ほかの人びとが精神より「物」に価値を置くことに失望していた。スティーヴンス氏が満足げにコーニッシュに手紙を送ってきたことは、まちがいのないところだった。この世に彼の憂慮を理解する人があるとすれば、それはJ・D・サリンジャーなのだった。

10月21日、サリンジャーはスティーヴンス氏に、典型的にていねいで率直な返事を書いた。スティーヴンスに手紙の礼を述べ、手短かに彼の見解に賛意を示したあと、本論にはいった。もらった手紙でもっとも印象的だったのは、インクの質だったという。つまり、スティーヴンス氏のタイプライターのリボンのインクが乾きかけていたのだ。サリンジャーはこう伝えた、「私にとって、君はなにより先に、タイプライターの新しいリボンが必要な若者だ。その事実をよく見て、必要以上にものごとを重大に考えないように。それから残りの一日をちゃんと過ごしたまえ[11]」。

サリンジャーの返事が尊大にみえる人もいるだろうし、たしかにスティーヴンス氏にたいしてはそう思える。しかし、それはファンが寄せる敬意にたいする、サリンジャーの新たな態度をきちんと記録したものだ。彼はカリスマ的指導者でもオズの魔法使いでもなかった。彼の作品は、その登場人物を絶対的な成功の地まで送り届けたことはなかった。彼は反逆者でも預言者でもなかった。彼は浅薄な社会を非難したが、つねに個人の責任を重んじた。サリンジャーが「シーモア——序章」を書いた姿勢とさりげない皮肉なユーモアのセンスは、スティーヴンス氏へ返事を書いたときとおなじものだった。彼のファンが自分の立場を確信するためにアイドルを求めるのなら、よそを探すべきだ――自分の足もとをよく見て、自分の道を行くべきなのだ。

「シーモア――序章」はサリンジャー公認の分身バディ・グラスがふたたび語り手を務めるが、執筆しているサリンジャー本人とおなじく40歳だった。この中編小説が描こうとするのは、1948年3月にフロリダで自殺したあともグラス家の指導者でありつづける、悟りをひらいた神の探求者、バディの兄シーモアの本質である。バディはこの中編を書きながら、シーモアの人生と人格を再検討した結果生じた、さまざまな情緒的、物理的な困難に遭遇する。それらの出来事が次つぎにバディの計画を頓挫させそうになり、読者も自由にその経験を共にする。

バディは最初から、自分の語りは長くてとりとめもなくつづき、ときとして自分の気の向くままに脱線するだろうと警告する。自由奔放な本文の前触れとして、彼はカッコの花束（((()))）を読者に進呈する。サリンジャーはバディの口を借りて、新しい文学の領域への道を切り拓《ひら》こうとしたのだ。物語の語り、文体、主題を工夫して、創作の規則を次つぎに放棄し、未踏の世界に旅立ったのだ。サリンジャーが手がけたこれまでの作品には、「作家意識」を抑えるニューヨーカー誌の方針と正面から対立した作品は、「シーモア」以外にはなかった。そこでは、それまで作家たる者はこうあるべしと教えられてきたことが、ことごとく破られている。しかし、サリンジャーの思想が最終的にはっきりと明確になるのは、この一見混沌とした構造のなかでのことだ。

作品としては、「シーモア」は謎めいた液体のような特質をもっている。作品の各部分が流れると同時に逆流し、さながらひとつの川のさまざまな流れのようだ。この中編小説はおおまかに多くの段落に分けられるが、それぞれの段落にするどい語り口が介入し、つねに表面の下に逆流する流れがあって、バディが語るそれぞれの話題のもつ意味が深まっている。このため、「シーモア――序章」の書評はさまざまで定着しないのだが、この目に見えない底流が読者を最後まで引っ張ってくれる面もあるのだ。

この中編小説はフランツ・カフカとセーレン・キェルケゴールの引用というふたつの前口上ではじまり、バディ自身の個人的な序文がつづく。冒頭のふたつの引用は作者とその作品の関係をあつかっている。小説家と登場人物との愛を表現し、作者の書く作品の方向を決定するその愛の力を説明しているのだ。それから、バディが読者に直接語りかけて「野鳥観察者《バードウォッチャー》」と呼び、彼らが作家として、そして個人としての自分の生活を、実態とはちがう奇妙なイメージでみていると非難する。こんな導入部が自然に第2の段落へ移り、バディは批評家やその分析方法を否定し、ビート世代の精神的無知を非難する。段落から段落への流れは境目がなく、バディが巧みにつなぎ合わせている。彼は「金つんぼの貴族」として作品を頭で解剖する連中を非難するように、作品を精神的に分析しないで頭で分析することを嫌っている。

「シーモア」の第3の段落では、バディはこの作品を伝記的な小品として提示する考えを示す。おそらくこの中編でもっとも恥ずかしげな段落だろう。この物語がシーモア・グラスを伝記的に瞥見《べっけん》させてくれるだけでなく、バディも、そしてバディをつうじてJ・D・サリンジャーの姿も紹介される。作品のなかのこの位置にあることで、この段落が皮肉な趣きを帯びてきて、バディがサリンジャーの読者にはおなじみの過去の作品にふれると、野鳥観察者も必ずぼけた耳をそばだてて傾聴するのだ。

第4の段落は日本と中国の詩に大きな影響を受けた、シーモアの詩を長ながと分析する。この部分でサリンジャーは、詩は精神性の表れだという、「倒錯の森」いらい抱いてきた信念をくりかえす。彼は「真の詩人は素材を選ばない。あきらかに素材が詩人を選ぶのだ」と語って、真の詩は神から受けたひらめきの成果だという定説をくりかえすのだ。サリンジャーはバディをつうじて、詩の本質は精神の完成度に比例すると述べ、シーモアを真の詩人というだけでなく、もっとも偉大な詩人と呼ぶ。これでシーモアが聖人たることに注意を喚起し、彼をもっとも大きな苦難を経た神の探求者に肩を並べる存在としている。

シーモア・グラスも完璧ではなかった。第5の段落でバディは急いで兄の人間的な面を確立し、シーモアとバディが芸人として引き継いだ伝統を語る。この段落には道化師ゾゾ、ギャラガーとグフスのコンビ、シーモアがジョー・ジャクソンのニッケル張り曲乗り自転車のハンドルに乗ってみせたショーなど、多くの象徴的な過去が登場し、この作品のなかで忘れられない部分だが、サリンジャーはすべてを完全に説明してはくれない。

ジャクソンは「曲乗り自転車屋」として知られ、世界中をまわってその自転車の妙技で観客を魅了していた。ルンペンの格好でパントマイムをしながら自転車にまたがり、次第にバラバラになっていく自転車に乗りつづけるのだ。1942年、ジャクソンはニューヨークのロクシー劇場で自分のショーを終えたばかりで、致命的な心臓発作に襲われた。瀕死の状態で横たわりながらも、観客の歓声が聞こえていた彼の最期の言葉は、「まだ拍手している」だった。息子のジョー・ジャクソン・ジュニアは、父の死を機に自転車のショーを引き継ぎ、父親そのままの芸を守った。親子ふたりあわせて、ジョー・ジャクソンのニッケル張り曲乗り自転車は、通算百年も観客を楽しませた。

5歳のシーモア・グラスが、ジョー・ジャクソンのバラバラになっていく自転車のハンドルに乗って、楽しげに「舞台じゅうをぐるぐるまわっている」姿が、信頼と信念という主題を明確に語っている。そしてそれがシーモアの生き方を、つまり心の平安をおびやかす周囲の力を意識しないで、少なくとも気にしないで、生の高揚感そのものに酔いしれて生きていた姿を伝えている。それはまた、自分の文体や革新的な手法が招く危険を無視して、作品を書いているサリンジャーの姿でもあるのだ。シーモアとサリンジャーは、ジョー・ジャクソンのニッケル張り自転車のハンドルに乗った経験を共有し、この場面が提示する問題をも共有している。シーモア・グラスが精一杯に生きることを愛し、なんの疑いもなく信頼しきってハンドルに乗っていたのなら、どうしてみずから命を絶ったのか、そして、サリンジャーがひとの意見に惑わされず、自由に書く解放感を楽しんでいたのなら、どうして彼もおなじように作家人生に終止符を打ったのだろうか?

「シーモア」の第6の段落では、仕事中の作家を肩越しにのぞいて、バディがしばらく作品を発表していない理由、つまり書けないことや健康問題、そしてシーモアの移り変わるイメージなどを探らせてくれる。ここが作品でもっとも対話的な要素がつよい部分で、バディは読者にどんどん親しげに話しかける。語りの堅苦しさがなくなって自意識が消えると、バディはますます解放され楽しげになる。ここで読者は、1940年にシーモアが書いた手紙をバディといっしょに読む。ウィリアム・ブレイクの詩に因んで「親愛なる眠れる虎へ」と宛書きされたシーモアの文章は、書くことについてのサリンジャー自身の哲学をそのまま反映している。「ものを書くことがいったいいつおまえの職業だったことがあるのだい?」とシーモアは問う。「それはいままでおまえの宗教以外のなにものでもなかったはずだ。……ものを書くことがおまえの宗教である以上、おまえが死ぬとき、どんなことを尋ねられるかわかるかい?……おまえの星たちは出そろったか? おまえは心情を書きつくすことに励んだか?」[12] バディは次にシーモアの奇妙な身体的特徴を伝え、一連の禅の寓話のように読める、子供のころの想い出話がつまった、長い語りの「一家の記録映画」を公開する。バディがひとつひとつの想い出、物語や実例を思いおこすたびに、バディにおよぼすシーモアの精神の力が増していって、「シーモア」の第8および最終の段落では、バディは「一家の記録映画」を語ることに疲れはててしまう。しかし、そのいっぽうで啓示も受けていたのだ。深い満足を覚えたバディは、自分の人生やまわりの世界と、そしておそらく兄の死とも折り合いをつけられたと語る。

バディの言葉は個人的な悲しみに彩られているため、さまざまな感情を押しつけてくる。それは当然のことで、「シーモア――序章」はさまざまな段階で書かれているのだ。サリンジャーが「ゾーイー」

を発表することによって、文学という衣装部屋から気どった黒いネクタイを追放したとしたら、この物語をドレスアップするために、すぐにもっと派手なアクセサリー、闇のなかで輝いてくるくるまわるネクタイを創りだした。[*3]「シーモア」の大半は寄席演芸であって、サリンジャーもそれは承知していた。作品全体が、同時に3つのリングでショーを披露して読者を仰天させる、いわば3《スリー》リングサーカスなのだ。

この中編はバディ・グラスが家族の年代記を語る、グラス家物語の連作のひとつらしい。ここではシーモアの人生のさまざまな出来事が精神的訓話と重なるように、伝記と宗教的な教えが入り混じって一体となっている。バディは公案[*4]めいた想い出を連ねて読者に精神的問題の講義をしながら、兄という人物を親しく知ってもらおうとしている。この公案めいた寓話にはこの作品に生気をあたえる力がある。ファベルジェ（訳注：王侯貴族に愛されたロシアの金細工師）の珍品のようにカプセルに包まれて、バディの物語におだやかな口調で美しい悟りの意味を吹き込むのだ。

この作品は物語を書いている作家の物語とみることもできる。バディは自分自身を読者に解放し、自分がものを書くときの個人的な状況や感情について語っている。彼は文章を伝えるだけではなく、書いているものについての個人的な感情も共有しているのだ。

ひとつの家族史および精神的訓話として、「シーモア――序章」は魅力的だ。しかし、この作品には読者を惹きつける第3の要素がある。つまり、「シーモア――序章」はしばしばJ・D・サリンジャー自身の自伝的な小品だと解釈されているのだ。

この観点からすると、サリンジャーはこの作品を書きながら、グラス家の連作の本質を転換していることになる。彼は、作家としてのバディ・グラスの試練や苦難の話はべつとして、伝統的なやり方で同時進行の物語を語ることはしない。彼は「ダルマ行者」、自分の名声、私生活を大事にすることなど、自分の生活に関わる多くの問題を語るために作品を書くのだ。そのなかで、サリンジャーは読者に直接語りかけ、プライヴァシーの尊重や自分のイメージの誤解について伝えている。ここでは、バディ・グラスという人物をつうじて、素直に記録を作っているようだ。読者が野鳥観察者になってしまい、自宅のバラの茂みにタイヤの跡を残したことを叱責したあとで、彼自身の人生を見抜く多くのヒントをあたえている。しかし、「シーモア」を読んでサリンジャーに関する情報が増えたと感じるのは、よくできた幻想なのだ。シーモアの詩についてもおなじように、サリンジャーはこの作品で「自伝的な秘密は一切もらさず」にすませている。

じつのところ、こういった解釈はどれも完全な真実ではなく、同時に真実でもある。「シーモア――序章」では3つの語りが並行し、そのうちふたつは伝記的で、残りのひとつは自伝的だ。どれも静止せず、連続的でもない。サリンジャーがこのひとつの作品に配列した3つの物語は、連続的にとけ合い、分裂し、方向を変え、ふたたび混じりあう。その結果、何十年も読者の目をくらませ、混乱

＊3　じじつ、「シーモア」のなかでサリンジャーのネクタイ（訳注：バディのネクタイ）は、「赤黄色《クロッカスイエロー》」とされている。しかし、そこには1946年の比喩の名残りがある（訳注：1946年は「マディソン街はずれのささやかな反乱」発表の年）。バディはそのネクタイがいずれ必ず彼の散文に出てくることを認めている。

＊4　公案とはひとつの物語であり、対話、問答、あるいは歴史上の言葉であるという、禅仏教の伝承である。概して、理性ではわかりにくいが、直感で理解される面がつよい。

させつづけてきたのだ。

「シーモア──序章」のなかから自伝的な核心を見きわめるとか、バディ・グラスが作者と共通してもっている特徴を見分けることは魅力的だが、この作品の説明的なカッコつきの読み方だ。「シーモア──序章」の最大の謎は作品タイトルの人物であり、その最大の力は創作を犠牲にしている。

シーモアの亡霊はこの物語にあふれている。シーモアの肉体の不在にたいするバディの苦痛が、彼の吐露するすべての思いに刻みこまれている（夕闇せまる街角でビー玉遊びをしている弟を、シーモアが歩道の縁に立って見ている場面は、読者が思い描くだけでなく、感じ、聞き、味わっているのだ）。A・E・ホッチナーに、小説とは「拡大された経験だ」と教えたのはサリンジャーだった。「シーモア──序章」の大きな謎はここにある。つまり、シーモアという人物の微妙なところまで、まるで生きているように描くために、サリンジャーは蓄積された自分の経験をどのていど生かしたのか、という問題だ。バディの深い苦しみは、作者の魂のどこにその恐ろしい根をもっていたのだろうか？サリンジャーに兄弟はいなかった。サリンジャーの実人生で、近親の者にも友人にもシーモアのような人物はいなかった。また40歳の時点で、サリンジャーにみずから命を絶った知人はいなかった。じじつ、ロスとロブラーノの死はべつとして、戦争いらい人の死とは気持ちよく縁を切っていた。それでも、シーモアという人物があまりにリアルなので、いくらかでも事実に基づいていたにちがいないと思わされる。そして、バディ・グラスの悲しみはあまりに生なましく痛いたしいので、現実の感情を詳述したものとしか思えないのだ。

「シーモア」のなかで、バディは興味深い話をしている。軍隊にいたとき肋膜炎にかかり、3ヶ月以上苦しんだという。その病気から彼を救ったのは、ほとんど神秘的ともいえる方法だった。ウィリアム・ブレイクの詩をシャツのポケットに入れておくと、湿布のような治療効果があったのだ。それはバディの言葉を借りれば、「ふしぎなほど即効性のある熱療法」のようなものだった。バディは自分の話を、精神的力が治療効果を発揮する実例として語っているのだ。彼はシーモアの詩を収集して発表したいという気持ちを、そんな想い出によって説明している。しかし、彼の話はサリンジャーの作品の背後にある、精神的訓話よりもっと個人的な事情に関わっているかもしれない。

バディの話がサリンジャーの人生に実際あったことだったとすれば、サリンジャーがバディの悲しみを描くために利用した素材だけでなく、シーモアという人物を生み出すきっかけがあきらかになるかもしれない。サリンジャーが、ジークフリート線を越えてヒュルトゲンの森に向かっていた1944年10月から、なんとか血まみれの戦闘をくぐりぬけたその年の12月までのあいだに経験した苦しみを、バディの話が伝えていると想定するのがもっとも論理的だ。サリンジャーが心の安らぎを求めて、詩を書きはじめたのはこの時期のことだった。そして、心の支えとしてウィリアム・ブレイクの詩「子羊」をとりあげた物語、「新兵フランスにて」を書き上げたのは、ヒュルトゲンの森だった。

バディは、サリンジャーが戦闘のあいだ生きのびるために執着した価値観を再確認し、彼が戦争中に倒れた同胞の死を悲しむことに次第に慣れてしまったことを、読者に思いおこさせるのだ。バディ・グラスが兄を悼む深い悲しみを引き出すような事件が、その後のサリンジャーになかったということは、作品でその感情を再現するために、サリンジャーは苦しみ悲しんだ昔までさかのぼったのだろうということになる。シーモアの先駆者ケネス・コールフィールドは、絶望への反発である希望や死の克服の象徴として、戦争中に生まれていた。シーモアという人物を創りあげているとき、サリンジャーはおなじような戦時中のつよい気持ちを思い出したのだろう。したがって、シーモア・グラスがほんとうに生まれたのは悲惨な戦闘中だというのが、論理的にもたしかなところだろう。

このようなつながりを肯定させるのは、戦後14年もたってその苦しみをありありと甦らせる、サリンジャーの能力のせいだろう。しかし、バディが感じるシーモアの死の悲嘆やその後の悲しみが、この人物たちを創造した主目的ではない。ふたりはサリンジャーが人生を肯定する姿、つまりつねにこの世に存在する美に魅惑され、その救いの力を信じる彼の姿勢を体現しているのだ。バディの言葉をつうじて、シーモア・グラスは儚《はかな》い一編の詩、聖なる俳句として描かれている。彼の価値はその寿命の長さにあったのではなく、彼が存在し、まわりの人たちの人生を動かしたという単純な事実にあったのだ。バディは兄を知ることで得たその悟りを継続することが自分の義務だと考え、シーモアの詩を収集して発表することによって、この世の残りの人たちとその悟りを共有しなければならないと感じている。したがって、サリンジャーはシーモア・グラスの詩をたんなる芸術作品としてではなく、「ふしぎなほど即効性のある熱療法」、つまり、精神的に苦しむ世界の治療薬として提供された湿布とみなしている。

シーモアが体現している悟りや内的な美、それに個人的な悲しみを乗り越えて兄が遺した贈り物を評価するバディの姿勢は、サリンジャーと同世代人のうしろ向きの皮肉な姿勢とは、はっきり対照をなしていた。シーモアとバディという人物は、美に目をそむけ、まわりの世界の病を強調するビート世代に挑戦した。サリンジャーが信頼と希望を示したとすれば、ビート族がみせてくれたのは不平と魂の無知だけだった。じっと耐え忍んで神に愛されるバディとシーモアという人物を使って、サリンジャーは「キルロイ（訳注：第二次世界大戦中にＧＩが壁の落書きに残した架空の名前）、キリスト、シェイクスピアたちがみんな滞在していたこのすばらしい惑星をわかりもせずに軽蔑する」として、「禅《ゼン》の破壊者《キラー》たち」を非難した。サリンジャーにとって、ビート族の詩人や作家たちは創作上も精神的にも仲間とはいえなかった。彼らは書評家とおなじく、非難すべき「金つんぼの貴族」なのだった。[13]

　最終的な分析では、サリンジャーが「シーモア――序章」を書きたかったほんとうの気持ちは、その文学的な内容や伝記的な部分に登場する主張からわかるのではなく、１９５８年にラーニド・ハンドに書いた手紙のなかに、その本質がみられる。「神と調和して安らかに、そして行くべき道をひたすらまっすぐ歩きなさい。神があなたにもっと望むことがあれば、神の意思はそれをあなたに伝えるだろう」と彼は忠告した。[14]

　かつてサリンジャーは、ニューヨーカー誌の方針を完璧さの基準として用いて、作品をゆるぎないものにしようとしていた。しかし１９５９年には、彼は完璧さとニューヨーク誌の要求する客観的な欠陥のなさとのちがいに気づきはじめていた。そのちがいは精神的なものだと考えた。ハンド判事への手紙の言葉は、彼の書くものの題材は自分が選ぶのではない、神にあたえられたひらめきだという、１９５６年の信念をくりかえしたものだ。「ゾーイー」のなかでフラニーが兄に「神の女優」になれと言われたように、サリンジャーはいまや自分を神の作家だと考えていた。そして、バディ・グラスがシーモアの詩を世の中の人と共有しなければならないように、サリンジャーは自分自身の悟りの美を、彼をとらえて離さない登場人物からたしかな愛をこめてあたえられた悟りの美を、みんなと共有しなければならないと感じているのだ。彼は「シーモア――序章」を整然と計画的に作られた物語としてではなく、信頼からのみ得られる自由にあわせて流れる、神聖なひらめきとして考えたのだろう。その信頼とは、シーモアがジョー・ジャクソンのニッケル張り自転車のハンドルに乗ったときに抱いた信頼とおなじものだ。そして、ここにバディの幸せの真の根源がある。つまり、神の励ましを受けて、彼は従来の文学の規則から解放されたのだ。「シーモア」という作品に最終的な裁決を下すのはニューヨーカー誌でも、批評家でも、読者ですらなかった。それは神自身だった。

それはバディ・グラスが「シーモア――序章」で受けた啓示だ。作家の義務は自分のひらめきにたいするものだけであり、自分の星にたいするものだ。そして、作品をはかる真の基準は作品が信頼をもって伝わるかどうかだ。バディは神聖な義務を果たしおえると、自分の身のまわりの真実に目を開かれる。そして、この地上のあらゆるところが聖なる地であることを知る。彼は他人との結びつきによって、フラニーとおなじ自分の妹だと認める、307番教室にいる誤った知識をもつ恐るべき女学生たちともつながることによって、平安を見出すのだ。そして、目の前のフラニーとおなじように、いまや同様の悟りを得たサリンジャーの登場人物ではおなじみの結末、満足した安らかな眠りで、自分の悟りにけりをつけるのだ。

暗黒の頂き

作家が無名性、匿名性を求める気持ちは、作家として仕事をしている時期に貸し出されている、2番目に大切な資産だというのが、わたしの破壊的な見解です。
J・D・サリンジャー、『フラニーとゾーイー』（1961年）のブックカバー

「シーモア――序章」を掲載したニューヨーカー誌は1959年6月6日に発行された。[*1] 野原で遊んでいる3人の子供が、うれしそうに空を見上げているイラストが、表紙を飾った。熱心なサリンジャー・ファンにとって、この雑誌に電撃的なこの作品が登場するのはたしかにうれしいことだったが、「シーモア」にたいする一般の反応は、せいぜい「さまざま」というところだった。ほとんどの読者はこの作品をどう解していいかわからなかった。これは非難追求の書か、それとも人生肯定の書なのか？フィクションか、それとも自伝的告白なのか？芸術作品か、それとも自己陶酔の実習なのか？

読者がその意味に戸惑い、批評家はその自由奔放ともみえる表現形式に唖然としているなか、サリンジャーの新作の本質をめぐって、議論はすぐに沸騰した。その結果、「シーモア」は1959年の文学部門の必読書となり、雑誌はすぐに売り切れた。それはまさに、ニューヨーカー誌が予測したと

*1 ニューヨーカー誌のほとんど全冊を「シーモア――序章」が占めた。

おりの結果だった。この作品のすぐれた点とは無関係に――ウィリアム・ショーンは「シーモア」を受け入れたとき、そのよさをほとんど理解していなかったが――著者サリンジャーの評判だけで売れると期待していたのだ。

ニューヨーカー誌の売れ行きを保証したその評判が、サリンジャーを気まずい立場に追いやった。新聞や雑誌が彼の新作を軽蔑と賞讃の入り混じった記事で取り上げだすと、ニューヨーカー誌のこの号はすぐに入手困難になり、残部をみつけられた幸運なサリンジャー・ファンがいち早く買っていった。『キャッチャー』や『ナイン・ストーリーズ』が海外で各国語に翻訳され、出版されるにつれ、全世界に広まっていたそのほかのファンたちには、ニューヨーカー誌が買えるごく一部の人たちだけに発売されるのは、不公平だとしか思えなかった。『キャッチャー・イン・ザ・ライ』の登場からもう10年ちかく、『ナイン・ストーリーズ』が発表されてからでも6年がたっていた。彼がグラス家の新しい小説を発表するだろうというのは、予測されているだけでなく、いまや、そう思われていた。じじつ、サリンジャーは1955年いらいずっと、ニューヨーカー誌にグラス家の小説を書くと約束しつづけていた。

「シーモア」が発売されると、読者はバディ・グラスという人物のなかに、たやすく作者の存在をかぎとった。「私が一年の半分は仏教の僧院に住み、残りの半年は精神病院にいるという、インチキな情報を読者がどこからか仕入れている」とバディが抗議しても、かえって、サリンジャーが一風変わったところはあるが、悟りを開いた隠遁者だという定説を証明するようなものだった。サリンジャーは彼なりにその役割をよく務めた。ほとんどバディ・グラスという登場人物そのままに、「シーモア」

の発表のあとすぐに、ニューハンプシャー州のダートマス大学の構内に姿をみせるようになり、図書館で何時間も仕事をするなど、バディ・グラスを思わせる文学的美学者としてふるまった。しばらく顎ひげをたくわえ、ジーンズとチェックのシャツという山暮らし向きのボロボロの服装を着こなし、学問にも薪割りにもふさわしい身なりをしていた。それから物思いにふける天才という雰囲気を完璧にするため、ソブラーニ（イギリスの高級タバコ）の甘い香りの漂うパイプをくわえるようになった。

サリンジャーはこんな役を演じながら、人びとの好奇の目に姿をさらしつづけたが、その目がとどきすぎないようつねに一定の距離を保っていた。わかりやすくいうと、彼は正しいイメージをまちがいなくとどけたが、賞讃されるていどにちかく、細かく調べられないていどに遠く距離を保っていた。それは自身を危険にさらすゲームだったが、彼が負ける運命にあるゲームだった。

1959年まで、サリンジャーは努力する芸術家、戦争の英雄、失意の恋人、精神美学者、世代の代弁者と多くの役割を演じてきた。ジグソー・パズルで彼の姿を完成させるには、ピースがひとつ欠けていた。1960年代を目前にして、アメリカ社会は南北戦争いらいはじめて、社会的、政治的な問題意識に目覚めてきた。原子爆弾、人種差別、富の格差などの話題が芸術の各分野に、詩人、作家、劇作家などの闘士に発言の場を提供した。しかし、サリンジャーはこれまで政治にはあまり関心を示さなかった。そして、「ブルー・メロディ」では人種差別を非難したが、彼の作品はほとんど同時代の社会問題にはふれていなかった。

サリンジャーは個人的にはあらゆるタイプの政治を軽蔑していた。ラーニド・ハンドへの手紙には、彼がアメリカ社会が創立されたときの理想をつよく信じていて、その理想を護るために、政府、政治、文化などの欠陥を克服することが大切だという信念がうかがえる。[1] 彼はまた、時事問題や社会を崩壊から救う原則に独自の見解をもつ人との、緊密な人間関係をもっていた。いまだに時事問題に深く関わっているハンド判事にくわえて、サリンジャーには戦争中ずっと防諜部隊の相棒だったジョン・キーナンという男がいた。彼はその経験を生かしてニューヨーク市警察にはいり、いまでは本部長になっていた。[*2] そんな知識のある友人が身近にいて、サリンジャーは公共社会問題の論壇にはじめて、1回きりの進出を果たした。

1959年の秋、ニューヨーク・ポスト紙はピーター・J・マッケルロイの「地獄行きの連中を弁護するのはだれだ?」という記事を掲載した。その論説は、ニューヨーク州の法律では終身刑の囚人には仮釈放はありえない、というその頑なな姿勢を問題にしていた。ハンド判事やキーナンとのつきあいから法律に詳しいと思われるサリンジャーにとって、その記事のタイトルは挑戦的だった。12月9日、ポスト紙は同紙の49ページに彼の投書を掲載した。「正義とは、せいぜい私に目をそむけさせ、あるいはコートの襟を立てさせる言葉でしかなく、無慈悲な正義はたやすくきわめて陰気で寒ざむしい言葉になってしまう」とサリンジャーは書いた。[2] サリンジャーの立場は明確で、編集者への投書はきびしいものだった。仮釈放を禁じているニューヨーク州の法律の欠陥は、「慈悲」に欠けるだけでなく、「救い」の観念を否定していることだ。囚人が人格を完全に一新したとしても、その法律は鉄のごとくゆるぎなく、刑の宣告を考えなおすことはないのだ。州は罪の懺悔の可能性を認めず、なんら撤回する義務もなく、囚人を一生涯「朽ち果てて死ぬまで」、サリンジャーがバカにして言うように、「あらゆる点で16世紀のものよりすばらしい、衛生的で風通しのいい独房」に投獄しておこうとするのだ。救いこそ人生の目標であるサリンジャーにとって、州による否定は神の冒瀆だった。そしてその冒瀆の犠牲者、更生の望みもなく投獄される人びとは、彼には「地上でもっともはっさり抹殺され、人に見捨てられた人」に思えたのだった。

1959年11月7日、サリンジャーの編集者で指導者でもあったウィット・バーネットから手紙を受けとったことが、不愉快な出来事の発端だった。10年ほどまえから、ストーリー誌は不振におちいっていて、バーネットはその状況をでたらめな営業担当者のせいにしていた。その結果、同誌は定期的な発行を中止せざるをえず、ときおり以前の寄稿作品をハードカバーの作品集にして、なんとか

＊2　サリンジャーとキーナンは対照的で興味深い。キーナンは防諜部隊時代の相棒で、戦争体験は生存しているほかのだれよりサリンジャーとそっくりだ。それでも、おなじ出来事にたいする反応は、ふたりで大きく異なる。サリンジャーは戦争体験がよけいに重い意味をもつようになって、その後ずっと自分が目にしたことに心がバラバラになってしまった。キーナンはりっぱで冷静な対応をしたようだ。戦争から帰還して、キーナンはニューヨーク市警察本部の殺人課に所属し、本質的には防諜部隊ではじめた職務を継続したことになる。キーナンのふるまいがサリンジャーを戸惑わせたことは、1950年に書いた「エズメに——愛と汚れをこめて」に示されているが、彼はニューヨーク市には貢献した。彼はニューヨーク市の殺人課の主任刑事となり、1970年代の悪名高き「サムの息子」（訳注：1976年から1977年にかけてニューヨーク市を騒がせた連続殺人・放火事件）の捜査を指揮した。

存続しているありさまだった。サリンジャーも1949年に、そんな作品集に「ロイス・タゲットやっとのデビュー」を再録することを許可したことがあった。バーネットは雑誌を再興しようと考え、サリンジャーに手紙で同様の許可を求めてきたのだ。その依頼の時期が悪かっただけでなく、手紙の文面は非難にちかい調子だった。「これは、過去からの声を聞くようで、さぞ驚かれたことでしょうが、過去といっても、貴君が教室で窓の外をながめていたコロンビア時代ほど遠い昔のことではありません」とバーネットは書きだしていた。[3] バーネットはつづけて、手許にある未発表のサリンジャー作品2編を使わせてもらいたいと頼んでいた。*3 この2作品は何年もまえにバーネットが掲載を断ったものだった。サリンジャーが作家として成功し、名声を得たいまになって、それらの作品が新たな関心を呼ぶ存在になっていた。「使わせてほしい作品のひとつは、戦争もので時代遅れにみえるかもしれない『うぬぼれ屋の青年（"A Young Man in a Stuffed Shirt"）』だが、この種のものとしてはこれまで読んだなかで最高のものだ。もうひとつは、『イレイン』や『ロイス・タゲットやっとのデビュー』にちかい、『偉大な故人の娘（"The Daughter of the Late, Great Man"）』だ」とバーネットは力説した。

サリンジャーはバーネットから依頼があるまで、この2作品のことは忘れていただろう。バーネットはストーリー誌が掲載した数少ない作品「イレイン」と「ロイス・タゲット」のことを持ち出して、サリンジャーに以前の恩義を思い出させようと考えたのだ。「シーモア――序章」を表面的に読んだだけでも、サリンジャーが昔の作品を読まれたくないことは、バーネットも感じたはずだった。とくにこの2作は、じかに戦争体験とウーナ・オニールとの失恋を示すもので、批評家やファンが容赦なく詮索したがる作品だった。

この依頼が無理なことを強調でもするかのように、バーネットは手紙の締めくくりで、ふたりの友情に終止符を打つことになった、1946年の選集『若者たち』の失敗の話をむしかえし、自分には責任はなかったと主張した。「私たちのあいだで、最大の後悔のもとでした」と彼は嘆いた。

サリンジャーは動じなかった。ドロシー・オールディングに作品を出版したいというバーネットの依頼を断るだけでなく、原稿も返却させるよう指示した。3日後、オールディングはバーネットにこのことを知らせた。バーネットのことをサリンジャーとおなじくらい昔から知っている代理人としては、これはいやな役目だった。しかも、サリンジャーも知らなかったが、オールディングはすでにその2作の原稿料を受け取っていて、バーネットが送ってきた小切手を返さなければならなかったのだ。[4]

12月15日になって、バーネットは昔の教え子にふたたび手紙を書いて、とくに「うぬぼれ屋の青年」だけでも考えなおしてくれないかと頼んだ。しかし、その手紙はつらそうで、サリンジャーの頑なな姿勢を甘受していたようにみえる。

貴君のご希望と思いますので、1945年と1946年にお送りいただいた、「うぬぼれ屋の青年」と「偉大な故人の娘」の2作はお返しいたします。貴君から直接ちょっとした言葉でもいただけなかったのは残念です。今後も貴君からご連絡はいただけないものと思っております。

＊3　バーネットは「うぬぼれ屋の青年」と「偉大な故人の娘」の原稿を、サリンジャーが作品選集『若者たち』に入れるため提出した1945年いらい保持していた。作品選集をめぐる事情を思い出したことで、バーネットの依頼を断る決心がかたまったにちがいない。

サリンジャーは過去の友情の扉を閉じただけでなく、閉じたあと鍵をかけようとしていたのだ。

1960年2月13日の早朝3時13分、J・D・サリンジャーはふたたび父親になった。クレアは26歳で息子のマシュー・ロバート・サリンジャーを、ちかくのウィンザー病院で産んだ。そこは、1836年に個人の住宅として建てられた、小さな木造の建物だった。[5] マシューが生まれてすぐから、サリンジャーは自分の長所と欠点を息子のなかに見ていた。彼は、この新生児には目の輝きから頭の良さと元気さが見えるが、姉のペギーより繊細で敏感そうなところが心配だ、と言っていた。サリンジャーはマシューの思春期にまで思いを馳せて、「やせて、内気で、むさくるしくて、本だらけで困っている」学者タイプになると、ほとんど自分の若いころそのままの姿を思い描いていた。[6]

マシュー誕生にたいするサリンジャーのよろこびもおさまってきた1960年4月に、仕事の上でも個人的にも打撃となる事件が起きた。サリンジャーの最大の擁護者となったウィリアム・ショーンはべつとして、彼の仕事上のもっとも信頼のおける友人は、イギリスの編集者ジェイミー・ハミルトンだった。サリンジャーは自作が損なわれないよう護るために、リトル・ブラウン社とその代行者シグネット・ブックス社の行動を逐一精査しなければと思っていた。それとは対照的に、ハミルトンはつねにサリンジャーの意向を尊重し、作品の精神に忠実な本を手がけて著者の信頼をかちえてきた。

したがって、サリンジャーはものごとを決定するときは、ハミルトンにほとんど白紙委任状を渡していた。

さかのぼって1958年2月、サリンジャーはイギリスのペーパーバックの出版社から、『エズメに——愛と汚れをこめて』と題された『ナイン・ストーリーズ』のイギリス版の契約書を受け取ったという話を、ロバート・メイチェルにしていた。ペーパーバック版というものは軽蔑していたが、ヘイミッシュ・ハミルトン社がすべて手はずを整えたので、サリンジャーはしぶしぶ書類にサインしたのだった。彼はそのことはそれ以上考えていなかったようだが、メイチェルがサリンジャーの言葉をロンドンに伝えると、ジェイミー・ハミルトンの顔色が変わった。ハミルトンはサリンジャーが契約書を見るとは考えておらず、イギリスで『エズメに——愛と汚れをこめて』を出版する状況はあえて伏せておいたのだ。じじつ、サリンジャーにその契約の真意がわかっていたら、サインしなかっただろうし、ハミルトンもそのことは承知していた。

『エズメに——愛と汚れをこめて』は1959年の末にペーパーバック版で出版されたが、ハミルトンは現物をサリンジャーに送らなかった。1960年4月には作者はまだ自作の新版を見ていなかったが、その本の体裁について奇妙な噂が耳にはいってくるようになった。彼とクレアは、サリンジャーの母が生まれたばかりの孫をあやしたいというので、パークアヴェニューでイースターを過ごす計画を立てていた。サリンジャーはその旅行中に、ハミルトンのアメリカ代理人である友人のロバート・メイチェルとニューヨークで会おうと、楽しそうに手はずを整えていた。彼はただひとつ、『エズメに——愛と汚れをこめて』のイギリスのペーパーバック版を見たい、という注文をした。作品は自分のものだったが、サリンジャーはその注文をほとんど申し訳なさそうにしたうえ、その本を「保存」しておくことはしないと約束もした。[7] それほど、イギリスの仕事仲間を信頼していたのだ。

サリンジャーがその年のイースターにメイチェルと会うことはなかった。そのときまでに、ペーパーバック版を自分で手に入れたからだ。それを見て、彼は仰天した。その短編集はもっと安っぽい三文小説の装丁を真似ていた。派手な黄色っぽい色調で印刷された表紙からは、エズメより何歳も年上の女が誘うような視線を投げかけていた。彼女の誘惑的な眼差しでも足りないと思ったのか、出版社は本の安っぽい内容をふれまわるように、その女の頭上に太字を並べて、この本には「悲惨で哀れな男や女、若者や子供たちが続ぞく登場」と呼びかけていた。彼はこの短編集のタイトルの重い意味について、1953年にハミルトンと議論を戦わせていて、個人的な友情を守るためにやむなく新しいタイトルを許したのだった。しかしいま、安っぽいイラストと挑発的な謳い文句で飾られた本を目にすると、サリンジャーには、ハミルトンがはじめから利益優先で、『ナイン・ストーリーズ』を低俗な本にするつもりだったとしか思えなかった。

ハミルトンは弁護して、自分の知らないことだと訴えた。彼は、『キャッチャー・イン・ザ・ライ』のイギリスのペーパーバック版を趣味のいい本に仕立てた実績のあるペンギン・ブックス社に託そうとしたが、断られたのだと主張した。そこでハミルトンはその権利をハーボロ出版と、そのペーパーバック版の発行社エース・ブックス社に売却した。エース社が、ハミルトンがのちに「並はずれた低俗な表紙」と呼んだサリンジャーの短編集を出版すると、ハミルトンはゾッとしたが、事態を変えることはできなかったという。[8] じじつ、サリンジャーが急いで契約書にサインしたときには、エース社の出版物のことを知らなかったが、ハミルトンが知らなかったはずはない。この編集者のさらなる罪深さを証明するのは、エース・ブックス社との取引で得た利益は、彼がそれまでサリンジャー作品から得たなかでもっとも大きかったという、あからさまな事実だ。

サリンジャーはまたしても編集者に裏切られたという思いだった。しかも、仕事仲間として、そして友人としてもっとも高く評価していた編集者だったのだ。彼のジェイミー・ハミルトンへの怒りとその苦痛は治まらなかった。ハミルトンは理解を求め、そして許しを乞うた。彼は妻のイヴォンヌとロバート・メイチェルに自分の弁護をさせ、サリンジャーが会ってくれるなら話し合いにアメリカに行くとさえ提案した。サリンジャーはそのどれも拒否した。そして、ヘイミッシュ・ハミルトン社がイギリスにおけるサリンジャーの次のハードカバー作品の第一拒否権（訳注：最初に査読する権利）を保持しているにもかかわらず、サリンジャーはハミルトンに、ハミルトン社に汚されるより出版しないほうがましだと伝えた。それが、10年ちかく親友だったふたりの最後の対話だった。サリンジャーはその後、ジェイミー・ハミルトンに一言たりとも声をかけることはなかった。

出版社とさまざまな問題があり、そのやり方に不満もあったが、サリンジャーは作家生活をつづけるあいだは、個人的な、そして仕事上の関係がおかしくなることが多々あっても、次つぎに編集者に頼らざるをえなかった。これはつまり、彼が仕事上不利だと考える決定を、個人的な裏切りと解釈したということだった。それがくりかえし彼を苦しめたが、それが教訓として身につくことはなかった。1961年、彼は『フラニーとゾーイー』をウィリアム・ショーンにささげ、「私の編集者にして教導者にしてなおかつ私の（気の毒なるかな！）親友」と呼んだ。[9] ショーンはそんな最後の例外だった。

ハミルトン社での失敗のあと、サリンジャーは自作の外国語の翻訳も含めて、その本の体裁についてこまかいところまで、自分に最終決定権があるという条項をどんな契約にもつけることにした。このため、それ以後のサリンジャー作品はそのほとんど全部が、イラスト、謳い文句、説明、サリンジャー自身の手にならない作家紹介、そしてきわめて当然ながら彼の写真もついていない。自分の書き終えた作品を彼ほど管理する作家は少ない。彼がこれほどこまかいところまでこだわるのを、いっぷう変わった規制と考える人は多いが、サリンジャーはウィット・バーネット、ジョン・ウッドバーン、ジェイミー・ハミルトンから学んだ教訓として、自分の作品が汚されないように護っているだけだと、つねに考えていた。

1960年春には、サリンジャーはそろそろ新しい本を出す時期だと考えていたが、それはかねてから約束していたグラス家の新しい小説ではなかった。批評家に反発して、「フラニー」と「ゾーイー」を一冊にまとめて、全国規模で売り出そうと考えたのだ。そのため、今回も出版社とつきあいたくない気持ちを抑えて、リトル・ブラウン社のネッド・ブラッドフォードと仕事をすることになった。この男は、ニューヨーカー誌でガス・ロブラーノが死んだあとウィリアム・ショーンがサリンジャーを担当したように、ウッドバーンの死後に代わった男だった。サリンジャーは出版までの過程にはなるべく関わらないようにしながらも、広告と本の体裁の管理には目を配った。それでも2、3ヶ月のあいだには、サリンジャーの新刊が出るという情報がもれ、マスコミが大騒ぎになって新聞、雑誌が目を光らせはじめたのを見て、サリンジャーは走りだしたこの企画を考えなおそうとしたこともあったようだ。

サリンジャーの私生活に侵入してきた最初の大物は、タイム誌とならぶアメリカ最大の権威あるニュース雑誌、ニューズウィーク誌だった。権威ある雑誌だったが、ニューズウィーク誌がサリンジャーの情報収集のためにとった手段は、こんにちのパパラッチを思わせるものだった。もちろんこれは、万難を排して報道関係との接触を避ける隠遁者、というサリンジャーの評判のせいだった。私生活にふれてもらいたくないというサリンジャーの希望はよく知られていたが、ニューズウィーク誌は記事にすることにした。同誌はメル・エルフィンという記者を派遣して、この謎の作家を探らせた。エルフィンは1週間も張り込んだが、サリンジャーの姿は影も形も見えなかった。やむなく、サリンジャーの友人、知人、隣人たちにインタヴューしたが、自分から口を開いてくれる人は少なく、サリンジャーの新たな情報はほとんど得られなかった。エルフィンは、サリンジャーが音楽や探偵小説(彼はたくさん読んでいた)、禅仏教、日本の詩、ヨガなどについて、何時間も雑談することがあることを知った。ある隣人が、彼は結婚まえに頭を床につけた逆立ちをやっていたという、変わった事実を教えてくれたこともあった。しかし、ほとんどの情報は、サリンジャーのイメージを損なわないていどのものだった。画家のバーナード・イートンはエルフィンに言った、「ジェリーは犬みたいに働く。いつも読み返し、磨きをかけて、書きなおす仕事のていねいな職人だ」[10]。

ニューズウィーク誌はエルフィンといっしょに、サリンジャーの写真を撮るためにカメラマンを派遺した。ある日そのカメラマンは、サリンジャー家につうじる道に停めた車のなかで待機していた。そこにサリンジャーがペギーを連れて姿を現した。おそらくいつものように、家族の郵便物を受け取りにウィンザーまで出かけるところだったのだろう。サリンジャーはこの見知らぬ他人にいきなり近づいてきた。この作家の根っからの礼儀正しさか、4歳のペギーがいたせいだろうが、カメラマンは自分のインチキな仕事を恥ずかしく思った。のちに語られたところによれば、「カメラマンはサリンジャーがなにも知らず、幼い娘を連れて歩いてくるのを見ると、やる気がゆるんでしまった。彼は車から降りて自己紹介をし、自分の目的を説明した」。彼は作家の写真を撮るためにニューズウィーク誌から派遣されたことを白状した。サリンジャーは慌てて逃げるようなことはしなかった。彼はカメラマンが正直に話してくれたことに感謝し、つづけて、まず自分が写真を撮られたくないことを説明した。「私の仕事のやり方では、中断されるとあわくってしまうんだ。やりはじめたことをやり終えるまでは、写真を撮られたり、インタヴューされたりするわけにはいかないんだ」と語ったという。[11]

いまでは有名なこの話は、1960年5月30日のニューズウィーク誌の記事にはなかったもので、その後出たニューヨーク・ポスト・マガジン誌にエドワード・コスナーが書いたものだ。コスナーはサリンジャーと出遭ったカメラマンから話を聞いた、クレアモント・イーグル紙のネルソン・ブライアントに取材したのだ。ブライアントはドナルド・フィーンに宛てた1961年5月9日の手紙で、事実はコスナーの記事とはちがうと主張した。ブライアントの手紙によると、カメラマンは歩いていて、サリンジャーのほうが車でペギーとやってきたという。自分の家に向かう道にいる男に気づいて、サリンジャーは車を停め、車が故障して困っているのかと尋ねた。話している相手が、自分が探している当の本人だとわかったあと、カメラマンはサリンジャーの家まで行って、恥ずかしそうに自分の目的を説明したというのだ。[12] だれの話をとっても、サリンジャーとニューズウィーク誌のカメラマンの一件は感動的で気持ちがいいが、それはヘミングウェイとニワトリのエピソードみたいなものだ。3人ものまた聞きを経た話が、なんの脚色もされていないことは考えられないからだ。

ニューヨーク・ポスト・マガジン誌の記事が出たのは1961年4月30日で、ニューズウィーク誌の特集のほとんど1年あとのことだった。そのときまでにサリンジャーは、ニューズウィーク誌が入手した些細な暴露事実も消滅したと確信していた。ポスト・マガジン誌の記者エドワード・コスナーは、インタヴューに応じてくれる人がエルフィンより少ないことがわかった。彼の記事はサリンジャーの友人たちがインタヴューを断ることへの不満を、長ながと伝えていた。ウィリアム・ショーンは「サリンジャーはただ書かれたくないだけだ」と語るだけだった。代理人のハロルド・オーバー社では、サリンジャーはそっとしておく価値のある人だし、そっとしておくべきだ、と告げられた。そんなことにもめげず、コスナーはコーニッシュまで出かけたが、まったくだれも話してくれなかった。それでも、彼は記事を公にしたが、いままで知られていない新しい情報は一切なかった。

そんな一連の出来事はどうしてもサリンジャーの生活を混乱させ、多少なりとも残っていたまともな日常が危険にさらされることになった。彼はペギーと散歩して、ウィンザーの郵便局に寄り、土地の食堂で食事をするのを楽しみにしていた。いまでは見知らぬ他人が屋敷近辺にひそんで、フェンスをよじ登ろうとし、道で彼や家族の者を待ち伏せしていた。彼はそれまではきちんと町の会合や教会の懇親会に出席していた。しかしいまでは、記者が暗い戸口に隠れていて、カメラマンが村の集会所に忍びこんできた。こんな危なっかしい状況で、サリンジャーは4歳の娘と生まれたばかりの息子を育て、子供たちの奇跡のような無垢さを侵入してくる恐怖から護ろうとしていた。クレアも不安だったにちがいない。彼女が過去にとらわれていたとしたら、いつも見知らぬ他人がうろついていることは、彼女の閉塞感をひどくするばかりだった。もっと恐ろしいのは、サリンジャーの信奉者にも精神的におかしくなる者が出てきたことだった。彼の名声と人嫌いの評判が高まるにつれ、脅迫状が、最悪なことに、子供たちへの脅迫状まで舞い込むようになったのだ。森を横切る影、道にひそむ人影、町をさまよう見知らぬ他人、そのどれもが彼や家族を襲おうとする狂人だったとしてもおかしくはなかった。

サリンジャーの友人や家族の者たちは、事実を報告する記者としてはいいかげんだったが、国務省はこの作家を独自に調査しはじめた。教育文化局がサリンジャーの代理人に調査票を送って、彼という人物について尋ねてきた。この作家について一般に知られていることからすると、この調査の目的は考えられないほどわけのわからないものだった。手紙には「当局としては、海外文化交流企画に参加できるアメリカの専門家として、ジェローム・デイヴィッド・サリンジャーをメンバーにくわえたいと考えています。彼の作家として、および個人としての資質について簡単で率直なご意見をいただければ幸いです」とあった。[13]

そんな手紙がハンド判事にも送られたが、判事はサリンジャーを褒めちぎった。「彼は私の親しい友人で、彼の知性だけでなく、その人間性にも最高の尊敬を抱いています」。ハンドはさらにつづけて、サリンジャーが東洋思想に深い興味を抱いていることを説明し、作品にかける断固たる姿勢も強調した。「彼は疲れを知らぬごとく仕事に励み、書いては書きなおし、自分の思いを可能なかぎり表現できたと思える人まで努力する人です[14]」。

ハンド判事は「文化大使」の仕事がなんなのかよくわからなかったので、返事の最後に、国務省が自分の友人になにを期待しているのか、きちんと説明してもらいたいと要求した。1週間後に返事がきて、サリンジャーは「訪問した国々で、関心のある専門家や素人の人たちに講演をし、気楽な会談をして、作家の同業者と専門の話をすることを、任務として要請されるのはまちがいない」とあった[15]。ハンドは信じられなかった。サリンジャーという人物に関して、政府の理解の欠如は甚だしかった。その予備調査の不足に苛立ったハンドは、サリンジャーという人物および当面の問題点について、国務省の思いちがいを正そうとした。「彼はほっておかれて、ひとりで生きるのが好きなのだ」とハンドは叱責した。「私は『気楽な会談をしたり、同業者と専門の話をする』ような人は思いつかない[16]」。

サリンジャーが世界中を飛びまわって、講演をするという考えは愉快だが、この件はハンド判事を戸惑わせ、サリンジャーを警戒させた。確信に満ちたハンドの最後の返事から考えて、政府はサリンジャーを公務につけようという望みをすぐに放棄したと思われた。しかし、そうではなかった。この先、合衆国大統領もふくめて、政府のさまざまな機関から、サリンジャーをなんらかの任務につけようとしつこく働きかけがあるのだ。

1961年1月、リトル・ブラウン社がいくつかの限られた新聞に次つぎに広告を出して、サリンジャーが新刊を出すつもりだという噂がたんなる噂ではないことが確認された。広告では、無数の『フラニーとゾーイー』の本がピラミッド状に積み重ねられたり、ドミノみたいに並べられていた。サリンジャーは前宣伝を許可していたが、一切イラストがないこの本の表紙のように、広告もおとなしく質素なものにするよう釘をさしていた。この新刊にたいするサリンジャーの禁欲的な規制にもかかわらず、ドロシー・オールディングとリトル・ブラウン社は、『キャッチャー・イン・ザ・ライ』のときとおなじように、多くのブッククラブからの推薦申し込みを受けつけるよう、おだやかに著者を説得した。サリンジャーは早くも1961年5月には、ブック・オブ・マンス・クラブ、リーダーズ・サブスクリプション・ブッククラブ、ブック・ファインド・クラブなどの申し込みを拒否していた。彼はネッド・ブラッドフォードに、これはみごとなほどひどい、と評した。*4 あとから考えれば、『フラニーとゾーイー』はブッククラブの推薦がなくてもなんとかなるだろうが、やがてはそれがあっても「どんどんうまくいく」、というサリンジャーの意見は皮肉なものだった。[17]

しかし、さすがにリトル・ブラウン社の編集者たちは販売の達人で、サリンジャーのきびしい規制を乗り越えて販売を促進する方法をみつけ出した。発売の6ヶ月まえに出た最初の広告では、『フラニーとゾーイー』は「アメリカ全体が読んでいる本」になると、じらすように宣言した。この時期尚早ともみえるハッタリにサリンジャー・ファンは熱狂し、書店に殺到したが、本はなくてがっかりするだけだった。

『フラニーとゾーイー』を発売よりはるかにまえに宣伝した結果は、読者を浮き立たせただけではなかった。批評家が銃に弾をこめ、狙いを定めるのにじゅうぶんな時間をあたえた。サリンジャーも覚悟していたように、ついにその時がきた。9月の第2週、やっと出版の時を迎えると、『フラニーとゾーイー』は酷評の一斉射撃を浴びた。

まず2、3の書評が『フラニーとゾーイー』をあやしげながら評価していた。8年まえに『ナイン・ストーリーズ』に不満だったニューヨーク・タイムズ紙の批評家チャールズ・プアでさえ、9月14日に賞讃にちかい書評を書いた。「『フラニーとゾーイー』はサリンジャー氏のこれまでのどの作品よりすばらしい。おそらく、彼の世代で最高の名文家による最高の本だ」と断言した。以前の書評で「テディ」や「バナナフィッシュ」の結末をけなしたあとで、プアはグラス家の人物たちに魅了されていた。「グラス家のおしゃべりがこれからも長くつづきますように。彼らの儀式だらけの絶望には、奇跡的な活力が伴っている」と褒めたたえた。

プアの書評は例外で、ほとんどの批評家は否定的だった。彼らはこの作品を2つの部分に分けて攻撃した。つまり、たいてい「フラニー」はその人物像、文章の調子、構成などを評価していたが、「ゾーイー」はその宗教性、定まらない形式、異常な長さを批判し、そして（最悪なのは）サリンジャーがあきらかに登場人物を甘やかしていて、ゾーイーにはリアリティのかけらもないと非難した。要する

＊4　ブッククラブの件を断ったブラッドフォードへの返事に、興味ある書類が添えられていた。理由は述べられていないが、サリンジャーは1941年7月（「そのうちなんとか」）から1950年4月（「エズメに――愛と汚れをこめて」）まで発表した作品のリストを作成していた。この書類は、サリンジャーとリトル・ブラウン社が、いずれサリンジャーの作品を、おそらく第二次世界大戦に関わるものにしぼって、短編集にすることを考えていたのではないかという疑惑を生んでいる。

に、とくに「ゾーイー」が、全国規模でうんざりするほど多くの批判にさらされたのだが、それは以前ニューヨーカー誌の編集室でささやかれた批判だった。

ほとんどの批評家が展開したのは新作の評価ではなく、作者にたいするおおっぴらな非難だった。サリンジャーが有名になっていくあいだは、長年抑えこまれていた批評家のうっとうしい嫌悪感が、とつぜん爆発したのだ。露骨な悪意に満ちた書評もあれば、おどおどと文句を言うものもあった。しかし、1959年にノーマン・メイラーがサリンジャーの作品（と成功）にたいするその類の批判を、「嫉視羨望の念から生まれるもので、それより上品な気持ちからは生まれてこないものかもしれない」[18]と喝破した洞察に敵《かな》うものはなかった。

サリンジャーや登場人物はべつとして、批評家の絶好の餌食は、うんざりするほど教養があるという若い上流中産階級の読者だった。アルフレッド・ケイジンがアトランティック・マンスリー誌に書いた書評では、サリンジャーはさりげなく読者のためだったとみせて、読者の自意識に迎合していると非難した。「サリンジャーの広い読者層は、自分が果てしなく細心で、精神的に孤独で、才能があると思いこみ、希望も信頼も、広い世界の驚異に感激する気持ちも枯れきって、自分への意識がせまくなることに不幸があると考えている」と述べた。[19] ほかの批評家もおなじ意見だった。ジョーン・ディディオンはナショナル・レヴュー誌で、サリンジャーが「読者の瑣末な本質をおだてる傾向」を責め、「人生の教訓をあたえたがる」と非難した。[20]

『フラニーとゾーイー』の批評としておそらくもっとも重要で、そしてその結果有名になったのは、小説家ジョン・アップダイクの手になるもので、9月17日のニューヨーク・タイムズ紙の日曜版ブック・レヴューに掲載された。[*5] アップダイクはそれまでずっとサリンジャーを畏敬し、作品を大切にしてきた。しかし、彼も猛烈な批判の列にくわわった。アップダイクの批判はおとなしく、申しわけなさそうだった。それは、返してもらうつもりもなく大金を貸してくれたことのある先生に、ほんの数ドルの借金を返してくれと頼む若者のような、戸惑った調子だ。

自意識のつよさはあるが、やはりアップダイクの論評は、ほとんどの批評家が指摘する『フラニーとゾーイー』の欠点を論じた、みごとな批評の好例だ。彼はふたつの物語を個々には大目にみたが、まとめて全体としてみると、「あきらかに一冊の本の構成部分としてわずらわしい」と感じた。[*6] 最初の物語のなかのフラニーと「ゾーイー」のなかのフラニーを比べると、ほとんどの批評家と同様、アップダイクも短い物語のほうがお気に入りなのはあきらかだった。アップダイクにとって、「フラニー」の世界は彼にわかるものだったが、「ゾーイー」は夢の世界に思われた。そこは、アップダイクにはとりとめのない「相手を見くだすよう」にみえる会話によって、フラニーが慰めを見いだす幽霊アパートだった。

アップダイクはサリンジャーの作家としての方向に疑問を投げかけ、グラス家の人物をひとつの概

*5　じじつ、その週の日曜日、ニューヨーク・タイムズ・ブック・レヴュー紙の一面に出た「グラス家の気がかりな日々」と題したアップダイクの評論は、サリンジャーの書評ではもっとも読まれたものとなった。

*6　アップダイクはその論評で、フラニーが妊娠しているという誤解は「ゾーイー」という作品によって消えたとし、「そんなことを考えること自体、畏れ多いグラス家のありがたさを冒瀆するものだ」と結んだ。

念として批判した。グラス家の子供たちはあまりにも美しく知性的で、悟りを開いているし、サリンジャーは彼らを深く愛しすぎている、と彼は語った。「サリンジャーは神が愛するよりも深く、グラス家の者たちを愛している」と、「大工よ、屋根の梁を高く上げよ」のシーモアの言葉を真似て嘆いた。「彼らをあまりにも身内意識で愛しすぎている。彼らの作り話が彼には隠遁所になっている。彼らを愛する彼のやり方は芸術的中庸主義の損失につながる。『ゾーイー』はただ長すぎる。タバコやチクショーが登場しすぎるし、やたらにうるさくしゃべりすぎる」。

きびしいところもあるが、アップダイクの論評には悪意のある言葉はなく、品位ある節度をもって書かれていて、そんな批評に過敏なサリンジャー・ファンにも好意的に思えるほどだった。[*7] アップダイクは批判したあとで、この作品は欠点があるにしても、偉大な芸術家の作品であることにちがいはないことを、読者に思いおこさせて、優雅に論評を締めくくった。

彼が描いてきたグラス家物語は、偉大な小説になる可能性を秘めている。彼の進んできた方向について思い切りよく、しかも慎重な言葉遣いで、あらゆる留保を考えにいれて言わせてもらえば、それはひとつの方向であることを認めざるをえない。ある場所に安んじていることを拒否し、自分の執念のためにあえて危険を冒すことが、芸術家を芸人と区別し、芸術家を我われみんなの冒険家にするのだ。[21]

なかでもはるかに激しい攻撃を展開したのは小説家のメアリ・マッカーシーで、彼女にはアップダイクのような優雅さはなかった。マッカーシーは侵すべからざるタブーといわれる文学者を標的にした、辛辣なエッセーで名前をあげてきた。彼女の個人的な考え方はサリンジャーとはかけ離れたものだった。彼女の自伝『カトリック少女の回想（*Memories of a Cathoric Girlhood*）』では、宗教への反発、無神論への転落、そして自分自身の知性信仰への転向と、サリンジャー作品のフラニーとは正反対の経過を語っていた。マッカーシーが『フラニーとゾーイー』とサリンジャーをとくに攻撃するのは、彼女を知る人には驚くことではなかった。驚かせたのは彼女の攻撃の激しさだった。

1962年はじめにイギリスの日曜新聞オブザーバー紙に書いて、のちにハーパーズ誌に再録された論評で、マッカーシーはサリンジャーがヘミングウェイの人物像を盗んだと非難した。さらにつづけて、『フラニーとゾーイー』だけでなく、『キャッチャー・イン・ザ・ライ』をも批判した。「サリンジャーは世界を敵か味方かでみている。『キャッチャー・イン・ザ・ライ』でさえ、ヘミングウェイの作品と同様、仲間意識という枠組みに基づいている。登場人物はクラブの仲間とそうでない者に分かれている」。「クラブ」はここではあきらかにグラス家をさしていて、この作家を攻撃するには、彼の想像

*7 ニューヨーク・タイムズ紙はアップダイクの『フラニーとゾーイー』評への反応として、かなりの投書を受けとった。10月8日、同紙はアップダイクの「事実誤認と誤解を招く文章を訂正」してもらいたいという投書を掲載した。アップダイクはその非難にたいして、編集者に長い返事を書いて、サリンジャー作品にこまかい知識を持っていて、この作家に敬服していることを証明した。それでも彼は自分の立場を弁護した。「熱心なサリンジャー愛好家が私の論評に悪意があると思うとすれば、きわめて残念です。私にそんな気持ちはないし、もういちど読んでみて、そうではないことを知ってほしい」。

上の子供たちを攻撃するのがいちばん効果的だということを、マッカーシーはよく心得ていた。「そして、この驚嘆すべき子供たちは、サリンジャー本人にほかならないのではないか？　サリンジャーの7つの顔を、どれも賢く愛らしくて純真な顔を見つめると、ナルシス本人の姿が映る恐ろしい水面をのぞきこむことになる。サリンジャーの世界にはサリンジャーしかいないのだ」[22]。

マッカーシーはいちどの猛攻で、同時に3つの的を攻撃した。『フラニーとゾーイー』の眼目、『キャッチャー』の独自性、そして作者の執筆目的の3つだ。[*8] サリンジャーはマッカーシーの論評に激怒したが、最悪だったのは、この世でいちばん嫌いなふたつのこと、うぬぼれ屋とインチキが彼の正体だと非難されたことだった。そんな攻撃になんの反響もないはずがない。遅ればせながら、ウィリアム・マックスウェルがサリンジャーの弁護に立ち上がった。彼の議論はマッカーシーの論評にたいするものだったが、サリンジャーが批評家たちから受けたすべての攻撃にも通用しそうなものだった。「ああ、なんということだ。水のなかの血が濃すぎる（親子、兄弟の血縁関係がつよすぎる）。彼の美点、対話の魅力、無駄のなさ、その時点で知的気どりがまったくないことなどは、彼女の理解するところではない。グラス家物語は知的ではない。神秘的なのだ」[23]。

こんにちでは、『フラニーとゾーイー』は広く傑作とみなされている。共感、人間性、精神性に満ちた物語として愛読してきた、何世代もの読者に大切にされてきた。当時の批評家たちの侮蔑や批判は、現在の人間には、『フラニーとゾーイー』が時を越えて生きつづけているのに、とっくに死に絶えた概念をひきずった安っぽいキンキン声に聞こえてしまう。「ゾーイー」のない「フラニー」は考えられないし、「ゾーイー」が自制もなくてだらしないとも、長すぎるとも考えられない。サリンジャーの本にたいする徹底批判はほとんどが忘れられているが、『フラニーとゾーイー』自体は生き残り、1961年いらい年々読みたい人が増え、毎年版を重ねてきた。

サリンジャーは復讐を果たすのに、時がたつのを待つ必要はなかった。弁護してくれるウィリアム・マックスウェルのような友人も不要だった。サリンジャーの満足と批評家への最高の回答が、リトル・ブラウン社が『フラニーとゾーイー』を発売した1961年9月14日水曜日にあたえられた。熱心な読者がサリンジャーの新刊本を買おうと、本屋のまえに何重にも行列を作ったのだ。発売わずか2週間で12万5000部以上が売れ、『キャッチャー・イン・ザ・ライ』もできなかった、ニューヨーク・タイムズ紙のベストセラー1位に躍り出た。リトル・ブラウン社の印刷が売れ行きに追いつけないほどだった。最初の1年で『フラニーとゾーイー』はハードカバーで11版を越え、6ヶ月ベストセラー・リストに残った。ベストセラーから落ちたあともしぶとく復活し、1961、1962の両年、小説のベストセラーの位置を占めた。

地味な表紙のなかに収められた「フラニー」と「ゾーイー」は、ニューヨーカー誌に登場したときのまま、なにひとつ変更されていなかった。新しいところといえば、サリンジャーが本のカバーの折

*8　マッカーシーのサリンジャー批判は、ニューヨーカー誌にたいする個人的な攻撃の意図もあったのではないか、という疑惑が当時あった。同誌はマッカーシーとは第一拒否権（最初に査読する権利）の契約を交わしていたが、その年に期限が切れていた。マッカーシーがその冷たい仕打ちに激怒したことはだれもが知っていた。同誌の花形寄稿者を非難する彼女の論評が出たとき、サリンジャーの批判だけでなくニューヨーカー誌への復讐だと解釈されたのだ。マッカーシーは1962年6月16日のウィリアム・マックスウェルへの手紙で、それを認めている。

り返しに短い文章を載せて、このふたつの物語が進行中のグラス家物語のなかで占める位置について、解説していたことだ。サリンジャーはすでに出版されたグラス家の作品とはべつに、さらにこの連作の一部となる作品がニューヨーカー誌に発表される予定だと約束した。もちろんこれは嘘だったが、サリンジャーは『フラニーとゾーイー』が長くつづく連作の最初の一冊にすぎないと、読者に信じさせようとしたのだ。「私には紙の上でまったく未整理のままの素材がたっぷりある。しかし、しばらくのあいだは、商売用語でいえば、もうひともみすることになると考えている」[24]。

サリンジャーがカバーの折り返しに書いたときは、読者との約束をちゃんと守るつもりだったのはたしかだろうが、その文章の最後につけた身勝手な嘘は許しがたい。「しかし、妻が率直そのものの態度で、私がウェストポートに犬と住んでいると、一言つけくわえてくれと言った」。この不必要な余談はもちろん嘘で、ここに「率直」という言葉がはいっているのは残念なことだった。サリンジャーがコーニッシュに住んでいることは常識だったし、そうではないと言うのはプライヴァシーを守りたい必死な気持ちのあらわれというだけでなく、自分の名声の現実認識に欠けることを証明していた。

サリンジャーの地位は、『フラニーとゾーイー』発売の翌日、9月15日にたしかなものとなった。また本屋のまえに行列ができ、新聞が登場人物にたいするサリンジャーの異様な愛情についてがなり立てると、わが国でもっとも広く読まれ、もっとも評判の高いニュース雑誌タイム誌が、サリンジャーを表紙に掲げてニューススタンドに登場したのだ。アメリカでは、彼以上に文化的な著名人と認められる人は少なかったし、タイム誌の表紙を飾る人は期待され羨望される存在だった。しかし、サリンジャーにとってはあらたな攻撃を受けるようなものだった。タイム誌は、それまでサリンジャーの人生を暴こうとしたいくつかの試みを検討して、自分たちはあらゆる手段をつくそうと決心した。コーニッシュに記者を送りこみ、隣人、食料雑貨屋、あげくは郵便屋まで取材させた。調査員がヴァレーフォージ校やワシントンに派遣され、昔のクラスメイトや第12連隊の隊員を追跡調査した。また、ニューヨーカー誌のオフィスに潜入し、パークアヴェニューをうろつき、姉のドリスを勤務先のブルーミンデール・デパートで待ち伏せする者もいた。

その結果完成した特集記事、「サニー——序章」の冒頭部分に、サリンジャーは落ちこんだにちがいない。そこには、異常な好奇心にかられたのか、匿名のコーニッシュ地元民たちがサリンジャー家のフェンスをよじ登って屋敷内の動静を探り、発見したとされることが語られていた。姿を見られずにうろつきまわったあと、この連中は目撃したもの、サリンジャーの日常生活、秘密の仕事場の備品、顔色の悪さまで報告している。記事はそのあと、サリンジャーの人生の主要な出来事を紹介し、『フラニーとゾーイー』の公正な批評を展開した。全体として、タイム誌の特集はサリンジャーにかみつくというより吠えていて、暴露するより讃辞を送っていた。サリンジャーの私生活を知りたいという読者の執着心に応えようとしていたものの、じっさいにあきらかにできた事実はほとんどなかった。タイム誌が暴露したという最大の秘密は、調査員やフェンスをよじ登った隣人ではなく、サリンジャー本人によってもたらされた。「隠れた事実は、サリンジャーがウェストポートには住んでいなくて、何年も犬を飼っていないことだ」とタイム誌は息せききって報告した。[25] *9

サリンジャーがタイム誌の記事を嫌ったことは、耳を傾けてくれる人ならだれにも聞いてほしい事実だった。第一、それはプライヴァシーの侵害だと考えた。しかし、ストーカーの目をコーニッシュからウェストポートへそらそうとした試みが失敗しただけでなく、その記事でサリンジャーの下手な偽装工作が暴露され、彼はみっともないことになった。なによりも、サリンジャーはこの雑誌の表紙がいやだった。それは当然だった。タイム誌の表紙が保管され、蒐集されるのはよくあることだった。サリンジャーはそれまで、自分の本にそんな肖像画をつけないよう苦心してきた。タイム誌はそのことを承知していた。じじつ、記事では彼がそんな肖像を嫌っていることを強調していた。表紙にサリンジャーの顔を大きく掲げて、楽しんでいたのだ。ロバート・ヴィックリーの描く肖像では、サリンジャーはあきらかに老けていて、髪も白くなりかけ、顔はやつれていた。その目はすべてを見ているようでいて、どこにも焦点が合ってなくて、精神的におかしくなっているか、悲しい思いにふけっているようにみえた。背景には当然のように、伸びすぎたライ麦の畑が配され、小さな子供が両手を広げていて、絶壁から落ちそうな姿が描かれていた。

その特集記事のイラストを担当した画家のラッセル・ホーバンは、サリンジャーが気に入らなかったことを知って落胆した。ホーバンは熱烈なサリンジャー・ファンだった。サリンジャー作品の登場人物に敬意を表して、ふたりの娘をフィービー、エズメと名づけたほどだ。それなのに、憧れからしたことがこの作家を遠ざける結果となった。おそらく1961年はサリンジャーがもっとも広く知られた年で、作家生活の頂点だった。

しかし、その報いは暗い現実だった。『キャッチャー・イン・ザ・ライ』のなかでホールデンが言っているように、サリンジャーのファンが電話でもかけて作者と親しくなれる日がくるという夢を抱いていても、その夢は1961年の秋には消えていた。

『フラニーとゾーイー』の大成功とそれに伴う無数の記事のせいで、みんながサリンジャーの私生活に興味をもつようになって、1年まえには考えられない事態になった。「謎の人J・D・サリンジャー」というようなタイトルの記事が火つけ役になった。読者の興味をかきたて、雑誌の売れ行きを伸ばしたのだ。しかし、サリンジャーは想像力の隠れ家に逃げこむために、現実世界を拒絶する隠遁の美学者だという神話がでっちあげられた。すると、記者たちは自分たちが創りあげた謎の解明に乗り出した。その結果、紙の上で拵えられたものが現実になり、その過程で作者を苦しめることになった。マスコミは容赦ない追求とプライヴァシーの侵害で、サリンジャーを自身がそれまでは求めもしなかったような孤独に追いこんだ。プライヴァシーを貴重に思えば思うほど確保することが困難になって、だれにも知られないでいたいという彼の気持ちはつよくなるいっぽうだった。

コーニッシュは冬の訪れが早く、9月終わりにも小春日和に恵まれることは少ない。1961年の

*9　じつは、1961年にサリンジャーは犬を飼っていて、タイム誌の記事が出たのとおなじころに、ライフ誌のカメラマンが犬の写真を撮っていた。犬といっしょにウェストポートに住んでいるとサリンジャーが言ったのは、1951年に『キャッチャー・イン・ザ・ライ』に関するインタヴューをウィリアム・マックスウェルに受けて、シュナウザー犬の愛犬ベニーの話をしたときのものがもとになっている。ベニーが死んだあと、サリンジャーにはなかなか代わりが見つからなかったようだ。ライフ誌に撮られた犬はまだ子犬で、ペギーのものだったらしい。

そんなめずらしく気持ちのいい日、クレア・サリンジャーは裸足で9ヶ月の息子を抱き、4歳の娘の手を引いて楽しそうに外に出た。彼女がコテージから足を踏み出したとたん、フェンスのすぐ向こうから叫び声が聞こえた。驚いたクレアは、小さなペギーがやっとついてこられるくらいの速足で、門のところまで歩いていった。クレアが門の扉からのぞいてみると、その日の安らぎは消えていた。扉の向こうにはアーネスト・ヘイヴマンがいて、ライフ誌から派遣されて夫の調査に来たと言うのだ。「ああ、なんてこと。もうたくさん」とクレアは悲鳴をあげた。

孤立

1944年7月8日、シェルブール陥落からわずか1週間もたっていないが、Dデーいらいサリンジャーと行動をともにしていた第12歩兵連隊の軍曹が、乗っていたジープが地雷を踏んで爆死した。この軍曹は死後、武功を讃えて名誉負傷章を授与され、悲しみにくれていた両親も、息子の死が名誉ある戦死だと知って慰められた。しかし、事故は戦闘の合間に起きたもので、彼は安心していたはずだった。ユタ・ビーチ、エモンドヴィル、モンテブールの戦闘をくぐりぬけてきて、もう危険の可能性がもっとも低いとみえたときを選んで、死が彼を襲ったのだ。

死の気まぐれさはサリンジャーに消しがたい印象を残し、作品にもゆっくりとしみこんでいった。ヒュルトゲンの森で焚き火に暖まっているとき、迫撃砲の思わぬ攻撃で死んだヴィンセント・コールフィールドの運命、安全にみえた日本製のストーヴの事故で死んだウォルト・グラスの運命は、紙一重の差で生と死を分ける、気まぐれな運命にたいするサリンジャーの叫びなのだ。サリンジャーは戦争中ずっとそんな危険にとり巻かれていたので、死は気高さなどなく、わけもなく犠牲者を選ぶものだと考えるようになった。彼自身は生きのびたが、それはとくに理由などない偶然の結果だった。1944年7月にジープを運転していたのが彼だったとしてもおかしくないし、彼が、森のなかで姿の見えない迫撃砲の犠牲になっていてもおかしくなかった。その結果、サリンジャーは兵役を離れても、凝り固まった宿命論を生涯にわたって抱きつづけた。

1960年には、サリンジャーの宿命論は宗教的な確信にまで達していた。1957年、著作の素材は自分より高度な力に指令されるままで、自分ではどうにもできないとジェイミー・ハミルトンに語っている。1959年、神があなたにそのうえ望むことがあれば、それを知らせてくれる、とハンド判事に助言した。1959年、サリンジャーの登場人物も彼の信念を反映していた。「シーモア――序章」でバディ・グラスは読者に、「真の詩人は素材を選ばぬ。あきらかに素材が彼を選ぶのであって、彼が素材を選ぶのではない」と忠告した。[1]

1960年4月、サリンジャーは陰気な幻影を見た。そこでは、自分が舞踏室にすわっていて、楽団の音楽に合わせてワルツを踊る人たちを眺めているのだった。奇妙なことに、耳に聞こえる音楽がだんだん薄れていくと、踊っている人たちの姿も遠ざかっていくようだった。それはサリンジャーがまわりの世界から退いていく、それも自分の意思ではなく運命にしいられて姿を消していくという、寂しい光景だった。「私は自分がこんなふうにひとりですわっている姿を、長年にわたって胸に描いてきた」と彼は悲しそうに語った。それでも最後は、泣き言を言わなかった。ほかに仕事のやり方を知らないからね、というのだ。世間から孤立するのは自分の仕事に必要な代償だということが、彼にはわかっていた。[2]

コーニッシュでは冬が年ごとに長くなるように思われ、サリンジャーの孤立感は深まった。落ちこむことも多かったが、仕事から離れるのは断固として拒否した。[3] 事態が悪化したのは、1961年9月、ペギーが学校に通うようになったからだ。娘には惜しみない愛情をそそいできたし、ふたりの散歩は毎日の最高のひとときだった。彼女がいなくなると日常にぽっかり穴があいて、ペギーと過ごしていた時間は仕事場に閉じこもることになった。まもなく仕事が最優先となり、家族といっしょに過ごす機会を無視することが多くなっていった。1961年の冬休みは、サリンジャーとクレアは子供たちとニューヨークへ飛んで、パークアヴェニューで両親と過ごした。しかし、その旅行は例外だった。その年の冬にペギーとマシューがふたりとも気管支炎にかかって、クレアは子供たちをフロリダ州のセントピーターズバーグに連れて行ったが、サリンジャーは自宅に残って、タイプフィターに向かっていた。[4] 1962年の冬は、クレアと子供たちはバルバドスへ出かけ、クレアの母親と過ごした。*1 こんどもサリンジャーは残ったが、このときは新作の準備というのが口実だった。[5]

同時に、サリンジャーには頼れる友人がほとんどいなかった。多くの友人と縁を切ってきたのだ。ジェイミー・ハミルトンと訣別したとき、ロバート・メイチェルとも別れることになったが、彼とは状況がちがえば親友になれたかもしれなかった。1959年以降は、ウィット・バーネットとやりなおせる見こみもほとんどなかった。そして、1961年に記者たちに彼のことをしゃべった人たちも、すぐに切り捨てられた。

おそらく当時のサリンジャーにもわからなかっただろうが、それまでの生涯で恵まれた、思いがけない友人を見出す才能も尽きてしまった。去っていった友人たちの隙間を埋める者は現れず、力づけ

*1 サリンジャーは義母と彼女の2番目の夫がクレアとペギーを泊めてくれた1957年以後、義母夫婦には好感情をもっていなかった。ペギー・サリンジャーは、ジーン・ダグフスがサリンジャー家とべたべたすることを父がいやがっていて、1962年にバルバドスへ行ったときにはじめて祖母に会った、と報告している。クレアと子供たちはこのあとしばしばジーンを訪ねるが、この母と娘の関係には常にある距離感がつきまとっていた。

てほしいときによろこばせてくれる者もいなかった。去っていった人たちのあとにはただぽっかりあいた穴が残っているだけで、サリンジャーは、舞踏室の自分の椅子がみんなから遠ざかってしまったことを思い知らされた。

1961年7月2日、サリンジャーの友人であり、戦争中に力になってくれたアーネスト・ヘミングウェイが、アイダホの自宅で自殺した。それから6週間後の8月18日、サリンジャーのもっとも親しい友人で相談相手でもあったラーニド・ハンド判事が、ニューヨークで亡くなった。サリンジャーには、音楽がさらに弱くなって、聞こえなくなりそうな感じだった。自分の仕事の習慣がもとではじまり、マスコミのせいでさらに強まった隔絶状態は、いまや彼の抱く宿命論によって鍵をかけられ、閉じこめられた孤立にまで至っていた。

たしかにサリンジャーは自らすすんで、世間から退く生活を選んでいた。孤独はいつのまにか進行して、しだいに彼を包みこんでいた。悲しいことに、自分でもそんな兆候は察知していたが、生き方は変えられなかった。仕事は神聖な責務となっており、孤独と隔絶がその責務を果たすための代償であることは、彼も認めていた。『フラニーとゾーイー』の表紙カバーの折り返しに書いた自伝で、サリンジャーはそんな気持ちを読者に打ち明けている。彼は自分が作品のなかに消えてしまう気がすると告白し、「遅かれ早かれ、自分の創作手法、言葉遣い、マンネリズムのなかにずぶずぶとはまりこんで、やがてはすっかり姿を消してしまうのではないか、そんなおそれがじゅうぶんあると思っている」と述べた。それでも彼は、生きのびて自分の天職を全うする希望を捨てなかった。「しかし、全体として、私は大いに希望をもっている」と語っている。[6] これまで歩いてきた道を変えるとは、どこでも公言しなかった。これは世間から見ると、人生を気まぐれな運命に任せてきたということだが、サリンジャー本人としては、ただ神の意思に従っているだけだった。ほかのやり方は思い浮かばなかったのだ。

『フラニーとゾーイー』が成功したとはいうものの、サリンジャーの名声はやはり『キャッチャー・イン・ザ・ライ』によるところが大きく、この出世作は1960年にニューヨーク・タイムズ紙のベストセラーに返り咲き（5位）、1962年までに200万部以上の売り上げを記録した。それだけに、全国の図書館、教育委員会、教師たちがこぞってこの小説をきびしく非難して、この本の売り上げを支えてきた多くの若い読者たちを抹殺しかねないというのに、サリンジャーが沈黙を守っていたのは理解しがたいところだ。

『キャッチャー・イン・ザ・ライ』は1954年、カリフォルニア州の教育委員会がはじめて問題にした。それいらい、この本を検閲し、教室から追放し、教師には推薦させないようにしようと、数限りない試みがなされた。図書館や教育委員会、それに保護者の団体までもが、ホールデンの神を冒瀆する言葉や、お偉方、セックス、学校にたいする態度を引き合いに出して、彼の声を抑えつけようとした。『キャッチャー』が売れたことが論争に火をつけた。この小説に人気が出れば出るほど、それだけ非難されるようになったのだ。『キャッチャー』は大学の授業で使うのにふさわしかったかもしれないが、大学で人気になると、高校の教師が生徒に薦めるようになった。なかには、教室でおおっぴらに教材として使って、学校の体制の是非を問うという教師もいた。じっさいにやってみると、『キャッチャー』の生徒におよぼす影響はすぐに現れた。多くの生徒は、ホールデン・コールフィールドが自分の本音をはっきり述べている、と考えた。しかし親たちは、礼儀も神を尊ぶ気持ちも心得ず、酒を飲んでタバコを吸い、酒場に行ったり娼婦を買ったりして汚い言葉を吐くような人物に、自分の子供たちが夢中になっていることを知って愕然とした。この騒ぎの結果、『キャッチャー・イン・ザ・ライ』は奇妙な立場になった。1962年の調査では、カリフォルニアの大学教授たちはこの小説を学生に薦める本のトップにあげた。それと同時に、『キャッチャー』は法律で禁止された本として、すぐに合衆国でトップになった。

サリンジャーがこの件で公に発言したのはいちどきりで、それも一連の騒動にたいして発言したのではなく、この事態を予期してのことだったので、発言の効果は大きくない。この本が出版されるちょっとまえに、リトル・ブラウン社は宣伝用の限定版を出したが、そこで、『キャッチャー』がその言葉遣いと内容で非難されるかもしれないと心配する、サリンジャーの話が引き合いにされたという。「私の最良の友だちのなかには子供たちがいます。じじつ、最良の友はすべて子供だといってもいい。私の本が彼らの手のとどかない棚にしまわれるのは、私には耐えられない」と述べたのだ。この短い言葉は主として本を手配する人たちに向けられたものだが、この作者が検閲について述べた、唯一の公式発言である。

1960年までには、サリンジャーは『キャッチャー』への弾圧にたいするこんな控えめな反対さえもしなくなって、宿命論的に受け入れるようになってしまった。彼はまたもや自分の作品に、宿命論という口実をあたえてしまったのだ。彼は何年間か、ドナルド・フィーンという執拗な大学院生から手紙を何通ももらっていた。フィーンは高校の英語教師だったが、『キャッチャー・イン・ザ・ライ』を生徒に薦めたため、解雇されていた。いまはルイヴィル大学の講師として修士号獲得を目指していたが、サリンジャーの全作品と翻訳の完全な書誌を編纂するという、気が遠くなりそうな修士論文にとりかかっていた。サリンジャーに手を借りようと何通か手紙を出したが反応がなかった。それで、1960年9月にいきなり作家から返事がきたため、フィーンは驚いた。その返事では、フィーンの手伝いができなかったことを詫びたあと、『キャッチャー』弾圧に関する論争について個人的な感想を語っていた。「それはとても心配なのだが、私になにかできることはないかと思うことが多い」と書いていた。そして、この論争は完全に無視することにしたと言い、いま「没頭している」新作に集中するために、旧作にたいする責任は忘れることにしたと説明していた。[7]

1962年6月の第一週に、『フラニーとゾーイー』がイギリスで出版された。サリンジャーはヘイミッシュ・ハミルトン社と縁を切ってから、出版社と個人的に接触するのはやめようとしたが、自作の装丁には規制を強めたいと思っていた。そこでオーバー社に依頼して、ふさわしい代理人をイギリスでみつけてもらうことにした。オールディングはハーパー・リー社もあつかっているヒューズ・

マシー社を選んで、『フラニーとゾーイー』の出版社をみつけさせた。最初に入札してきた出版社のなかにヘイミッシュ・ハミルトン社がいて、法律上はすでに保有している権利に1万ポンドをつけていた。サリンジャーはハミルトン社の入札を無視して、400ポンドをつけたウィリアム・ハイネマンの入札を受け入れた。ジェイミー・ハミルトンは契約違反でサリンジャーを訴えてもよかったのだが、のちに生涯でもっともつらい経験と呼んだ一件にけりをつけるため、そうはしなかった。

しかしウィリアム・ハイネマンとヒューズ・マシー社にとっては、苦労ははじまったばかりだった。彼らは、リトル・ブラウン社は慣れっこになっている怒りを、やがて味わうことになった。サリンジャーはただちに、自分に求めているレベルとおなじ完璧さを、新しい代理人と出版社にも適用しようとした。1962年3月に、サリンジャーの代理人がハイネマンの契約書を作成したとき、ハイネマンが入札したときには考えられなかった、細かい要求項目がつけられていた。その契約には、宣伝活動はすべてサリンジャーの承認を得ることと規定されていた。本の表紙カバーに著者の写真は載せないこと。広告はサリンジャーの了承を得るため、事前に提出すること。「好意的であろうとなかろうと」、他人の言葉の引用はしないこと。[8] ウィリアム・ハイネマンはそんなことは気にせず、契約書にサインした。

サリンジャーは5月に英国版『フラニーとゾーイー』の新刊見本を受けとって(『エズメ』のときに見本をハミルトンからもらわなかった苦い経験もあって、このことも契約条項にはいっていたのは当然だろう)、すぐにヒューズ・マシー社の代理人に手紙を書いた。『フラニーとゾーイー』のハイネマン版はすべて彼の注文どおりだったが、彼には安っぽくみえた。サリンジャーは、「鉄のカーテンの共産国が低予算でやってもおなじくらい、あるいはもっとましなのができそうな代物[9]」と評した。ヒューズ・マシー社はサリンジャーが失望した旨をドロシー・オールディングに、申し訳なさそうで辛抱づよく、それでいてすばらしく皮肉の利いた調子の返事で伝えた。それによるとサリンジャーの不満は、用紙のサイズと製本の素材のふたつにあるようだった。[10] 結局、『フラニーとゾーイー』の英国版は1962年6月に読者の手に渡ったが、それはサリンジャーが5月に受けとったものとおなじだった。しかし、2年後にサリンジャーの次の本がイギリスで出たときは、ページのサイズと製本の素材の両方が改善されていた。

サリンジャーの4冊目で、結局は最後となる本が、1963年1月28日にリトル・ブラウン社から出版された。『フラニーとゾーイー』とおなじように、『大工よ、屋根の梁を高く上げよ　シーモア――序章』もニューヨーカー誌に発表されたグラス家物語のふたつの作品をまとめた作品集で、タイトルもふたつの作品のタイトルをそのまま並べたものだった。サリンジャーは1960年に『フラニーとゾーイー』の出版を決めたときに、同時にこの本の出版も決めていて、この2冊については手はずがいっしょに整えられていたのだ。彼は常づね『大工よ、屋根の梁を高く上げよ　シーモア――序章』は『フラニーとゾーイー』につづいて出すつもりでいて、その出版の時期は、『フラニーとゾーイー』の批評家たちの不評にたいするサリンジャーの反応や販売の大成功などとは無関係に、出版社の作業工程に合わせたものだった。

『大工およびシーモア』にはその直前の作品集（『フラニーとゾーイー』）とおなじく、いつもどおりサリンジャーの注文が並べてあった。表紙に絵や宣伝文句、写真は不要、サリンジャー本人が書いたもの以外はなにひとつ付け足さないことになっていた。また、前宣伝もほとんどしないはずだった。わずかながら許された『大工およびシーモア』の広告は、地味で控えめなものだった。1月7日のパブリック・ウィークリー誌に載った全ページの広告は、この本がちかく出版されることを知らせていたが、本それ自体の姿を伝えるだけで、一切イラストはなかった。4月7日のニューヨーク・タイムズ・ブック・レヴューは、『フラニーとゾーイー』のときと同様に、ピラミッド状に積み重ねた本を描いた広告を掲載した。じじつ、『大工およびシーモア』の出版は、直前の本（『フラニーとゾーイー』）の発売までの手順をそっくり踏襲したもので、広告がはじまったのが出版時期にちかかったのが異なるくらいだった。

サリンジャーが新しい作品集を、『フラニーとゾーイー』が発売後に受けた批判の総攻撃のあとで、しかも、とくに問題のある「シーモア――序章」のはいった作品集を出すのは、図々しいと思えるかもしれない。しかし、1963年には作品にたいするサリンジャーの宿命論がかたまっていて、書評の専門家たちの意見は彼に力をもたなくなっていた。じっさいのところ、作品のなかに埋没するかもしれないという彼の恐怖は、作品をきちんとまとめようとする意欲に押されて消えていた。『大工およびシーモア』の表紙カバーにつけた短文で、サリンジャーはグラス家の連作にどれだけうちこんできたか打ち明けて、弁解もしなかった。作品のなかに沈みこんでいく恐怖を告白するより、「大工よ、屋根の梁を高く上げよ」と「シーモア──序章」を結合させて、この先のグラス家の連作と衝突することのないようにしたことを、読者に説明することに専念していた。グラス家物語の新作たちは連作のなかにおさまって、原稿用紙の上でも頭のなかでも、「それぞれ独自に成長し広がっている」と保証した。そして、グラス家の人物に罠にかけられ捕らわれたとしても、自分はむしろ幸せな囚人というべきだと告白した。「奇妙なことに、グラス家の仕事をするよろこびと満足は、年ごとに増し深くなっていく」とも述べた。[11]

1963年という年は、グラス家の年代記を、本人が約束した本や短編が引き継いでいくという、サリンジャー作品の豊かな未来が約束された年だった。そのうちいくつかの物語はふくらみつつあり、また完成まぢかのものもあった。その約束は空約束ではなかった。リトル・ブラウン社が『大工およびシーモア』を出版したとき、次の本の出版に向けて、7万5000ドルを前金としてサリンジャーに払う交渉がすでにはじまっていたのだ。*2

予期されたとおり、批評家たちは、いまや果てしなくつづくかにみえる、グラス家の連作が、作者にいかによろこびをあたえようとも、これ以上つづくことには耐えられないという様子だった。『大工およびシーモア』にたいする書評は、総じて、『フラニーとゾーイー』のときほど敵意のこもったものではなかったが、批評家たちは、この本がまた次のグラス家物語につづくだろうということには、

*2 7万5000ドルは1963年当時としては莫大な金額だった。サリンジャーがそれほどの報酬を考えていたことは、作品を発表しつづける彼の意思とその先の作品群の質への自信を証明している。

いっせいに不満の声をあげた。この連作の終結をきっぱりと要求したのだ。ニューヨーク・タイムズ・ブック・レヴューは、サリンジャーがはじめは思わせぶりできまり悪そうにしていながら、深遠な叡智をもてあそんでいる、と作家のわがままを非難した。[12] しかし、多くの批評家が感じてはいながら口にはしにくい、みんなの心の底にひそむ怒りをぶちまけたのはタイム誌だった。「おとなの読者は、はたして謎の人物シーモアが、読者が教わるだけの価値のある秘密をもっているのかどうか、怪しみはじめている。そして、そんな秘密があるのなら、サリンジャーはいつそれを明かしてくれるのだろうか」とタイム誌は皮肉たっぷりに述べた。[13]

『フラニーとゾーイー』の勝利は、批評家がけなしても一般読者が弁護してくれることを、サリンジャーに教えた。そして、『大工およびシーモア』が発売されたとき、読者はふたたび彼の弁護に立ち上がった。発売されるや大成功で、10万部以上が売れ、待望のニューヨーク・タイムズ紙のベストセラーランキング1位を獲得したのだ。『大工およびシーモア』の売り上げは『フラニーとゾーイー』ほどではなかったが、『フラニーとゾーイー』の達成部数があまりに莫大で、問題にするほどのことではなかった。それでも『大工およびシーモア』は文学上の事件で、１９６３年のベストセラー3位だった。

サリンジャーはそれに応えて、批評家の攻撃から自分の作品を守ってくれる読者に、借りがあることを認めた。『大工およびシーモア』の第2刷で、遅ればせながら読者に献辞をささげ、自分の家族同然だと述べた。この献辞は一般読者への感謝とともに、批評の専門家への軽蔑をも示していた。この本に関して語られた長く残る言葉のなかでも、もっとも有名な献辞のひとつとなった。

もしもこの世にまだ読書の素人という方が、あるいは走りながら読む人（訳注：旧約聖書のハバクク書第2章2節）が、おられるならば、私は、筆舌につくしがたき愛情と感謝をこめて、その方にお願い申し上げる。なにとぞこの本の献辞を4つに分けて、妻とふたりの子供たちとともに受け取られんことを。[14]

ウィット・バーネットが教室で話してから24年後、サリンジャーはバーネットの教訓からちゃんと学んでいたことを証明した。読者への尊敬と、読者が自分の伝えたいことを感じとってくれるという信頼が、ふたたび彼を作家としての危機から救ってくれたのだ。まわりの世界が彼から遠ざかり、家族も離れ、友人はいなくなっていくなかで、彼を救おうと立ち上がったのは一般の読者だった。野鳥観察者であり、フォークナーの愛する沈黙の読者なのだ。それ以外の連中にたいするサリンジャーの態度ははっきりしていた。「そんなやつらはくたばってしまえ」。

別れ

『大工よ、屋根の梁を高く上げよ　シーモア――序章』が出版される2週間まえの1963年1月、ラーマクリシュナ・ヴィヴェーカーナンダ・センターは聖者ヴィヴェーカーナンダの生誕百年祭を祝って、ニューヨーク市のウォーウィック・ホテルで祝宴を催していた。そのときの基調演説を行なったのは国連事務総長のウ・タント氏で、ヴィヴェーカーナンダが多様な民族間の相互理解を促進し、センターが世界平和に貢献していると述べた。その演壇のまん前のメーンテーブルに、出版する本の最後の仕上げにOKを出したばかりのJ・D・サリンジャーがすわっていた。その際の団体写真ではサリンジャーが寛いで満足げな様子で、クングショルム号乗船のときいらいの満面の笑顔をみせていた。そして、1941年の写真と同様に、1963年のこの祝宴の写真も二度とどらぬ世界の記念写真となってしまうのだ。

たった2年のあいだに、サリンジャーには大きな変化が起こっていた。1961年のはじめには、グラス家の人たちの声はニューヨーカー誌のページだけで聞こえるささやかなつぶやきだった。それがいきなり国際的な舞台に飛び出し、作者に本人が夢にも思わなかった物質的、文学的な成功をもたらしたのだ。同時に、『キャッチャー・イン・ザ・ライ』の人気が爆発し、アメリカ文学の古典としての地位を確立した。

1963年にめざましく向上したサリンジャーの地位は、前年の3月にヴィレッジ・ヴォイス誌のエリオット・フリーモン＝スミスが、遅ればせながら『フラニーとゾーイー』を書評で取り上げたことでさらに確認されていた。フリーモン＝スミス（この名前は『ナイン・ストーリーズ』のファンには大受けだっただろう）は、「J・D・サリンジャーは現在の作家たちのなかでは特異な存在である。その作品の少なさのわりには……彼が集めてきた注目の大きさは、ほかのどの作家もかすんでしまうほどだ」と、議論の余地のない事実を述べた。[1]

ヴォイス誌がサリンジャーの仕事を認めたのは賞讃ではあったが、はからずも、サリンジャーが追いつめられていたふたつの個人的な悩みを浮き彫りにしていた。成功の副産物として、お金、賞讃、そしてコーニッシュの隠れ家でも逃れられない人々の注目といった問題が、サリンジャーのエゴにじかに作用して、「ゾーイー」で苦しげに認めていた自分の苦闘に、また火がついてしまった。サリンジャーは自分のプライドを抑えようとしながらも、作品を発表しつづけざるをえないこと、しかも新作を期待されていることを自覚していた。フリーモン＝スミスの記事がさりげなく指摘していたように、サリンジャーに成功をもたらした最近の本は新しい作品ではなく、以前の作品を再録したものだった。1963年1月現在、サリンジャーが新作を発表してから、もう4年が過ぎようとしていた。たしかに新しい作品は手許にあった。そのころの私信は、彼がグラス家の連作の新作に専念していることを裏づけていた。それでも発表することは躊躇していた。

サリンジャーは1963年にはたしかに執筆に没頭していて、本人の葛藤が登場人物にも反映されていた。彼はゾーイーのエゴとの格闘だけでなく、もはや自分のいるところではない世界に包囲されたシーモアの疎外感も、自分のものと感じていた。当時の人気ぶりからすると、ここでもうひとつヒット作を発表すれば、とくにベストセラーがふたつつづいたすぐあとなら、彼のエゴはひっくりかえって、道を踏み外しかねないと、サリンジャーも感じていたかもしれない。サリンジャーの仕事は祈りだった。長年、この仕事と祈りのふたつは区別がつかなくなっていた。サリンジャーの目指す目的は、いまや成功ではなく祈りだった。作品を発表することによって物質的な報酬があるにもかかわらず、その目的を追求したのであって、報酬を求めてではなかった。彼は執筆しながら祈りつづけ、発表しつづけたのだ。当面のあいだ、彼は神の作家でありつづけ、シュリー・ラーマクリシュナの教えに従おうとした。ラーマクリシュナは「仕事を完全に拒否することはできない」と認め、弟子たちには「仕事をしなさい。ただ、その成果は神に渡しなさい」と説いた。[2]

サリンジャーは作品を発表するという精神的な責務と、労働の必然的な成果に誘惑されないようにする気持ちとのあいだの、きわどい境界線の上を歩いていた。そのふたつをこなすことは可能だとする、シュリー・ラーマクリシュナの言葉に励まされた。じじつ、仕事は常に彼の生きる原動力だったし、ほかの生き方は知らなかった。

サリンジャーの労働報酬が家屋敷をもたらしたし、彼も物質的な快適さが嫌いではなかった。しかし、彼の地位にある者として、裕福になったうえに作家としても並はずれた成功をおさめた者としてはめずらしく、質素な生活をしていた。出版から得た経済的報酬には決して満足せず、くりかえし貪欲な出版社の悪口を言っていた。倹約家だったが、金を使うべきときには使った。家族やコーニッシュの家のために使うことが多かった。

ペギーやマシューは両親の子供のころとくらべると、質素な環境で育てられた。コーニッシュには、パークアヴェニューの住居やイタリアの別荘[*1]に相当するものはなかったし、サリンジャーがいちばんいやがったのは、子供たちが仲間に優越感をもつことだった。しかし、ペギーとマシューの子供時代は、親たちの裕福さとはつよく結びついていた。ふたりには親から恵まれた特別な贅沢というものはなかったが、旅行では望めば快適に一等で行けるようサリンジャーが手配してくれた。フロリダでのヴァケーションは、作家の父がいっしょかどうかはべつとして、2月の年中行事となった。1960年代半ばには、こういった旅行のあとは、つづいてヨーロッパかカリブ海に長期滞在することになっていた。マシューにはテニスや乗馬のレッスン、私立の学校があてがわれ、ペギーはプラザホテルのオークルームで正しいテーブルマナーを習った。[*2]サリンジャー家の子供たちは決して甘やかされたわけではなかったが、コーニッシュの農家の子供たちとは生活が大きく異なっていた。『フラニーとゾーイー』の印税で収入が増えはじめたので、サリンジャーはその一部を使って、屋敷を改装、増築することにした。2歳になるまで姉と寝起きをともにさせられていたマシューには、新しい部屋があたえられた。ペギーの部屋は改装され、子供たちを苦しめた無数の水漏れは修理された。

＊1　クレアの母親はマンハッタンのアパート、バーミューダの家、そしてイタリアの別荘と、年に3つの家を移動して住んでいた。クレア自身は戦争中いくつもの里親の家で過ごしたが、豊かな育ちのことは忘れなかった。
＊2　子供たちの教育のこととなると、サリンジャーはホールデン・コールフィールドの高校批判とは異なる方針をとった。マシューは全国でもっとも名の通った私立学校、フィリップス学院アンドーヴァー校に入学した。そこではジョン・F・ケネディ・ジュニアと同級だった（祖母がおおいによろこんだ）。

サリンジャーはジープと乗用車を所有し、冬のあいだはいつもハンド判事のガレージに入れていた。判事が亡くなって、自分のガレージが必要になり、便利なように家に通じる地下通路のついたガレージを建てさせた。

しばらくは、こんな改修工事がクレアの関心を惹いた。業者は彼女が設計を再検討できるように、取り外しのできる部品の完備したコテージの模型をつくってくれた。サリンジャーは工事のごたごた騒ぎは嫌いだったが、クレアはよろこんでのめりこみ、興味をもって質問をするまでになった。新しいガレージの上に、専用のキッチンとバスルームのついた小さな部屋が建てられた。[3] その部屋を作るのはだれの考えだったのかはっきりしない。客をもてなすための場所として、クレアが希望したのかもしれない。しかし、部屋が完成するとサリンジャーが使うようになり、彼がしだいに孤独の度合いを深め、結婚生活のストレスが大きくなっていく様子がうかがわれた。

1966年、サリンジャーは自分の地所にもっとも高価な追加を行なった。となりの農園が前年に売りに出たときは、所有している90エーカー（約11万坪）の土地で満足しているサリンジャーは、なんの興味も示さなかった。しかし、その土地にトレーラーハウスの駐車場ができることを知って、ぞっとした彼はさっそく自分の保有地を担保に入れてとなりの土地を購入し、そこを保全した。そのために彼の蓄えのほとんどをつぎこんだ。このことで、彼はコーニッシュの住民に慕われることになった。というのも、彼らは自分たちの村がトレーラーハウスの駐車場などに汚されるのはいやだったが、開発業者の入札に対抗する手段がなかったのだ。この一件は広く影響をおよぼすことになる。村の人たちはこれで助かったことを決して忘れず、このもっとも有名な住民にかたい忠誠心を抱くようになったのだ。サリンジャーが隣人たちから自分を護るためにフェンスをつくったように、いまやその隣人たちが彼のまわりに結集して、彼のプライヴァシーを外敵の侵入から護ろうというのだ。

1960年代はじめのサリンジャーの繁栄は、国家の繁栄を映していた。1950年代の静的な年月、画一性と盲目的愛国主義の10年は、未曾有の経済的繁栄に後押しされた社会的な活気の時代へと変わっていた。自分の未開の能力を探ったり、伝統を問いなおす姿勢が、徐々にアメリカに根づいていった。そうしているうち、アメリカ人が精彩を放ち、ロマンティックな気分が生活にふたたび見られるようになってきた。そうなると、多様性やあらたな解放感といったものもあふれてきた。サリンジャーがウォーウィック・ホテルで百年祭の宴会に出席していた1963年には、合衆国は自信にみちた国家だった。世界のなかの地位を確信し、将来像をしっかりと持った国家だった。

合衆国の大統領一家ほど、この時代の楽天主義をよく表しているものはなかった。若くて教養があり、裕福で流行の最先端をいくケネディ家は、アメリカ社会が自分を映す鏡としたいと願った王朝のイメージを創りあげた。ジョン・F・ケネディ大統領が1963年11月22日に暗殺されたとき、全世界が驚愕し、アメリカの自信満々の姿勢はもろくも崩れ、疑惑と自己不信に陥った。国民は象徴的な指導者と自己の投影だけでなく、その無垢なイメージも一部を失ったのだ。

サリンジャーはケネディの暗殺に打ちのめされた。彼は大統領を尊敬していたが、その気持ちは敬意よりもっとちかしいものだった。つまり、ケネディ家は個人的な知り合いという感覚だったのだ。1962年の春、彼はケネディ大統領からホワイトハウスで催される、人気作家を遇する晩餐会に招待された。彼は招待を受けようと思ったが、ほんの数週間まえ、ケネディ政府が彼を公務につかないかと打診してきたとき断ったので、ためらったのだ。

1961年の秋、カリフォルニア州パロ・アルトにある行動調査研究所の主事のゴードン・リッシュからサリンジャーに連絡があった。研究所は連邦政府の経済機会協会の支部で、新設された雇用部会に参加して、都会の若い失業者が仕事をする気になる文章を書いてくれないかというのだ。翌1962年の2月、サリンジャーはリッシュに返事の電話をかけた。リッシュによれば、この作家は疲れていてためらいがちな様子だったという。自分が知っているのはコールフィールド家やグラス家の書き方だけで、雇用部会のご趣旨にはふさわしくないだろうと説明した。「そいつはすごい、それでいいんです。そんなところをちょっと書いていただければ」とリッシュは応じた。サリンジャーは書くとは言ってくれず、「きみは私が有名人だから参加してほしいんだね」と非難した。「いえ、いえ、とんでもありません。あなたが子供にどう話したらよいかご存知だからお願いしたんです」とリッシュは弁明した。サリンジャーはすこし考えてから、驚くべき告白をした。「いや、私にはできないよ。自分の子供にだって満足に話せないんだ」と彼は言った[4]のだ。*3

そんなこともあって、ホワイトハウスから招待を受けたサリンジャーも慎重にならざるをえなかったのだ。名誉には思うものの、またなにか公務を押しつけられそうで、出席するのが心配だった。ゴードン・リッシュは電話でなんとかこなせたが、大統領からじかに面と向かって依頼されれば、断れそうになかった。彼がためらうにはほかの理由もあった。ホワイトハウスの晩餐会ともなれば、流行の服装が華やかに並び、報道陣も押し寄せる人気の行事だろうと思われた。すべての目が彼に集まるだろう。かた苦しいスピーチをさせられることもおおいに考えられるし、なにか表彰されるかもしれない。要するに、サリンジャーが長年にわたって、なんとか逃れようとし、拒否してきたことばかりだった。

ケネディ家はかんたんには諦めなかった。招待への返事がないことを知って、ジャクリーン・ケネディが自分でこの作家を説得しようと試みた。その年の春、コーニッシュの電話が鳴ったとき、電話に出たのはクレアだった。ペギーは興奮してそのやりとりを立ち聞きしていたが、ファーストレディはサリンジャーの才能を褒めたたえ、サリンジャー家のみんなに晩餐会に出席してほしいと言ったという。クレアは承知して、不安げに夫を電話口に呼んだ。電話に出ているのがジャクリーン・ケネディだと知って、サリンジャーは仰天したにちがいない。ジャッキーがホワイトハウスに来てくれるよう頼むのを聞いて、サリンジャーが口数は少なかったが、それでも彼女の伝説的な魅力になんとか抵抗した。サリンジャーは、お互いをじろじろ監視して、自分が本でけなしてきたさまざまな行動に夢中になっているような、自意識いっぱいの夜にはどうしても耐えられそうになかった。出席すれば、それこそ「インチキ」そのものだっただろう。

*3 1962年にサリンジャーと電話で話したというゴードン・リッシュの言葉は、慎重に受けとめなければならない。彼がこの話を伝記作者のポール・アレクサンダーにしたのは、電話のときから30年以上もあとのことで、リッシュとサリンジャーの遭遇はこのときだけではなかった。1973年、エスクワイア誌のフィクション部門の編集者として勤務していたリッシュは、「ルパートに——悔いもなく("For Rupert—with No Regrets")」という、故意にサリンジャーの文体を模倣した短編小説を書いた。世間はサリンジャー本人が書いたものだと思いこみ、この作品は大反響を呼んだ。リッシュがやっとインチキだと認めると、1面を飾るニュースとなった。怒り狂ったサリンジャーは、ドロシー・オールディングをつうじてリッシュを激しく叱責し、「愚かで卑劣な」詐欺と呼んだ。リッシュは悪びれたふうもなかった。

クレアとペギーは王朝の雰囲気を味わう機会を奪った彼を、決して許さなかった。サリンジャーも自分を許せなかっただろう。1963年11月の最後の週、サリンジャーはほとんどのアメリカ人とおなじように日々を過ごした。目に見えるほどに震えながら、ケネディ大統領の葬儀の悲しい式典がくり広げられているテレビのまえで、ただ言葉もなくすわりこんでいた。葬列がアーリントン国立墓地に進むのを見守りながら、彼は忘れられないほど脳裏にしみついた、そして終戦いらい見たことのない光景を目にしていた。何列にも並んだ兵士たちが、葬送歌に合わせて目のまえを行進していた。彼らは国旗で覆われた棺に付き添い、棺には軍隊で倒れた同胞の悲しい象徴である、乗り手のいない馬が従っていた。その光景はサリンジャーに戦争の記憶を思いおこさせずにはおかなかった。古い悲しみと新たな悲しみが一体となって、彼は人目もはばからずに泣いた。ペギーは40年ちかくまえを思い出して、いまでも驚きを隠さず、それは「わたしが生涯でたったいちど目にした父の涙」だったと語ってくれた。[5]

サリンジャーは1964年にふたつの仕事に取り組んでいたことが知られている。ひとつは「ハプワース16、1924」というグラス家連作の新作だった。もうひとつはウィット・バーネットのために作品集の序文として書いたもので、これがふたりの関係の墓碑銘となるのだ。バーネットは、長年ストーリー誌に登場してきたさまざまな作家たちの短編を、50ほどまとめて作品集を作ろうとしていた。彼はその作品集を『ストーリー誌記念祭《ジュビリー》：ストーリー誌の33年』と題して、1965年に出版するつもりだった。彼はまたしても、この作品集にサリンジャーの短編を使わせてくれるよう言ってきた。サリンジャーはバーネットの依頼をまた断ったが、その反応は予想どおりだっただろう。しかし、サリンジャーは作品集に序文を書こうと申し出た。これは結果としてサリンジャーの新作ということになり、サリンジャーの旧作は掲載を拒否されていても、彼とストーリー誌の関係を強調したいバーネットの希望を満足させただろう。バーネットは感謝して了承し、サリンジャーは1964年に断続的にこの文章を推敲していた。完成した序文は550語からなり、サリンジャーはストーリー出版に送った。

その序文に、サリンジャーはバーネットのフォークナーについての教え、つまりサリンジャーに背景から書くことの重要性と読者への敬意を教えてくれた、そもそもの発端となった1939年の一件のことを書いた。それは驚くほど感動的な讃辞で、このふたりに長年つづいていた敵対心を思えばなおさらだった。それはサリンジャーが元教師であり友であった彼と和解しようとしたのかもしれない。讃辞としては気持ちの良いものだったが、作品集への序文という本来の目的にはそぐわず、バーネットの思惑とはちがっていた。彼はその原稿を断った。「50人の作家たちよりも、私とコロンビアでの授業のことが中心で、この序文にはめんくらいました。使うのはちょっと考えます」とサリンジャーには説明した。[6]

サリンジャーはバーネットから断りの返事を受け取って、信じられぬ思いで傷ついたにちがいない。そもそも彼としては、この文を書いただけでも寛大な態度だと思っていたのだ。彼がウィット・バーネットに原稿を送るのは18年ぶりだった。それなのに送ってみると、まるで駆け出しの新米みたいに断られたのだ。バーネットの側からすれば、『キャッチャー・イン・ザ・ライ』いらい何年も日陰者に格下げされた格好で、いくどとなく教え子に原稿依頼を断られた不満もあって、最後に一言という気持ちだった。しかし、この一件でふたりが仲直りする機会は失われた。そのときには、ふたりとも隠れていた皮肉に気がつかなかった。1939年にサリンジャーの最初の作品を返却したおなじ男が、彼の最後の出版物となる原稿を返却したのだ。

バーネットはおそらくは数回、サリンジャーの人生を変えてきた。サリンジャーの彼への讃辞は彼の教師としての技術、文学への愛を語っていた。それはまた、サリンジャーの書いたフィクションよりも、はるかに自伝的な読み物になっていた。バーネットは自分を排除することによって、サリンジャーの期待を排除した。すなわち、学生サリンジャーとウィリアム・フォークナーの想像世界のあいだに介在していた、人生と文学の概念を教えることを拒否したのだ。そうすることによって、フォークナーを自分自身の新しい見方でとらえさせ、サリンジャー独自の見方をもてるようにしたのだ。それがサリンジャーの人生の教訓であったし、その教訓は作家として進めば進むほど強固になっていった。バーネットのフォークナーについての教えがなければ、「愛する沈黙の読者」あるいは「走りながら読む人」への献身も、その人たちへの感謝も生まれなかっただろう。

サリンジャーの「作品集への序文」の話は断られておしまいではなかった。バーネットが1972年に亡くなって3年後、彼の未亡人ハリーによって、『フィクション作家のハンドブック』のエピローグとして発表されたのだ。「ウィット・バーネットへの敬礼」とふさわしいタイトルに変えられた文章は、サリンジャーが自作と認めた唯一のノンフィクションである。その原稿でつらい思いもしたが、1975年に発表されたこの文章は、サリンジャーがこの元教師に抱きつづけた愛情と敬意をつよく物語っている。

1964年の晩夏、サリンジャーは8歳の娘ペギーを連れて、ニューヨークへ出かけた。祖父母やニューヨーカー誌の「家族」を訪ねたりする、こんな小旅行に子供を連れていくのはめずらしいことではなかったが、サリンジャーはこんどは特別だよと娘にていねいに説明した。ふたりはウィリアム・ショーンにペギーの後見人になってもらうよう、頼みにいくのだった。この後見人の役は故ラーニド・ハンド判事が務めていたものだ。

サリンジャーはこの依頼をきわめて大切に考えていた。3年まえのハンドの死いらい、ペギーは2度も(まず1963年の夏、そしてその年の冬に)入院した。それにくわえて、クレアとの結婚がおかしくなってきて、いまではほとんどガレージの上の部屋にこもりきりだった。彼はとくにウィット・バーネットとの気まずい事態のあとでもあり、ショーンに後見人を依頼して敬意を表したかったのだ。ニューヨークに着くと、サリンジャーとペギーはまっすぐ西43丁目にショーンと会いに行ったわけではなかった。サリンジャーの予定表にはまず先にしたいこともあった。父と娘はいっしょにセントラルパークまで歩いた。そこで、J・D・サリンジャーの人生のなかでこれ以上ないほど超現実的で意気揚々たる瞬間が訪れた。父は娘を抱えあげ、セントラルパークの回転木馬の彩色した馬に乗せてやってうしろにさがると、娘がぐるぐるまわるのを楽しそうに見守ったのだった。[7]

1960年代のはじめ、ほとんどのアメリカ人はその時々の出来事や世論とは、新聞や雑誌をつうじてつながっていた。テレビニュースはまだ揺籃期だった。ケネディ暗殺は広大な視聴者を惹きつけるテレビ報道の力を実証し、60年代の終りには、新聞や雑誌の影響力はテレビ報道に奪われてしまった。印刷されたニュースからテレビのニュースへという、大衆の好みの変化は気まぐれだった。新聞の種類が多いニューヨークのような街では、この変化はとくに激しかった。ニューヨーク・ポスト、ヘラルド・トリビューン、ニューヨーク・タイムズ、ウォールストリート・ジャーナルなどの各紙は、減少しつづける読者を奪い合い、つねに部数獲得競争をくり広げていた。

1963年、ニューヨーク・ヘラルド・トリビューン紙は減少気味の購読者数を復活させようと、大幅な見直しを行なった。日曜版の別冊雑誌、トゥデイズ・リヴィング誌を再編して、この都市のもっとも権威ある文芸誌の象徴ともいうべきニューヨーカー誌を真似て、それに対抗しようというのだ。ヘラルド・トリビューン紙はこの別冊雑誌をニューヨーカー誌に対抗して「ニューヨーク誌」と改名し、どの新聞もやったことのない、サリンジャーの仕事上の家族との戦いに踏み切った。

はじめは、ショーンもニューヨーカー誌もヘラルド・トリビューン紙の無礼な試みを無視していた。

しかし、この新聞がトム・ウルフやジミー・ブレスリンなどの才能を雇い入れた結果、ニューヨーカー誌のライヴァルはやがてめざましく台頭してきた。1964年おわりには、ショーンと彼のスタッフは編集力でヘラルド・トリビューン紙に反撃を開始した。そうしているうち、ニューヨーカー誌などの高級誌とはちがい、手段など選ばないライヴァルにたいして、いつのまにか戦いに熱を上げていった。

トム・ウルフは直接ニューヨーカー誌の急所を突くことにした。ウィリアム・ショーンはさまざまな恐怖症や特異体質のデパートといったところで、サリンジャーとおなじくらいプライヴァシー保持にうるさいことで有名だったが、彼についてはこれまでほとんど書かれたことがなかった。ウルフはショーンの「プロフィル」を2回連載して、この編集者の経営手法や個人的な習慣を痛烈にからかうだけでなく、ショーンに電話でインタヴューを申しこむなどして彼を愚弄した。ウルフの行為に屈辱を受けたショーンは、みんなにヘラルド・トリビューン紙の関係者とは一切接触しないよう指示した。

ウルフの最初の記事は発行予定日の4日まえに印刷された。ショーンにじかにみせようと、「プロフィル」の誌面が24時間以内に彼のデスクの上に鎮座するよう手配した。「ちっぽけなミイラたち！43丁目の歩く死者の国、その支配者の真相」と題された特集は、ショーンが恐れていたとおり扇情的な安雑誌スタイルの言いたい放題だった。頭に血がのぼった彼は、ただちにヘラルド・トリビューン紙の社長ジョン・ヘイ・「ジョック」・ホイットニー（訳注：「ジョック」はジョンの変形、彼は親しみをこめてジョック・ホイットニーと呼ばれていた）に手紙を書いて、この記事の発表をやめてくれるよう依頼した。「これは名誉毀損なんてもんじゃないぞ」、彼はかみついた。「これは殺人的だ。この記事の一撃でニューヨーク・ヘラルド・トリビューン紙は信用を失い、その名は地に墜ちるだろう[8]」。

かつてイギリス大使を務めたこともあるホイットニーは、ウルフとブレスリンにショーンの手紙をみせた。彼はそれからどうしていいかわからなかったのだ。しかし、ふたりの記者はわくわくした。なんのためらいもなく、タイム誌とニューズウィーク誌に電話して、その手紙を読んで聞かせた。両誌はその内容を独自に解釈して、強大なニューヨーカー誌がウルフの記事を恐れるあまり、発行差し止めの訴訟をほのめかした脅迫だと主張した。その結果、「ちっぽけなミイラたち」の記事が1965年4月11日に出ると、大騒ぎになってニューヨーク誌の発行部数が何倍にも増えたのだ。[*4]

ホイットニーが受けとった「ちっぽけなミイラたち」に抗議する手紙は、ショーンのものだけではなかった。ジョン・アップダイク、E・B・ホワイト、ミュリエル・スパークなどがショーンを弁護し、その記事への不快感を表明した。なかでもサリンジャーからの手紙ほどホイットニーの注目を惹いたものはなかった。彼はショーンときわめて親しく、マスコミに操られ中傷されることがどんなものなのか、いちばんよく理解していた。「いいかげんで大学レベル以下の、他人の不幸をよろこぶ最低な、悪意だらけのこの記事のせいで、ヘラルド・トリビューン紙の名前と、まちがいなくあなたの名前も、今後は、尊敬とか名誉とかいう言葉とは一切無縁になるでしょう」とサリンジャーは書いた。[9]

尊敬や名誉はサリンジャーにとっては不可欠なものだった。彼の人格に刻みこまれていたのだ。そのふたつは周囲の人たちの生き方を測る物差しであると同時に、自分自身もそれで測っていた。彼は自分に義務と上品さを求めたが、他人にもそれを期待し、無礼なあつかいを受けたりだまされたりすると、思いがけなく傷ついたという気持ちを必ず表明した。彼は自分ではどうにもならない出来事に巻きこまれることもあったが、それでも礼節を尊ぶという高い基準を忘れることはなかった。戦争中はつねに義務と名誉をしっかり胸に刻みこみ、感情を露わにして他人に危険をおよぼさないとわかるまでは、無理やり感情を抑えていた。講演中に自己顕示欲を発散したり、食事中にインチキぶりをみせたりなど、社交上の失言は非常に不愉快だった。サリンジャーの手紙はきわめて痛烈で否定的であっても、礼儀だけはつねに忘れず、夢にもおろそかにはしなかった。そして、他人の鈍感さ、たとえば無神経な批評、友人に反故にされた約束、子供につかれた嘘などには深く傷ついた。

ヘラルド・トリビューン紙のことになると、サリンジャーと友人のショーンは肝腎な点を見落としていた。そこで問題だったのは尊敬や名誉などではまったくなく、すべては発行部数、評判、お金といった、サリンジャーがもっとも軽蔑するものばかりだった。じつのところ、世の中は義務、名誉、尊敬という概念を見放してしまっていた。1965年当時、そんな価値基準は一般に口先だけで言うことはあっても、日常生活ではだんだん見出せなくなっていた。サリンジャーがヘラルド・トリビューン紙を叱りつけたのは、潔癖さや礼儀正しさに非の打ちどころのない親友を護る、名誉ある行為だった。しかし、それはホイットニー、ブレスリン、ウルフなどには通じず、そんな感傷は抽象的で古くさいと思われたのだ。アメリカ社会は激動の時代、価値観の変動の時代を迎えていた。トム・ウルフやジミー・ブレスリンが思い切ってアイドルをやっつけると、それが成功につながるという時代だった。しかし、世の中は当のアイドルであるサリンジャーには居場所がなくて、上品さや彼の人格を形成してきた価値観は、疑義を差しはさまれるか、一蹴される世の中になっていた。

*4　ヘラルド・トリビューン紙はつぶれたが、ウルフが書いたウィリアム・ショーンの記事のおかげで、ブレスリンやウルフは助かり、ニューヨーク誌もこんにちまでつづいている。

サリンジャーには1964年に少なくともひとつ、仕事上で満足すべきことがあった。その年、『キャッチャー・イン・ザ・ライ』のシグネット・ブックス社のペーパーバック版契約が期限切れになったのだ。サリンジャーは契約の更新を拒否し、バンタムブックス社に権利を売った。彼は新しい出版社にいつもの契約条件を伝え、さらに自分が本の表紙をデザインするという要求をつけくわえた。バンタム社は了承し、サリンジャーは作品のタイトルと自分の名前だけを載せた簡素なデザインを送った。彼はバンタム社に、使用する活字、文字の正確なサイズ、文字詰めを指示し、表紙に使いたい色の正確な見本まで郵送した。その結果できた『キャッチャー・イン・ザ・ライ』の表紙はえび茶色で、タイトルと著者の名前が黄色とオレンジ色の中間の色合いで書かれ、サリンジャーの名前のJとDは異なる活字体になっていた。[10]

こんにちまで、サリンジャーのデザインはアメリカ文学の歴史上、おそらくもっとも愛され大切にされた本の装丁となっている。『キャッチャー・イン・ザ・ライ』の1964年バンタム版ほど、なんの飾り気もなく単純そのままでありながら、見ただけでさまざまな想い出が押し寄せ、胸がときめく本はない。バンタム社はそれがうまくいったことを認めて、1991年に出版権がリトル・ブラウン社に移るまで、27年間も表紙のデザインを変更せず使いつづけた。

1965年1月初旬、ニューヨーカー誌は、サリンジャーの最後の出版となる、「ハプワース16、

1924」という2万8000語からなるグラス家連作の新作を掲載するため、誌面のほとんど大半を確保する作業に取りかかった。ニューヨーカー誌オフィスのファイルは、この中編小説を編集スタッフが受け取り、最終的にウィリアム・ショーンが採用の決定を下すまでの経緯に関して、この雑誌としてはめずらしく空白である。[*5] おそらく、「ハプワース」は「シーモア——序章」の場合とおなじく、ショーンのいつものイエスだけで決定され、通常の編集部の審査は省かれたのだ。ショーンはいまや、ますます正統な小説からはずれていくサリンジャーの作品を、運に任せることに慣れてしまっていた。これまでは、危険を冒したことは正しかったことが証明され、結果は利益を生んでいた。「ハプワース」の風変わりなところがこの編集者をためらわせたとしても、過去にうまくいった記憶が彼の不安をやわらげただろう。おなじ理由で、ほかのスタッフがサリンジャーの新作の構造を気にしたとしても、反対意見を言うのははばかられただろう。そんな非難は賢明ではないとされてきたし、ショーンの親友であり、最近は彼を弁護してくれた人であり、後見人を引き受けた子供の父親でもある人の作品を攻撃するのは、この雑誌社の社員としては危険なことだっただろう。1997年のラジオのインタヴューで、ウィリアム・マックスウェルはニューヨーカー誌がこの作品を受け入れた件について、

*5　ニューヨーカー誌の記録文書には、サリンジャーと編集スタッフとの連絡書類が、ガス・ロブラーノの死および1957年の「ゾーイー」発表の直後のものまで残っている。しかし、サリンジャーが主としてウィリアム・ショーンと、そして最後は彼だけと仕事をするようになってからは、そんな連絡書類はニューヨーカー誌のファイルから消えている。サリンジャーの特別な意向だったのか、ふたりが共同作業を他人に詮索されたくなかっただけなのか、いずれにしろ、ふつうではありえない。制作過程を跡付ける書類の行方不明は意図されたものだろう。

言明を拒否した。「そのことは、まあ話さないでおきましょう」と彼は言葉をにごした。「私はこれまでも、現在でもサリンジャーの友人だと思っていますし、彼はあれこれ話されるのがほんとうに嫌いなんです。ですから、話さないことにしましょう」[11]。諸般の事情を考えてみれば、「ハプワース16、1924」をニューヨーカー誌が採用するかどうかは、検討の対象ではなく既成事実だったというところだろう。

「ハプワース」はバディ・グラスによる読者への前書きからはじまる。現在は1965年5月28日金曜日だ。バディはサリンジャー本人とおなじで46歳。「シーモア——序章」を書いてから6年、兄の自殺から17年が過ぎている。バディは母のベシーから郵便を受けとったばかりだ。開けてみると、シーモアが1924年に家族に書いた手紙が出てくる。手紙はメイン州のキャンプ・サイモン・ハプワースの診療所から出されていて、7歳のシーモアと5歳のバディがそこで夏を過しているのだ。バディはそれをはじめて見る手紙だと説明し、読者のためにその手紙の全文を書き写すという。バディは「シーモア——序章」を書いたのとおなじ義務感で、41年まえのシーモアの手紙を正確に伝えなければならないと考えているのだ。

シーモアが家族に書いたこの手紙のはじめから、読者が相手にしているのはふつうの子供ではないことがあきらかだ。これまでの物語でシーモアという人物をよく知っている者でも、彼の語彙や両親への話し方に仰天してしまう。彼は弟バディを「堂々としてとらえどころのない、愉快な子供」と呼び、「どこかよそで仕事をしていて」、それがシーモアには「永遠の楽しみでもあり悲しみ」なのだと説明する。[12]そんな言葉遣いは読者にはショックで、とくに7歳の子供が書いた文章だとなると、気どっていて、衒学的で、ちょっとひとりよがりどころではないものに感じられる。サリンジャーはすぐにその印象を埋め合わせようとして、彼とバディに、家族がいなくて「ものすごく」さびしいと言わせる。このようなちぐはぐな調子に読者は落ち着かないどころではなく、この中編小説全編をつうじて、その調子がおとなの感覚と子供の反応をくりかえすシーモアの傾向を示している。「ハプワース」に絶対的なものはない。結論らしきものが出されても、そのどれもが疑問に思えてくるのだ。サリンジャーが「ハプワース」の不安定な本質を、間接的にでも的確に言い当てているのは、シーモアが第2段落で自分の英作文の本を「このうえなく貴重であると同時にまったくどうしようもない駄本」と呼ぶところだ。

この膨大なシーモアの手紙は、どうやら各部分に分けて書かれたようだが、キャンプ・ハプワースでの出来事を逐次伝えている。脚を負傷して、キャンプの診療所で(「無理やりベッドに」)寝かされているシーモアは、長い手紙を書いたり、キャンプでの自分の立場や、神、カウンセラー、ほかのキャンプ仲間との関係を熟考し、家族のみんなにも思いをいたす時間がある。

シーモアによれば、グラス兄弟はキャンプのどのグループにもとけこんでいない。ふたりには友達が3人しかいない。カウンセラー長の妻で妊娠しているハピー夫人、親切で勇敢と評されるジョン・コルブ、そしていつもシーモアとバディに影のようにつきまとい、金持ちの気どり屋の母親がこの兄弟が息子の親友だと知ってがっかりした、おもらし屋のグリフィス・ハマースミスだ。シーモアは家族に、ほとんどの少年たちがほんとうは「地の塩」なのに、友達に囲まれると親切さを放棄すると不満を言う。彼はこの連中を広い世界にたとえて、キャンプ・ハプワースでは、「この感動的な惑星の上では、いずこもおなじことながら、模倣がモットーとなり、名声が最高の望みとなっている」と嘆く。じじつ、キャンプ・ハプワースは7歳の聖人であり詩人である彼には、より広い世界そのものの縮図なのだ。

彼とバディはキャンプの仲間と仲良くしようと精一杯だというのだが、興味がちがいすぎてどうしても亀裂ができてしまう。みんなといっしょに参加しないので、もめごとになってしまうのだ。「インディアンのお祭り」で歌ったり、規則どおり持ち物を整頓したりするより、兄弟はふたりでぬけ出して、瞑想したり、読書をしたり、書いたりする——シーモアは16日間で驚くべき詩を24も書き、バディもおなじく荘厳な短編小説を6つも書いたのだった。

その結果、「ボウリングボールでいっぱいの海」のホールデン・コールフィールドのように、兄弟はほかの子供たちから仲間はずれにされていると、シーモアは打ち明ける。はじめのうちは、読者は仲間はずれにされている兄弟に同情を覚えるが、やがて彼らの不快感はほかの仲間が冷淡なせいでも、シーモアの感受性や優れた知性のせいでもないことがわかってくる。シーモアはまわりの連中の精神的な未熟さに自分が耐えられないこと、そして、自分の気どりが周囲との距離をつくり、そしてバディをほかの仲間から遠ざけていることを認めている。シーモアはほかの子供たちをその幼さ故に許そうとするのだが、カウンセラーたちを容赦なく非難して、その愚かさの罰として彼らの脳天をシャベルでなぐってやりたいと、毎日ひそかに思っていると告白する。これらの言葉は、悟りをひらいた神の探求者がやっと義務教育の年齢に達したばかりのものとしては衝撃的で、シーモアという人物を読者に近づけるには、なんの役にも立っていない。

シーモアが他人を軽蔑していることがもっともよくわかる例は、彼が診療所にはいることになった事件だ。シーモアが手紙を書きはじめる前日の朝、ハピー氏は子供たちを野イチゴ摘みに連れていった。ほかの少年たちといっしょに、シーモアとバディも古くさい馬車に乗りこんで、ちゃんとしたイチゴのあるところを目指して「何キロも」走った。前日にひどい雨が降っていて、馬車はやがて道のぬかるみで動けなくなってしまった。子供たちは泥まみれになりながら、馬車をぬかるみからぬけ出させるため押さなければならない。馬車がとつぜん勢いよく進んだとき、車輪のするどい金属片がシーモアの太ももに喰いこんで、5センチの深い切り傷を作った。ハピー氏は大急ぎでシーモアをオートバイに乗せてキャンプの診療所に運んだ。そのあいだ、シーモアはオートバイの後部座席で罵詈雑言を浴びせつづけ、タップダンスを踊るのに大切な脚を切断することになったら訴訟にもちこむぞ、と脅すのだった。

診療所に着くと、シーモアは11針縫うことになったが、感情が爆発するのが恥ずかしくて、麻酔を拒否した。彼が肉体の痛みを支配できるのはすごいみたいだが、手紙を書いているあいだは涙を抑えられないと5回も言っていることを考えれば、その能力もいささか価値が下がる。彼は肉体を支配できるかもしれないが、情緒的な痛みは彼を完全に支配しているのだ。

彼はハピー夫人に妙に惹かれると、とくに母親に打ち明けている。夫人は15歳年上の妊娠している人妻で、「まったく申し分のない脚、くるぶし、ぐっとくる胸、みずみずしい可愛いお尻」をしているという。シーモアの早熟すぎる官能的な描写は、この手紙のなかでも、ショッキングではないにしても、もっとも不愉快な部分だが、彼はハピー夫人の魅力にたいする自分の性的反応を、延々と語りつづけるのだ。読者が幼いシーモアの性の目覚め（彼に少しでも残っていた無垢な部分をゼロにしてしまう事実）の激しさに驚かないとしても、息子がこんなことに夢中だと知ったらぞっとするにきまっている実の母親に、この話をしていることにはうんざりするにちがいない。

これまでの作品から、読者は家族にあたえるシーモアの影響力を知っている。彼のたゆまぬ教えがフラニーとゾーイーの人格を作ってきたし、彼の死後も、彼の書き残した言葉がバディを導いている。しかし、シーモアの支配が実際はいかに圧制的だったのか、読者は「ハプワース」によって理解しはじめる。彼は家族を完全に支配し、自分がいないあいだも、日常生活について指示し命令しているのだ。シーモアは母親のベシーに自然な発声で歌うようアドバイスし、父親のレスにはオーストラリア訛りを気づかれないよう提案する。母親のヴォードヴィルからの引退の件では、「ほんとうにこれで最後」だからと前置きしたあと、予知能力で将来を見通して、引退は早くとも10月までは待つようにと警告する。ブーブーには礼儀とエチケットだけでなく、読み書きも練習するよう指示する。双子のウォルトとウェイカーには、タップダンスは毎日練習するよう言い、もしそうしないなら（おそらくふたりはまだ3歳だからと言い訳したのを、シーモアが「はっきりいってタワゴト」と一蹴した）、少なくとも1日2時間はタップシューズを履くよう命令する。それにつけくわえて、ウェイカーにはジャグリングの練習もするように言っている。

シーモアはそれから手紙のかなりの部分を使って、図書館から借りて送ってほしい莫大な数の本の名前を列挙する。彼が挙げる本のタイトルと著者はどれもその長所を論じることができるもので、それぞれの本の内容や思想についてたっぷりと語る。サリンジャー本人も文学をこのように語るのが好きなので、シーモアが自分を創造した作者の興味や文学趣味を模倣しても不思議ではない。シーモアの挙げる本のリストはあまりにも膨大で、彼がひと夏で読みきれるとしても、可愛そうな両親は全部を手に入れることはできないだろう。

シーモアの本のリストは冗長すぎて、この中編小説のなかで体裁を飾っただけのゴマカシという印象がもっともつよい。しかし、この彼の好きな本と著者名の列挙は、たんに読みたいものを並べただけではない。美しいと彼が認めた世界中のものを並べているのだ。

シーモアの手紙は読み進むにつれ、内面的な問題になってきて、ついには神に語りかけるだけになる。彼が神に語りかけるのは、それまで一貫して精神的な問題を語ってきたことからすれば、自然ななりゆきだ。シーモアがジョン・バニヤンと彼の古典的名著『天路歴程』を考察する部分は重要だ。彼はバニヤンの宗教的な見解が絶対的なところに納得できず、以前はバニヤンを過小評価していたと告白する。シーモアは自身の宗教哲学を説明して、聖書でキリストが「しからば汝らの天の父の完全なるがごとく、汝らも完全たれ」と語った部分を引用する。

無きずというのは人間の抱く概念であり、神は完全なのだ、とシーモアは解説する。神は完全だが、この世界には飢餓や幼い子の死があふれている、とつづける。[*6] 人間は神の巨大な本質や神の創造を知りえないのだから、という論理を利用して、シーモアはバニヤンが弱点として責める人間の行動を許そうとしている。彼はバニヤンはきびしすぎると反論して、人間のどんな面も神の企みの結果であり、社会から大きな欠陥だとみなされることも、神の計り知れぬ企みに含まれていて、それゆえに完全なのだと主張する。

シーモアは、バディがキャンプに来る列車のなかで失くしたウサギのぬいぐるみを送ってくれるよう両親に頼む。彼は延々と本の注文をしているが、家から離れていると、弟にはぬいぐるみの安らぎが必要なようだ。この頼みは読者には奇妙に思える。シーモアが手紙のはじめのほうでぬいぐるみを頼んでいたら、読者はなんとも思わなかっただろう。しかし、「ハプワース」の終わりちかくでは、読者の子供にたいする認識が変わってしまって、5歳の子がぬいぐるみをほしがるのが場ちがいに思えてくるのだ。

ふたたび、「ハプワース」ではなにひとつ完全に固定したものはない、といっておく。どんな意見も留保つきで、シーモアの神の概念さえそうだ。彼はイエス・キリストには「全権委任」の愛を宣言しているが、新約聖書に書かれた奇跡を事実と認める神の叡智には疑義を差しはさむ。なぜなら、現代にそのような奇跡が起きないことが、不信心を育み、無神論を煽る結果を招いているからだという。しかし、最後には計り知れぬ神の意思に身を委ねて、命をささげて神に仕えるのだ。

いろんな点で、「ハプワース」はサリンジャー作品の論理的進展のひとつであり、彼の魂の旅の一行程だ。シーモアはカウンセラーやキャンプ仲間にきびしい判断を下し、妹のフラニーが自分が主人公の短編でみせたような、精神的な不寛容を示す。自分たちと価値観がちがいすぎるというので、グラス兄弟がほかのキャンプ仲間といっしょになれないのは、のちに彼らふたりの弟ゾーイーが、宗教漬けで育ったせいで自分とフラニーが畸形児になったと不満をこぼすことを思いおこさせる。シーモアがキャンプのおとなたちを非難するのは、『キャッチャー・イン・ザ・ライ』のホールデン・コールフィールドの反抗を思い出させるが、シーモアとそれ以前の人物たちには重大な相違がある。すなわち、シーモアはその神聖な意図にもかかわらず、ホールデンが解放の手段として認めた妥協のレベルまで達していないという点だ。まわりのだれにも、「太っちょのオバサマ」を感じることはないのだ。キャンプ・ハプワースのシーモア・グラスは、テディ・マカードルの受容を、そして「人工よ、屋根の梁を高く上げよ」でバディが知る、無差別の教えを学びとってはいない。

あきらかに、1965年のサリンジャーは人間性の二重性にとりつかれていた。膨大な書物と同様に、「ハプワース」は人間の二重性を考察し、精神的な力と物質的な力の相克に取り組んでいる。そこで、サリンジャーはあきらかに、どんなに悟りを開いた才能ある人間でも神の企みは理解できないが、それでも神の意思は受け入れなければならない、という結論に達していた。じじつ「ハプワース」のシーモアにとって、「このうえなく貴重であると同時に、どうしようもなくくだらない」という、相反するような神の創造は理解できないが、神の意思を否応なく受け入れてしまうため、それだけよけいに神を敬うことになるのだ。そしてシーモアは宣言する、「ああ神よ、あなたに謎が多いということは

＊6　シーモアはこの例を挙げるとき、幼い子の死が不慮の死なのは「表面的」なことだと述べて、神の意思を宿命として受け入れること、さらに、そんな子供は死ぬのではなく、生まれ変わりを経験しているのだという彼の信念を示している。サリンジャーは死を信じないと断言したことが知られている。

ありがたいことだ！　よけいにあなたが好きになったよ！　いささか頼りないけど、ぼくをいつまでもあなたの下僕《しもべ》だとお考えください！」

キャンプの診療所はシーモアにとって一種の煉獄となり、自分自身の二重性について熟考し、従来どおりの世界にとけこむか、それとも、そんな世界を捨てて神との合体を求めて孤独な道を行くかを考察する会堂となる。シーモアは成人の天才なみの頭脳と、悟りを開いたヨガ行者の魂を併せ持ってはいるものの、7歳の少年の肉体という罠にはまりこんでいて、前世での経験もむなしく、子供の経験の限界にしばられている。「ぼくはどうしようもない大きなギャップにはほとほと困りはてている。」ふたつの声を持つということは、まったくやりきれない」と嘆くのだ。「ハプワース」において、シーモアは自身が二重性そのものとなり、おとなと子供、精神と肉体、聖なるものと人間的なものという、彼の本質の二面性と格闘するのだ。

「ハプワース16、1924」は1965年6月19日、ニューヨーカー誌に発表された。作家としてはみじめな失敗だった。この中編小説では、読者はシーモアやバディという人物をこれまでの作品をつうじてよく知っているだけでなく、サリンジャーとおなじように愛していることが必要とされた。たとえそんな読者がいたとしても、自惚れがつよく信じられないような重荷を押しつけてくる81ページの手紙には、この兄弟に寄せる自分の感傷を悔いただろう。シーモアは自分でもそんな意見を受け入れている。「ぼくはひどく長くて退屈な、言葉も考えも縁までぎっしりつまっている手紙で、きみたちみんなを親も子もいっしょくたにして、勝手にしばりつけてしまっているね」と自覚しているのだ。この言葉が作品全体の中ほどにあったのは不適切だった。これはこの中編の重大な真実を含んでおり、冒頭ちかくで言うべきことだった。6月にニューヨーカー誌を買った何万の読者は、だれもがこの大作家のみずみずしい作品を予期したが、最後まで読み終えた者は少なかっただろう。シーモアが恥ずかしげにそんな告白をした場面になったときには、ほとんどの読者は雑誌を閉じていた。

サリンジャーは批評家から軽蔑されることは免れた。そのかわり、作品は当惑ぎみの沈黙に迎えられた。つまり、無視されたのだが、彼にはけなされるより、そのほうがはるかにつらかったかもしれない。6月25日にタイム誌が否定的な書評を載せたが、「噂の人びと《ピープル》」の欄にそっけなく押しこまれた1パラグラフの記事にすぎなかった。批評家たちのなかには、これまでつねに自分たちの意見を無視してきた有名作家に、石を投げるのは気がすすまないと思う者がいた。それでも、「ハプワース」という作品それ自体が、サリンジャーが作家として方向を見失っていることを示していると考え、満足している者もいた。発表された作品を無視することによって、その作者自身を切り捨てていたのだ。ニューヨーク・レヴュー・オブ・ブックス誌のジャネット・マルコムは「J・D・サリンジャーへの裁き」と題して、「ハプワース」はサリンジャーが『破滅しようとしている』という批評の大勢ができつつあることを示している」と書いた[13]。また、多くの批評家が読者とおなじように本文に歯が立たず、最後まで読みとおせない作品を批評することができなかった、ということも考えられる。奇妙なことだが、「ハプワース16、1924」にたいする批評家の沈黙は、それにつづく作家自身の沈黙にふさわしい前兆だった。

それいらい、「ハプワース」に関する疑問はサリンジャー・ファンを悩ませつづけてきた。彼はこの作品を最後の発表作品だと意識して書いたのか？「ハプワース」はどうしてこんなに読みにくいのか？そして、サリンジャーは「シーモア――序章」でプロの書評家を遠ざけたあと、こんどはまったく読みこなせない作品をあたえて、ごくふつうの読者からも解放されたいと考えたのではないか、という疑惑まで生まれてきた。

「ハプワース」には、作者からのおだやかな別れの言葉だと解釈されてきた文章が、いくつか見られる。まず最初は、シーモアが母親に、引退の時期を限定しないようにとアドバイスする場面だ。また、この作品にはめずらしく、創作の微妙な面を示す文章がふたつある。ひとつは、シーモアが将来を見通して描いた景色だ。21年後の弟バディの姿を見て説明するのだ。そこにはまさしく1965年現在のサリンジャーの姿が思い描かれ、彼はバディとおなじく、年をとって髪が白くなりかけ、静脈が浮き出ている。本棚や天窓を備えた書斎で、タイプライターのまえにすわっている。そして彼は幸せだ。「そこには、彼の若き日の夢がすっかり実現されているんだ！」そこでシーモアは宣言する。「かりにそれがぼくの生涯で最後にひと目見るものだとしても、文句は言わないよ」。こんな奇妙なやり方で、サリンジャー本人が読者のまえに最後の姿を現し、読者は、ついには影もつきまとわない作者の去り行く姿を、ひと目みせてもらう。しかし、それはまさしく「最後のひと目」なのだ。

さらにもうひとつの文章は、サリンジャーの作品全体の文脈でみると、もっともよく理解できる。「ハプワース」の終わりちかくで、サリンジャーは最後の登場人物を紹介する。それはチェコの女性で、シーモアにオタカー・ブレジナの詩を読むよう薦めてくれた人だ。彼女は美しく、シーモアの記憶によれば、「くすんだ色の高価そうな服を着て、爪が汚れているところが興味深く、感動的」だったという。25年まえの作品「若者たち」いらいずっと、サリンジャーの登場人物たちは自己中心的なインチキのしるしとして、自分の爪を得意げにみせてすましていた。それはサリンジャーの作家生活をつうじて登場してきた、数少ないシンボルのひとつだった。ところが、サリンジャーは最後の作品となるこの物語を閉じるにあたって、ついに美徳のしるしとして、爪などかまわない人物を登場させたのだ。「高価で趣味のいい服を着た、感動するほど爪の汚れたご婦人たちに神の祝福あれ」とシーモアは叫ぶ。

これらの文章は、かつてのシーモアの人に好かれる性格を横取りしたような、「ハプワース」の当意即妙な本質と相まって、多くの読者にこの作品をサリンジャーの最後の出し物と思わせたのだ。「ハプワース」によって、サリンジャーは登場人物への変身をなしとげた、つまり、彼はシーモア・グラスに「なった」のだ、と多くの人が信じている。「ハプワース」を文学の銃弾として使って、彼は作家として自殺した。そして、バディ・グラスがかつて兄のことをそう言ったように、「愛する家族全員を途方に暮れさせた」のだ。[14]「ハプワース」をサリンジャーの最後の退場シーンだとして、非難するのはたやすい。そんな解釈は都合がいいが、またほんとうとも思えない。サリンジャーが「ハプワース」を最後の作品だと考えていたなど、どこにもそんな気配はないし、彼はまずい作品を書いたからといって降参するような、軟弱な作家では断じてなかった。「万事休すなんてことはない。どうしてもそうみえるときは、もういちどすばらしい力を奮い起こして問題を考えなおすべきときだというにすぎない」とシーモアも言っている。1966年、「ハプワース」への冷たい仕打ちに対抗して、サリンジャーはリトル・ブラウン社との関係を強化し、新しい本の出版について、ふたたび正式に話し合いをはじめた。[15] じじつ1966年10月、サリンジャーは友人のマイケル・ミッチェルに、ひとつどころかふたつの小説を書き上げたと語った。[16]

おそらく1965年には、サリンジャーは実際に自分のマンネリズムと登場人物のなかに、「ずぶずぶと沈みこんで」しまっていた。コーニッシュでの隠遁生活で、彼の創作力を育んできた多様な人びととの接触や経験から隔離されて12年も暮らしていると、すばらしいひらめきは失われ、作品の幅が限られてきたのだろう。まちがいなく、「ハプワース」は彼の文学がもっとも衰弱した時期であり、あえて危険を承知で執筆に挑めば必然的に訪れる時期の作品だった。ニューヨーカー誌からの束縛もなく書いたため、「ハプワース」は「倒錯の森」や「子供たちの部隊」などの冗長で方向の定まらない特徴が、そのまま引き継がれている。しかし、サリンジャーは作家としてすりきれてしまったと信じこんで、「ハプワース」を見捨てるのは、サリンジャーだけでなく、創作力そのものの弾力性や順応性をも見くびることになってしまう。遅かれ早かれサリンジャーが、ニューヨークの賑やかな街で得てきた豊かな発想を、アメリカの孤独な田舎に見出すようになる可能性は失われていなかった。

沈黙の詩

J・D・サリンジャーの作家としての公の生活は、「ハプワース16、1924」とともに終わった。その後の数十年、彼は書きつづけたが発表することはなかった。沈黙は一世代の長きにおよんだ。サリンジャーにとって、新しい生活は静寂であり、エゴの罪を犯さぬよう書くことで信仰を実践する、きちんとした祈りの日々だった。外部の世界にとって、サリンジャーの引退は欲求不満のもとであり、ぽっかりと謎めいた穴があいて、ひとりにしてくれと頼まれても、その穴を埋めたくなるのだった。そして、サリンジャーの沈黙は両刃の剣となる。1950年代からあった人びとにあたえる魅力がつよくなり、伝説がとどまるところを知らず大きくなっていった。その結果、彼の名前はアメリカ人の心理では隠遁と同義語となり、一種の都市伝説となって、人びとが惹かれる気持ちが膨らんで、彼の作品にたいする愛情にもなったのだ。

近年のサリンジャーに関する情報不足には、ある種の理想的な正義観の存在を感じる。読者の興味は作品に限られるべきであって、出版された本や作品に関わりのない情報は作者の私生活にのみ属する、と作者はずっと信じてきた。しかし、1965年以降に起きたさまざまな出来事は、自分の作品への個人的な思いや、うるさい世間の目を避けてひきこもる決意のほどをあきらかにするなど、サリンジャーの作家としての伝説形成に力を貸したのだ。

サリンジャーのクレア・ダグラスとの結婚は1967年に正式に終わりを告げたが、じっさいはもう何年もまえに終わっていた。1966年の夏、クレアは「精神不安、不眠、体重の減少」などを訴えて、ちかくのニューハンプシャー州クレアモントの医者に診てもらうようになった。医者にはその症状の肉体的な原因は見つからず、クレアの日常生活の話を分析して、不調の原因を「夫婦生活の不一致」だと診断した。[1] この診断に力を得て、クレアはただちに地元の弁護士を雇い、9月9日にサリヴァン郡高等裁判所に離婚訴訟を起こした。

クレアの正式な申し立ては、ほとんどの部分が疑問の余地のないものだった。そこには、サリンジャーが彼女と「長期間にわたって」意思の疎通を拒否してきたことが述べられ、彼の毎日変わらない長時間の仕事ぶりに直接言及して、「無関心が彼女の健康と理性を脅かす」ほどひどいと述べていた。またその申し立てでは、彼が「もう彼女を愛してはいないし、結婚生活をつづけるつもりもない、と断言した」と述べられていた。[2] この最後の不満申し立ては、もう長年つづいてきたサリンジャーの慢性的な不在より、はるかに強力な離婚を支持する根拠となった。この不満の言葉は、サリンジャーが無関心と断言したことがクレアには大きなショックだった、という印象をあたえるように読める。そうではなかったのだが。

サリンジャーは1966年に隣の農地を買収したのち、ガレージの上の部屋が手ぜまになったと考え、コテージから道をはさんだところに自分ひとりの家を建てた。新しい建物には広いスタジオがあり、隠れ家のスタジオから、由緒あるタイプライターやカーシートの椅子まで家具や付属品などを取り出して、新しい家に運び入れた。クレアと子供たちはコテージに残った。サリンジャーの引っ越しで、ふたりの結婚は事実上の終わりを告げた。

クレアが離婚訴訟を起こして4週間後、サリンジャーはペギーとマシューを連れて、表向きは自宅から400キロ離れた歯医者に行くと称して、ニューヨークへ出かけた。ミッドタウンのドレイク・ホテルに部屋をとって、サリンジャーはそばで寝ている子供たちに見とれながら、ベッドで本を読んでいた。1週間後にその夜のことを手紙に書きながら、思い出しては畏敬の念にうたれ、自分の子供たちへの愛情を実感していた。「私はベッドに起き上がって……おなじ部屋で寝ている子供たちの身体を見つめているのが好きだった。要は、どこへ行くのでも子供たちといっしょなのが好きなのだ」と回想した[3]。

サリンジャーの離婚は簡単ではなかった。彼がこの問題を家族とも友人とも議論したくないようなのが、事態をいっそう悪化させた。1957年に離れていたときのように、対立が自然にとけてなくなってしまえばいいとでも思っているのか、問題を無視しようとした。しかしこんどは、和解するには亀裂が深すぎたし、妻をないがしろにしてきた期間が長すぎた。サリンジャーは妻を失ったことを認めざるをえなくなり、その現実と取り組みはじめた。しかし、子供たちを失うことには耐えられなかった。

裁判所は1967年9月13日に離婚を認め、10月3日に法的に有効となった。子供たちの養育権はクレアにあたえられたが、サリンジャーは子供たちと面会することが認められた。年間８０００ドルの生活費の支払いが命じられ、子供たちの私立学校、大学の費用も負担することになった。コテージも90エーカー（約11万坪）の土地とともにクレアのものとなったが、土地を売るときはサリンジャーを最優先するという条件がついた。サリンジャーには１９６６年に買収した土地とジープ、それに新しい家が残っただけだった。[4]

この財産譲与の決定は、サリンジャーが長年にわたって築き上げてきた財産の大半を奪い去ったようにみえるかもしれない。しかし、クレアにコテージと地所が渡らなかったら、彼女が離婚後もコーニッシュにとどまることはなかっただろう。そうなれば、彼女はきっとニューヨークへ、もっと遠くへ逃れていっただろう。そして、子供たちも連れていっただろう。子供たちとの面会に関して合意があったとはいえ、何年も囚人のような思いをしてきたコーニッシュにクレアが残ったのは、驚くべきことだ。

そんな事情から、サリンジャーの生活は離婚後も変わらなかった。J・Dとクレアはいまや隣人となった。道の向かいの新しい家からコテージにやってくるのと、以前の隠れ家の書斎やガレージの上の部屋から時おり姿を現すのと、ほとんどちがいはなかった。なにより重要なことは、ふたりが子供たちを離婚からりっぱに護ったということだ。ふたりのあいだにどんなにきびしい感情の対立があっても、できるだけ子供たちには覚《さと》られないようにした。ペギーとマシューにとっては、生活はまったく変わらないでつづいていったのだ。いつでも両親に会っていた。クレアは子供たちにぜいたくな乗馬とテニスのレッスンを受けさせた（サリンジャーはいつもバカにしていたが、結局は同意した）。いっぽう、サリンジャーは野球と地元式のストゥープボール（訳注：壁打ち野球）を教えた。子供たちはサマーキャンプに参加し、恒例のフロリダ旅行もつづけた。サリンジャーも頻繁にニューヨークに出かけて、両親やニューヨーカー誌の友人を訪ねたが、少なくともひとりは子供を連れていくことが多かった。1968年には、クレアに11年まえから約束していたイギリスとスコットランドに、やっと出かけることができた。しかし、連れていったのはペギーとマシューだけだった。[*1]

サリンジャーは、発表したい気持ちはなくなっても、あいかわらず熱心に執筆をつづけていた。トルーマン・カポーティは、サリンジャーが「ハプワース」のあとにニューヨーカー誌に次の作品を発表しようとして、ウィリアム・ショーンに電話で断られているのを立ち聞きした、とジョン・アップダイクに言い張った。カポーティによると、ショーンは涙ながらに、同誌はサリンジャーを見限ったのだと説明していたという。アップダイクはカポーティを信じず、君の話はあてにならないときっぱり釘を刺した。サリンジャーが出版する気を捨ててしまったことが、完全にはっきりするのは1972年になってからだった。その年に、彼は次回作にたいする前渡し金の7万5000ドルを、5パー

*1　この旅行は、離婚後の子供たちに関するクレアとサリンジャーの協定の箍が高いことを示している。この協定では、どちらも相手の承諾なしには子供たちを国外へ連れ出してはいけない、しかも10日を越えないことになっていた。

セントの利息をつけてリトル・ブラウン社に返却し、契約から解放されたのだ。[5] それと同時に、プライヴァシーの保持にはさらにこだわるようになり、次から次に舞いこむ作品集の依頼を断るいっぽう、これまで許可している本にたいしては徹底的な管理をつづけた。これは彼の長年の姿勢だったが、その後さまざまなことがあって、特別な執念のようになっていった。

1967年の終わりちかく、よりにもよってウィット・バーネットがサリンジャーと彼の代理人に連絡をとってきた。この編集者は個人的に作品集『ディス・イズ・マイ・ベスト』という新しい本を編集しているところだった。毎度のことながら、バーネットはサリンジャーに作品を寄稿してくれないかというのだった。前回の作品集に寄せたサリンジャーの序文を断っておきながら、わざわざそんな依頼をするとは異常なことだ。サリンジャーはバーネットという人間と彼の執拗な原稿依頼に、当然ながら我慢ならなかった。1968年1月、彼はきっぱりバーネットに断った。「発表済みだろうと未発表だろうと、私にはどんな作品集にも入れたい作品はない」とサリンジャーはつっぱねた。さらにつづけて、バーネットのしつこさを非難した。「こんなことはなんども終わりにしてきたはずです」と顔をしかめて言った。[6] こんなことはウィット・バーネットだけではなかった。サリンジャーには作品の再録やインタヴューの依頼、作品の映画化、舞台化の話がひっきりなしに押し寄せた。それらの処理はたいていドロシー・オールディングに任され、彼女はサリンジャーのために断っていて、断固として方針を曲げなかった。「私どもでは、サリンジャー作品を作品集に使用することは許可できません。申し訳ありませんが、そうとしか申し上げられません」、1972年に彼女はヒューズ・マシー社にそう伝えた。[7]

1968年にはさらにいやなことが起こった。テキサス大学の学長ハリー・ランサムは貴重な本や原稿を入手して、大学の蔵書をプリンストン、イェール、ハーヴァードなど名門大学のコレクションと肩を並べられるぐらいに格上げしようと熱心だった。そんな貴重なものを獲得するにあたって、ランサムのとった手段が問題となることもあった。はるかに古い時代の由緒あるコレクションを所蔵する、裕福なアイヴィリーグの大学に対抗して、ランサムは現存の作家の文書を作家の許可なしで入手するのも平気だった。彼はルー・デイヴィッド・フェルドマンというニューヨークの「稀覯本および原稿取引」の代理人を雇った。フェルドマンは競売会社や遺産売却事務所に日参し、なにかランサムの宝庫の足しになるものはないかと嗅ぎまわった。彼はブルックリン出身のセールスマンだったといわれているが、とつぜん質の高い教養部門に転向して、マディソン街に異国風だが意味不明のエル・ディーフの館という事務所を開設した。1967年、フェルドマンはサリンジャーからエリザベス・マレーに宛てた40通以上の手紙を含む、かなりの貴重なサリンジャーの原稿を入手した。彼はそれをランサムに売り、1968年1月6日、その原稿と手紙はテキサス大学の蔵書にくわえられた。驚き恐れたサリンジャーは、ただちにランサムの保有資料に、とくにマレーとの個人的な手紙には、公開を制限するよう働きかけた。

ランサムの一件は重大な悪影響を残した。冒瀆されたと感じたサリンジャーは、自分の手紙が二度と収集家の手に落ちることがないようにしようと決意した。彼はドロシー・オールディングに指示して、彼が彼女に送った手紙を、1941年までさかのぼる貴重なものまでぜんぶ破棄させた。オールディングは1970年にそれを忠実に実行し、500通以上のサリンジャーの手紙を破棄して、生涯にわたる意思疎通の記録を抹消し、文学の歴史に埋めがたい穴を作ってしまった。[8] サリンジャーはおなじころに、同様の依頼をほかの友人や家族にもしたかもしれない。ウィリアム・ショーンとのやりとりもすっかり姿を消した。そして、サリンジャーの手紙でもおそらくいちばん貴重なもの、いつも書いていた家族への手紙、とくに母親への手紙は、だれも目にすることができなくなっている。

1970年以降は、ドロシー・オールディングの忠実な助けを受けながら、サリンジャーは現在と過去の双方にわたって個人情報の漏洩を防ぐべく懸命だった。しかし、サリンジャーのプライヴァシーへのこだわりは逆効果だった。関心が薄まるどころか、姿を消したことでよけいに有名になったのだ。意図的だろうとなかろうと、彼がうるさい世間の目から逃れようとする行為のひとつひとつは、彼の伝説を膨らませるだけだった。「私は自分が変人で、近づきにくいタイプの人間であることは承知しているし、そんな態度のおかげで報いは受けている」と自分でも認めていた。[9]

1970年にはアメリカ社会は激動の時代にはいって何年もたっていた。無数の都市が破壊的な人種暴動に苦しんでいたし、ヴェトナム戦争で社会が分裂し、街頭での激しい衝突はほとんど日常茶飯事だった。異人種、男女、異世代のあいだの対立が時代を表していた。そんな絶対的価値観の対立、正反対の意見という雰囲気のなかで、サリンジャーの新しい著作が出ていたら、どう受けとめられただろうかと考えてみるのも興味深い。このころは、静かな瞑想や微妙な悟りよりも行動が、多くは無謀で激しい行動が評価された時代だった。当時の読者が回転木馬のおだやかな悟りや、悟りをひらいた天才児の説教に耐えられただろうか。

それでも、『キャッチャー・イン・ザ・ライ』は新しい世代に手渡されて、人気を獲得しつづけていた。

この世代はホールデンがおとなの妥協やインチキを攻撃したように、親たちをつよい疑いの目で見て、「体制」に毒づいていた。それにくわえて、10年まえにはおかしなものに思えていたサリンジャーの価値観が、いまではとくに若い世代の人びとに受け入れられていた。時代は過去に回帰して、単純さが重んじられ、多くの若者がアメリカの田舎に引っこんで、共同社会のなかで生活し働こうとしていた。環境への意識が高まるにつれ、自然食品や全体観的《ホリスティック》治療への新たな興味も広がっていた。禅仏教やさまざまなヒンドゥー哲学がめざましい広がりをみせ、不たしかな時代と取り組もうと、自分の精神の内部を探る動きが社会全体に高まってきた。そんな動向を受け入れる人たちにとって、サリンジャーはどこか預言者のようにみえ、ほんの数年まえには奇妙にみえた彼の生活スタイルが、いまや信頼性を象徴するものに思えてきた。サリンジャーの反応はあいかわらずで、ただそっとしておいてほしいだけだった。

　サリンジャーはもはや発表はしていなかったが、毎日の生活はきまったとおりの手順でつづけられていた。朝早く目覚めると、瞑想と軽い朝食のあと、書斎にこもって執筆した。庭いじりを楽しみ、自然食やホメオパシー療法に深い関心を示した。ニューヨーカー誌の動向には遅れずついていき、ウィリアム・マックスウェルやウィリアム・ショーンとの友情はつづいていた。彼は東洋思想の研究を怠らず、自己実現協会やニューヨークのラーマクリシュナ・ヴィヴェーカーナンダ・センターとのつながりも保っていた。

　サリンジャーがニューヨークを訪れたときに必ず立ち寄るのがゴサム・ブックマートだった。1920年いらいニューヨークに店を構えるゴサムには、いつも有名作家が訪れていて、サリンジャーがいてもほっておかれ、それが心地よかった。この書店の創業者のフランシス・ステロフも東洋思想に関心があることから、ふたりは親しくなった。ステロフが引退してアンドリアス・ブラウンがゴサムを引き継ぐと、サリンジャーはブラウンとも親しくなった。[*2]

1974年、サリンジャーが最後に本を出してから11年、最後に中編を発表してから9年が過ぎていた。この作家が沈黙してしまい、もう作品を発表しないだろうということは、明白な事実になりかかっていた。多くのファンは欲求不満だった。新しい作品が発表される見込みがないとなると、ニューヨーカー誌に登場以前のサリンジャー作品で、読みたいという欲求を満たそうとするのは自然なことだった。しかし、サリンジャーが単行本の形で作品集にしていない初期の作品は、簡単には読めなかった。ほとんどの作品は、コリヤーズ、エスクワイア、サタデー・イヴニング・ポストなどの1940年代の雑誌でしか読めなかった。どの作品もそれぞれ別々に探し当てなければならず、全部を揃えている図書館はほとんどなかった。雑誌がみつかって、作品が掲載されていても（ページが剥ぎとられ、「個人の」コレクションとして持ち去られていることが多かった）、たいてい誌面はボロボロで色あせていた。そこで1974年、サリンジャー・ファンの無法者グループが、作品集で手にはいらない短編を集めることで、作者の沈黙を破ろうと考えた。彼らは「若者たち」から「ブルー・メロディ」まで21の短編を探し当て、それを2巻本の『J・D・サリンジャー単行本未収録短編全集（The Complete Uncollected Short Stories of J. D. Salinger）』という海賊版にした。およそ2万5000部の非公認の本が印刷された。それからサンフランシスコ、シカゴ、ニューヨークなどの本屋に売りさばかれた。ブラウンが「ヒッピー風のインテリタイプ」と評した青年がゴサム・ブックマートに姿を現し、その本を売りこもうとしたので、ブラウンはただちにサリンジャーに連絡した。

サリンジャーにとって、自分の作品の保護とプライヴァシーの確保が彼の専任の仕事となっていた。彼とオールディングはつねに一体となって、プライヴァシーとサリンジャーが著作権とみなすものを侵害から護ろうとした。1年まえには、ゴードン・リッシュがエスクワイア誌に「ルパートに――悔いもなく」というサリンジャー風を装った作品を発表したことで怒っていた。まさに、自作のどんな小さな点も完全に管理し、出版する本とその装丁まですべて自分が権限を持つという作家ここにあり、という感じだった。ニューヨーカー誌登場以前の初期作品の再録をなんども阻んできたサリンジャーは、海賊版のことを知って激怒した。連絡をうけたドロシー・オールディングは弁護士を雇った。

サリンジャーは怒っていたが、訴訟は避けたかったようだ。裁判沙汰になるとマスコミが騒ぎ立てるだろう。全国の新聞や雑誌がこのニュースを追いかけ、隠遁の作家が1965年いらいなにをしていたのか、それともしてなかったのか、暴露したがるだろう。サリンジャーにとってはきびしい試練となる。ドロシー・オールディングは裁判に頼らない方法もあるのではないかと考えた。不法な出版者たちも、海賊版が出まわるのを阻止すべく本気になっているサリンジャーのことを知ったら、手を

＊2　アンドリアス・ブラウンはのちに、サリンジャーがゴサム・ブックマートを訪れたときのことを、ポール・アレクサンダーに教えた。彼はサリンジャーが息子のマシューを連れて店に入ってきたときの様子を語ったのだ。10歳ぐらいだったマシューはまっすぐコミックのコーナーへ向かい、サリンジャーは宗教関係の本のなかに姿を消した。ブラウンによると、マシューには野球帽をまえうしろ逆にかぶるという可愛い癖があったが、そのかぶり方が流行る何年もまえのことだったという。

引くのではないだろうか。そうなればサリンジャーは裁判を避けられるうえ、初期作品が公開されるのを防ぐことができる。オールディングはニューヨーク・タイムズ紙に連絡をとって、事情を説明した。新聞は見返りにサリンジャーのインタヴューを要求してきた。１９７４年10月の最後の週に、サリンジャーはおそらく大変な勇気を奮い起こしたのだろう。タイムズ紙の記者レイシー・フォズバーグに電話して、インタヴューに応じたのだ。

意外なことに、サリンジャーのニューヨーク・タイムズ紙とのインタヴューは、彼のものとしては最高に啓蒙的で思慮深いものとなっている。フォズバーグに電話で「ほんの1分だけ」のつもりだと告げたあと、サリンジャーは30分も話したのだ。フォズバーグには、サリンジャーの話しぶりは「ときにあたたかく魅力的で、ときに用心ぶかくはにかみがち」に聞こえたという。彼はいまだに書いていることは認めたが、発表するつもりのないことをあきらかにした。「発表しないとすばらしい平安がある。安らかだ。静かなんだ。書くことは好きだ。でも、いまは自分だけのために、そして自分のよろこびのために書いている」と語った。[*3]

サリンジャーはまた過去の作品をどうみているか説明し、とくに保護したい気持ちはあるが、初期作品の多くは消えてほしいと語った。彼は過去の作品を、引出しのなかの靴下のように、個人の所有物だと考えていた。「私の財産である作品が盗まれたのだ。誰かが自分の物にしたんだ。それは不法な行為だ。フェアなやり方じゃない。自分の気に入ったコートがあって、だれかがクローゼットにはいりこんでそれを盗んだと考えてごらん。それが私の気持ちだ」と説明した。

もちろんサリンジャーがフォズバーグと接触したのは、１９６５年いらいなにをしていたかとか、出版とか服を盗まれたときの気持ちなどを、世間に知らせるためではなかった。彼が電話したのは、『単行本未収録短編全集』を作った連中を訴えると脅して、できれば裁判を避けるためだった。フォズバーグの記事は11月3日のニューヨーク・タイムズ紙の一面に出た。その記事では彼女は忠実に、「ジョン・グリーンバーグ」という偽名の違法出版者集団と、海賊版を売った17の主要な書店にたいして、サリンジャーが連邦地方裁判所に民事訴訟を起こしたと報じていた。サリンジャーは、グリーンバーグには著作権侵害で25万ドルを要求し、書店には販売した本一冊につき4500ドルから9000ドルの罰金になる可能性があるという特別文書を作成したと言っていた。「ほんとにイライラするね。まったくいやになるよ」とサリンジャーは打ち明けた。

これまでのインタヴューや発言でよくあったように、タイムズ紙の記事にはすこし不誠実なところがある。何年もまえのことだが、サリンジャーは『若者たち』という作品集を出版する気になっていたこと（フォズバーグや読者は知らない事実）を忘れたように、初期作品を単行本の形で出そうと考えたことはないと主張していた。「私が書いたのはずいぶん昔のことで、出版しようなどと考えたことはなかった。その作品たちには完全な自然死を望んだ。若いころの粗雑な文章を隠そうとしているのではない。ただ出版する価値がないと思うだけだ」と述べていた。[10]

タイムズ紙の記事は、すぐにサリンジャーの望みどおりの効果をもたらした。裁判所が海賊版の

＊3　サリンジャーの「発表することはプライヴァシーの恐ろしい侵害だ」という発言は魅力的な自己洞察だ。そこには、彼がこれまでずっと、自分の生活や性格を細かく作品に取りこんできたことが示唆されている。サリンジャーは自分のためだけでなく、自分のことを、それも、彼が世間に知られたくない個人的なことまで、書いていたのだ。

流通、販売の差し止めを命じたのだ。出版は中断し、謎の「ジョン・グリーンバーグ」は姿を消して、訴訟は中止された。この一件には全体として、サリンジャーの自己陶酔と多少の悪意が印象として残った。ある文学作品を、作者がどう評価しようが、いったん出版されたあとで取り返すなどということが、倫理的に許されるのかという議論がはじまった。

非公認の作品集のことなど、1974年のサリンジャーにはたいした関心事ではなかった。その年に彼は両親を亡くした。3月に父ソロモン・サリンジャーが亡くなり、母ミリアムも3ヶ月後にあとを追ったのだ。

1980年12月8日、『キャッチャー・イン・ザ・ライ』に永遠の汚名を着せ、その後ずっとサリンジャー・ファンを危険な精神異常者と結びつけてしまう悲劇が起きた。

元ビートルズのジョン・レノンと妻のオノ・ヨーコ、そして息子のショーンはセントラルパーク・ウェストにそびえる超高級アパート、ダコタ・ハウスに住んでいた。12月8日の夜、彼らがダコタ・ハウスにもどってくると、精神錯乱の25歳の男マーク・デイヴィッド・チャップマンが至近距離からレノンに4発の銃弾を撃ちこんで殺害した。この暗殺者はそれから静かに歩道にすわりこんで、ポケットから『キャッチャー・イン・ザ・ライ』の本を取り出すと、まるでなにごともなかったように読みだした。

世界は仰天した。同世代の人たちはだれもがレノンを親しい仲間だと考えていて、彼の無意味な死は自分のことのように思えた。襲撃の詳細があきらかになってくると、チャップマンは精神異常を申し立てるだろうということがわかってきた。頭のなかで声がしてレノンを殺せと強要したのだと彼は主張した。しかし、彼の最大の弁明はもっと巧妙に作られていて、世界中のサリンジャー・ファンを震撼させた。自分の犯罪は『キャッチャー・イン・ザ・ライ』のせいだというのだ。

チャップマンはこの殺人を犯すためにハワイからニューヨークまでやってきた。彼は以前この街にいたとき、本屋を探して『キャッチャー・イン・ザ・ライ』を買っていた。いらいこの小説をなんども読んで、自分こそ当代のホールデン・コールフィールドだと確信するにいたった。チャップマンはこの本を携えて、小説のなかでホールデンが訪れた場所を、ひとつひとつたどって歩いた。グリーンの服を着た娼婦に話しかけ、セントラルパークの動物園に行き、池や回転木馬も見て、冬になったらセントラルパークのカモはどこに行くのかと、じっさいに警官に尋ねたりもした。それからダコタ・ハウスに向かった。警察が現場に着いたとき、彼はまだおとなしく本を読んでいた。警察は本を取り上げ、彼を連行した。その小説のなかに、彼の不穏な書き込みが発見された。「これはぼくの声明だ。ライ麦畑のキャッチャー、ホールデン・コールフィールド」。

ずっとあとの2006年になってインタヴューを受けたチャップマンは、ジョン・レノンを殺したのはサリンジャーの小説の影響だと主張していた。そうかと思うとまた、自分はほんとうにホールデン・コールフィールドだと思うとも説明した。つまり、レノンのほうが新しいライ麦畑のキャッチャーだと言い出すのが怖かったので、自分がインチキにされないために、このミュージシャンを殺したのだと。チャップマンはのちに精神異常の作戦をやめ、自身の有罪を申し立てた。彼は有罪となり、懲役20年から終身刑までの刑という判決を受け、アッティカ州立刑務所に服役している。

マーク・デイヴィッド・チャップマンはサリンジャーの作品をきわめてゆがんだ見方で解釈した。不幸なことにそのあと何年も、サリンジャー・ファンは疑惑の目でみられ、サリンジャー作品が好きな人は精神不安定だとでもいわんばかりだった。レノンの殺害から4ヶ月もたたない1981年3月30日、ロナルド・レーガン大統領の暗殺未遂事件が起きた。ジョン・ヒンクリー・ジュニアという精神異常者が、女優のジョディ・フォスターの関心を惹こうとして、大統領、大統領報道官、ガードマンを撃ったのだ。警察がヒンクリーの泊まっていたワシントンのホテルの部屋を捜索したところ、彼の所持していた10冊の本を発見した。そのなかには、シェイクスピアに関する本、精神異常申し立てに関する本などにまじって、『キャッチャー・イン・ザ・ライ』があった。レノン殺害からまもない時期だったため、報道陣はヒンクリーの所持品のなかからサリンジャーの小説が発見されたことを、ことさら騒ぎたてた。これらの事件から奇妙な説が現れてきた。レノンの死やレーガンの狙撃にはこみいった陰謀があって、『失われた時を求めて（The Manchurian Candidate）』（訳注：リチャード・コンドンが1959年に発表した政治スリラー小説）の筋書きを思わせる、と考える者もいた。それからさまざまな本や記事が出て、合衆国政府内部の謎の組織が、『キャッチャー・イン・ザ・ライ』のなかに潜在意識への殺人命令を染みこませたのではないか、と主張したりした。この奇妙な発想は、1997年に『陰謀のセオリー（Conspiracy Theory）』（訳注：リチャード・ドナー監督、ジュリア・ロバーツ、メル・ギブソン主演）という映画が封切られたことで、また論争に火がついた。この映画では、洗脳された暗殺者が強迫観念から、数百冊の『キャッチャー・イン・ザ・ライ』を買い集めるのだ。

サリンジャーのそっとしておいてほしいという願いはメディアに無視され、彼にはとうてい理解できない事態になった。作家自ら閉じこもるという謎に惹かれて、新聞や雑誌が彼を隠遁所まで追いまわし、その過熱ぶりは作品の評判が絶頂だった1961年当時そのままだった。なかでも悪名高いサリンジャーの「スクープ」は、1981年7月24日の大衆文芸誌パリス・レヴュー誌に出た、めずらしいインタヴュー記事だった。「去年の夏あたしがやったこと("What I Did Last Summer")」と題された記事は、ジョージ・プリンプトンが編集し、ベティ・エップスという署名入りだった。

エップスはこの「インタヴュー」をするために策略を用いていた。記事によれば、サリンジャーは彼女がウィンザーの郵便局に残したメモを読んで、彼女と会うはめになったらしい。そのメモには、自分は小説家になりたいと奮闘している者で、ただ偉大な作家にお目にかかりたいだけなのです、プライヴァシーは尊重します、とあった。サリンジャーはエップスと会ったが、質問にはほとんど答えないので、エップスは記事の大半をサリンジャーの気が進まない様子や、テープレコーダーやカメラをインタヴュー中にみつからないようにしていたことを書くことで埋めざるをえなかった。それでも、彼女がなんとかアメリカン・ドリームにおける女性の地位という重要な質問をして、この作家から情熱的な反応を引き出した。彼は彼女が女性の地位に失望しているらしいので驚いていたのだ。「アメリカン・ドリームはアメリカ人みんなのものだ」と彼はつよい口調で言った。「女性だってアメリカ人だ。君にも開かれているさ。前進するんだ。欲しけりゃ主張するんだ」[11]。そのときエップスはジャーナリスト本能の欠如を暴露してしまい、忍耐を忘れてサリンジャーのせっかくの話の腰を折ったのだ。

しばらくして、サリンジャーもこのへんで終わりにしたいのかな、と思った。あたしはやめてもOKだった。だって、テープレコーダーがおしまいになって、ブーと音がしそうだったんですもの。

エップスはそのあとサリンジャーが怒りだしたと報じていた。彼女によると、ウィンザーの駐車場で行なわれたこの会見を目撃していた現地の住民が、話しかけてもいいだろうと思って近づいてきたのだが、これがサリンジャーの気にさわったらしいという。それはありそうなことだが、サリンジャーはエップスの策略にひっかかったわけで、それで腹が立ったのかもしれない。

「去年の夏あたしがやったこと」の記事は恥知らずにも世間の目にさらされたが、紳士的であわれなほど内気そうにみえたサリンジャーは、共感を呼んだ。記事の発表から30年後、ベティ・エップスはこの件にかかわったことをひどく後悔するようになって、世間の注目を集めてきたことでは悪名高いプリンプトンが、記事の内容の大半をおおげさに脚色したのだと非難した。責任がだれにあるにせよ、「去年の夏あたしがやったこと」はその後のジャーナリストや歴史家に多大の被害をもたらした。エップスのインタヴューがサリンジャー最後のインタヴューとなったのだ。彼はそれ以後、自分の作品のことを語ったり、自分の考えを公表したりしなくなった。

ジョン・レノンの殺害があった直後から、大衆が長いあいだ自分に抱いてきたイメージを現実にしようとでもいうかのように、サリンジャーはきびしい孤独に落ち込んでいった。それはサリンジャーが自分でもわかっていたなりゆきであり、それとともに悲しみが深まることも承知していた。それでも彼の宿命論はなくならなかった。

1981年から1985年のあいだ、サリンジャーにはひどく落ちこむ時期が多く、ホールデン・コールフィールドを真似て、それを「憂鬱《ブルース》」と呼んだ。彼のヴェーダンタ信仰もこの暗い気分を救うには無力だった。ほかに救いを求めて、各国の精神世界を放浪し、「はるかかなたの極東もの」で気が楽になったと認めていた。その放浪のなかでももっとも深入りしたものが占星術だろう。

1970年代後半、サリンジャーは占星術に没頭する人物が登場する作品を書いていた。作品の質を高めようとその問題を研究しているうち、登場人物の関心が作者自身の関心となり、サリンジャーはいつのまにか自分が熱中して、個人の星座運勢地図を作るようになっていたという。「まったく逆効果だった」と彼は言った。友人や家族が彼の新しい趣味を知ると、自分の運勢地図を描いてくれと頼んできて、サリンジャーは個人の星座運勢地図を作るようになっていた。それは汽車に乗っているあいだに熱中するクロスワード・パズルとなんら変わらない、ごくふつうのことだった。サリンジャーの占星術への傾倒も、やがては都合のいい気晴らしになってしまうのだが、彼の鬱屈した気分は変わらず、人嫌いはつのるばかりだった。[12]

季節によっても、サリンジャーの隠棲生活の成熟度を測ることができるようだ。「ぎんぎんに日が当たる」ようにしたいと思って家を建ててみたが、いまでは夏が嫌いだというようになった。サリンジャーにとって、夏はファンが家のちかくに忍びこみ、車道《くるまみち》や芝生にタイヤの跡をつけたりすることが、一年でもっとも多い時期なのだ。ニューハンプシャーの秋が大好きで、その季節の紅葉や生気あふれる涼しさを楽しんだこともあったが、いまは秋がうっとうしく、冬だけが恋しいのだった。凍える雪や泥は、自分の家が、歓迎されぬファン、放浪者、記者たちの侵入を防いでくれる要塞なのだという気持ちを高めてくれるのだと説明した。

たまにはサリンジャーも、要塞のなかに他人が季節にかまわず侵入しても、我慢せざるをえないこともあった。何年かまえ、彼は家にL字型の建物を増築しようと職人を入れたことがあった。そこに新しいバス、寝室を作って、執筆用のスタジオにするつもりだったが、結局は未発表の原稿を貯蔵するスペースになってしまった。工事は数ヶ月つづいたが、そのかんサリンジャーは人のざわめきで落ち着かなかった。職人たちが自分の地所をぞろぞろ歩いたり、私生活を盗み見るなど仕事にならないと、ひどく文句を言った。1981年の春、サリンジャーは家のそばに木造の小屋を新しく作ることにしたが、また職人たちがうろつくかと思うと、非常に不安になってきた。ほんの少数の職人がわずか1週間で仕上げるささやかな建物だったが、それでもサリンジャーには大変な試練だった。彼は「がんがんと槌を打つ人やら電動工具の職人」の存在を異星人の侵入にたとえ、身体はふるえ青ざめる思いだったと語っている。[13]

サリンジャーが孤独を打ち破って、コーニッシュの外の世界へ飛び出そうとしたこともあったが、たいていは短期間の小旅行で、それも次第に少なくなっていった。1981年6月、彼には精一杯のニューヨーク旅行を敢行した。そんなことも昔にくらべればめっきり少なくなっていた。もどってくると、苦労したけど、「あそこに行ったんだぜ」と友人に自慢した。その夏、ケープコッドの友人を訪ねるため、413キロのドライブをこなしたが、長距離の運転が嫌いなのに翌朝はコーニッシュまでもどった。1982年5月には、数ヶ月のあいだ文通していた女優のイレイン・ジョイスと会うため、フロリダへ出かけた。しかし、その旅行は例外だった。友人を訪ねるより、ピサロ展を見にボストンに出かけた1981年の日帰り旅行みたいなものをくりかえすことが多く、わりあいちかくでも友人と会うのは断っていた。気まずい午後を過ごすより、手紙で謝ったほうが安全だったのだ。

1984年の夏、サリンジャーの人嫌いは否定しがたい事実となった。ペギーはオックスフォード大学の大学院で勉強中だった。サリンジャーは訪ねていって驚かせてやろうと考えた。彼は黙ってイギリスまで飛び、ロンドンのホテルに部屋を予約し、大学の娘に電話したが、なんの応答もなかった。ペギーは授業の休みを利用して、海外旅行中だったのだ。それでもサリンジャーはロンドンには多くの知人がいて、旅行中に訪ねるつもりだった。しかし、彼には電話でだれかと連絡をとることも、会うこともできなかった。サリンジャーはロンドンのホテルの部屋でひとり電話を見つめながら、なんとか思い切ってダイアルしようとしたができなかった。「どうもうまく説明できないんだがね。ここ何年か、個人的でもそうでなくても会話というやつができなくてね、ほとんどだれともつきあってないんだ」と、のちに打ち明けた。[14] ペギーは父が帰国するまえにかろうじてイギリスにもどってきた。

その夏、ふたりはランチをいちどいっしょにしただけだったが、ペギーが父に起きた変化に気づくにはじゅうぶんな時間だった。「わたしが知っていた父とくらべて、あまりにも無力にみえた」のだ。[15]

勝手にとどく手紙へのサリンジャーの長年にわたる反感は不安から軽蔑へ、そして恐怖へと変わった。1983年には、代理人から転送されてくるものはオールディングが選別して、大半を破棄したあとだと知っていても、自分で見ることはできなかった。サリンジャーに送られてくる郵便物の大半はうさんくさくて、なにかのお願いか、作品発表を再開するようにという忠告だった。どうしても守りつづけたい儀式のように、ウィンザーの郵便局から郵便物を回収していたが、とうとう未開封のまま自分の机の上にまとめてとどけてもらうことにした。いちどに何週間分もたまることがあった。郵便の山が大きくなるにつれよけいに恐怖がつのり、ついには見ても感覚が麻痺してしまい、心のなかにかろうじて残っていた、親切心のかけらまで抹殺されてしまう、と彼は訴えた。[16]

サリンジャーがジョン・レノン殺害事件いらい、ファンからの手紙を信用できなくなっただろうということは、まあ当然のことだともいえるが、ほどなく彼は他人からの手紙だけでなく、家族や友人からの手紙まで無視するようになった。彼の人間関係はほとんど手紙をつうじて維持されていて、長年にわたって築きあげてきた重要な絆だった。姉やウィリアム・マックスウェル、ジョン・キーナンやマイケル・ミッチェルとは、基本的なところでは手紙でつながっていた。彼の郵便恐怖はそんな友情までも危険に陥れようとしていた。

1985年にはサリンジャーは自分の恐怖とみずから課した孤立を正当化していた。彼はここ何年か無視することが多くなったマイケル・ミッチェルに弁解した。この友人をないがしろにしてもほとんど悔いはないというのだった。サリンジャーは執筆にあたっての自分の心構えにからませて、ふたりの38年におよぶ友情に費やす時間も、これからは最小限度になると警告した。つまりサリンジャーの主張は、自分の仕事――いまは自分の「宿題」と呼んでいた――には個人の生活を犠牲にすることが必要であって、これは否定できない、というのだ。これまで自分の世界に侵入してくるものが苦労の種だったが、それにもめげず、なんとか書きつづけてきたのだ、と説明した。いまや彼は自分の創作の世界を追って新しい領域に踏み込んでおり、そこでは「第一級の友人というすばらしいものにも、心を奪われている余裕はない」のだという。[17]

1965年いらい、サリンジャーは著作を世間に公にすることを拒んできた。彼の仕事は完全に私的な職業になっていた。それでもなお、彼は孤立を自分の職業への償い、芸術のための犠牲だと頑固に正当化していた。じつは、ほかの人たちが彼とのそんなやりとりで傷ついていても、サリンジャーは孤立しているのが快適になっていた。サリンジャーはもはや自分を犠牲にして傷つくことはなかった。この場合傷つくのは、長年にわたって大切にしてきた友情を断念するよう求められたミッチェルのほうだった。

1980年代半ばになると、サリンジャーの沈黙はもう20年にもなっていた。自分の作品は発表しないことにしていたが、他人が彼について書くのはとめられなかった。いまやサリンジャーに関する新しい本が次つぎに市場に出まわっていて、それには彼も手も足も出なかった。1958年にフレデリック・グウィンが『J・D・サリンジャーの小説（The *Fiction of J. D. Salinger*）』を出していた。ウォレン・フレンチの『サリンジャー研究（*J. D. Salinger*）』が1961年につづき、1962年にはウィリアム・ベルチャーとジェイムズ・リーの『J・D・サリンジャーと批評（*J. D. Salinger and the Critics*）』が出た。その翌年にはサリンジャー関係の本がどっと出まわったが、そのなかにドナルド・フィーンの注釈付きの書誌や、マーヴィン・レイザー、イーハブ・ハッサンらの本も出た。それ以後は、ジェイムズ・E・ミラー、ジェイムズ・ランドクウィスト、ハロルド・ブルームなどがつづいて、1980年代半ばには、サリンジャーは何十という出版物の題材となり、作者本人は沈黙したままにもかかわらず、作品にみんなの関心を集める役割を果たした。

どの本もサリンジャー作品の批評的分析を目的として書かれていた。その解釈を裏づけるためにサリンジャーのさまざまな作品から、特に『キャッチャー・イン・ザ・ライ』から自由に引用されていた。それらは文学的な分析という学問的な作品だったため、サリンジャーはその内容に口を出すことはできなかった。サリンジャーの誕生、従軍経験、作品発表の時期など大まかな経歴はべつとして、徹底的な伝記はだれも書こうとしなかった。1982年、W・P・キンセラがベストセラーとなった『シューレス・ジョー（*Shoeless Joe*）』を発表し、J・D・サリンジャーを主要な登場人物として描いた。キンセラの『シューレス・ジョー』ではサリンジャーが自由に自分の人生について語っているが、この小説はあくまで創作であって、登場人物としてのサリンジャーは、彼をありのまま描くことを意図されたものではなかった。

1986年5月、サリンジャーはドロシー・オールディングから小包を受けとった。送られてきたのは『J・D・サリンジャー：執筆の人生（*J. D. Salinger: A Writing Life*）』と題された未公認の伝記の、出版社からのゲラ刷りだった。その原稿の著者はイギリスの有名な編集者であり、伝記作家、詩人でもあるイアン・ハミルトンで、ランダムハウス社の依頼を受けてみんなの抱くサリンジャー像の謎を解明しようとしていた。サリンジャーはゲラにざっと目を通した。そこにはこれまで明かされたことのない私生活の詳細が書かれ、全体として個人的な手紙からの長い引用で補強されていた。

1968年にテキサス大学のランサム・センターがエリザベス・マレーへの手紙を入手してからは、サリンジャーは自分の個人的な手紙のほとんどをオーバー社の記録文書から、そして（それほど徹底していないが）ニューヨーカー誌からも回収した。しかし、ウィット・バーネットへの手紙は取りもどせなかった。ストーリー社の記録文書は、1965年にプリンストン大学が購入していた。プリンストンの保有しているなかに、サリンジャーがこの元指導者に宛てた手紙が含まれていた。ハミルトンはこの手紙を発見し、ランサム・センターの蔵書と併せて自分の本を書く原動力とした。

それまでの無数のジャーナリストとおなじように、ハミルトンもサリンジャーの友人、隣人、仕事の仲間などにインタヴューしようとした。また、アーサイナス大学からヴァレーフォージ校にいたるまで以前の同級生たちを追跡し、その意見や想い出を尋ねた。オーバー社にも手紙を書いたが、返事はなかった。それから、標的であるサリンジャーと親戚関係にあるかもしれないという万が一の可能性にかけて、ニューヨーク市の電話帳にあるサリンジャー姓の人全員に、印刷した手紙を送りつけた。彼はコーニッシュへは行かなかったし、直接サリンジャーに連絡をとっても無駄だと考えていた。じじつ、サリンジャーをずいぶん昔に死んだ公的人物のようにあつかった。ハミルトンは、「彼はどんな現実的な意味でも目に見えない存在で、死んだも同然だ」と考えていた。そして、とても好意的とはいえないものを書いておきながら、サリンジャーが是認してくれるという希望を持ちつづけていた。「私は依然としてサリンジャーが私の本に好意を持ってくれるかもしれないと信じていた」と、彼は書いた。[18]

サリンジャーはゲラを受けとる何ヶ月もまえから、ハミルトンがやっていたことを知っていた。姉のドリスがニューヨーク市の電話帳に載っていて、ハミルトンの印刷された手紙を受けとって、すぐに弟に知らせたのだ。サリンジャーはこんなことをなんども経験しており、ハミルトンにもタイム誌やニューズウィーク誌のときとおなじ対応をした。つまり、ウィリアム・フェゾンやジョン・キーナンらの友人に連絡して、ハミルトンの質問を無視するよう指示したのだ。それから直接ハミルトンに手紙を書いて、彼の企画を絶対認めないことを伝え、自分の人生の細かい事実をつなぎ合わせるための手段を非難した。そして、ハミルトンとランダムハウス社を、自分が「犯罪行為の疑いがある」みたいに私生活に踏み込んでいると非難し、とくにハミルトンが自分の家族を電話帳作戦で苦しめたと激怒していた。最後に、ハミルトンとランダムハウス社がどうしてもその気なら、伝記の作成をとめることはできないと認めていた。しかし、その企画は不快きわまりなく、苦痛だとはっきり言った。「私は一度の人生で耐えられるかぎり、あらゆる私生活を利用され奪われても耐えてきた」と彼は述べた。[19]

ハミルトンはサリンジャーに返事を書いて、家族の方々をお騒がせしたのは申し訳ないと謝った。彼はさらにつづけて、伝記はサリンジャーへの敬意を払ったものにするうえ、1965年の「ハプワース」出版までで締めくくると確約して、サリンジャーの感情をやわらげようとした。サリンジャーの心は動かなかった。1986年5月25日、ハミルトンとランダムハウス社はサリンジャーの弁護士から、未公開の手紙からの引用を原稿から取り除くようにという手紙を受けとった。ランダムハウス社はハミルトンに、サリンジャーの個人的な手紙から直接の引用は数を減らすように指示した。その結果、9月にできた第二版のゲラでは、ハミルトンは初版にあった直接の引用の多くを書き変えていた。新しいゲラがサリンジャーに送られたが、そこでも自分自身の言葉が使われていること、あるいはいまとなっては自分の言葉が誤解を招きかねないとも考えて、やはり気に入らなかった。彼はハミルトンの修正を「ボロ隠し」と呼び、1986年10月3日、正式に『J・D・サリンジャー：執筆の人生』の差止め命令を要請した。

訴訟のためにサリンジャーはニューヨークまで出かけていって、法廷に宣誓証書を提出する必要があった。サリンジャーには不愉快なことであるため、彼が訴訟を思いとどまってくれればと、ランダムハウス社は期待していた。しかし、10月10日、サリンジャーとその弁護士マーシャ・ポールは、マンハッタンのヘルムスリー・ビル内のサタリー・スティーヴンス法律事務所に姿を現した。ふたりはイアン・ハミルトンとランダムハウス社の弁護士ロバート・カラギーとテーブルをはさんで席に着いた。

67歳のサリンジャーはすこぶる健康そうにみえた。彼はすきのない身なりをして、そのふるまいはカラギーがのちに貴族的な雰囲気と評したほどだった。しかし、そんな表向きのあかぬけた様子とは逆に、サリンジャーは動揺していた。テーブルの下ではひとりでに手がふるえて、弁護士にずっと両手を握ってもらっていた。

カラギーはサリンジャーに速射砲のように質問を浴びせて、相手のやる気をなくさせようとした。サリンジャーはいつものとおり返答をしぶったが、カラギーは容赦せず、次から次に質問を浴びせた。今年、『キャッチャー・イン・ザ・ライ』は何部売れましたか？ 40万部以上という答だった。サリンジャー氏の年収は？ およそ10万ドルという答。1965年後も執筆はつづけているか？ 答はイエス。それでは、執筆したものをこの20年間に発表したことはあるか？ 答はノーだった。

それからカラギーはハミルトンが原稿に使用したサリンジャーの手紙を持ち出した。サリンジャー氏はこの手紙がわかりますか？ だれに書いたものか？ 書いたのはいつか？ その内容を説明できますか？ そのなかでいちばん肝腎なところは？[*4] カラギーが持ち出した手紙ひとつひとつにおなじ質問がくりかえされ、100通ちかくに上った。供述は6時間にもおよんだ。サリンジャーには恐ろしい試練だった。

ハミルトンは地方裁判所では勝訴したが、サリンジャーは上訴した。1987年1月29日、合衆国上訴裁判所は地方裁判所の裁決をくつがえし、サリンジャー側勝訴の判決を下した。判決では、記載内容やサリンジャーの手紙をハミルトンが伝えることは許されるが、本として出版したいのならさらに直接の引用を減らし、書き変えもやめるべきだとされていた。ランダムハウス社は上訴審の決定に異を唱えた。裁判は最高裁に持ち込まれたが却下され、サリンジャー有利の判決が決定した。こんにちまで、『サリンジャー対ランダムハウス社裁判』は合衆国の著作権法の基本とみなされ、全国の法学生に必須の学習対象となっている。しかしじつは、サリンジャーはこの裁判で被害を受けた。1987年、ハミルトンは第二版のゲラを少しだけ改めたサリンジャーの伝記の出版を進めた。彼は『サリンジャーをつかまえて（*In Search of J. D. Salinger*）』とタイトルを変え、法廷闘争の記述もなかに組み入れた。結局、伝記は基本的にはおなじままというだけでなく、サリンジャーには辛辣な調子の本になった。ニューヨーク・タイムズ紙でさえ、「サリンジャー氏はこれほど悪しざまに書かれるのなら、手紙の引用を許したほうがよかった」と述べた。[20]

この裁判は一面トップのニュースだった。おかげで『サリンジャーをつかまえて』の売り上げは何倍にも伸びた。次の伝記はだれにするかという質問に、イアン・ハミルトンはまだわからないとしながらも、「少なくとも死んで100年はたっている人ということははっきりしてる」と答えた。[21]

サリンジャーが訴訟で脅してプライヴァシーを護ろうとしても、彼の日常生活や孤立状態への大衆の関心を抑えることはできないことがわかった。彼は忘れられるどころか、アメリカでももっとも有名な私人になっていた。彼は書いてきた作品よりは現在の状況によって、少なくとも現在の状況を大衆がどう見ているかによって、いまや生きた伝説になっていた。これまでは登場人物や、若いころの自分を利用されないよう、なんとかうまくやってきたが、おとなになって引退した自分をとり巻く神話

＊4　サリンジャーはかなり以前に書いた手紙、そして戦争中に書いた手紙について質問されたとき、自分のことを三人称で「その少年《ボーイ》」と呼び、「その少年」はだれに手紙を書いていたとか、「その少年」はなにを伝えたかったかと説明した。ハミルトンの弁護士はサリンジャーが若いときの自分をまったく他人のようにみているようで、奇妙な感じがしたという。

までは、彼の手もおよばなかった。彼は無数の噂話や奇妙な逸話の対象になり、彼が否定しないために沈黙が神話の神秘性をいっそう高める結果となった。

サリンジャーがほんとうに作品発表をやめてしまったとは認めたくない彼のファンは、サリンジャーが偽名で発表するのではないかと期待して、ほかの作家に似たような作品がないか探していた。1976年、ソーホー・ウィークリー・ニュース誌は、作家のトーマス・ピンチョンがじつはサリンジャーだとする特集記事を組んだ。この説は広まっていった。ピンチョンの最初の作品がニューヨーク・タイムズ・マガジン誌に登場したのは1965年で、サリンジャーが引退した年だった。ピンチョンもサリンジャー同様きわめてプライヴァシーを重視する人物で、とくに写真を撮られるのが嫌いだった。1973年、『重力の虹（*Gravity's Rainbow*）』というすばらしい小説を書いたが、それは何人もの語りで構成されていて、そのうちのひとつの語りが、ファンにはJ・D・サリンジャーによく似ていると思われた。ピンチョン本人がなんども姿を現して自分はサリンジャーではないと証言し、ソーホー・ウィークリー・ニュース誌も混乱を招いたことを謝罪したが、大勢のサリンジャー・ファンはなかなかこの幻想を消すことができなかった。1991年、リトル・ブラウン社がサリンジャー作品の新しいペーパーバック版を出したとき、その表紙をシンプルな白地に虹のデザインにしたところ、ピンチョン＝サリンジャー説が再燃した。

サリンジャー神話にはじっさいの出来事から生まれたものもある。サリンジャーの戦友ジョン・キーナンが1982年に引退したとき、サリンジャーはお別れのディナーパーティに出席した。するとたちまち、ディナーパーティでサリンジャーがスピーチをして、第二次世界大戦を題材にした新しい小説を完成したと述べたと報じられた。この記事がどこから出たものか不明だが、サリンジャーがキーナンを讃えてなにか言ったとしても、自分の仕事のことで身勝手なことをしゃべって、主賓をないがしろにするとは考えられない。

サリンジャーの後半の人生にまつわる伝説で、もっともおもしろいのは引退後に書いた作品に関するものだろう。彼が1965年いらい着実に書きつづけ、膨大な量の新作ができあがっているとしても、それを否定する理由はない。しかし、彼はいつも人に隠れて執筆していた。彼の著作は彼だけの祈りの世界になっていた。まだ発表していたころでさえ、執筆中の作品を見た者はいなかった。執筆中の作品や登場人物が夕食の話題に上ることもなく、物語の筋の展開などを家族や友人と語ることもなかった。サリンジャーの作品は彼だけのものであり、他人と共有する部分の生活とは慎重に区別していた。本人の娘でさえ、学校に通うようになるまでは、父親の職業を知らなかった。先生が（おもしろがって）有名な作家なんだと教えたという。ペギーはなんにも知らなかった。それでも、彼女はおとなになるまで父親の作品にあまり関心を示さなかった。「新兵フランスにて」とか「ハプワース16、1924」のような作品は父親の仕事場で読むより、国会図書館で探すしかなかった。そういうわけで、サリンジャーの後期の作品を見たことのある人はいたとしてもほんのわずかだが、そんな作品にまつわる逸話はたくさんある。これらの作品は巨大な金庫に、なかにはひと部屋ぐらいの大きい金庫という説もあるが、そこに貯蔵されているという話がいちばん多い。また屋敷内のどこかに埋めてあるという説も、少なくともひとつはある。もっとも期待したいのは、これらの貴重な原稿をその状態によって、未完成、再考中、完成と作者がコード化しているという説だ。

1996年、30年の沈黙のあとで、サリンジャーが「ハプワース16、1924」をハードカバーで出版するという驚くべき決心をしたというニュースが、文学界に波紋を広げた。この中編小説の権利をあたえるに際して、彼は大手の出版社を無視し、オーキシズ出版というヴァージニア州アレクサンドリアにある無名の出版社を選んだ。批評家たちは大あわてで「ハプワース」の原本を探しまわった。それは、残り少ない1965年7月のニューヨーカー誌から切り取られたりして、いまでは入手困難になっていた。オーキシズは「ハプワース」の発売を一応1997年1月と発表したが、1月になっても発売されず、オーキシズからもサリンジャーからもなんのコメントもなかった。じじつ、1997年の早い時期でもう3回も出版が延期されていて、サリンジャー・ファンのあいだに不安が広がっていった。

この遅れのおかげで、批評家たちはこの中編を手に入れる余裕ができて、先を争って意見を発表した。その結果、「ハプワース」の知名度が爆発的に上がり、最初に発表されたときはなんとか免れた批判的な書評があふれた。ワシントン・ポスト、ニューヨーク・ニューズデー、シカゴ・トリビューンなどの各新聞、ニューズウィーク、タイム、エスクワイアなどの雑誌に記事が掲載された。CNNほかの大手の報道局もちかく発売されると伝えた。『サタデー・ナイト・ライヴ』という番組では、このニュースのパロディでサリンジャーをからかった。この番組では、ひさしぶりに「ハプワース」

を発売する理由を問われたサリンジャーが、「うちの芝生から出ていきやがれ」と答えたことになっていた。

深夜番組のふざけたパロディよりはるかにまじめな、「ハプワース16、1924」の批判的な書評の典型が、1997年2月20日のニューヨーク・タイムズ・ブック・レヴューに登場した。タイムズ紙の批評家ミチコ・カクタニが、この中編小説を「不快で怪しげ、そして悲しいことに、まったく魅力のない物語」と述べたのだ。彼女はサリンジャーが彼を攻撃する連中に迎合している、シーモアの信じられないほどの聖人ぶりにたいする彼らの非難をかわそうと、シーモアの性格を作り変えていると非難した。カクタニは「ハプワース」の性格描写、筋、構成、そして作品の基盤となる主題にたいして、残念だと嘆いた。彼女の批判が痛烈だったのは、サリンジャーやその才能を軽蔑していたからではなく、彼女の批評が完璧に計算されていたからだった。カクタニは宿題を終えて、その書評を、何年かまえのジョン・アップダイクのように、敬意をこめた書評として、同時に手痛い書評として提出したのだ。カクタニが翌年、書評でピューリツァー賞を獲得したとき、彼女が徹底的に否定した「ハプワース」評価が公認されたように思われ、この中編のハードカバー出版は忘却のかなたに押しやられてしまった。[*5] ジャーナリストたちがその2月にオーキシズ出版にコメントを求めて連絡したところ、

*5　幻に終わった「ハプワース」のハードカバーでの出版が2007年にふたたび飛び出して、出版の予定をサリンジャーの90歳の誕生日の2009年1月1日に設定していた。読者と批評家は当然ながらこの発表を疑惑の目で迎えた。しかし、それは2007年までに詩の作品集で評価を得ていたオーキシズ出版への、新たな関心も呼んだ。サリンジャーもそれらの詩集がこの出版社を擁護する動機となっていた。

録音されたメッセージがあって、それがサリンジャーが沈黙を破ることになる件に関する最後の言葉となっている。

こちらはオーキシズ出版です。「ハプワース16、1924」の出版が遅れております。現時点では出版に関してはっきりしたことは申し上げられません。不明瞭な情報と混乱についてお詫びいたします。[22]

この一件にサリンジャー・ファンはがっかりし、12年後にインターネットの書籍販売業者がまた発売するとみせかけて、ふたたび失望させたときにはさらに落ち込んだ。オーキシズ出版の社長ロジャー・ラスベリーは、このみじめな結果のことで自分を責めた。「ハプワース」の再出版にあたって本の印象をよくしようと、サリンジャーといろいろ調整を重ね、ワシントンDCの国立美術館《ナショナルギャラリー》内の有名なレストランでじっさいにサリンジャーとも会談していたのだが、ラスベリーはうっかりこの企画を報道陣にしゃべってしまったのだ。サリンジャーの反応は予想どおりだった。彼はひるんでしまって、この企画は崩壊した。しかし、ラスベリーはこの結果でひどく自分を責めているが、それほどのことではない。サリンジャーが「ハプワース」の発売に興味を持ったのは、文学的な関心というより、自分で管理したい欲望に基づいているかもしれないからだ。1997年、サリンジャーはそれまで発表したすべての作品、すべての本にたいする完全な法的権利を獲得した。ただ「ハプワース」は例外で、その権利はニューヨーカー誌と共有だった。「ハプワース」を意図したとおり単行本として出版していれば、新しい作品とみなされて、1965年より厳格な著作権法が適用されて、利益を得ていただろう。

1990年代後半にはサリンジャーは80歳に近づいたが、だんだん耳が遠くなったり、年齢のせいでちょっと前かがみになったものの、あいかわらず健康だった。髪は真っ黒だったのが真っ白になったのは何年もまえだが、目は若いころアーサイナス大学の女の子たちを魅惑したときのままの、黒い深みを保っていた。子供たちはとっくに成長して、自分の道を歩いていた。1979年、クレアは元の夫にコテージを売り、90エーカーの土地の大半も返して、コーニッシュから西海岸へ引っ越し、新しい生活を確立した。*6 サリンジャーの人生をふりかえれば、彼に惹かれた印象的な女たちが大勢いたが、賢明な選択をしたことはあまりなかった。ウーナ・オニールは彼が軽蔑し、かつ憧れる女のすべてをそなえていた。シルヴィア（ジルヴィア）・ヴェルターとの結婚は衝動的なものだった。そしてクレアの場合は、彼に負けない暗い心情を共有している人物を、なんとかみつけたのだ。サリンジャーはクレアと離婚してから大勢の女とデートしたが、どれも賢明な選択とはいえなかった。1998年、

*6　クレアはすばらしい再出発をした。1980年代の半ばに心理学で学位を取り、カリフォルニアに引っ越し、開業して成功した。数冊の著書もあり、講義や授業をつづけている。彼女はサリンジャーとの結婚を決して利用しなかった。

そんな女たちのひとりが世間に公開された場に現れて、彼を悩ませた。

1972年4月、サリンジャーはニューヨーク・タイムズ・マガジン誌に掲載された、女子大生ジョイス・メイナードのエッセイ、「18歳が人生をふりかえる("An Eighteen-Year-Old Looks Back on Life")」を読んだ。その記事にサリンジャーは興味をもち、その雑誌の表紙を飾っていた控えめな若い女性の筆者本人にも惹かれた。彼はメイナードに手紙を書いて、褒めてやった。文通をするうち、メイナードはコーニッシュでサリンジャーと同棲するようになり、35歳年長で、はるかに多くの経験を重ねた男と恋愛関係になっていた。サリンジャーはたしかにメイナードに惹かれていたが、関係をどう進めるか慎重だった。1年もしないうちにふたりの仲は破れ、メイナードは両親の家にもどった。自分を無情にも使い果たした男に捨てられたのだと、彼女は考えた。

1998年、メイナードは回想記『ライ麦畑の迷路を抜けて(*At Home in the World*)』を出版して、26年まえのサリンジャーとの関係を語った。彼女の書き方は彼を断罪するものだった。サリンジャーを、もっとも感じやすい年頃の純真な乙女につけこんだ、冷酷で卑劣な男として描いていた。本の評価はさまざまで、すぐに本を書いた動機が疑問視されたが、読者は内容に魅せられ熱中した。1999年6月23日、メイナードは1972年にサリンジャーと交わした手紙をオークションに出した。14通の手紙がサザビーで競売にかけられ、およそ20万ドルで落札された。このオークションには驚くべき結末が待っていた。買い取ったソフトウエアの企業家ピーター・ノートンが、手紙を買ったのはサリンジャーのプライヴァシーを護るためだと言明したのだ。彼はサリンジャーに返却するか、もし作家が望むなら破棄しようと申し出た。[23] 手紙はそれいらいノートンが保管している。その内容は明かされていない。

サリンジャーは1992年に再婚（再々婚）した。花嫁と出会ったのは数年まえで、場所はコーニッシュのバザーだった。それは皮肉にも彼の両親が出会ったといわれている状況を思いおこさせた。彼女はコリーン・オニールという地元の女性で、職業は看護婦、趣味はキルティングという気立てのよいしとやかな人だった。ふたりの姿が町でよく見かけられるようになり、腕を組んで食料の買い物をしたり、ウィンザーのレストランで夕食をとったりしていた。結婚が正式に発表されなかったので、ふたりの関係はサリンジャーの隣人たちもよく知らなかった。状況を混乱させたのは、コリーンが1959年6月生まれでサリンジャーより40歳も若く、配偶者とは考えにくかったことだった。

1992年12月はじめ、サリンジャー宅が火事になった。まわりの町から消防士たちが駆けつけたが、炎は手がつけられないほどゴーゴーとうなりをあげていた。何台もの消防車につづいて報道関係の車が、燃えているのがだれの家か知って押し寄せた。記者たちが現れてインタヴューしようと近づいてきたとき、ふたりは芝生の上に立って、燃えあがる我が家を見つめていた。夫婦は走り去った。この出来事は全国的なニュースになり、大新聞はどれも、この隠遁した作家が記者の質問を逃れるため走り去った様子を伝えていた。新聞はまた、コリーンがサリンジャーの妻であることをあきらかにし、その若さを強調した。書斎は火から免れ、そのため原稿も無事で、サリンジャー自身が語るその夜の話では、記者のことはふれられず、家や家財の心配もしていない。[24] サリンジャーは飼い犬の安否を心配してうろたえていた。2頭のイタリアン・グレイハウンドで、火におびえて森に逃げこんでいたのだ。[25]

やがて、要塞はきっちり元どおりに建て直された。１９９２年の火事のときのように、サリンジャーの世界が侵入されることは、年をとってめったに外出しなくなったこともあって、ますます少なくなった。彼の隠遁生活を支えるように、コーニッシュの住民たちは彼のプライヴァシーを護るため、それぞれ自分の役目に忠実だった。たとえば、サリンジャー家への道を尋ねるよそ者にわざとちがう道を教えたりするのは、一種の伝統というか、楽しみになっていた。侵入者と思われる者には、そんな作家など聞いたこともないと言った。多くの者が、曲がりくねった道を歩いて森の奥深くの行き止まりとか、村の無名の住人の家の車道《くるまみち》にたどり着いたりした。コーニッシュの住人は自分たちでサリンジャーの話をして楽しんだり、老いた作家がカフェテリアでサラミを薄く切ってくれ（半透明になるくらい薄く）と文句を言ったり、彼がハロウィーンを忘れていて、おとなしく子供たちにキャンディの代わりに鉛筆をあげた年のことを皮肉まじりに話したりして、気晴らしを楽しんでいた。このようなおしゃべりやいたずらが住民たちを結びつけていたが、彼らの協力には実利的な側面もあった。コーニッシュはサリンジャーのイメージを共有していたのだ。コーニッシュ村は隠れ家そのものを意味するようになり、その評判を住人はすすんで利用した。裕福な人たちが世間から逃れて住むのに理想的な場所だと激賞されるようになった。そして、資産価値が跳ね上ったのだ。

ライ麦畑をやってきて

サリンジャーの初期の作品はまさに技術的な突破口を開いた。そして彼が無事に向こう側から姿を現すことをいまも期待している。

ジョン・アップダイク、一九六六年[1]

2010年の元旦、J・D・サリンジャーは91歳になった。1年まえの90歳の誕生日には多くの雑誌やウェブサイトが、ふつうならハリウッドの人気俳優たちにたいするような熱狂的な関心を寄せた。しかし、その記事をよくみると、その多くはこの作家への純粋な敬意を表すものなどではなく、規範に反抗してきた作家へのひねくれた非難という感じがつよかった。これを機会に作品を発表しないことを非難し、まるで1965年にもどったかのように、「ハプワース」を再批判したりする記事が多かったのだ。それでも、その反感の調子は記事によってさまざまだったが、サリンジャーの「遺産」に寄せる関心はあいかわらず高いという点ではどの記事も一致していた。

ひどく皮肉とはいわないまでもきわめて奇妙だったのは、多くの記事が『キャッチャー・イン・ザ・ライ』の初版の裏表紙につけた、この作家の32歳の写真を掲載して、彼が時間のなかに凍結しているかのような印象をあたえたことだ。しかしサリンジャーも寄る年波の影響を感じていた。気持ちはしっかりしていたが、細身の身体は弱よわしくて杖を使うことが多く、戦争中に悪くした耳は悪化してほとんど聞こえなくなっていた。それでも90歳のサリンジャーは、残された年月はおだやかで争いのないものになるだろうと信じていた。じじつ、彼はそのための手続きをきちんととってきた。土地屋敷に関して面倒が起きないように、２００８年はかなりの時間を費やして、法的、経済的な問題を整理した。７月24日にＪ・Ｄ・サリンジャー文学財団を正式に設立して、他人が彼の著作物の管理を侵すことのないようにし、かつ、彼の死にあたって作品からの正統な収入が支払われるよう手続きをした。サリンジャーはさらに、作品の著作権を更新し、10月15日にすべての著作物の権利を財団に委託した。全部で39タイトルにおよんだ。[2]

２００９年５月14日、『キャッチャー・イン・ザ・ライ』の続編が出るという情報がもたらされて、平安なときを過ごしたいというサリンジャーの期待はやぶられた。[3] その本の記事はイギリスの新聞ガーディアンに登場し、たちまちインターネットに、そしてアメリカに伝播した。この発表は、サリンジャーが隠遁生活に終止符をうって、古典となった彼の小説の続きを発表する決心をしたのだと、長年抑えられていた希望に火をつけた。読者がさらに詳細を求めて調べてみると、この続編の出版者のウェブサイトである、スウェーデンをベースにしたニコテクストとその分派ワインドアップバード出版にたどり着いた。そのサイトの情報では答を得るより疑問がふくらんだ。出版される本は『60年後：ライ麦畑をやってきて（*60 Years Later: Coming Through the Rye*）』というタイトルだった。イギリスでは購入できたが、アメリカでは9月までは発売の予定がなかった。やがてその作品のあらすじがおぼろげながらわかってきた。『60年後』はミスターCという76歳の人物が旅をする物語で、主人公はホールデン・コールフィールドが何十年もまえに高校を逃げ出してニューヨークの街をさまよったように、引退して住んでいた家を逃げ出してマンハッタンを放浪するのだ。これを読んだ読者が肝腎な点を見のがしたとしても、『60年後』は「我われのもっとも愛する古典のすばらしい続編」とちゃっかり自画自賛してくれていた。

作者に関する情報はさらにひねくれていた。ジョン・デイヴィッド・カリフォルニアという偽名しかわからず、作者紹介によると以前は墓掘りをしていたトライアスロンの選手で、サリンジャーの小説とは「カンボジアの田舎の廃墟の小屋」ではじめて出遭ったのだという。カリフォルニア氏の経歴を読んで、少しはサリンジャーとかかわりがあるかと希望を抱いたとしても、この出版社のインターネット・カタログを見て、その希望も失せた。そこには笑話集、セックス辞典類、パラパフ漫画（訳注：パラパラめくると絵が動くように見える）のポルノなどが並んでいたのだ。

ウェブサイトを見た新聞雑誌が、そもそもこれ自体がいたずらではないかと考えはじめたため、『60年後』の作者は正体を明かさざるをえなくなった。ジョン・デイヴィッド・カリフォルニアはじつはスウェーデンの作家フレドリック・コルティングで、ニコテクストとワインドアップパート出版の創設者兼オーナーだった。コルティングはサンデー・テレグラフ紙に、自分たちは真剣だと訴えた。「これはひやかしじゃない。法律問題に関心はない。『60年後』は『キャッチャー・イン・ザ・ライ』を補足する、きわめてオリジナルな作品だと考えている」と彼は独特の調子で語った。[4]

サリンジャーは、とくにホールデン・コールフィールドと『キャッチャー・イン・ザ・ライ』のことになると訴訟好きだと思われていたので、コルティングが法的問題などと言ったのは、サリンジャーを法廷闘争に引きずり込んで自分の本の宣伝にしようとしているのではないかという、報道陣が抱いていた疑惑を裏づけたように思われた。それと同時に、彼はなりゆきにめんくらい、自分の本が巻きおこした反響の大きさに戸惑ったり驚いたりした。スウェーデンで大胆で雑多な出版をこじんまりやっていた彼は、『キャッチャー・イン・ザ・ライ』にどれだけの人が深い思い入れを持っているか、まったく知らずにこの続編を書いたようだった。「私は一発やってやろうとか、人をあっと言わせようとか、サリンジャー急行に乗せてもらおうとか考えてはいなかった。ただ、なにか新しさのある良い本を書こうと思っただけなんだ」と彼は主張した[5]。

「新しさ」という概念がまさに問題だった。サリンジャーの長年の代理人であるオーバー社のフィリス・ウェストバーグはコルティングの本を1冊手に入れ、サリンジャーの著作権がおよばないていどの創作的な長所があるかどうか、きちんと調べてみると約束した。しかし、結果はあきらかだった。[*1]サリンジャーの原作とこの続編をくらべてみて、ウェストバーグはそっくりの場面や出来事をたくさんみつけ、ホールデンの言葉づかいや心理は1951年から変わっていないようだった。登場人物も年をとって哀れな状態になっているが、おなじ人物だった(ホールデンはおしゃべりがとまらなくなっていて、フィービーは堕落してドラッグ中毒になっている)。『60年後』と『キャッチャー・イン・ザ・ライ』には重大な相違があって、ウェストバーグはそれをもっとも悪質だと考えた。作品をさらによく調べると、サリンジャーが登場人物になっていたのだ。まるでメアリ・シェリー(訳注:イギリスの詩人シェリーの妻。怪物が自分を創った科学者と対決する物語『フランケンシュタイン』を書いた）を思わせるように、ホールデンはコーニッシュを訪れて自分の創作者と対面する。創作者は彼の文学的な「怪物」を復活させて殺そうとしていた。5月末にはウェストバーグは調査を終え、サリンジャーに相談した。テレグラフ紙の質問にたいして、ふたりの意見は当然ながらかたまっていた。「この件は弁護士に託されました」とウェストバーグは答えた。

2009年6月1日、この一件はJ・D・サリンジャーとJ・D・サリンジャー文学財団名義でニューヨーク南地区で告訴された。原告はとりあえず『60年後』の出版差止めを求めた。サリンジャーはこの続編を著作権のあきらかな侵害と考え、合衆国での出版と販売をやめるよう訴えていた。彼は原告申し立てには姿を現さず、そのあと裁判中も出てこなかった。彼の代わりにウェストバーグと、22年まえイアン・ハミルトンの裁判で彼の利益を守ってくれた弁護士マーシャ・ポールが出廷した。[*1]

審理は6月8日の月曜日にはじまり、連邦裁判所15年のベテラン判事デボラ・バッツの担当となっ

*1　ドロシー・オールディングは1990年に脳卒中で引退するまで、サリンジャーの代理人をつづけた。そのあと、オーバー社ではフィリス・ウェストバーグが跡を継ぎ、サリンジャーの担当となった。サリンジャーのオールディングにたいする愛情は、ふたりがつきあった57年間揺らぐことはなかった。彼女は1997年に亡くなった。

た。サリンジャー側は最初から、『60年後』は『キャッチャー・イン・ザ・ライ』から題材の大半を奪った「模倣的作品」であると弾劾し、サリンジャーの著作権の侵害として発禁にすべきだと主張した。彼らはこの問題の核心をつく大胆な発言で主張を要約した。「『キャッチャー・イン・ザ・ライ』の続編を書いたり、ほかの作品にホールデンを登場させる権利はサリンジャーのみに属するのであって、彼はその権利を行使しないことにしている」というのだ。[6]

弁護士エドワード・ローゼンタールを筆頭とするコルティング側は、もはや『60年後』を続編という性格づけはしていなかった。彼らはこの作品はパロディであって、サリンジャーの著作権とは関わりなく、正当使用の原則のもと、憲法修正条項第一条によって保護される資格があると主張した。彼らはホールデン・コールフィールドという人物をサリンジャーが所有しているという主張を攻撃し、「もっとも基本的な問題点」だと考えていた。[7] そして、「原告側がホールデン・コールフィールドに求めている種類の保護を、法廷が文学の登場人物にあたえるとしたら、フィクションは時間のなかに凍結してしまう」と主張した。[8]

バッツ判事はホールデン・コールフィールドとはべつの問題を考慮しなければならなかった。なによりも、『60年後』がサリンジャーの著作権侵害に該当しないだけの、「独自の発展」を遂げているかどうかという問題だ。コルティングの弁護側は、サリンジャーの原作をじゅうぶんに発展させて、独自の作品になりえていると主張し、サリンジャー側は「まぎれもない盗作そのもの」と断定した。サリンジャー側は両作品の類似点をリストにして示し、ホールデンの発言および言葉づかいも保護されるべきだとした。

しかし、コルティング側が、この本はまさにパロディであり、『キャッチャー・イン・ザ・ライ』にじゅうぶんに明確な論評をくわえる作品になりえていると、裁判官を納得させられれば、バッツ判事はサリンジャーの原作から広範囲に借用することを許容範囲として認めるだろう。コルティング側はホールデンがサリンジャーと対面する場面を、作者と登場人物の関係にたいする論評だとして提示した。論戦はもっぱら彼らが防戦一方だったが、『キャッチャー』からの借用の分量を正当化できるほどじゅうぶんな論評となりえていると、法廷を説得できたかどうかはわからなかった。

コルティングにどこか勝機があるとしたら、『60年後』がサリンジャー作品の将来の売り上げにあたえるかもしれない影響についての、裁判官の最終判断にかかわる部分だっただろう。サリンジャー側は『60年後』が発売されれば、サリンジャーが『キャッチャー』の続編を書いた場合、そのはんものの続編への大衆の興味を半減させると主張した。しかし、90歳のサリンジャーに新作はほとんど期待できず、コルティングの作品が『キャッチャー・イン・ザ・ライ』にたいする読者の購買意欲をそぐということも考えられなかった。

マスコミにとってこの裁判は退屈な余興にすぎなかった。裁判にサリンジャーは姿を現さなかったし、個人的な話も聞けなかったが、彼らの関心はこの作家本人にあったのだ。フィリス・ウェストバーグはサリンジャーが出廷しなくてすむように、宣誓供述証書を提出していた。ウェストバーグを作家の代理として認めてもらうため、サリンジャーがいまでは耳がまったく聞こえず、骨盤を骨折してリハビリ中であることを、正直に打ち明けた[9]。新聞雑誌はこのニュースに飛びついた。老齢の作家が身体を悪くして耳も不自由なのにもかかわらず、断固として闘っているという姿を一面トップにもってくることを考えれば、「模倣的作品」をめぐる退屈な議論などそっちのけになるのは当然だった。

よく読者が戸惑うのは『キャッチャー・イン・ザ・ライ』の曖昧な結末だ。この小説が結末を迎えたところで、ホールデンの立場が曖昧になっているのは、サリンジャーが意図的に読者の介入を許し、ホールデンの旅を完結させるために、読者自身の疑問、希望、不満を介在させたからだ。

新聞雑誌はサリンジャーの衰えに注目したが、読者はべつの面に関心を示していた。『キャッチャー・イン・ザ・ライ』をはじめて読んだときの想い出とか、ホールデン・コールフィールドが若かった自分にどんなに大きな意味を持っていたか、などを語る人びとの論説や論評が新聞やインターネットに登場することが多くなったのだ。どの人の話にもホールデンが出てくるが、おなじホールデン像はふたつとなかった。たくさんのホールデンがいて、それぞれ生きいきと人間的で、ホールデン像も人によって異なるのだ。ある男は、思春期の話し相手はホールデンだけで、人間関係が困難なときに自分を支えてくれた、と書いた。またある男はホールデンの反抗に憧れ、大学のあいだずっとサリンジャーの小説を持ち歩いていた、と想い出を語った。また、ホールデン・コールフィールドが最初の恋人だと恥ずかしそうに打ち明けた女性や、似たような経験を語った女性のような微妙な想い出もあった。こんな言葉を聞いていると、ホールデンはいったいだれのものなのだろう、裁判のあと彼はどうなるのだろう、という疑問がわいてきた。フレドリック・コルティングに敬意を示す人はほとんどいなかったが、読者が自分の一部であり、自分の姿を映しているとはっきり考えているものを、サリンジャーが自分の所有物だと主張することにたいして、わきあがる失望感を訴える反応が多かった。

7月1日、デボラ・バッツ判事は判決を下し、法廷が『キャッチャー・イン・ザ・ライ』の非公認の続編とみなしたものを、合衆国内で発売することを差止めるよう命じた。彼女は論争の各点をサリンジャー有利に判断し、ホールデン・コールフィールドという人物は著作権で護られると規定した。いっぽう、コルティングの本はパロディではなく「模倣的作品」であると断定した。彼女はさらに、『60年後』は被告側が主張したように「独自の発展」をしているどころか、原作からの借用が増えれば増えるほど、独自の革新性が失われていると考えた[10]。

バッツ判事の判断は法的な表現だったが、彼女の主張には完全に法律上のこととはいえない部分もあった。彼女はサリンジャーの小説を作者の意図したとおりに保存することを主張し、そうすることによって読者の権利をも護ろうとしていた。しかし、「作者の芸術的な展望には、登場人物の物語をあるていど読者の想像力に委ねることも含まれる」と判決は述べていた[11]。

この裁判の核心は、言葉をとおして表現されただけのホールデン・コールフィールドというフィクション上の人物が、サリンジャーの『キャッチャー・イン・ザ・ライ』の著作権に法的に含まれるかという疑問だ。有名な肖像、芸術作品、シンボルマーク、映画の人物などとちがって、ホールデン・

コールフィールドは目に見える姿を持ってはいない。それでも、サリンジャーの文章の力をとおしてだけだが、彼はアイドル的な人物となっていた。じじつ、ホールデンは本人と確認できる存在であり、それゆえ有名な肖像や芸術作品とおなじく著作権がある、と法廷は断定したのだ。「ホールデン・コールフィールドはまったく言葉で描かれている。それは言葉による肖像画である」と法廷は規定した[12]。

裁判中、コルティングはしだいに反抗的になり、バッツ判事の判決に納得しなかった。「だれも腹立てなければ、それは正しいことをしたことにはならない」と彼は論じた。「なるほど『キャッチャー』は偉大な作品だったし、現在もそうだが、T型フォード車だってそうだった。古い金属板をおもしろがっていじくりまわして、そこから新しい時代に合うなにかを展開する能力、それが創作力というものだ[13]」。

コルティングのウェブサイトを裁判後に見てみると、続編という主張ははずされ、代わりに、『60年後：ライ麦畑をやってきて』の表紙に、赤地に白で「USAで発禁！」と書かれていた。


『キャッチャー・イン・ザ・ライ』のなかで、ホールデンの悩める心は自然史博物館の想い出に、そしてそこの立体模型《ジオラマ》がいつも変わらないことをたしかめて慰められる。彼はガラスのケースに入れられた剥製が、完全な姿のまま安全に凍結して老いることもないことを、憧れるように思いうかべる。また、インディアンが火をおこしたり、エスキモーが魚釣りをしている人形がどれもじっと動かず、飛んでいる鳥たちが宙吊りになって動かないことも思い出す。「すべてのものがいつもおなじとこにおいてあった」と愛情をこめて思いおこす。「みんなちっとも変わらないんだ。ただ変わるのはこっちのほうでさ」[14]。

1951年いらい、サリンジャーはホールデンという人物をほかのメディアに翻案したいという申し込みを数多く受け、それらをすべて断ってきた。そのなかには、エリア・カザン、ビリー・ワイルダー、スティーブン・スピルバーグがホールデンを舞台に、スクリーンに登場させたいという依頼もあった。2003年にはBBCの『キャッチャー・イン・ザ・ライ』をテレビドラマ化しようという計画を、訴訟をちらつかせて断念させた。そして、ホールデンの姿を本の表紙に載せようとする試みには、終始一貫反対してきた。

サリンジャーは人形や剥製を不動の世界にとどめておきたいと願うように、ホールデンをそのままの姿で読者に提示してきたのかもしれないが、いまやガラスをとおして見つめているのはサリンジャー本人で、自分の創造物を嫉妬じみた畏敬の念でながめ、変わらないままにしておこうと必死なのだ。「ホールデン・コールフィールドにはもうなにもないんだ。ホールデン・コールフィールドは時のなかに凍りついた瞬間でしかない」と、サリンジャーは1980年にベティ・エップスに語っていた[15]。

コルティングはただちに上訴し、この審議は上訴裁判所に移された。7月23日、ローゼンタールはコルティングに代わって訴訟事件適用書を提出したが、前回の下級裁判のときより正確を期した。彼は『60年後』がサリンジャーの著作権を侵害しないパロディとして創作されたという主張ではゆるがなかったが、今回の上訴では『60年後』が『キャッチャー』から借りたものにたいして、その埋合わせをするつもりはあった。故国のスウェーデンにもどったコルティングは希望を持っていたが、だんだんあきらめムードになっていた。「勝ちたいと思いますよ。私の本はもう出来上がったもので、そのあとどうなっても泣きはみせませんが、私の本のためだけでなく、ハゲタカどもがバラバラにしようとしているほかの本のためにも勝ちたい。ハゲタカ連中なんてクソくらえですよ」と彼は述べた。[16]

8月7日、上訴審に第三者意見書が提出され、サリンジャーに有利な判決の逆転を要求し、コルティングの立場を支持する法的手続きがとられたため、コルティングの気持ちは高揚した。その意見書はアメリカのマスコミ界最強の4巨人、ニューヨーク・タイムズ社、AP通信社、ガネット社、トリビューン社が提出したものだった。その主張はするどく明白だった。そこでは、コルティングの本を「発禁処分」にした6月1日の判決をあきらかな憲法修正条項第一条の違反であるとし、「唯一の損害は、自分の欲望が満たされない隠遁した作家のプライドだけだと思われる」とその意見書は論じていた。[17]

サリンジャーの弁護士は8月13日に、コルティング側の主張に反論し、第三者意見書に対抗する反対意見を提出した。そこでは、マーシャ・ポールは発禁となった『キャッチャー』の続編がサリンジャーの著作権を侵害しているとした、下級裁判所の判決の趣旨を説明した。彼女はさらに、コルティングとマスコミ界の大物たちが、「法律に全面的な変更を求め、予備命令をあたえるためのまったく新しい基準を設けるべく」、前例を作ろうとしていると非難した。[18] ポールの議論はよく組み立てられ、勇敢なものであったが、マスコミ界の大物たちが一丸となって彼女の依頼主を攻撃した、その痛手を回復させることはできなかった。

サリンジャーとその弁護団にとって、第三者意見書の存在は脅威だった。それはマスコミのこの件にたいする姿勢の変更をうながした。新聞雑誌はいまや本を発禁処分にしようとするこの作家を責めていた。『キャッチャー・イン・ザ・ライ』自体が何十年も不当な規制を受けてきたことを読者に思いおこさせて、サリンジャーをインチキ呼ばわりしたのだ。サリンジャー個人にとっても、この第三者意見書は恐ろしい脅迫だった。それを提出したのはマスコミ界の大企業で、全国の何百という新聞、雑誌、ラジオ、テレビと無数のウェブサイトを支配しているのだ。世論におよぼす彼らの影響力ははかりしれない。たとえサリンジャーが上訴審で勝ったとしても、彼の作品は報復でつぶされるだろう。

9月3日に上訴裁判所は聴取しただけで判決は出さなかった。サリンジャーの91歳の誕生日がきても、判決の見込みはつかなかった。結果がどうであれ、それはアメリカの著作権法に広範な影響をあたえるだろうが、サリンジャーにとって結論はすでにあきらかだった。法律上の判決にかかわらず、彼はすでにホールデン・コールフィールドを支配できなくなっていて、いまは自分の作品をなんとか管理しようと精一杯だった。マスコミの反応は予想どおりだった。彼らはこの作家からの応答はないものと確信していて、サリンジャーの議論にうんざりで、次つぎに不平を述べ、サリンジャーが自分個人の利益を護るために憲法修正条項第一条を侵していると非難するのだった。

サリンジャーはイアン・ハミルトンのときとおなじ弁護士を雇って、おなじ連邦裁判所で判決が下るのだと楽観していたかもしれないが、世界は1987年から大きく、彼の理解をはるかに超えて、変わってしまっていた。続編のヨーロッパでの出版はアメリカの著作権の適用外で、インターネットでは世界中どこでも買えた。法的決定とは関係なく、『60年後』はメールアドレスとコンピューターがあれば、どの国のだれでも入手できるという、上訴審で負けることなどない状況だった。

じじつ、サリンジャーはホールデンへの支配力を失っていた。裁判や盗難、不注意のせいではなく科学技術のせいであり、法廷の審議や不毛な法律よりもっと深い意味で、もっと根本的なところで、サリンジャーはホールデン・コールフィールドの所有者ではなくなっていたのだ。ホールデンという人物は売り買いのできる商品ではなかった。彼はとっくの昔に読者にとけこんでいた。ホールデンは彼を讃美する反逆者のものであり、彼から力をもらう部外者のもの、彼に魅せられた少女のものだった。そして、彼らのホールデンにたいする愛情こそが、ホールデンが読者のものであること、そして『キャッチャー・イン・ザ・ライ』を読むたびに新たなイメージが生まれることを理解しようとしない作家への嫌悪感をかきたてるのだった。

映画『フィールド・オブ・ドリームズ』には、俳優のジェイムズ・アール・ジョーンズが死者の霊がひそむトウモロコシ畑にはいっていく有名な場面がある。ジョーンズの演じる人物は、自分が異界に侵入しようとしていることを理解しているので、恐れていない。彼は子供のように期待に胸をふくらませて笑っている。この場面はその原作、カナダの作家W・P・キンセラが書いた1982年の小説『シューレス・ジョー』にある。キンセラの原作ではジョーンズの演じる人物はサリンジャーで、映画では名前がテレンス・マンと変えられていた。『シューレス・ジョー』の最終章は「J・D・サリンジャーの恍惚」と題され、トウモロコシ畑にはいって過去の霊、彼の登場人物たちの霊と心を通わせるのはサリンジャーなのだ。

サリンジャーが2009年春に骨盤の手術を終えて、妻の待つ住みなれた心地よい我が家へもどってきたとき、彼の健康状態はめざましく改善していた。彼とコリーンはここ何年かほとんど毎週、ちかくのヴァーモント州ハートランドまで出かけて、組合教会派の教会で催されるローストビーフの夕食会に参加するのを楽しんでいた。サリンジャーがこの毎週の行事を再開し、寒い季節になってもトレックをつづけるようになって、完全に回復したようにみえた。2010年の元旦に91歳の誕生日を迎えたときは、彼の家族はこれから何年もいっしょにいられると確信したほどだ。しかし、1月も日が過ぎてゆくにつれ、彼の健康は衰えはじめた。痛みはないようだったが、肉体はゆっくりと終わりに近づいていた。2010年1月27日の夜おそく、J・D・サリンジャーは死んだ。

1月28日になって、サリンジャーの代理人がそのニュースを発表した。ウェストバーグは、家族を代表して息子のマシューが用意した声明を公表して、実質的に世界にたいするサリンジャーの最後の言葉ともいえる特別声明とした。

サリンジャーはこの世界を生きてきたが、その一部ではなかった。彼の肉体は去ったが、家族は彼が愛する人たちと、それが宗教上の人でも、歴史上の人でも、個人的な友人でも、フィクションのなかの人物でも、みんなとともにあることを望んでいる。

サリンジャーはこの世界を生きてきたが、もはやその世界の一部ではなかったことは、何十年間もあきらかだった。この文章には聖書からの引用があり、ほかの作家なら気どって聞こえただろうが、サリンジャーにとってはこのように自己を規定されるのは自然だった。これはわかりやすい真実であり、エゴを無にしてなされた発言であることはだれも疑わなかった。家族が発表したこの声明は、そのことを確認していた。彼が愛する人たちと結びついていたことを信じていた家族は、サリンジャーがその著作をつうじて伝えてきた宗教的信念をなぞっていたのだ。フィクションのなかの人物と過去の友人を等しくみなし、宗教上の、歴史上の人物とも等しくみなすことによって、この数行の言葉はサリンジャー自身にふさわしい豊かなイメージを喚起したのだ。

サリンジャーが亡くなって、世界はめずらしくその動きをとめた。その老齢とみずから異郷の地の暮らしを選んだような人生だったにもかかわらず、社会はその喪失に呆然とした。マスコミは、おそらく50年まえのアーネスト・ヘミングウェイの死いらい、ひとりの作家にたいして示したことのない讃辞と感謝を爆発させた。ちょうど1年まえ（ぴったり日付までおなじ）に亡くなったジョン・アップダイクでさえ、うわの空の別れを告げられただけだった。たいていの作家の場合がそうだが、マスコミはアップダイクの死を文学上の出来事だとみなしたが、サリンジャーはアメリカ文化の一部になっており、頑固な孤立性が人を惹きつける神秘的ともいえる人物でありながら、ホールデン・コールフィールドという人物と『キャッチャー・イン・ザ・ライ』をつうじて、平凡な人びとの生活にも影響をあたえる存在だった。

J・D・サリンジャーは独特な人物で、反抗の高貴な姿勢を励みにしている人も多かった。また、自分たちの青春はとっくに失われたが、サリンジャーは胸に生きつづけていることを知って慰められる人もいた。彼の死とともに、世界は彼のような複雑で特異な人物に二度とめぐり会うことはあるまいということを、そんな恐ろしい喪失に自分たちが見舞われたのだということを、みんなが気づくことになった。

インターネットはこのニュースであふれた。発表から数時間のうちに、何千というブログやウェブサイトが讃辞を掲示した。スティーブン・キングやジョイス・キャロル・オーツなどの作家から、ニューヨーカー誌やリトル・ブラウン社のスタッフなど出版関係者まで、サリンジャーの影響力の大きさを証言した。ウィリアム・ショーンと長年の相棒でサリンジャーが後見人になった息子の母親であるリリアン・ロスは、長年の沈黙を破って個人的な友人として彼の人徳を語った。彼女はまた、サリンジャーがヨチヨチ歩きの彼女の息子エリックと撮った写真をたくさん持っていたが、そこではまるでリリンジャー作品を思わせるような魅力的な場面で、作家と子供がたわむれ微笑んでいた。

テレビの各ネットワークでは限られた情報を精一杯使って作家の人生を追い、『キャッチャー・イン・ザ・ライ』の衰えない影響力を強調していた。非商業的な公共テレビでは学者をそろえて、サリンジャー人気が衰えない理由を考察し、作品を分析していた。主題は領域を越えて広がっているようだった。サリンジャーはタブロイド版の安新聞でも、学問的番組でも人気の話題だった。

サリンジャーの死はどのアメリカの新聞でも、そして世界中のほとんどの国で、第一面のニュースだった。ニューヨーク・タイムズ紙は前年に法廷で彼にきびしい要求をしたにもかかわらず、長ながと讃辞を掲載した。最近ではめずらしく、同紙は表紙に白黒の写真を掲載したが、それはサリンジャーとウィリアム・マックスウェルが1961年に撮ったスナップ写真で、ほとんどだれも見たことのないものだった。作家の死を報じた第一面の記事にくわえて、タイムズ紙は2ページ見開きで、お気に入りの息子を失ったような真実の悲しみを読者に感じさせた。タイムズ紙だけではなかった。いままでは彼の死が国民的な損失と考えられるというニュースを広く伝えたのは、アメリカだけでなく世界中の新聞だった。

不幸なことに、サリンジャー・マニアが急激に増えたせいで、奇妙な話や誤った情報がくりかえされることとなった。またもや、サリンジャーの母親がアイルランド人だとか、スコットランド生まれというものから、彼がいつも10代の少女にのぼせあがっていたとか、冷凍豆を主食にしていたというものまでさまざまだった。サリンジャーが死ぬとたちまち、彼の写真や動画フィルムが現れ、生存中は隠れていた姿が見られるようになった。短編小説も急にべつの場所に登場するようになって、彼が生きていたら許さなかっただろうと思われた。エスクワイア誌は「マヨネーズぬきのサンドイッチ」と「未完成ラブストーリーの真相」を再録し、ニューヨーカー誌は「追悼作品集」として出版した12

作品をインターネットの購読者にダウンロードさせた。

どうしてもつよく興味をそそられる話題は、サリンジャーが1965年以後に書いたと伝えられる、膨大な作品についての謎だ。彼の金庫に保存されている秘密の中身は、彼がちゃんとした長さの小説を少なくとも15作は完成させているというマスコミの主張に煽られて、ずっと憶測の対象だった。スティーブン・キングでさえ、サリンジャーが長年にわたって傑作を書きためてきたかどうかという真実を、世界はついに知るかもしれないと語った。文学界は息をひそめて成りゆきを見守っていた。

そうしているあいだにも、コーニッシュからはなにも聞こえてこなかった。サリンジャーの死から4日たって、新聞雑誌には追悼記事がつづいていたが、ウェストバーグの最初の発表いらい、家族からはなんの音沙汰もなかった。当時ウェストバーグは、サリンジャーにたいして抱いていた敬意とプライヴァシーへの配慮を家族にもお願いしたい、と要請していた。その結果、サリンジャーの埋葬や火葬の時期、場所、やり方や、遺書の内容、金庫の秘宝についてはひとことも語られなかった。

2月1日、アメリカはサリンジャーの栄光を讃えて、彼の肖像がスミソニアン研究機構によって国立肖像館《ナショナルポートレイトギャラリー》に掲げられた。このような栄誉はサリンジャーの生前には考えられないことだったが、半世紀も抑えられていた彼への賞讃の気持ちが、耐えきれず爆発したのだ。

悲嘆が世にあふれたのは皮肉だった。生前に人びとの目を避けていたように、彼を追悼して浴びせられた栄誉に、サリンジャーなら背を向けただろう。それでも、彼の死は人びとに少なくともひとつ良い影響をあたえた。それを彼もたしかによろこんだことだろう。彼にとって名誉なことに、人びとが、それも前代未聞の数の人びとが彼の本を読んで、あらためてその意味を理解するようになったのだ。

サリンジャーが亡くなって2日以内に、『キャッチャー・イン・ザ・ライ』は1951年の最高位よりは低いが、全国のベストセラー第5位になった。世界最大の書籍販売を誇るアマゾンでは、『キャッチャー・イン・ザ・ライ』だけでなく、『ナイン・ストーリーズ』、『フラニーとゾーイー』、『大工およびシーモア』までも在庫がなくなった。そして、それらの本は現在入手不能だと認めた。アメリカではサリンジャーが売り切れになったのだ。

サリンジャーはどういう形であれ、家族がふさわしいと考える形で安置されているが、異常な事態が発生した。彼の想い出を大切にしようという人びとの気持ちに、影を投げかけるような奇妙なことが次つぎと起こったのだ。はじめは少しずつだったが、次第にその頻度を増して、インターネットにごくふつうの個人が掲示する即席のホームヴィデオが現れるようになった。最初はひとりの勇敢な男が、自分がカメラにどう写っているか、実物よりよくみえるか、髪がみだれていないかなど気にしないでいるヴィデオだった。その日のうちに数百の同様のヴィデオが送られてきた。2日間でその数は1000に達した。すべてごくふつうの人で、ほとんどが若者で、なんの気負いもなくカメラに向かっていて、何百万の人が見ていようが、だれひとり見ていまいがかまわず、話しはじめるのだった。話はサリンジャーのことだった。彼が自分にとってどんな意味をもっていたか、彼からなにをもらったかを語っていた。彼の著作が自分の人生に影響をあたえ、彼がいなくなって寂しいという気持ちを、どうしても伝えなくてはと感じていたのだ。

それから、無数の人びとが直感的に申し合わせでもしたかのように、どのヴィデオでもおなじ反応が自然発生的に見られるようになった。どの人もカメラのまえで本をとりあげて朗読しはじめるのだ。

彼らは『フラニーとゾーイー』を朗読した。「シーモア――序章」の一節を朗読した。『ナイン・ストーリーズ』も朗読した。しかし、とりわけ『キャッチャー・イン・ザ・ライ』を朗読していた。結果はめざましいものだった。数百人の読者が同時にホールデン・コールフィールドの言葉を読みあげるのだ。その声は早口で興奮してうわずることもあったが、つねに心に響き、だれもが自分はひとりではないことを意識しているようだった。

J・D・サリンジャーの人生を検討する、あるいは評価するとすれば、まず彼の人生をその複雑さにおいて考えなければならない。彼のなかには勇敢な兵士がいて、失格した夫がいて、自己防衛的な隠遁者に屈した創造者がいた。

人間の性格のなかには、自分があがめてきた偶像を破壊させようとするなにかがある。我われは自分が讃美する人びとを実体以上に持ち上げておきながら、自分が強要したその高みを嫌悪するかのように、引きずりおろさなくてはと思ってしまう。自分の偶像を破壊する衝動は自分のなかにあるが、そのおなじ自分がなにかあがめるものをつねに求めているのだ。

少なくとももしばらくのあいだ、サリンジャーは自分をアメリカの予言者、都会の荒野で叫ぶ声だと考えていたかもしれない。こんにちでは彼はその予言が短かったことで記憶され、予言をつづけなかったことで叱責され、彼が世にあたえたものより世に負うものが多かったとでもいうようだ。しかし、自分の作品のなかのおだやかな悟りのように神秘的ともいえるやり方で、J・D・サリンジャーは作家としてその義務を果たしたことを、予言者として天職を全うしたことを、過ぎゆく時があきらかにしてくれるだろう。そのあとの責務は我われに委ねられている。このようにして、サリンジャーの物語は完成を目指して作家から読者へと引き継がれていくのだ。J・D・サリンジャーの人生の悲しみと未完成を、著作にこめられた思いとともに検証することによって、我われは自分自身の人生を再検討し、自分自身の人間関係を見なおし、自分自身の誠実さをたしかめてみなくてはならない。

訳者あとがき

本書はケネス・スラウェンスキーの*J.D. Salinger: A Life Raised High*（Pomona Books, 2010）の全訳である。ただし、厳密には翌年に加筆修正されてランダムハウスから出た*J.D. Salinger: A Life*（Random House, 2011）を底本としている。著者スラウェンスキーはニュージャージー州の人で、2004年からサリンジャーの人と作品に関するウェブサイトをつづけている熱心なサリンジャー・ファンである。本書を出すまえの研究歴についてははっきりしないが、この本がイギリスの無名の出版社から出版されるとたちまち評判をよび、サリンジャーの伝記を出版した実績のある本国アメリカの大手出版社のランダムハウスから出ることになった。2012年には15ヶ国語に翻訳され、20ヶ国で発売されたかと思うと、ヒューマニティーズ・ブック賞を受賞した。アメリカをはじめ各国の新聞、雑誌でとりあげられ、まさに本書でデビューしたサリンジャー研究者ということになる。

2010年1月27日に91歳の生涯を閉じたJ・D・サリンジャーは、1965年に最後の作品を発表していらい、45年の長きにわたって沈黙を守っていて、文字どおり引退した身だったが、それでも彼の死は全世界で大きく報じられた。それは、彼がまだ作品を発表していて人気絶頂だった1953年にニューハンプシャー州コーニッシュの山中に移り住んで、世間との交わりを絶ち、その私生活が謎につつまれていたからでもあった。そもそもコーニッシュに隠棲するまえから、自分の生い立ちや家族のことはほとんど語らず、彼の人生は不明なことだらけだった。

それでも1951年に、出版されることになった『キャッチャー・イン・ザ・ライ』がブック・オブ・ザ・マンス・クラブの推薦図書になって、友人でもあったニューヨーカー誌の編集者ウィリアム・マックスウェルによるインタヴュー記事が出て、サリンジャーの出自がすこしはあきらかになった。ファンが訪ねてくることを恐れたサリンジャーは、この記事で紹介された自宅からすぐに引っ越した。

その後1953年の『ナイン・ストーリーズ』や1961年の『フラニーとゾーイー』が評判になると、研究者やジャーナリストたちが彼のことを調べはじめたが、コーニッシュの山中にこもったサリンジャーの私生活を護る壁は厚く、その調査は困難をきわめた。マスコミの攻勢は、1960年のニューズウィーク誌が最初だった。「ミステリアス・J・D・サリンジャー」と題されたその特集記事は、コーニッシュの自宅まで記者を派遣して取材した大がかりなものだったし、その翌年の61年にもニューヨーク・ポスト・マガジン誌、タイム誌、ライフ誌などがこぞって特集を組んだ。しかしいずれも、本人のインタヴューはおろか家族や友人たちの協力も得られず、これといった新事実があきらかになることはなかった。一連のマスコミ攻勢も「謎の人サリンジャー」の印象をつよめただけだった。

それでも、その後サリンジャーの伝記がいくつか出ているので、本書と比較するためにも、その代表的なものを紹介しておこう。まず最初にあげたいのはウォーレン・フレンチのJ. D. Salinger（Twayne, 1963. 田中啓史訳『サリンジャー研究』荒地出版社、1979年）だ。これはサリンジャーの総合的な研究書だが、伝記的な資料としては長いあいだ唯一といえるものだった。しかし、なんといっても情報が少なすぎて、ヘミングウェイがサリンジャーの目の前でニワトリの頭を拳銃で撃ち飛ばしたなどという、その後伝説ともなった不たしかなエピソードも含まれている。この本は伝記的な事実より、作品の解釈に魅力のある批評書である。

次に紹介するイアン・ハミルトンの *In Search of J. D. Salinger* (Random House, 1988. 海保眞夫訳『サリンジャーをつかまえて』文春文庫、1998年)は、初めて関係者の証言を集め、書簡を調査した本格的な伝記だ。しかし、サリンジャーの手紙の引用をめぐる裁判で敗訴して改訂するまえの本のタイトルが *J. D. Salinger : A Writing Life*(『J・D・サリンジャー：執筆の人生』)であったことからわかるように、サリンジャーが作品を発表していた1965年までをあつかったもので、沈黙を守った後半生は無視している。この改訂版ではサリンジャーの手紙の引用が大幅に制限されたが、この裁判以後、一般の研究者がサリンジャーの手紙に自由にアクセスできるようになったことが、この本の最大の功績かもしれない。

ポール・アレクサンダーの *Salinger: A Biography* (Renaissance Books, 1999. 田中啓史訳『サリンジャーを追いかけて』DHC、2003年)はサリンジャーの人生の後半までを追った初の本格的伝記である。著者が学者というよりジャーナリストであるため、作品の解釈に疑問が残る部分もあるが、ハミルトンのものよりかなり詳しく細かい事実が紹介されていて、この本にしかない情報も豊富で読みごたえがある。

マーガレット・A・サリンジャーの *Dream Catcher* (Washington Square Press, 2000. 亀井よし子訳『我が父サリンジャー』新潮社、2003年)は、ここで紹介する本のなかではもっともすばらしいものだ。娘の目から見た父サリンジャーを伝えるもので、伝記ではないからサリンジャーの生い立ちなどほかの伝記にある情報が欠けているのは当然だが、それを補ってあまりある魅力たっぷりの本だ。身内の者、たとえば著者の祖母（つまりサリンジャーの母親）や伯母（サリンジャーの姉）しか知りえない情報は貴重で信頼できるものであり、そのなかには、作家の幼年時代の行動が作品にそのままエピソードとして使われていることを教えてくれるものもある。

著者本人が見聞きしたことでいくつか例をあげれば、離婚後に子供たちの養育費や教育費などを出し惜しむサリンジャーの姿や、食物や医療にたいする過剰とも思える自然信仰（重病の娘を医者にみせず、危機一髪のこともたびたび）は、娘の実体験として信憑性がある。また、この本から多くの情報を得ている本書の著者スラウェンスキーも書くことを避けている、サリンジャーの少女趣味についても、具体的な目撃例をあげている。離婚後に父に同行してスコットランドに旅したとき、中学生だった著者は父と10代の少女とのデートを目撃しているし、自分とほぼ同世代の女子大生ジョイス・メイナードと父の同棲生活についても報告している。そのほか、サリンジャーの女性蔑視の姿勢、少女趣味、カルト的な信仰の態度を糾弾するなど、あえてきびしい目で父親を見すえ、父親の呪縛から逃れようと苦闘する著者の姿が胸をうつ力作である。

さて、本書はサリンジャーの死後はじめての伝記で、サリンジャーの誕生から死までの全人生をカバーした初の伝記ということになる。しかも大判の原書で450ページにおよび、翻訳でも原稿用紙1500枚になるという圧倒的なヴォリュームの本だ。それは伝記的な事実を詳細に調査して記述しているだけでなく、サリンジャーの作品を4冊の単行本『キャッチャー・イン・ザ・ライ』、『ナイン・ストーリーズ』、『フラニーとゾーイー』、『大工よ、屋根の梁を高く上げよ シーモア——序章』だけでなく、雑誌に発表されたままになっている単行本未収録の初期短編や、原稿のままで活字になっていない未発表の作品まで網羅的に紹介し、その時どきの作者の人生との関わりを論じるという、これまでだれもやっていない試みをしているからだ。幸い訳者は単行本未収録作品、未発表作品の原稿、および本書で言及されているサリンジャーの手紙（ウィット・バーネット、ヘミングウェイ、エリザベス・マレーなどとの私信）は、ほとんどすべてのコピーを所持しているので、訳出にあたってていねいに検討することができた。

本書が、たとえばここで紹介した先人の研究などに負うところが多いのは当然だが、それらの情報を鵜呑みにせず、あらためて追跡調査をしてたしかめ、より詳しい新事実を発見しているところに価値がある。たとえば、サリンジャーの娘マーガレットがあきらかにした、最初の妻シルヴィアがドイツ人だったという事実について、本書は、終戦直後アメリカの軍人はドイツ人女性との結婚が禁じられていたのに、サリンジャーはドイツ人スパイの取調べ官という自分の立場を利用して、彼女のフランス国籍のパスポートを偽造して結婚したという衝撃的事実をあきらかにしている。また離婚後ヨーロッパに帰国したシルヴィアが10年後にアメリカで再婚し、定住したことまで詳しく報告しているのだ。

ただみずからサリンジャーのウェブサイトを主催するほどのサリンジャー・ファンを自認する著者は、サリンジャーに関する否定的、批判的な見方には与《くみ》しない。たとえば、娘のマーガレットが証言する10代の少女との交際には触れないし、作品の解釈では、とくに批判がきびしくなっていったグラス家物語の後半の作品にたいしても終始肯定的な態度を崩さないが、それはそれでこの著者の姿勢として了解し、読者は自分なりの解釈をすればよいと思う。

さらに本書のすぐれた特徴をいくつか述べるとすれば、まずサリンジャーの両親、およびその家系にかなりのページを割いていることで、なかでも母親がアイルランド系だとする従来の説には、国勢調査などの具体的資料を駆使して反論している。また、第2次世界大戦に関しては膨大な資料を駆使していて、本書の最大の読みどころといってもいい。アメリカ各地のキャンプでの訓練およびヨーロッパでの実戦体験の部分はまるで戦記ものを読んでいるような迫力があり、その悲惨さと後の人生におよぼした影響の大きさが実感できる。

これまでは作家サリンジャーを理解するうえで大切な編集者のことが無視、あるいは軽視されがちだったが、本書では育ての親とでもいうべきストーリー誌のウィット・バーネット、アドバイザーであり生涯の友ともなったニューヨーカー誌の編集者たち、イギリスの出版社ヘイミッシュ・ハミルトン社のジェイミー・ハミルトンなどとのやりとりが詳しく語られ、その時どきの作品をめぐる確執をつうじてサリンジャーの姿勢や作品の本質がみえてくることが多い。

全体として、本書はサリンジャーに関する新事実をたっぷり教えてくれる伝記として、サリンジャーの全作品を細かく紹介し、その解釈へと導いてくれる案内書として、これからのサリンジャー研究にはなくてはならないものになるだろう。

本書はかなり長大な本であり、ある伝記上の事実が異なるトピックを論じる際にくりかえされて重複したり、いくつかの事実の記述が前後することがある。そのためわかりやすいように年譜を作成して巻末に付した。時系列的にわかりづらいと感じたり、事実の前後関係をたしかめたいときに参照していただけると便利かと思う。

本書のなかでエミリー・ディキンソンの詩について、アメリカの詩を研究している江田孝臣さんに専門家らしいアドバイスをいただいた。またサリンジャーのヨーロッパでの従軍体験の部分で、ドイツの地名、人名に関して、青山学院大学でドイツ語を教えておられる柴田教昭さんにていねいに教えていただいた。また小林智之さんには本書翻訳の機会をあたえていただき、晶文社の斉藤典貴さんには本の完成まですっかりお世話になった。いずれの方々にも心から感謝したい。どうもありがとうございました。

２０１３年６月　田中啓史

第1章　坊や《サニー》

[1] J.D.Salinger, *Raise High the Roof Beam, Carpenters and Seymour—An Introduction*, Little Brown and Company, p. 144.（野崎孝・井上謙治訳『大工よ、屋根の梁を高く上げよ　シーモア――序章』新潮文庫、1980年、p157）

[2] J.D.Salinger, *Raise High*… Little Brown, p.177.（『大工よ……』、p195）

[3] ソロモン・サリンジャーの出生証明書。クリーヴランド市保険局。1887年3月16日。この書類によれば、ファニーは22歳、サイモンは26歳である。両親の生地は「ロシアのポラニア」となっているが、これは当時リトアニアがロシア帝国の一部だったから。さらに、サリンジャー家の住所はクリーヴランド市ヒルストリート72番地となっていて、この住所は現在ない。

[4] Paul Alexander, *Salinger—a Biography*, Renaissance Books,1999, p.31.（田中啓史訳『サリンジャーを追いかけて』DHC、2003年、p33）

[5] 同右。

[6] 社会保障番号・死亡記録：107-38-2023、ミリアム・ジリック・サリンジャー。この社会保障および国勢調査の記録によれば、サリンジャーの母は1891年生まれとなっているが、ミリアム自身は1882年と主張することが多かった。

[7] 第12回国勢調査：1900年。

[8] 第13回国勢調査：1910年。

[9] 第14回国勢調査：1920年。

[10] シドニー・サリンジャーから著者への書簡。2005年12月26日。

[11] 第14回国勢調査：1920年。

[12] 選抜徴兵登録、1917年10月5日。この登録は第一次世界大戦用のもので、30歳当時の身体検査も記録されている。

[13]『1930年キャンプ・ウィグワム年報』p65。

[14] 1932―1933年度ジェローム・サリンジャー内申書。マクバーニー校。イアン・ハミルトンの調査書類のなかのコピー。

[15] サリンジャーからジェフリー・ディックスへの書簡。1993年7月。

[16] リチャード・ゴンダーからイアン・ハミルトンへの書簡。1985年3月。

[17] J.D.Salinger, "Class Prophecy," *Crossed Sabres*, 1936 Valley Forge Military Academy Yearbook.

[18] J.D.Salinger, "A Girl I Knew," *Good Housekeeping* 126 (February 1948), p.37.

[19] J.D.Salinger, "Contribution," *Story* XXV (November-December 1944), p.1.

[20] William Maxwell, "J. D. Salinger," *Book of the Month Club News*, July 1951.

[21] フランシス・グラスモイヤーからイアン・ハミルトンへの書簡。1985年2月12日。

[22] J.D.Salinger, "Musings of a Social Soph, The Skipped Diploma," *The Ursinus Weekly*, Monday, 10 October, 1938, p.2.

第2章　抱いた夢

[1] ウィット・バーネットからサリンジャーへの書簡。1959年11月7日。

[2] J.D.Salinger, "Early Fall in Central Park," 1939. Charles Hanson Towne Papers(1891-1948). New York Public Library, Manuscripts and Archives Division.

[3] J.D.Salinger, "A Salute to Whit Burnett," *Fiction Writer's Handbook*, Hallie and Whit Burnett, New York: Harper and Row, 1975.

[4] サリンジャーからウィット・バーネットへの書簡。1939年11月21日。

[5] Whit Burnett, *Fiction Writer's Handbook*.

[6] サリンジャーからウィット・バーネット

への書簡。1940年4月17日。
[7] サリンジャーからウィット・バーネットへの書簡。1939年11月21日。
[8] サリンジャーからウィット・バーネットへの書簡。1940年1月28日。
[9] 同右。
[10] ウィット・バーネットからサリンジャーへの書簡。1940年2月28日。
[11] ウィット・バーネットからサリンジャーへの書簡。1940年4月18日。
[12] サリンジャーからウィット・バーネットへの書簡。1940年4月19日。
[13] サリンジャーからウィット・バーネットへの書簡。1940年5月16日。
[14] サリンジャーからウィット・バーネットへの書簡。1940年9月4日。
[15] サリンジャーからウィット・バーネットへの書簡。1940年9月6日。
[16] サリンジャーからウィット・バーネットへの書簡。1940年9月4日。
[17] サリンジャーからウィット・バーネットへの書簡。1940年9月6日。
[18] 乗船者リスト（乗組員）。SSクングショルム号。1941年3月6日。
[19] サリンジャーからヴァレーフォージ校長ミルトン・G・ベイカー大佐への書簡。1941年12月12日。
[20] J.D.Salinger, "The Ocean Full of Bawling Balls," Unpublished, 1944,p. 1.
[21] サリンジャーからウィット・バーネットへの書簡。1943年6月。
[22] グロリア・マレーからイアン・ハミルトンへの書簡。1984年。
[23] Jane Scovell, Oona Living in the Shadows: *A Biography of Oona O'Neill Chaplin*, New York: Warner, 1998, p.87.
[24] Ian Hamilton, *J.D.Salinger: A Writing Life* (Unpublished October Galley), New York: Random House, 1986, p.54.
[25] カート・M・シーモン（ストーリー誌の編集者）からハロルド・オーバーへのメモ。1941年8月11日。
[26] J.D.Salinger, "The Heart of a Broken Story," *Esquire XVI* (September 1941),p.32.
[27] サリンジャーからウィット・バーネットへの書簡。1942年1月22日。
[28] 同右。
[29] Ben Yagoda, *About Town: The New Yorker and the World It Made*. Cambridge: Da Capo Press, 2001, p.233.
[30] ジョン・モッシャーからハロルド・オーバーへの書簡。1941年2月14日。
[31] サリンジャーからエリザベス・マレーへの書簡。1941年10月31日。
[32] 同右。
[33] 同右。
[34] サリンジャーからハーブ・カウフマンへの書簡。1943年7月。
[35] J.D.Salinger, "Slight Rebellion off Madison," *The New Yorker* (December 1946), pp.76-79.

第3章　迷い

[1] サリンジャーからウィット・バーネットへの書簡。1942年1月11日。
[2] 同右。
[3] サリンジャーからウィット・バーネットへの書簡。1942年1月2日。
[4] ウィリアム・マックスウェルからハロルド・オーバーへの書簡。1942年2月26日。
[5] サリンジャーからウィット・バーネットへの書簡。1942年1月2日。
[6] ウィリアム・マックスウェルからハロルド・オーバーへの書簡。日付なしだが、1942年2月以降。
[7] サリンジャーからミルトン・ベイカー大佐への書簡。1941年12月12日。
[8] 合衆国公文書記録管理部・兵籍記録：ジェローム・デイヴィッド・リリンジャー、32325200。
[9] J.D.Salinger, "The Last and Best of the Peter Pans," Unpublished. 1942.
[10] 合衆国公文書記録管理部・兵籍記録：ジェ

ローム・デイヴィッド・サリンジャー、32325200

[11] サリンジャーからウィット・バーネットへの書簡。6月8日。

[12] ミルトン・ベイカー大佐からコリンズ大佐への書簡。1942年6月5日。

[13] ウィット・バーネットからコリンズ大佐への書簡。1942年7月1日。

[14] サリンジャーからランディ・トループへの書簡。1969年12月4日。タラは『風と共に去りぬ』に登場する農園の名前。

[15] サリンジャーからウィット・バーネットへの書簡。1942年9月3日。

[16] ウィット・バーネットからドロシー・オールディングへの書簡。1942年11月25日。

[17] サリンジャーからウィット・バーネットへの書簡。日付なしだが、1942年9月以降。

[18] Truman Capote, "La Cote Basque," *Unanswered Prayers*, 1994. 最初の発表はエスクワイア誌1975年11月号。

[19] サリンジャーからウィット・バーネットへの書簡。日付なしだが、1943年3月。

[20] サリンジャーからエリザベス・マレーへの書簡。1942年12月27日。

[21] サリンジャーからウィット・バーネットへの書簡。日付なしだが、1942年のクリスマス以降か1943年初頭。

[22] 同右。

[23] J.D.Salinger, "The Varioni Brothers," *Saturday Evening Post* CCXVI (17 July 1943), pp.12-13, 76-77.

[24] サリンジャーからウィット・バーネットへの書簡。日付なしだが、1942年のクリスマス直後。

[25] サリンジャーからウィット・バーネットへの書簡。日付なしだが、1943年3月。

[26] サリンジャーからエリザベス・マレーへの書簡。1941年10月31日。

[27] サリンジャーからエリザベス・マレーへの書簡。1943年1月11日。

[28] サリンジャーからウィット・バーネットへの書簡。日付なしだが、1943年7月。

[29] J.D.Salinger, "Soft-Boiled Sergeant," *Saturday Evening Post*, CCXVI, (15 April, 1944), pp.18, 32, 82-85.

[30] J.D.Salinger, *Raise High the Roof Beam, Carpenters and Seymour—An Introduction*, Boston: Little, Brown & Company, 1991, p. 163.（野崎孝・井上謙治訳、『大工よ、屋根の梁を高く上げよ シーモア——序章』、新潮文庫、1980年、p184）

[31] サリンジャーからエリザベス・マレーへの書簡。1941年10月31日。

[32] サリンジャーからウィット・バーネットへの書簡。日付なしだが、1943年6月。

[33] 同右。

[34] ジョー・アルファンダー（ローリーン・パウェルの息子）から著者への書簡。2005年1月2日。

[35] J.D.Salinger, "Two Lonely Men," Unpublished. 1944.

[36] J.D.Salinger, "Both Parties Concerned," *Saturday Evening Post*, CCXVI (26 February 1944), pp.14, 47-48.

[37] サリンジャーからウィット・バーネットへの書簡。1943年7月1日。

[38] サリンジャーからウィット・バーネットへの書簡。日付なしだが、1943年6月

[39] サリンジャーからハーブ・カウフマンへの書簡。1943年6月7日。

[40] サリンジャーからエリザベス・マレーへの書簡。1943年6月。

[41] J.D.Salinger, "Elaine," Story XXV March/ April 1945, pp. 38-47.

[42] サリンジャーからハーブ・カウフマンへの書簡。日付なしだが、1943年の晩夏。

[43] 同右。

[44] ジェイムズ・H・ガードナー大尉からウィット・バーネットへの書簡。1943年7月15日。

[45] サリンジャーからウィット・バーネットへの書簡。日付なしだが、1943年10月3

日の週。
[46] 同右。
[47] J. D. Salinger, "Last Day of the Last Furlough," *Saturday Evening Post CCXVII* (15 July 1944), pp.26-27, 61-62, 64.
[48] 同右。

第4章　旅立ち

[1] サリンジャーからバーネットへの書簡。1941年10月3日。
[2] ストーリー出版社の社内メモ。1943年後半から1944年前半。
[3] バーネットからハロルド・オーバーへの書簡。1943年12月9日。
[4] バーネットからハロルド・オーバーへの書簡。1944年2月3日。
[5] サリンジャーからバーネットへの書簡。1944年1月14日。
[6] サリンジャーからウォルコット・ギブスへの書簡。1944年1月20日。
[7] サリンジャーからハーブ・カウフマンへの書簡。日付なしだが1943年晩夏。
[8] ウィリアム・マックスウェルからドロシー・オールディングへの書簡。1944年2月4日。
[9] Margaret Salinger, *Dream Catcher*, New York: Washington Square Press, 2000, pp.50,53.（亀井よし子訳『我が父サリンジャー』新潮社、2003年、p65、p68）
[10] J.D.Salinger, "For Esmé—with Love and Squalor," *The New Yorker*, 8 April, 1950, pp.28-36.（野崎孝訳『ナイン・ストーリーズ』新潮文庫、p129—p168。柴田元幸訳『ナイン・ストーリーズ』ヴィレッジブックス、2009年、p148—p187）
[11] サリンジャーからバーネットへの書簡。1944年3月13日。
[12] サリンジャーからバーネットへの書簡。1944年3月19日。
[13] サリンジャーからバーネットへの書簡。1944年5月2日。この短編では2つの題名、"The Children's Echelon"（子供たちの部隊）と"Total War Diary"（総力戦日記）を用いている。この作品は活字になっていないので、現在ではこの2つの題名で知られている。
[14] J.D.Salinger, "The Children's Echelon," 未発表だが1944年春。
[15] ストーリー出版社の社内メモ。1944年。
[16] サリンジャーからバーネットへの書簡。1944年4月22日。
[17] バーネットからサリンジャーへの書簡。1944年4月14日。
[18] サリンジャーからバーネットへの書簡。1944年3月19日。
[19] J.D.Salinger, "Two Lonely Man," 未発表だが、1944年春。
[20] 大歩兵師団本部年次報告。師団軍医事務所。1945年1月10日、p2。
[21] Ralph C. and Oliver E. Green, "What Happened Off Devon," *American Heritage*, February 1985.
[22] Gordon A. Harrison, "Chapter VIII: The Sixth of June," *Cross Channel Attack*, Washington: 2002 (2951 Center Of Military History United States Army.
[23] サリンジャーからバーネットへの書簡。1944年5月2日。
[24] バーネットからサリンジャーへの書簡。1944年4月14日。
[25] 同右。
[26] サリンジャーからバーネットへの書簡。1944年5月2日。
[27] J.D.Salinger, "I'm Crazy," *Collier's CXVI* (December 22, 1945), pp.36, 48, 51.

第5章　地獄

[1] Margaret Salinger, *Dream Catcher*, New York: Washington Square Press, 2000, p.53.（亀井よし子訳『我が父サリンジャー』新潮社、2003年、p69）
[2] Richard Firstman, "Werner

Kleeman's Private War," *The New York Times*, 11 November, 2007.
［3］合衆国軍事歴史資料センター、「６月６日」。
［4］Margaret Salinger, *Dream Catcher*, p.45.（『我が父サリンジャー』、ｐ43）
［5］合衆国軍事歴史資料センター、第４歩兵師団戦闘報告（以後ＵＳＡＣＭＨと略）、１９４４年６月６日より１９４５年６月。１９４４年６月８日の師団報告。
［6］ジム・マッキー軍曹、第12歩兵連隊第３大隊。２００３年１月12日。
［7］ＵＳＡＣＭＨ—１９４４年６月12日の第４歩兵師団報告。
［8］サリンジャーからバーネットへの書簡。１９４４年６月12日。
［9］ＵＳＡＣＭＨ—１９４４年６月25日の第４歩兵師団報告。
［10］バーネットからハロルド・オーバーへの書簡。１９４４年６月９日。
［11］同右。
［12］サリンジャーからバーネットへの書簡。１９４４年６月28日。
［13］サリンジャーからエリザベス・マレーへの書簡。１９４５年９月25日。
［14］チャールズ・Ｒ・コービン（３９１野戦砲大隊第３装甲師団）
［15］ＵＳＡＣＭＨ—１９４４年８月25日の第４歩兵師団報告。
［16］サリンジャーからバーネットへの書簡。１９４４年９月９日。
［17］同右。
［18］サリンジャーからアーネスト・ヘミングウェイへの書簡。１９４５年７月27日。
［19］大文字はバーネットによる。
［20］サリンジャーからエリザベス・マレーへの書簡。１９４５年12月30日。
［21］J.D.Salinger, "The Magic Foxhole." 未発表だが１９４４年。
［22］ＵＳＡＭＨ、１９４４年６月６日より１９４５年６月。
［23］Colonel Gerden E. Johnson, *History of the Twelfth Infantry Regiment in World War II*, Boston: National Fourth Division Association, 1947, pp.215-216.
［24］シェルビー・Ｗ・ウッド、第４歩兵師団第12歩兵連隊歩兵中隊１、２０００年12月15日。
［25］Hugh M. Cole, *The Ardennes: Battle of Bulge*, USACMH Publication, November 2000, p. 238.
［26］ＵＳＡＣＭＨ—１９４４年10月の第４歩兵師団報告。
［27］Margaret Salinger, *Dream Catcher*, p. 65.（『我が父サリンジャー』、ｐ81）
［28］Marc Pitzke, "Verschollene Salinger-Briefe:Wir gingen durch die Hölle" (Unknown Salinger Letters:"We Went Through Hell"), *Der Spiegel*, March 17, 2010, www.spiegel.de/kultur/0,1518,683492,00.html.
［29］サリンジャーからワーナー・クリーマンへの書簡。１９４５年４月25日。
［30］J.D.Salinger, "Contributors," *Story*, November-December 1944, p.1.
［31］Phoebe Hoban, "The Salinger File," *New York Magazine*, 15 June, 1987, p.40.
［32］J.D.Salinger, "A Boy in France," *Saturday Evening Post CCXVII* (March 31, 1945), pp.21, 92.
［33］J.D.Salinger, *Raise High the Roof Beam, Carpenters and Seymour—An Introduction*, Boston : Little Brown and Company, 1991, p.121.（野崎孝・井上謙治訳『大工よ、屋根の梁を高く上げよ　シーモア——序章』新潮文庫、１９８０年、ｐ１３４）
［34］Hugh M. Cole, *The Ardennes: Battle of Bulge*. Washington: Department of the Army, 1965, p.238.
［35］ＵＳＡＣＭＨ—１９４４年12月16日の第４歩兵師団報告。
［36］Hugh M. Cole, *The Ardennes: Battle of Bulge*. Washington: Department of the Army, 1965, pp.242-257.
［37］ウィット・バーネット、ストーリー出版

社社内メモ。１９４５年１月９日。
[38] J.D.Salinger, "This Sandwich Has No Mayonnaise," *Esquire XXIV* (October 1945), pp.54-56, 147-149.
[39] サリンジャーからエリザベス・マレーへの書簡。１９４５年９月25日。
[40] J.D.Salinger, *Raise High the Roof Beam, Carpenters and Seymour – An Introduction*, p.202.（『大工よ、屋根の梁を高く上げよ』、ｐ２２２）
[41] J.D.Salinger, "The Ocean Full of Bowling Balls." 未発表、日付なしだが１９４４年。
[42] イマムラ・イチローの日記。１９４５年４月29日。
[43]「強制収容所名簿」、『ユダヤ人コンピューター図書館』、アメリカ・イスラエル協同企画。２００８年。
[44] Margaret Salinger, *Dream Catcher*, p.156.（『我が父サリンジャー』、ｐ１７４）
[45] サリンジャーからハーブ・カウフマンへの書簡。１９４３年６月７日。
[46] Ian Hamilton, *Salinger, A Writing Life*.（未出版、10月ゲラ）、１９８６年。
[47] サリンジャーからエリザベス・マレーへの書簡。１９４５年３月13日。
[48] Donald M. Fiene, *A Bibliographical Study of Salinger: Life, Work, and Reputation*, 1962.
[49] J.D.Salinger, "Backstage with Esquire," *Esquire*, 24 October, 1945, p.34.
[50] サリンジャーからアーネスト・ヘミングウェイへの書簡。１９４５年７月27日。
[51] J.D.Salinger, "The Stranger," *Collier's CXVI* (1 December 1945), pp.18, 77.

第６章　贖罪

[1] サリンジャーからアーネスト・ヘミングウェイへの書簡。１９４５年７月27日。
[2] サリンジャーからエリザベス・マレーへの書簡。１９４５年12月30日。
[3] "Manifest of Alien Passengers," *SS Ethan Allen*, 28 April, 1946.
[4] Margaret Salinger, *Dream Catcher*, New York: Washington Square Press, 2000, p.71.（亀井よし子訳『我が父サリンジャー』新潮社、２００３年、ｐ86）
[5] Paul Alexander, *Salinger: A Biography*. Los Angeles: Renaissance Books, 1999, p.113.（田中啓史訳『サリンジャーを追いかけて』ＤＨＣ、２００３年、ｐ１１７）
[6] サリンジャーからエリザベス・マレーへの書簡。１９４５年９月25日。
[7] 同右。
[8]『第二次世界大戦における防諜部隊の歴史と使命』、（ボルティモア：防諜部隊学校編、１９５９年）
[9] バジル・ダヴェンポートからサリンジャーへの書簡。１９４６年３月28日。バジル・ダヴェンポート文書。イェール大学バイネキー稀覯本・原稿蔵書室。
[10] "List of United States Citizens," *SS Ethan Allen*, 10 May, 1946.
[11] J.D.Salinger, "Birthday Boy". 日付なしだが１９４６年。未発表原稿。テキサス大学オースティン校、ランサム・センター。
[12] ウィット・バーネットからドロシー・オールディングへの書簡。１９６３年12月５日。
[13] Phoebe Hoban, "The Salinger File," *New York Magazine*, 15 June, 1987, p.40.
[14] サリンジャーからエリザベス　マレーへの書簡。１９４５年９月25日。
[15] William Maxwell, "J. D. Salinger," *Book of Month Club News*, July 1951.
[16] "Backstage with Esquire," *Esquire*, 24 October, 1945, p.34
[17] J.D.Salinger, *Raise High the Roof Beam, Carpenters and Seymour—An Introduction*, Boston: Little, Brown and Company, 1991, p.196.（野崎孝・井上謙治

訳『大工よ、屋根の梁を高く上げよ　シーモア――序章』新潮文庫、1980年、p215）
[18] Phoebe Hoban, "The Salinger File," *New York Magazine*, 15 June, 1987, p.41.
[19] "Sony: An Introduction," Time. September 15, 1961.
[20] A. E. Hotchner, *Choice People*, New York: William Morrow & Company, 1984, pp. 65-66.
[21] 同右。
[22] J.D.Salinger, "The Inverted Forest," *Cosmopolitan* (December 1947), pp73-109.

第7章　自立

[1] サリンジャーからエリザベス・マレーへの書簡。1945年5月13日。
[2] サリンジャーからハーブ・カウフマンへの書簡。日付なしだが、1943年晩夏。
[3] サリンジャーからウィリアム・マックスウェルへの書簡。1946年11月19日。
[4] サリンジャーからエリザベス・マレーへの書簡。1947年8月14日。
[5] Ben Yagoda, *About Town: The New Yorker and the World It Made*, Cambridge: Da Capo Press, 2001, pp.205-206.
[6] J. D. Salinger, "A Perfect Day for Bananafish," *The New Yorker*, 31 January, 1948, pp.21-25.（野崎孝訳『ナイン・ストーリーズ』新潮文庫、1974年、p9―32。柴田元幸訳『ナイン・ストーリーズ』ヴィレッジブックス、2009年、p7―p33）
[7] J.D.Salinger, *Raise High the Roof Beam, Carpenters and Seymour—An Introduction*, Boston: Little Brown and Company, 1991, p.13.（野崎孝・井上謙治訳『大工よ、屋根の梁を高く上げよ　シーモア――序章』新潮文庫、1980年、p126―p127）
[8] サリンジャーからエリザベス・マレーへの書簡。1948年11月29日。
[9] ドロシー・オールディングからウィット・バーネットへの書簡。1947年4月11日
[10] J.D.Salinger, "A Girl I Knew," *Good Housekeeping* 126 (February 1948), p.37, pp.186-196.
[11] J.D.Salinger, "Blue Melody," *Cosmopolitan, CXXV* (September 1948), pp.50-51, 112-119.
[12] J.D.Salinger, "The Inverted Forest," *Cosmopolitan* (December 1947), pp.73-109.
[13] A. E. Hotchner, *Choice People: The Greats, Near-Greats, and Ingrates I Have Known*, New York:William Morrow & Company, 1984, p.66.
[14] Alec Wilkinson, *My Mentor: A Young Man's Friendship with William Maxwell*, Boston: Houghton Mifflin, 2002, pp.58-62.
[15] Ian Hamilton, *Salinger: A Writing Life*. (Unpublished October Galley), New York: Random House, 1986, p.102.
[16] J.D.Salinger, "Uncle Wiggily in Connecticut," *The New Yorker*, March 20, 1948, pp.30-36.（『ナイン・ストーリーズ』新潮文庫、p64。ヴィレッジブックス、p67）
[17] J. D. Salinger, "Just Before the War with the Eskimos," *The New Yorker*, 5 June, 1948, pp.37-40, 42, 46.（『ナイン・ストーリーズ』新潮文庫、p96。ヴィレッジブックス、p89）

第8章　再確認

[1] Margaret Salinger, *Dream Catcher*, New York: Washington Square Press, 2000, pp.17-18.（亀井よし子訳『我が父サリンジャー』新潮社、2003年、p29）
[2] J.D.Salinger, *The Catcher in the Rye*, Boston: Little, Brown and Company, 1991, p.139.（野崎孝訳『ライ麦畑でつかま

えて』白水Uブックス、1984年、p216。村上春樹訳『キャッチャー・イン・ザ・ライ』白水社、2006年、p236）
[3] J.D.Salinger, "Notes on the Holocaust," 1948, Harry Ransom Center, University of Texas at Austin.
[4] Joseph Wechsberg, "The Children of Lidice," *The New Yorker*, 1 May, 1948, p.51.
[5] Paul Alexander, *Salinger: A Biography*, Los Angeles: Renaissance Books, 1999. p.132.（田中啓史訳『サリンジャーを追いかけて』DHC、2003年、p137）
[6] J.D.Salinger, "Down at Dinghy," *Harper's CXCVIII*, April 1949, pp.87-91.（野崎孝訳『ナイン・ストーリーズ』新潮文庫、p120。ヴィレッジブックス、p129）
[7] Truman Capote, "La Cote Basque," *Unanswered Prayers*, London: Plume, 1987.
[8] サリンジャーからエリザベス・マレーへの書簡。1948年11月29日。
[9] サリンジャーからガス・ロブラーノへの書簡。1949年1月14日。
[10] Donald M. Fiene, *A Bibliographical Study of J. D. Salinger: Life, Work, and Reputation*, Louisville: University of Louisville, 1961, p.23.
[11] ガス・ロブラーノからドロシー・オールディングへの書簡。日付なしだが1949年。
[12] サリンジャーからガス・ロブラーノへの書簡。1948年10月12日。
[13] ジョン・アップダイクとの会話から。NPR 1994年。
[14] Martha Foley, *Best American Short Stories of 1950*, Boston: Houghton Mifflin, p.449.
[15] "J. D. Salinger—Biographical," *Harper's CXCVIII* , April 194, p.8.
[16] メアリー・ミリガン（サラ・ローレンス大学秘書）からドナルド・フィーンへの書簡。1971年6月7日。
[17] Ian Hamilton, *J. D. Salinger: A Writing Life*, 1986, p.110.
[18] "Backstage with Esquire," *Esquire, 24 October*, 194, p.34.
[19] Paul Alexander, *Salinger: A Biography*, p.142.（『サリンジャーを追いかけて』、p146）
[20] J.D.Salinger, "For Esmé—with Love and Squalor, "*The New Yorker*, 8 April, 1950, pp.28-36.（『ナイン・ストーリーズ』新潮文庫、p138。ヴィレッジブックス、p149）
[21] サリンジャーからウィット・バーネットへの書簡。1944年3月14日。

第9章　ホールデン

[1] サリンジャーからガス・ロブラーノへの書簡。1950年4月20日。
[2] "Sonny: An Introduction," *Time*, 15 September, 1961.
[3] Ian Hamilton, *In Search of Salinger*. London: Minerva Press, 1988, p.122.（海保眞夫訳『サリンジャーをつかまえて』文春文庫、1998年、p186）
[4] William Maxwell, "Salinger," *Book of Month Club News*, July 1951.
[5] サリンジャーから サタデー・レヴュー誌への書簡。1951年7月14日。p12—13。
[6] ロバート・ジルーからイアン・ハミルトンへの書簡。1984年5月2日。
[7] ジェイミー・ハミルトンからサリンジャーへの書簡。1950年8月10日。
[8] サリンジャーからジェイミー・ハミルトンへの書簡。1951年12月11日。
[9] ジルーからイアン・ハミルトンへの書簡。1984年5月2日。
[10] ドン・コンドンからイアン・ハミルトンへの書簡。1985年8月。
[11] ジェイミー・ハミルトンからジョン・ベチマンへの書簡。日付不明。
[12] ガス・ロブラーノからサリンジャーへの

書簡。1951年1月25日。
[13] Sarah Van Boven, "Judging a Book by its Cover," *Princeton Alumni Weekly*, 10 June, 1998.
[14] サリンジャーからジェイミー・ハミルトンへの書簡。1951年12月11日。
[15] Arthur Vanderbilt, *The Making of a Bestseller*, p.94.
[16] ウィット・バーネットからLittle, Brown & Company 社広報部への書簡。1951年4月6日。
[17] D・アンガス・キャメロンからウィット・バーネットへの書簡。1951年4月14日。
[18] サリンジャーからガス・ロブラーノへの書簡。1951年6月3日。
[19] J.D.Salinger, *The Catcher in the Rye*, Boston: Little, Brown & Company, 1991, p.117.（野崎孝訳『ライ麦畑でつかまえて』白水Uブックス、1984年、p182。村上春樹訳『キャッチャー・イン・ザ・ライ』白水社、2006年、p198）
[20] サリンジャーからガス・ロブラーノへの書簡。1951年6月3日。
[21] サリンジャーからジェイミー・ハミルトンへの書簡（スコットランドのウィリアム駐屯地から）。1951年6月7日。
[22] マウレタニア号の乗船客リスト。1951年7月11日。
[23] "With Love & 20-30 Vision, "*Time*, 16 July, 1951.
[24] James Stern, "Aw, the World's a Crumbly Place," *The New York Times*, 15 July, 1951.
[25] William Maxwell, "J. D. Salinger," *Book of Month Club News*, July 1951.
[26] サリンジャーからドロシー・オールディングへの書簡。1973年9月7日。

第10章 十字路

[1] Joyce Carol Oates, *First Person Singular: Writers on Their Craft* (Windsor: Ontario Review Press, 1983), p.6.
[2] J.D.Salinger, "A Salute to Whit Burnett," *Fiction Writer's Handbook*, Halliet and Whit Burnett, New York: Harper and Row, 1975.
[3] Willim Faulkner, *Faulkner in the University*, Ed., Fredrick L. Gwynn and Joseph L. Blotner, Charlotteville: University of Virginia Press, 1959, 1995.
[4] J.D.Salinger, *The Catcher in the Rye*, Boston: Little, Brown and Company, 1991, p.18.（野崎孝訳『ライ麦畑で捕まえて』白水Uブックス、1984年、p32。村上春樹訳『キャッチャー・イン・ザ・ライ』白水社、2006年、p35）
[5] Margaret Salinger, Dream Catcher, New York: Washington Square Press, 2000, p.11.（亀井よし子訳『我が父サリンジャー』新潮社、2003年、p23）
[6] サリンジャーからエロイーズ・ペリー・ハザードへの書簡。"Eight Fiction Finds", *Saturday Review* 35, 16 February, 1952, p.16.
[7] Ian Hamilton, *In Search of J. D. Salinger*, London: Minerva Press, 1989, p. 127.（『サリンジャーをつかまえて』、p208）
[8] Margaret Salinger, *Dream Catcher*, p.11.（『我が父サリンジャー』、p24）
[9] サリンジャーからジェイミー・ハミルトンへの書簡。1951年8月4日。
[10] サリンジャーからジェイミー・ハミルトンへの書簡。1951年10月17日。
[11] サリンジャーからジェイミー・ハミルトンへの書簡。1951年12月11日。
[12] サリンジャーからガス・ロブラーノへの書簡。日付なしだが、1951年ウェストポートより発信。
[13] ガス・ロブラーノからサリンジャーへの書簡。1951年11月14日。
[14] サリンジャーからガス・ロブラーノへの書簡。1951年11月15日。
[15] J. D. Salinger, "De Daumier-Smith's

Blue Period," *World Review*, 34, May, 1952, pp.33-48.（野崎孝訳『ナイン・ストーリーズ』新潮文庫、１９７４年、ｐ２０５。柴田元幸訳『ナイン・ストーリーズ』、ヴィレッジブックス。２００９年、ｐ２１７）
[16] サリンジャーからジェイミー・ハミルトンへの書簡。１９５１年12月11日。
[17] Thomas Wolfe, "The Virtues of Gutter Journalism," *San Francisco Chronicle*, 17 December, 2000, p.10.
[18] Paul Alexander, *Salinger: A Biography*, Los Angeles: Renaissance Press, 1999, p. 160.（田中啓史訳『サリンジャーを追いかけて』ＤＨＣ、２００３年、ｐ１６６）
[19] Thomas Wolfe, "The Virtues of Gutter Journalism," *San Francisco Chronicle*, 17 December, 2000, p.10.
[20] ウィット・バーネットからサリンジャーへの書簡。１９５２年2月19日。
[21] Ian Hamilton, *J. D. Salinger. A Writing Life* (Unpublished October Galley), New York: Random House, 1986, p.127.
[22] サリンジャーからウィリアム・E・ファーガソンへの書簡。１９５２年6月25日。
[23] ニューヨークのラーマクリシュナ・ヴィヴェーカーナンダ・センター。１９９７年。
[24] Margaret Salinger, *Dream Catcher*, pp.80-82.（『我が父サリンジャー』、ｐ 95—ｐ97）
[25] サリンジャーからガス・ロブラーノへの書簡。１９５１年11月15日。
[26] J. D. Salinger, "Teddy," *The New Yorker*, 31 January, 1953, pp.26-34, 36, 38, 40-41, 44-45.（『ナイン・ストーリーズ』新潮文庫、ｐ２９２—２９３。ヴィレッジブックス、ｐ３１４）
[27] J. D. Salinger, *Raise High the Roof Beam, Carpenters and Seymour – An Introduction*, Boston: Little, Brown and Company, 1991, p.205.（野崎孝・井上謙治訳『大工よ、屋根の梁を高く上げよ　シーモア――序章』新潮文庫、１９８０年、ｐ１９３）

第11章　定住

[1] Sullivan County Regisitry of Deeds, Volume 354, 233.
[2] Ian Hamilton, *J. D. Salinger—A Writing Life*, Random House, New York (Unpublished), 1986, p.138.
[3] ジェイミー・ハミルトンからサリンジャーへの書簡。１９５２年11月25日。
[4] サリンジャーからジェイミー・ハミルトンへの書簡。１９５２年11月17日。
[5] ジェイミー・ハミルトンからサリンジャーへの書簡。１９５２年11月25日。
[6] サリンジャーからガス・ロブラーノへの書簡。１９５３年４月１日。
[7] Charles Poore, "Books of the Time," *New York Times*, 9 April 1953.
[8] Eudora Welty, "Threads of Innocence," *New York Times*, 5 April, 1953.
[9] サリンジャーからロブラーノへの書簡。１９５３年４月１日。
[10] 同右。
[11] Margaret Salinger, *Dream Catcher*, New York: Washington Square Press, 2000, p.83.（亀井よし子訳『我が父サリンジャー』新潮社、２００３年、ｐ98）
[12] "List of In-Bound Passengers," *SS Vulcania*, 16 September, 1953.
[13] J. D. Salinger, *The Catcher in the Rye*, Boston: Little, Brown and Company, 1991, p. 204.（野崎孝訳『ライ麦畑でつかまえて』白水Ｕブックス、１９８４年、ｐ３１７。村上春樹訳『キャッチャー・イン・ザ・ライ』白水社、２００６年、ｐ３４５）

第12章　フラニー

[1] Joanna Mockler, "Life Can Begin at Any Age When You Decide to Make a Difference in the Lives of Others," *The*

Advisor, Summer, 2004, Volume 3, p.3.
［2］"Manifest of Alien Passengers for the United States," *SS Scythia*, 7 July, 1940.
［3］Margaret Salinger, *Dream Catcher*, New York：Washington Square Press, 2000, pp.6-7.（亀井よし子訳『我が父サリンジャー』新潮社、2003年、p17）
［4］サリンジャーからガス・ロブラーノへの書簡。1951年12月15日。
［5］J. D. Salinger, "Franny," *in Franny and Zooey*, Boston: Little, Brown and Company, 1991, p.41.（野崎孝訳『フラニーとゾーイー』新潮文庫、1976年、p54）
［6］サリンジャーからガス・ロブラーノへの書簡。1954年12月20日。

第13章　ふたつの家族

［1］ジェローム・D・サリンジャーとクレア・ダグラスの結婚証明書。ヴァーモント州州務長官事務所。1955年2月17日。
［2］Ian Hamilton, *In Search of J. D. Salinger*, London: Minerva Press, 1988, p.146.（海保眞夫訳『サリンジャーをつかまえて』文春文庫、1998年、p238）
［3］Phoebe Hoban, "The Salinger File," *New York Magazine*, 15 June, 1987, p.41.
［4］M, *The Gospels of Sri Ramakrishna*, Chapter 1: "Master and Diciple".
［5］J.D.Salinger, *Raise High the Roof Beam, Carpenters and Seymour—An Introduction*, Boston: Little, Brown and company, 1987, p.78.（野崎孝・井上謙治訳『大工よ、屋根の梁を高く上げよ　シーモア——序章』新潮文庫、1980年、p78—p79）
［6］J.D.Salinger, *Franny and Zooey* (dust jacket excerpt), Boston: Little, Brown and Company, 1961.

第14章　ゾーイー

［1］"Certificate of Live Birth. State of New Hampshire: Margaret Ann Salinger," 17 December, 1955.
［2］J. D. Salinger, "Raise High the Roof Beam, Carpenters," *Raise High the Roof Beam, Carpenters and Seymour – An Introduction*, Boston: Little, Brown and Company, 1991, p.91.（野崎孝・井上謙治訳『大工よ、屋根の梁を高く上げよ　シーモア——序章』新潮文庫、1980年、p104）
［3］Margaret Salinger, *Dream Catcher*, New York: Washington Square Press, 2000, p.115.（亀井よし子訳『我が父サリンジャー』新潮社、2003年、p128）
［4］サリンジャーからラーニド・ハンドへの書簡。1956年4月16日。
［5］同右。
［6］Sue Publicover, "Still Growing at 91? Windsor Teacher Celebrates 65 Years of Organic Farming," *Vermont Woman*, April 2006, www.vermontwoman.com/articles/0406/organic_gardener.shtml, retrieved April 2006.
［7］サリンジャーからジェイミー・ハミルトンへの書簡。1957年6月19日。
［8］サリンジャーからラーニド・ハンドへの書簡。1956年4月16日。
［9］Mordecai Richler, "The Road to Dyspepsia," *New York Times*, 9 August,1987.
［10］同右。
［11］サリンジャーからK・S・ホワイトへの書簡。1956年3月29日。
［12］サリンジャーからウィット・バーネットへの書簡。1940年2月24日。
［13］サリンジャーから「ミス・ガードーザ」への書簡。1956年4月16日。
［14］ウィリアム・マックスウェルからハロルド・オーバーへの書簡。1956年2月8日。
［15］サリンジャーからジェイミー・ハミルトンへの書簡。1956年4月16日。

[16] 同右。
[17] Ben Yogoda, *About Town: The New Yorker and the World It Made*, Cambridge: Da Capo Press, 2001, p.286.
[18] サリンジャーから「ミス・ガードーザ」への書簡。１９５６年４月16日。
[19] Mel Elfin, "The Mysterious J. D. Salinger," *Newsweek*, 30 May, 1960, pp.92-94.
[20] K・S・ホワイトからサリンジャーへの書簡。１９５６年11月20日。
[21] K・S・ホワイトからサリンジャーへの書簡。１９５７年１月２日。
[22] 同右。
[23] Margaret Salinger, *Dream Catcher*, pp.115-116.（『我が父サリンジャー』、ｐ１２８―ｐ１２９）
[24] ジェリー・ウォルドからH. N. スワンソンへの書簡。１９５７年１月25日。
[25] J. D. Salinger, *Franny and Zooey*, Boston: Little, Brown and Company. 1991, p.51.（野崎孝訳『フラニーとゾーイー』、新潮文庫、１９７６年、ｐ56）
[26] "Backstage with Esquire," *Esquire*, 24 October, 1945, p.34.
[27] Salinger, Franny and Zooey, p.169.（『フラニーとゾーイー』ｐ１９３―ｐ１９４）
[28] Salinger, Franny and Zooey, p.201.（『フラニーとゾーイー』、ｐ２３０）

第15章　シーモア

[1] Paul Alexander, *Salinger: a Biography*, Los Angeles: Renaissance Books, 1999, p.199.（田中啓史訳『サリンジャーを追いかけて』ＤＨＣ、２００３年、ｐ２０８）
[2] サリンジャーからジェイミー・ハミルトンへの書簡。１９５８年６月19日。
[3] 同右。
[4] サリンジャーからロバート・メイチェルへの書簡。１９５８年２月。
[5] サリンジャーからラーニド・ハンドへの書簡。１９５８年１月10日。
[6] サリンジャーからラーニド・ハンドへの書簡。１９５８年10月27日。
[7] Ian Hamilton, *J.D.Salinger: A Writing Life* (Unpublished October galley, 1986).
[8] Ben Yogoda, *About Town: The New Yorker and the World It Made*, Cambridge, Mass.: Da Capo Press, 2000, p.287.
[9] サリンジャーからウォーナー・G・ライス（ミシガン大学英文科主任）への書簡。１９５７年１月10日。
[10] サリンジャーから「ハモンド氏」への書簡。１９５７年６月16日。
[11] サリンジャーから「スティーヴンス氏」への書簡。１９６２年10月21日。
[12] J.D.Salinger, *Raise High the Roof Beam, Carpenters and Seymour—An Introduction*, Boston: Little, Brown and Company, 1991, p.160.（野崎孝・井上謙治訳『大工よ、屋根の梁を高く上げよ　シーモア――序章』新潮文庫、１９８０年、ｐ１７６）
[13] 同右、p.114.（『大工よ……』、ｐ１１７）
[14] サリンジャーからラーニド・ハンドへの書簡。１９５８年４月18日。

第16章　暗黒の頂き

[1] サリンジャーからラーニド・ハンドへの書簡。１９５８年４月18日。
[2] 編集者への手紙、ニューヨーク・ポスト紙、１９５９年12月９日、ｐ49。
[3] ウィット・バーネットからサリンジャーへの書簡。１９５９年11月７日。
[4] ドロシー・オールディングからウィット・バーネットへの書簡。１９５９年11月10日
[5] ヴァーモント州出生証明書、マシュー・ロバート・サリンジャー、１９６０年８月９日。
[6] サリンジャーからラーニド・ハンドへの書簡。１９６０年４月18日。
[7] 同右。
[8] ジェイミー・ハミルトンからイアン・ハミルトンへの書簡。１９８４年６月26日。

[9] J.D.Salinger, *Franny and Zooey*, dedication, Boston: Little, Brown and Company, 1961.（野崎孝訳『フラニーとゾーイー』新潮文庫、1976年、p4）
[10] Mel Elfin, "The Mysterious J.D.Salinger," *Newsweek*, May 30, 1960, pp.92-94.
[11] ニューヨーク・ポスト紙。1961年4月30日。
[12] Donald Fiene, *Bibliographical Study of J.D.Salinger: Life, Work and Reputation*, unpublished thesis Paper, August 26, 1961.
[13] Frederick A. Cowell, Chief, American Specialist Branch, Bureau of Educational and Cultural affairs, to Judge Learned Hand, September 20, 1960.
[14] ラーニド・ハンドからフレデリック・A・コールウェルへの書簡。1960年9月28日。
[15] フレデリック・A・コールウェルからラーニド・ハンドへの書簡。1960年10月5日。
[16] ラーニド・ハンドからフレデリック・A・コールウェルへの書簡。1960年10月11日。
[17] サリンジャーからネッド・ブラッドフォードへの書簡。1961年5月13日。
[18] Norman Mailer, "Evaluation: Quick and Expensive Comments on the Talent in the Room," *Advertisements for Myself*, New York: Putnam, 1959, pp.467-468.（「評価――才人にたいするリビング・ルームでの高価な寸評」、山西英一訳『ぼく自身のための広告』新潮社、1969年、p486）
[19] Alfred Kazin, "J.D.Salinger: Everybody's Favorite," *The Atlantic Monthly*, August 1961, pp.27-31.
[20] Joan Didion, "Family (Fashionably) Spurious," *National Review*, November 18, 1961, pp.341-342.
[21] John Updike, "Anxious Days for the Glass Family," *The New York Times Book Review*, September 17, 1961, pp.1, 52.
[22] Mary McCarthy, "J. D. Salinger's Closed Circuit," *The Observer*, June 1962.
[23] Frances Kiernan, *Seeing Mary Plain: A Life of Mary McCarthy*, London: Norton, 2002, p.493.
[24] J.D.Salinger, *Franny and Zooey*, dust jacket excerpt, Boston, Little, Brown and Company, 1961.
[25] "Sonny—An Introduction," *Time*, September 15, 1961, pp.84-90.
[26] Ernest Havemann, "The Search for the Mysterious J.D.Salinger," *Life*, November 3, 1961, p.141.

第17章　孤立

[1] J.D.Salinger, *Raise High the Roof Beam, Carpenters and Seymour—An Introduction*, Boston: Little, Brown and Company, 1991, p.121.（野崎孝・井上謙治訳『大工よ、屋根の梁を高く上げよ　シーモア――序章』新潮文庫、1980年、p134）
[2] サリンジャーからラーニド・ハンドへの書簡。1960年4月18日。
[3] サリンジャーからロバート・メイチェルへの書簡。1960年3月22日。
[4] サリンジャーからラーニド・ハンドへの書簡。1960年2月19日。
[5] Margaret Salinger, *Dream Catcher*, New York: Washington Square Press, 2000, p.148.（亀井よし子訳『我が父サリンジャー』新潮社、2003年、p172）
[6] J.D.Salinger, *Franny and Zooey*, dust jacket excerpt, Boston: Little, Brown and Company, 1961.
[7] サリンジャーからドナルド・フィーンへの書簡。1960年9月6日。
[8] ハイネマン出版のメモ。1962年3月20日。
[9] サリンジャーからヒューズ・マシー社のミス・パット・コークへの書簡。1962年

3月26日。
[10] ヒューズ・マシー社のミス・パット・コークからオーバー社への書簡。1962年5月1日。
[11] J. D. Salinger, *Raise High the Roof Beam, Carpenters and Seymour—An Introduction*, dust jacket commentary, Boston: Little, Brown and Company, 1991.
[12] Irving Howe, "More Reflections in the Glass Mirror," *The New York Times* Book Review, April 7, 1963, pp.4-5, 34.
[13] "The Glass House Gang," *Time*, February 8, 1963.
[14] J. D. Salinger, *Raise High the Roof Beam, Carpenters and Seymour—An Introduction*, dedication, Boston: Little, Brown and Company, 1991.

第18章　別れ

[1] Eliot Fremont-Smith, "Franny and Zooey," *The Village Voice*, March 8, 1962.
[2] M., *The Gospels of Sri Ramakrishna*, New York: Ramakrishna-Vivekananda Center, 1944, ch.4, "Advice to Householders."
[3] Margaret Salinger, *Dream Catcher*, New York: Washington Square Press, 2000, p.142.（亀井よし子訳『我が父サリンジャー』新潮社、2003年、p.158）
[4] Paul Alexander, *Salinger: A Biography*, Los Angeles: Renaissance Books, 1999, pp.221-223.（田中啓史訳『サリンジャーを追いかけて』DHC、2003年、p.233—p.235）
[5] Margaret Salinger, *Dream Catcher*, p.154.（『我が父サリンジャー』、p.172）
[6] ウィット・バーネットからサリンジャーへの書簡。1965年4月17日。
[7] Margaret Salinger, *Dream Catcher*, p.185.（『我が父サリンジャー』、p.205）
[8] ウィリアム・ショーンからジョック・ホイットニーへの書簡。1965年4月8日。
[9] サリンジャーからジョック・ホイットニーへの書簡。1965年4月。
[10] Kenneth C.Davis, *Two-Bit Culture: The Paperbacking of America*, Boston: Houghton Mifflin, 1984, p. 204.
[11] ウィリアム・マックスウェルからスーザン・スタンバーグへの書簡。*All Things Considered*, NPR, February 24, 1997.
[12] J.D.Salinger, "Hapworth 16, 1924," *The New Yorker*, June 19, 1965, pp. 32-113.
[13] Janet Malcolm, "Justice to J. D. Salinger," *The New York Review of Books*, June 21, 2001, www.huffingtonpost.com/2010/01/28/jd-salinger-reviews-the-n_n_440847.html, retrieved July 27, 2010 (the Web version of the original article has expired)
[14] J.D.Salinger, *Raise High the Roof Beam, Carpenters and Seymour—An Introduction*, Boston: Little, Brown and Company, 1991, p.169.（野崎孝・井上謙治訳『大工よ、屋根の梁を高く上げよ　シーモア——序章』新潮文庫、1980年、p.185）
[15] ドロシー・オールディングからヒューズ・マシー社への書簡。1972年1月14日。
[16] サリンジャーからE・マイケル・ミッチェルへの書簡。1966年10月16日。

第19章　沈黙の詩

[1] ジェラード・ゴードロールト博士よりニューハンプシャー州高等裁判所へ提出された診断書。1967年9月28日。
[2] ニューハンプシャー州高等裁判所に提出された離婚申し立て書。「クレア・サリンジャー対ジェローム・D・サリンジャー」、1967年9月14日。
[3] サリンジャーからE・マイケル・ミッチェルへの書簡。1966年10月16日。

[4]［2］に同じ。
[5]ドロシー・オールディングからヒューズ・マシー社への書簡。１９７２年１月14日。
[6]サリンジャーからウィット・バーネットへの書簡。１９６８年１月18日。
[7]［5］に同じ。
[8]"Depositions Yield J.D.Salinger Details," *The New York Times*, December 12, 1986.
[9]Lacey Fosburgh, "J. D. Salinger Speaks About His Silence," *The New York Times*, November 3, 1974.
[10]同右。
[11]Betty Eppes, "What I Did Last Summer," *The Paris Review*, July 24, 1981, pp.221-239.
[12]サリンジャーからジャネット・イーグルソンへの書簡。１９８１年３月２日。
[13]サリンジャーからジャネット・イーグルソンへの書簡。１９８１年６月28日。
[14]サリンジャーからＥ・マイケル・ミッチェルへの書簡。１９８４年12月25日。
[15]Margaret Salinger, *Dream Catcher*, New York: Washington Square Press, 2000, p.388.（亀井よし子訳『我が父サリンジャー』新潮社、２００３年、ｐ４４１）
[16]サリンジャーからジャネット・イーグルトンへの書簡。１９８１年５月１日。
[17]サリンジャーからマイケル・ミッチェルへの書簡。１９８５年４月６日。
[18]Ian Hamilton, *In Search of J. D. Salinger*, London: Minerva Press, 1988, p.191.（海保眞夫訳『サリンジャーをつかまえて』文春文庫、１９９８年、ｐ３１６）
[19]サリンジャーからイアン・ハミルトンへの書簡。日付なしだが、１９８６年。
[20]Mordecai Richler, "Summer Reading; Rises at Dawn, Writes, Then Retires," *The New York Times Book Review*, June 5, 1988.
[21]イアン・ハミルトンによるドン・スウェインとのインタヴュー、ＣＢＳラジオ。１９８８年。
[22]*All Things Considered*, NPR, February 24, 1977, p.7.
[23]*The World Today*, ABC News, June 24, 1999.
[24]サリンジャーからマイケル・ミッチェルへの書簡。１９９２年12月16日。
[25]サリンジャーからウィリアム・ディックスへの書簡。１９９３年７月６日。

第20章　ライ麦畑をやってきて

[1]Jane Howard, "Can a Nice Novelist Finish First?" *Life*, November 4, 1966, p.81.
[2]Exhibit B, Filing 1, *Salinger et al.* v. *John Doe et al.*,09civ 50951dab, F2d 31-36, June 1, 2009.
[3]Filing 5, *Salinger et al.* v. *John Doe et al.*, 09civ 50951dab, F2d 12. June 1, 2009.
[4]フレドリック・コルティングからサンデー・テレグラフ紙への書簡。２００９年５月30日。
[5]フレドリック・コルティングから筆者への書簡。２０１０年１月14日。
[6]Filing 5, *Salinger et al.* v. *John Doe et al.*, 09civ 50951dab, F2d 3, June 1, 2009.
[7]Filing 17, *Salinger et al.* v. *John Doe et al.*, 09civ 50951dab, F2d 13, June15, 2009.
[8]同右。
[9]Filing 6, *Salinger et al.* v. *John Doe et al.*, 09civ 50951dab, F2d 3, June 2, 2009.
[10]*Salinger et al.* v. *John Doe et al.*, 09civ 50951dab, F2d 22 (2d Cir. 2009).
[11]*Salinger et al.* v. *John Doe et al.*,09civ 50951dab, F2 35 (2d Cir. 2009).
[12]*Salinger et al.* v. *John Doe et al.*,09civ 50951dab, F2d 11 (2d Cir.

2009).
[13] フレドリック・コルティングから筆者への書簡。2010年1月14日。
[14] J.D.Salinger, *The Catcher in the Rye*, Boston: Little, Brown and Company, 1991, p.121.（野崎孝訳『ライ麦畑でつかまえて』白水Uブックス、1984年、p188。村上春樹訳『キャッチャー・イン・ザ・ライ』白水社、2006年、p205）
[15] Betty Eppes, "What I Did Last Summer," *The Paris Review*, July 24, 1981, pp.221-239.
[16] フレドリック・コルティングから筆者への書簡。2010年1月14日。
[17] Brief for amicus curiae filing, *Salinger v. Colting et al.*, 09 2878 cv, F. App. 2d42, August 7, 2009.
[18] Brief for plaintiff-appellee, *Salinger v. Colting et al.*, 09 2878 cv, F. App. 2d 1, August 17, 2009.

J・D・サリンジャー年譜

1860年	父方の祖父サイモン・F・サリンジャー、帝政ロシアのリトアニアに誕生（1960年死去、100歳）。
1881年	サイモン、アメリカに渡り、ファニー・コップランドと結婚。ユダヤ教教師（ラビ）から医師となる。
1887年	3月16日、父ソロモン（ソル）・サリンジャー（—1974）、オハイオ州クリーヴランドに誕生。
1891年	5月11日、母マリー・ジリック（—1974）、アイオワ州アトランティックに誕生。
1910年	春、父ソロモン（ソル）と母マリー、シカゴで結婚。母は結婚時にユダヤ教に改宗し、ミリアムと改名。
1912年	父の栄転でニューヨークに転居。12月、姉ドリス誕生。
1914年	第一次世界大戦（1917年アメリカ参戦、1918年終戦）。
1919年	1月1日、ジェローム・デイヴィッド・サリンジャー誕生。住所はブロードウェイ3681、年末に西113丁目に転居（1928年に西82丁目へ、1932年にパークアヴェニュー東91丁目へ転居）。
1930年（11歳）	メイン州のキャンプ・ウィグワムでサマーキャンプに参加。人気俳優に選出。
1932年（13歳）	パークアヴェニュー転居に伴って、私立校マクバーニー・スクールに転校。
1934年（15歳）	成績不良でマクバーニー校を退学。9月、ペンシルヴェニア州のヴァレーフォージ軍学校に転校。
1935年（16歳）	姉ドリス結婚（1952年離婚）。

1936年（17歳）
ヴァレーフォージ卒業。年報『交差したサーベル』の編集、執筆。卒業生のクラスソングを作詞、現在まで歌いつがれている。9月、ニューヨーク大学ワシントンスクエア校に入学。

1937年（18歳）
ニューヨーク大学退学。4月、父の仕事のハム輸入業の勉強のため、語学研修と称してオーストリアのウィーン、ポーランドへ。ウィーンでユダヤ人家族と同居、娘と親しくなる。

1938年（19歳）
3月に帰国。9月、ペンシルヴェニア州のアーサイナス大学に入学。『アーサイナス・ウィークリー』に「省略された卒業証書」を執筆。1学期で退学。ヴァレーフォージ校の友人ウィリアム・フェゾンの姉エリザベス・マレーと知り合い、文学上のアドバイスを受け、以後親友となる。

1939年（20歳）
1月、コロンビア大学入学。ウィット・バーネット教授の短編小説創作コース、チャールズ・ハンソン・タウン教授の詩作コースを受講。

1940年（21歳）
「若者たち」（ストーリー誌3・4月）、「エディに会いにいけ」（『カンザス市立大学紀要』12月）

1941年（22歳）
5月、ハロルド・オーバー社と著作権代理人契約を結ぶ。担当のドロシー・オールディングとは終生のつきあいとなる。晩夏、ニューイングランド、カナダへ旅行、スランプ克服。12月21日、敬愛するF・S・フィッツジェラルド死去、44歳。
「そのうちなんとか」（コリヤーズ誌7月12日、のち『兵隊読本』収録）、『未完成ラブストーリーの真相』（エスクワイア誌9月）、「ヒンチャー夫人」（または「ポーラ」未発表）
2月、スウェーデンのカリブ海巡航船クングショルム号に娯楽スタッフとして乗船。7月、エリザベス・マレーの家で過ごし、ユージン・オニールの娘ウーナに紹介され、つきあいはじめる。10月「マディソン街はずれのささやかな反乱」がニューヨーカー誌に採用されるが、12月7日（日本時間では8日）の太平洋戦争勃発で掲載は無期延期（1946年12月に掲載）。徴兵検査不合格。

1942年（23歳）
「最後で最高のピーターパン」（未発表）、「ロイス・タゲットやっとのデビュー」（ストーリー誌10月）、「ある歩兵についての個人的メモ」（コリヤーズ誌12月12日）
4月27日に入隊。ニュージャージー州モンマス駐屯地第一通信隊配属。9月、ジョージア州ベインブリッジ陸空軍基地で航空教官に。ウーナが母親とロサンジェルスに転居。ジョージア州地元の娘ローリーン・パウェル（17歳）とつきあう。
1943年（24歳）
「ヴァリオーニ兄弟」（サタデー・イヴニング・ポスト誌7月17日）
5月、テネシー州ナッシュヴィルへ転属。6月16日、ウーナがチャップリンと結婚。7月、オハイオ州フェアフィールドのパターソン駐屯地へ転属、航空司令部の広報係に。9月、マリーランド州ホラバード駐屯地の防諜部隊（CIC）に転属。

1944年（25歳）
「当事者双方」（サタデー・イヴニング・ポスト誌2月26日）、「ソフトボイルドな軍曹」（サタデー・イヴニング・ポスト誌4月15日）、「子供たちの部隊」（未発表）、「ボウリングボールでいっぱいの海」（未発表）、「ふたりの孤独な男」（未発表）、「魔法のタコツボ」（未発表）、「最後の休暇の最後の日」（サタデー・イヴニング・ポスト誌7月15日）、「週一回くらいどうってことないよ」（ストーリー誌11・12月）
1月18日、ジョージ・ワシントン号で出航、28日にイギリスのリヴァプールに入港。防諜部員として、第4歩兵師団第12歩兵連隊に所属。デヴォン州ティヴァトンで訓練を受ける。4月28日、タイガー作戦でドイツ軍の魚雷を受け、749名死亡。5月、ストーリー誌に短編コンテストの賞金として200ドル寄付。6月6日、Dデー（ノルマンディー上陸作戦決行）に参加、以後フランス、ドイツ各地を転戦。1ヶ月で連隊の3080

名が1130名に激減。8月、「血まみれのモルテン」の激戦のあと、8月25日、パリ解放、ヘミングウェイと初対面。9月、ヒュルトゲンの森の戦いはじまる。悲惨な無駄死に多数。11月、ヘミングウェイと戦場で再会。12月、連隊員3080名が563名に。12月16日、バルジの戦いはじまる（45年1月まで）。

1945年（26歳）

「新兵フランスにて」（サタデー・イヴニング・ポスト誌3月31日）、「イレイン」（ストーリー誌3・4月）、「マヨネーズぬきのサンドイッチ」（エスクワイア誌10月）、「よそ者」（コリヤーズ誌12月1日）、「ぼくはイカレてる」（コリヤーズ誌12月22日）

4月末、ダッハウはじめ強制収容所の惨状を目撃。5月8日、ドイツ降伏。5月10日、防諜隊の分遣隊970創設。サリンジャーは1年契約で勤務。オーストリアのウィーン訪問、戦前に親しかったユダヤ人一家の死を知る。7月、ニュルンベルクの病院へ自ら入院。9月、ドイツ人女性医師ジルヴィア（シルヴィア）・ルイゼ・ヴェルターとパッペンハイム村で結婚。ニュルンベルクの南40キロのグンゼンハウゼンに新居、シュナウザー犬ベニーを飼う。

1946年（27歳）

「誕生日の青年」（未発表）、「マディソン街はずれのささやかな反乱」（ニューヨーカー誌12月21日）

4月、防諜部隊の契約終了。5月シルヴィアとベニーを連れて帰国、パークアヴェニューの両親の待つ自宅で同居。7月、シルヴィア帰国、のち離婚（シルヴィアは1956年に再びアメリカに移住。再婚して医師として働く。2007年死去、88歳）。バーネットとすすめていた自作選集『若者たち』の出版が挫折、バーネットと絶交状態に。グリニッチヴィレッジの夜の街に出没。

1947年（28歳）

「開戦直前の腰のくびれなんてない娘」（マドモアゼル誌5月）、「倒錯の森」（コスモポリタン誌12月）

1948年（29歳）	1月、ハドソン河畔タリタウンに転居。冬にはコネティカット州スタンフォードに転居。「バナナフィッシュにうってつけの日」（ニューヨーカー誌1月31日）、「想い出の少女」（グッド・ハウスキーピング誌2月）、「コネティカットのひよこひよこおじさん」（ニューヨーカー誌3月20日）、「対エスキモー戦争の前夜」（ニューヨーカー誌6月5日）、「ブルー・メロディ」（コスモポリタン誌9月）。「バナナフィッシュ」が好評で、ニューヨーカー誌と年間3万ドルで「第一査読契約」を結ぶ。 7月、ウィスコンシン州ジェニーヴァ湖へ旅行。
1949年（30歳）	「笑い男」（ニューヨーカー誌3月19日）、「小舟のほとりで」（ハーパーズ誌4月）、作者による著者紹介を掲載。「対エスキモー戦争の前夜」が『1949年度受賞短編集』に採録。 コネティカット州ウェストポートに転居。11月、サラ・ローレンス女子大で講演。12月、「コネティカットのひよこひよこおじさん」が『愚かなり我が心』のタイトルで映画化。
1950年（31歳）	「エズメに——愛と汚れをこめて」（ニューヨーカー誌4月8日、『1950年度受賞短編集：O・ヘンリー賞』、『ニューヨーカー誌の55の短編：1940—1950』にも採録）。「想い出の少女」が『1950年度全米ベスト短編集』に採録。「ロイス・タゲットやっとのデビュー」が『ストーリー誌40年代のフィクション』に採録。 1月、『愚かなり我が心』一般公開、ヒットするがサリンジャーは激怒。秋『キャッチャー・イン・ザ・ライ』完成。49年に出版の約束をしていたハーコート・ブレイス社に原稿を送るが却下。ボストンのリトル・ブラウン社に託す。クレア・ダグラス（16歳）とパーティで知り合う。
1951年（32歳）	「愛らしき口もと目は緑」（ニューヨーカー誌7月14日）、『キャッチャー・イン・ザ・ライ』（リ

トル・ブラウン社7月16日、8月にイギリスで出版）

3月、イギリスのヘイミッシュ・ハミルトン社のジェイミー・ハミルトンとニューヨークで初対面。5月8日、『キャッチャー』出版のごたごたを避けるためイギリスへ旅行。ハミルトン夫妻、ローレンス・オリヴィエ夫妻と会食。7月11日帰国。7月16日『キャッチャー』発売。29週連続でニューヨーク・タイムズ紙のベストセラーに。最高は8月の4位。マンハッタン東の高級住宅地サットン・プレースのアパートに転居。ラーマクリシュナ・ヴィヴェーカーナンダ・センターに通いはじめる。12月6日、ニューヨーカー誌の創始者ハロルド・ロス死去、59歳。編集長ウィリアム・ショーンが後継者に。

1952年（33歳）

「ド・ドーミエ＝スミスの青の時代」（イギリスのワールド・レヴュー誌5月）

5月、ヴァレーフォージ軍学校から1952年度優秀卒業生賞を受賞。旅行中で式には欠席。11月、アントニー・ディ・ゲイスに写真を撮ってもらう。

1953年（34歳）

「テディ」（ニューヨーカー誌1月31日）、『ナイン・ストーリーズ』（リトル・ブラウン社4月6日、イギリス版ハミルトン社の『エズメに——愛と汚れをこめて』は6月）

2月、ニューハンプシャー州コーニッシュに90エーカー（11万坪）の土地と家を購入して転居。高校生や隣人たちともつきあう。11月に16歳の高校生シャーリー・ブフニーから学校新聞の取材として受けたインタヴュー内容が、地元紙デイリー・イーグルのスクープとなり、高校生とのつきあいをやめる。ラドクリフ女子大生となっていた19歳のクレア・ダグラスとつきあいはじめるが別れる。

1954年（35歳）

クレア・ダグラス、コールマン・モックラーと結婚するが、2、3ヶ月で離婚。

1955年（36歳）

「フラニー」（ニューヨーカー誌1月29日）、「大工よ、屋根の梁を高く上げよ」（ニューヨーカー誌11月19日）

1956年（37歳）
2月17日、クレア・ダグラス（21歳）と結婚。12月10日、長女マーガレット・アン（ペギー）誕生。

1957年（38歳）
3月1日、ニューヨーカー誌の担当編集者ガス・ロブラーノ死去。担当はキャサリン・ホワイトに代わる。ミシガン大学からの教授就任の誘いを断る。「ゾーイー」（ニューヨーカー誌5月4日）

1959年（40歳）
1月、クレアがペギーを連れて家出、3月にコーニッシュの自宅にもどる。「シーモア――序章」（ニューヨーカー誌6月6日）『エズメに――愛と汚れをこめておよび他の物語』（『ナイン・ストーリーズ』のイギリス版）出版。

1960年（41歳）
12月9日、ニューヨーク・ポスト・マガジン誌に終身刑の四人の待遇改善を訴える投書。2月13日、長男マシュー・ロバート誕生。5月30日、ニューズウィーク誌に特集記事「ミステリアス・J・D・サリンジャー」。

1961年（42歳）
『フラニーとゾーイー』（リトル・ブラウン社9月14日）発売と同時にベストセラーに。4月30日、ニューヨーク・ポスト・マガジン誌に特集記事。7月2日、ヘミングウェイ自殺、61歳。8月18日、友人のハンド判事死去、89歳。9月15日、タイム誌に特集記事「サニー――序章」。11月3日、ライフ誌に特集記事「ミステリアス・J・D・サリンジャーを探して」

1962年（43歳）
春、ケネディ大統領より晩餐会に招待されるが断る。6月、『フラニーとゾーイー』イギリスで出版。ガレージを建て、コテージ改装。サリンジャー専用の部屋も建てる。

1963年（44歳）
『大工よ、屋根の梁を高く上げよ　シーモア――序章』（リトル・ブラウン社1月28日）
11月22日、ケネディ大統領暗殺。

1965年（46歳）
「ハプワース16、1924」（ニューヨーカー誌6月19日）

1966年（47歳）　隣にトレーラーハウスの駐車場ができるのを阻止するため、その土地を購入。ひとり用の住宅を建設、家庭内別居はじまる。

1967年（48歳）　10月、クレアと離婚。クレアと子供たちはそれまでの住居に残り、サリンジャーは隣地に建てた住居に移転。

1972年（53歳）　イェール大学1年生のジョイス・メイナード（18歳）と同棲。ウィット・バーネット死去。

1973年（54歳）　ゴードン・リッシュ、サリンジャーの作品を模してエスクワイア誌に「ルパートに——悔いもなく」を発表。

1974年（55歳）　初期作品の海賊版『J・D・サリンジャー単行本未収録短編全集』（全2巻）発売。11月3日、ニューヨーク・タイムズ紙がサリンジャーの訴えを記事にして決着。

1975年（56歳）　3月に父ソロモン、6月に母ミリアムあいついで死去。1964年に書いた「作品集への序文」を「ウィット・バーネットへの敬礼」とタイトルを改め、バーネットの未亡人ハリーの手によって、『フィクション作家のハンドブック』のエピローグとして掲載。

1976年（57歳）　ソーホー・ウィークリー・ニュース誌に「トマス・ピンチョンはサリンジャー」の特集記事。

1979年（60歳）　クレア、土地屋敷をサリンジャーに売って西海岸へ転居。

1980年（61歳）　12月8日、ジョン・レノン暗殺。犯人マーク・デイヴィッド・チャップマンは『キャッチャー』を現場で読んでいた。

1981年（62歳）　3月30日、レーガン大統領暗殺未遂。犯人ジョン・ヒンクリー・ジュニアは『キャッチャー』を所持。7月24日、パリス・レヴュー誌がベティ・エップスによるインタヴュー記事「去年の夏あたしがやったこと」を掲載。

1982年（63歳）　5月、女優イレイン・ジョイス（37歳）とフロリダでデート。第二次大戦中の戦友ジョン・

1984年（65歳） キーナンの引退パーティに出席。W・P・キンセラがサリンジャーが登場する小説『シューレス・ジョー』を出版。

1986年（67歳） 夏、オックスフォード大学に留学中の娘ペギーをイギリスに訪問。
イアン・ハミルトンの伝記中の私信の引用で差止めを要請して告訴。

1987年（68歳） サリンジャー勝訴で、ハミルトンは私信の引用を削除、書きなおして『サリンジャーをつかまえて』として88年に出版。

1992年（73歳） コリーン・オニール（33歳）と3度目の結婚。12月、自宅火事。

1996年（77歳） 「ハプワース16、1924」のハードカバー版出版の情報。実現せず。

1998年（79歳） ジョイス・メイナード、サリンジャーとの交際を暴露した『ライ麦畑の迷路を抜けて』を出版し、さらに6月23日、14通のサリンジャーの手紙をオークションにかけ、20万ドルで売却。

2000年（81歳） 長女マーガレット（ペギー）・サリンジャー、『我が父サリンジャー』出版。

2001年（82歳） 姉ドリス死去、88歳。

2008年（89歳） 7月24日、J・D・サリンジャー文学財団設立、すべての著作権を委託。

2009年（90歳） 5月、スウェーデンの作家フレドリック・コルティングが『60年後：ライ麦畑をやってきて』を出版。6月1日、米国内での発売差止めを要請して告訴。7月1日、本作を模倣作品と判定、発売差止め命令。コルティングは上訴したが決着つかず。

2010年（91歳） 1月27日、J・D・サリンジャー死去。

【数字・アルファベット】

【ア行】

【カ行】

【サ行】

【タ行】

【ナ行】

【ハ行】

【マ行】

【ヤ行】

【ラ行】

【ワ行】

著者について

ケネス・スラウェンスキー

ニュージャージー州生まれ、現在も在住。2004年にサリンジャーのウェブサイトDeadCaulfields.com.を創設。本書『サリンジャー　生涯91年の真実』(J.D.Salinger: A Life, Random House, 2011)がベストセラーとなり、12年度ヒューマニティーズ・ブック賞を受賞。15カ国語に翻訳、20カ国で発売され、ニューヨーク・タイムズ紙やイギリスのタイムズ紙などで取り上げられた。そのほか、ヴァニティ・フェア誌、フランスのルヴュ・フユトン誌などに執筆している。

訳者について

田中啓史(たなか・けいし)

1943年生まれ。東京大学大学院修了。青山学院大学名誉教授。編著書に『ミステリアス・サリンジャー――隠されたものがたり』(南雲堂)、『サリンジャー　イエローページ』(荒地出版社)、『シリーズもっと知りたい名作の世界　ライ麦畑でつかまえて』(ミネルヴァ書房)、訳書にウォレン・フレンチ『サリンジャー研究』、フィリップ・H・ブフィジス『ノーマン・メイラー研究』(共に荒地出版社)、ポール・アレクサンダー『サリンジャーを追いかけて』(DHC)ほかがある。

サリンジャー
生涯91年の真実

二〇一三年八月一〇日初版
二〇一三年一〇月三〇日三刷

著者◎ケネス・スラウェンスキー
訳者◎田中啓史
発行者◎株式会社晶文社
東京都千代田区神田神保町一―一一
電話(〇三)三五一八―四九四〇(代表)・四九四二(編集)
URL http://www.shobunsha.co.jp
印刷◎中央精版印刷株式会社
製本◎ナショナル製本協同組合

ISBN978-4-7949-6908-8　Printed in Japan